Titus Simon

Hundsgeschrei

Roman

Silberburg-Verlag

Professor **Dr. Titus Simon,** geboren 1954 in Backnang, verheiratet, drei erwachsene Kinder, studierte Rechtswissenschaften, Sozialarbeit, Pädagogik und Journalistik. Er arbeitete zwischen 1975 und 1992 mit jugendlichen Gewalttätern, in der Obdach- und Wohnungslosenhilfe und beim NABU Baden-Württemberg. 1992 bis 1996 hatte er die Professur »Jugend und Gewalt« an der Fachhochschule Wiesbaden inne, 1996 wurde er an die Hochschule Magdeburg-Stendal berufen. Er lebt heute als freiberuflicher Schriftsteller in Oberrot (Landkreis Schwäbisch Hall).

1. Auflage 2013

Umschlaggestaltung: Anette Wenzel, Tübingen,
unter Verwendung des Gemäldes »Die Rückkehr«
von Heiner Lucas.
Lektorat: Gertrud Menczel, Böblingen.
Druck: Gulde Druck, Tübingen.
Printed in Germany.

ISBN 978-3-8425-1239-9

Vorbemerkung des Autors

Der Roman ist dem Andenken Jakob Sterns gewidmet, stellvertretend für alle aus Baden-Württemberg deportierten und getöteten Juden. Von ihm ist nur bekannt, dass er am 10. Juni 1894 in Braunsbach geboren wurde, als Soldat im Ersten Weltkrieg war, später bei seiner Schwester in Schwäbisch Hall lebte und seit seiner Deportation im Dezember 1941 als verschollen gilt.

Der Protagonist des vorliegenden Romans, Jakob Winter, teilt zwar mit ihm nur den Vornamen, und die Geschichte, die hier erzählt wird, beruht auf einer fiktiven Handlung. Aber alle Hintergründe, die historischen Orte und Ereignisse sowie die Lebensumstände der geschilderten Personen wurden von mir sorgfältig recherchiert, und die gesamte Romanhandlung hätte sich zweifellos genau in dieser Weise zutragen können.

Es ereignete sich mitten im großen Krieg. Millionen Soldaten der sich bekämpfenden Nationen krallten sich ineinander, wühlten sich in den Dreck, stachen mit Bajonetten aufeinander ein, bewarfen sich mit Handgranaten, beschossen sich aus Mörsern, Kanonen und Maschinengewehren, mit Bomben, Giftgas und Granaten. Die Erhebungen, um die gekämpft wurde, waren jenseits des Militärischen so bedeutungslos, dass sie nicht einmal einen Namen hatten. Man gab ihnen Nummern. »Höhe 101«; »Höhe 304«. Und um diese in zivilen Zeiten so unwichtigen Erdhaufen zu besitzen, opferten Feldherren und Generalstäbe Zehntausende. Von denen, die nach den oftmals vergeblichen Anstürmen in die Massengräber geworfen wurden, waren viele so jung, dass sie in ihrem kurzen Leben als Jungarbeiter, Bauernjunge, Schüler oder Kaufmannsgehilfe noch nicht einmal mit einer Frau geschlafen hatten. Vielleicht waren sie schon einmal verliebt gewesen oder hatten sich in schwärmerische Träumereien vergraben, über die sie mit niemandem sprachen, schon gar nicht mit ihren gleichaltrigen Freunden. Der Tod gab ihren noch bartlosen Gesichtern manchmal für einen letzten Augenblick das Aussehen weinender Säuglinge.

Am 29. März 1916 griff das Württembergische Reserve-Infanterie-Regiment 120 bereits zum zweiten Mal eingangs des Caillette-Waldes, nur wenige hundert Meter südöstlich des Forts Douaumont gelegen, einen Infanteriestützpunkt an, den die Franzosen schlicht und unspektakulär »Abri DV 1« nannten. Es war eigentlich nur eine winzige Anlage, ein Bunker mit zwei Meter dicken Betonmauern. Darin untergebracht waren zwei Mannschaftsräume, eine Küche und eine Latrine. Eine vorgeschobene Schutzmauer aus Natursteinen sicherte zusätzlich den Innenraum. Die Besatzung bestand aus 50 Mann. Im Inneren des Unterstandes roch es nach Fäkalien, Blut, Karbol und den Ausdünstungen von Männern, denen es bei Strafe verboten war, das wenige Wasser, das sich in der unterirdisch angelegten Zisterne sammelte, zum Waschen zu verwenden. Seit mehreren Monaten hatte man die Besatzung des »Abri

DV 1« nicht mehr abgelöst. Zweimal kam unerfahrener Ersatz für Gefallene und Verwundete. Die jungen Kerle fielen bei den nachfolgenden Angriffen als Erste.

Die Württemberger waren bereits die dritte landsmannschaftliche Formation, die diesen unbedeutenden Stützpunkt erobern sollte, dessen strategische Wichtigkeit sich lediglich aus den Spekulationen grauer Häupter ableitete, die nächtelang über Generalstabskarten grübelten. Zwei Angriffe eines brandenburgischen Regiments waren abgewehrt worden und auch die fünf Einnahmeversuche des elsässischen Infanterieregiments 132 blieben trotz großer Verluste erfolglos.

Die Württemberger, von denen viele aus den Oberämtern Backnang, Ludwigsburg, Heilbronn sowie aus verschiedenen hohenlohischen Städtchen und Dörfern stammten, stürmten mit Flammenwerfern und Handgranaten. Und weil auch das wieder vergeblich war, begannen schwäbische Pioniere mit Unterstützung hinzugezogener oberschlesischer Mineure, die ihr bisheriges Arbeitsleben überwiegend in den Kohlegruben ihrer Heimat verbracht hatten, sich unter der Erde an den Betonklotz heranzuarbeiten. Der tonige Sandstein, der an tiefer gelegenen Stellen Sedimentschichten mitführte, ermöglichte einen verschalungsfreien Vortrieb. Das Pochen der schweren Hämmer, das Klingen der Meißel, das Rattern der neuartigen Bohrhämmer und das dumpfe Hallen, wenn zur Sicherung einzelner Abschnitte Stempel gestellt wurden, waren Tag und Nacht weit zu hören, weswegen die Franzosen nur wenig später in großer Eile begannen, nun ebenfalls einen Schacht zu schlagen, von dem aus sie die deutschen Maulwürfe noch vor Erreichen des »Abri« in die Luft zu sprengen gedachten. Nun wurden auf deutscher Seite Horchposten eingesetzt, die versuchten, das Vorankommen der Franzosen zu lokalisieren. In dieses unterirdische Brüllen, Rennen und Schuften hinein rückten weitere Spezialeinheiten an, die mit neuartigen Kreiselpumpen das Wasser ableiteten und mit elektrisch betriebenen riesigen Ventilatoren die Luft zu verbessern versuchten. Die größte Verantwortung hatten die eingesetzten Horchposten. In Richtung der grabenden Feinde hatte man zwei kurze Horchstollen geschlagen. Die in der Nässe kauernden Posten lauschten in höchster Konzentration am kalten Stein, als gälte es, den Herzschlag eines ungeborenen Kindes unter den anderen Geräuschen des Mutterleibs herauszuhören. Wenn der Gegner zu graben aufhörte, war er meist kurz davor, die Sprengladung zu zünden.

Nun war der Krieg im März 1916 schon weit im zweiten Jahr. Und dieses Mal standen die französischen Mineure und Sappeure unter dem Befehl eines Hauptmanns, der im Zivilberuf Bergbauingenieur war und der in den letzten Jahrzehnten wahrscheinlich mehr Zeit unter als über der Erde verbracht hatte. Aufgrund seines gutmütigen Spitzmausgesichts nannten ihn seine Untergebenen »*Taupe*«, also »Maulwurf«. Dieser listige, bergerfahrene Mensch ließ zur Täuschung der Deutschen in einem kurzen Nebenstollen noch vortreiben, als man im Hauptstollen bereits damit begonnen hatte, die Sprengladungen zu installieren. So währte die Stille vor der Explosion an jenem nasskalten Morgen nur eine knappe Minute. Dann wurden 40 000 Kilogramm Westfalit gezündet, ein deutscher Sprengstoff, den die Herstellerfirma noch wenige Wochen vor dem Krieg in großen Mengen an ein französisches Bergbauunternehmen verkauft hatte. Der deutsche Stollen brach komplett ein. Unter den Trümmern lagen dreihundert tote Oberschlesier und Württemberger.

Erst zwei Tage später gelang es schwäbischen Pionieren, an den Rand der Verschüttung vorzudringen.

»Ruhe!«, brüllte plötzlich ein Feldwebel.

In die aufkommende Stille hinein war ein unregelmäßiges schwaches Klopfen zu hören.

»Mensch, da leben noch welche.«

Ein Sappeur schlug klirrend mit einem langen Stahlrohr gegen das Gestein.

Schnelles Klopfen war die Antwort. Klirren, Klopfen, Klirren, Klopfen, Klirren, Klopfen.

»Wir müssen denen mit Morsezeichen antworten. Schlag Morsezeichen!«

Was so einfach und zugleich richtig erschien, entpuppte sich als langwieriges Unterfangen. Erst nach einer halben Stunde hatte einer der Verschütteten begriffen, dass die Klopfzeichen der anderen eine inhaltliche Bedeutung hatten. Und es dauerte eine weitere Stunde, bis die draußen erfahren hatten, dass noch acht Mann lebten, und die drinnen verstanden, dass man kleinere Sprengungen vornehmen musste, um nicht einzelne Gesteinsbrocken tagelang mit den Presslufthämmern bearbeiten zu müssen.

Für die Sprengung ließ man einen in der Nähe stationierten Leutnant heranbringen, der vor dem Krieg als einer der ersten württembergischen Juden technische Chemie in Karlsruhe studiert hatte. Später wirkte er bei der Weiterentwicklung von Sprengstoffen für den Bergbau mit und entwickelte dabei eine enorme Begabung für die Dosierung von Sprengladungen zum Zwecke der punktgenauen Sprengung. 1913 meldete er sich als Zweijähriger zur Kavallerie. Ein knappes Jahr später, gleich zu Beginn des Krieges, ritt er als Fähnrich des in Ludwigsburg stationierten Dragonerregiments »Königin Olga« nach Saarburg in Lothringen aus. Doch schon im September saß der größte Teil der Offiziere, Unteroffiziere und Mannschaften ab und tauchte in den Gräben unter, nachdem die kühn anreitenden Kavalleristen in Massen von den Maschinengewehren der Franzosen weggemäht worden waren. Der technisch begabte Sprengstoffexperte wurde zu einer Pioniereinheit versetzt, bei der er aufgrund seiner präzisen Sprengungen alsbald bei den Mannschaften beliebt, jedoch als Jude nicht bei allen Vorgesetzten wohlgelitten war, obwohl seine Sprengkünste selbst in höchsten Offizierskreisen gelegentliche Respektsbekundungen auslösten und erste Auszeichnungen nach sich zogen.

Als der Leutnant zur Unglücksstelle durchgedrungen war, inspizierte er eingehend das zu entfernende Gestein. Dann ließ er zur Verwunderung der Anwesenden einen Tisch bringen, an dem er unter ratlosen Blicken der umstehenden Pioniere Berechnungen durchführte und kleine Skizzen fertigte.

Anschließend bereitete er drei fein dosierte Sprengungen vor, die er im Abstand von jeweils einer Stunde durchführen ließ, nachdem man zuvor die Eingeschlossenen mit Klopfzeichen über die geplante Detonation informiert und, soweit das möglich war, beruhigt hatte.

Nachdem sich der Staub der letzten Sprengung einigermaßen gelichtet hatte, begannen die Schippersoldaten mit der Beseitigung der Trümmer, die noch den Durchgang versperrten. Auch von der anderen Seite wurde, wenngleich mit nur noch wenig Kraft, geschippt und gehämmert. Endlich kroch nach einer weiteren Stunde ein blasser, bis in die letzte Furche seines von Erschöpfung und Angst gezeichneten Gesichts mit Staub bedeckter Soldat aus den Gesteinstrümmern und blickte geblendet und von der Gewalt der Sprengungen vorübergehend taub in das Licht der elektrischen Grubenlampen. Von zwei Armierungssoldaten gestützt taumelte er den Offizieren entgegen, erkannte unter diesen den Leutnant, der offensichtlich ein Landsmann von ihm war, und bedankte sich zur Verwunderung der Umstehenden mit den Worten: »Grüß Gott, Herr Jud.«

Der Mai 1952 war ein ungewöhnlich heißer Monat. Auf den trockenen Hochflächen, die das an der Grenze zwischen den letzten Ausläufern Württembergs und dem Hohenlohischen gelegene kleine Städtchen umschlossen, machten sich die Bauern bereits große Sorgen. Wenn der Regen noch länger ausbliebe, verdorrte das Gras, verlöre man das Korn und litte das Vieh. Und wenn das alles einträte, könnten sie die Kreditraten für die neuen Maschinen nicht aufbringen. Viele hatten damit begonnen, ihre Höfe zu modernisieren. Manchen half dabei das wertvolle Gut, das hungernde Städter in den letzten Kriegsmonaten und während der unmittelbaren Nachkriegszeit gegen Brot, Milch, Eier und Kartoffeln eingetauscht hatten. Nicht alles besaß noch seinen Wert. Viele Teppiche und so mancher Tand waren jetzt, da man schon einige Jahre wieder eine harte Mark hatte, nur noch schwer zu versilbern. Aber echter Schmuck und ausgesuchtes Porzellan fanden immer ihre Hehler. Das brachte nicht den wirklichen Gegenwert ein, war aber immer noch deutlich mehr als das, was die Hungerleider dafür seinerzeit an Naturalien in ihre Rucksäcke, Taschen und Persilkartons gepackt hatten.

Als Jakob Winter an einem späten Vormittag den Seelbacher Bahnhofsvorplatz überquerte, platzte ihm eine üppige Pracht blühender Kastanien entgegen, die die Bahnhofstraße zu beiden Seiten bis zum Postamt säumten. Nach der Brücke, die über die träge dahinfließende Seel führte, verengte sich die Straße. Auf der anderen Seite des Flusses begann die Altstadt, die er das letzte Mal kurz vor Weihnachten des Jahres 1946 betreten hatte. Am Gasthof »Waldhorn« vorbei ging er in Richtung der alten Lateinschule, die seine beiden Schwestern 1937 von einem Tag auf den anderen hatten verlassen müssen.

Inmitten der Häuser, die in einem nahezu geschlossenen Ring den Marktplatz umfassten, überfiel ihn eine Vielzahl höchst diffuser und verschiedenartiger Erinnerungen. Das aufkommende flaue Gefühl in der Magengrube ließ ihn an seine Großmutter Bertha denken. Während ihres gemeinsamen Zusammenlebens in der »Weißen Villa« hatte sie regelmäßig »Blümeranzen« erwähnt, unter denen sie angeblich litt. Es dauerte einige Jahre, bis er sich dazu durchgerungen hatte, seine Mutter zu fragen, was es denn mit Großmutters seltsamem Leiden auf sich habe. Seine Mutter lächelte still, wie sie es immer tat, und erklärte ihm flüsternd, die »Ome«, so hatte er sie als Kind immer genannt, leide ab und zu an Bauchschmerzen, Völlegefühl oder einem anderen Magenleiden. So genau wisse das keiner. Die Ärzte fänden nichts und könnten somit entsprechend wenig unternehmen. Es sei »psychisch«, sagte sie noch, was er damals nicht zu deuten wusste.

Vor wenigen Tagen war er dreißig geworden. Das flaue Gefühl, das ihn an diesem Vormittag beschlich, hatte reale

Ursachen. Sie waren so vielfältig, dass er auf Anhieb nicht zu bestimmen wusste, was ihm am meisten Bauchgrimmen bereitete. Waren es die unendlich trostlosen Ereignisse der letzten 15 Jahre? War es die Wiederbegegnung mit dem Ort, der die ersten 19 Jahre seines Lebens seine Heimat gewesen war? Oder war die Empfindung schlicht dem Umstand geschuldet, dass er heute als Bittsteller aufs Rathaus schlich, das er beim letzten Mal im Dezember 1946 als strenge und zugleich gefürchtete Autorität betreten und anschließend wieder verlassen hatte? Seit damals war er nicht mehr hier gewesen.

In Höhe des Gasthofs »Waldhorn« blieb er stehen und besah sich das historische Gebäude. In den Nachkriegsjahren hatten die neuen Besitzer offensichtlich noch nicht die Mittel aufbringen können, um die Fassade neu zu streichen. Zwischen dem unverändert soliden braungrauen Fachwerk dominierte noch immer der ockergelbe Putz der Vorkriegszeit, an den sich Jakob Winter seit frühester Kindheit erinnern konnte. Damals war über dem Eingang ein aus Stuck gefertigter Rundbogen angebracht gewesen, der mehrere Fachwerkstützen überspannte. »Zur silbernen Leuchte« stand darauf in Frakturschrift. Einmal hatte er als Kind zugeschaut, wie der Schriftzug vom alten Malermeister Bloch nachgebessert worden war. Der alte Bloch, so viel hatte er Ende 1945 in Erfahrung bringen können, war 1944 in Theresienstadt umgekommen, wohin man die alten Juden gebracht hatte, die 1941 aus Altersgründen nicht am Transport nach Riga teilhaben durften. »Teilhaben durften?« Die schleimige und zugleich verschleiernde Nazisprache drängte sich immer noch in seine Erinnerungen.

Bloch war der erste jüdische Inhaber eines Malergeschäfts in Seelbach gewesen. Als es im November 1941 geheißen hatte, die württembergischen Juden würden nach Osten geschafft, um in den frisch eroberten Gebieten neu zu siedeln, hatte Leo Bloch darauf gedrängt, mitzukommen. Aber er war damals schon fast 70 und alle, die älter als 65 waren, wurden von der als »Umsiedlung« kaschierten Deportation ausgeschlossen.

Bloch hatte 1938 seinen Betrieb arisieren müssen. Ein Neuanfang im Osten schien ihm nach Jahren des Elends eine verlockende Alternative zu sein.

Der Rundbogen aus Stuck war abgeschlagen worden, als im Frühjahr 1939 aus der »Silbernen Leuchte« das »Waldhorn« wurde. Ein aus Schwäbisch Hall stammender SA-Mann namens Horlacher war der neue Besitzer.

Zügig überquerte Jakob den Marktplatz und steuerte auf ein imposantes Fachwerkgebäude zu, das älteste und zugleich größte Haus am Platze. Das Erdgeschoss war durch einen brachialen Umbau verschandelt worden, der es ermöglichte, auf einer durchgehenden Fläche den ersten »Konsum« im Ort einzurichten. Viele Jahrzehnte war hier der Kolonialwarenladen der Familie Weiß gewesen. Kurze Zeit versuchte der loyale Angestellte Kurt Langer das Geschäft pro forma »arisiert« weiterzuführen. Doch der frühere Sozialdemokrat stand damals schon unter ständiger Beobachtung der neuen Mächtigen. Das Scheingeschäft flog auf, er wurde sogar eine Zeitlang wegen »illegaler Geschäftsbeziehungen zu Juden« eingesperrt. Immerhin konnte Weiß noch verkaufen.

Jakob Winter versuchte, sich an die einzelnen Mitglieder der Familie Weiß zu erinnern. Kein einziges der ihm bekannten Familienmitglieder war aus den Vernichtungslagern zurückgekehrt. Ihre ganz besondere Tragödie war der Umstand, dass sie Deutschland noch rechtzeitig verlassen hatten. Doch dann wurden sie in Frankreich vom Vormarsch der Wehrmacht überrollt, von der französischen Polizei festgesetzt und später an deutsche Stellen ausgeliefert. Der alte Weiß starb mit seiner Frau in Theresienstadt, die beiden Töchter in Auschwitz. Besonderes Pech hatte der Sohn Ulrich. Er hatte Kontakt zu Kreisen der französischen Résistance und ging rechtzeitig vor der Verhaftung der deutschen Juden in den Untergrund. Bei einer Routinekontrolle seiner gefälschten Papiere verlor er die Nerven, rannte davon und wurde so unglücklich in den Rücken geschossen, dass er wenige Tage später verstarb. Keine der beiden Töchter hatte jemals geheiratet, obwohl sie schon zu Beginn der Nazizeit im heiratsfähigen Alter gewesen waren. Er dachte an das immer traurige Clärchen Weiß, das mit einem Angestellten der Schwäbisch Haller Bausparkasse verlobt gewesen war. Auf Anraten seiner Vorgesetzten nahm dieser bereits lange vor dem Erlass der Nürnberger Rassegesetze Abstand von der Vermählung mit einer Jüdin. Jakob hatte Clara Weiß oft im Laden gesehen, wenn ihn seine Mutter oder die Köchin zum Einkaufen schickten. Meist waren nur Kleinigkeiten zu besorgen. Die große Lieferung brachte schon immer der alte Weiß am Vortag des Schabbes. Es war ein festes Ritual, das ihn durch seine Kindheit begleitete. »Die Weiß-Sachen abladen«, hallte die Donnerstimme des Großvaters durchs Haus. Oder sie wurden von der Köchin Emma Goldner zu dieser Arbeit herangezogen. Zuständig für das Hereinschleppen der Kisten war eigentlich sein sechs Jahre älterer Bruder Elias. Doch der nahm ihn, das jüngste von vier Kindern, schon früh in die Pflicht. Gelegentliche Versuche, sich dieser Aufgabe zu entziehen, bestrafte der kraftstrotzende Ältere mit Püffen und wechselnden kleinen Quälereien, von denen ein schmerzhaftes Drehen des Ohrläppchens sogar noch eine der angenehmeren war, weil diese Tortur nur kurz anhielt.

Bis 1931 kam Weiß noch mit einem leichten Einspänner, der von einem mageren Pferd gezogen wurde. Der alte knorrige Gaul stand geduldig vor dem Haus. Als vier oder fünf Jahre altes Kind hatte er ihn gefürchtet. Sein Vater, der zu Beginn des Weltkriegs bei der Reiterei gewesen war und somit den Umgang mit Pferden aus dem »Effeff« beherrschte, wie man in der Familie zu sagen pflegte, hatte ihn von Mal zu Mal näher an den Wallach herangeführt und ihm schließlich gezeigt, wie man ihm ein Stück Zucker gab. »Immer von der flachen Hand«, hatte der Vater ihn ermahnt, »dann passiert den kleinen Fingerchen nichts.«

Als die Kreatur zu schwach geworden war, brachten ihn seine Besitzer zum Metzger, was Jakob mit Entsetzen hörte. Er aß daraufhin zwei Jahre keine Wurst, wobei Pferdesalami schon aus Gründen der Einhaltung jüdischer Speisegesetze nicht zu den Delikatessen gehörte, die ein fester Bestandteil der Winter'schen Küche waren.

Kurze Zeit später machte der Kolonialwarenhändler Weiß seine Auslieferfahrten mit einem nagelneuen Opel »Blitz«. Sobald der kleine Lastwagen vor der Treppe der »Weißen Villa« abgestellt wurde, setzte sich Jakob von nun an einen kurzen Augenblick ins Führerhaus, bis ihn Elias dazu anhielt, sich gefälligst am Abladen zu beteiligen. Das war nicht wenig, denn im Haushalt der Winters mussten mit den Bediensteten um die 15 Personen verköstigt werden. Neben Großeltern, Eltern und den vier Kindern lebte noch die immer kränkelnde Großtante Magda im Haushalt, die älteste Schwester der Großmutter, wie diese eine geborene Günzburger, die, obwohl angeblich dreimal verlobt und von Hause aus eine gute Partie, immer ledig geblieben war. Ihre gesundheitlichen Störungen und die daraus resultierenden Aufgeregtheiten und hektischen Aktivitäten legten sich gelegentlich wie Mehltau auf die überwiegend heitere Grundstimmung des Hauses.

Jakob Winter hatte nun das Rathaus vor sich. Ein Blick auf seine amerikanische Armbanduhr, die ihn seit 1944 durch zahlreiche Länder begleitet hatte, verdeutlichte ihm, dass noch eine Dreiviertelstunde Zeit bis zu seinem Termin war. Als er vor ein paar Wochen aus Israel angerufen hatte, der Aufbau der Verbindung hatte fast zwei Stunden gedauert, wurde ihm ein Termin um 12 Uhr vorgeschlagen. Man habe dann eigentlich Mittagspause und somit genügend Zeit, sein Anliegen ungestört zur Kenntnis nehmen und gegebenenfalls gleich bearbeiten zu können. Das sei zwar nicht üblich, aber bei ihm mache man eine Ausnahme.

Er überlegte kurz, ob er schon jetzt hineingehen sollte. Bei seinem letzten Besuch hatte er auch nicht gefragt, ob irgendjemand Zeit dafür hatte, was seiner Meinung nach zu tun war. Aber damals kam er als Angehöriger der amerikanischen Streitkräfte und es stand außer Frage, dass die Angestellten und Beamten der Kommunalverwaltung – vom Bürgermeister bis zum Amtsboten – seinen Anweisungen Folge zu leisten hatten. Zumindest war das in den ersten Monaten so. Mit wachsender Dauer der Besatzung lernten die Besiegten rasch, wer mit wem konnte und an wen man sich mit heiklen Anliegen zu wenden hatte und an wen besser nicht. Und der damals neu eingesetzte Seelbacher Bürgermeister, der jetzt immer noch im Amt war, hatte nach und nach über Bürgermeisterkollegen in Erfahrung bringen können, dass zwar der zuständige General ein ausgemachter Judenfreund war, hingegen der unmittelbar für ihren Raum zuständige Colonel Clark keine besonderen Sympathien für die Angehörigen des auserwählten Volkes hegte. Immer öfter gelang es nun dem Seelbacher Bürgermeister Horn, darauf hinzuwirken, dass der von »Rachegedanken zerfressene« deutschstämmige Besatzungssoldat Jakob Winter in die Schranken gewiesen wurde, die die Seelbacher über ihre rasch wachsenden Kontakte zu den wichtigsten Leuten der Besatzungsmacht nun immer unverblümter einforderten.

Jetzt, einige Jahre später und dazu in privater Mission, war es wahrscheinlich nicht Erfolg versprechend, vor der vereinbarten Uhrzeit in die Räume des beschaulichen Bürgermeisteramtes vorzudringen. Höflich, aber bestimmt würde ihn einer dieser kleinen Beamten mit dem Verweis auf wichtige andere Angelegenheiten auf später vertrösten.

Er beschloss, noch einmal sein früheres Zuhause aufzusuchen, und nahm sich zugleich vor, das Haus nicht zu betreten. Ehe dies wieder geschehen konnte, mussten all die Dinge geregelt sein, die ihn erneut hierhergeführt hatten. Er durchschritt den schmalen Durchlass, der den Marktplatz vom historischen Klosterhof abgrenzte. Gleich neben dem baufällig gewordenen Torbogen stand in gutem Zustand eines der wenigen Häuser, die frisch verputzt waren. Hier hatte der weit über Seelbach hinaus bekannte Arzt Dr. Max Goldmann seine Praxis gehabt, der als erster Jude das Wagnis eingegangen war, im Klosterhof ein Haus zu kaufen. Auch wenn keine offene Feindseligkeit aufkam, so brachte der Umstand, dass sich nun ein Jude im bislang nur von Christen bewohnten historischen Ortskern niederließ, Unruhe in die evangelische Gemeinde. Selbst der Umstand, dass er nur eine völlig heruntergewirtschaftete Bruchbude erwarb, die er abriss und durch ein stattliches Gründerzeithaus ersetzte, ließ keine Ruhe einkehren. Unbeirrt hiervon richtete er die Praxisräume und eine schöne Wohnung für seine nur dreiköpfige Familie ein, die sich über zwei Stockwerke erstreckte. Die Juden, die in Seelbach zu Beginn des Jahrhunderts fast die Hälfte der Bevölkerung ausmachten, hatten in ihren Straßen und Vierteln zu bleiben. Wo sollte das noch enden? Zuletzt war man in seiner eigenen Straße ein Fremder. Das hinderte die meisten christlichen Seelbacher allerdings nicht daran, die Praxis von Dr. Goldmann aufzusuchen, wenn ärztlicher Rat oder eine Behandlung geboten waren. Im Umkreis von dreißig Kilometern gab es keinen besseren Arzt. Und außerdem behandelte Dr. Goldmann, der als erster Jude auf der Liste der sozialdemokratischen Partei in den Seelbacher Gemeinderat gewählt worden war, viele Arme umsonst. Von den Wohlhabenden hingegen nahm er reichlich und gab sich dabei auch nicht die Blöße, seine Leute besserzustellen als die Gojim.

Mit schnellen Schritten überquerte Jakob Winter den Klosterhof. Frauen hasteten mit gefüllten Einkaufstaschen und den in Mode gekommenen Einkaufsnetzen nach Hause. Viele trugen Kopftücher, obwohl es nicht kalt oder regnerisch war. Gleich war Mittag. Ein schmaler Weg führte ihn zwischen Hausgärten hindurch zur Frommbergstraße. Im vorletzten Garten stand noch immer der Kirschbaum, den sie als Kinder mit großem Vergnügen geplündert hatten.

»Macht, dass ihr fortkommt, ihr Judenbengel!«, hatte der alte Huter ihnen nachgebrüllt und dabei ungelenk mit seinem Gehstock in der Luft herumgerudert.

»Judenbengel« hatte er auch dann zu ihnen gesagt, wenn sie nicht im Begriff waren, seine Kirschen oder, etwas später im Jahr, die saftigen Birnen zu stibitzen. Der Birnbaum fehlte jetzt in dem verwilderten Garten. Hatte man ihn in der schlechten Zeit zu Brennholz zersägt?

Huter war nun schon etliche Jahre tot. Nach Kriegsende hatte er ihn mehrfach aufgesucht, um mehr über das Schicksal seiner »Ome« zu erfahren. Er war kein schlechter Mensch gewesen, der Huter, eher noch ein guter. Mehrmals hatte er seine Großmutter im provisorischen Altersheim im Schloss Eschenau besucht und er war mutig genug gewesen, sie wenige Tage vor dem Abtransport zu warnen. Das wusste Jakob Winter nicht von ihm selbst, der Alte hatte nichts dazu gesagt. Er hatte es von einer Krankenschwester erfahren, die unmittelbar vor der Deportation der betagten Altenheiminsassen die Aufgabe zugewiesen bekommen hatte, die Frauen einer Leibesvisitation zu unterziehen.

Der alte Huter hatte vor niemandem gekuscht. Vor den Nazis nicht und nicht vor ihm, als er in amerikanischer Uniform vor ihm stand, damals im Juni 1945. Fast distanzlos hatte er ihm die Hand auf den Unterarm gelegt. »Na, Judenbengel«, sagte er nur und verdrückte dabei eine Träne. Ja, Huter war ein Guter gewesen. Das reimte sich und entsprach den Tatsachen.

Ein Guter, wie auch der Leiter der Ortspolizei, Oskar Angelbauer, mit dessen Sohn Alfred Jakob nicht nur eng befreundet, sondern zum Leidwesen sowohl der Winters als auch der Angelbauers einige Zeit in der kommunistischen Jugend aktiv war. Ein Skandal fast. Der Sohn des Postenleiters der örtlichen Polizei und der Sohn des bedeutendsten Unternehmers der Stadt bei den Kommunisten. War denn alles aus den Fugen? Jedenfalls gab es keine gesicherte Ordnung mehr. Weder für den christlichen Sozialdemokraten Angelbauer noch für den bis in die Knochen deutschnational gesinnten jüdischen Spiegelfabrikanten Joseph Winter.

Am Ende des Schotterweges, noch ehe er die Frommbergstraße erreicht hatte, wurde die Sicht auf die etwas höher am Hang gelegene »Weiße Villa« frei. 123 Stufen führten zu ihr hinauf. Jakob hatte sie als Kind oft gezählt. Und trotzig hatte er wieder von vorne mit Zählen begonnen, wenn ihn sein sechs Jahre älterer Bruder Elias mit seinen Scherzen so verwirrt hatte, dass am Ende 124 herauskam oder 122 und einmal sogar nur 119. Sein kindlicher Glaube daran, dass es 123 Stufen sein mussten, wurde nie erschüttert. Aber er wollte es bewiesen sehen. Und während Elias feixend davonstürmte, um noch vor dem Essen einige ausgesuchte Leckereien bei der Köchin Emma »abzugreifen«, wie er es nannte, ging Jakob wieder hinunter zur Frommbergstraße und begann erneut, die Stufen zu zählen. Das war vor 1933 gewesen. Er ging damals auf die Seelbacher Volksschule, sein Bruder besuchte das Schwäbisch Haller Knabengymnasium. Elias kam meist mit dem Zug und Jakob wartete auf ihn häufig zusammen mit Alfred Angelbauer, den er immer nur »Alfi« genannt hatte, am Bahnhof.

Bei Angelbauers gab es erst um eins Essen, da der Polizist nicht früher zu Hause erschien. Dass das nichts mit dem Dienst zu tun hatte, sondern mit einer lange im Verborgenen blühenden Liaison mit der verwitweten Engelwirtin Cäcilie Giebel, kam erst Jahre später ans Licht, dann aber mit Macht, oder – wie man so sagte – »volle Pulle«.

Immerhin 14 Jahre lang war es dem Polizisten und der Wirtin gelungen, die Beziehung geheim zu halten, was in einer Kleinstadt höchst ungewöhnlich war. Natürlich wollten später viele gewusst haben, zu welchem Zweck der Polizist durch den weitläufigen Garten und den Sommerkeller in den Teil des Hauses vordrang, den die Wirtin auch für ihre langjährigen Bediensteten niemals zugänglich machte. Respektvoll sprachen alle davon, dass sie auf diese Weise das Andenken an ihren bereits früh verstorbenen Mann wahren wollte, der in diesem Keller zu Tode gekommen sei. Böse Zungen behaupteten, er sei nachts schwer berauscht beim Versuch, noch einen weiteren Krug Most zu holen, die Sandsteintreppe hinuntergestürzt und anderntags den Folgen seiner schweren Schädelverletzungen erlegen.

Als die Affäre dann 1942 aufflog, war die so lange betrogene Ehefrau nicht aufzuhalten. Sie denunzierte ihren Mann beim Ortsgruppenleiter. Und da ein Ehebruch zwar moralisch verwerflich, aber ansonsten nicht zu beanstanden war, köderte sie diesen mit dem Hinweis, dass ihr Mann, der Leiter der Ortspolizei, die Familie Winter im Herbst 1941 vor der drohenden Deportation gewarnt habe. Ohne Folgen zwar, denn niemand aus der Familie machte den Versuch, sich dem anstehenden Abtransport zu entziehen, aber dennoch, das war nicht weniger als der Verrat von Dienstgeheimnissen an Juden, Hochverrat also, Verrat am Führer und an der Volksgemeinschaft. Ortsgruppenleiter Karl Gauder sah endlich die Gelegenheit, dem früheren Sozialdemokraten Angelbauer den entscheidenden Schlag zu versetzen. Er hatte es nie verwunden, dass dieser 1933 nach kurzer Abberufung aus seiner Funktion auf Drängen des damaligen Bürgermeisters Walter Knecht wieder in sein Amt eingesetzt worden war. Jetzt konnte er endlich dafür sorgen, dass Oskar Angelbauer noch mit 48 Jahren an die Front musste. Und nicht nur das. Für sein nachgewiesenes volksschädliches Verhalten kam er in ein Strafbataillon und fiel 1943 an der Ostfront. Dies geschah wenige Tage, bevor es dem immer fröhlichen Alfi am 14. Juli ganz in der Nähe der Ortschaft Prochorowka nicht mehr gelang, seinen brennenden Panzer zu verlassen.

Manche sagten später, das sei die gerechte Strafe für Agathe Angelbauer gewesen, die ihren einzigen Sohn über alles vergötterte, zumal gleich mehrere Seelbacher dabei gewesen sein wollten, als die Engelwirtswitwe die Angelbauerin »bis an den letzten Tag« verflucht habe. »Kein Stein soll ihr auf dem anderen bleiben. Keinen einzigen glücklichen Tag soll sie jemals wieder erleben.«

Aber andere fanden, das ginge dann doch zu weit, immerhin sei die Engelwirtin ja ein ganz »abg'schlagnes Ripp«, die Verführerin, die »Lacke«, die eigentliche Hur' gewesen und somit zumindest mitschuldig am Schicksal von Oskar Angelbauer.

Ein Blick auf die Uhr verdeutlichte Jakob Winter, dass es Zeit war, umzukehren. Er hatte ohnehin nicht die Absicht gehabt, die 123 Stufen hinaufzusteigen. Ihn interessierte auch nicht, wer derzeit in der Villa wohnte. Das war im Augenblick nicht von Belang. Das würde erst eine Rolle spielen, wenn es darum ging, das Procedere der Rückübereignung praktisch in Angriff zu nehmen.

Natürlich war das ein großer Fehler gewesen, die Sache in den Jahren '45 und '46 schleifen zu lassen. Als Angehöriger der US-Streitkräfte hätte er die Rückübereignung binnen Tagen durchsetzen können. Dass er damals nicht sofort aktiv wurde, hatte seine Gründe. Den Ort Seelbach konnte er nur unter Aufbietung aller Kräfte mit unendlicher Wut und in großem Schmerz aufsuchen. Von der jüdischen Gemeinde, die in den zwanziger Jahren fast die Hälfte der Wohnbevölkerung ausmachte, war niemand mehr da. Und die Gojim? Mit erhobenem Haupt begegnete ihm einzig Franz Huter. Wobei dieses Bild nicht stimmte, denn dem hatte die Bechterew'sche Krankheit das Kreuz in die Waagrechte und den Kopf nach unten gezwungen. Trotzdem war er der einzige Aufrechte in Seelbach. Und die anderen? Die Witwe Angelbauer brach in Tränen aus, als er das Gartentor zu ihrem Grundstück öffnete, um sich nach Alfi zu erkundigen. Auf der Straße hasteten viele Frauen mit scheuen Blicken an ihm vorbei. Frauen waren damals im Ortsbild deutlich in der Überzahl. Viele wichen ihm aus, teils aus Scheu, aus Unsicherheit dem Besatzungssoldaten gegenüber, der früher einmal einer der ihren gewesen war. Einer der ihren? Wohl nicht ganz, aber einer von hier, der Enkel des Salomon Winter, der mit dem wirtschaftlichen Erfolg seiner Spiegelfabrikation viele im Ort in Arbeit und Brot gebracht hatte, der auch in der Krise der späten zwanziger Jahre keinen einzigen Mitarbeiter entlassen hatte. Noch nicht einmal diejenigen, die als Erste im braunen Hemd herummarschierten, obwohl der Bürgermeister ihm den Rat gegeben hatte, das Gesindel rauszuschmeißen.

»Es sind verwirrte junge Leute«, hatte das charismatische Oberhaupt des Hauses Winter erwidert. »Wenn ich sie um die Arbeit bringe, werden ihre Verwirrungen und ihr Hass auf uns Juden noch weiter zunehmen. Wenn sich einer bei der Arbeit nichts zuschulden kommen lässt, kann er meinetwegen in seiner Freizeit im kackbraunen Hemde herumlaufen.«

Schon kurz nach dem 30. Januar 1933 legten die jungen Nazis, die in der Winter'schen Spiegelfabrik vor allem in der Verwaltung tätig waren, ihre braunen Hemden auch während der Arbeitszeit nicht mehr ab. Und später, als man seinen Sohn Joseph, der zum Jahreswechsel 1933/34 die Führung der Geschäfte übernommen hatte, aus der Firma jagte, war es einer dieser braunen Rotzlöffel, der ihn mit den Worten »Itzig Winter, du hast in einem arischen Betrieb nichts mehr zu suchen« aus dem Chefbüro wies. Gottfried Metzig war das gewesen, ein früherer Schulkamerad von Elias, der mit diesem Mistkerl während der ersten Schuljahre sogar freundschaftlich verkehrte und ihn hin und wieder mit nach Hause brachte. Metzig hatte sich später lange vor der Einberufung zur Wehrmacht drücken können. Die Leitung der Spiegelfabrik, die jetzt optische Teile für Scherenfernrohre und andere wehrtechnische Produkte herstellte, wurde als »kriegswichtig« eingestuft. Schließlich erhielt er 1944 doch noch seine Einberufung und starb ein Dreivierteljahr später bei der sinnlosen Verteidigung der zur »Festung« ausgerufenen schlesischen Metropole Breslau. Für die Leitung der arisierten Winter'schen Spiegelfabrik war er bestens qualifiziert gewesen. Im Nahkampf gegen erfahrene sowjetische Infanteristen hatte Metzig nichts zu bestellen.

Der Großvater hatte ihn eingestellt, trotz seiner nur mäßigen Schulzeugnisse. Er hatte ihn gefördert, auch wenn Prokurist Jänke, der, obwohl SA-Angehöriger, dem Alten bis zum Schluss treu ergeben war, dafür plädiert hatte, ihn nach einer misslich verlaufenen Probezeit zu entlassen.

Aber der in seiner Jugendzeit äußerst lebensfrohe und erlebnishungrige Großvater hatte nur gelacht. »Jänke, Sie sind nicht optimistisch genug. Die jungen Pferde lernen später schon noch, den Karren zu ziehen.«

In einem hatte Großvater Recht. Jänke war kein Optimist. Wiewohl überzeugter Nationalsozialist, teilte er doch deren Rassenideologie nicht, dafür war er zu klug, zu gebildet. Die Ostjuden mussten seiner Meinung nach unverzüglich dorthin zurückgebracht werden, wo sie herkamen. Dagegen waren Leute wie sein Chef wichtig für die Wirtschaft und das Gemeinwesen. Er warnte die Winters schon früh vor drohender Gefahr. Aber der Großvater lachte nur. Er lachte in seiner dröhnenden, nimmer endenden Art, die das ganze Haus, das Familienleben und den Betrieb nachhaltig beeinflusste. Wenn der Alte in seinem Kontor lachte, löste sich die Anspannung der Beschäftigten. Joseph war immer anders gewesen. Und das im Weltkrieg Erlebte hatte ihn noch stiller und ernster werden lassen. Der Wesensunterschied zwischen Vater und Sohn hätte kaum größer sein können. Zumal der Alte groß gewachsen und massig daherkam, Joseph hingegen eher seiner Mutter glich, die bis ins hohe Alter zierlich wirkte.

So ungleich war das Verhalten von Vater und Sohn auch am 20. April 1922, einem fürchterlichen Tag. Sturmböen krachten gegen die frisch getünchten Wände der Villa. Der nicht enden wollende Starkregen peitschte wuchtig gegen die Fenster. Eigentlich war dieser Tag für einen Judenjungen ein gänzlich schlechter Zeitpunkt, das Licht der Welt zu erblicken. Schon Jakobs elfter Geburtstag, an dem der Großvater ihm eine neue, größere Dampfmaschine schenkte und das damit angetriebene, feinteilig aus Blech nachgebildete Sägewerk gleich dazu, wurde wie alle späteren Geburtstage bis zur Deportation überlagert von »des Führers Geburtstag«. Durfte ein Judenlümmel just an dem Tag feiern, an dem auch der Führer Geburtstag hatte? Die Frage wurde mehrmals gestellt, erstmals vom jugendlich wirkenden und voller Elan auftretenden Referendar Heinrich Grosse, der am kleinen Jakob in der Sexta des Haller Knabengymnasiums ein Exempel statuierte:

Anders als bisher üblich sang die Klasse dem Geburtstagskind am 20. April 1933 das erste Mal kein Lied.

Aber an diesem Tag elf Jahre zuvor beglückwünschte ein kraftstrotzender Salomon Winter seinen Sohn, der durch das Auf und Ab des dramatischen Geburtsvorgangs, der seine Frau fast das Leben gekostet hätte, weshalb sie in Zukunft immer kränkeln würde, in völlige Erschöpfung verfallen war.

Dass Mutter und Kind überlebten, war einzig dem unermüdlichen Einsatz der erfahrenen Hebamme Charlotte Bühler zu verdanken gewesen, die Rosa Winter bei allen vier Geburten begleitet hatte. Im Verlauf ihres langen Berufslebens half sie im Ort fast sämtlichen Christen- und Judenkindern ins Leben. Jahre später musste sie fassungslos mit ansehen, ohne eingreifen zu können, wie die einen auf die anderen losgingen. Rosa Winter und ihren Töchtern begegnete sie ein allerletztes Mal im November 1941 unter dramatischen Umständen.

Damals, am 20. April 1922, war der Säugling so zierlich, dass die Hebamme den erschöpften Joseph mehrmals ermuntern musste, bis er sich getraute, auch sein viertes Kind unmittelbar nach der Geburt auf den Arm zu nehmen. Nur wenige Minuten später eilte er in den Salon, um seinem Vater die erleichternde Botschaft zu überbringen.

Salomon Winter hatte sich bereits einen Cognac eingeschenkt, was er üblicherweise um diese Zeit nicht tat. Jetzt hielt er seinem Sohn einen zwei Finger breit gefüllten Schwenker entgegen. »Erbärmliches Wetter, das.« Der Alte nippte an seinem Glas und legte seinem Sohn den freien Arm um die Schulter. Der massige, groß gewachsene Salomon war noch im Stile des letzten Jahrhunderts gekleidet, im schwarzen Gehrock, weißen Hemd mit gesteiftem Kragen und altmodischem Binder. Sein rotes Gesicht war eingerahmt von einem schlohweißen, dichten Bart und immer noch fülligem, weißem Haar, das er trotz der Mahnungen seiner gestrengen Gemahlin stets länger trug, als es einem Mann seines Alters und seines Standes geziemte. Zumal es ihm erst kurz vor der Jahrhundertwende gelungen war, sich als erfolgreicher Unternehmer in Seelbach zu etablieren. Er galt somit trotz anhaltendem Erfolg als neureicher Jude.

Salomon Winter entstammte mütterlicherseits einer traditionsreichen jüdischen Familie, die bereits in der achten Generation am Jebenhäuser Judenberg siedelte, der ab 1939, wie die ganze Gemeinde Jebenhausen, zu Göppingen gehörte. Hingegen war sein Vater ein armer galizischer Zuwanderer gewesen, den man in der Familie der Mutter nur ungern als Schwiegersohn akzeptierte. Genau genommen überhaupt nur, um »eine Schand« zu vermeiden. Aber das war noch gar nichts im Vergleich zu seiner Frau, die in gerader Linie von dem Geschlecht der Gutmanns abstammte, deren Angehörige 1777 von Memmingen aus maßgeblich die Ansiedlung einer jüdischen Gemeinde in Jebenhausen organisierten, die bis Mitte des 19. Jahrhunderts zu einer der größten in Württemberg heranwuchs.

»Soll man ›Glückwunsch‹ sagen? Oder hättest du gerne auf diesen Verreckling verzichtet?«

Joseph Winter hatte sich abgewöhnt, derartigen Ausbrüchen seines Vaters Beachtung zu schenken. Er wusste, dass dieser versuchte, sich mit einer nach außen getragenen Rohheit gegen die Verletzungen zu schützen, die man ihm als aufstrebendem jüdischen Unternehmer immer wieder zuzufügen versuchte.

»Willst du eine Zigarre?«, fragte Salomon seinen Sohn. Der schüttelte wortlos den Kopf. Joseph Winter war ein kleiner, zierlicher Mann, so gar nicht dem Vater ähnlich, und dies galt keineswegs nur für sein äußeres Erscheinungsbild. Während der Vater eine derbe, laute Sprache pflegte, von der die streitbare Mutter zuweilen schnippisch behauptete, sie gehe auf seinen Urgroßvater zurück, den geschwätzigen und ob seiner Streitsucht berüchtigten Viehjuden Zipflo Winter, der zu allem Übel auch noch jenisches Blut in den Adern hatte, war Joseph nicht nur von schmaler Statur, sondern auch anderen Menschen gegenüber stets zurückhaltend und höflich. Galt der alte Winter im Geschäftsleben zuweilen als rücksichtslos, war Joseph sowohl im Umgang mit Angestellten als auch in geschäftlichen Verhandlungen feinsinnig und leise und entsprechend beliebt. Zuweilen führte seine ruhige Beharrlichkeit zu größeren Erfolgen als die polternden Auftritte des Vaters, der sich in den Revolutionstagen, in denen die Fabrik unmittelbar vor der Besetzung stand, beinahe mit einem Teil seiner Arbeiter eine Schießerei geliefert hätte. Einer ihrer Anführer war ebenfalls Jude, was in der christlichen Gemeinde Verwirrung stiftete. »Jetzt schießen schon die Itzigs auf den Salomon«, spöttelte man im »Engel«, wo sich die »Neutralen« trafen.

Immer wenn Jakobs Vater seine depressiven Verstimmungen still vor sich hin lebte, wobei er niemals klagte und auch sonst keinerlei Bemerkungen über sein Unwohlsein und die dafür verantwortlichen Gründe machte, legte die Großmutter verschwörerisch einen Finger auf die Lippen und zog den Jungen, je nachdem, wo sie sich gerade aufhielten, in den Hausflur, in das Gartenhaus oder in die Küche, wo sie Emma, die in ihrem Reich nicht gestört werden wollte, missbilligend, zuweilen sogar regelrecht feindselig anschaute.

»Das ist der Krieg«, flüsterte die Großmutter dann in immer gleicher Wortwahl. »Das hat der Krieg aus ihm gemacht. All das furchtbare Leid und Elend. Dein Vater war früher ein so fröhlicher Junge.«

Während Vaters aus den Folgen des Krieges resultierendes seelisches Leiden immer wieder als Grund dafür herhalten musste, wenn er wortkarg, von Depressionen geplagt oder in Gedanken und somit nicht ansprechbar war, war das Leiden des Großvaters weniger offensichtlich. Es rührte ebenfalls, wenngleich auf völlig andere Weise, aus einem tief empfundenen monarchistischen Patriotismus. Salomon Winter hatte noch als Kind erlebt, wie Juden nicht nur im Alltag diskriminiert, sondern ihnen auf vielfältige Weise elementare Rechte verwehrt wurden, die die christliche Bevölkerung im Zweifelsfall hatte. Erst 1864 wurden die württembergischen Juden in vollem Umfang mit ihren christlichen Landsleuten gleichgestellt, was im Hause Winter zu einer ausgeprägt monarchistischen Grundeinstellung geführt hatte, die vom Vater auf den kleinen Salomon übergegangen war. Jetzt spielten Juden eine wichtige Rolle bei der Industrialisierung Württembergs und auch der Vater betätigte sich erfolgreich als Entrepreneur und gründete in Seelbach jene Spiegelmanufaktur, aus der später die Winter'sche Spiegelfabrik hervorging. Eng verbunden mit der monarchistischen Gesinnung war eine ungeheure Sympathie für alles Militärische. Mit der rechtlichen Gleichstellung der Juden waren sie auch der Wehrpflicht unterworfen. Im Krieg gegen Frankreich kämpften in den Jahren 1870/71 zahlreiche jüdische Freiwillige in den württembergischen Regimentern. Salomon Winter, der in diesen Jahren für einen aktiven Dienst noch viel zu jung war, sah mit vielen anderen patriotischen Juden mit großer Zerknirschung, wie nach dem erfolgreichen Kriegsverlauf jüdische Soldaten durch die Militärverwaltungen in einer Weise zurückgesetzt wurden, die dem Gedanken der Gleichberechtigung Hohn sprach. Selbst bei hervorragender Betätigung und ausgezeichneter Befähigung konnte kaum ein Jude Reserveoffizier, geschweige denn aktiver Offizier werden. Dass dies mit dem mosaischen Glauben zusammenhing, war offensichtlich, denn von den Einjährig Freiwilligen, die den jüdischen Glauben ablegten und sich taufen ließen, erhielt immerhin ein Viertel das Offizierspatent.

Diese Zurücksetzung kränkte das wirtschaftlich prosperierende, meist monarchistisch ausgerichtete jüdische Bürgertum, weshalb Salomon Winter mit großer Genugtuung zu sehen glaubte, wie dieses Unrecht »im Stahlbad des großen Krieges« hinweggefegt wurde. Beide Söhne, Arthur, sein Erstgeborener, und der zwei Jahre jüngere Joseph, wurden Kavalleristen und ob ihrer Bewährung in den Monaten nach Kriegsbeginn zügig befördert, was der Alte mit Stolz vernahm. Jetzt endlich schien sein Traum von der Gleichberechtigung in allen Lebensbereichen in Erfüllung zu gehen. Natürlich machten sich die Eltern Sorgen, lagen nachts oft lange wach. Mutter Bertha sprach mehrfach am Tag ihre Gebete, in denen sie die Bitte um Unversehrtheit ihrer beiden Söhne in den Vordergrund stellte. Dabei kreisten ihre Gedanken meist um den Jüngeren, der längst von seinem Gaul abgestiegen war und als Angehöriger einer Spezialeinheit in den Schützengräben der Westfront kämpfte und litt. Voller Stolz berichtete der Vater seinen Geschäftsfreunden, dass sein Sohn als einer der ersten des 154. Infanterieregiments das Eiserne Kreuz 1. Klasse und nachfolgend auch noch die württembergische Verdienstmedaille erhalten hatte. Dennoch war es nahe liegend, dass man sich um den Jungen, der bei Cambres während eines Sturmangriffs der Franzosen verwundet worden war, die größeren Sorgen machte. Doch obwohl er in allen wichtigen Schlachten der Westfront mitkämpfte, nahm der kleine Joseph wie durch göttliche Fügung keinen weiteren körperlichen Schaden.

Arthur hingegen verbrachte eine vergleichsweise vergnügliche Zeit auf dem Balkan. Er ritt mit seiner Einheit durch die flache südungarische Ebene, in der das Kavalleristendasein im Sommer ausgesprochen heitere Seiten aufwies, manches amouröse Abenteuer mit sich brachte und insbesondere nach Belieben eine reichhaltige Ergänzung der Verpflegung ermöglichte. In langsamem Vormarsch rückte seine Schwadron in Richtung Serbien vor, um die labile österreichisch-ungarische Besatzung zu stabilisieren. Zu Kämpfen kam es kaum. Höhepunkte waren Patrouillenritte, abendliche Techtelmechtel mit einheimischen Weibern und die Plünderung eines riesigen Weinlagers in Semendria. Immer wieder sprach man in Arthurs Einheit über die bevorstehende Beendigung des Krieges. Als dessen kleiner Bruder in den Kämpfen vor Verdun steckte, prosteten sich die deutschen Dragoner in Üsküb zu. Man war überzeugt davon, dass dieser Stoß den Franzos' endgültig in die Knie zwingen würde und sie alsbald nach Hause kämen. Einen langsamen Rückzug aus Serbien malten sie sich aus, unterbrochen von möglichst vielen Zwischenhalten mit abschließenden Gelagen und weiteren Begegnungen mit heißblütigen Schönen.

So konnte niemand wirklich damit rechnen, dass der württembergische Dragoner Arthur Winter, der stolz darauf war, als Jude in einer Eliteeinheit Dienst tun zu können, bei einem eigentlich harmlosen Ausritt im Raum Vranje fiel, aus der Ferne gut getroffen von einem Heckenschützen, der in seinem anderen Leben Jagd auf Wölfe und Bären machte und deshalb in diesem Krieg als Scharfschütze zum Einsatz kam. Kurze Zeit hielt sich im Regiment sogar das Gerücht, dass dieser tödliche Schuss mit einer Liebschaft im Zusammenhang stand, die der Württemberger mit einer Einheimischen begonnen hatte. Aber dann verwarf man diesen Gedanken, und die Eltern des Dragonerstabsfeldwebels Arthur Winter erhielten mit amtlicher Post die Nachricht, dass ihr Sohn für Heimat und Vaterland tapfer kämpfend auf dem Felde der Ehre in einem Gefecht nahe der Stadt Vranje gefallen sei. Das Regiment wahre ihm ein von tiefem Respekt getragenes Andenken.

Salomon Winter hatte sich nie wirklich von diesem Schlag erholt. Arthur war in seinen Augen der Begabtere der beiden Söhne gewesen, der Elanvollere, so ganz anders als sein zögerlicher, schüchterner kleiner Bruder, der sich für nichts anderes als die Chemie zu interessieren schien. Arthur sollte später einmal die Leitung der Firma übernehmen. Die Vorbereitung auf diese Aufgabe sollte beginnen, sobald der Krieg vorbei war. Salomon Winter machte sich bittere Vorwürfe. Hatte nicht auch sein stolzes Fordern, seine Bewunderung für alles Militärische den Geist seines toten Sohnes vergiftet? Hätte dieser, Student der Nationalökonomie in Tübingen und Heidelberg, nicht auch einen Schreibtischposten erlangen können?

Erst mit der Geburt von Elias, dem ersten Enkel, begann der Schmerz etwas nachzulassen. Jedes weitere Enkelkind ließ freudige Momente im Leben von Salomon und Bertha Winter aufflackern und so brachte auch die Geburt von Jakob weitere

Linderung, obgleich der Verlauf der Schwangerschaft in den letzten Wochen vielfältigen Anlass zur Sorge gegeben hatte. In den schlimmsten Stunden musste sogar befürchtet werden, dass die Mutter das Kind verlieren und sie selbst auch zu Schaden kommen könnte.

Der greise Firmenchef schenkte seinem Sohn unaufgefordert einen weiteren Cognac ein und paffte weiße Schwaden in den Salon. »Wir werden eine Annonce im ›Seelbacher Anzeiger‹ aufgeben müssen, die die Ankunft dieses neuen Erdenbürgers bekannt macht. Und natürlich auch im ›Israeliten‹ und in der ›Jüdischen Rundschau‹.«

Der Sohn nickte. Freudige Regungen waren in seinem melancholisch-ernsten Gesicht nicht zu entdecken. Joseph wusste nur zu genau, dass des Alten Erinnerungen bei derartigen Anlässen immer wieder um den toten Arthur kreisten. Und ihm wurde einmal mehr bewusst, dass der Vater den gefallenen Bruder immer für den besseren Sohn und fähigeren Nachfolger gehalten hatte.

»Der neue Rabbi wird morgen kommen«, sagte Joseph, bei dem sich der vor einem halben Jahr neu ins Amt eingesetzte Rabbiner Ariel Judin telefonisch gemeldet hatte.

»Das wird auch mal Zeit«, brummte Salomon Winter, der ein Freund und Vertrauter des verstorbenen Vorgängers David Öttinger gewesen war. Öttinger war ein Landrabbiner alten Schrots und Korns, der fast vierzig Jahre in Seelbach gewirkt hatte. Als der alte Betsaal nicht mehr ausreichte, hatte er mit großer Umsicht den Neubau einer kleinen Synagoge vorangetrieben, die 1892 im Beisein jüdischer, evangelischer und weltlicher Würdenträger eingeweiht worden war. Nach seinem Tod im Jahre 1921 hatte die Gemeinde den jungen Ariel Judin erwählt, der eine moderne Ausbildung am Berliner Rabbinerseminar absolviert hatte. Salomon Winter war entschieden der Meinung, dass der Mann einfach nicht hierher passte. Das Seminar war geprägt von den Einflüssen des bürgerlich-orthodoxen Judentums der Reichshauptstadt, in der immerhin fast ein Viertel aller deutschen Juden lebte. Es war zu vermuten, dass er sich mit den kauzigen Vertretern des schwäbischen Landjudentums schwertun würde.

Da das Neugeborene gesund war und Mutter Rosa über ihre keineswegs vollständig überwundenen gesundheitlichen Probleme mit niemandem sprach, konnte trotz der Schwierigkeiten bei der Geburt acht Tage später die Beschneidung gefeiert werden.

Nahezu alle religiösen Juden Seelbachs waren in die kleine Synagoge gekommen. Aus Künzelsau reiste Salomon Winters alter Freund Max Seligmann an, der neben zahlreichen Familienangehörigen auch den bekannten Religionslehrer Goldstein mitbrachte. Zur besonderen Freude von Großmutter Bertha hatten neben der Jebenhäuser Verwandtschaft auch zwei im badischen Schmieheim lebende Neffen den weiten Weg auf sich genommen.

Als das hübsch angezogene Kind in die Synagoge getragen wurde, erhob sich die Gemeinde und alle sprachen laut: »Gesegnet sei, der da kommt.«

Der Mohel, der nach Seelbach angereiste Beschneider, legte das Kind auf den vorgesehenen Stuhl, der nach altem Brauch zuvor für den Propheten Elia frei gehalten worden war. Der Beschneider eröffnete die Zeremonie, die Anwesenden antworteten ihm in vorgeschriebener Weise.

Rosas unverheiratete Schwester Anna Oberlander übernahm anschließend in ihrer Eigenschaft als Patin das Kind von der blassen, aber innerlich freudig erregten Mutter und reichte es an Max Goldmann weiter, der als bester Freund des Vaters zum männlichen Paten erwählt worden war. Der Arzt schüttelte den Kleinen sanft und gab ihn, wie vorgeschrieben, seinem Vater auf den Arm. Zum Sandak, zum zweiten Paten, hatte man Oswald Winter, einen in Frankfurt am Main lebenden Cousin Josephs, erwählt. Er saß auf dem eigens für ihn bereitgestellten Stuhl und bekam das Kind vom Vater gereicht.

Der Mohel sprach nun: »Gelobet seiest du, Ewiger, unser Gott, König der Welt, der uns heiligt durch seine Gebote und uns die Beschneidung befahl.«

Mit dem Beschneidungsmesser löste er die Vorhaut des Knaben und entfernte sie vollständig mit dem dafür vorgesehenen Kamm.

Das anhaltende, aber nicht sehr laute Weinen des seiner Vorhaut beraubten Kindes wurde alsbald vom Wechselvortrag von Joseph Winter und der ihm antwortenden Gemeinde übertönt, der damit endete, dass der Name des Jungen verkündet wurde: »Der in den Bund mit Abraham Aufgenommene soll Jakob heißen.«

Nachdem das Pflichtmahl gehalten und das Kind reich beschenkt worden war, stand Großvater Salomon auf und rief in die Runde: »Ihr Lieben, ich danke euch für euer Kommen. Der Tag war lang. Wir sind ermüdet. Der Wirt soll denen, die es wünschen, noch einen Bronfen bringen. Und dann ist Zeit zum Aufbruch.«

Die Sonne stand hoch, als sich Jakob Winter dem Seelbacher Rathaus näherte. Wenigstens dieses Gebäude war wohl vor kurzem umfassend saniert worden. Die Außenfassade strahlte in frischem Ockergelb, die Rahmungen der Fenster waren etwas dunkler abgesetzt und über allem leuchtete das Farbenspiel bunter Blumen, die von der Frau des Hausmeisters Kasubke mit viel Geschick in die Kästen gepflanzt worden waren, die vor allen Fenstern in Richtung Marktplatz hingen.

Kasubke war aus Ostpreußen gekommen, stammte aus einen winzigen Dorf in der Nähe von Tilsit, ein Flüchtling also. Ein Lungensteckschuss quälte ihn, ließ ihn endlos lange schleimig röchelnd husten. Fabrikarbeit als Schlosser war unmöglich geworden und so wurde aus der 1946 aufgenommenen Notstandsarbeit eine kärglich bezahlte Anstellung, immerhin mit kleiner Dienstwohnung im Dachgeschoss der nahe gelegenen Volksschule, die er ebenfalls hausmeisterlich zu betreuen hatte. Und da seine Frau noch ein paar Mark mit Putzen, Blumenschmuck und Grünpflege verdiente, reichte es gerade so.

Vom Turm der Michaeliskirche schlug es Mittag. Er war also auf die Minute pünktlich. Er traf Oberamtmann Holderied in dem Zimmer an, dessen Nummer ihm das Vorzimmerfräulein am Telefon genannt hatte. Holderied sprang auf, als es dreimal kurz an die Tür klopfte. Nun verharrte er mit im Ansatz ausgebreiteten Armen auf halbem Wege zwischen dem ausladenden Holzschreibtisch und der geöffneten Tür.

»Herr Winter?«

Und als der Ankömmling wortlos nickte, wies er mit einer knappen Geste auf einen freien Stuhl, der etwas abgerückt vor dem Schreibtisch stand.

»Nehmen Sie doch bitte Platz. Ich suche nur noch schnell die Unterlagen zusammen.«

In Wahrheit hatte Hermann Holderied nichts weiter zu suchen. Er hatte vielmehr schon vor Tagen alle relevanten Dokumente samt der zwischenzeitlich erstellten handschriftlichen Notizen in eine dieser neu in Mode gekommenen grünen Umlaufmappen gelegt. Auch das Bürowesen musste modernisiert werden, völlig klar. Aber dass deswegen gleich zweihundert grüne Umlaufmappen angeschafft werden mussten?

»Ach, hier sind ja Ihre Unterlagen.« Der Beamte nahm den Akt auf, der seitlich von ihm auf dem Schreibtisch abgelegt war. »Ich habe von Ihrem Anliegen gelesen und es auch, soweit dies bis heute möglich war, geprüft. Aber es gibt noch ein paar Unklarheiten, die zunächst ausgeräumt werden müssen. Um genau zu sein, es gibt noch erheblichen Klärungsbedarf.« Holderied räusperte sich und rückte seine dunkel gefasste Brille zurecht. Eine Angewohnheit, die er selbst lästig fand. Er ruckelte in unregelmäßigen Abständen an seiner Brille, obwohl sie zumeist richtig saß.

Jakob Winter schwieg und musterte den Oberamtmann. Er hatte bislang noch gar nicht darauf geachtet, wer ihm da gegenübersaß und wohl soeben damit begonnen hatte, ihm Scherereien zu machen. Da saß ein leicht fülliger Mann mit weichen Gesichtszügen, wohl Mitte, höchstens Ende dreißig. Der schon deutlich zurückgewichene Haaransatz ließ ihn vermutlich älter erscheinen. Das Resthaar legte sich in zahllosen kleinen Locken um den Hinterkopf. Obwohl es recht warm, ja fast schon heiß war, trug Holderied ein braunes Wolljackett, darunter ein kariertes Hemd, keine Krawatte, den obersten Knopf geöffnet. Bei der Begrüßung hatte er sehen können, dass der Mann eine wohl noch aus der Vorkriegszeit stammende dreiviertellange Hose und bis unter die Knie reichende grüne Wollsocken trug. Wie hatte man diese Beinkleider genannt? Knickerbocker? Richtig. Er hatte Derartiges seit etlichen Jahren nicht mehr gesehen. Dieses Stilelement war nicht in die wilde Melange unterschiedlichster kultureller Traditionen, Moden und Ausdrucksformen hineingeschwappt, die derzeit im Staat Israel, der das Kindergartenalter noch nicht überschritten hatte, aufeinanderprallten.

»Ich entnehme Ihren Unterlagen, dass Sie die israelische Staatsbürgerschaft angenommen haben.« Holderied hatte die grüne Mappe aufgeschlagen und blätterte geschäftig in den wenigen Papieren, die sich darin befanden.

Winter entgegnete nichts.

»Hier.« Der Beamte nahm ein Dokument aus der Umlaufmappe. »Eine Kopie Ihres israelischen Passes. Und da«, er nahm ein zweites Schriftstück aus dem dünnen Papierstapel, der vor ihm lag, »eine beglaubigte Abschrift Ihrer jüdischen«, er räusperte sich verlegen, »Ihrer israelischen Einbürgerungsurkunde, ausgestellt am 20. April 1949. Ein kurioses Datum.«

»Mein Geburtstag. Ein Zufall, was ist daran kurios?«

»Ja, Sie haben Recht, lassen wir das, das führt uns nicht weiter.« Holderied blickte auf, sah erstmals länger in Winters Gesicht. »Sie sind doch erst vor wenigen Jahren Israelit geworden. Weshalb wollen Sie nun die deutsche Staatsbürgerschaft erwerben?«

»Israelit, man sagt besser Jude, bin ich seit meiner Geburt. Ebenso Deutscher. Ich habe meine deutsche Staatsbürgerschaft nie aufgegeben, sondern die israelische zusätzlich angenommen.« Obwohl der kleine, drahtige Mann nicht laut geworden war, hätten seine Eltern, seine Geschwister und eine Reihe sehr guter Freunde nun gewusst, dass er verärgert war. Kaum merklich veränderte sich seine Stimmlage. Schon als Schüler hatte er immer äußerst kontrolliert gewirkt. Wenn es darauf ankam, besaß er eine ausgeprägte Fähigkeit zur Selbstbeherrschung und er hatte diese Eigenschaft in den beiden Jahren perfektioniert, in denen er Verhöre führte. Ab Mitte 1944 verhörte er kriegsgefangene deutsche Offiziere und nach der Kapitulation des »Tausendjährigen Reiches« saß er allen möglichen NS-Funktionären gegenüber. Einfachen SA-Männern, Ortsgruppenleitern und von Ende 1945 an immer öfter aufgespürten Angehörigen der Wachmannschaften von Konzentrationslagern – und dies mit einer Mischung aus Leidenschaft und Ekel. Auf höhere Funktionsträger war er dabei nicht gestoßen. Sofern sie nicht untergetaucht oder umgekommen waren, waren für diese Verhöre andere zuständig gewesen.

Holderied hatte die aus der Sprechweise Winters nur schwer herauszuhörende Verstimmung nicht wahrgenommen. »In den schlimmen Jahren, die hinter uns liegen, ist Ihnen dann doch wohl die deutsche Staatsbürgerschaft verloren gegangen.«

Winter schwieg. Nicht aus Wut oder Erstaunen. Ihn wunderte überhaupt nichts mehr. Wer so viele Variationen menschlichen Handelns kennen gelernt hatte, war durch nichts mehr in Erstaunen zu versetzen. Leise sagte er: »Was meinen Sie mit ›verloren gegangen‹?«

»Ja, nun, Sie haben Ihre deutsche Staatsbürgerschaft abgeben müssen.«

Jakob Winter lehnte sich auf dem unbequemen Stuhl zurück und verschränkte die Hände im Nacken. Dann schnellte er so geschwind nach vorne, dass Holderied sichtlich erschrak. »Mister Holderied, ich bin nicht hier, um Spielchen zu spielen. Wir beide wissen doch über diese Dinge Bescheid. Ich habe es erleben müssen und bei Ihnen als deutschem Beamten darf ich es zumindest heute als bekannt voraussetzen. Sie kennen

die 11. Verordnung zum Reichsbürgergesetz von
In guter deutscher Gründlichkeit wenige Tage vo
Transporten in den Osten in Kraft gesetzt.«

»Der Wesenskern dieser Bestimmungen ist mi

»Der Wesenskern? Das haben Sie ausgezeich
liert. Mit dieser perfiden Verordnung verloren alle Juden, die deportiert wurden, beim Passieren der Reichsgrenze ihre deutsche Staatsbürgerschaft. Und somit bestand für das Reich eine ausreichende Legitimation für den Zugriff auf die zurückgelassenen Vermögenswerte.«

Holderied blickte Jakob Winter über den Rand seiner nun doch leicht nach unten gerutschten Brille an. »Sie wollen die Fabrik zurück. Dabei handelt es sich um einen Vorgang, für den unsere Stadt nicht zuständig ist. Ich nehme an, dass das für Sie nur schwer durchzusetzen sein wird, denn die Nachkommen des Erwerbers haben bereits vor einigen Jahren einen völlig korrekten Kaufvertrag vorgelegt. Auch die Eintragungen im Handelsregister und im Grundbuch sind kaum zu beanstanden.«

»Darum geht es heute nicht, Herr Holderied. Es geht heute einzig und allein um das Aufleben meiner deutschen Staatsbürgerschaft, meinetwegen auch um deren Wiedererwerb.«

Nachdenklich kratzte sich der Beamte am Hinterkopf. »Es ist in der Tat sinnvoll, sich auf diesen Rechtskreis zu konzentrieren. Sie müssen wissen, auch wenn die Umstände dramatisch waren, ging Ihnen doch nach damals geltendem Recht die deutsche Staatsbürgerschaft verloren. Und solange ein damals Verfolgter von der Möglichkeit, die deutsche Staatsbürgerschaft geltend zu machen, keinen Gebrauch macht, wird er von der Bundesrepublik Deutschland nicht als Deutscher im Sinne des Grundgesetzes betrachtet. So weit die geltende Rechtsauffassung. In Ihrem Fall kommen aber noch weitere Gesichtspunkte hinzu.«

Holderied begann wieder in den Unterlagen zu blättern und fuhr dann fort: »Zum einen haben Sie per Dokument belegt, dass Sie Inhaber der israelischen Staatsbürgerschaft

a. Die Bundesrepublik Deutschland kennt keine mehrfache Staatsbürgerschaft. Und zum anderen konnte trotz der von mir intensiv betriebenen Nachforschungen kein Beleg für Ihre Geburt in Deutschland ausfindig gemacht werden. Dieses Problem wird dadurch verschärft, dass alle standesamtlichen Unterlagen Seelbachs als Folge länger anhaltender Beschießungen durch amerikanische Verbände im April 1945 verbrannt sind. Die Hitzeentwicklung in den Räumen des Standesamtes war so gewaltig, dass selbst Metallschränke keinen Schutz boten.«

»Weil hier eine versprengte SS-Einheit nach ihrem Eintreffen am Morgen des 21. April noch besonderen Durchhaltewillen zeigen wollte«, zischte Winter.

»In den Kirchenbüchern ist ja nichts über Ihre Familie zu finden.«

»Und die Dokumente der jüdischen Gemeinde Seelbach wurden 1938 vernichtet, als angeblich unbekannte Täter die Synagoge angezündet haben«, fuhr Winter lakonisch fort.

»Nun, zumindest mir sind die damaligen Täter unbekannt, da ich nicht aus dieser Gegend stamme. Mich hat es erst vor drei Jahren hierherverschlagen.«

»Und wie soll das jetzt weitergehen?«

Holderied war dankbar dafür, dass ihm dieser unbequeme Vorsprecher das Heft des Handelns wieder in die Hand gab.

»Sie wären, glaube ich, gut beraten, zuerst einmal Nachweise Ihrer Abstammung beizubringen«, dozierte er in verschrobenem Beamtendeutsch.

Jakob Winter verfiel in ein heiseres Gelächter. »Einer, der die ersten 19 Jahre seines Lebens immer hier gelebt hat, muss Nachweise seiner Abstammung für jemanden beibringen, der erst vor wenigen Jahren hier zugezogen ist.«

»So sind die Dinge nun einmal«, erwiderte Holderied mit ernster Miene und bedeckte den geschlossenen Hefter mit gefalteten Händen.

Als Jakob Winter mit in den Hosentaschen vergrabenen Händen anschließend die Stufen der Rathaustreppe hinuntereilte, zeigte ihm ein einzelner Glockenschlag an, dass er immerhin eine Stunde in der sonnendurchfluteten Amtsstube verbracht hatte. Wohin jetzt? Er blickte sich suchend um. Sollte er noch einen kurzen Abstecher zur alten Schule machen? Durch den nahe gelegenen Stadtpark waren es nur ein paar Schritte. Er konnte auch beim Kriegerdenkmal vorbeigehen, nachschauen, ob man seit 1934 etwas verändert hatte. Wäre ja möglich. Der angeblich demokratische Staat Bundesrepublik Deutschland existierte nun auch schon drei Jahre. War damit jünger als der Staat Israel.

Während Jakob Winter seinen Gedanken nachhing, gewahrte er auf der anderen Seite des Marktplatzes einen Mann, der offensichtlich schon seit geraumer Zeit ungeniert zu ihm herüberstarrte. Er stand regungslos neben einem fast neuen Traktor, einem roten Allgaier AP 17. Die eine Hand ruhte auf der glänzenden Motorhaube, mit der anderen verlängerte er den Schirm seiner grünen Bauernmütze. Jakob Winter erkannte den Mann sofort. Es war Friedrich Lang, der alte Köcherhofbauer, Vater seines damaligen Feindes Franz Lang und dessen jüngeren Bruders Gustav, mit dem er sich gleich während des ersten gemeinsamen Schuljahres in der Seelbacher Volksschule angefreundet hatte. Wenn er noch einen Blick auf seine alte Schule werfen wollte, musste er an ihm vorbei und dann links in Richtung Stadtpark abbiegen. Ohne Eile schlenderte auf den alten Bauern zu, der ihn regungslos anstarrte. Noch immer hielt er die rechte Hand in Verlängerung des Mützenschirms.

Als Jakob Winter in die Metzgergasse einbog, hatte er den Alten hinter sich gelassen. Sein Blick fiel auf das Gebäude mit der Hausnummer 11. Hier betrieb David Leonberger bis 1936 eine »Matzedeie«, eine Matzenbäckerei mit angeschlossener Schankwirtschaft. Noch während er sich zu erinnern versuchte, wann er das letzte Lebenszeichen eines Mitgliedes dieser vielköpfigen Familie erhalten hatte, hörte er hinter sich den Köcherhofbauern eine Beleidigung knurren, die er nun schon einige Jahre nicht mehr vernommen hatte: »Verrecken sollst, Scheißjud«, es hörte sich an wie ein Grunzen, »elender Scheißjud.«

In einer ersten spontanen Regung wollte er umkehren und dem Alten eine »scheuern«, wie man hier sagte. Aber er beherrschte sich, wie er es sich bei zahlreichen Gelegenheiten seit seiner Schulzeit zu eigen gemacht hatte.

In dem Haus, das über mehrere Generationen hinweg Leonbergers gehört hatte, befand sich heute ein Lebensmittelgeschäft. Durch das große Schaufenster, das er von früher nicht kannte, sah er, wie eine ihm unbekannte weibliche Person, wohl die Frau des Inhabers, eine einsame Kundin bediente. Die Geschäftsfrau sah einen Moment lang zu ihm heraus. Für sie war er ein Fremder. Einige Schritte weiter in Richtung Park befand sich unverändert eine Metzgerei. »Metzgerei Groninger« stand jetzt über dem Eingang. Noch immer musste man beim Betreten des Verkaufsraums zwei Stufen hoch, so wie damals, als in diesem Haus eine koschere Schlachterei betrieben wurde. Er dachte an Sigismund Cohn und bei dieser Erinnerung legte sich eine fröhliche Heiterkeit über die spontane Wut, die Langs Beleidigung in ihm ausgelöst hatte. Cohn war vermutlich in ganz Deutschland der Metzger gewesen, der am nachlässigsten mit den Regeln des rituellen Schlachtens umgegangen war. Er metzgerte auch für christliche Kunden und alle wussten, dass er es nicht so genau damit nahm, wem er koscheres Fleisch verkaufte und wem nicht.

Ihm fiel niemand aus der jüdischen Gemeinde ein, der darüber viel Aufhebens gemacht hätte. Wie sagte doch seine Großmutter immer, dabei einen Bibelvers zitierend, dessen Quelle er nicht kannte: »Dem Reinen ist alles rein, dem Unreinen hingegen ist alles unrein.«

Sigismund Cohn hatte ein unglaubliches Talent für das, was er immer mit einem schelmischen Lächeln als »Beziehungsknüpferei« bezeichnete.

»Wir Jidden«, pflegte er regelmäßig zu sagen, »werden umso eher Opfer, je mehr wir uns in unserer abgeschotteten

Welt verkriechen. Ein Goi, der mit dir Geschäfte macht oder sogar dein Freund oder wenigstens dein Geschäftsfreund ist, wird dir schon nicht den Schädel einschlagen.«

Nur wenige Jahre später sollte sich herausstellen, dass Sigismund Cohn mit dieser Einschätzung falsch lag.

Fünf Minuten später stand Jakob Winter vor seiner alten Schule, der Seelbacher Volksschule, wie sie auch jetzt noch hieß und die er zwischen 1929 und 1933 besucht hatte. Alles in allem verbrachte er hier eine schöne Schulzeit. Das sollte sich erst ändern, als er nach Abschluss der Grundschulzeit die Aufnahmeprüfung für das Haller Knabengymnasium bestanden hatte. Obwohl die Seelbacher jüdische Gemeinde eine der größten in Württemberg war, hatte man auf die Gründung einer eigenen jüdischen Schule verzichtet. Das lag zum einen daran, dass die neue Volksschule in den Jahren nach dem Weltkrieg gebaut wurde und die Stadt in großer Not ob der ungeahnten Kosten der örtlichen Kriegswohlfahrtspflege gerne bereit war, die großzügige Zustiftung des Fabrikanten Salomon Winter entgegenzunehmen, die es ermöglichte, den Schulhausbau bereits 1920 zu vollenden. Zum anderen wurden sowohl die konservativen als auch die sozialdemokratisch orientierten jüdischen Kreise von Personen dominiert, die einer Abschottung im Schulwesen entgegenstanden. Eine wichtige Rolle für den Bau einer gemeinsamen Volksschule hatte auch Dr. Goldmann gespielt, der 1919 als einer der beiden ersten Juden in den Seelbacher Gemeinderat gewählt wurde.

Der andere Gewählte war Pinchas Spighel gewesen, ein Glasmacher, den es 1898 aus Galizien zuerst nach Fürth und ein Jahr später nach Seelbach verschlagen hatte. 1904 hatte er Arbeit in Salomon Winters Spiegelfabrik gefunden.

Mit den Worten: »Ein Spighel, noch dazu einer, der von Glas was versteht, sollte doch in einer Spiegelmacherei Arbeit finden«, war er in Großvaters Büro getreten. Bis zum ersten Weltkrieg stellte der Seniorchef alle Arbeiter und Angestellten persönlich ein. Später hatte Pinchas diesen damit verärgert, dass er eine Gewerkschaftsgruppe aufbaute. Und 1918 hatte eine Delegation der neu formierten USPD mit Pinchas Spighel an der Spitze den Großvater als Fabrikdirektor abgesetzt und ihm das Betreten des Firmengeländes bei Strafe verboten. Diese Machtverschiebung hielt nur ein paar Tage an, doch Großvater Salomon war so aufgebracht und gekränkt gewesen, dass er Pinchas noch am Tag der Aufhebung der Fabrikbesetzung entlassen hatte und auch später nie mehr einstellte, obwohl aus der jüdischen Gemeinde immer dann Drängen, Bitten und Flehen zu vernehmen war, wenn es der vielköpfigen Familie wieder einmal schlecht ging, was regelmäßig der Fall war. Denn zu mehr als zu einer gelegentlichen Beschäftigung reichte es dem Glasmacher, der berühmt für sein präzises Arbeiten und sein umfassendes Wissen über alte Glaskunst war, niemals wieder.

»Da reicht man einem hergelaufenen Ostjuden die brüderliche Hand«, brüllte er seinen Sohn an, als dieser ein halbes Jahr nach dem Rauswurf nochmals den Versuch unternahm, den Alten zur Abkehr von seiner harten Entscheidung zu bewegen, »und dann versucht dieser, die ihm gebotene Hand abzuhacken.« Und an seinen Sohn gewandt fuhr er in unverminderter Lautstärke fort: »Und eins sage ich dir. Du kannst diesen Betrieb später nur erfolgreich führen, wenn du deine Sentimentalität zügelst. Sonst fressen sie dir die Haare vom Kopf.«

All die Jahre schlug sich Pinchas Spighel mit Gelegenheitsarbeiten durch. Mal arbeitete er als Bauhelfer oder Pflasterer, hin und wieder fertigte er etwas aus Glas und mehrfach versuchte er sich mit äußerst mäßigem Erfolg als Hausierer. Obwohl er sich abmühte, waren er und seine vielköpfige Familie in unregelmäßigen Abständen auf Leistungen der Fürsorgestelle und gelegentliche Unterstützungsleistungen der jüdischen Wohlfahrtspflege angewiesen. Dennoch wurde er, bekannt als unverdrossener und leidenschaftlicher Agitator, mehrmals für die USPD und später für die KPD in den Seelbacher Gemeinderat gewählt, wo er als Hauptgegner die

Sozialdemokraten ausmachte, die sich um Dr. Goldmann gruppierten.

Die knappe Mehrheit im Rat freilich hatte seit der gescheiterten Revolution stets ein konservatives Bündnis aus Deutschnationalen, zu denen sich Jakobs Vater Joseph als ehemaliger Frontsoldat und Offizier hingezogen fühlte, und der Bauern- und Weingärtnerbund, der im evangelischen Teil Württembergs einige Jahre eine ähnliche Bedeutung hatte wie das Zentrum für die katholische Seite, mit dem Unterschied freilich, dass die katholische Anhängerschaft später weit weniger eifrig zu den Nationalsozialisten überlief.

Immer dann, wenn Pinchas Spighel für sich oder eines seiner zahlreichen Kinder die Dienste des angesehenen Arztes in Anspruch nehmen musste, versuchte dieser, ihn davon zu überzeugen, die Energien doch besser gegen die Rechten statt gegen die Sozialdemokraten zu richten. Aber diesbezügliche Appelle, Bitten und Belehrungen fruchteten wenig, was Dr. Max Goldmann trotz gegenteiliger Empfehlungen von Parteifreunden und wütenden Einlassungen seiner Frau in seiner schier grenzenlosen Gutherzigkeit niemals davon abhielt, den in der Regel mittellosen Pinchas nebst Ehefrau und großer Kinderschar umsonst zu behandeln.

Dies wiederum hinderte Pinchas Spighel zu keinem Zeitpunkt daran, im Seelbacher Gemeinderat aufs heftigste gegen den »Sozialfaschisten Goldmann und seine Clique« zu wettern, was natürlich den Konservativen großes Vergnügen bereitete.

»Wenn der Jud sich selbst zerpflückt«, feixte einmal der Ankerwirt Hofbauer hinter seinem Tresen hervor, »brauchen wir die Drecksarbeit schon nicht selbst zu machen.« Hofbauer war einer derjenigen, die in Seelbach die meisten Mitglieder und Parteigänger des Bauern- und Weingärtnerbundes zur NSDAP hinführten.

Die Volksschule lag noch so vor ihm, wie er sie in Erinnerung behalten hatte. Sie wirkte verlassen. Nirgends lärmten Schulkinder. Offensichtlich hatte der Nachmittagsunterricht noch nicht begonnen. Oder hatte man ihn gar gänzlich abgeschafft? Den Bauern aus der Umgebung war er seit jeher ein Gräuel gewesen. Die Kinder fehlten bei der Stallarbeit und auf dem Feld und bekamen als Folge dieser ewigen Lernerei falsche Vorstellungen vom Leben. Was sollte ein Bauernkind schon werden? Bauer natürlich oder Bäuerin. Im schlechteren Fall Magd oder Knecht. Zur Not als Hilfsarbeiter »zum Winter« in die Fabrik, ins Sägewerk oder in die Waldarbeit.

Weil es in Seelbach aus den erwähnten Gründen keine Judenschule gab, kam der kleine Jakob, eben sieben Jahre alt geworden, nach Ostern des Jahres 1929 in die Volksschule. Die ersten beiden Klassen wurden vom Fräulein Hiller unterrichtet, einer ältlichen Jungfer, die es im Ort, zumindest was den Namen anbelangte, doppelt gab, denn ihre ebenfalls zeitlebens ledig gebliebene Cousine war »das Fräulein Hiller vom Amt«, die Sekretärin des Bürgermeisters, die diese Funktion auch behalten sollte, als der populäre Amtsinhaber Knecht, der sich immer als »Unabhängigen« bezeichnet hatte, vom nationalsozialistischen Bürgermeister Otterbacher abgelöst wurde.

Immerhin ein Jahr konnte Knecht seine Amtsenthebung hinauszögern, nachdem er den Vorschlag des Ortsgruppenleiters Karl Gauder brüsk abgelehnt hatte, seine Zugehörigkeit zur Bewegung durch den Eintritt in die Partei unter Beweis zu stellen.

Die Lehrerin Hiller setzte den kleinen Jakob auf das leere Stühlchen neben einem – ihrer Meinung nach – überaus vorlauten Jungen. Hier war das von der Mutter als zurückhaltend und schüchtern beschriebene Kind richtig platziert. Dass der kleine Jakob diese beiden Wesenszüge, sollte er sie außerhalb des familiären Umfeldes überhaupt jemals besessen haben, schnell verlor, wollte die von der Lehrerin wiederholt zur Rede gestellte Mutter lange nicht glauben. Selbst dann nicht, als nicht nur das Fräulein Hiller, sondern auch der Oberlehrer Veitinger der Mutter energische Vorhaltungen darüber machte, wie schwer doch der kleine Jakob zu bändigen sei.

Mit den Worten: »Du bist doch einer von den ›Winter-Juden‹«, begrüßte ihn sein Nebensitzer, um dann gleich weniger zuspitzend fortzufahren: »Ich bin Alfi und mein Vater hat mir gesagt, ich soll nett zu den Judenkindern sein, die zu mir in die Klasse kommen.«

Alfred Angelbauer war der Sohn Oskar Angelbauers, seines Zeichens Leiter des örtlichen Polizeipostens und neben Dr. Max Goldmann der zweite sozialdemokratische Gemeinderat Seelbachs. Das erschwerte ihm des Öfteren den Polizeidienst. Vor allem nach 1930 erfolgten immer wieder Überprüfungen durch das württembergische Innenministerium, die anfangs nach anonym vorgebrachten Anschuldigungen, später aufgrund von Eingaben nationalsozialistisch gesonnener Funktionsträger, meist der SA, aufgenommen wurden, jedoch niemals zu irgendwelchen amtlicherseits festgestellten Beanstandungen seiner polizeilichen Tätigkeit führten.

Den Ausgangspunkt für eine ganz enge Freundschaft zwischen Jakob und Alfred stellte eine handfeste Keilerei dar, die sich in der dritten Schulwoche auf dem Nachhauseweg abspielte. Mit anderen Jungen trieben die beiden eine leere, völlig durchgerostete Blechbüchse mit den Füßen die Metzgergasse hinauf, die die meisten Schüler nach der Schule entlanggehen mussten.

Immer dann, wenn Jakob die Dose zugespielt bekam, rief ihm Alfred Angelbauer zu: »Gib mir die Kirsche, Itzig Winter.«

Worauf ihn Jakob nach einer Weile anfuhr: »Wenn du noch einmal Itzig zu mir sagst, hau ich dich weg wie Puppendreck!«

Sie hatten das Cohn'sche Anwesen noch nicht passiert, als sich die beiden Jungen unter großem Gejohle und Geschrei der anderen im Staub wälzten. Alfred, der als einziger der Jungen bereits eigene Fußballschuhe besaß, die freilich sein Vetter aus Schwäbisch Hall schon vor ihm getragen hatte, was niemand zu wissen brauchte, galt bei den meisten aufgrund früherer Verläufe kindlicher Kraftmeiereien als der Stärkste in der Klasse. Umso mehr war er, aber auch die anderen Kinder, überrascht darüber, wie verbissen und hartnäckig der wenigstens einen halben Kopf kleinere Jakob kämpfte und auch dann nicht aufgab, als ihm das Blut aus den Nasenlöchern quoll.

Dieses Mal kam es zu keiner endgültigen Entscheidung. Sigismund Cohn stürmte mit blutbesudelter Schürze aus der Metzgerei, packte beide unter lautem Geschimpfe am Kragen und schüttelte sie. Die begleitenden Klassenkameraden kamen zu der Einschätzung, der Kampf sei unentschieden ausgegangen. Das war schmeichelhaft für Jakob, der erheblich mehr Blessuren erlitten hatte, aber die anderen Kinder sahen mit ihrem Urteil wohl auch die Gelegenheit, dem, wenn man vom Lesen und Schreiben absah, in allen Belangen überlegenen Alfred mit dieser nicht ganz korrekten Beurteilung mal eins auszuwischen.

»Also, Itzig, ich sage nie mehr Itzig«, stieß dieser außer Atem hervor und rotzte zur Bestätigung in die Kandel.

Dass Alfred an diesem Tag das schlechtere Los gezogen hatte, zeigte sich bei ihrer Ankunft im jeweiligen Zuhause. Während Jakob lediglich einige sanfte Ermahnungen von der Köchin Emma über sich ergehen lassen musste – ihrem Ansinnen, ihn mittels eines von ihr bespuckten Taschentuchs im Gesicht zu säubern, konnte er entkommen –, bekam Alfred ansatzlos zuerst die erwartete Ohrfeige der Mutter, denn das Loch im Ärmel seiner fast neuen Matrosenbluse war nicht zu verheimlichen. Und als der Vater – wie des Öfteren – erst nach ein Uhr vom Dienst kam, um hastig das Mittagessen hinunterzuschlingen, schlug dieser ihn, wenngleich nicht mit voller Kraft, mit dem abgenommenen Koppel seiner Uniform.

Das verhinderte freilich nicht, dass Jakob und Alfred, den nach und nach alle nur »Alfi« nannten, binnen kurzem schier unzertrennliche Freunde wurden. Der Sohn des Dorfpolizisten verkehrte an mehreren Tagen in der Woche in der »Weißen Villa«. Gerne kam er auch zu Beginn des Sabbats in das Haus der Familie seines Freundes. Die Männer trugen bereits ihre Kippas. Es war noch sauberer als sonst. Man reichte ungesäuertes Brot und kalte Speisen, die nicht mehr gekocht werden mussten. Obwohl Alfred nichts von jüdischer Religion verstand, genoss er die besondere Stimmung dieser Stunden. Er musste sich häufig Vorhaltungen seiner Eltern gefallen lassen, da er an diesen Tagen viel zu spät nach Hause kam.

Der Aufbau der Freundschaft zwischen Jakob und Gustl Lang gestaltete sich komplizierter und ging auch langsamer vonstatten. Gustav war das jüngste von vier Kindern des Köcherhofbauern Friedrich Lang, fast neun Jahre jünger als sein ältester Bruder Franz, der ihm, seit er denken konnte, immer wieder aufs Neue klar machte, dass er später einmal vom Hof nichts bekommen würde, da er aus der Sicht des Bruders keine einzige Sache richtig konnte und darüber hinaus auch noch »dumm wie Saubohnenstroh« sei, schlimmer noch, »dumm wie Kuhscheiße oder ein Judenfurz«.

Solchermaßen verunsichert kam das jüngste der Lang-Kinder jeden Morgen fünf Kilometer in die Schule gelaufen. Die ersten Tage wurde er noch von seiner sechs Jahre älteren Schwester Pauline begleitet. Das Mädchen sollte nächstes Jahr aus der Schule kommen und dann, wie ihre ein Jahr ältere Schwester Hermine, irgendwo im Hohenlohischen bei einem Teil der weit verzweigten Verwandtschaft ein Haushaltsjahr absolvieren.

Da Pauline an manchen Tagen früher oder länger Schule hatte als er und zudem nicht besonders erbaut war, den kleinen Gustav am Rockzipfel zu haben, musste dieser, immer noch reichlich unsicher, den Schulweg schon bald alleine bewältigen.

Obwohl er nicht das einzige Bauernkind in der Klasse war, verhielt sich Gustav den Stadtkindern gegenüber äußerst scheu. Man hatte offensichtlich bislang in seinem Leben noch nicht viel getan, damit er ein ähnliches Selbstwertgefühl entwickeln konnte, wie es der Bruder ausstrahlte, der mit seinen 15 Jahren schon damit prahlte, dass er einmal der größte Bauer im ganzen Gäu sein würde. Das tat er klugerweise immer nur dann, wenn der Vater nicht in der Nähe war. Selbst das Beisein anderer hielt diesen nicht davon ab, seinen heranwachsenden Ältesten aus nichtigstem Anlass mit dem Ochsenziemer zu schlagen oder den Melkschemel nach ihm zu werfen, wenn nichts anderes zur Hand war.

Ein erster wirklicher Sonnenstrahl beschien den kleinen Gustav, als ihn Jakob an einem Donnerstag fragte, wo er über Mittag bleibe und was er denn zu essen bei sich habe. Sie hatten an diesem Tag das erste Mal nachmittags Unterricht, wovon man bei den Schülern der ersten Klasse in den ersten Wochen Abstand genommen hatte.

Gustav verwies verlegen auf ein Stück Brot, einen Kanten Schwarzwurst und zwei verschrumpelte Gelbe Rüben, von denen die Mutter eine große Menge über ein Dreivierteljahr in feinem Sand gleich neben den Kartoffeln im riesigen Gewölbekeller eingelagert hatte.

»Du kannst mit mir nach Hause kommen, das ist überhaupt kein Problem«, sagte Jakob fröhlich, ohne zuvor darüber jemals mit Emma oder den Eltern gesprochen zu haben.

Freudig erregt folgte ihm Gustav. Noch atemlos vom Hinaufrennen der 123 Stufen bemerkte er, im Hause angekommen, die kritischen Blicke der Köchin nicht, als Jakob ihr durchs offene Küchenfenster zurief, dass da heute noch ein Esser mehr sei.

Der Vater sagte nichts, er weilte während des Mittagsmahls meist ohnehin in seiner eigenen Gedankenwelt und sprach wenig. Die Mutter beließ es nach einem flüchtigen Blick auf Gustavs dunkle Fingernägel dabei, beide Jungen gemeinsam zum Händewaschen zu schicken, was freilich bei dem Bauernbuben einen Kulturschock auslöste. Ein Waschbecken mit fließend kaltem und warmem Wasser hatte er noch nie gesehen, geschweige denn wusste er es auf Anhieb zu bedienen. Auch mit dem Begriff »Zentralheizung«, den Jakob zur Erläuterung des Warmwasserphänomens beisteuerte, wusste er nur wenig anzufangen.

In der »Weißen Villa« herrschte eine höchst funktionale Aufteilung der Räumlichkeiten. Salomon Winter hatte den Neubau konzipiert, wenngleich die Bauplanung von einem der besten württembergischen Architekten des ausgehenden 19. Jahrhunderts durchgeführt worden war. Der Zentralbereich des Erdgeschosses bestand aus sinnvoll einander zugeordneten Räumlichkeiten, die geschäftlichen Belangen vorbehalten waren. Der alte Winter hatte nur ein kleines Büro einrichten lassen, denn die Verwaltung der Spiegelfabrik war im Werk lokalisiert. Doch neben dem Büro dienten ein im klassizistischen Stil gehaltener Salon, ein Herrenzimmer und ein Pfeifenkabinett eher der Durchführung geschäftlicher Unterredungen als privaten Zusammenkünften.

Salomon Winter und seine Frau Bertha hatten sich 1915 unmittelbar vor Josephs Vermählung mit Rosa, der einzigen Tochter des im badischen Örtchen Schmieheim lebenden Matzenbäckers David Oberlander, in den zweiten Stock des linken Flügels des schlossähnlichen Anwesens zurückgezogen. Obwohl die Partie vor allem aus der Sicht von Bertha Winter nicht standesgemäß war, hatte man angesichts der besonderen Umstände im zweiten Kriegsjahr nach kurzem, eher symbolischem Vortrag verschiedenartiger Bedenken den Willen der frisch Verliebten seinen Lauf nehmen lassen. Die junge Familie, die erst einmal für längere Zeit durch die alsbald schwangere Ehefrau des in Frankreich kämpfenden Soldaten Joseph Winter repräsentiert wurde, bezog den rechten Flügel der Villa.

Die Großfamilie kam in der Regel am Sabbat, an weiteren religiösen Festen und zu familiären Anlässen zusammen. Von Sonntag bis Freitagmittag wurden die Großeltern und die nun größer werdende junge Familie getrennt bekocht, was der Köchin Emma Goldner und ihren stundenweise beschäftigten Gehilfinnen zusätzliche Mühen bereitete. Immerhin hatte man seit Ende des Jahres 1918 in Franz Fischer einen gleichermaßen hünenhaften wie geduldigen und in allen Belangen hilfsbereiten Fahrer eingestellt, welcher der Köchin vor allem die lästigen Einkäufe abnahm, die trotz der regelmäßigen Lieferungen des Kolonialwarenhändlers Weiß viel Zeit kosteten. Vor allem wusste er weitaus besser mit dem schlitzohrigen Schochet Sigismund Cohn umzugehen, der es künftig nur noch selten wagte, dem Fahrer bei der Aushändigung der meist schon am Vortag bestellten Ware »schweinetreijfes«, also nach den jüdischen Speisegesetzen unreines Fleisch, unterzuschieben.

Fischer hatte ihm bei passender Gelegenheit Prügel angedroht, was weitaus weniger fruchtete als die nachgeschobene Drohung, im Wiederholungsfall in Schwäbisch Hall einzukaufen.

»Beste Ware für die Winters, Cohn, das muss die Richtschnur deines Handelns werden und bleiben«, hatte Fischer gemahnt, der sich vor allem mit dem Juniorchef eng verbunden fühlte, was auf den gemeinsam durchlebten und – wichtiger noch – dem überlebten Grauen der Höllen vor Verdun und in Flandern beruhte.

Als das schüchterne Kind Gustav die ersten Male an den Donnerstagen, an denen nachmittags Unterricht war, mit in die Winter'sche Villa gehen durfte, blieb ihm fast das Herz stehen. Auch wenn er lange Fußwege gewohnt war, machten ihn die 123 Stufen jedes Mal atemlos. Der erste Weg führte meistens in die im Erdgeschoss des rechten Flügels gelegene Küche, in die ihn Jakob mitnahm, um gemeinsam auszuspähen, was Emma heute kochte. Gustav war bislang davon ausgegangen, dass die weiträumige Küche des elterlichen Hofes etwas Besonderes sei, denn sie war weitaus größer und auch besser ausgestattet als die Bauernküchen in der nahen und fernen Nachbarschaft oder die, die er bei gelegentlichen Besuchen der weit verzweigten Verwandtschaft gesehen hatte. Hier im Hause Winter war die Küche so riesig wie die Remise des väterlichen Anwesens. Die Wände waren übermannshoch mit weißblau gemusterten Kacheln gefliest, im holländischen Stil, was dem Bauernbuben lange nichts sagte, denn er wagte auch zu Hause

Derartiges nicht zu fragen. Er verstand den Zusammenhang erst, als er nach seiner ersten Verwundung im Sommer 1942 einige Wochen im niederländischen Den Bosch im Lazarett war, bis man ihn nach ärztlich attestierter wiederhergestellter Kriegsverwendbarkeit zur Partisanenbekämpfung nach Jugoslawien versetzte.

An den Wänden und in den Regalen blitzte und funkelte es. Der große Gasherd und der ebenfalls noch betriebene Holzkohleherd waren mit glänzenden Messingstangen eingefasst. Moderner Hausrat aller Art kam zum Einsatz. Bereits Ende der Zwanzigerjahre stand hier ein elektrisch betriebener Eisschrank, ein amerikanisches Modell der Marke Hoover.

Die Köchin war immer freundlich zu ihm, was auch darauf zurückzuführen war, dass er sich in seiner ihm gegebenen Zurückhaltung nur selten einmal mehr als zwei, drei Schritte in den Raum hineinbegab. Und zudem mäkelte er im Unterschied zu Jakob nie an der zwischen Rosa Winter und der Köchin abgesprochenen Speisenfolge herum.

Am Sederabend und manchmal auch an anderen Festtagen wurde die Köchin von den beiden Frauen und in wachsendem Umfang auch von den beiden Mädchen bei der Zubereitung der Mahlzeiten entlastet. Auch die Seniorin des Hauses ließ es sich nicht nehmen, an der rituellen Zubereitung der Speisen mitzuwirken. Dafür fehlte ihr am Sabbat jede Hilfe, die sie ansonsten sowohl von Rosa als auch von den beiden Töchtern Judith und Helene erhielt, die, vier und sechs Jahre älter als Jakob, streng ab ihrem zwölften Geburtstag in das Geschehen in Küche, Haus und Garten eingebunden wurden und denen es bei Strafe verboten war, den Anweisungen der Köchin und anderer im Hause tätiger Erwachsener nicht zu folgen.

Auch die beiden Jungen Elias und Jakob wurden zu allerlei häuslichen Verrichtungen herangezogen, wobei es der sechs Jahre ältere Elias immer wieder verstand, ihm gar zu lästige Aufgaben wie das Schuheputzen oder die Beseitigung von Gartenabfällen mit einer Mischung aus Arroganz und autoritärer Lenkung auf seinen kleinen Bruder zu übertragen. Er half stattdessen lieber dem Fahrer Franz Fischer in der Garage. Bestenfalls ließ er sich dazu herab, auf dessen Anweisung hin den großen schwarzen Wagen zu waschen. Das tat er immer ausgiebig und mit großer Präzision, denn von Fischer wollte er nicht gerügt werden.

Und immer dann, wenn in dem großen Haus und im Sommer auch im weitläufigen Garten eines der zahlreichen Feste vorzubereiten war, die vor allem Großvater Salomon für seine Freunde, Geschäftspartner und die örtlichen Honoratioren ausrichtete, unter denen bis 1933 Nichtjuden deutlich in der Überzahl waren, mussten alle Kinder mithelfen. Meist begannen die ersten Vorbereitungen schon am Vortag. Bei diesen Anlässen übernahm Großmutter Bertha die Regie. Selbst die Schwiegertochter, die seit den frühen Zwanzigerjahren den häuslichen Bereich dominierte, musste sich nun mit der zweiten Geige begnügen. Rosa Winter nahm diese gelegentlichen Zurücksetzungen klaglos hin. Sie war klug und feinsinnig genug, um an diesem Punkt keinen Streit mit ihrer Schwiegermutter vom Zaun zu brechen.

Ein Höhepunkt unter den Festen und Feiern Seelbachs war das alljährliche Sommerfest im Winter'schen Garten, zu dem auch zahlreiche sonst nicht im Hause Winter verkehrende Seelbacher erschienen, darunter auch der Polizeikommandant Angelbauer und die Pfarrer der beiden christlichen Konfessionen. Besonders zahlreich waren die Mitglieder des Veteranen- und Kriegervereins vertreten, in dem der als Leutnant aus dem Weltkrieg heimgekehrte Joseph Winter eine nicht unbedeutende Rolle spielte. So hatte er die Hälfte der Kosten übernommen, die anlässlich der Herstellung einer neuen Fahne für die Seelbacher Veteranenvereinigung entstanden waren. Obwohl der Sedanstag im August 1919 als nationaler Feiertag abgeschafft worden war, kam es, wie in vielen anderen Orten, auch in Seelbach noch immer an jedem 2. September zu einem Aufmarsch der Militärvereine. Dabei, wie auch am Volkstrauertag, stand Joseph Winter in seiner frisch aufgebürsteten Galauniform in der ersten Reihe. Während ihm die Uniform auch noch Jahre nach dem großen Krieg tadellos passte, begannen die Röcke vieler anderer Veteranen mehr und mehr zu spannen, was manche als Ausdruck der deutlich verbesserten Ernährungslage deuteten.

Zum Sommerfest wurden auch die örtlichen Vertreter des Sports eingeladen, wobei jedoch der neu entstandene, den Kommunisten nahestehende Verein »Fichte Seelbach« nie vertreten war. Großvater Salomon erwiderte auf die heftigen Proteste des kleinen Jakob, der zusammen mit Alfi bei »Fichte« das im bürgerlichen Sportverein nicht praktizierte Rhönradturnen zu erlernen begann, es habe keineswegs mit der verabscheuungswürdigen weltanschaulichen Ausrichtung des Vereins zu tun, sondern einzig und allein mit dem Umstand, dass dessen erster Vorsitzender kein anderer als Pinchas Spighel war, der nach den unwürdigen Vorgängen des Jahres 1918 nicht nur die Fabrik, sondern das gesamte Winter'sche Anwesen niemals mehr würde betreten dürfen.

Dass es später doch noch ganz anders kommen sollte, die Familien Winter und Spighel mit den anderen Seelbacher Juden auf dem Gelände der Spiegelfabrik zusammengetrieben würden, um tags darauf zunächst nach Stuttgart und dann nach Riga deportiert zu werden, konnten in den schönen Julitagen des Jahres 1930 weder Großvater Salomon noch der schmollende Pinchas ahnen.

Das Sommerfest jenes Jahres im Winter'schen Garten sollte später aufgrund des Bilderbuchwetters und ob der eingetretenen wirtschaftlichen Stabilisierung, die auch in Seelbach zu spüren war, als das stimmungsvollste überhaupt eingeschätzt werden.

Pinchas saß mit zwei Genossen in der »Silbernen Leuchte« und schimpfte über Winter, »diesen feisten Bourgeois«, wenngleich ihn in diesem Augenblick eher wurmte, nicht unter den Gästen zu weilen.

Binnen zweier Schuljahre war aus Jakob, Gustav und Alfi ein schier unzertrennliches Dreigestirn geworden, eine verschworene Trias, die sowohl in der Schule als auch zu anderen Gelegenheiten allerhand Streiche verübte, sich mit anderen Jungen prügelte und mit großer Leidenschaft vielfältigen sportlichen Aktivitäten nachging, unter denen sie beim Fußballspiel das größte Maß an Freude und Gemeinschaft erlebten. Denn im Unterschied zu Alfred Angelbauer und Jakob Winter durfte das Bauernkind Gustav weder zum Rhönradturnen noch zum Boxen. Das hatte in erster Linie mit dem bäuerlichen Leben und den daraus hervorgehenden Gepflogenheiten zu tun. Für derlei Zeitverschwendung gab es hier keinen Platz. Zum anderen war es dem Köcherhofbauern höchst suspekt, dass sein jüngster Sohn mit dem Judenlümmel herumzog oder zum schlechten Ende gar noch bei den Rotsportlern mittat. Zwar tolerierte der Alte stillschweigend, dass sein Jüngster meist donnerstags im Hause Winter verköstigt wurde. Auch sagte er nichts, wenn der Jud gelegentlich Gustav auf dem Nachhauseweg begleitete, ja, er bekam anstandslos von der Mutter ein Glas Milch oder an heißen Sommertagen einen Becher Buttermilch, die er sehr gerne trank. Aber mehr durfte nicht sein. Zumal Friedrich Lang viel Gutes in den neuen nationalsozialistischen Programmen fand, die in jüngster Zeit von unsichtbarer Hand in ihrer Gegend verbreitet wurden. Ja, man musste schon vorsichtig sein, mit den Rotsportlern von »Fichte« war nicht gut Kirschen essen. Von der Brechung der Zinsknechtschaft war in diesen Flugschriften die Rede, von neuen Lebensräumen und von der Stärkung des deutschen Nährstandes. Und als Franz, sein Ältester, als knapp Siebzehnjähriger schon 1931 der Hitlerjugend beitrat, hatte er nichts Wesentliches daran auszusetzen. Ihn störte lediglich, dass der kräftige Junge immer wieder wegen angeblicher Gruppenabende und sonstiger Zusammenkünfte von zu Hause weg war und zwei starke Hände bei der Arbeit fehlten.

Es blieb somit nicht aus, dass Jakob und Alfred nach und nach noch enger zusammenrückten. Gustav fehlte immer wieder bei den gemeinsamen Aktivitäten, konnte getroffene Verabredungen nicht einhalten, was Jakob besser verstand als Alfred, denn mehr als einmal hatte er erleben müssen, wie der jähzornige Bauer seinen Sohn vor den Augen des erschrockenen Freundes verprügelte, wenn er wieder einmal zu spät kam oder gar die neue Hose nach Raufereien oder Stürzen beim Fußballspiel zerrissen war.

So kam es zwischen den beiden, auch wenn sie noch fast Kinder waren, immer wenn sie zu zweit unterwegs waren und sie weder im Verein noch auf Straßen und Wiesen Sport trieben, zu ersten holprigen politischen Gesprächen. Hierbei war meistens Alfred die treibende Kraft. Seit er denken konnte, hatten in seinem Elternhaus politische Themen eine Rolle gespielt. Und der Umstand, dass sein Vater, obwohl Polizist, schon seit frühester Jugend für die Sozialdemokraten aktiv war, machte Alfred in dem Maße für die Ideen der Jungkommunisten empfänglich, wie kameradschaftliches Erleben bei »Fichte« und ein allmähliches Opponieren des Sohnes gegen den allmächtigen und wortgewaltigen Vater eine wachsende Bedeutung bekamen. Jakob folgte ihm nur zögerlich. Der Großvater war immer ein glühender Anhänger des württembergischen Königshauses gewesen, das maßgeblich die Politik zur allmählichen Gleichstellung der Juden in Württemberg beeinflusst hatte. Der Vater war zwar in politischen Debatten zurückhaltend, jedoch Deutschnationaler durch und durch. Sein großer Bruder Elias war ihm kein Vorbild. Mal glaubte er, Anarchist zu sein, dann Dadaist, dann wieder sozialschwärmerischer Zionist, dessen Zukunft nur in »Eretz Israel« liegen könnte und nicht im deutschen Großbürgertum, das vor allem der Großvater repräsentierte und in das der Vater auf andere, stillere Weise immer mehr hineinwuchs. Judith und Helene, die beiden Schwestern, enthielten sich politischer Kommentierungen, schwärmten im Backfischalter für Emil Jannings, später dann für den jungen Hans Albers und kicherten hinter vorgehaltener Hand, wenn es zwischen den beiden Brüdern zu gelegentlichen politischen Meinungsverschiedenheiten kam, in denen Jakob aufgrund des großen Altersunterschiedes und der eloquenten Redeweise seines Bruders regelmäßig der Unterlegene war.

Auch im verschlafenen Seelbach machte sich der Lauf der Welt bemerkbar. Die neue Ordnung, die nach den Wirren des Krieges und der unruhigen Nachkriegszeit eine kurze Phase der Stabilität und eine vorübergehende wirtschaftliche Absicherung der meisten Einwohner geschaffen hatte, kam mit der neuen großen Wirtschaftskrise ins Wanken, wenngleich Salomon Winters umsichtige Steuerung dazu geführt hatte, dass die Spiegelfabrik nicht in den Strudeln unterging. Längst war die klassische Produktion von Spiegeln aller Art um neue Verfahren ergänzt worden, die in der Optik und anderen industriellen Fertigungen Verwendung fanden.

Hatte man 1910 noch 80 Arbeiter und fünf Angestellte gehabt, so beschäftigte die Winter'sche Spiegelfabrik 1932 vierhundert Menschen. Im letzten Jahr war eine neue moderne Fertigungshalle eingeweiht worden, in der ausschließlich verspiegelte Teile für moderne Kameras und optische Geräte produziert wurden. Der heimliche Ausbau der Reichswehr und eine dynamische Modernisierung der militärischen Ausrüstung hatte zu Großaufträgen des Wehrwirtschaftsamtes geführt, die die Fertigungskapazität des Unternehmens innerhalb weniger Monate zu übersteigen drohte. Das führte dazu, dass die Arbeitslosigkeit in Seelbach im Jahr 1932 deutlich geringer war als in Württemberg oder in anderen, weitaus krisengeschüttelteren Gegenden Deutschlands. Dennoch hatte auch hier die NSDAP einen deutlichen Stimmenzuwachs verzeichnen können, der sich weitgehend zulasten des bislang immer führenden Württembergischen Bauern- und Weingärtnerbundes niederschlug. Auch die Kommunisten hatten Stimmengewinne erzielt und überflügelten bereits bei der Gemeinderatswahl 1931 zum großen Leidwesen von Dr. Goldmann erstmals die SPD.

Es blieb nicht aus, dass die sich abzeichnenden politischen Kräfteverschiebungen im Hause Winter aufs Heftigste diskutiert wurden. Großvater Salomon plädierte leidenschaftlich für die Wiedereinführung der Monarchie. Sein tiefer Bass durchdrang noch immer das Gewirr der Stimmen, das um den großen ovalen Holztisch waberte.

»Das Parteiengezänk bringt uns den Ruin, ist geistlos, ohne Substanz und hindert uns daran, die Dinge zu tun, die in dieser Zeit wirklich notwendig sind.« Natürlich plädierte er für eine aufgeklärte Monarchie, »eine, in der der Geist und nicht das Militär dominiert.«

Jakobs Vater war in diesen Tagen besonders deprimiert. Das aufgeklärte und aufrechte deutschnationale Element, das, wie er sagte, in Württemberg ohnehin nicht richtig zu Hause sei, war weiter geschrumpft. Die stärksten Wählerwanderungen gab es auch bei den Deutschnationalen in Richtung dieser Hitlerpartei, was Joseph Winter in den gesellschaftlichen Kreisen, in denen er zu verkehren pflegte, zu spüren bekam. Im örtlichen Gewerbeverein, in dem er als Juniorchef des weitaus größten Betriebes stets respektvoll behandelt worden war, kam es zwar noch nicht zu einem direkten Affront, aber diejenigen, die sich neuerdings zur »nationalen Erhebung« bekannten, nahmen immer wieder auf antisemitische Äußerungen anderer Bezug. Dies geschah meist unterschwellig, und wenn einer doch einmal ein offenes Wort riskierte, dann geschah dies noch mit der relativierenden Bemerkung, dass es natürlich auch rechtschaffene Juden gebe, was in besonderer Weise von ihm und seiner Familie verkörpert würde.

Im Veteranen- und Kriegerverein hatte Joseph Winter bislang als ranghöchster Seelbacher Weltkriegssoldat eine führende Rolle gespielt, die noch dadurch gestärkt wurde, dass er eine respektable Summe für ein neues Kriegerdenkmal in Aussicht gestellt hatte. Bislang waren die Namen der Gefallenen nach Meinung vieler in ärmlicher Weise mit Messingbuchstaben in die Friedhofsmauern eingesetzt worden. Die Namen der gefallenen Seelbacher Christen hatte man am neuen Friedhof angebracht, die der fünf Juden im Eingangsbereich des jüdischen Friedhofs.

Der Leutnant a. D. Joseph Winter hatte als einer der Ersten dafür plädiert, »an einer zentralen und respektablen Stelle« in der Stadt ein Kriegerdenkmal zu errichten, was endlich, wenngleich viel später als anderenorts, auf einer freien Fläche in der Bahnhofstraße realisiert werden sollte. Nun hatte ausgerechnet Winfried Jänke, der in der Buchhaltung der Winter'schen Spiegelfabrik eine Anstellung hatte, den Vorschlag eingebracht, man möge der gefallenen Juden an anderer Stelle gedenken. Listig begründete er dies damit, dass es schließlich unterschiedliche Rituale der Erinnerung gebe. Es könne doch nicht angehen, dass an ein- und derselben Stelle Blumen und Kränze zur Erinnerung an die gefallenen Seelbacher und zugleich Steinchen im Gedenken an die im Weltkrieg umgekommenen Israeliten niedergelegt würden. Das müsse doch, mit Verlaub, auch der Herr Leutnant einsehen.

Dieser Vorgang hatte Joseph Winter weitaus heftiger empört, als er, der gewöhnlich still und kontrolliert aufzutreten gewohnt war, sich anmerken ließ. Er war bereits 1920 dem Reichsbund jüdischer Frontsoldaten beigetreten, der ein Jahr zuvor als Reaktion auf die »Dolchstoßlegende« gegründet worden war und der sich zur Aufgabe gemacht hatte, die Lüge von der jüdisch-bolschewistischen Verschwörung, die angeblich im Rücken der tapferen Frontsoldaten die Niederlage im Weltkrieg eingeleitet habe, aufs Entschiedenste zu bekämpfen. Der Reichsbund sah seine Arbeitsgrundlage stets in einem »restlosen Bekenntnis zur deutschen Heimat, und er wendet sich aufs Schärfste gegen jede Bestrebung, die uns deutsche Juden zu dieser Heimat in eine Frontstellung bringen will«.

Mit diesen Argumenten trat Joseph Winter dem von seinem Mitarbeiter heraufbeschworenen Affront entgegen. Und er fügte hinzu: »Immerhin sind mehr als 12 000 deutsche Juden in den Kämpfen des Weltkriegs umgekommen. Und ich kann mich nicht daran erinnern, dass man bei der Bestattung der Gefallenen, sofern sie überhaupt in ordentlicher Weise vollzogen werden konnte, danach gefragt hat, ob einer Christ, mosaischen Glaubens oder am Ende sogar ungläubig gewesen ist. Und es waren nicht wenige, die in den Schützengräben ihren Glauben verloren haben.«

Die heftigsten Wunden schlugen ihm aber nicht die nun auch in seinen Kreisen lauter werdenden Hitleranhänger, sondern sein Sohn Elias. Dieser hatte in diesen Tagen seine Sympathie für die in Württemberg kaum verankerte Sozialistische Arbeiterpartei entdeckt, die sich vorwiegend aus besser gebildeten jungen Menschen zusammensetzte und stark pazifistisch ausgerichtet war.

»Siehst du«, sagte er während eines dieser Dispute am Mittagstisch zum entsetzten Vater, wobei er sich provozierend zurücklehnte und auf arrogante Weise die Hände hinter dem Kopf verschränkte, »alles Nationale und Nationalistische ist der natürliche Feind von uns Juden. Selbst euer so genanntes ›Blutopfer‹ ist denen nichts wert.«

Jakob, der die bei Tisch oder im Salon geführten Debatten für sein Alter ungewöhnlich interessiert verfolgte, erschrak, als plötzlich der sonst so leise und zurückhaltend argumentierende Vater zuerst zweimal für alle gut sichtbar nach Luft schnappte und dann seinen Ältesten in einer Weise anbrüllte, wie es bislang noch nicht geschehen war und in den darauf folgenden Jahren auch nie mehr vorkam.

»Es ist mir völlig gleich, wenn einige verwirrte Geister den Mut jüdischer Soldaten in Abrede stellen. Zumal doch jene, die die Dinge nüchtern betrachten, sehen können, dass dies mit der Wirklichkeit nicht übereinstimmt. Selbst den Parteirednern dieser Nazipartei gelingt es nicht, zu übertünchen, dass die meisten jüdischen Frontsoldaten größere militärische Meriten erworben haben als dieser Mann aus Braunau, der in vier Kriegsjahren gerade mal zum Gefreiten befördert worden ist.«

Joseph Winter hielt inne und schnappte, nun völlig außer Atem geraten, erneut nach Luft. Die Mutter hatte vor Schreck Helenes Hand ergriffen. Judith war sichtbar zusammengezuckt und verharrte geduckt auf ihrem Stuhl. Selbst Elias verlor für einen kurzen Augenblick seine überhebliche Art, war blass geworden und rührte mit dem Löffel in der langsam erkaltenden Suppe.

Erschrocken und fasziniert zugleich beugte sich Jakob über seinen noch unberührten Teller und hörte dann, wie der Vater, noch immer außer Atem, aber bereits ruhiger geworden fortfuhr, dabei seinen Ältesten in einer Weise fixierend, wie er es bislang noch niemals getan hatte: »Du weißt, dass ich hier in diesem Hause nie viel Aufhebens um diese Dinge gemacht habe. Aber du sollst wissen, dass es mir, wie vielen württembergischen Juden, eine Herzensangelegenheit gewesen ist, sich freiwillig zum Kriegsdienst zu melden. Mich wollten sie zuerst zu den Schippern holen, zu einem Armierungsersatzbataillon, aber ich habe energisch darauf bestanden, zu den Ludwigsburger Dragonern eingezogen zu werden. Meine im Reitsport erworbenen Urkunden und Pokale haben mir dabei geholfen.« Er blickte triumphierend in die Runde.

»Und du hast dein Pferd gleich mitgebracht«, brummte der Großvater. »Das war auch bald perdu, das schöne Tier.«

»Aber vom Gaul bist du dann schnell abgestiegen«, sagte der immer noch aschfahle Elias leise.

»Junge, davon verstehst du nichts. Im Stellungskampf benötigt man keine Kavallerie. Dein Vater hat als Sprengstoffspezialist vor Verdun das EK I erhalten und man hat mich alsbald nach Kriegsbeginn zum Leutnant befördert. Das kam nicht oft vor.«

»Weil ihnen zu viele Leutnants weggeschossen worden sind.«

»Ja natürlich, aber die Eignung war Voraussetzung. Und ein Jude musste doppelt gut geeignet sein. Und auch die Mehrzahl der gefallenen Seelbacher Juden, unter ihnen Jonas Goldmann, der Bruder von Dr. Goldmann, und euer 1916 gefallener Onkel Arthur waren Kriegsfreiwillige der ersten Stunde, wie auch der berühmte Göppinger Rabbiner Dr. Aaron Tänzer.«

»Joseph, wir wissen das«, sagte die Mutter beschwichtigend und mahnte: »Jetzt esst, die Suppe ist bestimmt schon kalt.«

In das aufkommende Klappern der Löffel hinein fügte Joseph Winter noch hinzu: »Dr. Goldmann ist übrigens auch ausgezeichnet worden, als Militärarzt, der noch weiteroperierte, als die Linien in seinem Abschnitt bereits zurückgenommen wurden.«

Seelbach war nicht Berlin, war nicht Hamburg und war nicht München. Aber das schleichende Anwachsen der nationalsozialistischen Bewegung und, in geringerem Maße, auch der kommunistischen, führte auch in der beschaulichen Kleinstadt zu gelegentlichen Zusammenstößen zwischen Links und Rechts. Anfangs waren die Bestrebungen der noch jungen Hitlerjugend und der SA ziemlich aussichtslos. Jakob, der aufgrund seines noch kindlichen Alters zur Einmischung nicht fähig war, sah voller Stolz, wie die jungen Boxer von »Fichte« den körperlich unterlegenen Hitlerjungen einheizten.

Zu einer schlimmen Begegnung kam es am Abend vor dem 1. Mai 1932, als einige »Fichte«-Boxer auf einen Trupp alkoholisierter Angehöriger der Hitlerjugend und der SA stießen. Bei den Raufhändeln vor der »Krone« wurden einige der Hitleranhänger übel zusammengeschlagen. Besonders schwer erwischte es Franz Lang, den neun Jahre älteren Bruder seines Freundes Gustav, der ins Diakonissenkrankenhaus nach Schwäbisch Hall gebracht werden musste. Als Einziger hatte er sich als körperlich ebenbürtig erwiesen, weshalb ihn zwei der »Fichte«-Leute besonders brutal herangenommen und am Ende übel zugerichtet hatten.

Noch in der Nacht war Friedrich Lang in das Haus von Oskar Angelbauer eingedrungen und hatte ihn bedroht, weil dieser angeblich die Polizei so lange zurückgehalten habe, bis die Mehrzahl der Hitlerbuben zusammengehauen war. Erst die Androhung des Polizeiführers, er werde nun von der Schusswaffe Gebrauch machen, hatte den Rasenden zum Innehalten und zum nachfolgenden Rückzug bewegen können.

In den Tagen darauf herrschte großer Aufruhr. Ein aus Schwäbisch Hall angereister Staatsanwalt ermittelte zusammen mit der Kriminalpolizei des Landkreises vor Ort. Oskar Angelbauer geriet kurz in Bedrängnis, konnte aber letztendlich plausibel darlegen, dass weder bei ihm zu Hause noch bei seinem diensthabenden Kollegen im Revier eine Meldung eingegangen war, die zu einem Eingreifen hätte führen können. Drei der »Fichte«-Boxer, allesamt auch Mitglieder des kommunistischen Jugendverbandes, wurden verhaftet und einige Tage im Gefängnis Schwäbisch Hall festgehalten. Gegen einen Siebzehnjährigen wurde in einem Eilverfahren geschlossene Fürsorgeerziehung angeordnet. Unter den Verhafteten befand sich auch Gideon Spighel, der Sohn des Gemeinderates Pinchas Spighel, was Letzteren in den darauf folgenden politischen Auseinandersetzungen vorübergehend in Bedrängnis brachte. Die Presse berichtete umfangreich, wobei sich der »Seelbacher Anzeiger« zurückhielt. Der besonnene Redakteur Fritz Suttner schrieb lediglich über »Ausschweifende Raufhändel Jugendlicher«, die nicht zu tolerieren seien. Doch die überörtliche Presse vermeldete einen »üblen kommunistischen Überfall« und setzte auch in den nachfolgenden Tagen eine dramatisierende Berichterstattung fort.

Am zweiten Mai, es war ein Tag, an dem die nach den Osterferien in die vierte Klasse versetzten Jungen Nachmittagsunterricht hatten, kam Gustav am Morgen äußerst geknickt in die Schule.

Ob es denn seinem Bruder schlecht gehe, fragte Jakob, der den Grund für die Verstimmung des Freundes in den Verletzungen des Bruders sah. Das auch, sagte der Kleine, aber noch schlimmer sei, dass er die Stunden zwischen dem vor- und dem nachmittäglichen Unterricht nicht mehr im Hause Winter verbringen dürfe. Sein Vater habe ihm dies unter Androhung strengster Strafen verboten.

In Wirklichkeit war es noch viel schlimmer gewesen. Unvermittelt war sein Vater vom Frühstückstisch aufgesprungen und hatte ihm ohne Vorwarnung mehrere heftige Ohrfeigen gegeben. Dann hatte er nach seinem Stuhl gegriffen und gedroht, er werde diesen an ihm zu Spänen kleinschlagen, wenn er noch einmal hören sollte, dass er im Haus der Judenbrut verkehre.

»Du kannst doch trotzdem mitkommen«, versuchte Jakob ihn zu trösten.

Gustav schüttelte traurig den Kopf. »Das geht nicht. Mein Vater kriegt das schnell von jemandem zugetragen und dann schlägt er mich zu Puppendreck.«

Dieses Ereignis trug mehr als alles andere dazu bei, dass die Freundschaft zwischen Gustav, Alfred und Jakob langsam brüchig zu werden begann. Der Bauernbub zog sich immer mehr zurück. Immer öfter gingen Alfi und Jakob Aktivitäten nur noch zu zweit an, die sie in den letzten Jahren in der Regel zu dritt unternommen hatten.

Das steigerte sich noch weiter, als der nun wiederhergestellte Franz Lang begann, die landwirtschaftliche Schule in Schwäbisch Hall zu besuchen. Auf dem Weg von der Schule auf den Köcherhof fuhr er mit dem Fahrrad durch Seelbach. Dabei stieß er gelegentlich auf die Jungenclique. Und wenn er seinen Bruder bei den anderen antraf, hatte dieser zu leiden. Anfangs gab er ihm zu Hause mit der Bemerkung »Du sollst dich doch mit denen nicht herumtreiben« eine Kopfnuss. Später schlug er ihn selbst in Gegenwart seiner Freunde, wobei er diese vermehrt lautstark als »Kommunistenpack« beschimpfte, mit dem sich ein deutscher Junge nicht einlassen dürfe.

Innerhalb weniger Wochen zog sich Gustav fast völlig von ihnen zurück. Er suchte sich innerhalb der Klasse andere Kontakte, die sich zügig entwickelten, denn das »Dreigestirn« hatte viele heimliche Neider gefunden und dessen offensichtliche Zerschlagung brachte dem vermeintlich Abtrünnigen neue Sympathiebekundungen und Freundschaftsangebote ein.

An Tagen, an denen Mittagschule war, erhielt er von jetzt an einen, wenngleich deutlich bescheideneren, Mittagstisch im Hause des Versicherungsmaklers Karl Gauder, der im Herbst die Führungskrise der bislang im Ort eher lahmen NSDAP beendete und kurz darauf zum neuen Seelbacher Ortsgruppenleiter bestellt wurde.

Wenige Wochen später kam es zu einem ausfallend vergnüglichen Abend im Hause Winter. Niemand konnte ahnen, dass es einer der letzten sein würde. Bei den Reichstagswahlen am 6. November 1932 erlitt die NSDAP einen unerwarteten Rückschlag. Sie verlor im Vergleich zur Wahl im Juli 4,2 Prozent. Der bis dahin schier unaufhaltsame Aufstieg der Partei schien gestoppt zu sein. In Seelbach war ihr Stimmenanteil sogar unter 20 Prozent gerutscht. Zur Freude von Joseph Winter hatten die Deutschnationalen abweichend vom republikweiten Trend leicht zugelegt, zu seinem Leidwesen allerdings besonders stark die KPD. Auch das Zentrum erhielt ein paar Stimmen mehr, obwohl es in Seelbach nur einige versprengte Katholiken gab, in der Mehrzahl Facharbeiter, die aus den katholischen Gegenden des Rheinlandes und Bayerns zugezogen waren, weil sie in der prosperierenden Spiegelfabrik Arbeit gefunden hatten. Manche von ihnen waren mit ihren Familienangehörigen hergezogen. Andere, vor allem die Jüngeren, lebten alleine in Kost und Logis oder in der barackenähnlichen Arbeiterunterkunft, die der Großvater auf dem Betriebsgelände hatte errichten lassen, alles Einzelzimmer mit fließend Kaltwasser, Gemeinschaftsklo mit Wasserspülung, Gemeinschaftsdusche und kleinen, freundlich gehaltenen Küchen, die von jeweils sechs Personen gemeinsam genutzt wurden.

»Wir müssen immer darauf bedacht sein«, hatte Salomon Winter seinen Sohn gemahnt, der sich langsam auf die Übernahme der Firmenleitung vorbereitete, wobei der genaue Zeitpunkt des Stabwechsels mit dem immer noch kraftvoll agierenden Senior noch nicht abgestimmt worden war, »dass uns nicht der Vorwurf gemacht wird, wir Juden würden die arbeitende Bevölkerung nicht nur aussaugen, sondern darüber hinaus in unzumutbare Unterkünfte pferchen. Da darf man nicht an der falschen Stelle sparen.«

Der Sohn hatte nur schweigend genickt. Wo er Recht hat, hat er Recht, der Alte.

An jenem Abend nach der Reichstagswahl, als der Rundfunk in den Spätnachrichten das vorläufige Endergebnis bekannt gab, hatte der Vater spontan eine Flasche Champagner geöffnet und später dann noch eine zweite. Jakob durfte das erste Mal in seinem Leben von dem eisgekühlten, prickelnden Getränk kosten.

»Seht ihr wohl«, sagte der Großvater mit verhaltenem Triumph in der Stimme, »das deutsche Volk ist nicht so unvernünftig, wie es immer dargestellt wird.«

»Das wird deinen Freund Max nicht umstimmen«, erwiderte Elias und nippte genießerisch an seinem Champagnerkelch.

Max Seligmann war einer der wenigen noch lebenden Alterskameraden des Großvaters, ein sehr kluger Mann und vielleicht gerade deswegen ein ausgesprochener Pessimist.

Sie hatten Seligmann vor wenigen Wochen in Künzelsau getroffen. Das dortige israelische Vorsteheramt hatte zum 25-jährigen Jubiläum der Synagoge eingeladen. Am *Schabbat Nizavim*, dem in diesem Jahr auf den 24. September fallenden Sabbat mit der Thoralesung aus dem 5. Buch Moses, fand in dem geschmückten Künzelsauer Gotteshaus eine schlichte Feier statt. Religionslehrer Goldstein erinnerte in seiner Ansprache an die Geschichte des Synagogenbaus. Man endete mit einem Seelengebet für die verstorbenen Vorsteher und die anderen Toten der Gemeinde.

Später traf man sich im Haus Seligmann, wohin Salomon Winter mit den ihn begleitenden Familienangehörigen eingeladen war. Und hier wurde Elias Zeuge der pessimistischen Einlassungen Seligmanns, der sich fest entschlossen gab, Hab und Gut zu verkaufen und trotz seines fortgeschrittenen Alters und seiner angegriffenen Gesundheit alsbald mit seiner gesamten Familie das Land zu verlassen.

»Mein Freund Max war schon immer sehr ängstlich«, entgegnete Salomon Winter anderntags auf die spitzfindige Bemerkung seines Enkels, »wir Winters waren und sind aus einem anderen Holz.«

Der Großvater schaltete den Radioapparat mit einem mechanischen Klicken ab.

»Danken wir Gott dem Allmächtigen dafür, dass er unsere Gebete erhört hat, und hoffen, dass er sie weiterhin erhören wird«, murmelte Großmutter Bertha voller Inbrunst und in tiefer Überzeugung von der Gerechtigkeit des Ewigen, die ihr in den kommenden Jahren verloren gehen würde.

Joseph Winter stieß erneut mit seinem Freund Dr. Goldmann und dessen Frau Mizzi an, die er für diesen Abend in die »Weiße Villa« eingeladen hatte. »Auch wenn ihr Sozialdemokraten nicht ganz zufrieden sein könnt, es ist doch ein guter Tag.« Er schmunzelte.

Dr. Max Goldmann war der Einzige dieser Runde, der den Glauben an ein rasches Ende der nationalsozialistischen Bewegung nicht teilte. »Ich bin nicht so optimistisch wie du, Joseph. Die Lage bleibt verworren und instabil. Wer soll denn da mit wem regieren? Und hat man nicht heute sehen können, dass die Nazianhänger noch ingrimmiger um sich schlagen? Sie keilen aus wie ein Ochse, über den ein Schwarm Hornissen hergefallen ist.«

Von den Erwachsenen unbemerkt waren Jakob und der zwei Jahre ältere Kurt Goldmann, der ausnahmsweise seine Eltern bei einem abendlichen Ausgang begleiten durfte, an die Runde herangetreten.

»Vati«, bettelte Jakob, »kriegen wir noch einen Schluck Schampus, der schmeckt so lecker.«

»Das prickelt so schön«, ergänzte Kurt mit einem leichten Lispeln, das ihm seine Mutter bislang noch nicht vollständig hatte abtrainieren können, obwohl sie darauf großen Wert legte und sich zum Leidwesen ihres einzigen Kindes für diese Sprechübungen überreichlich Zeit nahm.

»Aber nur noch einen winzigen Schluck«, mahnte der Vater. »Dann geht ihr hoch in Jakobs Zimmer. Wir Erwachsenen wollen auch mal unter uns sein.«

»Aber was ist mit Helene und Judith?«, fragte der Junge. Enttäuschung schwang in seiner Stimme mit. Viel lieber hätte er weiter den Gesprächen der Älteren gelauscht als mit dem langweiligen Kurt auf seinem Zimmer zu spielen.

»Die müssen auch gleich hoch. Komm, zeig dem Kurt den neuen Aufsatz für die Dampfmaschine.«

»Aber das dauert doch so lange, bis das läuft«, maulte Jakob.

»Keine Widerrede mehr, ab nach oben.«

Einige Wochen, nachdem der Köcherhofbauer, Gustavs Vater, seinem Jüngsten verboten hatte, in dem »Judenhaus« zu verkehren, bestellte Joseph Winter Jakob gleich nach dem Mittagessen in das Raucherkabinett.

Zwar rauchte er seit den Kriegstagen kaum noch und die Zeit, in der die alten Herren Zusammenkünfte organisierten, bei denen beste Zigarren geraucht und erlesene Branntweine und Liköre goutiert wurden, waren mit dem Weltkrieg zu Ende gegangen. Auch in den wirtschaftlich besseren Zeiten fanden sie keine Fortsetzung mehr. Eine schöne Gewohnheit, die noch aus dem letzten Jahrhundert stammte, hatte sich einfach überlebt. Dennoch hieß der dunkel getäfelte Raum, der von einer Sammlung alter Folianten und historischer naturwissenschaftlicher Nachschlagewerke dominiert wurde, unverändert Raucherkabinett.

Joseph Winter hatte sich zur Angewohnheit gemacht, notwendige erzieherische Maßnahmen und allgemeine Verhaltensanweisungen an die einzelnen Kinder nicht vor aller Ohren vorzunehmen, sondern diejenigen, die es betraf, und das waren in der Mehrzahl der Fälle die beiden Jungen, nach dem Essen in das Raucherkabinett zu bestellen. Wenngleich Joseph Winter dies mit einigem Geschick ganz beiläufig ankündigte, war doch allen klar, dass die Verhandlung einer ernsten Angelegenheit bevorstand.

So war es nicht weiter verwunderlich, dass Jakob ein leichter Schrecken durchfuhr, als sein Vater bereits nach dem Verzehr der kräftigen Fleischbrühe, in der einige Gemüsestückchen tanzten, ihm beiläufig seinen Wunsch nach einem Gespräch unter vier Augen mitteilte. Um Klarheit zu gewinnen, schaute der Junge zur Mutter hinüber. Die jedoch hob und senkte gleichmäßig ihren Löffel, zeigte darüber hinaus keinerlei Regung und erwiderte seinen Blick nicht. Irritierend war für ihn zudem, dass er keine Vorstellung davon hatte, was der Vater zu kritisieren gedachte. In der Schule war alles in bester Ordnung. Seine Leistungen konnten sich sehen lassen und die letzten derben Streiche, die er, wie so oft, zusammen mit Alfred Angelbauer verübt hatte, lagen schon etliche Wochen zurück, waren längst in der Schule verhandelt und entsprechend geahndet worden. Seit der dritten Klasse wurden sie nicht mehr von Fräulein Hiller, sondern von einem Junglehrer namens Krömer unterrichtet, der in der Klasse äußerst beliebt war und insbesondere eine Begabung dafür hatte, bewegungs- und erlebnishungrige Jungen entsprechend zu beschäftigen und mit den Geschichten, die er immer wieder in den Unterricht einfließen ließ, in seinen Bann zu ziehen. Gewisse Irritationen bestanden darüber, dass Krömer konfessionslos war und daraus kein Hehl machte. Aber da ab der dritten Klasse der Religionsunterricht für die Evangelischen von Stadtpfarrer Deichmann erteilt wurde und die sechs Juden sowieso in ihre eigene Judenschul' gingen, um das notwendige Wissen über das spirituelle Judentum zu erwerben, wurde zwar allerhand über die »Gottlosigkeit« des neuen Lehrers geflüstert und getuschelt, alltagspraktisch spielte es aber keine große Rolle.

Was die Kinder nicht wussten, war der Umstand, dass die Schulbehörde ihn schon wiederholt zu Gesprächen einbestellt und der Schulrat ihm mehrfach geraten hatte, sich einer konfessionellen Gemeinschaft, möglichst der evangelischen, anzuschließen, sonst könne er eine dauerhafte Weiterbeschäftigung an einer württembergischen Schule nicht garantieren. Und das wäre angesichts seiner vorzüglichen Examensnoten und des guten Eindrucks, den er bislang in der schulischen Praxis hinterlassen habe, wirklich zu bedauern. Mit einem freundlichen Achselzucken schloss der Schulrat mit der Bemerkung, dass man eben in einem Landstrich lebe, in dem nicht nur das Evangelische an sich, sondern ganz speziell der Pietismus einen außerordentlich großen Einfluss habe. Und dem könne sich auch eine Schulbehörde nicht verschließen.

Diesbezügliche Kenntnisse besaß Jakob nicht, als er vor dem Gang zu seinem Vater die letzten Schulwochen überdachte und sich fragte, ob in diesen nicht doch eine Angelegenheit verborgen sein könnte, die der Vater gleich zur Sprache bringen würde.

Mit einem leisen Seufzer stand er vom Tisch auf, sah ratlos und Hilfe suchend zu Elias hinüber, der jedoch seinen Blick nicht erwiderte, und folgte dem Vater über den Flur in das schräg gegenüber liegende Raucherkabinett.

»Jakob«, begann dieser ohne Umschweife, nachdem der Junge sich ihm gegenüber auf einen Biedermeierstuhl gesetzt hatte. »Wir wollen es kurz machen. Ich habe bisher toleriert, dass du dich in mehreren Sparten des Sportvereins ›Fichte‹ betätigst.«

»Weil die die Einzigen sind, die das Rhönradturnen anbieten«, flocht Jakob flugs ein, da er nun eine ungefähre Ahnung von dem bekam, was jetzt gleich auf ihn zukommen könnte.

»Unterbrich mich nicht. Allem Anschein nach ist dieser Verein doch stärker kommunistisch ausgerichtet, als mir bisher bewusst gewesen ist. In diesen schwierigen Zeiten ist es keine gute Idee, als Sohn und Enkel jüdischer Unternehmer im kommunistischen Fahrwasser Sport zu treiben. Du gehst da raus und zwar unverzüglich.«

»Aber ich bin doch einer der besten Rhönradturner und Alfi ist doch auch dabei.« Mit einem Kloß im Hals versuchte Jakob dem Unabwendbaren Einhalt zu gebieten.

»Du kannst ja weiterhin Sport treiben. Das will dir niemand verbieten. Aber entweder schließt du dich den Turnern des TSV Seelbach an, für dessen Jahresfeiern wir seit vielen Jahren immer reichlich spenden, oder du gehst in einen jüdischen Sportverein. In Heilbronn gibt es davon zwei. Man kann mal schauen, was in Braunsbach angeboten wird. Mir wäre lieber, du gehst zum TSV, denn du weißt, unsere Familie steht für Integration und nicht für zionistisches Abenteurertum.«

Für Jakob reduzierten sich somit binnen weniger Tage die ohnehin raren Gelegenheiten, zusammen mit seinen beiden besten Freunden etwas zu unternehmen. Zwar sah er Gustav und Alfred weiterhin jeden Tag in der Schule, aber auch hier zog sich der Bauernjunge mehr und mehr zurück, was wohl weitaus stärker auf Verunsicherung und die Angst vor dem Vater als auf Abneigung zurückzuführen war. Er stand nun in den Pausen mit anderen Kindern herum oder spielte ohne ihn in anderen Gruppen.

Alfi war da anders. Er blieb weiterhin Jakobs engster Freund. Ja, er versuchte ihn sogar zu überreden, heimlich und gegen den Willen des Vaters weiter zu den Übungsabenden von »Fichte« zu gehen. Aber das getraute sich das jüngste der Winter-Kinder nicht und so blieben nur noch einzelne Nachmittage für gemeinsame Unternehmungen, denn der Samstag gehörte der jüdischen und der Sonntag der christlichen Familie, die beide darauf Wert legten, dass alle Kinder bei den Feierlichkeiten und den gemeinsamen Mahlzeiten anwesend waren.

So, wie im Kleinen die Verhältnisse schwieriger wurden, so nahm auch die Dramatik um die politischen Verhältnisse in Deutschland weiter zu. Der Optimismus der Tage, der auf das schlechte Abschneiden der NSDAP bei der Herbstwahl gefolgt war, verflog in nur kurzer Zeit. Die Lage war instabil und unübersichtlich. Von überall her wurden heftige Auseinandersetzungen zwischen Hitleranhängern und Kommunisten gemeldet. Zu blutigen Zusammenstößen kam es insbesondere in jenen Großstädten, in denen es die SA erstmals wagte, Aufmärsche durch die Arbeiterviertel zu führen. Und auch in Seelbach hatte es nach Meinung Vieler eine erste Saalschlacht gegeben. Das war zwar maßlos übertrieben, denn letztendlich war es nur eine Rauferei zwischen einigen Kommunisten, unter ihnen auch der älteste Sohn von Pinchas Spighel, und Leuten um Gottfried Metzig, zu der es kam, als ein paar Nachzügler die »Krone« erst geraume Zeit nach dem Ende einer Kundgebung verließen. Aber das Gerede von der Saalschlacht passte in die Befindlichkeit der Zeit.

Diese und andere Streitigkeiten führten dazu, dass nun auch Oskar Angelbauer seinem Sohn die sportliche Betätigung bei »Fichte« verbot, denn zu oft waren in jüngster Zeit vor allem die »Fichte«-Boxer auf Seiten der Kommunisten an den Schlägereien beteiligt und dabei sogar höchst erfolgreich gewesen. Doch gerade dies machte die Lage noch brisanter. Der Leiter der Ortspolizei war von der Außenstelle des württembergischen Staatsschutzes darauf hingewiesen worden, dass sich Teile der örtlichen SA und einige ältere Angehörige der Hitlerjugend Waffen besorgt hätten, um der ständigen Unterlegenheit gegen die Kommunisten ein Ende zu machen. Zumal ja bereits Franz Lang schlimm von den roten Schlägern zugerichtet worden sei und es nicht angehe, dass man ausgerechnet kurz vor der Regierungsbeteiligung der Hitlerpartei hier in der Provinz die dritte Geige zu spielen habe. Da werde später aufs Heftigste durchgegriffen werden müssen.

Niemand in Seelbach – weder Christen noch Juden – ahnte, dass Weihnachten und das Chanukkafest des Jahres 1932 die letzten sein würden, die außerhalb der von Salomon Winter in dessen respektloser Art in den darauf folgenden Jahren als »die verfluchte Hitlerei« bezeichneten Epoche stattfinden würden.

Zwar war Weihnachten für die jüdischen Kinder nicht das geheimnisvolle Fest, auf das man sich wochenlang freute. Aber die Köchin Emma hatte sich zur Angewohnheit gemacht, den Kindern den ganzen Dezember über Weihnachtsplätzchen zu backen, und da alle Winters Anhänger eines liberalen Judentums waren, sah auch keiner der Erwachsenen einen Anlass, ihrem Tun Einhalt zu gebieten. Im Gegenteil, wann immer sie einen Teller »Gutsle«, wie man hier sagte, auf ein kleines Tischchen stellte, griffen auch alle Erwachsenen zu. Besonders tat sich dabei der Seniorchef hervor, der ihr noch in jedem Jahr an Heiligabend einen Umschlag mit einer »Weihnachtsapanage«, wie er es nannte, in die Hand drückte. Hierzu kam er eigens in die Küche, was er sonst das Jahr über nicht tat. Und auch Franz Fischer, der nicht nur ihr Fahrer war, sondern den seit vielen Jahren ein besonderes Vertrauensverhältnis mit Salomon und Joseph Winter verband, erhielt einen Umschlag. Fischer und die Köchin hatten ab dem Nachmittag des Heiligen Abends bis zum 28. Dezember frei. Wenn an einem dieser Tage Sabbat war, schickte Franz Fischer seinen älteren Bruder Heinz, der dann die notwendigen Verrichtungen erledigte, die ein Jude an diesem Tag nicht ausüben durfte.

Silvester kam. Es wurde in kleiner Gesellschaft gefeiert. Emma reichte zum Jahreswechsel ein Tablett mit Sektgläsern herum. Ansonsten begnügte man sich nach einem opulenten Abendessen mit einem kleinen Imbiss, der nach Ende des mitternächtlichen Glockengeläuts gereicht wurde. Salomon Winter bestand darauf, dass in dem mehrgängigen Abendmenü »Bundel« nicht fehlte, gefüllter Ochsenmagen, seit frühester Kindheit seine Leibspeise. Das geradezu zwangsläufig daraus hervorgehende »Ranzareißa« konnte in letzter Konsequenz nur mittels eines »Bronfen«, eines Schnapses, kuriert werden. Vor einigen Jahren hatte es ausgerechnet am »Altenjahrabend« darüber einen heftigen Streit gegeben, nicht weil Großmutter Bertha dem Alten das Trinken hätte verbieten wollen, sondern weil sie in Anspielung auf den angeblich jenischen Familienzweig des Großvaters in die versammelte Runde hinein in gelinde beschwipstem Zustand gerufen hatte: »Ja, bringt dem guten Alten einen ›Gfinkelten‹!«, womit die Jenischen einen soliden, selbstgebrannten Schnaps meinten. Es folgte eine der ganz seltenen Situationen, in denen Salomon Winter seiner Frau energisch und unerbittlich in die Parade fuhr.

Das neue Jahr christlicher Zählweise wurde eingeläutet, was sich mit dem Krachen, Pfeifen und Zischen der reichlich abgeschossenen Böller, Schwärmer und Raketen vermengte.

»Möge es uns und unseren christlichen Freunden und Geschäftspartnern ein gutes Jahr werden«, sagte der Alte und hob sein Glas. »Lechajim!«

»Ja, Lechajim«, stimmten die anderen ein, »auf das Leben!«

Jakob bekam auch dieses Mal ein halbes Glas Sekt, sehr zum Ärger seiner beiden Schwestern, die, obwohl einige Jahre älter, auch nicht mehr eingeschenkt bekamen. Lediglich Elias wurde, zumindest was die zugeteilten Trinkmengen anbelangte, bereits wie ein Erwachsener behandelt.

Nachdem die Familienmitglieder untereinander angestoßen hatten und die Gespräche wieder um die Themen vor dem Jahreswechsel kreisten, nahm Salomon Winter seinen Sohn zur Seite, füllte dessen Sektglas auf, stieß mit ihm nochmals an und sagte: »So und jetzt trinken wir darauf, dass du die Geschäfte glücklich weiterführst. Gleich morgen machen wir uns daran, die Übergabe in die Wege zu leiten.«

Schweigend und ernst sah Joseph seinen Vater an.

»Lechajim«, sagte dieser.

»Lechajim.«

Es war bereits Herbst geworden, als Jakob Winter sich ein weiteres Mal im Seelbacher Rathaus einfand. Ein Regenschauer peitschte, von stürmischen Winden getrieben, mal in die eine, mal in die andere Richtung. Im Treppenhaus knöpfte er den leichten, völlig durchnässten Mantel auf und schüttelte ein paar Mal den tropfenden dunkelblauen Hut, ehe er nach wenigen Schritten an die Tür des Zimmers mit der Nummer 1.27 klopfte.

»Kommen Sie rein«, begrüßte ihn Holderied, »ich hatte Sie bereits früher erwartet.«

»Wieso? Bin ich zu spät?« Suchend blickte sich Jakob Winter um und warf dann einen prüfenden Blick auf seine Armbanduhr.

»Nicht, wie Sie meinen«, entgegnete der Beamte, »nehmen Sie doch Platz.«

Und als der Ankömmling seiner Aufforderung gefolgt war, fuhr er fort: »Nein, nicht wie Sie es meinen. Ich dachte nur, dass Ihnen die Angelegenheit wichtiger sei. Seit Ihrem letzten Besuch sind nahezu fünf Monate vergangen.«

»Ich hatte doch zwischendurch angerufen.«

»Gut, wir haben mal miteinander telefoniert. Ich glaube, es war im September.« Er sah Winter fragend an.

Der nickte nur und rutschte auf dem Stuhl hin und her. Vom Mantel, den er anbehalten hatte, liefen winzige Rinnsale auf die gebohnerten Dielen. Nach und nach bildeten sich links und rechts von ihm kleine Pfützen, von denen sich die zu seiner Rechten mit dem Wasser vereinte, das von seiner Aktentasche auf den Boden tropfte.

»Tja, manche Dinge brauchen Zeit.«

Holderied nickte schweigend und wandte sich den Unterlagen zu, die er auch dieses Mal wieder akkurat auf seinem Schreibtisch bereitgelegt hatte.

»Sie haben jetzt in Munzlingen einen Hausstand gegründet?«

»Ja, meine Frau ist im Krieg dorthingezogen. Sie hat mir auch eine Arbeit verschaffen können.«

»Aber ich dachte, Ihre Frau lebt in Israel.«

»Meine erste Frau lebt dort. Wir sind seit einem Jahr geschieden. Mit meiner zweiten Frau bin ich aus Gründen, die Ihnen bekannt sein dürften, noch nicht formal verheiratet.

Aber ich betrachte sie trotzdem als meine Frau. Wir werden heiraten, wenn meine Personenstandsangelegenheiten geklärt sind.«

»Ah ja. Bleiben Sie also bis auf Weiteres in Munzlingen?«

»So wie die Dinge stehen, bleibe ich. Meine Frau ist im sechsten Monat schwanger und außerdem habe ich jetzt wieder einen Job.« Jakob Winter hatte sich den Begriff in den USA angeeignet. In Deutschland war er noch nicht sehr gebräuchlich.

Aber Hermann Holderied verstand ihn offensichtlich, denn er fragte: »Was für eine Stelle haben Sie denn?«

»Ich arbeite als Sprengmeister in einem Steinbruch.«

»Ach so. Ich meinte mich erinnern zu können, dass Sie eine Ausbildung als Goldschmied gemacht haben.«

»In meinem Alter wird man mit dieser Qualifikation von den kleinen einschlägigen Geschäften, die es hier in der Gegend gibt, nicht mehr angestellt. Aber mit Sprengstoff kann ich ganz gut umgehen.«

»Wo haben Sie das denn gelernt? In Israel? Da sollen ja fulminante Straßen durch die Wüste geführt werden. Da wird sicher viel gesprengt.«

Mit schief stehendem Kopf beugte sich Winter nach vorne. »Ich habe das Sprengen gelernt, um zu überleben. In Lettland, in Nordafrika, in Italien, in Israel. Aber Sie können mir glauben, meine Ausbildung zum Goldschmied war mir dabei äußerst hilfreich.«

Holderied hüstelte. »Ja, zu beidem braucht man wohl eine ruhige Hand.« Die Situation wurde ihm sichtlich unangenehm. Er blätterte in den Papieren und sagte dann: »Manches konnte in Ihrer Angelegenheit geklärt werden, anderes noch nicht.«

Jakob Winter nahm die tropfnasse Ledertasche vom Boden auf. Mit einem Blick konnte er erkennen, dass der Inhalt nicht nass geworden war. Gutes Material, diese Ledertasche, eben noch Vorkriegsware.

»Das Problem«, sagte Holderied und rückte überflüssigerweise die Brille nochmals zurecht, »liegt wirklich darin, dass weder hier im Ort noch bei der Kreisverwaltung irgendwelche Unterlagen vorhanden sind, die Ihre Existenz belegen können.« Er zögerte, schaute auf und fuhr dann fort: »Sie wissen, wie das gemeint ist; die belegen, dass Sie hier am 20. April 1922 geboren wurden und dass Sie die deutsche Staatsbürgerschaft besaßen, bevor sie Ihnen«, er zögerte kurz und vollendete dann leise murmelnd den begonnenen Satz: »verlustig ging.«

Er nahm mehrere fotografisch reproduzierte dünne Kartons aus dem vor ihm liegenden Aktendeckel und legte sie so auf den Schreibtisch, dass Winter sie einsehen konnte.

»Immerhin tauchen Sie mehrmals in den Klassenverzeichnissen der hiesigen Volksschule auf. Auch das von Ihnen angegebene Geburtsdatum stimmt mit den Angaben in den Schulunterlagen überein.«

Er betrachtete ein weiteres Dokument, legte es wieder ab und griff zu einem anderen Schreiben.

»Sehen Sie, hier ging uns ein von einer amerikanischen Stelle abgestempeltes Papier zu, in dem ein amerikanischer Staatsbürger namens Carl Goldman erklärt, dass er bis 1938 unter dem Namen Karl Goldmann in Seelbach heimisch war und dann nach erfolgter Auswanderung zunächst in einem Heim in England und dann bei seinem amerikanischen Onkel gelebt hat. Er führt ferner aus, dass er Sie aus der Kindheit kennt und dass er sich sehr gut an Ihren Geburtstag erinnern kann. Es sei zuerst merkwürdig, dann mehr und mehr gefährlich gewesen, wenn Sie nach 1933 Ihre Kindergeburtstage an ›Führers Geburtstag‹ gefeiert hätten. In der Tat, das ist ein merkwürdiger Zufall.«

»Die Wahrscheinlichkeit liegt bei 1:365. Somit hatten zumindest statistisch gesehen von den 400 000 deutschen Juden, die vor 1933 in diesem schönen Land lebten, immerhin mehr als tausend am selben Tag Geburtstag wie der Führer und Reichskanzler Adolf Hitler. Im Übrigen sind wir schon 1936 davon abgekommen, meinen Geburtstag an dem Tag zu feiern, auf den er fiel. Ein Judenlümmel hatte nun mal an einem solch bedeutenden Tag nichts zu feiern.«

»Nun gut. Leider muss ich Ihnen in diesem Zusammenhang mitteilen, dass die bei uns eingegangenen Schreiben noch nicht als ausreichender Geburtsnachweis zu betrachten sind.«

»Das habe ich mir bereits gedacht«, erwiderte Jakob Winter in sarkastischem Tonfall und entnahm seiner Aktentasche den Umschlag, den er zuvor bereits kontrolliert hatte. »Ich möchte heute offiziell den Antrag stellen, dass die mit der Deportation am 1. Dezember 1941 erfolgte Aberkennung meiner deutschen Staatsbürgerschaft aufgehoben wird. Dies rät mir mein Anwalt. Es müsse nun ein rechtsverbindlicher Vorgang eingeleitet werden. Dazu hat mir mein Anwalt ein Schreiben aufgesetzt, in dem er die Rechtmäßigkeit dieser Aberkennung in Zweifel zieht.«

Er reichte Oberamtmann Holderied die beiden Schreiben. »Dann konnte ich meine ehemalige Volksschullehrerin ausfindig machen, ein Fräulein Hiller, das ebenfalls bestätigt, dass ich mit besagtem Geburtsdatum, an das sie sich aus nahe liegenden Gründen gut erinnern kann, 1929 in die erste Klasse eingeschult wurde und zum damaligen Zeitpunkt nichts anderes bekannt war, als dass ich von Geburt Deutscher war. Leider konnte ich die Hebamme nicht mehr erreichen, die mich seinerzeit entbunden hat. Meine Frau hat nach ihr geforscht und von ihrer Nichte erfahren, dass sie verstorben ist. Und schließlich das hier.« Er entnahm dem Umschlag einen letzten Bogen. »Ein Schreiben von Gottfried Meier, der in unserer Synagoge als Organist gewirkt hat. Ich nehme an, Sie haben von ihm gehört.«

»Natürlich kennt man ihn, wer kennt Gottfried Meier nicht, den bedeutendsten zeitgenössischen Kirchenmusiker unserer Region. Aber Gottfried Meier ist kein Jude. Oder doch?«

»Sie meinen, weil er bei uns am Sabbat die Orgel gespielt hat?« Winter lachte. »Man weiß nicht mehr viel über uns, unsere Religion, unsere Bräuche. Ein gläubiger Jude darf am Schabbes nicht musizieren. Also muss die Orgel oder das Harmonium in der Synagoge von einem Andersgläubigen gespielt werden. Und Meier hat sich als junger Kerl gerne was dazuverdient. Mit den Einnahmen von der Kirchenmusik und der Leitung von ein, zwei Chören war ja damals ein Lebensunterhalt nicht zu bestreiten. Mitte der dreißiger Jahre, ich weiß gar nicht mehr, wann das genau war, wurde ihm das Spielen für uns Juden untersagt.«

»Nun gut, Herr Winter, Ihr Antrag liegt uns damit vor. Wir werden das in korrekter Weise bearbeiten, wobei ich schon jetzt einräumen muss, dass man sich dazu wird Auskunft bei höheren Stellen besorgen müssen. Sie verstehen doch sicherlich, dass es sich hierbei um einen Vorgang handelt, der nicht gerade zu den Routinen unseres Verwaltungshandelns gehört.«

Als Jakob Winter das Rathaus verließ, hatte es aufgehört zu regnen. Die Treppenstufen und das Pflaster des Vorplatzes glänzten vor Nässe. Ein in Böen aufpeitschender kühler Wind ließ ihn dennoch den Mantelkragen hochschlagen. Er hatte erst einmal nichts mehr in Seelbach zu tun und überlegte, ob er den nächsten oder doch erst einen späteren Zug nehmen und noch einen Abstecher zur »Weißen Villa« machen sollte. Aber er verwarf diesen Gedanken. Wenn man ihn sah und als den erkannte, der er war, würde sich rasch das Gerücht verbreiten, der Jud ist da und will euch euer Zuhause nehmen. Falls man im Ort nicht bereits Derartiges fabulierte.

Der kleine Karl Goldmann kam ihm in den Sinn. Das letzte Mal hatte er ihn kurz nach den Novemberpogromen des Jahres 1938 gesehen, die die Deutschen unverändert »Kristallnacht« nannten. Eine anhaltende Verniedlichung des Tätervolkes. Als ob da nur ein paar Karaffen und Kristalllüster zu Bruch gegangen wären. Karl kam zu ihm nach Hause, um sich von ihm und seiner Familie zu verabschieden. Dr. Goldmann hatte mit Hilfe seines älteren Bruders, der bereits in den Staaten lebte, eine Einreiseerlaubnis für den achtzehnjährigen Karl erwirkt, gegen dessen Willen, er wollte nicht weg, zumal

Dr. Goldmann und seine Frau Mizzi noch nicht zur Auswanderung bereit waren. Aber Karl, ihr einziger Sohn, musste auf sicheres Gebiet. Die ›Permission‹ galt erst ab dem 1. März 1939, weshalb man ihn zur Überbrückung kurz vor Weihnachten nach England schickte. Doch Max Goldmanns dort lebender Cousin hielt seine Zusage nicht, weigerte sich, den Jungen bei sich aufzunehmen, weshalb Karl einige Monate in einem lagerähnlichen Heim leben musste.

So kam es, dass Karl Goldmann der Einzige aus seiner engeren Familie war, der den Todeskrallen des Dritten Reiches entkam. Karl überstand später noch ganz andere Dinge. Er überlebte als einziges Besatzungsmitglied eines Bombers, der 1944 über Stuttgart abgeschossen wurde, und dann überstand er gleich mehrere lebensbedrohliche Situationen. Als ihn bewaffnete Angehörige des HJ-Streifendienstes schlafend im Unterholz fanden und ihn voller Stolz, die Gewehre geladen und entsichert im Anschlag, zur Meldestelle im nahen Kornwestheim eskortierten, gelang es ihm, sich unauffällig seiner Erkennungsmarke zu entledigen. Denn die eingestanzte Konfession hätte ihn nicht für einige Monate ins Gefangenenlager, sondern ins KZ gebracht. Und ein Jude, der so schändlich die deutschen Familien um ihr Obdach brachte, hätte dort nicht lange überlebt. Sofern man ihn nicht gleich an Ort und Stelle erschossen oder erschlagen hätte.

Mit Karl Goldmann war Jakob nie richtig befreundet gewesen. Abgesehen davon, dass in der Kindheit zwei Jahre Altersunterschied erheblich waren, hatte ihn der zurückhaltende Junge niemals wirklich interessiert. Man spielte artig bei den gegenseitigen Familienbesuchen miteinander, aber zu mehr reichte das entwickelte Maß an Sympathie und Interesse nicht. Immerhin, Karl hatte überlebt, schrieb seinen Vornamen, wie er sehen konnte, jetzt mit »C« und am Nachnamen amputierte er das zweite »n«, was ihn zum Amerikaner machte. Von Max und Mizzi Goldmann verlor sich die Spur 1942 in Riga. Er hatte sie dort bereits am 4. Dezember 1941, dem Tag ihrer Ankunft, aus den Augen verloren.

Jakob Winter war sich unschlüssig darüber gewesen, ob er an seine frühere Klassenlehrerin Griseldis Hiller herantreten sollte. Das frühere »nette Fräulein« engagierte sich nach 1933 in wachsendem Umfang in der örtlichen und der Gaugliederung der NS-Frauenschaft. Erst auf ein energisches Drängen seiner zweiten Frau Leonore hatte er sie angerufen und später sein Anliegen in einem Kurzbrief konkretisiert, worauf sie anstandslos ein für ihn hilfreiches Schreiben an die Gemeindeverwaltung Seelbach aufgesetzt und alsbald abgeschickt hatte.

Als Jakob in dem roten Schienenbus in Richtung Hessental Platz genommen hatte, spielte er vorübergehend mit dem Gedanken, den jetzigen Bewohnern der Winter'schen Villa einen Brief zu schreiben und ihnen darin den Zwischenstand des aufgelaufenen Mietzinses vorzulegen, den er nach Rückgabe seines Eigentums von ihnen zu fordern gedachte. Noch ehe Hessental erreicht war, wo er in Richtung Stuttgart umsteigen musste, hatte er diesen Gedanken bereits wieder verworfen. Das würde zu viele Wellen schlagen. Zudem rechnete er damit, dass Leonore entschieden dagegen wäre. Leonore, die Frau, die die Dinge des Lebens in einer Weise nüchtern und pragmatisch betrachtete, dass es schon beinahe beängstigend war. Leonore, seine große Liebe, die er wunderbarerweise hier wiedergefunden hatte.

»Du hast niemanden, ich habe niemanden, also heiraten wir, wenn dein Papierkram erledigt ist«, hatte sie beiläufig zu ihm gesagt, als sie Silvester und den Neujahrstag miteinander verbrachten. Am Nachmittag des 31. hatte es heftig zu schneien begonnen und sie beschlossen, den Abend zu zweit zu Hause zu verbringen. Es schneite fast 40 Stunden ohne Unterbrechung und später waren sie von der Erinnerung beseelt, dass sie sich zwei unvergessliche Tage lang immer wieder geliebt hatten, nur unterbrochen von kurzen Phasen eines oberflächlichen Erschöpfungsschlafes, schnellen Gängen aufs Klo und flüchtigen Mahlzeiten. Sie hatten erst einige Minuten nach Mitternacht aufs neue Jahr angestoßen, denn Leonore hatte ihn just im Augenblick des Jahreswechsels mit einem leisen und dennoch energischen »Mach weiter!« und einer festen Umklammerung seiner Pobacken auf sich fixiert. Er fragte sie später nie, ob es nun Zufall war oder der Umsetzung eines innigen Wunsches entsprochen hatte, dass sie genau mit dem Einsetzen des Neujahrsschießens gewaltig gekommen war. Leonore lebte ihre Orgasmen immer sehr lautstark aus, was nicht den Wertmaßstäben und Gepflogenheiten der frühen fünfziger Jahre entsprach. Zudem erwies sich die nur wenig auf Schalldämmung ausgerichtete Leichtbauweise der Nachkriegszeit als extrem hellhörig. Dieses eine Mal, das konnte angenommen werden, verloren sich ihre lustvollen Schreie im Krachen der Silvesterknallerei.

Jakob Winter hatte Leonore im vergangenen Herbst wiedergetroffen, als er nach erfolglosen Geschäftsbemühungen und einer gescheiterten Ehe aus Israel zurückkehrte. Leonore Schimmelpfennig war seine erste Liebe und auch die erste Frau gewesen, mit der er geschlafen hatte. Sie war die einzige Tochter des Verspieglers Christian Schimmelpfennig, der seit 1908 in der Winter'schen Spiegelfabrik beschäftigt war. Von denen, die 1918 das Werk besetzt hatten, war er der Einzige gewesen, den sein Großvater später nicht entlassen hatte. Vielleicht lag es daran, dass Christian Schimmelpfennig sein zuverlässigster Arbeiter war. Selbst, dass er weiterhin in der USPD und später in der KPD aktiv war, verübelte er ihm zumindest nicht so sehr, dass er ihn deswegen entlassen hätte. Er stellte ihn auch niemals deshalb zur Rede.

Schimmelpfennig war nach Pinchas Spighel der zweite Mann der Roten, saß mit diesem langjährig im Seelbacher Gemeinderat und war noch dabei, als die Seelbacher KPD bei den letzten freien Gemeinderatswahlen in Württemberg ein drittes Mandat holte und damit erstmals die SPD überflügelte, für die in stets gleicher Besetzung immer Dr. Goldmann und Oskar Angelbauer gewählt wurden.

Dritter kommunistischer Gemeinderat wurde der vor allem als hervorragender Boxer bekannte Jungkommunist Alfred Schweizer, den der kleine Jakob glühend bewunderte, zumal dieser ihm hin und wieder bei den »Fichte«-Übungsabenden allerlei Kniffe und Griffe beibrachte, mit denen man sich in Raufhändeln aus der Patsche helfen konnte.

1933 wurde auch Alfred Schweizer für kurze Zeit verhaftet und etliche Wochen im KZ Heuberg festgehalten, dort brutal geschlagen und schließlich entlassen, nachdem er ein Formular unterschrieben hatte, mit dem er sich verpflichtete, über all das, was er während seiner Schutzhaft gesehen oder gehört hatte, strengstes Stillschweigen zu wahren. Obwohl die neuen Machthaber alsbald mit großem Tamtam große und kleinere Straßenbauprojekte aus der Taufe hoben, erhielt der gelernte Pflasterer Alfred Schweizer erst dann wieder eine Anstellung, als er – vorerst zur Erprobung – Aufnahme im SA-Sturm Creglingen gefunden hatte, wohin er verzogen war.

Als Jakob davon erfuhr, empfand er dies als schwere Enttäuschung, obwohl er bis dahin schon über einen reichen Erfahrungsschatz in dieser Hinsicht verfügte.

Zu den wenigen, die in der zweiten Hälfte der dreißiger Jahre, letztendlich verbotswidrig, regelmäßigen Kontakt zur Familie Winter hielten, gehörten der Verspiegler und verfolgte Kommunist Christian Schimmelpfennig und seine zu diesem Zeitpunkt noch minderjährige Tochter Leonore.

Schimmelpfennig war Salomon und Joseph noch treu ergeben, als diese nach den Pogromen des Jahres 1938 endgültig als Firmenchefs abgelöst und ein perfider Arisierungsprozess der zunehmend rüstungs- und kriegswichtigen Winter'schen Spiegelfabrik eingeleitet und binnen weniger Wochen zum Abschluss gebracht wurde. Schimmelpfennig hielt den Kontakt, brachte, als es wichtig wurde, Nahrungsmittel in die kleine Wohnung in der Metzgergasse, in die die zusammen mit den Großeltern achtköpfige Familie zwangsweise umziehen musste. Er sagte niemals, warum er das tat. Ob es zum Dank dafür war, dass der alte Winter ihn seinerzeit nicht entlassen und nach seinen Haft- und Lageraufenthalten nach 1933 immer wieder eingestellt hatte? Es war eine dreifach gefährliche

Tätigkeit. Juden zu helfen war zuerst verpönt und wurde dann gänzlich verboten. Er selbst stand als Kommunist unter ständiger Beobachtung und zudem wurde er mehrfach dahingehend überprüft, ob er nicht selbst jüdischer Abstammung sei.

»Ihr Name jüdelt so gewaltig, dass wir das nochmals gründlich überprüfen müssen«, sagte mal einer, als er zum wiederholten Male das Familienstammbuch vorlegen musste, aus dem zweifelsfrei hervorging, dass seine Familie zwar über viele Generationen hinweg aus armen Rechenspitzern, kleinen Häuslern und mütterlicherseits in drei aufeinander folgenden Generationen aus Hausierern bestanden hatte. Aber es waren allesamt kreuzbrave hohenlohische Christen gewesen.

Leonore, die ein knappes Jahr älter war als Jakob, wurde schon als Kind in eine Außenseiterrolle gedrängt, und anstatt dagegen anzukämpfen, hatte sie diese zusehends kultiviert und durch gelegentliche kleine Inszenierungen weiter verfestigt. Das großgewachsene, vor der Pubertät knochig und ungelenk wirkende Mädchen, das mit seinen hohen Wangenknochen und den dunklen, ungezügelten Locken so ganz anders aussah als ihre Schulkameradinnen, unter denen sie nur wenige Freundinnen fand, verkehrte ohne Scheu mit Jakob und war auch eine Zeitlang mit der drei Jahre älteren Helene befreundet. Immer wieder überraschte sie diese mit den kleinen Dingen, die damals für Mädchen und junge Frauen wichtige Accessoires darstellten, die aber nun eine junge Jüdin immer seltener erstehen konnte, und sei es einfach nur deswegen, weil Juden in wachsendem Maße das Betreten arischer Geschäfte verboten war.

Die Freundschaft zwischen den beiden jungen Frauen zerbrach, als Helene im Sommer 1940 erfuhr, dass sich zwischen Jakob, der mittlerweile die meiste Zeit in Stuttgart verbrachte, und Leonore eine Liebesbeziehung entwickelt hatte, was die Schwester, die von Leonore als Einzige eingeweiht worden war, mit Entsetzen zur Kenntnis nahm.

»Der Unterschied wird sein«, hatte sie, dabei am ganzen Leib zitternd, geflüstert, »dass man dir die Haare schert und dich im schlimmsten Fall ein Jahr einsperrt. Den Jakob hängen sie ohne Federlesens auf. Und ob du in dieser Lage noch die Kraft hast, zu sagen, dass du ihn verführt hast und nicht umgekehrt, muss bezweifelt werden. Außerdem würde das nur wenig ändern.«

Und als sie ihrem Vorschlag, die Liaison unverzüglich zu beenden, entschieden widersprach, geriet Helene völlig außer sich und schrie Leonore aufs Heftigste an. Sie bringe ihren Bruder ins Grab, sie solle verflucht sein und sich nie wieder blicken lassen.

Auf diese Weise kam die Freundschaft zwischen den beiden jungen Frauen zu einem traurigen Ende. Und wenn es wenigstens ein Gutes hatte, dann die Erkenntnis der beiden Liebenden, dass sie noch vorsichtiger sein mussten als bisher, und dies galt ganz besonders ab dem Tag, an dem die Welt durch den Überfall auf die Sowjetunion noch weiter aus den Fugen geriet.

So blieb die Liebe stets verborgen und ihre Beziehung hielt an, bis Jakob zusammen mit der Mehrzahl der Familienmitglieder und vielen anderen Juden Seelbach in drei Eisenbahnwaggons verließ, die man zusätzlich an den regulär 7.21 Uhr nach Heilbronn fahrenden Personenzug angehängt hatte. Dort wurden die Sonderwagen an einen bereits im Bahnhof wartenden Zug angekoppelt, der mit einer Ladung gedrängt sitzender und stehender württembergischer Juden nach Stuttgart fuhr.

Zwischen Dezember 1941 und Ende April 1945 konnten die beiden keinen einzigen Gruß, kein einziges Lebenszeichen austauschen. Sie wussten nichts vom anderen. Als in Jakob Winter die Erinnerung darüber hochkam, unter welch dramatischen Umständen er Leonore Schimmelpfennig wiedergetroffen hatte, fuhr schnaufend und Ruß speiend die altertümliche Dampflok ein, die man aufgrund immer noch vorhandener Produktionsrückstände einer traurigen Ansammlung heruntergekommener Personenwagen vorgespannt hatte, die ihn in Richtung Stuttgart nach Munzlingen brachten.

Am 30. Januar 1933 waren im Salon der Winter'schen Villa nahezu die gleichen Personen versammelt wie am Tag nach den letzten Reichstagswahlen, als man gut gelaunt die überraschenden Stimmenverluste der NSDAP gefeiert hatte. Nun war man spätabends wieder zusammengekommen und lauschte der ersten Ansprache, die Adolf Hitler als Führer und Reichskanzler an das deutsche Volk richtete. Im Unterschied zu damals wurde zu diesem Anlass kein Champagner gereicht und es fehlte Oskar Angelbauer, den zu dieser Stunde tiefe Sorgen bedrückten, solche, die mit seiner privaten und beruflichen Zukunft im Zusammenhang standen.

Die Nazis hatten es verstanden, aus einer Schwächung heraus doch noch eine Regierungsbildung unter ihrer Führung auf den Weg zu bringen. Man merkte sogar in Seelbach, dass dies selbst Menschen Respekt abrang, die nicht als Anhänger der Hitlerpartei galten.

Die Stimme des neuen Mächtigen bellte fremdartig in den Salon. Jakob war eher nach Lachen zumute. Die Betonung, die dieser merkwürdige Mensch seinen Worten verlieh, entsprach eher seinen Erinnerungen an Stimmen in einem Kasperletheater, das einmal als willkommene Abwechslung an seiner Schule gastiert hatte.

»Wenn wir so reden oder in der Schule vorlesen würden, gäb's ganz schön was auf die Löffel«, sagte Alfi anderntags.

Jetzt, am Abend dieses für das künftige Schicksal der Welt so ereignisreichen Tages, konnten sich die sonst eher zurückhaltenden Frauen nur wenige Minuten beherrschen. »Wenn man den hört, könnte man meinen, ein Verrückter dürfe hier einen Rundfunkauftritt zum Besten geben«, erboste sich Großmutter Bertha.

Rosa Winter, die sich sonst nie einmischte, stimmte ihr zu: »Der gehört doch in eine Anstalt, möglichst gleich in die geschlossene Abteilung.«

»Man darf diese Bewegung auf keinen Fall deshalb unterschätzen, weil dieser Mann ein so bizarres Auftreten hat,

Rosa«, mahnte ihr Mann. »Aber ich bin mir sicher, dass wir alten Frontsoldaten gegen alle Widrigkeiten gefeit sind.«

»Unglück wird uns dieser Mann bringen, großes Unglück«, murmelte die Großmutter. Den meisten Familienmitgliedern sollte dieser halb verschluckte Satz in deutlicher Erinnerung bleiben. Und bis an ihr Lebensende blieb ihnen verborgen, ob diese dahingemurmelte Prophezeiung nur die ängstlichen Worte eines alten Weibes oder der Ausdruck ausgeprägter Weitsicht waren. An seherische Begabungen, die eventuell in anderen Kreisen Erwähnung gefunden hätten, glaubte niemand im Hause Winter.

Die nächsten Tage brachten in Seelbach weitaus weniger Weltbewegendes, als die einen erhofft und die anderen befürchtet hatten. Der Aufruf zum Generalstreik gegen Hitler war auch hier nicht befolgt worden, fand, wie überall im restlichen Deutschland, auch in Seelbach nicht statt. Eine einzige Ausnahme hatte es gegeben. Im roten Arbeiterdorf Mössingen auf der Schwäbischen Alb wurde er ausgerufen und wenige Stunden auch erfolgreich praktiziert, so lange, bis auch nach Mössingen durchgedrungen war, dass sie die Einzigen waren.

Man munkelte über Verhaftungen von Kommunisten, Gewerkschaftern und Sozialdemokraten, die allerdings in Seelbach in den ersten Februartagen unterblieben. Gerüchte kamen auf und verflüchtigten sich. Spekulationen verknoteten sich mit Halbwahrheiten. Die Lage wurde immer verwirrender. Erstmals gelang der örtlichen SA am Abend des 4. Februar, unterstützt von Kameraden aus den umliegenden Dörfern und aus Schwäbisch Hall, ein Umzug, der mit kleineren Randaliererereien in der Metzgergasse endete. Am Hause Cohn ging eine Scheibe zu Bruch, doch konnte selbst der jüdische Metzger nicht mit Bestimmtheit sagen, ob dies die Folge einer gegen das jüdische Geschäftshaus gerichteten Aggression oder einfach nur ein dummer Zufall war.

Bürgermeister Walter Knecht zögerte noch ein paar Tage, ehe er nach einigen herrischen Auftritten des nun stolz durch die Straßen schreitenden Ortsgruppenleiters Gauder doch die

»Fahne der neuen Zeit« vor dem Rathaus hissen ließ. Und auch danach war Karl Gauder noch nicht zufrieden, sei doch die Fahne vom Format her deutlich kleiner als die Stadtflagge und die württembergische Fahne, die zu sonstigen Anlässen aufgezogen wurden. Er, Bürgermeister Knecht, solle sich nur in Acht nehmen, er habe bislang »weniger als nichts« für die Bewegung geleistet.

Die größte Veränderung, die Jakob und Alfred in diesen Tagen erlebten, war der Umstand, dass der von ihnen und allen anderen Klassenkameraden äußerst geschätzte Junglehrer Krömer plötzlich in SA-Uniform zum Unterricht antrat. Und nicht nur das, am Revers strahlte das im Volksmund bald nur noch »Bonbon« genannte Parteiabzeichen der NSDAP. Jetzt stellte sich für viele Seelbacher die hartnäckige Konfessionslosigkeit dieses Herrn in anderem Lichte dar. Allerdings waren von nun an keine weiteren Aktivitäten des Stadtpfarrers und des Schulrats zu verzeichnen. Der weitere berufliche Fortgang des jungen Pädagogen und Nationalsozialisten Krömer galt fortan als gesichert, wenngleich Einzelne, wie auch die beiden Buben Alfred und Jakob, von dieser für sie überraschenden Wendung enttäuscht waren. Immerhin, und dies fand auch viele Jahre später noch gelegentliche Erwähnung, das Verhalten des Junglehrers Krömer gegenüber den sechs Juden sowie den Söhnen und Töchtern örtlich bekannter Sozialdemokraten und Kommunisten änderte sich nicht. Auffällig war lediglich, dass manche bislang als unbegabt geltende Kinder von Parteigenossen nach und nach zu besseren Noten kamen.

Ende April wurden Pinchas Spighel und Christian Schimmelpfennig verhaftet, wenig später der Ringer Alfred Schweizer. Man munkelte, dass Dr. Goldmann, der bislang unbehelligt seine Praxis weiterführte, allerdings den Gemeinderatssitzungen unaufgefordert fernblieb, eine Pistole bei sich trage, nachdem er mehrfach von SA-Leuten beschimpft und geschlagen worden sei. Joseph Winter hatte ihn, unmittelbar, nachdem ihm dieses Gerücht zu Ohren gekommen war, angerufen und ihn als Freund, Arzt seines Vertrauens und ehemaligen Frontsoldaten um ein besonnenes und diszipliniertes Verhalten gebeten. Alles andere mache die Sache nur noch schlimmer, denn eine Pistole in der Hand eines Juden fördere nur die Gewalt und unüberlegtes Handeln der anderen Seite.

»Die Leute reden viel Blödsinn, wenn der Tag nur genügend lang ist, Meschugas der Gojim«, hatte Dr. Goldmann ins Telefon geknirscht und den Besitz einer Schusswaffe weder zugegeben noch dementiert.

Joseph Winter überlegte, ob er nicht zu entsprechenden Anlässen wieder vermehrt die alte Leutnantsuniform anziehen sollte. Zu seiner großen Genugtuung passte ihm der Uniformrock immer noch wie angegossen. Im Unterschied zu früheren Tagen holte er jedoch die beiden Kriegsauszeichnungen nicht mehr hervor, denn bei der Betrachtung derselben erinnerte er sich jedes Mal aufs Neue an das grausame Geschehen, das mit ihrem Erwerb verbunden war. Sorgen bereitete ihm vor allem der Umstand, dass man ihm aus den Kreisen des Veteranen- und Kriegervereins nahelegte, erst einmal bis auf Weiteres den monatlichen Zusammenkünften fernzubleiben.

»Nur für kurze Zeit, Kamerad«, hatte man ihn durchaus wohlwollend getröstet, »ein wie du über alle Zweifel erhabener Soldat des Weltkrieges muss sich nicht verstecken.«

Er ließ die solchermaßen freigesetzte Energie in die aufopferungsvolle Arbeit des Reichsbundes jüdischer Frontsoldaten fließen, der es in diesen Tagen besonders schwer hatte, dem heldenhaften und durch und durch patriotischen Verhalten vieler jüdischer Kriegsteilnehmer in angemessener Weise Gehör zu verschaffen. 12 000 jüdische Soldaten waren für das Kaiserreich im Weltkrieg gefallen. Und nun musste man sich in unverschämter Weise vorhalten lassen, man sei ein Blutsauger, der dem deutschen Volke die materielle und moralische Grundlage zum Überleben abspenstig mache, gleichgesetzt mit einer Laus, die nachts den erschöpften Schläfer melke und zudem auf diesen auch noch gefährliche Krankheiten übertrage.

Wie überall im Lande wurde der 1. April 1933 mittels verschiedener Hinweise, die in loser Folge seit Mitte März im »Seelbacher Anzeiger« veröffentlicht wurden, zum Tag des Boykotts jüdischer Geschäfte und Einrichtungen erklärt. Die Vorankündigung gab der verunsicherten jüdischen Bevölkerung zumindest Gelegenheit, sich auf das, was da kommen sollte, vorzubereiten. Insgesamt verlief dieser Tag in Seelbach im Vergleich mit anderen Orten ausgesprochen ruhig. An die Spiegelfabrik wagte sich ohnehin niemand heran. Noch nicht! Und auch die jüdischen Geschäfte in der Stadt blieben weitgehend unbehelligt. Cohn, der Schlachter und Schochet, war mit dem Tagesgeschäft durchaus zufrieden. An manchen Häusern waren in der Nacht zuvor Plakate mit der Aufschrift »Achtung! Hier wohnen Juden« angeklebt worden. Aber das war auch schon zuvor allen in der Stadt bekannt gewesen. Weiß hatte seinen Kolonialwarenladen vorsorglich geschlossen gehalten. Auf den heruntergelassenen Holzjalousien hatte man einige dieser Plakate angebracht.

Ausgerechnet vor dem Haus von Dr. Goldmann versuchte man eine für Seelbach exemplarische Aktion durchzuführen. Vor der Praxis standen SA-Leute. »Da stehen sie, die Dreckeimermänner«, sagte er zu seiner Frau, was diese gleich verstand, waren deren Uniformen doch in einer ähnlichen Farbe gehalten wie die Kleidung der Müllkutscher, die in Seelbach seit Ende der zwanziger Jahre regelmäßig die Dreck- und Ascheeimer lehrten, was übrigens auf einen Antrag von Dr. Goldmann zurückging. Die, die jetzt draußen standen, hielten Schilder hoch. »Geht nicht zu jüdischen Ärzten« und »Boykottiert die mosaischen Quacksalber« war darauf zu lesen.

Zu einer Eskalation kam es, als drei SA-Männer eine Patientin, die ihr Kind an der Hand hielt, nicht durchlassen wollten. Max Goldmann musste dies von drinnen gesehen haben, denn der blonde Hüne stürmte zur Haustür hinaus und stieß einen vergleichsweise schmächtigen SA-Mann grob zur Seite, um der Frau und dem recht verängstigt wirkenden Kind den Weg frei zu machen. Die beiden anderen, mehr kamen zum damaligen Zeitpunkt in Seelbach für eine derartige Aktion noch nicht zusammen, wagten nicht, einzugreifen. Im Ort hielt sich lange das Gerücht, Dr. Goldmann habe für den Fall der Fälle seinen alten Armeerevolver in der Hosentasche gehabt. Einer der SA-Männer behauptete, er habe dessen Konturen deutlich durch den Hosenstoff erkennen können. Andere sagten, die Burschen wollten mit dieser Aussage lediglich ihren schmählichen Auftritt in ein besseres Licht rücken. Ob er nun wirklich bewaffnet gewesen war, wusste keiner. Aber viele Seelbacher Juden, und ganz besonders die jüngeren, waren stolz auf ihn und zugleich fürchteten sie nicht ohne Grund um seine künftige Unversehrtheit.

Als ehemaliger Militärarzt durfte Dr. Goldmann länger als andere jüdische Ärzte Nichtjuden behandeln. Später erhielt auch er Berufsverbot und es war ihm lediglich gestattet, sich als »Krankenbehandler« der Leiden jüdischer Patienten anzunehmen.

Nachdem er den Zug in Munzlingen verlassen hatte, ging Jakob eilig die Bahnhofstraße entlang. Es hatte erneut zu regnen begonnen. Selbst die mächtigen Bäume der Kastanienallee boten nur geringen Schutz. In Höhe des Postamtes hob er grüßend den Hut. Ein flüchtiger Bekannter tat es ihm gleich. Er hatte ihn einige Male bei den Versammlungen der Sozialdemokraten und der Kommunisten gesehen, die er seit Neuestem mit nur mäßigem Interesse besuchte. Er ergriff dort niemals das Wort und hatte auch keine engeren Kontakte geknüpft. Den Kommunisten schlug jetzt der Wind hart ins Gesicht. Die Zeitungen waren voll von Berichten über das Unrecht, das angeblich über die Bevölkerung in der Ostzone hereingebrochen war. In Munzlingen waren die Kommunisten nie besonders stark gewesen, anders als etwa in der Kreisstadt Backnang.

Rasch ging er am Gasthaus »Ochsen« vorbei, bog in die Grabenstraße ein, passierte das kleine Verlagshaus der örtlichen Zeitung und erreichte alsbald über die Lindengasse die Fornsbacher Straße, von der es nur noch wenige Schritte zur Wallstraße waren, wo sie in einem Neubau eine kleine Dreizimmerwohnung gefunden hatten. Leonore hatte die Wohnung ausfindig gemacht. Ein Glücksfall war das gewesen! Eine Familie, die erst vor einem halben Jahr als Erstmieter eingezogen war, musste die Wohnung aufgeben, nachdem der Mann wieder bei seiner alten Firma in Günzburg Arbeit gefunden hatte.

Wenn das Kind kam, würde es eng zugehen. Aber immerhin hatten sie jetzt ein modernes Bad und Wasserspülung. Die alten Munzlinger, die in der Ortsmitte zu Hause waren, schauten manchmal voller Neid auf die Flüchtlinge in den Neubauwohnungen am Stadtrand, denn die Innenstadt war noch nicht kanalisiert. Sie hatten immer noch Plumpsklos. Im Hof oder in den engen Durchgängen zwischen den Häusern befanden sich geschlossene Gruben, die vom alten Lämmle, den die Alteingesessenen nur »Scheißhaus-Lämmle« nannten, halbjährlich oder sogar öfters geleert werden mussten. Er kam mit einem alten Tankwagen, legte mächtige Rohre aus, an deren Ende ein schwarzer, vier Meter langer Saugschlauch befestigt wurde, und pumpte die Fäkalien ab. Wenn die Grube leer war, saugte er zur provisorischen Reinigung der Rohre und des Schlauches noch zwei, drei Wasserfüllungen aus einem hölzernen Eimer, der hinten am Fahrzeug baumelte. Dort, wo die Grube geleert worden war, stank es noch einige Tage. Aber da es im Wechsel bei allen stank, beschwerte sich niemand. Und jetzt hatten die Flüchtlinge die neuen Wohnungen mit der Wasserspülung und dem warmen Wasser aus dem Badeofen, der mit Holz und Briketts beheizt wurde, während die Alt-Munzlinger sich noch immer am Wasserstein in der Küche waschen mussten. Pfeffer und Salz, schwarz-weiß gesprenkelt, aus dem Ausguss waberte Fäulnisgeruch, nur von kurzen Phasen unterbrochen, in denen man dem Brodem mit einer Ladung Soda, einer kräftigen Prise ATA oder mit Vim Herr zu werden versuchte.

Als er das Sechsfamilienhaus erreicht hatte, klingelte er. Leonore erwartete ihn vor der Wohnungstüre auf dem schmalen Treppenabsatz, von dem aus zwei einander gegenüberliegende Glastüren in die jeweiligen Wohnungen und eine weiß gestrichene Tür zu den beiden übereinanderliegenden Dachböden führte. Sie begrüßte ihn mit den Worten: »Du bist spät dran. Das Essen ist schon fertig.«

Er küsste sie kräftig auf den Mund und legte dann die Hand auf ihren Bauch, was sie nicht mochte. »Bis das Kind da ist, muss ich die Seelbacher Angelegenheit erledigt haben.« Er betrat den Flur, schnüffelte in Richtung der kleinen Küche. »Riecht gut. Was hast du gekocht?«

»Bohneneintopf, nicht koscher.«

Er lachte. »Selbst in Israel habe ich nicht immer koscher gegessen. Ich bin immer gerne in die Garküchen der Araber gegangen. Hammel mit Zwiebeln und Couscous.«

Er lachte erneut. Leonore hatte für sie in der kleinen Küche gedeckt, an einem Tisch, der direkt vor den beiden Fenstern stand und maximal drei Personen Platz bot. Sie begannen schweigend zu essen.

Als er seinen ersten Teller beinahe geleert hatte, sagte Leonore, leise zwar, aber dennoch mit erkennbarer Entschlossenheit: »Du solltest dir eine Arbeit suchen. Du wirst in absehbarer Zeit nicht an euer altes Eigentum herankommen. Das kann Jahre dauern, wenn überhaupt was zu machen ist.«

»Natürlich ist da was zu machen. Und außerdem habe ich einen Job.«

»Einen Job, einen Job«, maulte Leonore, warf dabei ihre Locken in den Nacken und sah ihn mit leicht zugekniffenen Augen an. »Das ist doch keine richtige Arbeit. Metzger bezahlt dich doch nur, wenn gesprengt werden muss.«

Das stimmte. Leonore hatte ihm die Arbeit als Sprengmeister beschafft. Aber es handelte sich nicht um ein festes Arbeitsverhältnis und schon um gar keines, das einen Mann und seine im Wachsen begriffene Familie ernährte. Der Steinbruchbesitzer zog ihn, den Fachmann, zu den Sprengungen heran, zahlte dafür gut, aber dann war Jakob wieder tagelang ohne Einkommen.

»Ich kann ihn fragen, ob er mich ganz einstellt. Ich kann sagen, entweder ganz oder gar nicht mehr.«

»Das würde ich nicht tun. Der schmeißt dich sofort raus. Ich kenne ihn.«

»Hattest du mal was mit dem?«

»Red keinen Quatsch«, fauchte sie. »Du spinnst doch. Ich kenne seine Frau, die war doch letztes Jahr noch bei der ARWA.«

Leonore fuhr, wie noch einige andere Frauen, jeden Morgen 6.23 Uhr von Munzlingen nach Unterrot, wo sie in der neuen Strumpffabrik Arbeit gefunden hatte, eine schlecht bezahlte zwar, aber sie brachte ungefähr dasselbe nach Hause, was er für die Sprengungen erhielt. Wenn das Kind kam, würde es knapp werden. Zudem hatten beide keinen einzigen Verwandten im Ort, nicht einmal richtige Freunde. Einige Bekannte gab es, aber die würden keine große Hilfe sein.

Zu Ostern des Jahres 1933 ging für Jakob die Volksschulzeit zu Ende. Von den sechs jüdischen Kindern hatten er und Ulrich Weiß die Aufnahmeprüfung für das Knabengymnasium in Schwäbisch Hall bestanden. Mit dem Langweiler Weiß verband ihn nicht viel, auch wenn der hin und wieder seinen Vater begleitete, wenn dieser die Winter'sche Villa mit Ware belieferte.

Eigentlich waren Kätchen und Lenchen, die beiden Zwillingstöchter des Metzgermeisters Sigismund Cohn, die besseren Schülerinnen gewesen. Aber der Vater hatte energisch darauf bestanden, dass die beiden weiter die örtliche Volksschule besuchten. Selbst ein Besuch des Lehrers Krömer hatte ihn nicht umstimmen können, wobei dieser erst einmal den Vorteil des überraschenden Auftritts hatte: Ein Parteigenosse setzt sich bei einem jüdischen Schlachter dafür ein, dass seine begabten Töchter eine weiterführende Schule besuchen. Das war ungewöhnlich und Cohn war auch erst einmal verdutzt gewesen. Aber umstimmen ließ er sich dennoch nicht.

Überhaupt waren die ersten Schulwochen nach der so genannten Machtergreifung an der Volksschule Seelbach unspektakulär verlaufen. Zwar schien das Fräulein Hiller nun deutlicher als zuvor judenfeindlich gestimmt zu sein, aber betroffen davon waren nur die Klassenstufen eins und zwei. Krömer, der in Kürze zum Oberlehrer befördert werden sollte, verabschiedete bei der Zeugnisübergabe alle, die auf die Mittelschule oder das Gymnasium wechselten, mit Handschlag, auch die beiden Juden Winter und Weiß.

Als Gustav Lang, der traurig darüber war, dass Jakob von nun an eine andere Schule besuchte, zu Hause über diesen Handschlag mit der naiven Absicht berichtete, den Umgang mit Juden als etwas völlig Alltägliches darzustellen, das selbst das Parteimitglied Krömer mit Anstand vollzog, rief der Köcherhofbauer, der seit kurzem in seiner neuen Funktion als Ortsbauernführer über einen Fernsprechanschluss verfügte, sofort beim Seelbacher Ortsgruppenleiter an. Was er denn da für ein Subjekt in der Partei habe. Dieses erlaube sich, den Judenlümmeln mit Handschlag zu gratulieren, dass sie jetzt auf die Oberschule durften. Zustände seien das. Die Itzigs gehen immer noch auf die höhere Anstalt und tanzen später wie eh und je dem braven Landmann auf der Nase herum.

Bei nächster Gelegenheit stellte Gauder den Lehrer zur Rede.

»Es ist doch ganz im Sinne der Partei, wenn die Juden Seelbach verlassen. Mit dem Wechsel auf höhere Schulen wird doch deren Fortzug beschleunigt«, sagte Krömer und grinste.

Da müsse er etwas gewaltig missverstanden haben, schnaubte Gauder. »Der Führer hat mit Sicherheit nicht an derart kleinräumige Lösungen gedacht.«

Mit dem Schulwechsel stellte sich bei Jakob alsbald das Gefühl ein, eine schöne Kindheit sei zu Ende gegangen. Erst die Erfahrungen, die er von nun an auf dem Gymnasium machte, verdeutlichten ihm, wie idyllisch doch die Schulzeit an der Seelbacher Volksschule gewesen war. Er hatte von nun an früher aufzustehen, um den Zug nach Schwäbisch Hall zu erreichen, oder er musste sein neues Fahrrad benutzen, um die 12 Kilometer bis zur Schule zurückzulegen.

An der Schule herrschte ein völlig anderer Ton. Oberstudienrat Breuninger ließ die Juden, nachdem sie sich als solche zu Schuljahresbeginn bei der namentlichen Vorstellung kenntlich gemacht hatten, allesamt in der letzten Reihe Platz nehmen.

»Ende des letzten Schuljahres haben wir noch ein Auge zugedrückt«, raunzte er. »Aber auch an unserer Anstalt zieht die neue Zeit ein.«

Dabei war Breuninger noch nicht einmal Parteimitglied. Jetzt, da alle, die was auf sich hielten, die was abzusichern gedachten oder noch etwas werden wollten, Anträge auf Mitgliedschaft gestellt hatten, staute sich deren Bearbeitung so weit auf, dass Breuninger zu seinem großen Ärger den Schuljahresbeginn noch ohne Parteiabzeichen am Revers seines altmodischen Gehrocks gestalten musste.

Elias, der mittlerweile die Unterprima besuchte, hatte mehr Glück. Sein Klassenlehrer war ein Deutschnationaler reinsten Wassers, der seinen Vater gut kannte und der, wie er sagte, »vulgärer Rassentümelei« kritisch gegenüberstand. So nahm Elias im Schuljahr 1933/34 denselben Platz ein, auf dem er bereits am Ende des letzten Schuljahres gesessen hatte. Zudem war der Anteil der Hitlerjungen, wie der Direktor kurz vor den Sommerferien feststellen musste, »erschreckend gering«. Ja, es waren in diesem Jahrgang sogar deutlich mehr Jazzfreunde als Jungen, die sich auf Anhieb für den HJ-Dienst begeisterten.

Jakobs Problem waren die Schüler der Mittelstufe. Es war schon immer Usus gewesen, dass diejenigen, die nun nicht mehr die Kleinsten waren, den Neuankömmlingen in den Pausen und nach der Schule das Leben schwermachten. Nun, da diese Jahrgänge mit großer Begeisterung zum Jungvolk gestoßen waren, nahmen sie sich bevorzugt die Judenbengel vor, die es immer noch wagten, eine deutsche Oberschule zu besuchen.

Immer häufiger musste er bereits auf dem Weg vom Bahnhof zum Gymnasium Belästigungen ertragen. Einige machten sich einen Spaß daraus, ihn mit Spottversen zu ärgern.

Noch harmlos waren Reime wie: »Winter-Jude, dir regnet's in die Bude.«

Gelegentlich brachte ein ordinärer Bursche frühmorgens Pfandflaschen zum Bahnhofskiosk. Sobald er Jakob erblickte, grölte er: »D'r Seckel vom Itzig, der isch kloi ond spitzig.«

Selbst in der Schule konnte Elias nicht immer seinem kleinen Bruder zur Seite springen. Er war zwar in seiner Klasse weiterhin anerkannt, auch weil er besonders gut englische Schlager und Jazztitel zum Besten gab, aber deutsche Jungen gewaltsam davon abzubringen, seinen Bruder zu belästigen, wurde zunehmend riskant, da dies unkalkulierbare Einmischungen anderer nach sich zog.

So machte es sich Jakob nach und nach zur Angewohnheit, nicht mit dem Zug, sondern mit dem Fahrrad zur Schule zu fahren. So hatte er keinen langen Weg zum Schwäbisch Haller Bahnhof, musste nicht dort warten, wo die Gefahr weiterer unerwünschter Begegnungen lauerte. Erst wenn bei der Heimfahrt in der Ferne der Seelbacher Kirchturm auftauchte, fiel die Beklemmung von ihm ab, die ihn schon morgens nach dem Aufstehen erfasste. Er wurde freier und konnte auch wieder lachen.

Noch immer war Alfred Angelbauer, der jetzt die Mittelschule besuchte, sein bester Freund. Von ihm hörte er auch, dass sie den Sportverein »Fichte« aufgelöst hatten. Die Halle ging in das Eigentum der Gemeinde über. Sonstiges Vereinsvermögen und Sportgeräte, darunter die geliebten Rhönräder, wurden der NS-Volkswohlfahrt und der Hitlerjugend übereignet. Eine Zeitlang trafen sich einige frühere »Fichte«-Boxer im leerstehenden Lager einer ehemaligen Fassfabrik und organisierten dort heimlich einen provisorischen Übungsbetrieb. Doch das blieb nicht lange verborgen. Man begnügte sich mit einem strengen Verweis und der Warnung, dass man beim nächsten Mal hart durchgreifen würde. Die größte Strafe stellte freilich der Umstand dar, dass man einigen von ihnen die Boxhandschuhe abgenommen hatte.

Nur noch selten stromerten Alfi und Jakob mit Gustav herum. Auch wenn der Bauernjunge gerne mit ihnen zusammen war, blieb er von der Angst beseelt, man könne sie gemeinsam sehen, es seinem Vater melden und dieser würde erneut mit allem, was ihm gerade in die Hände fiel, auf ihn einschlagen.

Die Prügelorgien des Köcherhofbauern ängstigten sogar dessen Frau Gottliebin, eine geborene Steuerwald, die ihn einmal bei derartiger Gelegenheit voller Wut und Verzweiflung anbrüllte: »Du schlägst irgendwann den Jungen noch zum Krüppel, aber wenn das passiert, hast du mich das letzte Mal gesehen.«

Darauf hatte Friedrich Lang, ohne sie dabei auch nur anzusehen, geantwortet: »Dann gehst du am besten jetzt gleich hoch und hängst dich auf.«

Worauf dessen alte Mutter erschreckt aus der dampfenden Küche in die Stube schlurfte und ihren Sohn anflehte: »Versündige dich nicht vor dem Herrn, Bub. Versündige dich nicht an deiner Familie.«

»Halt's Maul, alte Fuchtel«, fauchte er in haltlosem Zorn. Er sprang von seinem Schemel auf und drückte seine Mutter über die Schwelle in die Küche zurück. »Des kannsch deine Betschwestern vortragen, aber net mir.«

Dieses ständige Gezeter, das Geschrei, die Spannung zwischen ausgelebter und kalter Wut waren sogar dem älteren Sohn Franz zu viel, der ansonsten in weltanschaulichen Fragen in Vielem mit seinem Vater übereinstimmte. Der zunehmende HJ-Dienst war für ihn wie eine Befreiung. Es fand sich immer ein Grund, das Gehöft zu verlassen, auch wenn der Vater noch so laut brüllte: »Der Führer hat bestimmt net g'meint, dass die Arbeit liegen bleiben soll. So gibt es keinen Aufbruch, so nicht!«

Nur noch selten kam Gustavs Schwester Hermine nach Hause. Sie war seit über einem Jahr bei der Familie eines Stuttgarter Kunstfotografen in Stellung. Von den 12 Mark, die sie monatlich neben Kost und Logis erhielt, konnte sie nur hin und wieder eine Fahrkarte lösen. Außerdem verbrachte sie ihre wenigen freien Tage viel lieber in der Großstadt, flanierte auf der Königstraße oder ging einmal im Monat ins Kino.

Pauline, die ein Jahr jünger war, besuchte nebenbei die Hauswirtschaftsschule in Hall und hatte sich seit dem letzten Sommer zur Angewohnheit gemacht, sich zu Hause auf dem Hof weitgehend unsichtbar zu machen. Ihr schien das am ehesten dadurch möglich, dass sie geradezu verbissen arbeitete. Sie machte alle Arbeiten, auch solche, die sonst ein Knecht erledigte, mit Ausnahme der Waldarbeit. Sie pflügte mit dem Ochsengespann, molk die Kühe und reinigte spät nachts das Milchhaus. Sie vermied, so gut es ging, mit dem Vater irgendwo auf dem weitläufigen Hof alleine zu sein. Als die Mutter im letzten Jahr mit hohem Fieber krank darniederlag, war er im Mostrausch über sie hergefallen, als sie im Stall die Kühe mit frischem Gras versorgte. Er hielt sie von hinten umfasst. Mit der einen Hand quetschte er ihre linke Brust, die rechte schob er unter ihren Stallkittel, unter dem sie in der Bruthitze der letzten Julitage keinen Schlüpfer trug. Voller Ekel erinnerte sie sich an die stoppeligen Wangen und den schlechten, mostsäuerlichen Geruch, der dem hechelnden Maul des Alten entströmte. In ihrer Verzweiflung hatte sie sich nicht anders zu helfen gewusst, als dem eigenen Vater die eisernen Zinken der Heugabel in den Fuß zu rammen. Der schwere Stiefel verhinderte zwar das Schlimmste, aber aus einem tiefen Loch schoss Blut. Sie hatte die Gabel in den Stallgang geworfen und war davongerannt.

»Halt bloß das Maul, du Hur«, brüllte er ihr hinterher, »sonst ersäuf ich dich im Gülleloch.«

Natürlich hatte sie der Mutter nichts erzählt und während der folgenden Jahre auch der Schwester nicht. Das musste sie ganz alleine mit sich ausmachen. Von nun an trug sie unter dem Kittelschurz Schlüpfer und eine alte nachtblaue Turnhose, auch wenn sie in den heißen Wochen dieses Sommers oft dem Hitzschlag nahe war. Das restliche Schuljahr wollte sie noch beenden, dann nichts wie weg. Höfe, auf denen man eine arbeitsame Magd brauchen konnte, gab es genug. Oder sie würde Hermine fragen, ob sie ihr dabei behilflich sein könnte, in Stuttgart eine hauswirtschaftliche Stellung zu finden.

Der Vater tat so, als sei nie was gewesen. Nur einmal, an einem Sonntag, sagte er dreist zu ihr: »Erzähl bloß niemandem deine Ammenmärchen. Jeder weiß doch, dass du schon als Kind gesponnen hast.«

Sie fürchtete die kalten Tage, wenn draußen für die Frauen nicht mehr viel zu tun war. Sie überlegte fieberhaft, aber ihr fiel nichts ein, was ein Anlass sein konnte, den Hof eine Zeitlang zu verlassen. War ihr früher der kleine Bruder lästig gewesen, für den sie als sechs Jahre ältere Schwester oftmals zu sorgen hatte, so genoss sie nun mehr und mehr dessen Nähe. Die beiden Geschwister, von denen jedes auf seine Weise der Willkür des Vaters ausgesetzt war, rückten nun zusammen. Instinktiv suchte jedes die Nähe und den Schutz des anderen, ohne dass jemals darüber gesprochen wurde, was das Leben auf dem Hof so bedrückend machte. Und das, was Pauline quälte, war ohnehin nicht für die Ohren eines Jungen bestimmt. Das durfte überhaupt kein Mensch erfahren, nicht dass es am Ende auch noch hieß, sie habe mit ihrem anzüglichen Wesen den eigenen Vater verwirrt und auf Abwege gebracht. Erst viel später, im vorletzten Kriegsjahr, offenbarte sie sich ihrer älteren Schwester, die sie fassungslos und zugleich sichtlich schockiert ansah.

»Ich hätte ihn umgebracht«, murmelte Hermine leise, aber hörbar.

Auch in Seelbach, wo Juden und Christen bislang einvernehmlich gelebt hatten und die Anzahl der Hitleranhänger lange Zeit weitaus geringer gewesen war als in der hohenlohischen Umgebung, machten sich nun Veränderungen bemerkbar.

Schon im September 1933 war Oswald Winter, ein Cousin Josephs, zusammen mit seiner Frau Christine und der zehnjährigen Tochter Hannelore, die von allen nur »Hanni« genannt wurde, nach Seelbach gezogen. Dies geschah auf Anraten des Seniorchefs Salomon Winter. Oswald war als einer der ersten deutschen Juden Richter in Frankfurt am Main geworden und hatte, obwohl man ihn besonders kritisch unter die Lupe nahm, stets hervorragende Arbeit abgeliefert. Einer Beförderung, eventuell sogar einer späteren Berufung an das Oberlandesgericht, stand fachlich sowie von seinem dienstlichen und außerdienstlichen Gebaren her nichts im Wege. Ende März war er, wie andere jüdische Beamte auch, zwangsweise beurlaubt worden. Und als klar war, dass »das nichts mehr werden würde«, wie sein Onkel diese Malaise umschrieb, war er dessen Vorschlag gefolgt, sich in diesen schwierigen Zeiten mit seinem juristischen Weitblick in der Winter'schen Spiegelfabrik nützlich zu machen.

Es erwies sich bald als zumindest vorübergehender Gewinn, diesen geschickten Juristen in der Firma zu beschäftigen, was freilich den langjährigen Prokuristen Bertram Jänke sichtlich ärgerte, wurde doch Oswald Winter vom Alten zu allen wichtigen Entscheidungen hinzugezogen, so auch, als er Ende 1934 die Firmenleitung endgültig auf seinen Sohn übertrug. Dies vollzog sich im Rahmen einer kleinen Feier, an der einige enge Freunde, verbliebene Geschäftspartner und die leitenden Angestellten des Betriebes teilnahmen. Auch die meisten Familienangehörigen waren zugegen.

Der sonst so gut wie nie von sichtbaren Gefühlsregungen geleitete Salomon Winter war seltsam bewegt, als er seinem Sohn bei einem Glas Sekt die Hand schüttelte und in die Runde blickte, die sich in winzigen Grüppchen um sie herum formiert hatte.

»Lasst uns anstoßen, meine Lieben, darauf trinken, dass die stürmische See die Fahrt unseres Familienschiffes nicht wesentlich beeinträchtigt.«

Während die Gläser klirrten, beugte er sich zu seinem Sohn und sagte leise: »Es tut mir leid, dass ich dir die Firmenleitung in so schwerer Zeit übertrage. Aber das hat niemand vorhersehen können. Das Einzige, was ich noch tun kann, möchte ich jetzt gleich erledigen: dir versprechen, dir mit all meinen Kräften bis an mein Lebensende beizustehen.«

»Aber Vater«, sagte Joseph Winter sichtlich gerührt und verlegen. »Die Zeiten, in denen dieses Werk entstand und zu seiner heutigen Größe wuchs, waren immer schwierig. Und niemals stand es besser da.«

Vater und Sohn umarmten sich daraufhin lange und innig, was auch die anderen Familienangehörigen und jene der Anwesenden, die ihnen wohlgesonnen waren, rührte. Jakob, der die Szene beobachtet hatte, kannte derartige Gefühlsregungen bislang weder vom Vater noch vom Großvater.

Schon zwei Tage nach der Übernahme der alleinigen Verantwortung hatte Joseph Winter seine erste Bewährungsprobe. Mit ihrer Spiegelkollektion hatten sie zunehmend im benachbarten Ausland Erfolg. Vor allem nach Frankreich exportierten sie in großer Stückzahl Spiegel, die für moderne Kameras gefertigt wurden. Spiegelreflexkameras erfreuten sich bei Kennern und Profis in ganz Europa wachsender Beliebtheit. Nun erhielt die Firma in einem Schreiben des württembergischen Wirtschaftsministeriums die Aufforderung, den Export von Spezialspiegeln aller Art, deren militärische Verwendung nicht ausgeschlossen werden könne, unverzüglich einzustellen. Gegebenenfalls würden Ermittlungen aufgenommen, um der Frage nachzugehen, ob es sich hier nicht um landesverräterische Vorgänge handle.

Er rief sofort Jänke und seinen Vetter zu sich. Der Prokurist brachte Gottfried Metzig mit, einen noch jungen, aber begabten Mann, der sich unter der Anleitung von Jänke immer mehr auf das Exportgeschäft spezialisiert hatte. Zum nicht geringen Ärger des Firmenchefs trug Metzig immer häufiger seine SA-Uniform im Dienst, so auch heute.

In der Besprechung entflammte ein heftiger Streit zwischen Oskar auf der einen sowie Jänke und Metzig auf der anderen Seite. Während der Jurist dafür plädierte, ein Gutachten von kundiger Stelle einzuholen, das zweifelsfrei belegte, dass diese Spiegel in allgemein gebräuchlichen Kameras Verwendung fanden, wiesen dies Jänke und Metzig als groben Unfug und überflüssige Geldverschwendung zurück.

»Auch Kameras können eine militärische Funktion haben«, meinte Jänke. Und Metzig schlug vor, diese dem Grunde nach richtige Entscheidung der Behörde zu akzeptieren, den Export zu drosseln und stattdessen die wachsende Bedeutung der Wehrwirtschaft ins Auge zu fassen und sich vermehrt auf die Produktion von Spiegeln zu kaprizieren, die für optische Geräte gebraucht wurden. »Auf diesem Gebiet hat der Betrieb seine Verpflichtung gegenüber der großen, vor uns stehenden nationalen Aufgabe noch nicht hinreichend unter Beweis gestellt«, sagte der junge Mann in herausforderndem Ton.

Dies trieb Joseph Winter die Zornesröte ins Gesicht, er sagte jedoch nichts und schlug, so ruhig, wie er es in dieser Situation vermochte, vor, dass ab sofort in beide Richtungen hin gearbeitet werde. »Metzig, ich mache es ab sofort zu Ihrer Aufgabe, neue Aufträge der aufstrebenden Wehrwirtschaft zu akquirieren.«

Zu Ostern 1935 hatte Elias erfolgreich sein Abitur bestanden. Wenngleich der Notendurchschnitt nur befriedigend ausfiel, herausragend war allein das »Sehr gut« in Musik, drückte Joseph seinen Ältesten an sich und beglückwünschte ihn aufs Herzlichste. Das war aller Ehren wert, waren die Umstände doch miserabel geworden. Mangels anderer Alternativen einigten sich Vater und Sohn darauf, dass Elias ab Mai eine kaufmännische Ausbildung begann. Die Wochen bis dahin sollte er einfach ausspannen. Es böte sich auch eine kurze Reise in die Schweiz an, man könne hierbei Angenehmes mit Nützlichem verbinden.

Jakobs 13. Geburtstag fiel auf den Sabbat. Wie schon in den beiden vergangenen Jahren feierte man äußerst zurückhaltend. Niemand sollte auf die Idee kommen, ein Jude erdreiste sich, an Führers Geburtstag fröhlich zu sein.

Am Morgen hatte es das allererste Mal einen Streit zwischen der Mutter und der guten Seele Emma Goldner gegeben. Rosa Winter warf der Köchin vor, sie achte nicht sorgfältig genug darauf, dass Geschirr und Töpfe nach *milchig* und *fleischig* getrennt aufbewahrt würden. Emma Goldner, die für den Jungen einen Kirsch- und einen Käsekuchen gebacken hatte, wies diese Anschuldigung entrüstet zurück. Tags darauf entschuldigte sich Jakobs Mutter bei der Hausangestellten. Sie wisse auch nicht, was plötzlich in sie gefahren sei.

Am Nachmittag gab es eine kleine Kaffeerunde im Familienkreis. Alfi kam hinzu und später auch noch der Langweiler Karl Goldmann. Nachdem der Kuchen verspeist war, hielten die Erwachsenen die Regeln des Sabbats ein und Emma Goldner ging nach Hause, nicht ohne zuvor noch kalte Platten für ein Abendmahl gerichtet zu haben.

Jakob spielte mit Alfi, Karl und Hanna eine Zeitlang im Garten. Schon bald ließen die Jungen das Mädchen allein und zogen sich in Jakobs Zimmer zurück. Für ihre Abenteuerspiele war ihnen das Mädchen einfach zu klein.

Seit Josephs Cousin Oswald mit seiner Familie Zuflucht in der »Weißen Villa« gefunden hatte, blieben dem seinem gewohnten Umfeld entrissenen Mädchen, das zwei Jahre jünger als Jakob war, kaum Kontakte, was durch den Umstand verstärkt wurde, dass Hannelore Winter ein ängstliches, scheues Kind war.

Für Jakob wurde es doch noch ein alles in allem recht lustiger Geburtstag, auch wenn Gustav seiner Einladung aus Angst vor dem Vater einmal mehr nicht gefolgt war.

Genau eine Woche später feierte Jakob am ersten Sabbat nach dem 13. Geburtstag seine Bar Mizwa, die ihn zu einem *Sohn des Gesetzes* werden ließ.

Rabbiner Judin rief ihn in der Synagoge feierlich nach vorne, damit er aus der Thora las. Jakob machte seine Sache ganz ordentlich, obwohl er den Thora-Unterricht, den der Rabbiner nach dem Wegzug des letzten Religionslehrers selbst abhalten musste, nicht immer gewissenhaft besucht hatte.

Ariel Judin erinnerte daran, dass *Mizwa* Pflicht bedeutete. Die Erfüllung dieser Pflicht sei ein jüdisches Vorrecht, das alle gläubigen Juden glücklich mache. Bei den Worten des Rabbiners zweifelte Jakob daran, alles richtig verstanden zu haben. Ihm jedenfalls war bislang nicht klar geworden, weshalb der Eintritt in den Wirkungskreis der vielfältigen Pflichten, die das Judentum dem Aufgenommenen auferlegte, nun so furchtbar glücklich machen solle. Er entschuldigte seine Zweifel damit, dass er möglicherweise gerade in den Stunden gefehlt hatte, in denen Ariel Judin diesen Sachverhalt erläutert hatte.

Jakob Winter mochte den ernsten und zugleich immer zuvorkommenden Mann. Ohne dies jemals auszusprechen, schätzte auch der Rabbiner das jüngste der Winter-Kinder sehr, selbst wenn er manchmal in ihm das kleine schwarze Schaf sah, das es zu retten galt.

Beide konnten am 27. April 1935 nicht ahnen, dass sie sich mehr als 13 Jahre später zwischen der Mittelmeerküste und den judäischen Bergen im Kibbuz Negba wieder begegnen würden.

Für Jakob war das zweite Schuljahr auf dem Gymnasium zur Qual geworden. An den jüdischen Schülern durften nun ganz unterschiedliche Charaktere ihr Mütchen kühlen. Kühne Oberstudienräte zeigten ihre Sympathien für die neue Zeit, indem sie streng darauf achteten, dass zweifelhafte Subjekte sich nicht über die fleißige deutsche Jugend erhoben. Der Biologielehrer Dr. Reinhardt hatte ihn jüngst in seine rassekundlichen Ausschweifungen hinein nach vorne zitiert und unter dem Gelächter der Nichtjuden seinen Kopf in die Hände genommen, um »anhand der besonderen Kontur« zu demonstrieren, wie anders gewachsen doch so ein Judenschädel sei.

Und wenn er und die anderen jüdischen Schüler nicht ganz besonders auf der Hut waren, gab es von den Mitschülern Kopfnüsse, Stöße, Schläge und andere Widrigkeiten zu ertragen.

Als drei Jungen aus der Untersekunda ihm an einem Freitag den Schulranzen wegnahmen und in den Seerosenteich der Ackeranlagen warfen, der um diese Jahreszeit nur gut zur Hälfte mit Wasser gefüllt war, somit in der Uferzone aus übel riechendem Schlick bestand, und nachfolgend kein Lehrer seiner Beschwerde nachging, bat Jakob, der sich bislang zu Hause niemals beklagt hatte, den Vater beim Abendessen, er möge gestatten, dass er die Schule wechsle. Die Mehrzahl der Seelbacher Judenkinder ginge doch mittlerweile auf die jüdische Schule in Braunsbach.

»Jakob, du solltest durchhalten«, sagte der Vater, nachdem er längere Zeit schweigend über das Anliegen seines Jüngsten nachgedacht hatte. »Man hat im Braunsbacher Rabbinatsgebäude eine provisorische Schule eingerichtet. Der Leiter ist ein wunderbarer Mann, der sich oftmals bis an die Grenzen seiner Kraft und manchmal sogar noch darüber hinaus engagiert. Aber es fehlt an allem. Uns hilft nur die bestmögliche Bildung und die kannst du auf der Braunsbacher Judenschule niemals erlangen.«

Das alte Jahr ging für die Angehörigen der Familie Winter ohne weitere größere Belastungen zu Ende. Großvater Salomon resümierte zu Silvester: »So lasst uns doch mit Optimismus in das neue Jahr blicken. Das alte war schwierig, aber letztendlich ist niemand aus unserer Familie ernsthaft zu Schaden gekommen.«

Auch wenn Jakob in Erinnerung an die Torturen, die er in der Schule zu ertragen hatte, dem Großvater am Silvesterabend, den man eingedenk des Geschäftsjahres der

Winter'schen Spiegelfabrik ebenso feierte wie das jüdische Neujahrsfest, nicht so ganz zustimmen konnte, so würde die Zukunft zeigen, dass der Alte zumindest in einem Punkt Recht gehabt hatte, obwohl er es eigentlich an jenem Jahreswechsel anders meinte. Die Drangsale des alten Jahres sollten nämlich weit hinter denen der kommenden Zeit zurückstehen.

Das neue Jahr begann für Seelbach mit einem Ereignis, das die Winters nicht unmittelbar betraf, aber nochmals deutlich machte, auf welche Weise das Gemeinwesen Stück für Stück im Sinne der neuen Machthaber umgebaut werden sollte.

Zur großen Überraschung vieler Seelbacher wurde der langjährige Bürgermeister Walter Knecht abberufen und in den einstweiligen Ruhestand versetzt. Darüber war dieser, als er das Schreiben des Landrats in Händen hielt, selbst überrascht. Nachdem die ersten kritischen Wochen des Jahres 1933 überstanden waren, hatte Knecht, der nie einer Partei angehörte und nach den einschlägigen fachlichen Maßstäben zu den herausragenden Bürgermeisterpersönlichkeiten des Sprengels zählte, angenommen, dass nun das Schlimmste vorüber sei und er auch weiterhin sein Amt führen könne. Zumal sich mit dem Ortsgruppenleiter, dem neuen Landrat und allen anderen umbesetzten Stellen bislang eine reibungslose Zusammenarbeit entwickelt hatte. Aber der sich immer unabhängig gebende Verwaltungsmann war den zuständigen Stellen dann doch *zu* unabhängig. Außerdem hatte Gauder, wovon Knecht nichts wusste, über die Jahre hinweg regelmäßig Meldungen über ihn verfasst, die seine Treue zum Führer und zur NSDAP doch erheblich in Zweifel zogen. Dies tat der Ortsgruppenleiter auch in der Hoffnung, selbst als Knechts Nachfolger eingesetzt zu werden. Sein heimlicher Wunsch entsprach aber nicht den Intentionen, die der neue Landrat und der NSDAP-Kreisleiter gemeinsam hegten. Für den »schwierigen Ort Seelbach«, in dem die Zustimmung für die Partei und die Neuausrichtung der Politik noch längst nicht so entwickelt war wie in den anderen Landstrichen Württembergs, musste ein Mann gefunden werden, der zum einen Parteimitglied, zum anderen ein fundierter Fachmann und darüber hinaus auch in besonderer Weise durchsetzungsfähig war. Man fand diese Bündelung notwendiger Eigenschaften schließlich in der Person des aus dem Badischen stammenden Helmut Otterbacher. Bei seiner Amtseinsetzung hielt dieser eine beeindruckende Rede. Mit einem Blick, der von vielen als kühn empfunden wurde, und schneidigen Worten dankte er für die guten Wünsche und verwies mit unverhohlenem Stolz darauf, dass er zu dem Kreis früher Parteigenossen zu zählen war, die »in einer schlimmen Zeit, mit zusammengebissenen Zähnen und dennoch voller Zuversicht und mit ungebrochenem Vertrauen in die Gestaltungskraft unseres Führers« das Parteiabzeichen nur verdeckt unter dem Revers tragen konnten.

Spätestens jetzt wurde dem Ortsgruppenleiter Karl Gauder die bittere Wahrheit bewusst. Die übergeordneten Stellen hatten Walter Knecht vor allem deshalb so lange im Amt gelassen, weil sie Zeit brauchten, um eine aus ihrer Sicht geeignete Person zu finden.

Drei Wochen nach diesem Ereignis, das in Seelbach feierlich begangen wurde und an dem viele teilnahmen, von denen man diese Form zustimmender oder Zustimmung heuchelnder Präsenz nicht erwartet hätte, ereignete sich etwas, das für die Inhaber der Winter'schen Spiegelfabrik weitaus folgenreicher war: In einem Schreiben und dann nochmals telefonisch kündigten sich drei Herren an, die in ihren Funktionen als Gauwirtschaftsberater und ranghohe Mitarbeiter des neu strukturierten Wehrwirtschaftsamtes »zu ventilieren gedachten«, wie die »Seelbacher Spiegelwerke« – Joseph Winter war über die Verwendung dieses nicht existenten Firmennamens sehr verwundert – besser und nachhaltiger als bislang in die Herstellung von Teilen für optische Geräte eingebunden werden könnten.

Zu diesem Treffen brachte Jänke erneut unaufgefordert Gottfried Metzig mit und erschien, wie letzterer schon des Öfteren, zur Überraschung des Firmenchefs in SA-Uniform. Und nicht nur das. Eine Schmuckspange zeichnete den langjährigen Prokuristen unzweifelhaft als »alten Kämpfer« aus.

Man beschloss, zuerst einen Rundgang durchs Werk zu machen und anschließend alles Weitere zu erörtern. Als sie eine gute Stunde später den Besprechungsraum betraten, in dem Fräulein Strehle bereits Kaffee, Tee und etwas Gebäck angerichtet hatte, gab Joseph Winter der Mitarbeiterin, die bereits seit vielen Jahren seines Vaters Chefsekretärin war, den Auftrag, man möge nun auch seinen Cousin Oswald hinzuziehen, um möglichst gleich sachkundige Hinweise zu juristischen Fragen zu bekommen. Da sprang Bertram Jänke auf, gab der Mitarbeiterin mit den Worten »Das wird nicht nötig sein« ein entschiedenes Zeichen und schloss die Tür.

Nun hatte sich auch Joseph Winter erhoben und war im Begriff, seinem Angestellten einen deutlichen Verweis zu erteilen. Auch die Idee, ihn nach dieser Besprechung zur Rede zu stellen, ihm zu sagen, dass er bei einem zweiten derartigen Vorfall mit einer fristlosen Kündigung rechnen müsse, ging ihm durch den Kopf.

Doch noch vor ihm ergriff der älteste der drei Besucher das Wort, der sich bei der dürren Begrüßung als besagter Gauwirtschaftsberater Himmelsbach vorgestellt und der auch die Ankündigung ihres Kommens unterzeichnet hatte. »Herr Winter«, sagte er leise mit einer Stimme, bei der Joseph unwillkürlich an das Schneiden von Glas denken musste, »setzen Sie sich bitte. Wir sind heute aus zwingenden Gründen hier. Zum einen sollten wir mit der vertraglichen Absicherung Ihrer künftigen Lieferung beginnen, was ja auch Ihnen als Geschäftsmann entgegenkommen dürfte, da dies Ihnen einen sicheren Rahmen vorgibt. Zum anderen …«, er zögerte einen Augenblick und schaute dabei ohne Hast in die Runde, ehe er fortfuhr: »… werden wir im Rahmen der vollkommenen Neuordnung des deutschen Wirtschaftslebens nicht umhinkommen, diesen jüdisch geleiteten Betrieb neu aufzustellen.«

»Meine Herren«, sagte Joseph Winter und gab sich dabei große Mühe, möglichst beherrscht zu klingen, »dieser Betrieb ist keineswegs, wie von Ihnen soeben dargestellt, lediglich jüdisch geleitet. Er ist in der Hand einer jüdischen Familie, genauer, er gehört zweifelsohne zu gleichen Teilen meinem Vater Salomon Winter, den ich an dieser Stelle für die heutige Besprechung entschuldigen möchte, und mir. Deshalb verbitte ich mir für die Zukunft derartige Unverschämtheiten.«

»Wenn Sie klug sind«, sagte der andere gänzlich ohne Regung, fast beiläufig und genauso leise wie zuvor, »wenn Sie klug sind und dazu noch ein weitsichtiger Geschäftsmann, dann verkaufen Sie die Spiegelwerke so rasch als möglich. Den Preis, den Sie jetzt noch erzielen können, werden Sie in einem Jahr nicht mehr erhalten.«

Er stand auf, die beiden anderen taten es ihm wortlos gleich. »Ach ja. Sie gestatten, dass wir die geschäftlichen Belange von nun an allein mit Ihrem Prokuristen und den nachgeordneten Mitarbeitern abwickeln, die uns zuverlässig erscheinen. Die Tatsache, dass Sie Ihren Prokuristen nun schon langjährig in dieser gehobenen Position beschäftigen, weist ihn doch auch aus Ihrer Sicht als profunden Kenner der Materie aus.«

Als Himmelsbach und seine Begleiter den Besprechungsraum verlassen hatten, standen auch Jänke und Metzig wortlos auf und schickten sich an zu gehen.

Fräulein Strehle räumte mit blassen Wangen und ohne aufzusehen das kaum benutzte Kaffeegeschirr und die unberührt gebliebenen Kekse weg. Vermutlich hatte sie wieder irgendwo gelauscht, dachte der Firmenchef. Sei's drum, sie war eine treue Seele. Aber das hatten sein Vater und er nun bald zwei Jahrzehnte lang auch von Jänke gedacht.

»Herr Jänke, bleiben Sie bitte noch einen Moment«, sagte er leise, aber bestimmt, als die beiden Angestellten schon fast das Vorzimmer durchschritten hatten. »Nein, Herr Metzig,

Sie können gehen«, fügte er hinzu, als der Jüngere ebenfalls kehrtmachte.

»Soll ich die Tür schließen?«, fragte Gudrun Strehle.

Winter nickte. Jänke setzte sich wieder auf den Stuhl, von dem er sich vor einer halben Minute erhoben hatte. Schweigend schenkte sich Joseph Winter einen Kaffee in die einzige auf dem Tisch verbliebene Tasse ein. »Sie auch?«, fragte er den Prokuristen.

Er schlürfte aus der Kaffeetasse, etwas zu demonstrativ, dann schwieg er. Mit einem zynischen Vergnügen dehnte er das Schweigen noch eine Zeitlang aus, nippte hin und wieder vom Kaffee. Dann wandte er sich lächelnd dem Älteren zu. »Jänke, Sie haben meinen Vater und mich ganz schön hinters Licht geführt.«

Der Angesprochene richtete sich auf und machte eine abwehrende Handbewegung. »Sie tun mir unrecht, Chef, ich stand immer loyal zu Ihrem Haus. Ich habe auch viel dafür getan, dass in den letzten Jahren hier ohne Störungen gearbeitet werden konnte. Und damals, im April '33, habe ich Ihnen den Mob vom Hals gehalten. Und eines will ich Ihnen sagen, in diesen wirtschaftlichen Angelegenheiten werden die Räder von weitaus Mächtigeren gedreht. Selbst diese Herren, die uns heute besuchten, sind da nur kleine, bestenfalls mittelgroße Rädchen. Mit meinen bescheidenen Möglichkeiten habe ich keinen Einfluss auf die Dinge, die da kommen.«

»Nein, das meine ich nicht. Abgesehen davon, dass es unverschämt war, vorhin entgegen meiner Anordnung meinen Cousin Oswald an der Teilnahme an dieser Besprechung zu hindern. Das sollten Sie künftig unterlassen. Ich meine das da.« Er zeigte auf den Oberkörper seines Gegenübers.

Der blickte ihn irritiert an.

»Sie haben uns über viele Jahre hinweg verheimlicht, dass Sie in der SA sind. Und nicht nur das.« Er zeigte auf die an der linken Brustseite der Uniformjacke angebrachte Spange. »Sie sind ja ein Mann der ersten Stunde. Wie lange sind Sie schon dabei?«

»Seit 1923.«

»Sehen Sie, zwei Jahre später erteilte Ihnen mein Vater Prokura. Haben Sie deshalb bis heute die Uniform nicht in der Firma getragen?«

Der andere grinste. Dabei lehnte er sich deutlich entspannter gegen die Stuhllehne zurück und verschränkte die Arme vor der Brust. »Glauben Sie wirklich, ich hätte mich aus Karrieregründen nicht getraut, in der Firma die Uniform zu tragen? Ich habe mir nichts vorzuwerfen. Ich habe für die Firma immer mein Bestes gegeben. Sie wissen, dass ich aus Öhringen stamme. Ich bin dort in die SA eingetreten, kurz bevor sie das erste Mal verboten wurde. Meinen SA-Dienst habe ich, soweit es mir möglich war, auf die Wochenenden gelegt. Und dass ich hier im Betrieb nicht ständig meine politischen Überzeugungen sichtbar werden ließ, hat vor allem mit dem Respekt zu tun, den ich Ihrem Vater entgegenbrachte und auch Ihnen gegenüber in gleicher Weise empfinde. Verstehen Sie es nicht als falsche Höflichkeit, aber ich habe schon des Öfteren zu Kameraden gesagt, wenn es nur Juden wie die Winters gäbe, hätte Deutschland kein Judenproblem.«

»Hat Deutschland denn ein Judenproblem?«

Jänke zögerte kurz. Dann erwiderte er: »Ich glaube schon.«

Im Juli erhielt die Firma – wiederum mit dem unzutreffenden Namen »Seelbacher Spiegelwerke« in der Adressierung – einen umfangreichen Vertragsentwurf zugeschickt, der die Fertigung und Lieferung mehrerer Zehntausend Spezialspiegel zum Gegenstand hatte, die in unterschiedliche militärische Gerätschaften eingebaut werden sollten. Das Vertragswerk setzte knappe Fristen und enthielt zudem umfangreiche Geheimhaltungsklauseln. Dick unterstrichen war ein Passus, der beinhaltete, dass die technische und die kaufmännische Abwicklung dieses Auftrags ausschließlich Personen vorbehalten waren, die den Status eines »Reichsbürgers« hatten.

Jänke drängte auf raschen Vertragsabschluss. Oswald, dem Joseph den gesamten Vertragsentwurf zur genauen Prüfung in einer eilends von Fräulein Strehle erstellten Abschrift vorgelegt hatte, kam nach einer guten Woche mit umfangreichen eigenen Ausarbeitungen in die Direktion.

»So, wie du aussiehst, hast du keine guten Nachrichten. Setz dich.« Joseph wies seinem Cousin einen Stuhl zu.

»Ja, so ist es.« Oswald Winter trommelte mit mehreren Fingern nervös auf den Papierstapel, den er vor sich auf dem niedrigen Tischchen abgelegt hatte.

»Nun leg schon los.«

»Joseph, es wird ernst, sehr ernst. Vorweg muss ich sagen, dass mir mein ganzes juristisches Können nicht von Nutzen gewesen wäre, wenn mir nicht ein alter Studienfreund, wenn auch diskret, die Freundschaft gehalten hätte. Ein Grund hierfür ist sicherlich auch, dass er seine heutige hohe Position nur deshalb erlangen konnte, weil ich ihn 1920 davor bewahrt habe, mit Bausch und Bogen durch eine letztmalige Wiederholungsprüfung zu rasseln.« Oswald lachte wie ein Schuljunge, wurde aber sofort wieder ernst. »Diese Person, deren Namen ich dir niemals nennen werde, teilte mir mit, dass in wenigen Wochen in Nürnberg ein NSDAP-Parteitag stattfinden wird, der unter dem Namen ›Reichsparteitag der Freiheit‹ in die Geschichte eingehen soll.«

»Das ist doch nichts Besonderes. Die braunen Kameraden überschlagen sich doch förmlich mit ihren Aufmärschen, Kundgebungen und Parteitagen.«

»Dieses Mal ist es wohl mehr als eine Propaganda-Schau. Sie planen die Verabschiedung eines *Blutschutz-Gesetzes* und eines neuen *Reichsbürger-Gesetzes*, in dem eine über die Staatsbürgerschaft hinausgehende Reichsbürgerschaft enthalten sein soll. Wir Juden und andere Mieslinge können dann zur Not noch Staatsbürger sein, aber keine Reichsbürger.«

»So einen Quatsch habe ich noch nie gehört. Und ich weigere mich, das zu glauben. Dein Freund ist ein Wichtigtuer. Oder er ist nicht ganz bei Trost.«

»Dass die spinnen, ist das eine.« Bei diesen Worten senkte Oswald Winter die Stimme und blickte zur Tür. Leise, fast flüsternd fuhr er fort: »Mein Gewährsmann hat in einer Konferenz, in der man sich mit der Umgestaltung der Wirtschaft befasste, einen Gesetzesvorschlag eingesehen, der seiner Einschätzung nach das Entwurfsstadium längst hinter sich hat. Demnach können künftig nur noch Deutsche *Reichsbürger* sein. Oder Menschen artverwandten Blutes, was immer das auch heißen mag. Juden jedenfalls nicht.«

»Aber wir sind doch Deutsche.«

»Nichtarier werden künftig ohne politische Rechte dem Schutzverband des Deutschen Reiches angehören.«

»Das bedeutet, wir werden zu Bürgern zweiter Klasse gemacht, obwohl wir Deutsche sind; deutscher jedenfalls als der Österreicher aus Braunau«, schnaubte Joseph. »Und nun?«

»Du kannst unmöglich den Vertrag mit dem Wehrwirtschaftsamt unterschreiben.«

»Wieso denn nicht?«

»Du kannst die entsprechenden Geschäfte künftig nicht mehr tätigen, weder im kaufmännischen noch im technischen Bereich. Du wirst kein Reichsbürger sein. Solltest du den Vertrag abschließen, wirst du aus dem weiteren Procedere ausgeschlossen, sobald die neuen Gesetze ihre Rechtsgeltung entfalten.«

»Wann wird das sein?«

»Das weiß ich nicht, aber dieser Reichsparteitag soll im September stattfinden.«

»Und wenn ich unterschreibe?«

»Dann wird irgendjemand eingesetzt, der in diesem Fall für die laufenden Geschäfte zuständig ist.«

»Jänke?«

»Möglicherweise Jänke. Oder sie machen Tabula rasa und installieren einen von außen, einen, der keinerlei Rücksichten zu nehmen hat.«

Bereits zwei Tage nach der Besprechung der beiden Cousins erfolgte ein Anruf von Himmelsbach.

»Seien Sie gegrüßt, Herr Winter«, säuselte er in die Sprechmuschel. »Die von Ihnen unterzeichneten Vertragsunterlagen sind bei uns noch nicht eingegangen. Sind sie auf dem Wege?«

»Nein«, erwiderte Winter und räusperte sich. »Sie sind noch nicht auf dem Wege und sie werden das auch in den nächsten Tagen nicht sein. Wir werden diesen Vertrag nicht abschließen.«

»Das kann nicht sein.«

»Ich bin ein freier Unternehmer und kann Verträge abschließen, mit wem ich will.«

»Warum schlagen Sie ein derart lukratives Geschäft aus? Das tut doch kein guter Kaufmann.«

»Unter anderen Umständen hätten Sie Recht. Aber wir leben nun mal in besonderen Zeiten.«

»Was ist der Grund?«, bellte der andere ins Telefon.

»Ich muss doch nicht begründen, weshalb ich einen Vertrag nicht abzuschließen gedenke.«

»Sie sagen mir jetzt auf der Stelle, was der Grund ist.«

Joseph zögerte. Fieberhaft dachte er darüber nach, welches Verhalten den Interessen der Firma am dienlichsten war. Nur darum ging es im Moment. Nach kurzem Schweigen sagte er: »Reichsbürger.«

»Soso«, sagte der andere, »Sie sind offensichtlich ein ganz Heller. Also, Winter, dann reden wir mal ganz offen, sozusagen vom ehemaligen Frontsoldaten zu einem Kameraden, der auch im Dreck gelegen hat. Winter, ich habe Respekt vor Ihnen, sonst würde ich mir diese Mühe nicht machen. Wenn Sie nicht unterschreiben, müssen wir sofort besondere Maßnahmen einleiten, denn die Sache eilt. Sie hat eine besondere Dringlichkeit. Die Wehrmacht ist in ihrer Ausstattung mit modernen Scherenfernrohren derzeit sogar den Franzmännern unterlegen. Und die können nicht mit den Tommies mithalten. Wenn Sie unterschreiben, bleibt alles schiedlich-friedlich. Sie verkaufen Taschenspiegel und entwickeln neue putzige Schminkspiegelchen für die Damenwelt. Und an der Spitze der Abwicklung der wehrwichtigen Projekte wirbelt ein anderer. Das ist alles.«

»Jänke?«

»Jänke? Vielleicht Jänke, vielleicht ein anderer. Darüber haben wir uns noch keine Gedanken gemacht. Wenn Sie aber nicht unterschreiben, gefährden Sie die Entwicklung unserer militärischen Schlagkraft. Bei allem Respekt, aber das sollte ein Jude unbedingt unterlassen. Und wenn wir schon so offen reden, gebe ich Ihnen einen weiteren kameradschaftlichen Tipp: Verkaufen Sie so rasch als möglich den gesamten Plunder. Ab Herbst kriegen Sie für die Firma nur noch die Hälfte dessen, was jetzt noch zu erzielen wäre.«

Am Abend saßen die beiden Firmeneigner lange zusammen. Salomon Winter hatte seinen Sohn in den nur noch zu seltenen Anlässen genutzten Salon gebeten und ihn mit einer bereits geöffneten Flasche Rotwein überrascht. Er schenkte seinem Sohn unaufgefordert ein Glas ein, nachdem dieser an dem kleinen runden Tischchen in der Fensternische Platz genommen hatte, etwas abgerückt von der großen Tafel, die mit ihren 20 aufgereihten Biedermeierstühlen neben den gewaltigen Bücher- und Foliantenschränken den Raum dominierte.

»Der Wein ist vorzüglich«, lobte der Jüngere, nachdem er den ersten Schluck kritisch gekostet hatte.

»Eine 22er Spätlese. Ich habe einige Kisten davon einkellern lassen, nachdem der Kleine die Geburt überstanden und auch die nachfolgenden Wochen überlebt hatte. Da haben wir auch hier in diesem Raum miteinander angestoßen. Kannst du dich noch daran erinnern?«

Joseph nickte. »Das waren noch andere Zeiten damals.«

»Junge, sag das nicht. Das waren auch keine guten Zeiten. Wenn man es genauer betrachtet, muss man leider sagen, dass der Kahn nur selten in ruhiger See gelegen hat. Am entspanntesten waren vielleicht die Jahre nach der Gründung, die Zeit, sagen wir mal, zwischen 1909 und 1914. Ein mittelständischer Betrieb, der es geschafft hat. Stürmisch war es vorher gewesen und stürmisch war es spätestens wieder ab 1916. Und die Stürme halten bis heute an.«

»Vater, ehe ich eine Entscheidung treffe, will ich deine Antwort hören.«

»Worauf?«

»Ob ich unterschreiben soll oder nicht. Ich hatte dich um deine Meinung gebeten.«

»Junge, das ist doch klar. Wenn du unterschreibst, macht die Firma auch aus dieser Geschichte Gewinn. Das sichert unsere Position eher als eine Verweigerung, auch wenn ich gut nachvollziehen kann, wie elend du dich dabei fühlen musst. Und außerdem finden ein paar arme Schlucker Arbeit. Diesen Auftrag kannst du nicht mit der Stammbelegschaft abwickeln.«

»Vater, du vergisst, dass ich dabei gar nichts abwickeln werde.«

»Junge, wart's mal ab. Auf die Kompetenz von uns Winters können die doch über kurz oder lang nicht verzichten. Noch ein Glas?«

Joseph zögerte, dann sagte er: »Der Wein ist wirklich ausgezeichnet, aber ein letztes halbes Glas muss genügen.«

Salomon Winter schenkte nach. Joseph sah, wie seine Hand zitterte. Er stellte die Flasche in den silbernen Halter, aus dem er sie entnommen hatte, hob sein Glas wie zur Prüfung gegen das Licht.

»Trinken wir auf eine gute Zukunft unserer Familie. Und weil es sein Jahrgangswein ist, ganz besonders auf das Wohl des Kleinen. Er ist ein guter Junge, ein wackerer *Schlemiehl*, das Jaköble.«

»Erinnerst du dich daran, dass du ihn damals hier in diesem Raum einen ›Verreckling‹ genannt hast?«

Nachdenklich schaute der Alte zu der langen Wand mit den verglasten Bücherschränken hinüber. »Ja, das weiß ich noch. Man musste damals ja mit dem Schlimmsten rechnen. Dass der Bub und die Rosa das heil überstanden haben, ist doch eines der großen Wunder, die an unserer Familie vollbracht wurden. Danken wir dem, der ewig währet, für dieses wunderbare Glück und lass uns einen Moment dem Gedanken nachgehen, was Arthur jetzt täte, wenn dieser verfluchte Schuss ihn nicht so jung aus dem Leben gerissen hätte.«

»Das kann ich dir genau sagen, Vater. Arthur wäre jetzt Firmenchef und ich hätte mich bereits vor langer Zeit aufgemacht, um irgendwo in der weiten Welt meinen Platz zu finden. Aber glaube mir, ich wäre gerne als armer Hausierer durch die Lande gezogen, wenn nur der Arthur hier wäre.«

Der Alte schluchzte einige Male laut auf, dann versuchte er sein Gemüt mit einem großen Schluck Wein zu beruhigen, den er langsam zwischen die Zähne, dann über die Zunge in den Gaumen rinnen ließ. Rasch wechselte er das Thema. »Sie haben schon über 40 000 Juden ausgebürgert. Alle, die seit 1933 ins Ausland gegangen sind, darunter die ganzen Politischen. Über 100 ehemalige Reichstagsabgeordnete sollen es sein.«

»Ja, Vater, ich lese auch die ›Jüdische Rundschau‹. Die meisten sind aber ganz arme Teufel, die in den letzten Jahrzehnten den Pogromen im Osten entkommen sind, solche, die man in der Weimarer Zeit großmütig eingebürgert hat. Dein alter Widersacher Pinchas ist auch so einer. Aber der ist bis jetzt geblieben. Wo soll er denn auch hin mit der großen Familie?«

»Ja, ja, der Pinchas. Er hat mir viel Kummer bereitet. Wie geht es ihm?«

»Seit er aus dem Lager zurück ist, spricht er mit niemandem mehr auch nur ein Wort. Zumindest nicht in der Öffentlichkeit.«

»Dann wird er wohl keine Revolution mehr machen.«

»Nein, Vater, du brauchst den Pinchas Spighel nicht mehr zu fürchten.«

Salomon Winter starrte nachdenklich auf ein Gemälde, das seinen Vater darstellte, den Nachfahren galizischer Zuwanderer und späteren Hausierer Eliyahu Winter, der seine zahlreichen Kinder erst ausreichend ernähren konnte, als er begann, den Landfrauen in den Dörfern kleine Spiegel zu verkaufen.

Bis zu den dramatischen Ereignissen im Dezember 1941 gehörten die Wochen des Herbstes 1935 zu den schlimmsten im Leben von Joseph Winter, nur gleichzusetzen mit dem 72-stündigen Beschuss, dem seine Kompanie im August 1916 in Reichweite der französischen Artillerie in den rückwärtigen Stellungen des Montbrison ausgesetzt war. Drei innerhalb weniger Tage aufeinander folgende Vorkommnisse hatten zwar große Tragweite für alle in Seelbach und anderenorts lebenden Juden, besonders aber für Joseph Winter. Für ihn hatten die Vorgänge allesamt eine hohe Schmerzintensität und erschütterten die Grundfesten seines Weltbildes.

Am 15. September 1935 wurde Wirklichkeit, wovon er durch die Recherche Oswalds – die man im Nachhinein nur als ganz hervorragend bezeichnen konnte – dem Grunde nach bereits wusste, freilich stets hoffend, dass es nicht oder wenigstens in abgemilderter Form eintreten würde.

Der Nürnberger »Reichsparteitag der Freiheit« ließ alle Dämme bersten, die ohnehin nur noch aus Trümmern des Anstandes und der Zivilisiertheit bestanden hatten. Juden waren von nun an fast vogelfrei. Das »Gesetz zum Schutz des deutschen Blutes und der deutschen Ehre« erfand den Begriff der strafbaren *Blutschande*, die immer dann vorlag, wenn es zu einer sexuellen Beziehung zwischen so genannten Ariern und Juden kam. Das von Oswald im Entwurf vor einigen Wochen bereits vorgestellte *Reichsbürgergesetz* wurde so umgesetzt, wie es dessen Gewährsmann befürchtet hatte. Nur die *Reichsbürger* waren künftig »die alleinigen Träger der vollen politischen Rechte«. Und zu diesen gehörte ab dem Tag des Inkrafttretens der neuen Bestimmung der im Weltkrieg hoch dekorierte Leutnant Joseph Winter nicht mehr.

Wenige Tage darauf begannen die Vorbereitungen für die Lieferungen an die Wehrwirtschaft. Es hatte noch zwei Inspektionen gegeben, an denen ihm Jänke nahegelegt hatte besser nicht teilzunehmen. Dann erfolgten unter der Leitung eines neu eingestellten Oberingenieurs in der soeben fertiggestellten neuen Halle die technischen Umrüstungen, die durch die neue Produktionslinie notwendig geworden waren.

Ende September hatte ihn Jänke in durchaus höflicher Form in seinem Büro aufgesucht und ihm vorgeschlagen, dass man doch in nächster Zeit in möglichst korrekter Weise miteinander kooperieren solle. Er kümmere sich um die Aufträge des Wehrwirtschaftsamtes, während ihm, Joseph Winter, doch das weite Geschäftsfeld der Spiegelproduktion für nichtmilitärische Zwecke bliebe. Winter hatte nur apathisch genickt, worauf sich der andere mit einem anständigen »Auf Wiedersehen« zurückzog. Längst hatte das »Heil Hitler« Eingang in die Winter'schen Fabrikhallen gefunden. Besonders stramm grüßte Metzig, der es sichtlich genoss, dass der vor kurzem noch so mächtige Chef diesen Gruß weder erwidern durfte noch unterbinden konnte.

Kaum hatte sich Joseph Winter auf die neue Lage eingestellt – arrangiert konnte man beim besten Willen nicht sagen – da traf ihn eine weitere zermürbende und nervenaufreibende Schikane. In einem Schreiben teilte ihm die nachgeordnete Stelle des Wehrwirtschaftsreferates mit, die Nürnberger Gesetzgebung, insbesondere die Bestimmungen des Reichsbürgergesetzes, gäben nunmehr Anlass, weitere wirtschaftsrechtliche Veränderungen vorzunehmen. Der Firmeninhaber – offensichtlich wusste der Schreiber noch nicht einmal, dass der halbe Betrieb noch immer seinem Vater gehörte – werde aufgefordert, umgehend einen arischen Käufer zu suchen. Andernfalls müsse er damit rechnen, dass der Betrieb auf behördlichem Wege in die Hände »Deutscher arischen Blutes« überführt würde.

Es war wiederum dem Geschick Oswalds zu verdanken, dass die Angelegenheit zumindest vorerst ein gutes Ende nahm. Er erarbeitete eine umfangreiche Eingabe, die er über einen seiner noch verbliebenen Freunde an das zuständige Referat des Reichsministeriums des Innern leitete. Nach einigen bangen Wochen ging ein lapidares Schreiben ein, in dem schlicht nur der eine wesentliche Satz stand: Die Nürnberger

Gesetzgebung berühre weder bürgerliches Eigentumsrecht noch in besonderer Weise Wirtschaftsrecht.

Himmelsbach erhielt von seinem vorgesetzten württembergischen Minister einen strengen Verweis, was Joseph Winter niemals erfahren sollte. Dies geschah, nachdem der Reichs- und Preußische Minister des Innern seinen württembergischen Kollegen dazu angehalten hatte, er möge doch seine gleichermaßen inkompetenten wie übereifrigen Beamten darüber aufklären, dass mit der Nürnberger Gesetzgebung die Juden- und Zigeunerfrage nur in staats- und eherechtlicher Hinsicht geordnet worden sei, die Wirtschaftsrechte dieser Gruppen jedoch zumindest vorerst hiervon noch unberührt blieben. Ohne es auch nur im Entferntesten zu ahnen, war Joseph Winter und seiner Familie in dem solchermaßen gerüffelten Ministerialbeamten Himmelsbach ein nachtragender Feind erwachsen.

Doch die bisherigen Zumutungen waren nicht so bitter für ihn wie das, was sich am letzten Septembertag des Jahres 1935 ereignen sollte. An diesem Tag, es war ein sonniger, warmer Spätsommertag, erhielt er einen Brief vom örtlichen Krieger- und Veteranenverein, in dem er seit dessen Gründung nicht nur einfaches Mitglied, sondern ein stets wohlgesonnener und großzügiger Förderer gewesen war. Der neue Vorsitzende, der ehemalige Hauptfeldwebel Maier, schrieb ihm:

»Sehr geehrter Herr«

Schon die Anrede war merkwürdig. Nicht »Kamerad«, nicht »Leutnant Winter«, noch nicht einmal »Herr Winter«, die geringste Form einer höflichen, wenngleich zivilen Anrede.

Der Vereinsvorsitzende teilte dem anonymen »sehr geehrten Herren« mit, dass dessen weitere Mitwirkung an der von nun an streng an der neuen Gesetzeslage ausgerichteten Vereinstätigkeit nicht mehr erwünscht sei. Derzeit ruhe auf Beschluss des Vorstandes seine Mitgliedschaft, dem Herrn werde aber geraten, einem sehr wahrscheinlich anstehenden Ausschluss durch einen selbst in die Wege geleiteten Austritt zuvorzukommen.

Ließen schon diese Zeilen Joseph Winters Herz beinahe zerspringen, so war das, was nachfolgend geschrieben stand, der vollständige und endgültige Tiefschlag. Man teilte ihm lapidar mit, dass nun das von allen deutsch denkenden und deutsch fühlenden Kräften seit langem sehnlich herbeigewünschte neue Kriegerdenkmal infolge einer großzügigen Förderung durch Stuttgarter Stellen und mittels eines weiteren Zuschusses durch die Gemeinde, der sich aus der Vermietung der »Fichte«-Sporthalle für gesellige Zwecke finanziere, in Bälde eingeweiht werden könne. Nach nochmaliger Erörterung im Vorstand und in Abstimmung mit den Herren von der Gemeindeverwaltung nehme man davon Abstand, die Namen der im Kriege zu Tode gekommenen Israeliten auf dem als Obelisk gestalteten Mahnmal zu verewigen. Dem stünde auch entgegen, dass einige der umgekommenen Israeliten außerhalb von Kampfhandlungen zu Tode gekommen seien. Schlussendlich bitte man den Herrn eindringlich, nicht an der für den nächsten Heldengedenktag im November vorgesehenen Einweihung des neuen Seelbacher Ehrenmals teilzunehmen, da sein Erscheinen dem angedachten Charakter dieser Veranstaltung nicht angemessen wäre.

Während er die nächste halbe Stunde schweigend an seinem Schreibtisch über dem Brief verharrte, den er immer noch in beiden Händen hielt, kam ihm das erste Mal in den Sinn, dass sein Jahrzehnte währendes Trachten, ein anerkannter Deutscher jüdischen Glaubens zu sein, vergeblich gewesen sein könnte. Aber noch wollte er die notwendigen Maßnahmen, die zu tun blieben, einleiten. Ein Schreiben an den Reichsbund jüdischer Frontsoldaten sollte dessen energischen Protest bei allen wesentlichen Stellen auslösen. Und zudem gedachte er, seinem früheren Regimentskommandeur, Major Dobberstein, zu schreiben, mit der Bitte, ihn, seinen früheren Zugführer, zu beraten und in dieser vertrackten und unwürdig verlaufenden Angelegenheit zu unterstützen. Dobberstein war ihm immer gewogen gewesen, ein schon nicht mehr ganz junger, bis auf die Knochen korrekter preußischer Offizier alter Schule, den es aus ihm nicht bekannt gewordenen Gründen in die württembergische Einheit verschlagen hatte.

Er sah es als seine Pflicht an, diese Schritte noch zu unternehmen, obgleich ihm bereits jetzt bewusst war, dass diese Aktivitäten zu keinem anderen Ergebnis führen würden.

Schlagartig kamen ihm wieder, das erste Mal nach sehr langer Zeit, die drückend heißen Tage des Augusts 1914 in den Sinn. Auch damals hatte er Kränkungen erfahren müssen. Er erinnerte sich daran, wie sie aus der Ludwigsburger Königin-Olga-Kaserne ausritten, über von Hufen zerwühlte Wege am Schloss Monrepos entlang, dann die mit Kastanien gesäumte Stuttgarter Straße hinauf, schließlich scharf rechts in Richtung Innenstadt. Obwohl er ein vorbildlicher Zweijähriger war, hatte er es erst zum Fähnrich gebracht. Seine Kameraden waren meist schon Leutnants, selbst einige lose, unzuverlässige Burschen. Dass er nur Fähnrich war, lag nicht an mangelnder Tüchtigkeit. Im Gegenteil, Joseph Winter war der Tüchtigste von allen. Aber er war Jude. Eisern hatte er sich an den Rat seines Vaters gehalten, der ihm auf dem Weg zum Militär voller Stolz mit den Worten auf die Schulter geklopft hatte: »Joseph, denk immer daran. Wir Juden müssen viel mehr leisten, um etwas zu erreichen. Und außerdem wollen sich die Gojim nicht von einem Juden kommandieren lassen.«

Joseph erinnerte sich an die euphorisierten, erhitzten Gesichter der Menschen, die in den Straßen Ludwigsburgs den anrückenden württembergischen Dragonern ein ganz enges Spalier bildeten. An manchen Stellen war fast kein Durchkommen. Nervöse Pferde drohten auszubrechen. »Hoch!« und »Hurra!« tönte es aus der wogenden Menge. »Es lebe der Kaiser!« Und häufiger noch als den Kaiser ließen sie den württembergischen König hochleben.

Leichte Sommerhüte flogen in die Luft. Ab und zu segelte eine herabfallende Kopfbedeckung unter die Hufe der Pferde. Schlagartig hatte sich das Gefühl des Gekränktseins gelegt. Einem Mann in Uniform sah man nicht an, ob er Jude oder Christ war. In der Nähe des Marktplatzes weitete sich das Spalier. Eine junge Frau nutzte die Gelegenheit, sprang ein paar Schritte neben ihm her und steckte ein Sträußchen gelber Blumen in das Geschirr seines Pferdes. Dann lächelte sie ihn wenige Augenblicke an, ehe sie wieder von den Menschenmassen aufgesogen wurde. Versonnen blickte er über die Menge. Er hatte das sichere Gefühl, dass alles gut werden würde.

Wenige Wochen später hatten sie die Helmbüsche abgelegt und die Pferde, die ihnen noch geblieben waren, hinter der Front anderen zur Nutzung überlassen. Er wühlte sich wie alle anderen in das berstende, über Granaten aufplatzende Erdreich. Als studierter Chemietechniker zeigte er dann ungeahnte Fertigkeiten als genialer Sprengstoffspezialist. Oberst Epp, der später noch zum General aufstieg und nach dem Krieg eine üble Rolle als Kommandierender eines Freikorps spielen sollte, krakeelte ein ums andere Mal im Generalstabskasino: »Mein Jud sprengt dem Franzmann die Latrine unter dem Arsch weg oder das Kochgeschirr aus der Hand – und der merkt das nicht einmal. Haha. Prost, Kameraden. Das Hinterhältige, das liegt den Juden.«

Die Ernennung zum Leutnant war mehr für Joseph gewesen als nur eine Beförderung und wichtiger als die späteren hohen militärischen Auszeichnungen. Er hatte allen Ernstes geglaubt, das Ende aller antisemitischen Kränkungen sei gekommen. Der vor ihm liegende Brief machte ihm mehr als alle administrativen Schikanen der letzten Jahre auf bittere Weise klar, dass dies offensichtlich ein ganz großer Irrtum, eine schreckliche Lebenslüge gewesen war.

Beim Abendessen, zu dem Rosa Winter ihre Schwiegereltern herübergebeten hatte, saß die Familie längere Zeit schweigend am Tisch. Nachdem alle eine aufgewärmte Suppe gelöffelt hatten und die Terrine vollständig geleert war, sah der Vater auf und fragte unvermittelt Elias, seinen Ältesten: »Wie gehen deine Schreinerkünste voran? Ich halte deine Idee mittlerweile nicht mehr für so abwegig, wie ich es bislang getan habe. Zumindest nicht mit Blick auf euch Jüngere.«

Nicht nur der Angesprochene war von dieser plötzlichen Wertschätzung seiner Tätigkeit überrascht. Denn in den zurückliegenden Monaten hatte es zwischen Vater und Sohn heftige Auseinandersetzungen über den Weg gegeben, den Elias einzuschlagen gedachte. Und auch der Großvater hatte sich erbost über die Pläne seines Enkels gezeigt.

Da spätestens seit Ende 1933 klar war, dass sein Ältester, wenn er Abitur hatte, nicht mehr in Deutschland studieren konnte, hatte sich Joseph Winter darum bemüht, für den Sohn einen Studienaufenthalt in Österreich oder, was noch besser gewesen wäre, in der Schweiz zu arrangieren. Zwischendurch hatte er ihn immer wieder mit unterschiedlichsten Aufgaben in der Firma betraut. Elias, der bereits seit längerem Kontakte zu »Hechalutz«-Leuten pflegte, einer zionistischen Organisation, die deutsche Juden auf die Auswanderung nach Palästina vorbereitete, erledigte die übertragenen Arbeiten in der Firma gewissenhaft, weigerte sich aber strikt, auf die weitergehenden Vorschläge des Vaters einzugehen. Stattdessen wollte er sich zusammen mit seinen neuen Freunden gezielt auf eine »Jugend-Alija«, eine gemeinsame Auswanderung junger deutscher Juden nach Palästina, vorbereiten. Zu diesem Zweck gedachte er etwas Praktisches zu lernen, am besten Landwirt oder Gärtner. Studieren könne er später in Palästina immer noch. Gerade jetzt wanderten viele deutsche Koryphäen aller Wissensgebiete nach Palästina aus. Dort könne man in wenigen Jahren auf höchstem Niveau studieren.

Der Vater schalt Elias einen Narren und machte ihm allerhand Vorhaltungen, denn für eine Ausbildung auf einem Bauernhof oder in einer Gärtnerei war es für einen jungen Juden in Seelbach und in den umliegenden hohenlohischen Gemeinden schlecht bestellt.

Elias überlegte kurz, ob er nach Berlin gehen sollte, wo zionistische Organisationen eigene Ausbildungscamps durchführten. Dann aber entschloss er sich, bei einem Schreiner zu lernen. Denn Schreiner würden in Eretz Israel sicher gebraucht. Nun war es mittlerweile unmöglich geworden, dass ein arisch geführter Schreinerbetrieb, einen jüdischen gab es weit und breit nicht, einen Juden in die Lehrausbildung nahm. Doch in Niederngrün lebte ein Schreinermeister, der bis 1933 in der SPD aktiv war. Er kannte und schätzte Dr. Goldmann. Willi Oesterle nahm Elias als Volontär bei sich auf. Von nun an radelte dieser jeden Morgen 22 Kilometer mit dem Fahrrad zur Arbeit. Anfangs hatte er vorwiegend niedere Dienste zu verrichten, zu denen auch das Bierholen und das Fegen der Werkstatt gehörten. Doch allmählich wurde er an die Maschinen herangelassen und da er sich nicht ungeschickt anstellte, konnte er bei Meister Oesterle allerhand lernen. Wann immer er einen Arbeitsgang beherrschte, brachte ihm der Schreinermeister einen weiteren bei.

Dass der Vater wirklich in seinen Grundfesten erschüttert war, konnte man während des weiteren Fortgangs des Abendessens unschwer erkennen. Nachdem Elias erstmals solch freundliche Worte zu seinen Aktivitäten und Plänen vernommen hatte, versuchte Jakob die vermeintliche Gunst der Stunde auf seine Weise zu nutzen.

»Wenn du jetzt mit der Schreinerausbildung von Elias einverstanden bist, warum muss ich dann noch aufs Gymnasium? Sie haben jetzt jeden Morgen Appell eingeführt. Und ich habe mich zu melden mit ›Jakob Winter, Jude‹. Das halte ich nicht mehr lange aus. Ich will auf die Judenschule nach Braunsbach.«

Statt energisch zu widersprechen, sagte der Vater nur: »Jakob, wir werden sehen.«

Rasch sprang die Mutter dem zutiefst und sichtbar Deprimierten bei: »Auf jeden Fall machst du das laufende Schuljahr zu Ende.«

»Und dann darf ich wechseln?«

»Du hast doch gehört, was der Vater gesagt hat.«

Für Jakob hatte sich eine Tür geöffnet, die er von nun an nicht mehr zufallen ließ. Er berichtete detailgenau von allen Schikanen und Demütigungen, die ihm widerfuhren, und er musste überhaupt nichts erfinden, denn es ereignete sich stets irgendetwas.

Kurz vor der Adventszeit kam er mit einer blutenden Kopfwunde nach Hause. Drei Jungen hatten ihn überfallen, und als er sich losreißen und wegrennen konnte, traf ihn ein Stein am Hinterkopf. Die Wirkung des Geschosses wurde Gott sei Dank etwas von seiner Mütze gemildert, aber das Blut floss ihm in einem breiten Streifen in den Nacken.

Am Samstag vor dem ersten Advent zog, wie jedes Jahr, ein feiner Duft durchs Haus. Die Köchin hatte die ersten Weihnachtsplätzchen gebacken, wie sie es ja immer für alle im Hause Winter tat, für die christlichen Angestellten und die jüdischen Familienangehörigen. Das jüdische Chanukka-Fest wurde aber stets im engsten Familienkreis gefeiert. Großmutter Bertha achtete streng darauf, dass auch in dem stets liberalen Hause Winter alles der Vorschrift entsprach. Nach Sonnenuntergang zündete der Vater den neunarmigen Leuchter an. Acht Lichter wurden allabendlich in von Tag zu Tag aufsteigender Anzahl angezündet. Die neunte Kerze war der »Schamasch«, das »Dienerlicht«. Nur mit diesem wurden die anderen Kerzen angezündet. Und selbst im Hause Winter wurde das Chanukka-Lied »Maos Zur Jeschuati« gesungen. In diesem Jahr begann Chanukka erst am Freitag, dem 13. Dezember, also zwei Tage vor dem dritten Advent.

Als Rosa Winter in die Küche ging, um wie gewohnt die ersten Plätzchen zu probieren und vor allem um sie zu loben, fand sie die Köchin Emma in Tränen aufgelöst auf einem Schemel kauern. »Emma, was ist denn mit dir? Was hast du denn?«, fragte die Hausfrau und legte der knochigen Angestellten beide Hände auf die Schultern.

Wortlos weitere Tränen vergießend reichte ihr die Köchin den aufgeschlagenen »Seelbacher Anzeiger«, der neben ihr auf der langen Anrichte gelegen hatte.

Rosa Winter fand darin sofort, was die gute Seele bedrückte. Die in einen Kasten gesetzte, Kummer auslösende Überschrift war nicht zu übersehen: »Deutschblütige Hausangestellte in jüdischen Haushaltungen« stand da fett gedruckt. Und weiter war zu lesen:

»Das Württembergische Ministerium des Inneren weist in aller Schärfe darauf hin, daß § 3 des Blutschutzgesetzes und § 12 der ersten Ausführungsverordnung unbedingt Folge zu leisten ist. Demnach ist es Juden untersagt, weibliche Staatsangehörige deutschen oder artverwandten Blutes unter 45 Jahren neu einzustellen oder weiterhin zu beschäftigen.«

»Aber Emma, du bist doch schon so lange bei uns.«

»Aber ich werde doch erst im kommenden Jahr 45.«

»Hast du schon einen Brief erhalten? Etwas Amtliches?«

Schniefend schüttelte Emma Goldner den Kopf.

Rosa Winter reichte ihr ein Taschentuch und versuchte sie mit den Worten zu trösten: »Jetzt wart doch erst einmal ab. Im schlimmsten Fall müssen wir eine Übergangslösung bis zu deinem Geburtstag finden, danach können wir dich doch wieder ganz legal einstellen.«

»Aber das ist doch noch über ein Dreivierteljahr!«

»Emma, es ist doch noch gar nichts passiert.«

Viele Stimmen, darunter auch jüdische, gaben der Hoffnung Ausdruck, es sei zwar augenblicklich schlimm, aber es kämen auch wieder andere Zeiten. Kein vernünftiger Mensch könne doch wollen, dass es in Deutschland so weitergehe. Und in der Tat schien sich dieser Optimismus ab dem Frühling des Jahres 1936 zu bestätigen. Die Welt blickte den Olympischen Spielen in Berlin entgegen und im Reich nahm man für einige Monate Abstand von allzu drastischen Maßnahmen gegen Juden.

Jakob hatte seinen Willen durchgesetzt. Seit Ostern besuchte er die jüdische Schule in Braunsbach und abgesehen von den festgestellten Mängeln in seinen Talmudkenntnissen hatte er mit dem Wissensvorsprung eines bislang guten Gymnasiasten ein entspanntes Schulleben, auch wenn er nun täglich eine längere Strecke mit dem Rad zurücklegen musste, da er nicht, wie die Mehrzahl der anderen Schüler, die Woche über bei einer jüdischen Braunsbacher Familie untergebracht werden wollte. Er traf wieder auf eine ganze Reihe jüdischer Kinder, mit denen er zusammen auf die Seelbacher Volksschule gegangen war, so die Cohn-Zwillinge, die, wie schon seit der ersten Klasse, dicke Wurstbrote in die Schule mitbrachten. Noch schien der Fleischer Cohn im Geschäft zu sein. Man akzeptierte sich, aber Freundschaft mit den beiden mochte sich nicht einstellen. Unverändert war Alfi Angelbauer sein bester Freund. Der musste sich gelegentlich seiner Hilfe bedienen, um sich einigermaßen erfolgreich durch die Klassen der Mittelschule zu quälen.

Gustav trafen sie nur noch ganz selten, weswegen es schon überraschend war, als dieser eines Mainachmittags am Klosterhof stand. Er hatte offensichtlich auf sie gewartet.

»Franz fährt zu den Olympischen Spielen nach Berlin«, platzte er ohne Begrüßung heraus, als die beiden bei ihm angelangt waren.

Nun war der knochige, zähe Franz Lang immer ein hervorragender Läufer gewesen, doch so große sportliche Erfolge, die ihn nach Berlin gebracht hätten, waren Jakob und Alfred nicht bekannt geworden.

»Nein, doch nicht als Mittelstreckler, ihr Hammel«, protestierte Gustav. »Er ist vom Gau ausgewählt worden, als Mitglied einer HJ-Delegation während der Spiele an einem Jugendlager teilzunehmen. Dorthin kommen die besten HJ-Kader aller Gaue und es werden auch ausländische Delegationen erwartet«, sagte der Kleine mit sichtbarem Stolz.

»Das ist ja toll für ihn, Glückwunsch.« Jakob dachte in dem Moment vor allem daran, dass sein gefährlichster Feind, der ihn bei jedem Zusammentreffen mit neuen Gemeinheiten überraschte, nun für einige Tage, vielleicht sogar für mehrere Wochen, weit weg sein würde.

Franz Lang, das hatte dieser zu Hause strotzend vor Selbstbewusstsein berichtet, war von einer Kommission ausgewählt worden, weil der muskulöse, große, blonde, etwas knochig wirkende Junge dem Typenideal eines nordischen Menschen besonders gut entsprochen hatte.

»Nun bild dir bloß nichts darauf ein«, hatte der Vater gesagt, aber dann doch akzeptiert, dass sein Sohn drei Wochen als Arbeitskraft fehlen würde.

Das Jahr 1936 hatte für den Köcherhofbauern gut begonnen. Es waren doch nicht nur leere Versprechungen gewesen, die die führenden Köpfe der Partei in die Welt gesetzt hatten. Ihre Bekundungen über Maßnahmen zur Behebung des Elends des Landvolkes und zur Brechung der Zinsknechtschaft hatten Substanz. Die Preise für landwirtschaftliche Produkte waren angehoben worden, staatlicherseits gestützt, damit das nicht auf die Nahrungsmittelpreise durchschlug. Und dann wurde ein Kreditprogramm aufgelegt, das vor allem die Modernisierung der kleinbäuerlichen Landwirtschaft voranbringen sollte. Lang hatte mit den ihm bewilligten zinsgünstigen Krediten einen Gummiwagen, einen modernen Heuwender und einen neuen Pflug angeschafft. Zu einem Bulldog hatte es noch nicht gereicht.

Und im Februar war er endlich zum Ortsbauernführer bestimmt worden. Damit hatte er bereits vor zwei Jahren gerechnet. Doch damals hatte ihm der Sülzhofbauer den Posten abgejagt. Er war etliche Jahre länger in der Partei, das war entscheidend gewesen. Nun hatte dieser einen plötzlichen Blutsturz erlitten, der ihn ins Bett zwang, was für Friedrich Lang den Weg frei machte. Der hatte daraufhin auf seinem Hof ein »bäuerliches Fest für Alt und Jung« ausgerichtet, zu dem auch der Landrat, der Kreisbauernführer, der Kreisleiter der NSDAP sowie der Leiter des Landwirtschaftsamtes erschienen. Und da er Speisen und Getränke zwar kostengünstig, aber – ausgenommen ein halbes Dutzend Ehrengäste, die an seinem Tisch verköstigt wurden – nicht umsonst abgab, war das nicht nur ein erfreuliches, sondern sogar ein lukratives Geschäft gewesen. Er beschloss noch am Abend dieses denkwürdigen Tages, Nägel mit Köpfen zu machen, und rang dem most- und schnapstrunkenen Kreisbauernführer die vor Zeugen getätigte Zustimmung ab, dieses Fest im Sinne der Bewegung von nun an jeweils am Sonntag nach Pfingsten ausrichten zu dürfen.

Der Sommer 1936 blieb den Seelbacher Juden als eine Zeit in Erinnerung, in der fast alles friedlich vonstattenging. Die Optimisten äußerten sogar die Überzeugung, die Nationalsozialisten hätten eine Zeitlang gewaltig überzogen, nun würden sich die Verhältnisse nach und nach wieder normalisieren. Und Pessimisten wie Pinchas Spighel und Christian Schimmelpfennig behielten ihre Meinung weitgehend für sich. Spighel schwieg durchgängig und Schimmelpfennig ließ bestenfalls mal eine kritische Bemerkung im engsten Familienkreis vernehmen, wobei er eine besonders aufmerksame Zuhörerin in seiner alles in allem frühreifen Tochter Leonore fand. Mit ihren noch nicht ganz 14 Jahren hatte sie bereits in einer Weise weibliche Formen entwickelt, die vor allem die jungen Seelbacher Handwerksburschen ein ums andere Mal in Verzücken versetzten, wenn sie zur Mittagszeit ihren schweren Schulranzen nach Hause schleppte, während die Lehrbuben und Gesellen bei gutem Wetter ihr Mittagsbrot im Freien einnahmen.

Die Mutter hingegen hegte schlimmste Befürchtungen und forderte ihren Mann stets aufs Neue auf, dem Mädchen jene Grenzen zu setzen, die sie selbst nicht mehr durchsetzen konnte. Christian Schimmelpfennig war ein liebevoller und zugleich ein milder Vater. Die chronische Melancholie, die ihn ob der eingetretenen politischen Verhältnisse erfasst hatte und fest umschlungen hielt, schränkte seine Handlungsfähigkeit seiner Tochter gegenüber noch weiter ein. Das alles führte dazu, dass Leonore über ein Maß an Freiheit verfügte, das jenes gleichaltriger Mädchen weit überstieg. Auf der anderen Seite war sie trotz ihres jugendlichen Alters klug genug, in der Öffentlichkeit nicht allzusehr aufzufallen. Denn sie wäre nicht das erste Mädchen kommunistischer Herkunft gewesen, das die Jugendbehörde wegen drohender Verwahrlosung der elterlichen Aufsicht entzog und in ein Heim einwies.

Diese entspannten Wochen des Sommers 1936 waren auch für Jakob eine schöne Zeit. Die leicht zu bewältigenden Anforderungen der Schule ließen ihn oft früh zu Verabredungen mit Alfi kommen, mit dem er vor allem die Auen und Wälder außerhalb Seelbachs durchstreifte. Der Polizist Oskar Angelbauer hatte seinem Sohn nie den Umgang mit Jakob verboten. Aber er hatte ihn mehrmals ernsthaft auf seine eigene Lage als Polizist hingewiesen. Er stand unter einer besonderen Art der Bewährung. Kurz nach dem 30. Januar 1933 war er für einige Wochen als Dienststellenleiter abgesetzt worden, um dann als seine eigene, wenngleich informelle Amtsverwesung zu fungieren, denn auf die Schnelle wurde keiner gefunden, der seine Stelle übernehmen wollte und zugleich entsprechend qualifiziert war. Mehrere Eingaben durch Bürgermeister Knecht, der die stets untadelige Amtsführung des Polizisten heraushob, führten schließlich dazu, dass er von vorgesetzter Stelle »zur vorläufigen Bewährung« wieder ins Amt eingesetzt wurde, nachdem er schriftlich erklärt hatte, er wolle sich jeder gegen die neue Regierung gerichteten politischen Betätigung dauerhaft enthalten. Er trat, wenngleich dies folgenlos war, förmlich aus der SPD aus, deren Betätigung bereits verboten war. Und da sollte es kein Gerede wegen des Umgangs mit einem Juden geben.

Wenn die Jungen nicht im Freien herumstreiften, hörten sie im Salon der Winter'schen Villa die Rundfunkübertragungen von den Olympischen Spielen. Zur Sicherheit betrat Alfi das Anwesen stets durch den Wintergarten, dessen Zugang von der Straße und den umliegenden Häusern nicht eingesehen werden konnte.

Über die Wettkämpfe der Olympischen Spiele berichtete der Reichsrundfunk ungewöhnlich umfangreich. Die beiden Jungen kauerten selbst bei schönem Wetter ganze Nachmittage vor dem Radiogerät und freuten sich, wenn Jesse Owens, diese schwarze Gazelle, schon wieder erfolgreich war, auch wenn das leider zu Lasten des deutschen Modellathleten Lutz Long ging, der dem farbigen Amerikaner viermal den Vortritt lassen musste. Beide Jungen wetteiferten beim Sammeln von Zigarettenbildchen, die sie ebenso in käuflich erworbene Alben einklebten wie die noch hochwertigeren Bildchen aus den »Birkel«-Packungen. Die deutschen Athleten erkämpften die meisten Goldmedaillen. Alfi freute sich darüber. Jakob hegte gemischte Gefühle. Immerhin war eine ganze Reihe hervorragender jüdischer Sportler von der Teilnahme ausgeschlossen worden. »Mit denen hätte Deutschland noch mehr Medaillen geholt«, maulte er.

Nach den Spielen waren noch eine Woche Sommerferien. Die beiden Jungen tollten durch die Gegend. Öfters fuhren sie mit den Fahrrädern an den Breitenauer oder den Starkholzbacher See, wo sie schwammen, planschten und sich noch eine Zeitlang in die Sonne legten, ehe sie sich auf die beschwerliche Rückfahrt machten, die weitaus stärker bergauf führte als der Weg, den sie gekommen waren.

Als Jakob an einem warmen Augustabend die Villa betrat, machte er wie üblich seinen kleinen Schwenk über die Küche. Emma durfte nun doch weiter bei ihnen arbeiten. Sie hatte aufgrund ihrer schon langjährigen Anstellung und weil sie kurz darauf 45 Jahre alt geworden war, eine Ausnahmegenehmigung zur Weiterführung ihrer Tätigkeit ausgestellt bekommen. Nach dem Erhalt dieser Nachricht war sie so in Tränen aufgelöst in ihrer Küche gestanden, dass alle davon ausgingen, man habe ihr genau das Gegenteil mitgeteilt.

Heute war sie kurz angebunden. »Jakob, deine Familie sitzt schon oben versammelt. Ich glaube, die beraten gerade ein ernsthaftes Problem.«

Jakob traf seine Eltern und seine drei Geschwister bereits im Esszimmer an, obwohl noch nichts serviert wurde. Rasch erfasste er, worum es ging. Ein Teil der »Hechalutz«-Gruppe, der auch Elias angehörte, hatte ihre praktischen Vorbereitungen abgeschlossen und plante, über Italien nach Palästina auszuwandern. Elias hatte sich während seines Volontariats einige Fertigkeiten im Schreinerhandwerk angeeignet. Er traute sich zu, mit seinen Kenntnissen in dem zwar fremden, aber schließlich auch verheißenen Land auf eigenen Beinen stehen zu können. Nun bat er seine Eltern um das nötige Reisegeld und fragte zugleich, ob er nicht etwas darüber hinaus erhalten könne, denn es gäbe in seiner Gruppe einige, die eine derartige Summe trotz größter Anstrengungen nicht aus eigenen Kräften aufbringen könnten.

Die Mutter war strikt dagegen, warnte vor möglichen Gefahren. Besser wäre doch immer noch die Ausreise in die Schweiz. Dort könne er, wenn ihm die Kapitalisierung der Schweizer Staatsanleihen des Vaters gelänge, nun endlich ein Studium beginnen. Seine erworbenen Schreinerkenntnisse seien doch ideal für ein Studium der Innenarchitektur. Diesen Gedanken unterstützte Großmutter Bertha. Dagegen verfolgte Salomon Winter die Auseinandersetzung teilnahmslos. Erst später, als es ihm gesundheitlich schlechterging, erinnerten sich die anderen Familienmitglieder daran und sahen in der späteren Rückschau in diesem Verhalten ein weiteres Anzeichen für den langsam fortschreitenden körperlichen und seelischen Verfall des einstmals so energischen Patriarchen.

Joseph Winter hatte sich offensichtlich noch nicht festgelegt. Das bemerkte Jakob, der sich wortlos an den Tisch gesetzt hatte, daran, dass der Vater noch dabei war, eine Reihe kritischer Fragen zu stellen.

Judith und Helene verfolgten gespannt die Debatte, dabei hin- und hergerissen zwischen dem Wunsch, den Bruder nicht zu verlieren, und der Einsicht, dass ihn das Gelingen dieser Reise von einer Vielzahl an Problemen und Schwierigkeiten erlösen würde.

Helene war in jüngster Zeit zu mehreren Vorträgen gegangen, die bekannte Zionisten über ihre bereits erfolgten Palästina-Reisen hielten. Deren eher nüchterne Darstellung von Chancen, Beschwernissen und Risiken hatte sie eher angezogen als skeptischer gemacht. Auch wenn die Briten die Zuwanderung in das Mandatsgebiet stark begrenzten. Leider war ihr die Aufnahme einer tauglichen Ausbildung, etwa als Krankenschwester, mittlerweile verwehrt, weshalb sie Dr. Goldmann gefragt hatte, ob sie nicht bei ihm hospitieren könne. Der hatte mit dem Verweis auf seine immer kleiner werdende Patientenschar und die bereits geringe Auslastung seiner Frau, die ihm in der Praxis seit jeher assistiert habe, abgelehnt. Nach Beendigung der Schule fühlte Helene sich als jüdisches Mädchen ohne Ausbildungsmöglichkeit wie in einer Falle.

Ganz anders ging Judith mit dieser Lage um. Sie half im Haushalt, übernahm einfache Büroarbeiten in der Firma und betreute zusammen mit ihrer Mutter und anderen Frauen, die sich schon früher im mittlerweile verbotenen »Jüdischen Unterstützungsverein Seelbach« betätigt hatten, ältere Menschen, denen die eingetretenen Umstände ein Leben im Elend bereiteten.

»Ihr wisst doch noch nicht einmal, wie ihr als Gruppe Deutschland verlassen könnt.«

»Vater, wir sind gut vorbereitet. Wir sind jung, aber wir sind weder doof noch naiv. Jeder von uns stellt in den nächsten Tagen einen individuellen Ausreiseantrag. Die Gruppe trifft sich dann in Genua wieder und reist gemeinsam nach Palästina. Ein Kamerad ist gebürtiger Elsässer. Der versucht, über Frankreich nach Italien einzureisen.«

»Mein Junge, macht es dir denn gar nichts aus, deine Familie zu verlassen?«

Elias war mittlerweile zu einem groß gewachsenen, muskulösen jungen Mann geworden. Die harte körperliche Arbeit der letzten Monate und die langen Fahrten mit dem Fahrrad hatten diesen Prozess sichtbar beschleunigt. So angesprochen, nahm er eine aufrechte Sitzhaltung ein und sah erst die Mutter, dann den Vater an. Dann schob er lässig beide Daumen unter seine schmalen Hosenträger und lehnte sich mit durchgedrücktem Kreuz wieder ein paar Grad zurück.

»Wir brauchen uns doch wirklich nichts vorzumachen. Auch wenn es immer dein großes Bestreben war, Vater, ein guter Deutscher, ein als Deutscher anerkannter Jude zu sein, liegt unsere Zukunft nicht hier. Das ist schade und traurig. Aber ihr seht und spürt doch alle, dass man uns keine Luft zum Atmen lässt. Es wird doch jeden Tag schlimmer. Ihr seid doch nicht blind und taub. Ich habe noch unter schwierigsten Bedingungen mein Abitur gemacht. Und ich sage euch jetzt, dass ich so manche Gemeinheit, so manche Schweinerei, die ich erleben musste, in mich hineingefressen habe, weil ich dachte, ihr habt schon genügend Kummer. Aber zu was? Ich werde hier niemals studieren können. Heli und Judith haben keinerlei Aussicht auf eine vernünftige Qualifikation und Jakob wird noch nicht mal einen ordentlichen Schulabschluss erhalten.«

»Ich gehe doch auf die Schule«, protestierte der zuletzt Angesprochene.

»Aber sie erkennen deinen Abschluss nicht so an, wie er es wert wäre.«

Eine Zeitlang schwiegen alle. Draußen begann die Sonne unterzugehen. Sie warf ein schönes blassrotes Licht auf die gegenüberliegende Wand. Man hatte Emma länger als sonst mit dem Auftischen des Abendessens warten lassen.

»Also gut«, sagte der Vater abrupt. Er hatte die Handflächen auf die abgerundeten Ecken der Schmalseite des Tisches gelegt, an der er saß. Über einem makellos weißen Hemd trug er eine preußischblaue Weste, die seine noch immer drahtige Statur vorteilhaft betonte. Er hob den Kopf ein kleines Stück höher, so als wolle er seine weiteren Worte an jemanden richten, der etwas entfernt von ihnen saß.

»Es fällt mir schwer, das einzugestehen. Aber allem Anschein nach sind die Kinder heute weitsichtiger als ihre Eltern. Wir hängen vielleicht zu sehr an dem, was wir aufgebaut und was wir an Hoffnungen und Erwartungen entwickelt haben. Vielleicht denken wir auch zu sehr deutsch und das hält uns davon ab, schonungslos unsere Wünsche und Illusionen beiseitezuschieben und andere Wege zu suchen.«

Und an Elias gewandt fuhr er fort: »Wenn du willst, kannst du fahren und ich helfe dir. Nur bitte ich dich, das noch ein paar Tage gründlich abzuwägen. Denn du kommst nicht in das gelobte Land, in dem Milch und Honig fließen, sondern in eine vor Hitze glühende Steinwüste, in der euch zudem diejenigen, die da schon immer gelebt haben, nicht haben wollen. Ihr seid auch dort unerwünscht.«

»Das weiß ich, Vater. Ich danke dir für dein großes Verständnis und deine Herzensgüte.«

Wortlos schluchzte Rosa Winter einige Male auf. Dann hielten alle inne. Eine feierliche Ruhe legte sich über den stummen Familienkreis, die so lange anhielt, bis Emma geräuschlos die doppelte Schiebetür öffnete und fragte, ob sie jetzt servieren könne. Es sei schon recht spät.

Vier Wochen später erhielt Joseph Winter einen Brief von Oberst a. D. Dobberstein. Sieh an, war er doch noch Oberst geworden. Der Schreiber hielt sich kurz, wurde aber dennoch konkret. Der sehr geschätzte Kamerad möge nachsehen, dass er sich mit seiner Antwort so lange Zeit gelassen habe. Dies hätte seine Ursache einerseits im gesundheitlichen Befinden. Andererseits habe er auch deshalb gezögert, weil ihm eine den Empfänger zufrieden stellende Antwort nicht möglich sei. Er, Dobberstein, setze voraus, dass der ehemalige Weltkriegsoffizier Winter die Lage genau einschätzen könne. Es stehe hier nicht gut für Juden. Da spiele es doch keine große Rolle, ob da fünf Namen auf einem neu zu errichtenden Obelisken stünden, denen man auch an anderer Stelle in würdiger Weise ein Andenken schaffen könne. Aus alter Verbundenheit gebe er ihm den gut gemeinten Rat, diese Sache auf sich beruhen zu lassen und die Kräfte für die wirklich bedeutenden Angelegenheiten einzusetzen.

Dem konnte sich Joseph Winter mittlerweile nur noch anschließen. Wieder einmal hatten die Pessimisten Recht behalten. Die Entspannung der Verhältnisse hielt nur einen Sommer lang an und war schon bald, nachdem in Berlin die

Flaggen der an den Olympischen Spielen teilnehmenden Nationen eingerollt waren, nur eine schöne Erinnerung.

Im Oktober des Jahres 1936 wurde der Firmenchef mit einem großformatigen Einschreiben in vollem Umfang über die »Verordnung zur Durchführung des Vierjahresplanes« in Kenntnis gesetzt. Die für ihn zentrale Bestimmung besagte ohne Nennungen von Ausnahmetatbeständen, dass Juden ab dem 1. Januar 1939 die Führung eines Geschäftes untersagt sei. Bis spätestens zu diesem Zeitpunkt musste die Überführung von bislang jüdischen Gewerbebetrieben in arische Besitzverhältnisse abgeschlossen sein.

Himmelsbach ließ es sich nachfolgend nicht nehmen, den als Querulanten einzustufenden Spiegel-Juden höchstpersönlich anzurufen. »Ich sagte Ihnen doch, dass Sie zu einem späteren Zeitpunkt einen weitaus geringeren Erlös aus dem Verkauf Ihres Werkes erzielen würden. Ich kann Ihnen jetzt nur noch dringend empfehlen, sich das Angebot eines Konsortiums anzusehen, das sich aus Interesse an der Übernahme Ihres Betriebes zusammengefunden hat.«

»Mein Vater und ich sind daran nicht interessiert.«

Joseph Winter versuchte so gelassen wie möglich zu klingen, auch wenn ihm die Schweißperlen auf der Stirn standen, was bei ihm nur äußerst selten vorkam.

»Ich dachte immer, dass Juden im Geschäftsleben so gerissen seien. Sie sind doch noch nicht einmal klug. In weniger als einem Jahr wird sich die Summe, die Sie jetzt noch erzielen könnten, halbieren. Und 1938 werden Sie glücklich sein, wenn Sie noch so viel erhalten, dass es Ihnen und Ihrer Familie ein Jahr zum Leben reicht.«

»Ich kann mir nicht vorstellen, dass Sie befugt sind, uns derartige Angebote zu unterbreiten«, presste Joseph Winter hervor und legte grußlos den Hörer auf.

Mein Gott, der Kerl hat Recht, dachte er. Das erste Mal seit den nunmehr 20 Jahre zurückliegenden Tagen vor Verdun spürte er Panik in sich aufsteigen, beschlich ihn das Gefühl, einer Sache nicht gewachsen zu sein, eine Entwicklung nicht aufhalten zu können.

Noch am selben Abend beriet er sich im ganz kleinen Kreis mit seinem Vater und Oswald. Dabei kam ihm das erste Mal der Gedanke, dass sein Vater nicht mehr alle Sachverhalte verstand, weswegen er sie auch nicht seiner gewöhnlich scharfen Analyse unterziehen konnte. Den Alten schienen diese Dinge zunehmend zu überfordern.

Oswald riet zur großen Lösung. Diese bestand in der gezielten Vorbereitung des Verkaufs unter Einbeziehung auch der tschechischen, österreichischen und niederländischen Konkurrenz. »Wenn einer von denen Interesse zeigt, können die hiesigen Enteignungsbürokraten nichts machen. Und ihr kriegt auch einen anderen Preis.«

Salomon Winter hörte schweigend zu. Dann fragte er verwundert: »Verkaufen?« Und nach kurzem Zögern fügte er hinzu: »Niemals.« Er schüttelte sein schlohweißes Haupt.

Joseph und Oswald sahen sich ratlos an. Letzterer zuckte resignierend mit den Schultern.

Salomon Winter stand auf und watschelte zur Vitrine. »Also, Kinder, darauf brauche ich erst einmal einen Bronfen.« Mit einer Kristallkaraffe in der einen und drei fein geschliffenen Gläsern in der anderen Hand kam er an den Tisch zurück.

Es dauerte nur wenige Monate, bis eine merkliche Anzahl jüdischer Geschäfte in Seelbach in »arisches Eigentum« überführt wurde oder ganz aufgab. Bereits vor längerer Zeit hatten zwei Betriebe zugemacht. Der Spiel- und Schreibwarenladen Singer schloss bereits im Mai 1933. Der Eigentümer wusste die Zeichen der Zeit richtig zu deuten, verkaufte den Restbestand als günstigen Gesamtposten an einen Haller Konkurrenten und hatte kurz darauf das Land mit unbekanntem Ziel verlassen.

Die Eigentümer des Wäschehauses Freund hatten wenige Tage nach Erlass der Nürnberger Gesetze den noch fairen Vorschlag eines leitenden Angestellten angenommen und diesem den alteingesessenen Familienbetrieb verkauft. Man hatte davon gehört, dass sie nach Jaffa ausgewandert seien und dort mit dem verbliebenen Verkaufserlös eine Hühnerzucht betrieben. Aber das hatte Joseph Winter nur beiläufig munkeln hören. Er konnte noch nicht einmal sagen, von wem. Man konnte somit nicht darauf setzen, dass es den Tatsachen entsprach. Er gab nicht viel auf derartige Informationen. Er wusste, dass immer dann, wenn großes Elend über ein Volk kam, unendlich viel an Aufgeregtheiten, Gerüchten und Lügen verbreitet wurde. Ja, es gab Auswanderer, die legten bewusst falsche Spuren, gaben unrichtige Reiseziele an. Die Gründe hierfür kannten nur sie selbst.

Am Tag vor Silvester fuhr wie gewöhnlich der kleine Lieferwagen des Kolonialwarenhändlers Weiß vor der Villa vor. Der alte Weiß hatte seinen Sohn Ulrich mitgebracht, der ein Jahr vor Elias in Schwäbisch Hall das Abitur abgelegt hatte. Aber nachdem man ihn bereits im zweiten Semester seines begonnenen Jurastudiums vom Weiterstudium ausgeschlossen hatte, wurde der junge Weiß im Geschäft des Vaters tätig und hatte alsbald einige vielversprechende Neuerungen eingeführt, so zum Beispiel einen gut florierenden eigenen Eisverkauf im Sommer oder die Erweiterung des Früchteangebotes, was durch die Fertigstellung eines neuen Kühlraums weiter optimiert werden konnte.

Dieses Mal lieferten Vater und Sohn Weiß nicht nur wie sonst die bestellte Ware in der Küche ab. Sie baten die Köchin, die wie immer die Lieferung gewissenhaft auf Qualität und Vollständigkeit überprüfte, sie doch für eine kurze Unterredung bei Herrn Winter anzumelden. »Bei Herrn Joseph Winter«, konkretisierte der alte Weiß noch.

Winter führte sie in das Herrenzimmer, bot ihnen Plätze an. »Darf es eine kleine Erfrischung sein?« fragte er.

Der Senior schüttelte lebhaft verneinend den Kopf. »Lieber Herr Winter, wir wollen Ihre Zeit nicht über Gebühr in Anspruch nehmen. Wir sind heute mit der letzten Lieferung vorgefahren und wollen uns von Ihnen und Ihrem sehr geschätzten Hause verabschieden.«

Bei diesen Worten fing er so herzzerreißend zu weinen an, dass Ulrich Weiß aufsprang, hinter seinen Vater trat und ihm beruhigend über beide Schultern strich. Und als sich dieser gar nicht beruhigen konnte, ergriff er das Wort: »Herr Winter, wir sind heute das letzte Mal hier. Wir verkaufen und hoffen, dass Sie mit unserem Nachfolger genauso zufrieden sein werden, wie Sie es hoffentlich mit uns immer waren.«

Bestürzt blickte Winter auf Vater und Sohn. Wieder wurde eine dieser unauffällig vertrauten Verbindungen gekappt, die das Leben, vor allem aber das gute Leben ausmachten.

»Wer wird denn übernehmen?«, fragte er.

»Seiffert. Er hat uns einen fairen Preis geboten.«

Jakob Winter nickte gedankenverloren. Seiffert war ein langjähriger Angestellter des Kolonialwarengeschäfts und hatte in den letzten Jahren durchaus erfolgreich einen Überlandverkauf aufgebaut, da er festgestellt hatte, dass der Lieferwagen mit den Einkäufen und den auf Seelbach bezogenen Auslieferungen nicht genügend ausgelastet war. Seiffert hatte auch hin und wieder bestellte Ware zu ihnen gebracht. Man konnte nichts Schlechtes über ihn sagen.

»Und was werden Sie jetzt machen?«, fragte er in die anhaltende Stille hinein, nachdem sich der alte Weiß wieder gefangen hatte.

Der Senior trocknete mit einem Tuch die verbliebenen Tränen. »Mein Sohn hat mit Elan und Glück eine Einreise nach Frankreich organisiert. Eine Schwester meiner Frau lebt in der Provence.«

»Dann bleibt mir nur noch, Ihnen von ganzem Herzen alles Gute zu wünschen. Ich wünsche Ihnen die nötige Kraft!«

Er stand auf, umarmte zuerst den jungen Weiß, dann den Vater, nachdem dieser sich ebenfalls erhoben hatte. »Und grüßen Sie Ihre Frau und Ihre beiden Töchter von mir«, rief er den beiden hinterher, als sie bereits auf dem Weg durch die Halle waren. Er erinnerte sich daran, dass er manchmal heimlich darüber nachgedacht hatte, ob denn das jüngere der beiden Weiß-Mädchen nicht als Braut für seinen Sohn Elias tauge.

Im Februar 1937 vermeldete der »Seelbacher Anzeiger« einen Gefallenen. Georg Lang, ein entfernter Verwandter des Köcherhofbauern, war als Flieger der Legion Condor in Spanien abgeschossen worden. Dort erprobte die deutsche Luftwaffe ihre neuen Flugzeugtypen und dort im Süden wurde auch der Bombenkrieg trainiert. In der Redaktion des »Seelbacher Anzeigers« machte man sich mit der Kunst vertraut, würdevolle Traueranzeigen für gefallene deutsche Soldaten zu formulieren, eine Fertigkeit, die in nicht mehr allzu ferner Zeit häufig gefordert sein würde.

Georg Lang war immer das bewunderte Vorbild seines jüngeren Vetters zweiten Grades gewesen. Franz Lang strebte nunmehr zur Luftwaffe und hatte als Mitglied der Segelflieger-HJ bereits seine ersten Flüge absolviert, sehr zum Leidwesen seiner immer mehr kränkelnden Mutter. Mit den Worten: »Bua, d' Luft hat koine Balka«, hatte sie schon mehrmals voller Entsetzen die Hände vor dem Gesicht zusammengeschlagen, wenn er wieder einmal von seinen noch recht bescheidenen Flugabenteuern berichtet hatte.

Doch es war ihm nicht vergönnt, seinem gefallenen Verwandten nachzueifern. Als er sich einen Monat nach dessen Tod in Heilbronn zur Nachmusterung einfand – der Arbeitsdienst blieb ihm als Angehörigem des »Reichsnährstandes« erspart – wurde er aufgrund seiner Körpergröße nicht für die Pilotenlaufbahn zugelassen. Da halfen ihm auch die lobenden Eintragungen in sein akribisch geführtes Dienstbuch der Segelflieger-HJ nichts. Also blieb Franz Lang aus seiner Sicht nichts anderes übrig, als sich freiwillig zur SS zu melden, am besten zur Panzertruppe. Doch auch für die Panzertruppe war der Hüne viel zu groß und so rückte er am 1. April 1937 mit mehreren hundert anderen Rekruten in Bad Cannstatt ein, um den Grundwehrdienst abzuleisten.

Trotz aller Begeisterung für den Führer und den neuen Staat hielt sich die Freude des Jungbauern an dem als träge empfundenen militärischen Alltag in den ersten Wochen sehr in Grenzen, zumal die frisch eingezogenen Rekruten anfangs keinen Ausgang hatten. Wochenendheimfahrten wurden sogar erst nach dem Ende der Grundausbildung möglich. Umso mehr genoss er es, nach einem Vierteljahr das erste freie Wochenende wieder zu Hause verbringen zu können. Aufrecht, mit kühnem Blick und selbstverständlich in Uniform verließ er den Seelbacher Bahnhof. Den knapp einstündigen Weg zum Köcherhof musste er zu Fuß zurücklegen. Niemand war an einem heißen Hochsommertag auf dem Hof und bei der Heueinfuhr abkömmlich, um ihn mit dem Gespann vom Bahnhof abzuholen. Aber das machte ihm nichts aus. Er genoss es förmlich, in den Straßen Seelbachs erkannt und angesprochen zu werden.

»So, Buole, bisch etz beim Militär? Gell, do bringat se eich in d'r Stiefel nei.«

So oder ähnlich lautete der gutmütige Spott der Älteren. Die Jungen hingegen, vor allem die 12- bis 15-Jährigen, musterten voller Bewunderung seine Uniform.

»Der Franz trägt jetzt den Rock des Führers.«

Mit Genugtuung stellte er fest, dass ihm die Mädchen bewundernd nachsahen, ihm, dem groß gewachsenen, kräftigen, blonden Bauern. Ja, dachte er, als er die Stadt hinter sich gelassen hatte, Zeit wäre es nun für etwas Festes. Zwar hatte er schon allerhand Liebschaften gehabt, meist flüchtige Begegnungen nach Dorffesten oder auf der Kirmes. Die letzte Liebschaft hatte er im vergangenen Oktober während der »Muswies« in Musdorf erobert. Das lag nun schon recht lange zurück.

Auch in die Geheimnisse des Geschlechtlichen war er bereits vor etlichen Jahren wirklich gut eingeführt worden. Mit einer Mischung aus Stolz und Scham erinnerte er sich daran, wie ihn seinerzeit Hilde, eine nur wenig ältere Magd, an sich zog. Sie kam aus Ottendorf und die Mutter sagte gleich am ersten Abend, als die Kernfamilie unter sich war: »Dui wird dem Buo no recht d'r Kopf verdreha.«

In der Tat begann schon nach wenigen Tagen ein Spiel. Hilde lachte ihn an, suchte selbst bei der Stall- oder Feldarbeit seine Nähe. Aber immer dann, wenn er Anstalten machte, einen Kuss oder eine Zärtlichkeit zu erhaschen, stieß sie ihn bestimmt und energisch zurück. Eines Tages hatte er auf der Bühlerwiese zu tun, die etliche hundert Meter von der Hofstelle entfernt lag. Die Bühlerwiese wurde wegen ihrer besonderen Feuchtigkeit nur in sehr trockenen Sommern mehr als einmal gemäht. Am Weg stand eine kleine Feldscheune, in der das Heu zwischengelagert werden konnte und üblicherweise auch einige Sensen, Rechen und Heugabeln hingen.

Er hatte sein Tagwerk fast vollendet, nur noch wenige Striche waren zu mähen, da kam Hilde auf ihn zu. Als sie ihn erreicht hatte, legte sie ihre Hand auf seinen verschwitzten Unterarm, auf dem sich kleine Grasfasern verklebt hatten.

»Komm, Franzl«, sagte sie nur und ging in Richtung Feldscheune.

Als er ihr zögernd folgte und nach ihr den Schopf betrat, dauerte es ein paar Sekunden, bis sich seine Augen an das Halbdunkel gewöhnt hatten. Hilde hatte ihr Kleid ausgezogen und es über das Heu gebettet. Darauf lag sie völlig nackt.

»Komm«, sagte sie.

Schwitzend stellte Franz seinen Wäschesack ab. Über die Erinnerung an Hilde hatte er bereits mehr als die Hälfte des Weges zurückgelegt. Seit er Seelbach verlassen hatte, war ihm kein Mensch begegnet.

Hilde, in Liebesdingen nicht unerfahren, war eine geschickte Lehrerin. Bestrebt, auch selbst auf ihre Kosten zu kommen, erklärte sie ihm das Wesen der weiblichen Sexualität in einer Weise, die, hätte jemand aus der ihm bekannten

Bauernschaft auch nur ansatzweise davon erfahren, gemeinhin als völlig scham- und haltlos bezeichnet worden wäre. Zudem besaß Hilde eine hervorragende Weitsicht. »Franz, wenn du willst, dass das mit uns noch länger geht, dann lässt du auf dem Hof deine Finger von mir, dann schaust du mich nicht einmal an. Hast du mich verstanden?«

In der Regel trafen sie sich heimlich in der Heuscheuer an der Bühlerwiese, was freilich an kalten Tagen den Lustgewinn schmälerte. Nur einmal liebten sie sich in der großen Scheune des Köcherhofes. In einer lauen Nacht trafen sie sich heimlich hinter dem langgestreckten Gebäude und tauschten Zärtlichkeiten aus.

»Die schlafen alle«, hauchte Franz. »Komm, wir gehen rein.«

»Nein, das lassen wir schön bleiben. Wenn deine Mutter oder dein Vater das mitkriegen, jagen die mich davon. Du bist siebzehn, Franz, ich noch keine zwanzig. Wir sehen uns nie wieder.«

Doch Franz setzte sich durch. Zwischen leidenschaftlichen Küssen lauschten sie noch ein paar Minuten angestrengt in Richtung Wohnhaus. Dort war alles still, sämtliche Fenster waren dunkel. Voller Lust aufeinander zogen sie sich aus. Franz legte sich auf Hilde. Sein schweißnasser Rücken glänzte im Mondlicht, das in scharf geschnittenen Bahnen durch die Ritzen in das Innere der Scheune drang. Franz spürte den Höhepunkt kommen. Hilde bewegte sich unter ihm, die Augen geschlossen, beide Fäuste geballt, voller Konzentration auf das Erleben des eigenen Körpers.

Plötzlich fühlte er einen stechenden Schmerz auf dem nackten Rücken. Dann folgte noch ein Schlag, der ein höllisches Brennen auslöste. Unbemerkt war der Vater an sie herangeschlichen. Das helle Mondlicht hatte ihn schlaflos durchs Haus irren lassen. Zu seiner Überraschung stand die Tür zur Kammer seines Ältesten, der als einziges Kind alleine schlief, einen Spalt offen. War er auf den Abtritt gegangen? Leise huschte er auf den Hof hinaus. Aus der Scheune drangen leise, aber eindeutige Geräusche. Er holte die Rosspeitsche und schlich auf Zehenspitzen in das Dunkel der Scheuer. Ein Strahl des Mondlichtes brachte etwas zum Schimmern. Es war der schweißglänzende Rücken seines liebestrunkenen Sohnes. Er trat lautlos heran und ließ die Peitsche niedersausen, hart und präzise, wie er es ein Arbeitsleben lang an seinen Zugtieren praktiziert hatte. Dann führte er noch einen zweiten, ebenfalls gut platzierten Schlag aus.

»Du Drecksau wäschst dich und gehst auf deine Kammer.«

Drohend näherte er sich der Magd, die notdürftig ihre Kittelschürze um sich gerafft hatte. »Und dich Hur, dich elend's Ripp lang ich nur mit der Mistgabel an. Morgen früh um sechse bisch du weg vom Hof. Deinen restlichen Lohn lassen wir dir postalisch anweisen.«

So machte Franz Lang schon früh die Erfahrung, wie schnell man von den Gipfeln des Glücks abstürzen konnte. Einige Wochen lang war er der festen Überzeugung, dass er niemals wieder eine Frau anfassen könnte. Doch schon bei der »Sichelhenket«, die im großen Saal der Felsberger »Linde« gefeiert wurde, fiel ihm auf, dass es noch etliche andere hübsche Mädchen in der näheren Umgebung gab.

Über diese teils schönen, teils schmerzlichen Erinnerungen hatte er fast den Hof erreicht. Er sah ihn vor sich liegen, eingezwängt zwischen den bewaldeten Höhen, mitten in einem sich immer mehr verengenden kleinen Tal gelegen. Ein Einzelhof, die nächsten Nachbarn lebten über zwei Kilometer entfernt.

Nur Vater, Mutter, der kleine Gustav, eine neue Magd, die er noch nicht kannte, und der alte Knecht Johann waren da. Die Großmutter war nach langer Bettlägerigkeit im Januar verstorben. Es gab eine bescheidene Leich, der Vater war aufgebracht darüber gewesen, dass der Totengräber sich die Bemerkung erlaubt hatte, es sei äußerst anstrengend gewesen, den durchgefrorenen Boden aufzugraben.

Johann, der ihm mehr beigebracht hatte als der Vater, war sichtlich alt geworden. Hoffentlich jagte der Vater den nicht auch noch vom Hof. Dem Choleriker war das zuzutrauen. Aber das wäre dann der Zeitpunkt, zu dem er den Machtkampf mit dem Alten aufnehmen würde. Johann nicht auch noch. Hilde weg, die Schwestern weg. Da fiel ihm plötzlich ein, dass er noch nicht einmal imstande gewesen war, Hermine im Haus ihrer Stuttgarter Herrschaft zu besuchen. Da käme er wahrscheinlich von Bad Cannstatt aus ohne weiteres mit der Straßenbahn hin. Der Hausherr war Arzt. Der hatte doch bestimmt ein Telefon. Gleich nächste Woche würde er anläuten.

Die Mutter musterte ihn wohlwollend. Franz sah auf den ersten Blick, dass es ihr nicht gutging. Körperliche und seelische Leiden trafen aufeinander, verstärkten sich. Was hatte sie an Freuden noch zu erwarten?

»Gut schaust aus, Bub.«

Das war auf diesem Hof eine besonders freundliche Begrüßung. Gustav kam aus der Stube, strahlte ihn an. Bewunderung und Stolz erfüllten den Kleinen, gerade so, als habe Franz bereits eine Vielzahl kriegerischer Heldentaten vollbracht.

Johann hatte ihn bereits draußen begrüßt. Zitternd hatte der alte Knecht mit beiden Händen seine freie Rechte umfasst. Seine Augen schienen zu leuchten.

»Schön, dass du da bist, Franz.« Nicht so sehr die Worte selbst, sondern die Art, wie er sie vortrug, drückten seine große Zuneigung aus.

Johann hatte ihm gezeigt, wie man eine Sense so führt, dass sie präzise schneidet und der Schnitter nicht so rasch ermüdet. Wie man sie dengelt. Wie man die Rösser und Ochsen einspannt, das Gespann lenkt, den Pflug oder den Heuwender in der Spur hält.

Franz ging kurz auf den Hof hinaus, um sich am Brunnen etwas frisch zu machen, dann kehrte er in die Stube zurück und setzte sich am Tisch auf den Platz, auf dem er immer gesessen hatte.

Der Vater kam rein, nickte.

»Gehst morgen mit ins Heu«, sagte er, ohne ihn anzusehen, wobei unklar blieb, ob es eine Frage war oder eine Bestimmung.

»Ja«, sagte Franz. »Morgen früh geh ich mit raus, aber morgen Abend will ich nach Seelbach, ich muss mal wieder unter d' Leut.«

Schon am Sonntagnachmittag brach er wieder auf. Er musste so früh weg, um rechtzeitig in der Kaserne zu sein. Voller Ernüchterung dachte er während der Fahrt im vollbesetzten Zug an das zurückliegende Wochenende, auf das er sich so lange gefreut hatte. Zuhause hatte er nichts anderes erwartet. Eigentlich war es da ganz gut gelaufen. Enttäuschend verlief für ihn der Samstagabend in Seelbach. Die meisten Alterskameraden waren jetzt beim Militär. Kurz war er im neuen HJ-Heim gewesen, das man im früheren Armenhaus untergebracht hatte. Fast gebückt musste er durch die niedrigen Räume gehen. Aber dort traf er keinen seiner alten Kameraden, nur jüngere, die ihn mit Respekt und Bewunderung militärisch grüßten, als er den Gruppenraum betrat, in dem sich alle aufhielten. Das waren schon die Kinder des Führers, die nicht, wie er noch, den längsten Teil der eigenen Kindheit und Jugend in der *Systemzeit* verbracht hatten.

Ernüchternd fiel das Tanzvergnügen aus, das er am späten Abend in der »Krone« aufsuchte. Deutlich mehr Burschen als Mädchen waren anwesend. Entsprechend wurde mehr getrunken und gegrölt als getanzt. Später kam es sogar zu einer Rauferei, in die er sich nicht einmischte. Keines der anwesenden Mädchen weckte sein Interesse. Nur eine fand er schön, eine Jüngere mit schwarzen, ungezügelten Locken, die am Ausschank Dienst tat. Nein, schön im klassischen Sinne war sie eigentlich nicht, interessant vielleicht, nicht so wie die anderen Mädchen im Lokal. Doch als er sie beim Bierholen fragte, wie sie denn hieße, hatte sie ihn nur wütend angesehen, war zur Seite gegangen und hatte demonstrativ mit dem Lappen den Tresen gewischt.

Offensichtlich hatte man ihn beobachtet. Denn als er auf seinen Platz zurückging, sagte einer, den er früher mal in

Zimmermannskluft auf dem Köcherhof beim Arbeiten gesehen hatte: »Die redet nicht mit jedem.«

Wie sie denn hieße?

»Kennsch die net? Des isch d' Leonore, die Tochter vom Schimmelpfennig, Kümmerl isch der gwea. War au scho eigschperrt. Heuberg. Beim nächschta Mal geht's ab nach Dachau.«

Am nächsten freien Wochenende besuchte Franz seine Schwester. Er fand die Rufnummer des Arztes in einem Telefonverzeichnis, das er in der Kompanieschreibstube einsehen konnte. Die Arztfrau war so freundlich gewesen, der Schwester zu gestatten, ihn im Wohnzimmer des repräsentativen Stadthauses zu bewirten, während die Familie das Wochenende in ihrem »Häusle« am Stadtrand von Tübingen verbrachte. Da sei es deutlich frischer als im Stuttgarter Kessel. Ein kühlerer Wind wehe vom Neckar herauf, die Kinder könnten frei spielen, ohne dass man ständig auf sie achten musste.

Zu seiner Überraschung traf Franz seine Schwester nicht alleine an. Einen stillen, eher schmächtigen Mann mit zurückgekämmten, pomadig glänzenden Haaren stellte Hermine als den Heinz vor, mit dem sie seit einem Jahr verlobt sei.

»Aber du darfst den Eltern nichts sagen«, fügte sie rasch hinzu, während sie den dampfenden Kaffee in zierliche Tassen schenkte, deren Benutzung ihr die Hausfrau ausdrücklich gestattet hatte. »Ich hab einen Käskuchen gebacken. Du magst Käskuchen doch so gerne.«

Franz gab ihr seinen leeren Kuchenteller in die fordernde Hand. »Dann gehst du nicht mehr zurück auf den Hof?«

Sie legte ein weiteres Stück Kuchen auf den Teller, den sie ihrem Bruder zurückreichte.

»Nein, Franz. Da bringen mich keine zehn Pferde mehr hin. Kein Tag ohne die Ausbrüche vom Vater. Die Mutter immer vergrämter. Die Pauline hat auch gschaut, dass sie gleich nach der Landwirtschaftsschul' eine Magdstelle auf einem anderen Hof gekriegt hat. Im November werd ich großjährig.

Dann heiraten der Heinz und ich. So lange müssen wir warten. Denn der Vater würde einer Hochzeit vor der Großjährigkeit niemals zustimmen.«

»Und was machen Sie?«, fragte Franz den Verlobten, der schweigend und gemächlich seinen Kuchen verspeiste.

Der Angesprochene hüstelte und schluckte zuerst die Kuchenreste hinunter, die er im Mund hatte.

»Der Heinz hat einen guten Posten beim Daimler«, sprang ihm Hermine bei.

»Ich schlage vor, dass wir du zueinander sagen.« Der schmächtige Mann stand förmlich auf und reichte Franz, der sich ebenfalls erhob, die Hand. »Ich bin der Heinz, Heinz Schäfer«, stellte er sich vor.

»Franz«, sagte der blonde Hüne, der den Verlobten seiner Schwester um Haupteslänge überragte. »Was machsch beim Daimler?«, fragte er, als alle wieder Platz genommen hatten.

»Ich arbeite in der Motorengießerei. Wir gießen die Motorblöcke. Schwere Arbeit, aber gut bezahlt.«

»Beim Militär bist du noch nicht gewesen?«

»Nein«, sagte Heinz. »Ich bin schon 29. Als ich im richtigen Alter war, gab es ja keine Wehrpflicht und jetzt gibt mich der Betrieb nicht her.« Das erste Mal, seit sie zusammensaßen, huschte ein Lächeln über sein Gesicht. »Wir sind kriegswichtig, sagt mein Chef immer.«

»Wann soll denn Hochzeit sein?«, wollte Franz wissen.

»Wir haben sie für Mai nächsten Jahres geplant«, sagte Hermine voller Frohsinn. »Aber sag zu Hause nichts. Der Alte muss nicht vorher noch einen Veitstanz aufführen.«

Ende September hatte seine Kompanie an einem Freitag bereits zwei Stunden früher Wochenendausgang. Und nicht nur das. Jeder Rekrut erhielt vom eifrigen Rechnungsführer eine Freibiermarke ausgehändigt, einzulösen auf dem Cannstatter Volksfest, das am letzten Wochenende begonnen hatte. Die Stuttgarter Brauereien hatten sich zusammengetan und statt den üblichen Freikarten und Freimarken für mehr oder minder prominente Persönlichkeiten in diesem Jahr eine Freibierspende an die Cannstatter Garnison vorgenommen. Das entsprach einerseits dem Zeitgeist, andererseits war es sogar noch kostengünstiger. Die Schönen, Reichen und Wichtigen ließen sich nämlich nicht mit einem einzelnen Freibierbon zufrieden stellen, mehrere Hundert Rekruten dagegen schon.

So kam Franz Lang das erste Mal in seinem Leben auf das größte württembergische Volksfest, das zudem, und das machte die Sache noch interessanter, mit der Maschinenausstellung des landwirtschaftlichen Hauptfestes gekoppelt war. Sein Onkel hatte ihn einmal auf das »Crailsheimer Volksfest« mitgenommen. Das musste so um 1930 gewesen sein. Aber Onkel Kurt und sein Vater waren nun schon seit etlichen Jahren »über Kreuz«, wie man hier sagte, zerstritten wegen idiotischer Familiengeschichten. Und der Vater war noch nie ein Freund derartiger Vergnügungen gewesen. Er ließ sich auch niemals umstimmen, egal wie arg die Kinder bettelten. »Des koscht bloß an Haufa Geld und dahoim bleibt d' Arbet liega.« Mit diesem Satz, der zu den vom Köcherhofbauern häufiger gebrauchten gehörte, platzten im Lauf der Jahre zahlreiche kindliche Hoffnungen und Wünsche.

Franz Lang hatte sich mit einem Kameraden zum Volksfestbesuch verabredet, der aus Sulzbach am Kocher stammte. Mit ihm zusammen wollte er den letzten Zug nehmen, der über Backnang in Richtung Heimat fuhr. Sie hatten somit einige Stunden Zeit. Der Familientradition entsprechend, auch der andere war ein Bauernsohn, begannen sie ihre Erkundigungen mit einem Besuch des landwirtschaftlichen Hauptfestes. Überall flatterten Hakenkreuzfahnen und bunte Bänder in wechselnder Folge. Beide waren sprachlos und begeistert von der Fülle an ausgestellten technischen Neuerungen. Schlepper mit 60 Pferdestärken, Pflüge mit Pflugscharen einer Breite, die das Vierfache dessen überspannte, was ihre von Ochsen gezogenen Pflüge auf den Feldern ihrer Väter durchfurchten. Und eine Fülle an Zubehör, darunter Neuerungen, die sie zuvor noch niemals gesehen hatten, wie zum Beispiel eine mit einem Verbrennungsmotor ausgestattete Sägekette, die ein Repräsentant der Herstellerfirma beim Durchschneiden von dickem Meterholz vorführte. Die Säge sprühte Sägespäne und fuhr durch das Holz wie ein scharfes Messer durch Schmalz.

»Das ist nicht schön, das gesehen zu haben«, sagte der Sulzbacher Kamerad. »Wenn man morgen zu Hause wieder rangenommen wird, arbeitet man mit dem blöden Gefühl, man befände sich noch im Mittelalter.«

»Wenn du diese Sägekette siehst«, pflichtete Franz bei, »wird dir klar, dass Waldbauern wahrscheinlich vor 500 Jahren nicht viel anders Holz eingeschlagen haben als wir.«

Gemächlich schlenderten die beiden Uniformierten in Richtung der Festzelte und des riesigen Rummelplatzes. Es dauerte eine ganze Weile, bis sie ihre Biermarken einlösen konnten. Vor den großen Bierzelten hatten sich lange Schlangen Uniformierter aufgereiht, die ihre am Vormittag erhaltenen Freibierbons einlösen wollten.

Nach der Aushändigung des Bieres nahmen sie zwei freie Plätze im Festzelt in Beschlag. Sie hatten ihre Halbe noch nicht geleert, als schon eine dralle Weibsperson an ihren Tisch kam, um weitere Bestellungen aufzunehmen.

»Was kostet denn eine Halbe?«, wollte der Sulzbacher wissen.

»80 Pfennig«, erwiderte die Bedienung. Sie klang deutlich von oben herab, so als sei es ihr eine Zumutung, mit diesen Pfennigfuchsern den Bierpreis zu erörtern, auf den weder sie noch die Kunden Einfluss hatten.

»80 Pfennig für eine Halbe. Das gibt es ja gar nicht. Das ist ja das Doppelte von dem, was man woanders zahlt«, maulte Langs Kamerad. »Komm, Franz, wir gehen lieber rüber zum Rummel.«

»Ja machat die Plätz besser frei für Leut, die ihr Bier zahla könnat«, keifte die stämmige Frau hinter ihnen her.

Jetzt, da der Abend angebrochen war, füllte sich der Cannstatter Wasen mit immer mehr Menschen. Alte und Kinder drängelten zwischen den Buden, Ständen, Schießbahnen und

Wurstbratereien. Ballonverkäufer hatten an Holzstangen so viele mit Gas gefüllte Ballons über sich, dass man Angst haben musste, ein starker Windstoß könne sie davontreiben. Aus allen Ecken vernahm man Musik, Rufe, Gelächter, Dröhnen, Wortfetzen, Geschrei. Manchmal brandete eine gleichermaßen kurze wie heftige Rauferei auf, die sich jedoch immer rasch auflöste, wenn ein Schutzmann auftauchte.

Die beiden Uniformierten schoben sich langsam durchs Gedränge, ließen sich hin und wieder einfach treiben. So näherten sie sich den eigentlichen Publikumsmagneten, den Fahrgeschäften. Beide kannten von kleinstädtischen Kirchweihvergnügungen die gebräuchlichen Kinderkarussells und Schiffschaukeln. Franz war mit seinem Onkel damals in Crailsheim sogar mit dem Kettenkarussell gefahren. Immer schneller flogen sie dahin, getragen von der blechernen Musik eines vielstimmigen Orchestrions. Hier auf dem Wasen begegneten sie auf Schritt und Tritt Attraktionen, die sie zuvor noch nie gesehen hatten.

Sie waren bei den Steilwandfahrern stehen geblieben, freilich ohne den teuren Eintritt zu bezahlen. Von außen hörten sie nur das gleichmäßige Auf- und Abschwellen der Motoren, hin und wieder kam Beifall auf, durchbrochen von gelegentlichen spitzen Schreien, die gleichermaßen von Angst oder Entzücken ausgelöst worden sein konnten. Amüsiert verweilten sie beim Teufelsrad. Mutige folgten den Aufforderungen des Ausrufers und legten oder setzten sich auf die sich immer schneller drehende Holzscheibe. Dann wurden sie so lange mit prall gestopften Strohsäcken beworfen, bis die Unglücklichen unter großem Geschrei und Gejohle von der Scheibe flogen. Jetzt näherten sie sich staunend der Hauptattraktion des diesjährigen Cannstatter Volksfestes, dem neuen Riesenrad, das angeblich das höchste Riesenrad der Welt sein sollte. Zumindest war es höher als das legendäre Ungetüm auf dem Wiener Prater.

Die beiden jungen Männer ließen sich von der Menge mittragen, die nun, noch dichter geworden, in Richtung des großen Rades schob, das, rundum mit bunten Lampen bestückt, beschaulich seine Kreise drehte. An der Ecke einer Losbude gelang es ihnen, sich aus dem Menschenstrom zu lösen. Gebannt betrachteten sie das Schauspiel, welches ihnen das Riesenrad bot. Nur kurz kreiste es ohne Halt, dann wurden unten die Fahrgäste nach und nach aus den Gondeln gespien, die zwischen zwei Holzbahnen angekommen waren. Neue Fahrgäste drängten auf die frei gewordenen Plätze. Fasziniert blickten sie auf zu der Gondel, die ganz oben festgehalten wurde. Sanft schaukelte sie hin und her. Ihr Inneres war den Blicken verborgen. Man konnte nicht wissen, ob die Insassen beglückt oder ängstlich auf den Festbetrieb, den Neckar, die Adolf-Hitler-Kampfbahn und die angrenzenden Straßen hinunterschauten.

Das neu einsetzende blecherne Klingen eines weiteren Orchestrions ließ Franz in eine andere Richtung blicken. »Ach schau mal, da drüben sind welche aus unserer Gegend.« Er zeigte auf mehrere Schaustellerwagen, auf denen mit schwungvollen Schnörkeln geschrieben stand: »Vergnügungsunternehmen Frédéric Schürbel. Fester Standort Lichtengrün.«

»Na, so ein doller Vergnügungsunternehmer ist das nicht«, lästerte der Sulzbacher. »Schau dir das an, ein altmodisches Kinderkarussell und eine Schiffschaukel. Und dann noch so Kleinkram.«

Damit meinte er eine Los- und eine Schießbude sowie einen Stand, an dem eine dicke, fröhlich wirkende Frau allerhand süßes Zeug anpries. »Schokoäpfel, gebrannte Mandeln, türkischer Honig« rief sie schwungvoll den vorbeidrängenden Schaulustigen zu.

Sie waren bereits im Begriff, sich nach interessanteren Attraktionen umzusehen, als Franz eine junge Frau auffiel, deren engelhaftes, hellblond gelocktes Haar nicht so recht zu der blauen Montur passen wollte, mit der sie bekleidet war. Sie war für die Schiffschaukel zuständig, an der mehrere Wagemutige gleichzeitig hin- und herschwingen oder kühne

Überschläge versuchen konnten. Die junge Frau kassierte die Kunden ab, dann half sie ihnen mit kräftigem Anschub, ihren eigenen Rhythmus zu finden. Nach einer Weile rief sie den Schaukelnden etwas zu, wohl dass das Vergnügen gleich zu Ende gehe, denn anschließend betätigte sie sachte einen großen eisernen Hebel, mit dem sie die Bremsbohle unter der jeweiligen Schaukel anhob.

»Komm, wir schaukeln mal«, rief Franz aufmunternd dem Sulzbacher zu.

»Ist doch Kinderkram«, nörgelte dieser, folgte aber seinem Kameraden.

Die Schiffschaukel war ein relativ neues Modell mit vier einzelnen Schaukeln. Drei waren durch Bolzen so blockiert, dass sie sich trotz größter Anstrengungen der Fahrgäste nicht überschlagen konnten. Bei der vierten Schaukel fehlte diese Blockadevorrichtung. Ein Schild wies darauf hin, dass der Benutzer 21 Jahre alt sein und sich vor Benutzung dieser Schaukel den mit zwei Ketten gesicherten Gurt umlegen musste.

Als sie näher kamen, wurde den beiden Männern rasch deutlich, dass die Engelhaarige aus hartem Holz geschnitzt war. Wer mit ihr schäkern wollte, bekam es mit einer zu tun, die alle Register derber Sprache ziehen konnte. Wer ihre Anweisungen nicht befolgte, wurde mit der Bremsbohle hart heruntergebremst. Dann wieder sang sie mit schöner, voller Stimme, ja, Franz war der Überzeugung, sie rufe denen in den Schaukeln nicht zu. Er war der festen Meinung, sie singe. »Kommen Sie, meine Herrschaften, fliegen Sie in den Himmel hinein.«

Die beiden Rekruten betrachteten eine Zeitlang sichtlich belustigt das Geschehen. Nach einer Weile rief ihnen die Frau so laut, dass es alle Umstehenden mitbekamen, zu: »Na, wollen es die Herren Soldaten nicht auch mal versuchen, statt immer nur Maulaffen feilzuhalten?«

Der Sulzbacher zog sich beleidigt zurück. Franz hingegen fragte lachend zurück: »Was kostet denn das Schaukeln auf der, die sich überschlägt?«

»Kostet alles dasselbe, zwei Groschen oder für Sie 20 Pfennige.«

Er stieg in die freie Schaukel und legte vorschriftsmäßig den ledernen Gurt um. Die junge Frau trat hinzu und prüfte dessen Sitz, kassierte ihn ab, löste die Bremsbohle und brachte ihn mit mehreren kraftvollen Schüben gegen die beiden hinteren Stangen der Schaukel in Schwung.

Leute blieben stehen. Nicht oft machte einer den Versuch, den vollen Überschlag zu schaffen. Das wollte man sich nicht entgehen lassen. Franz sah in offene Münder und die auf ihn gerichteten Augenpaare, die zu Menschen gehörten, die ihn als Überflieger oder aber scheitern sehen wollten. Jede dieser Alternativen hatte für die Gaffer etwas Reizvolles. Mit einem Mal wurde ihm bewusst, dass er hier ganz kläglich auf der Strecke bleiben konnte. Wer die vierte Schaukel bestieg und den Überschlag nicht schaffte, war dazu verdammt, das Gelächter und den milden Spott der Umstehenden auszuhalten. Es gab kein Entfliehen. Die Schaukel flog nach oben und zudem war er angegurtet, ein Gefangener seiner eigenen Courage. Oder war es Leichtfertigkeit?

Während der Rückwärtsbewegung hielt sich Franz an den beiden vorderen Stangen fest. Sobald das fallende Schiffchen den Grund erreicht hatte, riss er nach hinten und wuchtete Rumpf und Gesäß so weit in die Flugrichtung, wie es eben noch ging. Wenn die Schaukel für einen winzigen Moment zum Stillstand kam, um dann wieder die Richtung zu ändern, stemmte er das linke Bein nach vorne, um so viel Kraft wie möglich in die erneute Vorwärtsbewegung zu bringen. Schon hatte er die Waagrechte erreicht und alsbald überschritten. Es könnte klappen. Ihm wurde nicht schwindelig und Kraft hatte er genug. Doch nun begannen einige der Gaffer, ihn mit Rufen anzufeuern.

»Ruck«, riefen sie und bei jedem weiteren Mal stimmten noch mehr Umstehende ein.

»Hau ruck.«

»Ruck.«

»Hau ruck.«

»Ruck«, wenn das Schiffchen nach hinten flog und »hau ruck«, wenn er bei der Wende die Kräfte entgegengesetzt mobilisierte.

Franz spürte, wie er verkrampfte. Wild kämpfte er mit sich, dem Schiffchen und gegen den Triumph der hetzenden, grinsenden Meute. Nun lag er nur noch waagrecht. Es würde nicht klappen. Er gab auf.

Höhnischer Beifall begleitete sein Aussteigen.

»Probieren Sie es noch mal, Herr Soldat«, hauchte die Engelhaarige. »Wir sind noch 14 Tage hier.«

Am Montag durfte er die Kaserne abends nicht verlassen. Ein Nachtalarm war angekündigt, im Wehrmachtsjargon »Maskenball« genannt, da die Aufgabe in erster Linie darin bestand, bei völliger Dunkelheit im Chaos der voll besetzten Stube nacheinander in mehreren Durchgängen die jeweiligen Uniformierungen und Ausrüstungen zu finden und möglichst rasch als Stube in geschlossener Formation entweder auf dem Gang oder auf dem Kasernenhof anzutreten. So etwa gleich zu Beginn in voller Kampfmontur mit vorschriftsmäßig aufgesetzter Gasmaske, danach im Trainingsanzug und zum Schluss in Ausgehuniform. Oder das Ganze wurde in umgekehrter Reihenfolge befohlen. Die Rekruten durften keine Gelegenheit erhalten, sich die Sache durch eine gediegene Ordnung im Spind einfach zu machen.

Die Angelegenheit wurde zudem von den Ausbildern als eine Art sportlicher Disziplin verstanden, auf die Wetten abgeschlossen werden konnten. Darauf, welche Stube als erste, welche als letzte in korrekter Montur antrat. Verschärfend kam hinzu, dass es üblich war, der Belegschaft der schlechtesten Stube vier Wochen lang den Wochenendausgang zu streichen.

Dienstag, pünktlich um 19.30 Uhr, tauchte Franz Lang erneut an Schürbels Schiffschaukel auf. »Na, Herr Soldat, noch einen

Versuch?«, fragte die Engelhaarige mit unverhohlenem Spott, nachdem er ihr wort- und bislang grußlos die zwei Zehnpfennigstücke auf ihre zu einer leichten Vertiefung gewölbten Finger gelegt hatte. Heute trug sie keinen Männeroverall, sondern ein einfaches, geblümtes Kleid, dazu leichte Schnürstiefel, wohl um auf dem regennassen Schotter, der um die Schiffschaukel angeschüttet worden war, den nötigen Halt zu finden.

Er wusste nun, was er falsch gemacht hatte. An Kraft und Technik hatte es am Freitag nicht gemangelt. Er hatte sich von den Gaffern beeinflussen lassen und war dadurch verkrampft. Jetzt gedachte er sich vollkommen gegen die anderen abzuschotten, was ihm auch deshalb leichtfiel, da heute viel weniger Menschen dem in die Lüfte schwingenden Soldaten zuschauten. Unter wenigen fängt man nicht so ohne weiteres an, mit Späßen und Zurufen Einfluss nehmen zu wollen.

Franz Lang stellte sich vor, dass er ganz alleine an der Dreschmaschine stand, um die gefüllten Getreidesäcke nacheinander im immer gleichen Rhythmus auf den durch ein Tuch nur notdürftig geschützten Nacken zu wuchten, um sie dann in die Scheune zu tragen. Immer derselbe Rhythmus, immer dieselbe Anstrengung.

Es gelang ihm gut. Leicht hatte er die Waagrechte überschritten. Bald stand er auf »elf« und im Gegenflug nach vorne auf »eins«. Dann fast auf »zwölf«. Nur wenige Zentimeter fehlten noch bis zum Überschlag, der beim übernächsten Anflug endlich gelang. Sofort begannen einzelne Zuschauer zu klatschen.

»Respekt, Herr Soldat«, sagte die junge Frau, als sie ihm den Gurt von der Hüfte löste.

Bis Freitag kam er nun jeden Tag. Bald schaffte er drei, am Freitag gelangen ihm gar fünf Überschläge, und das vor großem, ehrlich staunendem Publikum.

»Was ist der Rekord?«, fragte er.

»Zweiundzwanzig«, schwindelte die Engelhaarige, denn mit etwas derart Absurdem hatte sie sich bislang noch nicht beschäftigt.

»Gehen wir nachher miteinander aus?«

»Nein, Herr Soldat, und das aus zwei Gründen. Zum einen wird es sehr spät, bis wir hier fertig sind. Und zum anderen hat mir mein Vater verboten, mit Soldaten auszugehen. Wir reisenden Schausteller sollten uns vor flüchtigen Vergnügungen hüten, sonst käme das gesamte Geschäft durcheinander.«

Frédéric Schürbel konnte seine Alltagsweisheiten blendend formulieren, wenngleich er sich ihnen meist nicht aufs Strengste unterworfen hatte.

»Gefalle ich dir nicht?«

»Das habe ich nicht gesagt. Aber als Zeitvertreib für den tristen Kasernenalltag taugt Caroline Schürbel nicht.«

Wenigstens hatte er, ohne weitere Fragen stellen zu müssen, ihren Namen erfahren.

»Mach nore, Carolin«, rief die Mutter vom Verkaufsstand herüber. »Hier wird net gschlofa. Und dem Soldatarotzbua brauchsch au net nachstiera.«

Mit dieser energischen Wortmeldung drückte die einstmals attraktive, im Lauf der Jahre doch recht rundlich gewordene Mutter nicht nur die allgemein für Mütter übliche Ermahnung aus, im Umgang mit begehrenden jungen Männern Vorsicht walten zu lassen. Und dieser blonde Hüne hatte offensichtlich begehrliche Blicke auf ihre Tochter geworfen, sonst wäre er seit Dienstag nicht jeden Abend aufgetaucht. Hinzu kam nämlich, dass es zur festen Familientradition gehörte, zum Militär, nein, ganz allgemein zu Uniformierten, ein deutlich distanziertes Verhältnis zu wahren. Die Familie Schürbel war seit vielen Generationen als Schausteller unterwegs und dabei brachten es die Umstände immer wieder mit sich, dass sie angefeindet wurden. Fahrendes Volk, Landfahrer, Vaganten und Zigeuner wurden zwar noch misstrauischer beäugt, aber mit diesen gemein hatte man außer der Armut und der Nichtsesshaftigkeit regelmäßige Konflikte mit der Obrigkeit in Gestalt von Gendarmen, Schutzleuten, Feldschützen und marodierenden Soldaten. Zuweilen sollte ein männliches Familienmitglied zur Fahne gepresst werden, obwohl das Unternehmen seine Arbeitskraft dringend benötigte. Einer der Vorfahren war etwa im frühen 19. Jahrhundert im Südbadischen einer Zwangsaushebung zum Opfer gefallen, wurde zum napoleonischen Heer überstellt und war mit diesem in den Weiten Russlands elendig zugrunde gegangen.

Wie lange die Mitglieder des Schürbel-Clans bereits als Schausteller unterwegs waren, wusste niemand genau. Ein Teil der Familie ging auf Jenische zurück, die schon seit Jahrhunderten eine mobile Lebensweise praktizierten. Der Großvater des heutigen Geschäftsinhabers hatte angeblich eine Wanderbühne begründet, was von dessen noch lebender Schwiegertochter Charlotte, der Großmutter von Caroline, energisch bestritten wurde. Das Schauspiel in herausragender Qualität habe erst mit ihr in das Schürbel'sche Unternehmen Einzug gehalten. Dieser Leopold habe doch nur eine ganz minderwertige Kirmestruppe zusammengebracht. Da sei die angeblich »stärkste Frau der Welt« aufgetreten, hinter der sich nichts anderes verborgen habe, als ein verfetteter irischer Seemann, dem ein Schaden an sensibler Stelle zu seiner Eunuchenstimme verholfen habe. Die szenischen Inszenierungen seien so scheußlich gewesen, dass es regelmäßig zu Übergriffen des erzürnten Publikums gekommen sei. Wenige Jahre vor der Jahrhundertwende habe man sich anlässlich einer Kirmes in Passau gerade noch in die Wagen retten können. Und an diesen sei noch manche Scheibe eingeschlagen worden.

Ältere Schaustellerkollegen, die der Familie nicht besonders wohlgesonnen waren, hielten dem entgegen, Charlotte Schürbel, die sich gerne als »gelernte Schauspielerin und Tänzerin« auswies, habe den ersten Teil ihrer tänzerischen Karriere in den Amüsierbetrieben nahe den Hamburger Reeperbahnen verbracht. Auch habe sie später als »Unterhaltungsdame« an selbiger Stelle gearbeitet, was immer das auch gewesen sein mochte. Der stille Karl, ihr erst vor wenigen Jahren verstorbener Ehemann, habe sich in dieser Angelegenheit stets bedeckt gehalten.

Als der Weltkrieg ausbrach, mussten die drei Söhne Friedrich, Anton und Louis allesamt einrücken, jeder von den mahnenden Worten des Vaters begleitet, der Heldentod sei doch sehr wahrscheinlich eine Sache für die Abkömmlinge der besseren Gesellschaft. In ihrem harten und entbehrungsreichen Gewerbe könne man auf keine Hand verzichten.

Eingedenk dieser Worte war Anton gerne der Einberufung zu einer Schippereinheit gefolgt. Auch wenn es hier weder Beförderungen noch Auszeichnungen gab und der Sold entsprechend gering blieb, so wurde doch weniger gestorben als bei den Waffengattungen, die bei der männlichen deutschen Jugend weitaus höher im Kurs standen. Und harte Arbeit kannte er von Kindesbeinen an. Er blieb ruhmlos, aber er überlebte, arbeitete nach dem Krieg nur noch kurze Zeit im väterlichen Betrieb und machte sich mit einer Gastwirtschaft und nachfolgend zusätzlich mit einer Bratwurstbude selbständig, aus der rasch eine weit verzweigte Kette erwuchs, deren Ableger man auf vielen großen und kleinen Rummelplätzen finden konnte. Gute Würste, so seine Philosophie, würden immer ihre Abnehmer finden. Ohne den Begriff jemals gehört zu haben, führte er bereits Ende der zwanziger Jahre ein erfolgreiches Franchise-System ein. Nachdem er auf diversen Rummelplätzen durch geschicktes Taktieren über viele Jahre hinweg die Standrechte erworben hatte, vergab er Lizenzen an Dritte, wobei er von der Weit- und Einsicht getragen war, dass dies dauerhaft nur dann funktionieren würde, wenn sich bei seinen Lizenznehmern auch Zufriedenheit einstellte. Er war bei der Preisgestaltung äußerst maßvoll, zumal er zusätzliche Einnahmen erzielte, ohne sich anstrengen zu müssen.

Louis wurde 1916 verschüttet, dann wieder freigeschaufelt. Von nun an war er von einem nervösen Nervenleiden behaftet, das ihn in Anfälle unkontrollierten Zitterns verfallen ließ.

»Er war schon immer ein guter Schauspieler«, sagte der Vater, wobei er dies keineswegs abfällig meinte. Und die Mutter erinnerte daran, dass er schon als Kind eine kurze pantomimische Nummer in das Varietéprogramm eingebracht habe, in der er die Rolle einer Porzellanpuppe gespielt habe, die mal unbeweglich in einer bizarren Position verharrte, um dann sogleich wieder die verrücktesten schlangenähnlichen Verrenkungen zu vollführen.

Solange der Krieg andauerte, war er nur noch als Präsentationsobjekt dünkelhafter Militärärzte im Einsatz. Er wurde, wie andere auch, den höheren Semestern vorgestellt, die kurz vor ihrer Frontbewährung standen. Diese sollten neben den gängigen Krankheitsbildern auch die schrecklichen neuen Leiden kennen lernen, die der Krieg auf mannigfaltige Weise produzierte.

Einmal fiel einem Assistenzarzt auf, dass dieser Zitterer immer dann besonders heftig mit Kopf, Armen und Beinen schlackerte, wenn er als Präsentationsobjekt vorgestellt wurde. Er überlegte kurz, ob er dem Professor darüber Meldung machen sollte, behielt dann aber diese Beobachtung doch für sich. So kam es, dass sich Louis Schürbel während der Jahre 1917 und 1918 fast 16 Monate in Lazaretten und Sanatorien aufhielt, wobei ihn dort am meisten störte, dass die Kost gegen Ende des Krieges immer schlechter wurde. Die elende Steckrübe steckte beinahe in allen Speisen. Wenn er anfallsfrei war, und dies kam hin und wieder vor, kräftigte er seinen Körper mit langen Spaziergängen durch die umliegenden Wälder, wobei er Beeren und Pilze sammelte. Den Schwestern fiel auf, dass er manchmal stundenlang nur dasaß, um auf Papier, um das er gebeten hatte, merkwürdige Gebilde zu zeichnen. Die Blätter füllten sich mit seltsamen Kreisen und Kringeln. Manche seiner Skizzen erinnerten an monströse Wesen, Kraken und große Spinnen. Nicht selten setzte er kleine Berechnungen unter die Zeichnungen, die keiner der Betrachter verstand. Man führte diesen Tick auf sein Nervenleiden zurück, ein Kriegszitterer eben. Niemand ahnte, dass Louis Schürbel mit diesen Skizzen den Grundstein für sein späteres Vergnügungsimperium gelegt hatte. In

Lazaretten und Genesungsheimen fertigte er die ersten Pläne für neue, die Massen faszinierende Angebote, für Entwicklungen, die später einmal das Fahrgeschäft revolutionieren würden, darunter der weltberühmte »Spider« und der Welt größte Achterbahn.

Mit Ende des Krieges linderte sich sein Leiden nach und nach, bis es nach einigen weiteren Wochen völlig verschwunden war. Louis wanderte 1921 nach Amerika aus und gründete dort zuerst ein Fahrgeschäft, später mehrere große Vergnügungsparks, in denen immer wieder neue Attraktionen ein großes Publikum anzogen. Bis zu seinem Tode, er starb hochbetagt im Jahr 1986, entwickelte er immer raffiniertere Bahnen für die Vergnügungsindustrie.

Friedrich hatte als Infanterist deutlich geringere Aussichten, dieses schreckliche Gemetzel zu überleben. So sah er es keineswegs als Tragödie an, wegen einer Schussverletzung längere Zeit im Lazarett verweilen zu müssen, auch wenn sich andere Patienten und selbst das Pflegepersonal immer wieder über die Art seiner Verletzung lustig machten. Bei einem Sturmangriff war er bei massivem Gegenfeuer in eine so unzulängliche Deckung gelangt, dass ein französisches Gewehrgeschoss seinen Allerwertesten zwar nur oberflächlich, dafür jedoch ein gehöriges Stück der Länge nach aufriss. Diese eigentlich leichte Verletzung entzündete sich unter dem milden Spott der anderen immer wieder, bis eine ratlos gewordene Oberschwester veranlasste, dass er bei nächstbester Gelegenheit einem fachkundigen Oberstabsarzt vorgestellt wurde. Dieser äußerte nach kurzer Inaugenscheinnahme der Verletzung, er habe den Verdacht, dass der Verletzte gelegentlich den eigenen Kot in die Wunde schmiere.

Und als Friedrich Schürbel, der mit diesem, den Gebildeten vorbehaltenen Wort für die größeren Ausscheidungen des Körpers nicht vertraut war, angstvoll erwiderte, es sei keineswegs so, wie es der Herr Generalarzt vermute, er mache Derartiges nicht mit seiner Kotze, er habe, seit er hier sei, auch noch kein einziges Mal kotzen müssen, war es um die Contenance des Militärarztes endgültig geschehen.

»Wenn ich das nächste Mal nochmals eine derartige Sauerei vorfinde«, brüllte dieser, »dann kommen Sie vor ein Kriegsgericht. Das ist Selbstverstümmelung! Sie sind ein Drückeberger. Leute wie Sie kommen jetzt ganz schnell an die Wand!«

Auf wunderbare Weise ging von nun an die Heilung der Wunde deutlich besser vonstatten. Nach seiner Genesung wurde Friedrich Schürbel einem Ersatzbataillon zugewiesen, das gerade neu aufgestellt wurde. Nach kurzer Ruhe wurde diese Einheit an die Somme verlegt, wo sie in den grauenhaften Kämpfen mit den kampferprobten Engländern recht bald große Verluste aufwies.

Schürbels Kompanie bestand nach acht Wochen nur noch zu zehn Prozent aus dem ursprünglichen Stammpersonal, und da Orden und Ehrenzeichen nur an Überlebende ausgehändigt werden konnten, wurde er sogar für das EK II vorgeschlagen. Zur Verleihung kam es jedoch nicht mehr, denn irgendwann wurde Schürbel des ewigen und vor allem stets gefährlichen Hin und Hers überdrüssig. Bei einem dieser gefürchteten »Sprung auf, Marsch, Marsch« ging er nach einem kurzen Stoßgebet letztmalig mit nach vorne, blieb dann jedoch alsbald mit dem Gesicht nach unten in einem Trichter liegen. Beim nächsten Gegenstoß der englischen Infanterie wurde er überlaufen und geriet etliche hundert Meter hinter die englischen Linien. Nach qualvollen Tagen voller Angst machte er zum einen die überaus erfreuliche Erfahrung, dass sie ihn nicht abstachen, als sie feststellten, dass in dem sumpfigen Loch noch einer lebte. Zum anderen rauchte er das erste Mal in seinem Leben eine englische Zigarette.

Die Engländer übergaben ihn zusammen mit anderen Kriegsgefangenen den Franzosen, die ihn in ein Lager im Hinterland brachten. Dieses wurde von älteren und kriegsversehrten Soldaten bewacht. Bewacher und Bewachte einte die Erkenntnis, dass man in seiner jeweiligen Rolle in diesem Lager das weitaus bessere Los gezogen hatte. So blieb es nicht aus, dass sich das Verhältnis der ursprünglich in Erbfeindschaft zueinander stehenden Gruppen nach und nach entspannte. Einer der Deutschen hatte sein Schifferklavier gerettet. Alle fragten sich, wie dies möglich war, und waren begeistert, wenn der dürre Hamburger seine Seemannslieder anstimmte.

Friedrich Schürbel wurde alsbald für Freund und Feind zu einer besonderen Attraktion, indem er mit allen möglichen Gegenständen jonglierte, so wie er es über viele Jahre hinweg unter der strengen Aufsicht seines Vaters gelernt hatte. Gelegentlich wurde von den Franzosen sogar Wein zur Verpflegung gereicht. Als eines Tages die Stimmung besonders hoch wogte, bat Friedrich Schürbel die französischen Wachmänner um fünf Bajonette. Nach kurzem Zögern wurden ihm diese ausgehändigt und er begann, bislang noch nicht gezeigte Jonglierkunststücke zu vollführen. In den allgemeinen Jubel hinein brachte ihm ein schon etwas angetrunkener Poilu aus dem Magazin fünf Stielhandgranaten, mit denen er zum großen Vergnügen der deutschen Kriegsgefangenen und ihrer französischen Bewacher ebenfalls jonglierte.

Leider ging dieses fröhliche Treiben zu Ende, als die Sache mit den Handgranaten einem Höhergestellten zu Ohren kam. Der arme Kerl, der sie Schürbel besorgt hatte, wurde ausfindig gemacht. Einem Feinde fünf Handgranaten auszuhändigen, sei leichtfertiger Verrat. Damit hätte ohne weiteres ein Massenausbruch in die Wege geleitet werden können. Der Sergeant wurde trotz seines fortgeschrittenen Alters zu einem Strafbataillon abkommandiert und fiel wenige Wochen nach diesem Vorfall in den Kämpfen an den Höhen von Moronvillers.

Friedrich Schürbel wurde nach seinen spektakulären Auftritten im Gefangenenlager von den Bewachern nur noch Frédéric gerufen, weshalb er beschloss, diesen Namen beizubehalten, denn er passe weitaus besser in das künstlerische Gewerbe als sein Allerweltsname.

Wenige Tage nach dem Waffenstillstand wurden sie entlassen. Angesteckt von Kameraden, die sich nunmehr rote Armbinden umlegten, schlug er sich bis nach Berlin durch, wo er in den Novemberkämpfen mehr soldatische Entschlossenheit zeigte als während des gesamten Weltkrieges. Vater Karl hatte in diesen Tagen seine Weltsicht erweitert. Das »Revolutionieren«, wie er es nannte, sei eigentlich auch nur eine Sache für die besseren Kreise. Im Falle des Scheiterns sei es ungleich komfortabler, aus gutem Hause heraus verhaftet zu werden als aus einem Pferdekarren. Die feinen Herren könnten sich wenigstens noch drei Garnituren nobler Unterwäsche einpacken, während man die armen Teufel mit Gewehrkolben aus dem Wohnwagen prügelte. Antworten auf die Frage nach der Herkunft seiner Kenntnisse über Verhaftungen von Angehörigen des fahrenden Volkes vermied der Alte, indem er sich in weitläufige Abschweifungen flüchtete.

Nachdem die Kämpfe im Berliner Zeitungsviertel für die Revolution nicht siegreich ausgegangen waren und die Reaktion begann, Jagd auf die Roten zu machen, tauchte der bis zum Schluss brav kämpfende Frédéric bei einem Wanderzirkus unter, der trotz der widrigen Umstände südlich der Hauptstadt in Ludwigsfelde gastierte. Hier reüssierte er mit der Bajonettnummer und hatte alsbald ein später nie näher beschriebenes Techtelmechtel mit einer Zirkustänzerin.

Die meist nur schlecht besuchten Gastspiele führten den Zirkus über Sachsen und Bayern ins Fränkische. Oft war der eingespielte Erlös so karg, dass die Artisten hungerten, damit wenigstens die mageren Tiere ernährt werden konnten. Nach einer Vorstellung in Ansbach nahm Frédéric tränenreich Abschied und machte sich zu Fuß auf den Heimweg. Zuhause in Lichtengrün angekommen, begrüßte ihn der Vater mit den Worten: »Wird Zeit, dass du nach Hause kommst. Hier will ja keiner mehr was schaffen.«

In der Tat hatten die beiden Brüder andere Pläne. Louis, der vom Zittern weitgehend Genesene, war erfolgreich bei dem Versuch, mit Kartenspielertricks seine Überfahrt nach Amerika zu finanzieren.

Anton, der immer das Gefühl hatte, im Schatten seines charismatischen Vaters und seiner beiden exzentrischen Brüder zu stehen, verließ das Schaustellergeschäft und übernahm alsbald in Munzlingen eine Gastwirtschaft, die er zeitlebens mit großer Gewissenhaftigkeit betrieb. Er tat dies selbst dann noch, als er aus seinen anderen Unternehmungen wesentlich mehr Einkünfte erzielte.

»Du brauchst mich also?«, fragte Frédéric seinen Vater.

Der zögerte, überwand dann aber rasch seine Eitelkeit und sagte tief bewegt: »Ja, ich brauche dich, sonst geht der Betrieb vor die Hunde. Deine Mutter kann nicht mehr und alleine schaffe ich es nicht.«

»Aber Vater, ich bin nur unter der Bedingung dabei, dass du mich neue Sachen ausprobieren lässt.«

Bei seinen Reisen mit dem Zirkus hatte Frédéric beobachten können, dass die alten Wanderbühnennummern der Vorkriegszeit nicht mehr gefragt waren. Die Schaustellerei litt zudem unter dem Entstehen der Varietés und den immer zahlreicher werdenden Kinos. Ein Kinderkarussell musste her und eine Schiffschaukel. Er hatte gesehen, wie sich vor diesen die kleinen Kinder und die jungen Burschen drängten. Und später mal ein Kettenkarussell. Aber dafür musste das Geschäft viele Jahre gut gehen. Und vor allem, Kinder wollten auf Rummelplätzen Süßigkeiten. Gegessen wurde immer, also musste man einen Verkaufswagen ausstatten und bunt bemalen. Dafür brauchte man keine Tänzerin. Hierfür genügte eine reisefreudige zuverlässige Verkäuferin, am besten eine mit kräftiger Stimme und Durchsetzungsvermögen.

Eine geeignete Person begegnete ihm alsbald in einer Löwensteiner Weinschänke. Hier traf er bei einer Einkehr die Liesel, ein lustiges rotbackiges Ding mit einem Schandmaul sondergleichen und einer forschen Resolutheit, mit der sie jeden noch so kecken Burschen blamierte, mindestens jedoch zum Schweigen brachte. Jetzt kehrte Frédéric hier öfters ein, erfuhr nach und nach, dass sie aus dem Badischen kam und hier in relativ schlecht bezahlter Stellung war.

Ob sie denn Lust habe, für besseres Geld mit auf die Fahrt zu gehen, fragte er eines Tages. Ohne auch nur einen winzigen Augenblick zu zögern, sagte sie ja.

So zogen sie los, die ersten Jahre darbend, denn für die Schiffschaukel und das gebraucht gekaufte Kinderkarussell, immerhin schon eines mit Elektroantrieb, mussten Kredite abbezahlt werden. Das Anwesen in Lichtengrün wurde dafür bis an die Obergrenze belastet. Der Vater übernahm das Kinderkarussell, Frédéric stand an der Schiffschaukel. Wenn der Andrang zu wünschen übrig ließ, glänzte er schon mal mit einem Handstandüberschlag, den er mit Arbeitshandschuhen an der eingefetteten Querstange absolvierte.

Wie erwartet war der Wagen mit gebrannten Mandeln, türkischem Honig, Gewürz- und Himbeerbonbons und Schokoäpfeln umsatzstark. Liesel erwies sich als zuverlässige Kraft. Sie konnte sich gegen die manchmal groben Späße des nicht immer feinen Publikums behaupten. In einem heißen Sommer begann sie gekühlte Limonade in ihr Angebot zu nehmen, was sich rasch als Renner erwies.

Die häufig unpässliche Mutter war in den ersten Jahren nach dem Krieg noch mit dabei, half hin und wieder, wenn der Andrang groß war, kümmerte sich jedoch hauptsächlich um die Küche und die Geldverwaltung.

Das ständige Reisen und die wechselnden Aufenthalte in fremden Orten führten dazu, dass Liesel und Frédéric sich näher kamen, als es unter anderen Umständen vermutlich der Fall gewesen wäre. Es tat gut, an kalten Tagen jemanden neben sich zu haben, der mit einem zusammen die klamme Steppdecke wärmte. Auch war Liesel eine handfeste, erlebnishungrige Liebhaberin. Aber der Älteste der drei Schürbel-Söhne verspürte nicht diese zauberhafte Atemlosigkeit, die er beim Zusammensein mit der kleinen Zirkustänzerin in Dresden, Chemnitz, Hof und Fürth verspürt hatte. So hielt sich seine Freude sichtbar in Grenzen, als ihm Liesel im Herbst 1920 eröffnete, dass sie in anderen Umständen war. Denn sie fügte dieser Mitteilung sofort hinzu: »Keine Angst, brauchst mich nicht zu heiraten. Und den Wagen mache ich trotzdem weiter. Sind doch viele andere mit Kindern unterwegs.«

Natürlich wurde dann doch geheiratet. Energisch bestand der Vater darauf, zumal die Liesel eine Fleißige war.

Doch Frédéric Schürbel fühlte sich seit diesem Zeitpunkt auf freche Weise vom Leben betrogen, auch wenn er das Kind, ein Mädchen, das am Sonntag nach Kirchweih des Jahres 1921 in der Lichtengrüner Dorfkirche auf den Namen Caroline getauft wurde, von Anfang an vergötterte und noch vier weitere folgen sollten. Nach jeder Geburt zog Liesel bereits nach kurzer Zeit wieder mit auf die Volksfeste und Rummelplätze. Und die Kinder, es waren am Ende drei Mädchen und zwei Buben, mussten von klein auf im Rahmen ihrer Möglichkeiten im Fahrgeschäft mitarbeiten, das nach und nach immer weiter vergrößert wurde.

Als Caroline elf Jahre alt geworden war, übernahm sie den Losverkauf einer zusätzlich ins Angebot genommenen Losbude. Zwei Jahre später ließ der stolze Vater das kleine Mädchen mit dem Engelshaar an die Schiffschaukel. Den Losverkauf übernahmen nun die Zwillinge Franziska und Leopold. Letzterer war nach seinem Urgroßvater, dem Begründer der »Schürbel'schen Wanderbühne«, benannt worden.

Lesen, Rechnen und Schreiben brachte vor allem Liesel ihren Kindern bei. Nur hin und wieder besuchten sie im Winter die Lichtengrüner Volksschule, auf der alle fünf Kinder Leistungen erbrachten, die ihrem jeweiligen Alter entsprachen.

Am 21. Dezember 1937 waren die Rekruten der Cannstatter Garnison emsig damit beschäftigt, ihre Stuben und das Revier so auf Vordermann zu bringen, dass es selbst den Sadisten unter den Spießen nicht gelingen konnte, jemandem die Weihnachts- oder die Silvesterdienstbefreiung zu versauen.

Franz Lang machte einen sichtlich zufriedenen Eindruck, war er doch der Meinung, mit der Weihnachtsdienstbefreiung vom 22. bis zum 30. Dezember das bessere Los gezogen zu haben. In sichtlicher Unruhe verbrachte er die Weihnachtstage im Kreis der Familie auf dem Köcherhof. Das erste Mal seit langer Zeit war Hermine dabei. Am Morgen des ersten Weihnachtstages teilte sie der um den Frühstückstisch versammelten Familie mit, sie würde im kommenden Mai heiraten, ihren Heinz, einen braven und fleißigen Arbeiter, der beim Daimler ein gesichertes Auskommen erwirtschaftete.

Die Reaktionen der Eltern waren bemerkenswert moderat. »Ach Kind«, murmelte die Mutter nur und verdrückte einige kleine Tränchen.

Und der Vater, dessen Reaktion sie gefürchtet hatte, sagte nach längerem Schweigen: »Wenn's denn sein soll.« Mehr nicht.

Nach dieser, aus der Sicht der künftigen Braut, überaus erfreulichen Resonanz wurden erste Details besprochen. Man plane die Hochzeit in Stuttgart zu feiern. Auch das gefiel dem Vater, wohl auch wegen des für ihn geringeren Aufwands.

Hermine kündigte an, sie werde zur rechten Zeit, irgendwann im ausgehenden Winter, mit dem Heinz und den Eltern des Bräutigams zu einem Besuch auf den Köcherhof kommen.

»Sei recht«, sagte der Alte wiederum in knappster Form und so erhob sich Hermine voller Freude über den unerwartet unkomplizierten Verlauf dieses mit großen Befürchtungen herbeigesehnten Gesprächs und drückte ihrem kleinen Bruder einen dicken Kuss auf die linke Wange, die dieser sichtlich verlegen mit dem Handrücken abwischte.

Am 27. Dezember stand Franz schneller als an den Vortagen vom Frühstückstisch auf und verabschiedete sich mit den Worten: »Ich bin heut den ganzen Tag unterwegs.«

»Kommsch net zum Mittagessa hoim?«, fragte die Mutter, »i mach saure Rädla.«

»Nein, Mutter, und ob es mir zum Abendessen langt, kann ich noch nicht sagen.« Franz stapfte über den holprigen Hof in die Remise, wischte mit einem schmutzigen Lappen den Staub von seinem alten Fahrrad ab, das er unter allerhand Gerümpel hervorholte, ölte Kette und Naben und pumpte die zu weichen Reifen auf.

Obwohl Weihnachten vorbei war, hatte es immer noch nicht geschneit. Mehrere Regenschauer waren in der Frühe niedergegangen. Er hoffte, während der Fahrt nicht allzu nass zu werden. Aber da hatte er kein Glück. Schon beim ersten längeren Anstieg schlug ihm ein peitschender, eiskalter Regen entgegen, der sich anfühlte, als ob unzählige Wölkchen voller kleiner Eisnadeln gegen ihn anflögen. Mit klammen Fingern hielt er die Lenkstange umfasst. Seine Lederfäustlinge hielten das Wasser auf Dauer ebenso wenig ab wie seine Schirmmütze, die er tief ins Gesicht gezogen hatte.

Als er nach über zwei Stunden elender Fahrt das gesuchte Anwesen erreichte, war er so durchgefroren, dass er mitten in einer tiefen Pfütze, die sich auf dem Hof gebildet hatte, die Herrschaft über sein Fahrrad verlor. Er rutschte seitlich weg. Zu allem Übel saugte sich sein linkes Hosenbein mit dem kalten, braunen Schlamm voll.

Man war auf sein Kommen aufmerksam geworden. Zwei Hunde rannten bellend herbei, dabei respektvoll Abstand haltend. Als er besudelt neben seinem Fahrrad stand, ging die niedrige Haustür auf. Die Engelhaarige trat heraus, lehnte sich mit verschränkten Armen an den äußeren Türrahmen und stellte ohne weitere Begrüßung in der ihm mittlerweile vertrauten ironischen Sprechweise fest: »Der Herr Soldat braucht vermutlich ein Bad.«

Jetzt, da Franz sich in so ausdauernder und eindrucksvoller Weise um ein Wiedersehen jenseits der Rummelplätze bemüht hatte, ging alles recht schnell.

»Weißt du«, sagte Caroline am 29. Dezember zu ihm, als sie sich nach ihrem dritten Zusammentreffen innerhalb dreier Tage mit einem langen und innigen Kuss von ihm verabschiedete, »ich habe dich von Anfang an gemocht. Aber auf dem Rummel kommen und gehen so viele nette Kerle, dass einem nichts anderes übrig bleibt, als sie zu ignorieren.«

»Ich fände das ganz gut, wenn du all die, die jetzt noch kommen, auch in Zukunft ignorierst«, sagte er mit dem klaren, offenen Blick, den sie seit ihrer ersten Begegnung so sehr an ihm schätzte.

Bislang war der Rekrut Lang ein durchschnittlicher Soldat gewesen. Während der Grundausbildung war er nicht weiter aufgefallen und auch danach hatte er weder geglänzt noch besonderen Anlass zu Ermahnungen gegeben. Seit Silvester legte der Bauernbursche einen bis dahin nicht gezeigten Diensteifer an den Tag, der seine Vorgesetzten darüber spekulieren ließ, was der Kerl denn für Gründe haben könnte, sich plötzlich so den Arsch aufzureißen.

Als sein Zugführer ihn einmal nach Dienstschluss zur Rede stellte, sagte Lang nur, er wolle auf jeden Fall in ein SS-Panzerkorps, nachdem das mit der Fliegerei leider nicht geklappt hatte.

»Lang, machen Sie sich da mal keine falschen Hoffnungen. Die Panzertruppe ist für Recken wie Sie nicht die richtige Waffengattung. Das hat man Ihnen doch bereits bei der Musterung gesagt. Was für die Wehrmacht gilt, gilt in diesem Fall auch für die SS.«

Diese an sich ernüchternde Klarstellung kümmerte Franz Lang nicht weiter, lag doch der wahre Grund für seinen Diensteifer darin, dass er Ausgangssperren wegen dienstlicher Nachlässigkeiten oder Fehlverhalten unter allen Umständen vermeiden wollte. Denn die gemeinsam mit Caroline verbrachten Wochenenden gingen ihm über alles, auch wenn er ihr dabei oft an der Schiffschaukel assistieren musste und ihr Vater ihn regelmäßig darauf aufmerksam machte, dass das Mädchen zwar resolut auftrat, hübsch anzuschauen war, aber eben noch nicht großjährig sei. Und dann hatte er hinzugefügt: »Für Leute wie uns gibt es keinen Sonntag und keinen Feiertag. Aber das kennst du ja. Das ist bei euch Bauern ja auch nicht anders.«

Im Mai heirateten Hermine und Heinz in schlichtem Rahmen. Die standesamtliche Zeremonie hatte bereits am zurückliegenden Freitag stattgefunden. Nach dem sonntäglichen Kirchgang hatte es ein einfaches Mittagessen im Saal eines Vorortswirtshauses gegeben, dann noch Kaffee und Kuchen und abends Schnittchen und Bier. Später spielte ein Alleinunterhalter das hochzeitstypische Programm. Die Stimmung war ganz ordentlich und wurde noch besser, nachdem für die Männer einige Runden Schnaps und für die Damen Likörchen gereicht wurden.

Pauline war nicht gekommen. In einem Brief an ihre ältere Schwester hatte sie erklärt, sie wolle auf keinen Fall dem Vater begegnen. Weitere Einzelheiten oder gar eine Begründung für ihr merkwürdiges Verhalten hatte sie nicht angegeben. Sie wünschte Hermine und ihrem Heinz eine glückliche Ehe und einen gelungenen Hochzeitstag.

Franz hatte sich überlegt, Caroline mitzunehmen, dann aber davon Abstand genommen. Sie war noch sehr jung. Und sein Vater hätte den Auftritt der beeindruckenden blonden Fee als Affront verstanden. So wurde für ihn die Hochzeit seiner Schwester zu einer eher langweiligen Angelegenheit. Man hatte ihm eine Cousine des Bräutigams als Tischdame zugeordnet, ein einfältiges Weib, das kaum sprach und bei jeder Anrede rot wurde.

Nicht einmal tanzen konnte sie. Unter Mühen absolvierte er mit der ungelenken Person zwei, drei Tänze, als der Alleinunterhalter zu vorgerückter Stunde bekannte Melodien anstimmte. Richtig angenehm war es dagegen, mit der Braut zu tanzen. Seine Schwester, stellte er mit Behagen und Freude fest, hatte sich in ihren Stuttgarter Jahren gut entwickelt.

Im Zimmer der kleinen Pension, das er sich mit seinem erschöpften kleinen Bruder teilte, lag Franz trotz der Anstrengungen dieses ereignisreichen Tages noch lange wach. Der Kleine schnarchte leise, was ihn nicht störte. Allerlei Dinge gingen ihm durch den Kopf. Die nächsten Monate würden einige für ihn sehr wichtige Entscheidungen bringen. So viel stand fest.

Der Sommer zog ins Land. Entscheidungen mit weltpolitischer Bedeutung waren gefallen, neue deuteten sich bereits an. Wie ein zahnloser Tiger hatte das perfide Albion die Besetzung des Rheinlandes und den Anschluss Österreichs an das Großdeutsche Reich hingenommen. Und schon munkelte man von neuen Taten. Was geschah mit dem Sudetenland?

Bereits in den Wochen vor der Besetzung Österreichs hatte man in der Cannstatter Garnison gespürt, dass etwas in der Luft lag. Ausgangssperre, Alarmbereitschaft. Neidvoll sah Franz einige Tage später in der Wochenschau die Bilder von den triumphalen Aufmärschen. Da wäre man gerne dabei gewesen. Oder in Spanien, wo sich durch den Einsatz der Legion Condor das Kriegsglück in Richtung der nationalen Kräfte neigte. Stattdessen harrte man hier auf der Stube aus und wusste noch nicht einmal, weshalb man unter Alarmbereitschaft stand.

Ende Juni erhielt er endlich den ersehnten Bescheid. Zwar blieben ihm die SS-Panzerverbände weiterhin aus den bereits genannten Gründen verschlossen, aufgrund der stets unter Beweis gestellten nationalen Gesinnung stelle man ihm jedoch anheim, sich von seiner Wehrmachtseinheit zum 3. Bataillon der SS-Germania versetzen zu lassen. Dessen Verlegung nach Radolfzell sei für den 31. Juli 1938 geplant. Er werde zu einem vierwöchigen Intensivlehrgang herangezogen. Zuvor seien jedoch noch verschiedene Nachweise beizubringen.

Franz scheute eigentlich die Versetzung nach Radolfzell. Zu weit würde dies von zu Hause und von Lichtengrün wegführen. Auf der anderen Seite waren die Dinge nun bereits so weit gediehen, dass ein Rückzieher kaum mehr möglich war. Nach einer schlaflosen Nacht meldete er sich anderntags auf der Schreibstube seiner Kompanie und gab sein handschriftlich aufgesetztes Versetzungsgesuch ab.

Nach nochmaliger eingehender militärärztlicher Untersuchung und weiteren Tests seines körperlichen Leistungsvermögens wurde ihm nach Vorlage eines Ariernachweises – warum das ein weiteres Mal sein musste, war ihm unklar – die

Aufnahme in die SS zum 1. Juli in Aussicht gestellt. Man teilte ihm weiter mit, dass er entsprechend seines in der Wehrmacht erworbenen Ranges als Gefreiter zunächst als Sturmmann in die SS überführt würde. Nach erfolgreich absolviertem Intensivlehrgang würde er sogleich zum SS-Rottenführer befördert. In dem ihm ausgehändigten Informationsheftchen konnte er nachschlagen, dass dies dem Rang eines Obergefreiten entsprach.

Nun aber war es erst einmal höchste Zeit, seine privaten Belange zu ordnen. Bereits vor einigen Wochen hatte er Caroline einen Brief geschrieben, der ihm mehr Mühe bereitet hatte als ein achtstündiger Nachtmarsch. Sie hatte sich mit der Antwort Zeit gelassen. Dann endlich rief der Kompanieschreiber nach dem morgendlichen Antreten seinen Namen auf: »Lang, vortreten, endlich einmal Post für Sie und das dann auch noch mit einer schönen Handschrift.«

Das Feixen der Kameraden und das nachfolgend einsetzende Gebrülle des Feldwebels ignorierte er. In der Tat hatte Caroline die Adresse mit netten Verzierungen versehen. Und auf der Rückseite hatte sie das »Schürbel« im Absender in dem schwungvollen Schriftzug gestaltet, der auch die Wagen des Fahrgeschäftes zierte. Aber das war ihm völlig gleichgültig. Bei nächstbester Gelegenheit riss er das Kuvert auf. Seinen vor Wochen mühevoll zu Papier gebrachten Heiratsantrag beantwortete sie mit einem wenig romantischen »Ja, Herr Soldat.« Immerhin hatte sie noch hinzugefügt: »Ich liebe dich sehr, Deine Caroline«. Und damit ihm nicht zu wohl wurde, stand da noch ein Postskriptum, in dem sie darauf hinwies, dass man aufgrund der noch fehlenden Großjährigkeit zuvor die Erlaubnis des Vaters einholen müsse. Sie habe noch nicht mit ihm gesprochen, man solle das gemeinsam tun.

Dass Caroline Schürbel Wochen gebraucht hatte, um den Antrag von Franz letztendlich zu bejahen, kam nicht von ungefähr. Er war ein imponierender Mann, groß gewachsen, kraftvoll, kantig. Und wenn sie sich körperlich nahe kamen, zog es sie magisch zueinander, so als würden gewaltige Magnete aufeinander gerichtet. Auf der anderen Seite trennten sie weltanschaulich Welten. Franz war von Hitler überzeugt. Sie hatte sich nie sonderlich für Politik interessiert, aber als Reisende eines Fahrgeschäfts hörte sie so manches, ganz unterschiedliche Dinge, auch geflüsterte Hinweise auf die Ausschaltung jüdischer Schausteller und Varietékünstler. Ihr Vater war ein entschiedener Hitlergegner, auch wenn er sich nach seinen Berliner Erlebnissen nie mehr aktiv für oder gegen etwas beteiligt hatte. Auch die Mutter bewies mit ihren frechen Bemerkungen, dass sie in einer naiven Art keine wohlwollenden Gefühle für die neue Zeit entwickelt hatte. Vater musste sie regelmäßig dazu anhalten, aus ihrem Verkaufswagen heraus nicht zu sehr vom Leder zu ziehen.

»Die verhaften dich eines Tages geradewegs aus dem Karren heraus«, mahnte Frédéric Schürbel seine Frau und gebrauchte dabei die altmodische, nicht mehr zutreffende Ausdrucksweise, die sich dem Abkömmling einer Familie, die seit vielen Generationen fahrend lebte und wirtschaftete, offensichtlich dauerhaft eingeprägt hatte. Das Bild vom Karren entsprach längst nicht mehr der Realität. Seit einigen Jahren reisten sie mit zwei komfortablen Wohnwagen und im letzten Jahr konnte das stolze Familienoberhaupt mit einer nagelneuen Zugmaschine vorfahren. Das mühevolle Fuhrwerken mit den schweren Pferden hatte ein Ende gefunden. Und auch ihr Anwesen in Lichtengrün war ausgebaut und auf den neuesten Stand gebracht worden.

Trotzdem waren es nicht so sehr die unterschiedlichen politischen Ansichten, die Caroline Schürbel zögern ließen, den Heiratsantrag ihres Geliebten mit »ja« zu beantworten. Es war die Vorstellung, die in Fleisch und Blut übergegangene unabhängige Lebensweise für ein Dasein als Bäuerin aufgeben zu müssen. Die Arbeit scheute sie nicht. Sie war seit ihrer frühesten Kindheit schwere Arbeit gewohnt. Was sie zögern ließ, waren ihre Vorstellungen von der bäuerlichen Lebensart und die engstirnige Freudlosigkeit, die sie die beiden Male empfunden hatte, als sie auf dem Köcherhof zu Besuch gewesen war. Hinzu käme das Ausgeliefertsein an die Befindlichkeit der Altbäuerin. Sie wusste aus vielen Schilderungen, dass es die eingeheiratete Jungbäuerin der Schwiegermutter niemals recht machen konnte, egal wie sehr sie sich ins Zeug legte. Und dann der Schwiegervater! Sie hatte Friedrich Lang noch nicht kennen gelernt, aber das hatte seinen Grund. Der sonst so souverän auftretende Franz fürchtete seinen Vater wie nichts sonst auf dieser Welt. Wenn sich ihr in jüngster Zeit die Gelegenheit dazu geboten hatte, fragte sie nach. Und was sie zu hören bekam, ließ sie nichts Gutes erwarten. Stets war von einem engstirnigen, cholerischen Menschen die Rede, der auch vor Gewaltanwendung nicht zurückschreckte. Eine junge Seelbacherin, die mit ihrem Verlobten den Martinimarkt in Öhringen besuchte, hatte ihr einmal gesagt: »Glaub mir, den Franz tät jede nehmen, aber nur, wenn er vom Hof geht.«

Nach Wochen des Zweifels und der Unentschlossenheit rang sie sich doch zu einem »Ja« durch. Sie hatte sich vorgenommen, Franz das Versprechen abzuringen, gemeinsam wegzugehen, wenn dieses andere Leben zu unerträglich würde. Im Geschäft ihres Vaters war immer Platz für einen zupackenden Mann. Ihretwegen konnte er auch eine Zeitlang beim Militär bleiben.

An einem heißen Samstag im August waren alle, die auf dem Köcherhof lebten und arbeiteten, seit kurz nach vier Uhr draußen auf den Wiesen, um das Heu einzubringen. Für den Abend hatte der Wetterbericht für den Reichsnährstand – auch so eine Neuerung im Rundfunkprogramm – heftige Gewitter angekündigt. Zur Mittagszeit, als die Hitze schon unerträglich war, versammelten sich alle unter einem gewaltigen Birnbaum, der ein klein wenig Schatten spendete. Die Mutter hatte kalte Kartoffeln mit kühler Sauermilch angerichtet, dazu reichlich Wurst, Brot, Wasser und Most.

Mit dem Gespann kamen der Knecht Johann, die junge Magd und der Bauer. Gustav trabte neben seinem zügig ausschreitenden älteren Bruder hinter dem zur Hälfte beladenen Heuwagen her.

Die Mutter betete, wie sie es jeden Tag tat: »Komm, Herr Jesus, sei unser Gast und segne, was du uns bescheret hast.«

»Amen«, fügten die anderen hinzu.

Die Mutter entnahm einem Korb für jeden eine kleine irdene Schüssel und ließ eine ausreichende Anzahl Blechgabeln herumgehen, die alle nur drei Zinken aufwiesen. Vom Brot und von der Wurst wurde mit Vaters Messer geschnitten. Wasser und Most wurden in zwei großen Krügen herumgereicht.

Nachdem Franz seine Brotzeit verzehrt hatte, legte er sich zurück ins Gras und blickte mit unter dem Kopf verschränkten Armen in den tiefblauen Himmel. Die Luft flirrte. Man hörte das Zirpen der Grillen.

Nach wenigen Minuten richtete er sich halb auf, stützte den Oberkörper auf den rechten Ellenbogen und winkelte das linke Bein an.

»Vater, Mutter«, fing er an, »ich muss euch was sagen.« Er stockte.

»Was ist denn, Bub?«, fragte seine Mutter.

»Ich werd heiraten.«

»Was wirst du?« Fragend dehnte der Vater jedes einzelne Wort.

»Heiraten, Vater. Ich hätt's euch früher sagen sollen. Ich bin mit der Carolin schon seit letztem Jahr zusammen.«

»Und da sagsch du uns kein Wort. Was ist es denn für eine?«

»Sie ist net von hier. Ihr Vater ist der Frédéric Schürbel, der die Fahrgeschäfte betreibt. Von dem hast du bestimmt schon was gehört.«

»Und ob i von dem scho was ghört han.« Der Köcherhofbauer war laut geworden und neigte den Oberkörper nach vorne. »Eins isch klar wie Kloßbrüh, eine Schiffschaukelanschuckerin kommt mir net ins Haus.«

»Ist das dein letztes Wort, Bauer?«

»I hab koin Grund, was anders zum saga.«

»Wenn das so ist, dann bin ich das letzte Mal auf dem Hof gewesen.« Er sagte das leise, aber dennoch auf so eindringliche Weise, dass die Mutter heftig erschrak. Ihr Bub, das wusste sie, meinte das ernst.

Franz sah zu Gustav hinüber, der, wie die anderen auch, den Disput gespannt und regungslos verfolgte. »Dann überschreib den Hof gleich auf den Gustav. Ich komm schon durch.« Bei diesen Worten war Franz aufgestanden und pflückte seine Weste von dem Ast, an den er sie schon am Morgen gehängt hatte. »Ich geh jetzt und hol morgen Mittag meine Sachen. Bevor ich zum Zug muss.«

»Bub, bleib doch«, flehte die Mutter.

»Verfluchte Weibsleut, verfluchte«, polterte der Vater.

Alle anderen sahen schweigend dem groß gewachsenen Mann nach, der durch das geschnittene Gras schritt, ohne sich nochmals umzudrehen.

Gottliebin Lang, die vor vielen Jahren einmal die begehrte Steuerwaldstochter gewesen war, wurde von allerlei Leiden geplagt, die gleich nach der Geburt des kleinen Gustav eingesetzt hatten. Im Verlauf der unglücklichen Jahre mit ihrem Mann hatte sie sich die Auffassung zu eigen gemacht, das Leben bestünde aus harter Arbeit und Bitternis, und beides sei nur in demutsvoller Gottesfürchtigkeit zu ertragen. Geduldig und geduckt ertrug sie die cholerischen Ausbrüche ihres Mannes, sah in dem eher einer Vergewaltigung als einem Liebesakt ähnelnden Geschlechtsverkehr die Pflicht, die eine Ehefrau ihrem Gemahl schuldig war. Stumm, ohne Lust und Freude ließ sie die keuchenden Bemühungen ihres Mannes über sich ergehen und sah auch darüber hinweg, wenn er sich wieder einmal ganz offensichtlich in eine Magd verguckte. Sie wollte nicht wissen, was geschah, wenn er mitten in der Nacht das Bett möglichst geräuschlos zu verlassen versuchte oder länger nicht in die Schlafkammer kam. Die Schwiegermutter, die das elende Leben der Gottliebin wohl wahrnahm, ohne an irgendeiner Stelle einzugreifen, hatte ihr einmal, als sie zu zweit in der Stube waren, zugeflüstert: »Früher war der Friedrich ganz anders. Aber der Krieg hat ihn vollkommen verändert. Wenn es so aus ihm herausbricht, dann ist das net mein Bub.«

Das war das einzige Mal gewesen, dass sie mit jemandem über das Elend dieser Ehe gesprochen hatte. Ans Weggehen hatte sie nie gedacht. Das schickte sich nicht. Man hatte auf dem Platz auszuharren, auf den einen der Herrgott hingestellt hatte. Und außerdem, wo sollte sie denn hin? Ins Armenhaus? Zum Bruder auf den elterlichen Hof zurück? Nein, diesen Triumph würde sie ihrer geldgierigen Schwägerin niemals gönnen.

Am Abend, es war schweigend gegessen worden und der Tisch war bis auf das halbe Glas Most, das vor dem Köcherhofbauern stand, bereits abgeräumt, geschah etwas, womit keiner der Köcherhofbewohner jemals gerechnet hätte.

Gottliebin Lang wischte die vom Abwasch noch feuchten Hände am Schurz ab und stellte sich dann vor ihren Mann. »Du hast die Pauline aus dem Haus getrieben, den Bub treibst du mir nicht vom Hof. Sonst bin ich auch weg.«

»Was, du willst mir Vorschriften machen?«, gurgelte es aus dem im höchsten Maße angespannten Brustkorb heraus. »Wo willsch denn hin? Dich nimmt doch keiner auf.«

»Ich bin weg, und wenn ich ins Wasser geh.«

»Dann nimmsch am besten an Kälberstrick und hängsch dich in der Scheuer uff.«

»Des tät dir so passa. Mit 'ner Junga des Erb von de Kinder durchbringa. Des kannsch dir aus em Kopf schlaga.« Schluchzend rannte die Bäuerin aus der Stube in den unbeleuchteten Flur, wo sie beinahe über den zu Tode erschrockenen Gustav gefallen wäre.

Am Tag darauf, es war der Sonntag, betrat Franz mit dem einsetzenden Mittagsläuten die Küche, um sich von der Mutter zu verabschieden.

»Du bleibst noch zum Essen, Bub«, sagte die Bäuerin mit einer für sie ungewöhnlichen Bestimmtheit, ohne dabei vom

Brett aufzublicken, von dem sie in gleich bleibendem Rhythmus die Spätzle in das kochende Wasser schabte.

»Ich wollt nur meine Sachen holen.«

»Du bleibst, sag ich.«

»Also gut, Mutter, dir zuliebe.«

Es war ein vorzügliches schwäbisches Sonntagsessen. Eingangs eine klare Suppe mit Flädle und Gemüsestreifen, dann Schweinsbraten mit Spätzle und Kraut. Und zum Nachtisch gab's Ofenschlupfer mit Vanillesoße.

Während des gesamten Essens hatte der Bauer geschwiegen. Hin und wieder blickte er zu seinem Jüngsten hinüber, der die eindringlich musternden Blicke seines Vaters nicht zu bemerken schien. Nein, der konnte das nicht. Gustav konnte den Hof nicht übernehmen, das stand fest. Ein Träumer war er, zu weich, seine Mutter hatte ihn zu arg verzärtelt. Dann sah er zu seinem Ältesten hinüber, der mit sichtlichem Genuss die letzten Tropfen Vanillesoße aus der Glasschüssel schabte.

»Franz.«

»Ja, Vater?«

»Es geht in Ordnung.«

Völlig überrumpelt fragte der Angesprochene: »Was geht in Ordnung?«

»Es geht in Ordnung, das mit der Heirat. Ich bin nicht begeistert, aber es geht in Ordnung.«

Etliche Stunden, nachdem Franz sich in Hochstimmung mit seinem Gepäck zu Fuß auf den Weg zum Seelbacher Bahnhof gemacht hatte, trat Friedrich Lang in der Stube an seine Frau heran, die mit einer Flickarbeit beschäftigt war.

»Du hast jetzt deinen Willen gehabt. Aber zwei Dinge musst du dir merken. Niemals wird jemand davon erfahren, dass du mir die Pistole auf die Brust gesetzt hast. Und wenn du des nochmals macha willsch, kannsch glei ins Wasser ganga.«

Trotz dieser Drohung stellte sich in den kommenden Wochen und Monaten immer mehr heraus, dass diese besondere, durchaus couragierte Anstrengung der Gottliebin Lang zu

Kräfteverschiebungen und zu einer Veränderung des Familienklimas geführt hatte. Der Mann war stiller als früher. Seine Zorn- und Gewaltausbrüche waren nicht gänzlich zum Erliegen gekommen, wurden aber seltener, was insbesondere Gustav zugutekam, der das erste Mal in seinem Leben das Empfinden hatte, dass ein Zuhause doch etwas sein konnte, was nicht nur mit ständigen Gefahren und Verletzungen verbunden war.

Jakob verließ die jüdische Schule nach Ostern ein Jahr vor der letzten Klasse. Der an der Braunsbacher Judenschule mögliche Mittelschulabschluss hätte ihm nichts gebracht, weil die württembergische Schulverwaltung die notwendige Anerkennung verweigerte. Da Jakob sah, wie wenig zufrieden Elias mit seiner Tätigkeit im Betrieb war, die er nach der Beendigung seines Praktikums in der Niederngrüner Schreinerei Oesterle notgedrungen intensiviert hatte, kam für ihn eine länger anhaltende Beschäftigung in der Winter'schen Spiegelfabrik nicht in Frage. Daraufhin hatte der Vater versucht, ihm über seine zahlreichen Kontakte doch noch eine Lehrstelle oder wenigstens einen Praktikumsplatz zu besorgen. Doch es hagelte mehr oder weniger freundliche Absagen. Es sei nicht statthaft, einen Juden in ein Ausbildungs- oder ein Anlernverhältnis zu nehmen. Unverhofft kam ein alter Kriegskamerad dem Vater zu Hilfe. Er war seinerzeit in Vaters Einheit abkommandiert worden, da er wegen seiner großen Fingerfertigkeit als besonders tauglich für den Umgang mit Sprengstoff und Zündvorrichtungen eingeschätzt wurde. Der frühere Kriegskamerad und jetzige Inhaber eines in Stuttgart hoch angesehenen Uhren- und Goldwarengeschäfts, August Brenner, hatte auf Vaters Schreiben als Einziger in einer Weise reagiert, die Anlass zu gewissen Hoffnungen gab. August Brenner war wie Joseph Winter ein Deutschnationaler gewesen, jedoch nach 1933 in verschiedene NS-Organisationen eingetreten. Als Autonarr trat er auch in das NSKK, das Nationalsozialistische Kraftfahrerkorps, ein. Brenner tat dies auch, um einen Mangel zu kaschieren, der möglicherweise Joseph Winter und vielleicht auch anderen ehemaligen Kriegskameraden bekannt geworden war, von dem aber jetzt niemand wissen durfte. Der Mangel lag nicht in seiner rassischen Zugehörigkeit, diese war tadellos. August Brenner war homosexuell und das durfte nach dem Massaker, das an Ernst Röhm und anderen angeblich homosexuellen SA-Mitgliedern begangen worden war, niemand erfahren. So war der Vorzeigenationalsozialist sensibel für die Nöte seines ehemaligen Vorgesetzten. Er könne Jakob nicht in ein förmliches Lehrverhältnis aufnehmen, wohl aber als Praktikanten beschäftigen. Und wenn man dieses Praktikum entsprechend ausgestalte und dokumentiere, könne es vielleicht später einmal sogar als Lehre oder als Teil einer solchen anerkannt werden.

So pendelte Jakob nun zwischen Stuttgart und Seelbach, wobei er oft wochenlang nicht nach Hause kam, denn als Jude durfte er die Bahn nicht mehr benutzen und mit dem Fahrrad war er über vier Stunden unterwegs und hatte zudem immer mit Polizeikontrollen zu rechnen.

Im Hause Brenner führte dessen noch rüstige Mutter den Haushalt. Jakob wohnte in einer kleinen Kammer, erhielt freie Kost und als kleine zusätzliche Anerkennung für seine Tätigkeit acht Mark Taschengeld. Brenner hatte schnell erkannt, dass der Junge ein ausgeprägtes Geschick für das Goldschmiedehandwerk besaß, dazu ein gutes Auge und eine hervorragende Auffassungsgabe. Er schloss Jakob rasch ins Herz, hütete sich aber davor, tiefere Gefühle für ihn zu entwickeln. Denn schon Homosexualität war ein Verbrechen. In einem Fall wie diesem käme der noch schwerer wiegende Tatbestand der »Rassenschande« hinzu. »Rassenschande« zu begehen war bei der herrschenden Gesetzeslage ein noch schlimmeres Verbrechen als Homosexualität. Das Bekanntwerden eines derartigen Verhältnisses zwischen einem arischen und einem nichtarischen Partner würde beide unmittelbar ins Konzentrationslager bringen.

Joseph Winter gegenüber fühlte sich August Brenner nicht auf besondere Weise verpflichtet und so hielt sich der Grad ihrer freundschaftlichen Beziehungen in Grenzen, wenngleich Joseph und Rosa Winter anlässlich ihrer bereits während des Krieges vollzogenen Vermählung die Trauringe bei seinem damals noch lebenden Vater bestellt hatten.

Zwischen Friedrich und Franz Lang hatten die scharf und kraftvoll ausgetragenen Dispute inzwischen deutlich abgenommen. Das Verhältnis zwischen Vater und Sohn wurde auf einmal so gut, dass der Köcherhofbauer hin und wieder seinen Ältesten aufforderte, nach Feierabend das Pferd einzuspannen, nach Seelbach zu fahren und in der »Krone« noch einen Krug zu trinken.

Als sie an einem regnerischen Oktobertag den Gummiwagen nach einem derartigen Umtrunk über den vermeintlich leeren Marktplatz lenkten, war von der gegenüberliegenden Seite des Platzes ein kurzes, verzweifeltes Rufen zu vernehmen, das sogleich wieder verstummte. Getrampel und dumpfe Laute wiesen zu dem Ort des Geschehens.

»Vater, da schlagen sie einen tot«, sagte der Junge plötzlich. »Da schlagen mehrere auf einen ein, der am Boden liegt.«

»Das geht uns nichts an«, sagte der Alte und schlug mit der linken Hand den Kragen hoch, während er mit der rechten Zügel und Peitsche hielt.

»Wir müssen der armen Sau helfen«, erregte sich Franz. Er sprang vom Bock und angelte sich von der Pritsche eines der gebogenen Hölzer, mit denen die Seitenwände des Gummiwagens erhöht werden konnten. Der Alte brachte das Pferd zum Stehen und rannte mit seiner Peitsche hinter seinem Sohn her.

Es war höchste Zeit. Im viel zu schwachen Licht der über dem Marktplatz schwebenden Funzel war unschwer zu erkennen, dass vier zivil gekleidete Männer mit sandgefüllten, schlanken Säckchen aus derbem Stoff – diese Schlagwerkzeuge wurden im Volksmund Totschläger genannt – auf eine nur noch wimmernde Kreatur einschlugen, die zwischen ihnen auf dem Pflaster lag.

»Aufhören, ihr Dreckspack!«, schrie Franz Lang aus Leibeskräften und ließ die hölzerne Sparre auf den Schädel des ihm am nächsten stehenden Schlägers donnern. Jetzt war auch der Vater herangekommen und hieb kraftvoll und zugleich mit großem Geschick mit dem Peitschenstiel auf die Bande ein. Einer wandte sich zu ihm um, doch ehe er sich auf den Bauern stürzen konnte, fällte ihn ein gewaltiger Hieb in die Kniekehlen.

»Weg hier«, rief einer, der einen dunklen Hut aufhatte.

Unter weiteren Schlägen mit dem dickeren Ende des Peitschenstiels rannten und humpelten die vier in Richtung Klostergarten.

»Keine Bekannten dabei?«, fragte Franz.

Der Alte schüttelte den Kopf und wandte sich sogleich dem Überfallenen zu, der sich aufzurichten versuchte, ohne dafür noch die Kraft zu haben. Friedrich Lang stellte sich über ihn und hob seinen Oberkörper behutsam mit untergeschobenen Armen an. Er blickte in ein zerschlagenes Gesicht, das er kannte, wenngleich die Brille fehlte. Wahrscheinlich lag sie irgendwo zerbrochen auf dem Pflaster. Der Geschundene hob den Kopf und sah ihn mit verschwollenen Augen an. Blut lief ihm von der Stirn und aus der Nase, die unförmig aufgequollen war. »Jetzt sind wir quitt, Herr Jud« sagte Friedrich Lang und erinnerte sich an das schmale Gesicht, das sich vor mehr als 20 Jahren besorgt über ihn gebeugt hatte, als man ihn mithilfe präziser Sprengungen aus der tonnenschweren Verschüttung in dem eingangs des Caillette-Waldes gelegenen Stollen befreite.

Es war in der Tat Joseph Winter, dem Friedrich Lang und sein kräftiger Sohn in dieser Nacht vermutlich das Leben gerettet hatten. »Zu Dr. Goldmann«, stöhnte der Geschundene. Die beiden Bauern hoben den schmalen Körper auf und legten ihn auf die Pritsche des Gummiwagens. Es waren fast dieselben Bewegungsabläufe, wie sie sie vollführten, wenn sie einen Doppelzentner Weizen auf den Wagen luden. Nur gingen sie jetzt viel vorsichtiger zu Werk.

Dr. Goldmann öffnete ihnen sofort. Er war wohl noch wach gewesen. »Schnell, folgen Sie mir in meine Praxis! Legen Sie ihn auf die Untersuchungsliege.«

»Danke, meine Herren«, sagte der Arzt, als er Vater und Sohn aus dem Behandlungszimmer leitete, und reichte ihnen die Hand. »Sie finden selbst hinaus. Danke nochmals.« Dies war das letzte Mal, dass Dr. Max Goldmann einem Goi die Hand gab.

Max Goldmann war noch nicht zu Bett gegangen, weil er weiter über Dinge nachdachte, die er bis vor etwa einer halben Stunde mit Joseph Winter erörtert hatte. Winter war den ganzen Abend bei ihm gewesen. Offensichtlich war ihm jemand in eindeutiger Absicht gefolgt und später hatte man ihm gezielt aufgelauert.

Er machte sich daran, den Verletzten, der bei Bewusstsein war und große Schmerzen zu haben schien, eingehend zu untersuchen. »Massel hast du gehabt, Jossel. Der Schädel wird dir eine Weile brummen und dein Körper wird morgen mehr blaue als weiße Stellen aufweisen und dir tagelang große Schmerzen bereiten. Aber außer deiner angebrochenen Nase kann ich keine weiteren ernsthaften Verletzungen feststellen. Die Kratzer am Kopf und in deinem Gesicht werden rasch verheilt sein. Ich werde das noch ein bisschen desinfizieren.«

»Benachrichtige Fischer, er soll mich mit dem Wagen abholen«, murmelte Joseph Winter, als der Arzt ihm einen Kopfverband und mehrere Wundpflaster angelegt hatte.

»Noch vor einem Jahr hätte ich dich mit meinem Auto nach Hause gefahren. Aber das mussten wir verkaufen. Ich hole dir nur noch ein wirksames Schmerzmittel, dann schauen wir zu, dass wir dich nach Hause bringen.«

Am späten Vormittag des darauf folgenden Tages, es war ein Sonntag, sah Friedrich Lang, als er ein Fuder Grasschnitt einbrachte, in der Ferne, von Seelbach kommend, eine schwarze Limousine auf den Hof zufahren. Er brachte das Gespann zum Stehen und wartete, bis das Auto das Gehöft erreicht hatte. Schon wenige Augenblicke später bog das Fahrzeug um das Ausdinghaus, rollte mitten auf den Hof und kam einige Schritte von dem Bauern entfernt zum Halten. Zwei Männer in grauen Mänteln stiegen aus. Ob er Friedrich Lang sei, fragte der eine.

Wer sie denn seien, fragte der Bauer.

Er solle seine Unverschämtheiten unterlassen, sonst werde man mit ihm Schlitten fahren, sagte der andere.

Sie kämen als Fremde bei ihm vorgefahren, da dürfe er doch noch fragen, mit wem er es zu tun habe.

»Sie dürfen gar nichts«, sagte der, der als Erster das Wort ergriffen hatte. Er zückte eine Metallmarke, die an einer dünnen Kette befestigt war. »SiPo Hall. Wir wollen die Herren Friedrich und Franz Lang sprechen und zwar umgehend.«

Drei Stunden lang wurden Vater und Sohn in der Stube einem harten Verhör unterzogen. Der Einwand des Sohnes, er müsse dringend zum Zug, er müsse sich noch am Abend in seinem Standort in Radolfzell zurückmelden, fruchtete nichts. Sie wurden zuerst getrennt befragt. Zuletzt holte man den Vater nochmals in die Stube zurück, nachdem das Verhör von Franz beendet war.

Man habe nicht vorsätzlich einem Juden helfen wollen, sondern lediglich eingegriffen, als man sah, dass mehrere Unbekannte auf einen einschlugen, der bereits am Boden lag. Diejenigen, die den Juden schlugen, seien in Zivil gewesen, also habe man sich nicht vorsätzlich gegen Amtspersonen gestellt. Zudem habe man anfangs auch gar nicht erkennen können, auf wen hier eingeprügelt wurde. Auch habe man, als man die Gesichter schemenhaft wahrnehmen konnte, unter den Schlägern keine Bekannten ausgemacht. Und überhaupt sei der Vorwurf absurd. Der Junge sei jetzt aus eigenem Bestreben bei einer SS-Einheit, er selbst sei Frontsoldat im Weltkrieg gewesen und auch in der Partei. Die Herren sollten sich mit ihren Unterstellungen etwas zurückhalten.

Nachdem die letzten Fragen keine weiteren Erkenntnisse erbracht hatten, erhoben sich die beiden SiPo-Beamten.

»Das ist noch nicht alles. Sie werden mit hoher Wahrscheinlichkeit nochmal von uns hören«, sagte der, der seinem Auftreten nach wohl der Vorgesetzte war.

Durchs Stubenfenster sahen sie dem schwarzen Wagen nach, der gemächlich schaukelnd den Hof verließ.

»Da haben wir den Juden gerettet, den sie um die Ecke bringen wollen, weil er seinen Betrieb nicht arisieren will, wie das jetzt überall verlangt wird«, sagte der Alte und schüttelte den Kopf.

»Würdest du deinen Hof freiwillig hergeben?«

»Das ist etwas völlig anderes«, murmelte der Köcherhofbauer. Seine Gedanken kreisten um diese Geschichte, die sich damals im Stollen abgespielt hatte. Noch Jahre nach dem Krieg tauchte diese Episode in seinen schlimmen Träumen auf, über die er noch niemals mit jemandem gesprochen hatte. Außer ihm hatten keine weiteren zehn überlebt. Und herausgeholt hatte sie dieser Jud mit seinen Sprengkünsten.

»Wir sind quitt«, murmelte er. Sein Sohn sah ihn fragend an, sagte aber nichts, denn er musste wenigstens den nächsten Zug noch kriegen. Er ärgerte sich darüber, dass er die Polizisten nicht gefragt hatte, ob sie ihn mit nach Seelbach nehmen könnten.

Joseph Winter hatte sich am Vorabend mit Dr. Max Goldmann verabredet, weil er das ganze Schlamassel mit einem erfahrenen und zugleich unerschrockenen und widerstandsfähigen Freund besprechen wollte. Goldmann fristete seit 1934 ein elendes Dasein. Als Arzt mit Berufsverbot belegt, durfte er nur noch jüdische Patienten behandeln. Von Jahr zu Jahr stieg der Anteil derer, die ihrer bislang gewohnten Tätigkeit nicht mehr nachgehen durften und deshalb den Arzt nicht bezahlen konnten, der sie dennoch im Rahmen der Möglichkeiten versorgte, die ihm noch verblieben waren. Goldmann hatte sein Privatvermögen weitgehend aufgebraucht. Die Besorgung der für einen geregelten Praxisbetrieb notwendigen Medikamente und Gerätschaften wurde immer schwieriger. Mit großem

Elan half ihm seine Frau Mizzi, die nach und nach ihren Familienschmuck in schlechten Tauschgeschäften verscherbelte und darüber hinaus im großen Garten hinter dem Haus immer mehr Gemüse anbaute. »Kartoffeln und Zwiebeln haben wir fürs ganze Jahr«, sagte sie freudestrahlend. »Alles andere wird sich finden.«

Wie Joseph Winter hatte sich auch Max Goldmann stets geweigert, Deutschland zu verlassen, obwohl die Mehrzahl seiner jüdischen Kollegen längst in aller Herren Länder verstreut war. »Wo soll ein altes Schlachtross, wie ich eines bin, denn noch hingehen? Palästina ist schon jetzt voller ausgewanderter Akademiker. Wenn du heute in manche Gegenden von Jaffa kommst, triffst du im selben Straßenzug zehn ehemalige deutsche Augenärzte, aber du findest keinen, der dir einen Schuh flicken kann. Dazu musst du um die Ecke, zum Araber. Noch einen Arzt braucht Palästina wirklich nicht und für etwas anderes bin ich zu alt. Da lobe ich mir meinen Vetter aus Würzburg, der 1934 nach Palästina ausgewandert ist. Statt als Zahnarzt zu praktizieren, betreibt er heute eine Hühnerfarm und ist ein glücklicher Mensch. Zumindest steht es so in seinen Briefen, die er an einige nichtjüdische Verwandte geschickt hat.«

Kurz nach acht Uhr war Joseph zu seinem Freund gegangen, um mit ihm über seine Sorgen zu sprechen. Er hatte im Betrieb nicht nur die Verantwortung über den Teil der Produktion abgeben müssen, den man seit geraumer Zeit ganz unverhohlen als »kriegswichtig« bezeichnete. Jänke und in immer stärkerem Maße der junge Metzig drängten ihn in seinem eigenen Betrieb zunehmend an den Rand. Dennoch hatte er schon mehrfach Kaufangebote ausgeschlagen, auch weil Salomon Winter, der aus der Betriebsleitung ausgeschieden, aber immer noch hälftiger Anteilseigner war, sich jegliche Diskussion darüber verbeten hatte.

Der Vater bereitete ihm große Sorgen. Der stets so souverän agierende Senior verlor zusehends die Übersicht. Zudem war deutlich eine Verschlechterung seiner körperlichen Konstitution zu erkennen.

»Joseph, dein Vater wird bald achtzig«, pflegte Dr. Goldmann dann zu sagen, wenn er darauf angesprochen wurde. Er untersuchte den Alten regelmäßig. Der resolute Arzt war der Einzige, den Salomon Winter an sich heranließ. Jede andere Hilfeleistung, ob beim Ankleiden, Rasieren oder der Körperpflege, verbat er sich aufs Heftigste. Selbst bei seiner Frau Bertha machte er keine Ausnahme, obwohl die hin und wieder zu ihm sagte: »Salomon, du riechst immer mehr wie ein alter Mann. Du musst dich mehr pflegen.«

Wenn er ausgehen wollte, verteilte sie heimlich hinter seinem Rücken einige Spritzer Kölnisch Wasser auf dem altmodischen Gehrock, den er bei Gängen außer Haus immer noch trug.

»Joseph«, sagte Max Goldmann zu seinem Freund, als dieser Anstalten machte, aufzubrechen, »ihr müsst jetzt verkaufen. Wenn ihr nächstes Jahr bis zum Stichtag nicht verkauft habt, werdet ihr zwangsarisiert, dann bleibt euch gar nichts mehr. Verkaufe, dann besorgst du für dich und deine Familie Papiere und dann nichts wie raus hier.«

Spät in der Nacht, als die beiden Bauern gegangen waren und er den Verletzten eingehend untersucht und fürs Erste versorgt hatte, machte sich Dr. Goldmann auf den Weg zur »Weißen Villa«. Er hatte beschlossen, nicht Fischer, sondern Elias zu holen, damit ihm dieser behilflich war, den Vater nach Hause zu bringen. Er hatte keinen Telefonanschluss mehr. Mit dem Verbot, seinen Arztberuf weiter auszuüben, hatte man ihm auch das Telefon gesperrt. Später kam ein Techniker, der den Anschluss in seinem Haus demontierte und den Apparat mitnahm. Winters hingegen hatten noch Telefon, und zwar nicht nur im Betrieb, sondern auch in der Villa.

Bevor Goldmann sich auf den Weg machte, holte er seinen alten Armeerevolver, den er als Stabsarzt getragen hatte, aus seinem Versteck. Falls die Bande noch in der Stadt herumlungerte, sollte sie ihn nicht wehrlos vorfinden.

Er traf die Winters in heller Aufregung und in großer Sorge an. Längst hätte Joseph wieder zu Hause sein müssen. Selbst die beiden Alten saßen angekleidet im Salon. »Es wird doch dem Kind nichts passiert sein.« Großmutter Bertha schlug schreckensbleich die Hände über dem Kopf zusammen, als der Arzt hereingeführt wurde.

Goldmann verspürte trotz der ernsten Lage eine Spur Heiterkeit. Das »Kind« war mittlerweile ein Mann, der nächstes Jahr seinen fünfzigsten Geburtstag feiern würde.

Wenige Minuten nach seinem Eintreffen kam auch Jakob zurück. Den hatte man losgeschickt, um sich im Hause Goldmann nach dem Verbleib des Vaters zu erkundigen. Der Junge und der Arzt waren offensichtlich auf verschiedenen Wegen durch die dunkle Stadt geeilt. Mizzi hatte ihn klugerweise nicht zum Vater gelassen, sondern ihm lediglich gesagt, dass ihr Mann soeben aufgebrochen sei, um Elias zu holen.

Völlig außer Atem kehrte der Kleine zurück, der in den letzten Monaten zu einem nicht sehr großen, gleichwohl kräftigen Jugendlichen herangewachsen war.

Fischer startete den Firmen-Mercedes und war anschließend auch behilflich, den Verletzten ins Herrenzimmer zu bringen, wo man ihn auf die bequeme Chaiselongue bettete. »Ich werde mich heute Nacht um ihn kümmern« sagte er zu Rosa. »Es ist besser, Sie schlafen sich in Ruhe aus und ich sorge dafür, dass ihr Mann hier alles Nötige hat.«

»Danke, vielen Dank.« Mit schwacher Stimme, aber dennoch eindeutig wehrte Joseph Winter alle weiteren Hilfsangebote ab. »Mir tut alles weh, aber ich habe keine ernsthaften Verletzungen. Fragt Dr. Goldmann.« Voller Dankbarkeit blickte er zu seinem Freund hinüber. Den rotblonden Hünen schien keine noch so vertrackte Angelegenheit aus dem Gleichgewicht bringen zu können. Morgen würde er mit seinem Vater sprechen. Der nächste Überfall konnte anders ausgehen. Dass ausgerechnet der Köcherhofbauer und sein Sohn ihn davor bewahrt hatten, totgeschlagen zu werden, betrachtete er als weitere Bestätigung jener uralten Weisheit, wonach jede gute Tat irgendwann wieder einmal auf den zurückfällt, der sie begangen hat.

Bis auf Salomon Winter und Oswalds Familie, die man in der Aufregung gar nicht informiert hatte, lagen trotz fortgeschrittener Stunde alle weiteren Angehörigen der Familie Winter noch lange wach. Joseph konnte vor lauter Schmerzen nicht einschlafen. Rosa wälzte sich ruhelos im Bett und weinte hin und wieder in ihr Kissen. Den Mann hatte man ihr beinahe totgeschlagen. Wo sollte das noch enden?

Großmutter Bertha trauerte einmal mehr in Erinnerung an den Verlust ihres ältesten Sohnes Arthur. Die Vorstellung, sie hätte in dieser Nacht auch noch den Zweitgeborenen verlieren können, ließ sie unter Schaudern daran denken, dass sie in einem Versteck in ihrem Kleiderschrank schon seit längerem ein starkes Gift verwahrte. Wenn Joseph etwas passiert wäre, heute Nacht hätte sie es ohne Bedenken eingenommen.

Elias war froh darüber, dass er im vergangenen Mai auch die zweite Gelegenheit hatte verstreichen lassen, über eine Jugend-Alijah seiner Hechalutz-Freunde nach Palästina auszuwandern. Er spürte, wie ihn die Familie brauchte, auch wenn er immer mehr darunter litt, selbst im Betrieb nicht mehr als Sohn des Chefs, sondern herablassend als Jude behandelt zu werden. Zumindest in den Angestelltenbüros war das so, auch wenn Fräulein Strehle ihn unverändert freundlich grüßte und mehr als einmal, wenn schon nicht in Worten, so doch zumindest in ihrer Haltung, deutlich machte, dass sie mit den unübersehbaren Machtverschiebungen in der Firma nicht einverstanden war.

Im Zimmer der beiden Schwestern brannte noch lange Licht. Judith und Helene waren vor einigen Wochen wieder in ein gemeinsames Zimmer gezogen, um zu den immer notwendiger werdenden Einsparungen beizutragen. Noch waren die Winters das, was man im Volksmund »reiche Juden« nannte, wenn man nicht deutlich derbere Ausdrücke benützte. Aber, der Vater wählte gerne diesen neuzeitlichen Begriff aus dem amerikanischen Wirtschaftsleben, an *Cash flow* mangelte es zunehmend und an die Gelder, die in der Schweizer Staatsanleihe gesichert waren, kam man nicht heran.

Die Töchter, die beide zunehmend von der Sorge erfüllt waren, nutzlos ihre Jugend zu verschwenden, hatten sich leise wispernd darauf verständigt, gleich am anderen Tag mit der Mutter zu sprechen und diese zu bitten, den Vater endlich zum Verkauf zu drängen. Es sei nun höchste Zeit, woanders neu anzufangen. Und sie wollten dabei ihren Beitrag leisten, und wenn sie dafür in einem englischen Geschäft als Verkäuferinnen arbeiten müssten.

Auch Jakob lag noch lange wach. Er lag angezogen und mit unter dem Kopf verschränkten Armen auf dem Bett und schaute aus dem Fenster. Wenige Sterne standen am wolkenlosen, aber stockfinsteren Himmel, der Mond zeigte sich nicht.

Entgegen den düsteren Bildern und Szenarien, denen die anderen Familienmitglieder in dieser Nacht nachhingen, schweifte Jakob in seinen Gedanken schon nach kurzer Zeit von dem schrecklichen Geschehen ab, das über den Vater und damit die ganze Familie hereingebrochen war. Ohne dass in den Stunden, in denen sie sich zusammen mit dem guten Goldmann um den Vater gekümmert hatten, darüber gesprochen worden war, war Jakob überzeugt davon, dass dieser Vorfall damit zusammenhing, dass der Vater und der Großvater noch immer nicht bereit waren, ihren Betrieb zu arisieren, wie man das heute nannte. Derartige Geschehnisse waren für Jakob nichts Unbekanntes. In Stuttgart ereigneten sich ähnliche Vorfälle derzeit fast täglich und zudem in einer Brutalität, gegen die die Verletzungen des Vaters, so schlimm sie auch sein mochten, noch zu denen der leichteren Art gehörten. Seelbach war Provinz und das hatte manchmal auch sein Gutes.

Während er von seinem Bett aus durchs Fenster in den dunklen Nachthimmel starrte, hing Jakob ganz anderen Gedanken nach. Sie waren durch eine Begegnung ausgelöst worden, die in ihm bislang noch nicht gekannte Empfindungen freisetzte, zumindest waren sie ihm in der nun erlebten Heftigkeit neu.

Als er vor einigen Wochen nach längerer Zeit wieder mit dem Fahrrad von Stuttgart nach Hause radelte, traf er gut einen Kilometer vor dem Ortseingang auf Leonore Schimmelpfennig, die im Schatten eines mächtigen alten Apfelbaumes saß. Sie hatte einen Hund bei sich, eine zugelaufene Promenadenmischung, den sie trotz der Bedenken der Mutter nach Hause mitgenommen hatte und nicht mehr hergab.

Leonore Schimmelpfennig hatte im letzten Jahr die Schule verlassen und arbeitete als Lehrmädchen im Kolonialwarengeschäft Seiffert, vormals Weiß. In ihren freien Stunden am Abend und am Wochenende streifte sie mit dem großen schwarzen Hund, den sie *Flocki* nannte, was dessen gefährliches Aussehen konterkarierte, durch die nähere Umgebung, wobei sie der Hund vor unliebsamen Begegnungen bewahrte. Immer wenn jemand in ihre Nähe kam, nahm das Tier eine drohende Haltung an, die es erst wieder aufgab, wenn das Mädchen es zurechtwies.

Jakob fuhr mit Schwung auf die beiden zu, denn das letzte Stück Weges nach Seelbach führte leicht bergab. Als er das Mädchen mit dem Hund unter dem Baum sitzen sah, bremste er, neugierig geworden, quietschend und setzte die Fahrt verlangsamt fort.

Leonore Schimmelpfennig grüßte ihn mit einem frechen Zuruf, er hielt an, legte sein Fahrrad ins Gras. Dann saßen sie eine Zeitlang nebeneinander und unterhielten sich über Belanglosigkeiten. Und als er 14 Tage später das nächste Mal nach Hause fuhr, saß sie wieder an derselben Stelle. Beim dritten Mal, das war am frühen Abend des gestrigen Tages gewesen, war sie wieder am selben Ort. »Komm mit« sagte sie statt einer Begrüßung und erhob sich.

Der Hund, der ihn bei den ersten Begegnungen noch so lange angeknurrt hatte, bis ihn Leonore zur Ordnung rief, sah interessiert zu ihm hin, registrierte dieses Mal seine Ankunft, ohne zu knurren oder zu bellen. Sie gingen über einige Baumwiesen zu einem umzäunten Grundstück, in dem eine einfache Geschirrhütte stand, der man ansah, dass der Besitzer sich mit der Instandhaltung in den letzten Jahren keine große Mühe gegeben hatte.

»Die gehört meinem Vater«, sagte sie und nahm zwei Schlüssel aus ihrer Umhängetasche, mit denen sie zuerst das niedere Gartentor und dann die Hütte aufschloss.

»Woher weißt du eigentlich, wann ich hier vorbeikomme?«

»Von Helene.«

»Du weißt, dass ich Jude bin.«

»Platz«, wies sie ihren Hund an, der sich gehorsam ablegte. Dann trat sie an Jakob heran, nahm seinen Kopf in beide Hände und küsste ihn.

Für einen Moment kam es ihm merkwürdig vor, dass das Mädchen genauso groß war wie er selbst, vielleicht sogar einige Zentimeter größer.

»Wer Christian Schimmelpfennig zum Vater hat, ist auch ein Außenseiter«, presste sie atemlos hervor, als sich ihre Münder voneinander lösten.

Christian Schimmelpfennig hatte schwere Jahre hinter sich. Die Kindheit und die ersten Jugendjahre des Mädchens waren mit dramatischen Ereignissen und vielen Stunden voller Angst und Ungewissheit durchzogen. Der Vater wurde mehrmals verhaftet, kam geschunden, aber ungebrochen aus den Lagern oder dem Gefängnis zurück, war auch arbeitslos. Obwohl er Kommunist war, wurde er von Joseph Winter immer wieder eingestellt, der alles andere war als ein Kommunistenfreund. Dabei hatte er sich auch mehrfach über Jänke und Metzig hinweggesetzt, die das Verhalten von Schimmelpfennig argwöhnisch beobachteten. Aber dieser war ein sehr gewissenhafter Arbeiter und klug genug, sich im Betrieb niemals politisch zu äußern, auch dann nicht, wenn Einzelne, die seine Vergangenheit und seine Gesinnung kannten, mit regimekritischen Äußerungen das Gespräch mit ihm suchten. In den letzten fünf Jahren hatte er auf leidvolle Weise gelernt, niemandem mehr zu trauen. Jetzt sah er die Zeit als eine, in der es nur ums Überleben ging, um die Sicherung der bescheidenen Lebensgrundlage für sich und seine Familie. Der am äußersten Rande Württembergs sehr schwach entwickelte politische Widerstand zog ihn nicht länger an und es kam auch niemand auf ihn zu, der ihn für die illegale Betätigung zu gewinnen versuchte. Der verdiente Genosse war zu bekannt, um sich unbemerkt an weiteren Aktionen beteiligen zu können.

»Er ist verbrannt«, sagte man in den Zellen, die Flugblätter gegen Hitler druckten oder in der Organisation, die sich konspirativ »Transportkolonne Otto« nannte, weil sie ihre Hauptaufgabe darin sah, Gefährdeten bei der Flucht in die Schweiz behilflich zu sein. Obgleich die Wege der Helfer und der Flüchtenden gelegentlich in Orte des Grenzlands zwischen Schwaben und Franken führten, kam niemals jemand auf ihn zu, um seine Mitarbeit zu erbitten. Ihm war das nicht unrecht. Die Sicherung der Existenz für sich und seine Familie forderte all seine Kraft, die während der Haftaufenthalte bereits empfindlich gelitten hatte.

Im Oktober 1938 endete für Jakob die brüchige Anonymität, die ihm geholfen hatte, in Stuttgart seine jüdische Herkunft bislang leidlich zu kaschieren. Die Ausweise der erwachsenen Juden wurden ungültig. Sofern sie im Besitz von Auslandspässen waren, wurden diese mit einem rot eingestempelten »J« versehen. Damit war nur noch der Vater im Besitz eines Passes, mit dem die Ausreise möglich war. Jakob hatte als Minderjähriger, der außerhalb seines Elternhauses wohnte, eine Kennkarte mit sich zu führen, die ebenfalls mit dem verräterischen »J« versehen wurde. Jeder, dem er dieses Dokument vorzeigen musste, sah nun auf Anhieb, dass er Jude war. Nur von seinem Namen konnte dies bislang im Unterschied zu anderen nicht zwingend abgeleitet werden. Dieses verdammte »J« machte Reisen mit der Bahn, die er hin und wieder riskierte, wenn das Wetter gar zu schlecht war, zu einer gefährlichen

Angelegenheit. Gleiches galt für Fahrten mit der Stuttgarter Straßenbahn, die er bis zu diesem Zeitpunkt häufig unternommen hatte. Und selbst das Fahrradfahren wurde jetzt zu einem Risiko. Zwar hatte er von kontrollierenden Gendarmen in der Regel nichts zu befürchten. Aber immer wieder kam es vor, dass sich in den Städten und Dörfern, durch die er radelte, Angehörige des HJ-Streifendienstes anmaßten, Ortsfremde zu kontrollieren. Das Mindeste, was er zu erwarten hatte, waren Ohrfeigen und Boxhiebe in den Rücken, wenn er sich daranmachte weiterzufahren. So kam es, dass seine gelegentlichen Wochenendheimfahrten immer länger dauerten, da er begann, bestimmte Orte zu meiden, in denen er bereits drangsaliert worden war. Und nur noch selten traute er sich, einen Fuhrmann zu fragen, ob dieser ihn auf dem Langholz oder auf dem Gummiwagen ein Stück mitnahm, was er bislang besonders gerne zwischen Oppenweiler und Sulzbach getan hatte, um den Anstieg nach Großerlach nicht aus eigener Kraft mit dem Fahrrad bewältigen zu müssen.

An einem nasskalten Morgen im November eilte Oskar Angelbauer mit gesenktem Kopf zu seiner Dienststelle. Es hatte wieder zu regnen begonnen. Ohne nach rechts oder links zu schauen, beschleunigte er seine Schritte, schlug den Kragen seiner Uniformjacke hoch und nahm den Kopf noch tiefer, gerade so, als wolle er sich mit aller Kraft dem widrigen Wetter entgegenstemmen.

»Morgen, Toni«, grüßte er seinen Kollegen, als er das Seelbacher Revier betrat. Einen Augenblick verweilte er in seinem Büro und sah oberflächlich die wenigen Papiere durch, die sich auf seinem Schreibtisch angesammelt hatten. Dann kehrte er wieder in den Vorraum zurück. »Toni, ich will bei den Goldmanns nachsehen, ob alle Juden, die jetzt dort untergebracht sind, auch ordentliche Papiere besitzen. Wenn da was fehlt, kriegen wir einen auf den Deckel. In spätestens einer Stunde bin ich wieder zurück.«

Er nahm seinen betagten Stockschirm aus dem schmiedeeisernen Ständer und verließ die Gendarmerie. In Wirklichkeit interessierte er sich gar nicht für die Angehörigen der Familie Singer, die man jetzt im Goldmann'schen Anwesen einquartiert hatte.

Vor zwei Tagen hatte der aus Deutschland ausgewiesene polnische Jude Herschel Grynszpan in Paris den deutschen Botschaftssekretär Ernst vom Rath mit fünf Schüssen niedergestreckt. Diese Verzweiflungstat war jetzt ein ausgezeichneter Vorwand dafür, es den Juden ordentlich heimzuzahlen. Die Partei und die ihr nahestehenden Organisationen hatten ein Propagandagewitter ausgelöst, das nichts Gutes erwarten ließ. Vom »Volkszorn« war die Rede und davon, dass vom Rath gerächt werden müsse. Kurzum, gegen die Juden braute sich wieder einmal etwas zusammen. Es war dringend geboten, Max Goldmann, seinen alten Weggefährten aus besseren Tagen, zu warnen. Der Arzt musste unverzüglich aus der Stadt verschwinden. Er war schon deshalb besonders gefährdet, weil er in den vergangenen Jahren häufig Mut bewiesen hatte, was die Machthaber und ihre Gefolgsleute einem Juden nicht durchgehen lassen würden.

Die Ereignisse, die noch viele Jahrzehnte später verharmlosend *Kristallnacht* genannt wurden, verliefen in Seelbach vergleichsweise glimpflich. SA-Männer und ältere Angehörige der Hitlerjugend drangen in die Wohnstätten der ortsansässigen Juden ein. Pinchas Spighels ältester Sohn Gideon wurde verhaftet. Elias bekam etliche Stockschläge ab, konnte dann aber flüchten und versteckte sich im Gartenhaus von Ludwig Huter. Jakob blieb zwei Tage in der Wohnung von Leonores Eltern. Joseph Winter und der alte Spighel blieben unbehelligt. Gauder hatte die Anweisung gegeben, die ehemaligen Frontsoldaten in Ruhe zu lassen. Ein mit Haller SA-Leuten verstärkter Trupp drang am frühen Abend des 9. November in das Haus von Dr. Goldmann ein. Dort traf man allerdings nur die Frauen an. Mizzi Goldmann und die bei ihnen einquartierte Magda Singer sowie deren Töchter hielten sich im ersten Stock auf. SA-Männer durchsuchten mit lautem Gebrüll die einzelnen Räume, ließen aber die Frauen und die beiden Mädchen unbehelligt.

Der Zorn darüber, Max Goldmann nicht anzutreffen, entlud sich in der Zerstörung zahlreicher Einrichtungsgegenstände. Ein rotgesichtiger SA-Mann riss in der Wohnstube den schweren Kronleuchter aus seiner Verankerung. Wie bei einer kleinen Explosion spritzen Glassplitter in sämtliche Winkel. Anschließend nahm er die siebenarmige Menora von der Kommode, warf sie auf den Boden und trampelte darauf herum. In den unteren Praxisräumen wurden mehrere Medizinschränke umgeworfen. An anderen zerschlugen die Wütenden die Glasscheiben. Dann zog das Rollkommando wieder ab, um den Rabbiner zu suchen, den man in seiner Wohnung nicht angetroffen hatte. Doch Ariel Judin blieb unauffindbar. Gewarnt von Max Goldmann hatte er die Thorarollen aus der Synagoge entfernt und in ein leidlich sicheres Versteck gebracht. Spät in der Nacht schwang er sich auf sein Motorrad und fuhr nach Würzburg, wo er eine Zeitlang untertauchte. Rabbiner Judin kam nie mehr nach Seelbach zurück. Die noch im Ort verbliebenen Mitglieder der jüdischen Gemeinde verübelten ihm das sehr, zumal er niemanden davon in Kenntnis gesetzt hatte, dass er schon seit Längerem seine Ausreise plante. Aber möglicherweise war diese Geheimhaltung notwendige Voraussetzung für ein erfolgreiches Gelingen.

Dr. Max Goldmann war auf einem Einödhof in der Nähe von Oberrot untergetaucht. Der Bauer, ein gleichermaßen unbedarfter wie tief religiöser Mann, sah es als seine Pflicht an, dem Arzt zu helfen, der im Jahr 1929 seinen zwischen Seelbach und Schwäbisch Hall mit dem Fuhrwerk verunglückten Sohn umsichtig medizinisch versorgt hatte. Dabei war es ein Glück, dass dieser Sohn bei der Wehrmacht war. Der fanatisierte Hitleranhänger stellte sich bei jeder sich bietenden Gelegenheit gegen seinen Vater und wäre bei der Unterbringung des Seelbacher Arztes ein unsicherer Kantonist gewesen.

Am Abend des 9. November hielt ein mit SA-Männern besetzter Lastwagen vor der kleinen Seelbacher Synagoge. Auf den Gehsteigen hatten sich wie durch Zufall bereits etliche Hitlerjungen und einige Schaulustige eingefunden. Die SA-Männer stiegen ab. Mehrere begannen damit, Kanister und Strohballen abzuladen. Zwei weitere machten sich daran, mit einer langen Brechstange die schwere Doppeltür des Gotteshauses aufzuhebeln. Sie hatten die Pforte noch nicht aufgebrochen, als Oskar Angelbauer und sein Kollege Anton Pfister auf Fahrrädern anrollten.

Was das gebe, fragte der Leiter der Ortspolizei.

Man wolle die Judenbande einmal ordentlich ausräuchern.

»Sie haben aber nicht die Absicht, hier ein Feuer zu legen?«, wandte sich Angelbauer an einen Mann, der dem Auftreten nach der Anführer war.

»Das Verbrechen von Paris muss gesühnt werden. Wir fackeln die Judenbude ab.«

»Toni, hol sofort Gustav Meier hierher«, befahl Angelbauer seinem Kollegen, und an den SA-Sturm gewandt fuhr er fort: »Meine Herren, ehe hier Feuer gelegt wird, muss der Feuerwehrkommandant gehört werden. Die Nachbarhäuser haben nichts mit der Synagoge zu tun. Sie könnten leicht in Brand geraten.«

»Unsinn«, erwiderte der SA-Oberscharführer im Kommandoton, »wir haben das im Griff.«

»Wenn durch Ihr Handeln Volksgenossen zu Schaden kommen, mache ich Sie verantwortlich.«

Persönlich in Haftung wollte aber dieser Vollstreckungsgehilfe des von der Parteiführung ausgerufenen Volkszorns nicht genommen werden.

»Öffnet das Tor«, wies er die beiden an, die jetzt tatenlos an der Pforte der Synagoge standen. »Mit dem Feuer warten wir, bis der Feuerwehrkommandant gehört worden ist.«

Schlosser Meier, ein rechtschaffener Mann, der bereits seit 1919 ehrenamtlich der freiwilligen Feuerwehr vorstand, kam nach wenigen Minuten neben Pfister angerannt, der in angepasster Geschwindigkeit mit dem Fahrrad nebenherfuhr.

»Gustav«, sagte Oskar Angelbauer in zackigem Ton, »die Herren benötigen eine gutachterliche Stellungnahme darüber, ob die Synagoge ohne Gefährdung der benachbarten Gebäude angezündet werden kann.«

Im Kreis der SA-Männer kam Unmut auf. »Wir brauchen keine Belehrungen«, rief einer. »Schluss mit dem Gequatsche«, forderte ein anderer.

Mittlerweile war es gelungen, die beiden Türflügel aufzuhebeln. Mehrere Uniformierte nahmen die vom LKW abgeladenen Strohballen auf und machten sich daran, sie ins unbeleuchtete Innere der kleinen Synagoge zu tragen.

Mit ausgebreiteten Armen trat ihnen der Feuerwehrkommandant entgegen. »Einen Augenblick, meine Herren. Wenn die Flammen aus diesem Gebäude hochschlagen, fangen die Dachstühle der benachbarten Wohnhäuser Feuer. Und von dort aus kann der Brand auf weitere Gebäude überspringen. Ist Ihnen das bewusst?«

Die angehenden Brandstifter zögerten.

Oskar Angelbauer nutzte diesen Augenblick. »Herrschaften, Sie wurden von einem Experten ausführlich belehrt. Ich mache Sie darauf aufmerksam, dass Sie für den Schaden, der einheimischen Volksgenossen durch Ihr Handeln entsteht, haftbar gemacht werden können.«

Offensichtlich hatte Herschel Grynszpans Verzweiflungstat den Volkszorn nicht so weit entfachen können, dass man für das Ausleben desselben sämtliche möglichen Folgen in Kauf zu nehmen bereit war. Der Anführer der SA-Horde zögerte kurz, dann nahm er aus dem Führerhaus des Lastwagens eine Axt. »Mir nach«, befahl er den Umstehenden. »Wir räumen jetzt mal ordentlich in der Bude auf.«

Die Wut darüber, am Abbrennen des Gotteshauses gehindert worden zu sein, entlud sich in der weitgehenden Zerstörung des fest eingebauten sowie des beweglichen Mobiliars. Im Schein von Sturmlampen wurden Kristallleuchter zerschlagen, Bänke aus den Verankerungen gerissen und Teile der geschnitzten Vertäfelung herausgehebelt. Mehrere SA-Männer trugen die Gemeindebücher, religiöse Schriften und andere Dokumente ins Freie und warfen sie auf einen Haufen, den der Oberscharführer anzündete.

»Jemand bleibt bei dem Feuer, bis es erloschen ist«, befahl der Kommandant der örtlichen Wehr.

»Wir wissen schon, was zu tun ist« erwiderte einer der Männer, die das Feuer mit allem in Gang hielten, was andere an Textilien und Papier aus dem Gebäude schleppten.

Es war schon später Abend, als der Leiter des örtlichen Polizeipostens nochmals an den Ort der Zerstörung zurückkehrte. Wortlos betrachtete er im Licht seiner Taschenlampe die Spuren der Verwüstung im Inneren der Synagoge. Das Feuer auf dem Vorplatz war erloschen. Sorgfältig hatte man die Glutreste mit Wasser gelöscht.

Angelbauer schob sein Fahrrad die wenigen Schritte bis zur Schlosserei des Feuerwehrkommandanten. Er traf Meier in seiner Wohnung an, die über der Werkstatt lag.

»Zeiten erleben wir«, sagte der Schlosser und wischte sich mit einem Leinenhandtuch die letzten Seifenspuren aus dem Gesicht. Er hatte sich soeben noch in der Küche rasiert.

»Wir sind noch glimpflich davongekommen. In anderen Städten brennen die Synagogen. Ein Haller Kollege hat mir vorhin am Telefon gesagt, dass die in Steinbach noch in Flammen steht. Auch die von Künzelsau, Hohebach, Berlingen und Braunsbach hat man zerstört. In Hall wurde der Betsaal in der Herrengasse verwüstet. Das Inventar hat man vor das Rathaus geschleppt und an Ort und Stelle verbrannt. Ich wollte dich bitten, das aufgebrochene Tor mit einem schweren Riegel zu sichern. Kannst du das heute noch erledigen, bevor da noch welche auf weitere dumme Gedanken kommen?«

»Eigentlich wollte ich gleich in die Singstunde. Ich bin eh schon zu spät dran.«

»Es wäre wichtig.«

»Und wer bezahlt mir das?«

»Im Zweifelsfall muss die Gemeinde einspringen.«

»Nachher bleibe ich auf meinen Kosten sitzen.«

»Meier, ich sorge dafür, dass du dein Geld bekommst.«

Als Dr. Goldmann nach zehn Tagen in seinen Heimatort zurückkehrte, blieb er unbehelligt. Gideon Spighel kehrte erst nach drei Monaten aus dem KZ Oberer Kuhberg zurück, wohin man ihn nach der Schließung des Lagers Heuberg im Dezember 1933 verschleppt hatte. Der Rabbiner Ariel Judin erhielt auf der englischen Vertretung in Berlin eine Einreisegenehmigung nach Palästina. Nach der Übertragung seines von ihm in Würzburg geerbten Hausteils an das Deutsche Reich wurde ihm im März 1939 die Ausreise gestattet. Über Genua gelangte er einige Wochen später nach Haifa. Ein Jahr später zog er in Richtung Norden in die Nähe der libanesischen Grenze, wo er wieder als Rabbiner tätig wurde.

Es konnte nicht mit letzter Sicherheit gesagt werden, ob die letztendliche Enteignung der Spiegelwerke und das am 30. September 1939 in Kraft getretene Gesetz, das die Familie zwang, auch ihr Haus zu verlassen, die Konstitution und den Lebenswillen Salomon Winters so weit geschwächt hatten, dass er wenige Tage vor Jakobs 18. Geburtstag starb.

Die Feier anlässlich seines 80. Geburtstages hatte er wenige Wochen nach dem Umzug in die Bruchbude von Pinchas Spighel seltsam regungslos über sich ergehen lassen. Es kamen nur wenige Gratulanten, unter ihnen, wie immer, Max Goldmann. Keiner seiner früheren *arischen* Geschäftspartner, von denen ihm noch einige anlässlich seines 75. Geburtstags zumindest brieflich oder telefonisch gratuliert hatten, meldete sich.

Bertha und Rosa versuchten alles, um an diesem Tag einige heitere Momente aufkommen zu lassen. Selbst Spighel kam herüber und gratulierte seinem alten Feind, wünschte alles Gute, anhaltende Gesundheit und Unverzagtheit. Letztere sei das Wichtigste in dieser schlimmen Zeit.

Die letzten Wochen vor seinem Tod hatte der alte Patriarch die jämmerliche Unterkunft nicht mehr verlassen. Bertha und Rosa hatten vergeblich versucht, ihn zu ein paar Schritten ums Haus oder zu einem Besuch bei Goldmann zu bewegen, der den Alten regelmäßig zu sich eingeladen hatte. Der Arzt und seine Frau lebten schon etliche Monate nicht mehr alleine in ihrem Haus. Den oberen Stock hatte man ihnen gänzlich genommen und in den hinteren Praxisräumen wurde eine fünfköpfige, ortsfremde jüdische Familie einquartiert.

Eingefallen saß der alte Salomon in dem schäbigen Ohrensessel, den man eigens für ihn besorgt hatte. An kalten Tagen legte ihm seine Frau eine wärmende Wolldecke über Schoß und Beine. Er sprach wenig, stand immer später auf und war oftmals nur mit viel Zureden dazu zu bewegen, das Bett überhaupt zu verlassen.

Salomon Winter starb am 17. April 1940, ohne zuvor ein ausgeprägtes Leiden gehabt zu haben. Er starb an körperlicher Auszehrung und mentaler Erschöpfung. Als er am Morgen von Rosa gefunden wurde, die ihm eine dünne Milchsuppe bringen wollte, lag er friedlich im Bett. Sie berührte ihn nicht, ganz so, wie es religiöser Brauch war. Später bettete Joseph den Leichnam mit Hilfe von Elias und Jakob auf den Boden. In diesem Moment weinte seine Frau nicht. Leise sprach sie ein Gebet und entzündete mit bedächtigen Bewegungen eine Kerze, die sie auf den schäbigen Nachttisch stellte. Man rief Dr. Goldmann. Er stellte den Tod fest, wies aber sofort ungefragt mit einer Mischung aus Trauer und leiser Resignation darauf hin, dass er nicht mehr befugt war, ein amtliches Dokument zu unterzeichnen. Er kümmere sich darum, dass ein Arzt aus Schwäbisch Hall käme, der berechtigt war, den Totenschein auszustellen.

Da das Seelbacher Rabbinat seit der Schändung des Tempels im November 1938 verwaist war, schickte man nach einem Rabbiner aus Künzelsau. Dann machte sich Joseph mit seinen Söhnen daran, den Leichnam zu waschen. In der Zwischenzeit entnahm Bertha Winter einer der Kisten, in der sie das Nötigste ihres früheren Hausrats verstaut hatte, Salomon Winters Totenhemd. Sie hatte es ihm, wie es die Gesetze ihrer Religion vorschrieben, vor bald sechzig Jahren als Braut zur Hochzeit geschenkt. Im vorigen Jahr, als es dem Alten nach der Enteignung bitterschlecht ging, hatte sie es letztmalig gewaschen.

Während die Familie die notwendigen Verrichtungen erledigte, klopfte es leise an der Tür. Zu ihrer Überraschung kam Pinchas Spighel herein. An seinem ausgemergelten Körper schlotterte der einzige Anzug, den er besaß. »Hochverehrte Frau Winter«, hub er an. »Ihr Mann und ich sind niemals Freunde gewesen. Aber ob wir es wollen oder nicht, sind wir heute eine Schicksalsgemeinschaft. Da sonst niemand mehr gerufen werden kann, gestatten Sie mir bitte, dass ich den *Schomer* gebe.«

Nun schreiben die Regeln des jüdischen Lebens vor, dass ein Verstorbener bis zu seiner Beerdigung niemals allein gelassen werden darf. Was noch vor wenigen Jahren problemlos von den Mitgliedern der *Chewra Kadischa*, der »Heiligen Bruderschaft«, übernommen werden konnte, war nun nach der weitgehenden Zerstörung der jüdischen Gemeinde Seelbachs ein kaum zu lösendes Problem. Weinend nickte Bertha Winter deshalb nur, als Spighel nun anbot, das Wächteramt am Totenbett ihres Mannes zu übernehmen.

Als der überzeugte Atheist neben dem aufgebahrten Salomon Winter Platz nahm und begann, Psalmen aufzusagen, konnte sogar die sonst so gefasst wirkende Rosa Winter ihre Tränen nicht zurückhalten.

Als ob das Leben der wenigen in Seelbach verbliebenen Juden nicht schon bitter genug gewesen wäre, wurde auch der weitere Fortgang des Begräbnisses von allerlei Widrigkeiten überschattet. Keiner der von Dr. Goldmann angerufenen Ärzte war bereit, in die Stadt zu kommen, um den Totenschein auszustellen. Am Ende musste der Amtsarzt gerufen werden. Der kam in SA-Uniform und attestierte nach kurzer Inaugenscheinnahme Tod als Folge von Herzversagen. Auch der Künzelsauer Rabbiner war nicht zu erreichen. Möglicherweise traute er sich nicht, die in der Tat nicht ganz ungefährliche Anreise zu unternehmen.

So hielt schließlich Dr. Goldmann die Trauerrede. Er hatte immer zu den herausragenden Persönlichkeiten der hiesigen jüdischen Gemeinde gehört. Nach ihm sprach Joseph, wie es Brauch war, das *Kaddisch*. Damit die für das *Minjan*, die Abhaltung des Totengebets, notwendige Anzahl von zehn jüdischen Männern beisammen war, hatte es weiterer Anstrengungen bedurft. Einschließlich Dr. Goldmann, Spighel, seinem ältesten Sohn, den drei Männern des Trauerhauses und Cousin Oswald lebten gerade noch sieben männliche Juden in Seelbach. Eilig hatte man deshalb in den nahen Städten nachgefragt. Schließlich bildeten sogar 11 Männer das Minjan. Drei Heilbronner und zwei Schwäbisch Haller Bekannte hatten den Weg auf sich genommen, den sie zu Fuß zurücklegen mussten. Am Grab rissen sich die Anwesenden kleine Bändchen ab, die sie zuvor an ihren Kleidern angebracht hatten. Man konnte es sich nicht erlauben, die wenige gute Kleidung, die man noch besaß, zum Zeichen der Trauer zu zerreißen. Lediglich Bertha wich hiervon ab. Energisch riss sie ein Kleid ein, das ihr Salomon vor vielen Jahren zum Geburtstag geschenkt hatte. Als Jakob in diesem Moment zu seiner Großmutter hinübersah, musste er schmunzeln. Damit der gewaltige Riss vom Saum zur Hüfte keine Blöße sichtbar werden ließ, trug die gute Alte noch ein weiteres Kleid darunter.

Am Friedhofsausgang warteten zwei alte Menschen auf die Trauergemeinde. Charlotte Bühler kam, auf einen Gehstock gestützt, auf sie zu. Ihr folgte der alte Huter, dessen krankheitsbedingte Fehlstellung noch weiter fortgeschritten war.

Beide kondolierten der Familie, was misstrauisch von einem Fremden im Mantel beobachtet wurde, der demonstrativ sein Notizbuch zückte. Das veranlasste Huter, laut zu bemerken: »Herr Salomon Winter war ein Ehrenmann.« Und er hätte noch mehr hinzugefügt, wenn die alte Hebamme nicht mit ihrer freien Hand nach seinem Arm gegriffen hätte, den sie energisch drückte. »Bist wohl verrückt, alter Narr«, zischte sie.

Da man auf dem jüdischen Teil des Friedhofs die Wasserleitungen abmontiert hatte, waren vom umsichtigen Pinchas Spighel zwei mit Wasser gefüllte Eimer aufgestellt worden, damit sich die Angehörigen vor dem Verlassen des Friedhofs die Hände waschen konnten. Man durfte sie anschließend nicht abtrocknen, um so die Erinnerung an den Verstorbenen zu verlängern.

Nicht konsequent eingehalten werden konnte die vorgeschriebene Trauerperiode. Sieben Tage *Schiwa* zu sitzen, wie es die religiösen Gebote vorschrieben, war in den Zeiten der Not und der Verfolgung nicht einzuhalten. An sich durften die Trauernden das Haus sieben Tage nicht verlassen und keine Arbeit verrichten. Bart und Haare zu schneiden war ebenso verboten wie das Lesen der Thora. In friedlichen Epochen wird die trauernde Familie von Freunden und Nachbarn unterstützt, die notwendige Besorgungen verrichten und regelmäßig das Essen bringen. Jetzt lebten nur noch Pinchas Spighel mit seiner Familie sowie Max und Mizzi Goldmann in der Stadt. Der im Ort ansässige Malermeister Bloch wohnte vorübergehend bei seiner Schwester in Würzburg, ehe er als dort nicht offiziell Gemeldeter im September 1941 nach Seelbach zurückkehren musste. Ihm würde Bertha Winter 1942 letztmalig im Schloss Eschenau begegnen, ehe sie von dort aus gemeinsam ihre letzte Reise nach Theresienstadt antraten.

So beschränkte man die Schiwa auf zwei Tage und rezitierte an den folgenden fünf Abenden Klagegesänge aus dem Buch Hiob. Joseph Winter blieb in doppelter Trauer zurück. Neben dem Verlust des Vaters schmerzte ihn auch der Umstand, dass der Sterbende nicht mehr dazu gekommen war, ihn, seinen einzigen verbliebenen Sohn, zu segnen. Obwohl er nicht sonderlich religiös gelebt hatte, zerbrach sich Joseph Winter in den folgenden Wochen immer wieder den Kopf darüber, ob der fehlende Segen eine Botschaft in sich trug, eventuell sogar einen Hinweis auf mögliche weitere Verschlechterungen der Lebensumstände darstellte.

Am Abend des 21. November 1941 legte ein heftiger Schneeschauer einen feinkörnigen weißen Mantel über die Stadt. Der Winter hatte sich dieses Jahr schon recht früh mit klirrendem Frost bemerkbar gemacht. Auch in Seelbach beschäftigte man sich in vielen Häusern und Wohnungen mit dem Schicksal jener Familienangehörigen, die an der Ostfront und in Norwegen bereits im Oktober von massiven Kälteeinbrüchen überrascht worden waren. In Russland versank der Vormarsch im Schlamm der durchpflügten Rollbahnen. Jetzt war alles so knüppelhart gefroren, dass die Gefallenen nicht mehr beerdigt werden konnten. Die stolze Wehrmacht musste eilends mit wollenen Fäustlingen und Schals versorgt werden, die sozialromantisch gestimmte BDM-Mädchen an den Gruppenabenden strickten.

Spät in der Nacht verließ Oskar Angelbauer, wie so oft, heimlich und leise den »Engel« durch den hinteren Ausgang des Sommerkellers. Da er keinen Mantel mitgenommen hatte, schlug er den kratzigen Kragen seiner Uniformjacke hoch. Das heftige Schneetreiben, das am frühen Abend eingesetzt hatte, war nun vorüber. Jetzt würde man unschwer an den Spuren erkennen können, dass jemand das Gasthaus durch den Keller verlassen hatte. Seine Schritte knirschten, als er den Wirtshausgarten durchquerte. Noch immer traf er sich heimlich mit Cäcilie Giebel, aber in den gut 13 Jahren, die ihre verborgene Liaison jetzt schon andauerte, war viel vom früheren Reiz verloren gegangen. Vielleicht hing das auch damit zusammen, dass sie nicht mehr die Allerjüngsten waren. Es kam jetzt öfters vor, dass sie sich drei Wochen gar nicht trafen. Manchmal mied er das Treffen, ein anderes Mal gab die noch immer ansehnliche Wirtin vor, keine Lust zu haben oder unpässlich zu sein. Die größer werdenden Abstände zwischen ihren Begegnungen reduzierten auch die Gefahr, entdeckt zu werden.

Obwohl er nachher wieder einmal seiner Frau würde erklären müssen, weshalb er so spät kam, ging er nicht sofort nach Hause, sondern schlitterte in Richtung des Polizeireviers. Der Kollege hatte um diese Zeit bereits Dienstschluss. In der Rathausgasse lag der feinkörnige Schnee gleichmäßig verteilt und unberührt zwischen den Häusern. Fast bedauerte er, diese makellose Fläche mit seinen Fußabdrücken zu zerstören.

Er wusste, dass er eine Entscheidung treffen musste, die ihm, egal wie sie auch ausfiel, noch viel Kummer bereiten würde. Er hatte bislang mit keinem Menschen darüber gesprochen. Mit wem auch? Seine Frau war geschwätzig und unberechenbar, der Junge an der Front. Cäcilie war sein Mädchen für besondere Stunden, eine gelegentliche Liebhaberin, die Abwechslung in sein eintöniges Leben brachte und ihm das Gefühl gab, ein wirklicher Mann zu sein. Kritische Sachverhalte hatte er nie mit ihr erörtert. Und mit den wechselnden Kollegen hatte er seit 1933 niemals Dinge besprochen, die auch nur ansatzweise politisch gefährlich sein konnten. Auch wenn langsam das Wissen darüber verblasste, dass er in der SPD gewesen war, so loderte doch hin und wieder ein Feuer auf, etwa wenn ihm örtliche Parteibonzen in Wirtshausdebatten mit dem Hinweis begegneten, seine Ausführungen seien »ein noch aus der Systemzeit stammendes Sozengewäsch«. Immerhin, man hatte ihn noch nicht einberufen. In seinem Alter war er noch nicht völlig aus dem Schneider. Zudem kannte er Kollegen, die noch älter waren und dennoch zu Sonderaufgaben in den Osten abkommandiert wurden.

Als er das Revier betrat, zog er für einen Augenblick in Erwägung, das Licht auszulassen, verwarf dann aber diese

Überlegung. Wenn jemand hinter einem der dunklen Fenster der um den Marktplatz gruppierten Häuser gesehen hatte, wie er nochmals seine Dienststelle aufsuchte, wäre der Verdacht der Heimlichtuerei oder verbotener Handlungen noch größer, wenn das Licht in seinem Dienstzimmer ausgeschaltet blieb.

Zudem, er brauchte Licht. Angelbauer betrat sein kleines Büro, das ihm als Leiter des Gendarmeriepostens Seelbach zustand, sperrte einen Rollschrank auf und griff nach einem grauen Kuvert, das er bereits vor zwei Tagen als Einschreiben erhalten und nach dem Weggang des Briefträgers sogleich geöffnet hatte. Obwohl er den Inhalt kannte, knipste er die Schreibtischlampe an und entnahm dem Umschlag das Schreiben, dessen Eintreffen schon einige Tage zuvor mit einem Schnellbrief angekündigt worden war. Jetzt hielt er bereits zum wiederholten Male die Anweisung der Geheimen Staatspolizei Stuttgart in den Händen, die ihm vom Polizeipräsidenten des Landkreises als Abschrift weitergeleitet worden war.

»Gemäß Weisung der Gestapo Stuttgart haben sich nebenstehende Personen ab dem 26. dieses Monats zur Evakuierung nach dem Osten bereitzuhalten …«

Beigefügt war eine Namensliste, die alle in den Städten und Landgemeinden des Kreises lebenden Juden im Alter zwischen null und 65 Jahren auflistete. In dem Schreiben, das ihm vorlag, waren die Namen der Seelbacher Juden mit einem fein säuberlich mit Lineal gezogenen roten Kopierstiftstrich markiert. Nicht aufgelistet waren lediglich die über 65-Jährigen, zwei chronisch kranke Personen sowie die ehemaligen Frontsoldaten Winter, Dr. Goldmann und Spighel.

Angelbauer war darüber erstaunt, dass es nur noch so wenige waren. Er hatte immer das Gefühl gehabt, dass weitaus mehr Seelbacher Juden im Weltkrieg gedient hatten. Gut, einige waren gefallen und der Großteil der jüdischen Bevölkerung hatte sich nach 1933 aus dem Staub gemacht. Unter diesen gab es etliche, die im Kriegseinsatz gewesen waren. Der Kolonialwarenhändler Weiß fiel ihm ein, der Matzenbäcker David Leonberger. Kurz vor Kriegsausbruch, im Sommer '39, ging als einer der Letzten der Metzger Sigismund Cohn, der – koscher hin, koscher her – die besten Würste im ganzen Umkreis gemacht hatte.

Eigentlich kaum zu glauben, dass die Familien Winter und Dr. Goldmann noch hier waren. Aber Goldmann war schon immer ein Verrückter gewesen, der weder Tod noch Teufel fürchtete. Das wusste er gut genug aus ihrer gemeinsamen Gemeinderatstätigkeit und der Arbeit im SPD-Ortsverein. Wann immer ihm einschlägige Erlasse bekannt wurden, hatte er eine passende Gelegenheit abgewartet, um Max Goldmann auf die wachsenden Gefahren hinzuweisen. Aber alles Zuraten hatte nichts gefruchtet. Und jetzt saßen die Goldmanns ebenso in der Falle wie die Winters, die inzwischen völlig verarmt mit in der alten Bruchbude von Pinchas Spighel leben mussten. Angelbauer musste bei diesem Gedanken laut auflachen. Der Erzkommunist Spighel und die Familie des einstmals reichsten und mächtigsten Seelbachers, der zeitlebens ein Monarchist gewesen war, hausten nun unter einem Dach.

Das Dokument, das er in den Händen hielt, war mit dem Vermerk »Geheim« versehen. In einem Zusatz hatte Polizeioberrat Windmüller verfügt, dass sich die Seelbacher Juden am 29. November in der alten Lagerhalle der Seelbacher Spiegelwerke (vormals Winter'sche Spiegelfabrik) zu sammeln hatten. Informiert werden durften die in Frage kommenden Personen erst ab dem 25. November. Diese Aufgabe hatte man der jüdischen Kultusvereinigung zugewiesen, die auch für die Übernahme sämtlicher Kosten zu sorgen hatte.

Seit der Polizist den Inhalt dieses Schreibens kannte, grübelte er darüber nach, ob er zumindest Max Goldmann und dessen Frau vorab informieren sollte, damit diese wenigstens noch eine klitzekleine Chance hatten, sich aus dem Staub zu machen. Dass man die Juden im Osten nicht ansiedeln, sondern umbringen würde, war ihm klar geworden, als im Oktober ein Haller Kollege, der vor 1933 den Sozialdemokraten nahegestanden hatte, ihm flüsternd erzählt hatte, sein Schwager, der ebenfalls Polizist war, habe in der Ukraine an tagelangen Massenerschießungen mitwirken müssen und sei darüber verrückt geworden. Ihm seien immer wieder bei der Tötung von kleinen Kindern Knochensplitter, Blut und Gehirnmasse auf Uniform, Hände und sogar ins Gesicht gespritzt. Man habe nämlich noch keine geeignete Technik entwickeln können, um kleine Kinder störungsfrei zu erschießen. Unter den Kommandierenden würde sogar darüber beraten, was dem Ablauf dienlicher sei: zuerst die Mutter und dann das Kind zu erschießen oder besser in umgekehrter Reihenfolge vorzugehen. Der Mann hatte gezittert, als er mit seiner Erzählung fortfuhr. Sein Schwager sei in einem Lazarett in Kiew. Mehr habe man über ihn nicht in Erfahrung bringen können. »Das mit dem rumspritzenden Hirn«, hatte er noch hinzugefügt, »hat er einige Tage vor seiner Abberufung aus dem Erschießungskommando meiner Frau geschrieben. So eine Unvorsichtigkeit! Da bringt er Gott und die Welt in die Bredouille.«

Angelbauer zündete sich eine Zigarette an. Dass die Juden niemals mehr zurückkommen würden, war eigentlich der Gestapo-Anweisung klar zu entnehmen. Man musste nur zwei und zwei zusammenzählen. Wertgegenstände und Bargeld mussten bis zum 29. November eingesammelt und den Beamten des Finanzamtes Schwäbisch Hall übergeben werden, die am 30. zur alten Lagerhalle kommen würden. Die Polizei war angehalten, die Aktion zusammen mit anderen Beamten aus der öffentlichen Verwaltung durchzuführen. Sie sollten am Stichtag die Haushalte der Familien aufsuchen, die auf der Deportationsliste standen. Zum wiederholten Mal überflog der übermüdete Leiter des Gendarmeriepostens das Merkblatt, das ihm als Anlage zum Schnellbrief der Geheimen Staatspolizei zugegangen war.

»... Sie verfahren folgendermaßen:

Sie begeben sich zur festgelegten Zeit in die Ihnen zugewiesene Judenwohnung. Dort rufen Sie sämtliche Familienangehörigen zusammen und verlesen die Staatspolizeiliche Verfügung, die Ihnen ebenfalls mit dem Merkblatt ausgehändigt wurde. Die Juden haben nunmehr in einem Raum zu bleiben. Ein zweiter Beamter bleibt während der ganzen Zeit mit den Familienangehörigen des Juden zusammen.

Mit dem Haushaltsvorstand gehen Sie durch die Wohnung. Soweit beheizte Öfen vorhanden sind, ist nichts mehr nachzulegen. Handelt es sich um Dauerbrandöfen, so ist die Ofentür aufzuschrauben, damit das Feuer noch in der Zeit, in der Sie in der Judenwohnung sind, ausgeht. Wenn Sie die Wohnung verlassen, muß das Feuer erloschen sein.

Alsdann machen Sie sich mit dem Haushaltsvorstand daran, den Koffer oder den Rucksack zu packen. Sie müssen dabei beachten, daß nur das in der Staatspolizeilichen Verfügung Vorgesehene mitgenommen wird. Sie sind verantwortlich, daß Wertgegenstände, die nach der Verordnung nicht mitgenommen werden dürfen, nicht in den Koffer gepackt werden. Der Koffer ist alsdann von Ihnen mit einem Siegelaufkleber zu sichern.

Die Wolldecken, die mitgenommen werden dürfen, müssen so eingerollt oder zusammengelegt sein, dass sie ohne Schwierigkeiten transportiert werden können.

Gehen Sie mit dem Haushaltsvorstand durch die Wohnung (auch Keller- und Bodenräume) und stellen Sie fest, was an Lebensmitteln (leicht verderblich) oder lebenden Tieren in der Wohnung ist. Diese Sachen tragen Sie, wenn sich das möglich machen läßt, zur vorbereiteten Sammelstelle.«

Angelbauer legte das Schreiben weg. Lange massierte er die geschlossenen Lider seiner vor Übermüdung brennenden Augen. Der Rest war ihm ohnehin vertraut. Die Familien sollten zur alten Lagerhalle der Spiegelwerke begleitet und dort dem aufsichtführenden Beamten übergeben werden.

Goldmann musste ja gar nicht auf diesen Transport, er war als ehemaliger Frontsoldat zurückgestellt. War es vielleicht sogar besser, doch nicht heimlich mit ihm Kontakt aufzunehmen? Der Querulant würde die verbliebene Judenbagage in Aufruhr versetzen. Die anderen hätten ohnehin keine Gelegenheit mehr, sich rechtzeitig abzusetzen. Und wenn sich Einzelne in ihrer Verzweiflung in der Gegend versteckten, hatte man tagelang nichts als Ärger. Am Ende musste er als Ortskundiger die Suche koordinieren oder sogar leiten.

Goldmann war geschützt, ebenso seine Frau. Der Junge war im Ausland. Und bei Winters? Joseph war zurückgestellt, Rosa auch. Aber die Kinder mussten mit auf den Transport. Die Bestimmungen sahen vor, dass nur Kinder von ehemaligen Frontsoldaten im Alter unter 14 Jahren mit ihren Eltern vom Abtransport ausgenommen wurden. Wenn er nicht wenigstens Jakob aus dem Feuer nahm, würde ihm das sein Sohn Alfred niemals verzeihen. Der hing immer noch wie eine Klette an dem Judenbengel.

Aber was war denn heute schon gerecht? War es gerecht, dass sein einziger Sohn dem Grauen des Russlandfeldzuges ausgeliefert war, während der Judenbub hier zwar nicht mehr das herrschaftliche Leben früherer Tage genießen konnte, aber immerhin nicht wie seine früheren Klassenkameraden dem Risiko ausgesetzt war, in jeder Sekunde von einem tödlichen Geschoss getroffen zu werden? Als aktiver Frontsoldat des letzten Krieges konnte er sich plastisch ausmalen, wie viele Möglichkeiten es gab, von einem Augenblick auf den nächsten ins Gras zu beißen. Er hatte einmal einen Kameraden gehabt, der lag plötzlich regungslos im Graben. Zuerst glaubten sie an einen seiner Späße, die der lustige kleine Kerl häufig mit ihnen machte, dann an eine Ohnmacht, bis sie schließlich das feine Rinnsal entdeckten, das aus einem kleinen Loch sickerte, welches ein winziger Granatsplitter in den Schädel des schmächtigen Jungen geschlagen hatte. Das Ganze war damals völlig lautlos vonstatten gegangen.

Er legte die Unterlagen zurück in den Rollschrank, löschte das Licht und ging nach Hause. Seine Frau machte ihm wie üblich eine Szene. »Ich bin nirgends gewesen außer auf dem Revier, Weib. Wir müssen den Abtransport aller Juden vorbereiten. Aber wehe, du sprichst auch nur mit einem Menschen darüber.«

Zwei Tage nach jener Nacht, in welcher der Ortspolizist in seinem Dienstzimmer darüber gegrübelt hatte, wie er mit den geheimen Anweisungen umgehen sollte, deren ungeheuerliche Konsequenzen sich ihm erschlossen und ihn erschreckten, kam Jakob wieder einmal von einem Treffen mit Leonore nach Seelbach zurück. Seit Kriegsbeginn konnte ihn August Brenner nicht mehr beschäftigen. Was zuvor noch eine Ordnungswidrigkeit darstellte, deren Folgen der Inhaber des angesehenen Uhrmacher- und Goldwarengeschäfts zur Not noch in Kauf genommen hätte, bekam nun den Charakter einer schweren Straftat. Aus der Sicht derer, die derzeit definierten, was Recht zu sein hatte, hätte Jakobs Weiterbeschäftigung einen schweren Verrat am deutschen Volke dargestellt.

Heimlich fuhr er hin und wieder Leonore hinterher, die jetzt in der Nähe von Ansbach in einer großen fotografischen Werkstatt arbeitete, in der die Fotos der Propagandakompanien und der Kriegsberichterstatter für die weitere Verwendung in der Presse vervielfältigt wurden. Vor mehr als zwei Jahren hatte sie ihre Tätigkeit als Verkäuferin aufgegeben und eine Ausbildung als Laborantin in einem Munzlinger Fotoatelier begonnen. Das hatte dazu geführt, dass sie nun in dem kriegswichtigen Ansbacher Betrieb einer Tätigkeit nachging, die sie interessierte und die zumindest körperlich nicht so anstrengend war, wie die Arbeiten in der Rüstungsindustrie, die mehr und mehr in die Hände von Fremdarbeitern und Frauen gelegt wurden.

Zu ihren Treffen mit Jakob brachte sie verbotenerweise Abzüge besonders markanter Fotografien mit. Die meisten zeigten deutsche Soldaten in Heldenpose. Manchmal hatte der Fotograf auch die Zerstörungen aufgenommen, die nun überall in Europa sichtbar wurden. Ein Bild, das ausdrücklich nicht für die weitere Verwendung freigegeben war, ließ die beiden jungen Menschen fragend und ratlos zurück, obwohl sie es lange betrachtet hatten. Im Hintergrund war ein großes Gebäude zu erkennen, möglicherweise eine Fabrik. Im Vordergrund umstanden mehrere deutsche Offiziere ein weites Feld, das offensichtlich frisch umgegraben war. Über dem Feld schwebte ein weißer Schleier, als läge feiner Staub oder Nebel über dem Land.

Als nun Jakob von seiner letzten heimlichen Begegnung mit Leonore Schimmelpfennig nach Seelbach zurückkehrte, trat ihm auf der früheren Hauptstraße, die jetzt »Adolf-Hitler-Straße« hieß, mit eiligen Schritten der Polizist Angelbauer entgegen und brüllte ihn lautstark an. Was er sich erlaube, seinen Judenstern unter einem Fahrradblouson zu verstecken. Viel zu sehr habe man bisher mit dem Judenpack Geduld gehabt, schrie er mit sich überschlagender Stimme. »Du Judenlümmel kommst mit zur Wache und zwar sofort!«

Als sie das Seelbacher Polizeirevier betraten, war sein Stellvertreter, ein Mann namens Pfister, gerade damit beschäftigt, eine Anzeige entgegenzunehmen. Mit sichtlicher Mühe hackte er den Text auf die ausgeleierten Tasten einer betagten Stoewer-Schreibmaschine. Manchmal verhakten sich die Typen. Angelbauer nickte seinem Kollegen zu und zerrte Jakob am Tresen vorbei, vor dem eine ihm unbekannte Frau stand, die offensichtlich das Opfer eines Kartoffeldiebstahls geworden war. Vor den Augen der anderen schlug er Jakob derb in den Rücken, was diesen mehr irritierte als schmerzte. Noch nie hatte er Alfis Vater so aggressiv und abweisend erlebt. Der stieß ihn in das winzige Büro und donnerte die Türe zu. Dann legte er den Zeigefinger auf den Mund und machte mit der anderen Hand eine beschwichtigende Geste. »Du wirst im Stadtpark mit bloßen Händen das Scheißhaus putzen, wenn das nochmals passiert«, brüllte er und hielt dann plötzlich und auch nur für wenige Sekunden ein Schreiben vor Jakobs Gesicht, in dem in den ersten Zeilen von einem Abtransport die Rede war. »Ist das klar?«, brüllte Angelbauer.

Jakob nickte. Er hatte verstanden.

Am 25. November brachte der altgediente Briefträger Walter Ziegler einen Einschreibebrief für Joseph Winter. Ziegler ahnte, dass auf die Juden wieder etwas zukam. Er hatte an diesem

Morgen schon etliche Schreiben übergeben. Absender war jeweils die Jüdische Kultusvereinigung Württemberg, der man die Benachrichtigung derer aufgeladen hatte, die sich für die Deportation bereithalten mussten. Der allzeit freundliche und stets zu einem Schwätzchen aufgelegte Postbeamte kannte Joseph schon viele Jahre. Er hatte ihm seinerzeit hoch angerechnet, dass er ihn damals, als er im Veteranen- und Kriegerverein noch eine bedeutende Person war, niemals herablassend behandelt hatte, obwohl er es im Weltkrieg gerade mal zum Gefreiten gebracht hatte.

An diesem Vormittag waren alle Familienmitglieder in dem kleinen Zimmer versammelt, das ihnen Spighel zusammen mit einem weiteren Zimmer, in dem die Frauen schliefen, und einem Verschlag überlassen hatte, in dem sich eine einfache Wasserstelle mit Ablauf und ein alter Holzofen befanden. Pinchas Spighel bewohnte mit seiner Familie auch nur noch zwei Räume, hatte allerdings noch die Küche und einen Keller, in dem die Familien das Brennmaterial lagerten, das tagsüber mit vereinten Kräften aufgetrieben wurde. Trotz größter Armut teilte er mit ihnen. Das musste man ihm aus Sicht von Rosa Winter hoch anrechnen, zumal er noch nicht einmal an den Allmächtigsten glaubte, sondern das gottlose Geschwätz der Marx-Getreuen in sich aufgesogen hatte.

»Jakob hat Recht gehabt. Wir hätten auf ihn hören sollen«, sagte Joseph und blickte in die blassen, angespannten und übermüdeten Gesichter. Seine Mutter saß als Einzige allein auf einem Stuhl. Rosa stand neben ihm, auf den beiden anderen Stühlen saßen jeweils zu zweit Jakob und Elias sowie Judith und Helene. »Wir müssen uns vorbereiten. Das zusammenpacken, was hier aufgelistet ist.«

»Aber Vater«, sagte Judith mit zitternder, aber klarer Stimme, »Mutter und du braucht doch nichts zu packen. Welch großes Glück, dass ihr zurückgestellt seid. So ist wenigstens jemand bei der Oma.«

»Wir Jungen kommen schon durch«, versicherte Elias. »Die brauchen uns jetzt im Osten als Arbeitskräfte.«

Helene nickte zustimmend. Rosa Winter stand unverändert schweigend neben ihrem Mann und presste die ineinander verhakten Finger so fest zusammen, dass die Knöchel hell hervortraten.

In das aufkommende Schweigen hinein sprach Großmutter Bertha, die seit dem Tod ihres Mannes zunehmend verfiel, was durch das Ungemach der letzten Jahre weiter beschleunigt worden war. »Joseph«, begann sie in einer Lautstärke und mit einer Festigkeit in der Stimme, wie man sie lange nicht mehr vernommen hatte. »Du bist das Familienoberhaupt und hast vor allen anderen Pflichten die Verantwortung für deine Frau und deine Kinder.«

Alle sahen zu der betagten Frau hinüber, die hoch aufgerichtet auf ihrem klapprigen Stuhl saß.

»Und diese Verantwortung gebietet dir und auch dir, Rosa, eure Kinder nicht alleine diesen Weg gehen zu lassen.« Bei den letzten Worten sah sie in einer Weise zu ihrer Schwiegertochter hinauf, die keine Widerrede duldete.

Rosa fühlte eine alte Bitternis in sich aufsteigen, die sich in den Jahren entwickelt hatte, als sie der strengen Patronin während der kriegsbedingten Abwesenheit Josephs hilflos ausgeliefert war. Bis zu ihrem Tod bevormundet sie mich, dachte sie, wurde dann aber von Jakob abgelenkt, der energisch widersprach.

»Kommt nicht in Frage, Ome. Die Eltern bleiben bei dir. Wenn alles gut verläuft, finden wir Mittel und Wege, um euch später nachkommen zu lassen.«

Rosa war stolz auf ihren Jüngsten. Er hatte nicht die Feinsinnigkeit von Elias, er war vielleicht auch nicht so klug wie sein älterer Bruder. Aber der Junge verfügte über einen klaren Verstand und besaß einen festen Willen.

Mit einem Mal ließ die Großmutter ihre altersknöcherne Hand auf die Tischplatte sausen. »Joseph, du wirst deine Kinder nicht alleine ausreisen lassen. Und von dir, Rosa, erwarte ich dasselbe. Macht euch um mich keine Gedanken. Es ist noch genügend Zeit, mich ins jüdische Altersheim nach

Sontheim zu bringen. Das wird sogar recht vergnüglich, denn ich weiß, dass dort jetzt mehrere meiner alten Freundinnen untergebracht sind. Und die werden dort gut behandelt. Also, zaudert nicht und tut, was zu tun ist.«

Sie blickte auffordernd zu ihrem Sohn hinüber. Joseph senkte den Kopf und nickte nahezu unmerklich. Dann murmelte er halblaut: »Mutter, nach Sontheim kannst du nicht mehr. Die haben dort alles kurz und klein geschlagen.«

Es blieb schließlich Jakob vorbehalten, in der Nacht vom 25. auf den 26. November heimlich das Gelände der vormals »Winter'schen Villa« aufzusuchen. Obwohl man viel lieber daraus noch eine Brühe ausgekocht hätte, nahm er auf Anraten von Elias einen frischen Knochen mit, den er dem Hund zuwarf, der nachts frei auf dem Gelände lief, das die neuen Besitzer nach ihrem unfreiwilligen Auszug übermannshoch eingezäunt hatten.

Er gelangte problemlos zu dem beschriebenen Platz. Hinter einem der Holzpfeiler des chinesischen Gartenhauses hatte Joseph einen Teil des Familienschmucks vergraben und die Stelle mit derselben Sorgfalt unkenntlich gemacht wie die Lage der Sprengfallen, die er vor 25 Jahren in Frankreich in der Erde verlegt hatte.

In der Zwischenzeit hatten Rosa und die Mädchen bereits Mantelsäume aufgetrennt. Vorsichtig wurde der Schmuck eingenäht. Man konnte nie wissen, zu was das noch gut sein würde.

Zwei Tage bevor die Abreise erfolgen sollte, kam Leonore aus Ansbach. Es war ein Samstag, man hatte die Arbeitszeit auch für die weiblichen Mitarbeiter dieses kriegswichtigen Betriebes um den Samstagvormittag verlängert. Somit kam sie erst am frühen Abend in Seelbach an. Jakob hatte seit mehreren Stunden in der Heuscheuer, »ihrer« Heuscheuer, auf sie gewartet.

Als er nach einer innigen Begrüßung seine Hand unter ihren langen Rock schob, wies ihn Leonore heftig zurück. »Du spinnst wohl, das geht heute nicht. Und du bist völlig ausgekühlt. So behandelt man keine Frau. Das musst du dir merken, ein für alle Mal.«

Wortlos kauerte Jakob sich auf den mit Stroh bedeckten Lehmboden, der in den letzten Wochen knüppelhart gefroren war. Er wirkte noch zierlicher als sonst. »Übermorgen kommen wir weg«, sagte er nach minutenlangem Schweigen, ohne dabei Leonore anzusehen, die immer noch Handschuhe anhatte und einen Wollschal trug, den sie sich mehrmals um den Hals und den Kopf geschlungen hatte.

Am Morgen des 30. November herrschte in Seelbach schon zu früher Stunde eine große Umtriebigkeit. Da die drei örtlichen Polizisten nicht ausreichten, um die im Ort lebenden jüdischen Familien vorschriftsmäßig von ihren Unterkünften abzuholen und zur Sammelstelle auf dem Gelände der Spiegelfabrik zu bringen, waren neben anderen Beamten auch Gendarmen aus den umliegenden Gemeinden herangezogen worden, in denen keine Juden lebten. In anderen Fällen brachten Polizisten einzelne Juden nach Seelbach in die alte Lagerhalle und standen dann, nunmehr dem Leiter des örtlichen Polizeipostens unterstellt, für weitere Aufgaben zur Verfügung.

Oskar Angelbauer hatte die Nacht nicht geschlafen. In einer kurzen Lagebesprechung wies er die ortsfremden Polizisten, zu denen gegen 7.30 Uhr noch ein Einsatzkommando aus Heilbronn stieß, in ihre Aufgaben ein. »Meine Herren«, sagte er am Ende seiner Ausführungen, »ich erwarte eine korrekte Aufgabenerfüllung. Um weitere Unruhe in der hiesigen Bevölkerung zu vermeiden, führen Sie das Ganze diskret und möglichst ohne Gewaltanwendung durch.«

Nachdem die Kollegen den zugewiesenen Adressen zusteuerten, überlegte er, ob er im Büro bleiben sollte. Einer musste schließlich die Übersicht behalten und ansprechbar sein. Doch dann rief er seinen Kollegen Pfister zurück. »Toni«, sagte er zu ihm. »Du gehst zuerst zu Dr. Goldmann. Der und seine Frau gehen nicht auf den Transport. Aber bei ihm ist noch die fünfköpfige Familie Singer einquartiert, wohl entfernte Verwandte. Ich selbst kümmere mich in der Metzgergasse um die Familie Spighel und die dort untergebrachten Winters.«

Als Angelbauer das heruntergekommene Haus betrat, schlug ihm im langen Hausgang feuchter Modergeruch entgegen. An einigen Stellen blätterte der Kalkputz großflächig ab. Er ging die Treppe in den ersten Stock hoch und läutete. Der schrille laute Ton der Türklingel erschreckte ihn. Er straffte sich sofort wieder, als ihm die verhärmte Frau von Pinchas Spighel öffnete. Sie führte ihn in die Stube, in der ein Dutzend Menschen versammelt war. Inmitten der Familien Winter und Spighel saß Bertha Winter würdevoll in einem abgewetzten Ohrensessel. Sie hatte ihren Schmuck angelegt und trug ein bodenlanges Kleid aus schwarzem Taft. Das Oberteil war mit eng aneinanderliegenden Biesen verziert. Schwarzen Perlen gleich schlossen dunkle Knöpfe das Kleid bis zum Halsansatz. Die gerüschte Spitze des Kragens gab ihrem Aussehen etwas Majestätisches.

Mit leicht nach vorne geschobenem Kinn musterte sie den Leiter des örtlichen Polizeipostens. »Angelbauer«, sagte sie mit klarer Stimme, »ich bestehe darauf, dass man mich mit meiner Familie abreisen lässt.«

Der Beamte ignorierte die Greisin, blickte zu Jakob hinüber und fragte sichtlich verwundert: »Warum bist du denn noch hier?«

Jakob sah zu dem groß gewachsenen, immer noch schlanken Mann auf. »Wir bleiben zusammen. Etwas anderes kommt nicht in Frage.«

Angelbauer schüttelte den Kopf, schwieg dann eine Zeitlang und ging anschließend mit auf dem Rücken verschränkten Armen einige Schritte in Richtung der beiden niedrigen Fenster, die der Metzgergasse zugewandt waren. Dann zog er ein graues Kuvert aus der Innentasche seines Uniformrocks und wandte sich erneut der Runde zu, die schweigend dem entgegenharrte, was auf sie zukommen sollte.

»Wer ist denn hier der Haushaltsvorstand?«

»Das bin in diesem Hause immer noch ich«, sagte Pinchas Spighel.

»Dann begleiten Sie mich erst durch die Wohnung.«

Angelbauer ging mit Pinchas Spighel von Zimmer zu Zimmer.

»Sie reisen ja nicht ab. Welche Räume werden von Winters bewohnt?«

»Die beiden hinteren. Im Übrigen lasse ich meine Kinder nicht im Stich. Ich fahre.«

Ratlos schüttelte der Polizist den Kopf.

Bei dem Ofen, den er in einem der beiden Räume vorfand, öffnete er die untere Ofentür. »Wenn Sie die Wohnung verlassen, muss das Feuer aus sein«, sagte er zur Erklärung.

Sie kehrten wieder in die Stube zurück, in der sich alle Anwesenden noch auf denselben Plätzen befanden wie bei seiner Ankunft.

»Frau Winter, Sie können Ihre Familie nicht begleiten. Die Vorschrift besagt, dass alle, die die Umsiedlung mitmachen, nicht älter als 65 Jahre alt sein dürfen.«

Joseph Winter trat einen Schritt vor. »Oskar«, sagte er und legte dem Polizisten die Hand auf den Oberarm, was dieser zuließ. »Ich habe dafür gesorgt, dass meine Mutter ins Schloss Eschenau gebracht wird. Das jüdische Altersheim, in das sie gerne gegangen wäre, besteht nicht mehr. Du kümmerst dich darum?«

Angelbauer, der wusste, dass man das Eschenauer Schloss vorübergehend zum Zwecke der Unterbringung alter und transportunfähiger Juden beschlagnahmt hatte, nickte wortlos.

»Ich muss jetzt euer Gepäck kontrollieren«, sagte er. »In der nächsten halben Stunde wird ein Beamter des Finanzamtes Schwäbisch Hall kommen. Dem gebt ihr eure Wertsachen und Sparbücher. Eigentlich sollte das nachher am Sammelpunkt geschehen, aber so spielt sich das Ganze diskreter ab. Joseph, du erstellst ein Verzeichnis. Mitnehmen dürft ihr nur eure Eheringe, keinen weiteren Schmuck, keine Uhren. Ich muss euch nun bitten, nacheinander eure Koffer, Taschen und Rucksäcke zu öffnen.«

In diesem Augenblick waren schwere, schnelle Schritte auf der knarrenden Stiege zu hören. Dann betätigte jemand lang anhaltend die Klingel.

Pfister stürmte achtlos an Pinchas Spighel vorbei in die Stube.

»Chef«, rief er außer Atem. »Da ist eine Riesensauerei passiert. Die Familie, die bei Goldmann untergebracht ist. Alle tot. Die haben sich wahrscheinlich vergiftet. Da hat der Judenarzt bestimmt seine Hand im Spiel gehabt. Sonst kämen die doch gar nicht an Gift.«

»Joseph, du haftest mir dafür, dass nur die erlaubten Sachen mitgenommen werden«, keuchte Angelbauer, rannte aus der Wohnung und hinter seinem Kollegen die ausgetretene Holztreppe hinunter.

Im Goldmann'schen Anwesen herrschte helle Aufregung. Der Arzt war wohl von den Heilbronner Kollegen, die in dieser Straße im Einsatz waren, geschlagen worden, denn er blutete an der Stirn und aus dem Mund. Scherben lagen auf dem Boden. Ein Teil des Mobiliars war umgeworfen oder beschädigt. Als einer der Heilbronner Schutzleute den örtlichen Einsatzleiter auftauchen sah, schlug er erneut mit dem Gummiknüppel auf Dr. Goldmann ein, der sich mit erhobenen Armen zu schützen versuchte.

»Die Judensau will nicht reden. Der hat doch denen da drin das Gift verschafft.«

»Aufhören!«, brüllte Angelbauer, »sofort aufhören. Sie zeigen mir jetzt, wo das passiert ist.«

Der Heilbronner Schutzmann schaute seinen Kollegen verständnislos an, ließ aber den Knüppel sinken und ging wortlos voraus. Sie durchquerten mehrere Räume, denen man noch deutlich ansah, dass sie lange eine Arztpraxis beherbergt hatten, und erreichten schließlich eine kleine Kammer, in der mehrere Polizisten, der Bürgermeister und der Ortsgruppenleiter ein gespenstisch wirkendes Arrangement umstanden.

Wie Schlafende ruhten sämtliche Mitglieder der Familie Singer auf der Couch, einem Sessel und dem Fußboden. Die Frau, wohl die Mutter der drei Kinder, saß nur leicht zusammengesunken auf der Couch. Beide Arme hielt sie auch im Tode noch um zwei Mädchen gelegt, die mit den Köpfen an ihrem Körper lehnten. Ein Junge kuschelte sich regungslos in einen wuchtigen Sessel. Ein Bein hielt er ausgestreckt, das angewinkelte Knie des anderen berührte beinahe das Kinn. Lediglich ein Mann, wohl der Ehemann und Vater der drei Kinder, lag mitten im Raum auf dem Teppich.

»Sauerei, das«, nuschelte Gauder und trat hochgradig nervös von einem Bein auf das andere. »Sauerei, das. Jetzt können wir auch noch die ganze Bande hier beerdigen. Das sind doch gar keine Seelbacher. So eine verdammte Scheiße.«

»Pfister«, wandte sich Angelbauer an seinen Untergebenen, »Sie übernehmen das. Dr. Müller muss her. Er soll die Leichen untersuchen. Sie machen ein Protokoll. Und sorgen Sie dafür, dass Dr. Goldmann in Ruhe gelassen wird.«

Auf dem Weg in das Areal der Spiegelfabrik ging Angelbauer einige Schritte neben Joseph Winter her. Mit dem Ausdruck sichtlicher Verlegenheit sagte er zu ihm: »Es ist mir wirklich peinlich. Aber ich muss euch begleiten. Das ist Vorschrift. Dabei kennst du den Weg viel besser als ich.«

Pinchas Spighel humpelte als Letzter hinter der vor ihm laufenden Gruppe her, in der sich die Mitglieder der Familien Spighel und Winter mischten. Sein Blick fiel auf den kraftvollen Rücken seines Sohnes Gideon. Dieser Anblick erfüllte ihn mit Freude und Stolz. Der wird schon durchkommen, dachte er. Dann schloss er mit großer Kraftanstrengung zu Joseph Winter auf.

»Vor 23 Jahren hat mich dein Vater rausgeschmissen. Du wurdest reicher und reicher. Ich wurde arm und ärmer. Und jetzt laufen wir zur selben Lagerhalle, um morgen in einem schäbigen Zug nach Osten verschickt zu werden. Du hast nichts mehr, ich habe nichts mehr. Schon komisch, das Leben.«

»Du hättest bleiben können. Warst Frontsoldat.«

»Lässt du deine Familie im Stich?«

Wortlos schüttelte Joseph Winter den Kopf und schlug den Kragen hoch. Es hatte wieder angefangen zu schneien. Aus den Schornsteinen der umliegenden Häuser schlug ihnen dunkler Rauch entgegen. Eine Menge frisch geschlagenen Holzes wurde heuer verfeuert, viel zu kurz gelagert. Aber Kohle wurde knapp. War wohl kriegswichtig.

In der alten Lagerhalle war es bitterkalt. Einige Scheiben der vor Dreck strotzenden Oberlichter waren zerschlagen. Feine Schneeflocken fanden den Weg ins Innere und rieselten auf die Menschen herab, die sich bereits in der Mitte des alten Gebäudes versammelt hatten.

Joseph Winter betrachtete missbilligend die Unordnung der eingelagerten Verpackungskisten und Materialboxen, die die eine Hälfte der Halle ausfüllten. Eine derartige Schlamperei hätte es früher nicht gegeben. Aber er war hier nicht mehr zuständig.

Während der letzten Stunden hatte man aus den umliegenden Dörfern etwa vierzig Juden hierhergebracht. Auch die ersten Seelbacher waren schon vor ihm eingetroffen. Irritiert musterte Joseph ein ihm unverständliches Treiben, das sich am anderen Ende der Halle abspielte. Vor der Rückwand hatte man im Inneren zwei Rotkreuzzelte aufgebaut. Sollte man darin die Nacht verbringen?

Als hätte Angelbauer seine Gedanken erahnt, sagte er zu ihm: »Ihr werdet jetzt durchsucht und untersucht. Niemand darf mit einer ansteckenden Krankheit die Reise antreten. Ein Zelt ist für die Männer, eines für die Frauen.«

Als Rosa Winter an der Reihe war und das im Inneren nochmals unterteilte Zelt betrat, erkannte sie zu ihrer großen Verwunderung die mittlerweile ergraute Hebamme Charlotte Bühler. Bei ihrem Anblick brach die alte Frau sofort in Tränen aus, die alsbald in dünnen Rinnsalen den Weg über ihr zerfurchtes Gesicht suchten. Sie hatte alle vier Kinder entbunden, die Rosa Winter zur Welt gebracht hatte. Elias, Judith und Helene hatte sie in der schlechten Zeit in die Welt befördert, als es auch für feine Leute wie die Winters nicht einfach war, täglich frische Milch zu bekommen. Und sie hatte ein paar Jahre später den kleinen Jakob abgenabelt, der schon als Neugeborenes eine laute, energische Wildheit an den Tag legte, die so gar nicht mit der Zierlichkeit seines kleinen Körpers in Einklang zu bringen war. Und erst das dritte und das vierte Kind konnte sie dem Vater frisch eingewickelt für einen kurzen Augenblick in den Arm geben. Seine beiden älteren Kinder hatte er erst viele Monate nach der Geburt das erste Mal zu Gesicht bekommen, als ihn ein Heimaturlaub wenige Tage nach Hause führte.

Helene wurde nur wenige Wochen nach dem Waffenstillstand geboren, als alles in eine bisher nicht gekannte Unordnung geraten war. So war Jakob für Joseph das einzige wirkliche Friedenskind gewesen.

»Mein Mädchen«, schluchzte die betagte Hebamme, was Rosa Winter etwas wunderlich vorkam, denn schließlich war sie der 50 schon recht nahe. »Es tut mir so leid. Sie haben mich gegen meinen Willen hierherverpflichtet. Ich muss die Frauen untersuchen. Glaub mir, ich wollte das nicht. Aber dann hat man mir gesagt, wenn ich nicht wolle, dass ein Trampel von der NS-Frauenschaft an den Judenweibern rumfingere, müsste ich das tun.«

»Ist schon gut, Frau Bühler. Es ist schon in Ordnung so. Sie brauchen sich keine Vorwürfe zu machen. Ich bin sehr froh darüber, dass Sie hier sind und keine andere«, sagte Rosa Winter mit beherrschter Nüchternheit und hatte auch schon damit begonnen, sich auszukleiden.

Als Joseph Winter das andere Zelt verließ, erblickte er zu seiner großen Überraschung Max Goldmann, dessen unverändert gewaltige Statur ihn deutlich von den anderen abhob. Gebeugt stand er da, das Gesicht voller Wunden, aber immer noch in einer Weise, die Ungebrochenheit ausstrahlte, so, als sei er gewissermaßen noch Herr über sein Schicksal.

Joseph Winter ging auf ihn zu. »Max«, sagte er ohne weitere Begrüßung, »was machst du denn hier?«

»Joseph, es macht keinen Sinn, zu bleiben. Wenn sie die Alten nach Eschenau fortgebracht haben, kann ich in Seelbach in wenigen Tagen keinen einzigen Juden mehr behandeln. Und nach dem Freitod der Familie Singer kann ich auch nicht länger in meinem Haus bleiben. So abgebrüht bin ich nicht und Mizzi schon gar nicht.«

Der zierliche Joseph drückte dem Hünen wortlos die Hand und blickte suchend nach seiner Familie. Noch mehr Juden waren hinzugekommen. Manche waren bereits zu Hause oder auf dem Marsch zum Sammelplatz misshandelt worden, obwohl es Angelbauer mehrmals untersagt hatte.

Die Dämmerung senkte sich herab. In der zugigen Halle wurde es noch kälter. Die Menschen froren, obwohl sie sämtliche wärmenden Kleidungsstücke angezogen und die mitgebrachten Decken um sich gelegt hatten.

Als Oskar Angelbauer eine der letzten Familien in die Lagerhalle begleitete, eilte Joseph Winter rasch auf ihn zu. »Oskar, die Nacht wird noch kälter. Kannst du uns nichts Wärmendes bringen?«

Der Polizist nickte kaum merklich und ließ zwei Stunden später drei große Waschzuber mit heißem Wasser und einen weiteren mit Trinkwasser in die Halle tragen. Viele der Unglücklichen umstanden alsbald die dampfenden Gefäße. Nachdem die Temperatur in den Zubern genügend weit gesunken war, hielten immer mehr Umstehende ihre Hände ins heiße Wasser.

Nach und nach zogen sich die meisten zu ihren Familien zurück. Man versuchte, sich eng aneinandergeschmiegt gegenseitig zu wärmen.

Draußen war es noch dunkel, als Oskar Angelbauer in Begleitung acht weiterer Polizisten in der Lagerhalle auftauchte.

Auch er hatte wieder eine schreckliche Nacht gehabt, kaum ein Auge zugetan. »Fertigmachen zum Abmarsch«, rief er im Befehlston in den dunklen Raum hinein, in den nur das Licht einer entfernt hängenden Hoflampe eine winzige Spur Helligkeit brachte.

Jakob, der ein wenig abgerückt von seiner Familie bis auf wenige Augenblicke wach auf einem Stapel gebrauchter Verpackungskisten gelegen hatte, erhob sich als Erster. Er klopfte sich an den Stellen ab, an denen er Staub vermutete.

Angelbauer ging auf ihn zu. »Junge, du hättest abhauen sollen«, flüsterte er heiser. »Wozu habe ich dir denn das Schreiben gezeigt?«

Jakob zuckte mit den Schultern. »Es ging nicht«, sagte er nur.

Nach einer halben Stunde verließ ein lose gereihter Zug das Gelände der Spiegelfabrik. Joseph Winter hatte sich fest vorgenommen, keinen Blick zurückzuwerfen. Doch bei der letzten Einmündung, von der aus das Areal noch einsehbar war, hielt er diesen Vorsatz nicht durch und sah sich ein letztes Mal um. Groß geworden war die Fabrik. Das Werk des Vaters und auch sein Werk. Oben rechts die »Weiße Villa«. Dann richtete er den Blick nach vorne und schloss zu dem ersten der beiden Handwagen auf, die die Polizei am Bahnhof beschlagnahmt hatte, um das Gepäck besser transportieren zu können. Zwei junge Männer zogen ihn. Sie stammten offensichtlich aus einer benachbarten Gemeinde, denn sie waren ihm unbekannt. Ihr Weg führte sie durch die Randbezirke der Innenstadt zum Bahnhof. Als sie die weiß bepuderten Bäume der Kastanienallee durchschritten, sahen sie den Frühzug bereits abfahrbereit auf dem Gleis stehen, auf dem er an jedem Werktag stand.

Elias bemerkte den Unterschied zu sonst als Erster. »Schau mal«, sagte er zu seiner Mutter, die neben ihm lief, »sie haben zwei Waggons angehängt.«

Jetzt sahen auch die anderen die beiden älteren Personenwagen, vor denen mehrere Polizisten in loser Reihe Aufstellung genommen hatten. Alle fanden einen Sitzplatz. Wenige Minuten nachdem mehrere junge Männer die letzten Gepäckstücke von den Handkarren in das Zuginnere gereicht hatten, ertönte ein langer Pfiff des Schaffners, mit dem er das Signal zur Ausfahrt aus dem Seelbacher Bahnhof gab.

Der Zug verkehrte fahrplanmäßig, hielt überall da, wo er auch an anderen Tagen zum Halten kam, und hätten auf den offenen Plattformen der beiden altmodischen Abteilwagen nicht mehrere dick eingemummte, frierende Polizisten unter den gusseisernen Überdachungen gestanden, wäre der Zug nicht von anderen zu unterscheiden gewesen, die jeden Werktagmorgen auf dieser Strecke verkehrten.

In Heilbronn verließen die anderen Fahrgäste die vorderen Wagen. Viele von ihnen gingen zu Fuß ins untere Industriegebiet, wo sich die meisten der jetzt kriegswichtig gewordenen Betriebe befanden.

Polizisten eilten durch die beiden letzten Wagen. »Alles bleibt im Zug. Ihre Wagen werden nach einem kurzen Aufenthalt an einen anderen Zug angehängt.«

»Kommen jetzt die Heilbronner?«, fragte Joseph Winter seinen Freund Max Goldmann, der sich mit einem leidlich sauberen Taschentuch eitrige Gesichtswunden abtupfte.

Der zuckte mit den Schultern und sagte gedankenverloren: »Man wird sehen, Joseph, man wird sehen.«

Der angekündigte kurze Aufenthalt dehnte sich und wurde schließlich zu einem mehr als vierstündigen Verweilen auf einem Abstellgleis. Es war Mittagszeit, als die beiden Eisenbahnwagen mit den Juden aus Seelbach und einigen umliegenden Landgemeinden an einen Personenzug angekoppelt wurden.

»Wir fahren nach Stuttgart«, sagte jemand, nachdem der Zug Heilbronn hinter sich gelassen hatte. Einige, die die Strecke wohl auch kannten, machten zustimmende Bemerkungen. Die meisten dösten oder schliefen auf den harten Holzbänken.

»Was die wohl mit den Heilbronnern machen?«, fragte Pinchas Spighel.

Elias, der ihm am nächsten saß, äußerte die Vermutung, dass man die dortige jüdische Gemeinde mit einem anderen Zug, vielleicht einem früheren, abtransportiert habe. Schließlich gebe es ja zwischen Heilbronn und Stuttgart den ganzen Tag über durchgehende Verbindungen. Erst am nächsten Tag würden sie erfahren, dass die noch in Heilbronn lebenden Teile der dortigen jüdischen Gemeinde zusammengepfercht in Bussen zum Sammelpunkt nach Stuttgart gebracht worden waren.

»Ludwigsburg«, sagte Jakob, und etwas später: »Feuerbach.«

Viele der unfreiwillig Reisenden waren in ihrem Leben noch niemals in Stuttgart gewesen. Sie staunten über die zahlreichen Bahnsteige des Stuttgarter Hauptbahnhofs. Als sie in diesen einfuhren, standen auf mehreren Gleisen weitere Züge, deren Lokomotiven leise fauchend schwarzen Rauch oder weißen Dampf ausstießen.

Als der Zug zum Halten gekommen war, wurden von den begleitenden Schutzleuten sofort die Außentüren aufgerissen.

»Alles auf dem Bahnsteig antreten«, hieß es. Je nach Naturell oder Stimmungslage des jeweiligen Beamten wurde dieser Befehl um den Zusatz »hopp, hopp«, »aber schnell« oder »dalli, dalli, ihr Scheißjuden« ergänzt.

Ein Polizist, der wohl der Transportleiter war, rief von einer Liste die Namen auf. Als die Vollständigkeit überprüft war, übergab der Mann zusammen mit dem Namensverzeichnis die Verantwortung für diesen Transport an einen Angehörigen der Stuttgarter Polizei.

In einem geschlossenen, von Polizisten abgeschirmten Pulk durchquerten sie die große Bahnhofshalle, die sie durch den Nordausgang verließen. Dort verlud man sie auf mehrere Lastwagen, die mit laufenden Motoren aufgereiht auf der Zufahrt standen. Sobald die Pritsche besetzt war, fuhr der Lastwagen ab, ohne auf die anderen zu warten. Da die Ladefläche mit einer Plane überspannt war, die man vor der Abfahrt verschloss, konnte niemand sehen, wohin die Fahrt führte, aber alle spürten nach wenigen Metern, dass es hinter dem

Bahnhof in die Höhe ging. Jakob, der mit dem Rücken zum Führerhaus auf dem Boden hockte, hörte, wie der Fahrer unter Flüchen versuchte, vom dritten in den zweiten Gang zu schalten. Erst nach mehreren Anläufen gelang es ihm, unter lautem Krachen den niedrigeren Gang einzulegen.

Sie ruckelten noch etliche Minuten in die Höhe, dann rollte der Lastwagen mit langsamer Geschwindigkeit noch einige Meter und kam dann zum Halten.

Noch ehe der Wagen gänzlich zum Stillstand gekommen war, hörte man Hundegebell, gebrüllte Befehle und Stiefelgetrappel. Die hintere Plane wurde aufgerissen. Im Vordergrund eines hellen Ausschnitts wurde ein SS-Mann sichtbar, der sofort losbrüllte, ohne dabei jemanden anzusehen: »Sofort alle runter, in Zweierreihen antreten. Jeder hält sein Gepäck rechts neben sich.«

Noch ehe der nächste LKW das Gelände erreichte, sausten auf einzelne der Angetretenen Schlagstockhiebe nieder. »Jud, weißt du nicht, was rechts oder links ist. Dir werden wir das schon noch beibringen und wenn dir dabei das Wasser im Arsch kocht.«

»Itzig, dich werden wir lehren, was es heißt, ordentlich in Zweierreihen anzutreten.«

»Du stehst ja da wie ein Korkenzieher. Nimm gefälligst eine ordentliche Haltung an.«

Zur Überraschung aller trat Joseph Winter einen Schritt vor. Unbemerkt von den anderen hatte er sich sein Eisernes Kreuz erster Klasse und seine württembergischen Orden an den Mantel geheftet. Er nahm militärische Haltung an und sagte laut vernehmbar zu dem SS-Mann, der in seiner Nähe stand. »Mein Herr, ich möchte Sie darauf aufmerksam machen, dass vor Ihnen ein mehrfach ausgezeichneter Offizier des Weltkrieges steht. Ich bitte Sie daher um einen respektvollen Umgang mit den Anwesenden.«

Für einen Moment herrschte völlige Stille. Diejenigen, die Ohrenzeugen dieser Ausführungen geworden waren, erstarrten vor Schreck.

Dann schien sich der SS-Unterscharführer gefangen zu haben. Mit gespreizten Beinen nahm er vor Joseph Winter Aufstellung, stemmte die geballten Fäuste ans Koppel und schnappte noch zweimal nach Luft, ehe er völlig entgrenzt zu brüllen begann: »Was willst du, Saujud, verreckter, einen respektvollen Umgang? Den kannst du haben!«

Er trat zwei Schritte vor, schlug Joseph Winter ins Gesicht und riss ihm seine Kriegsauszeichnungen vom Mantel. »Dir werd ich's zeigen. Will sich dieser jüdische Schweinehund auch noch Vorteile verschaffen.«

Mit der behandschuhten Hand schlug er erneut nach Joseph Winter, der keine Anstalten machte, den Schlägen auszuweichen. Stumm ertrug er die körperliche Pein. Die plötzliche und endgültige Gewissheit, dass sein bisheriges Leben, in dem das Deutschtum und die Vaterlandsliebe von herausragender Bedeutung gewesen waren, nun mit all seinen Idealen vollkommen wertlos geworden war, ließ ihn innerlich zerbrechen.

Sie wurden in das Hauptgebäude des Gartenschaugeländes getrieben, die 1939 neu errichtete »Ehrenhalle des Reichsnährstandes«. Hier herrschten bereits eine erdrückende Enge und katastrophale sanitäre und hygienische Verhältnisse. Rosa Winter übernahm instinktiv ab dem Betreten der Halle die Verantwortung für ihren apathisch mitlaufenden Ehemann. Man hatte ihm das Wichtigste genommen, seinen Glauben an Deutschland und seine Würde.

Rosa Winter hielt die Familie zusammen, wie sie es oft in schwierigen Situationen getan hatte. Erstmals stand ihre Schwiegermutter nicht im Weg. Wie es der Alten jetzt wohl erging? Auch von ihrer eigenen Mutter hatte sie keine Nachricht. Seit Tagen erwartete sie eine Antwort auf einen Brief. Aber der war bis zum Verlassen ihrer elenden Unterkunft nicht eingegangen.

Elias kämpfte sich zu einer Treppe vor, die zur Bühne führte, auf der noch vor kurzem fröhliche Tänze und bunte Reigen aufgeführt worden waren.

Mit dem Rücken zur Treppe verbrachte die Familie eine fürchterliche Nacht. Schreie und mal lautes, dann wieder leises Weinen und Wimmern waren in der Dunkelheit zu vernehmen. Flüche verfolgten Herumirrende, die anderen auf die Hände oder auf andere Körperteile getreten waren. Kinder schrien, Alte murmelten Fragmente aus Gebeten oder Passagen des Hohen Liedes.

Jakob hatte das Gefühl, erst vor wenigen Minuten eingeschlafen zu sein, als Scheinwerfer und Handlampen angingen und mehrere SS-Männer die wenigen, die überhaupt Schlaf gefunden hatten, mit Gebrüll weckten.

Man ließ sie antreten. Dann wurden die Listen kontrolliert, was mehr als eine halbe Stunde dauerte. Es war noch weit vor 4 Uhr morgens, als man mehr als tausend württembergische Juden in die Dunkelheit hinaustrieb.

Jakob, der in seiner knappen Freizeit in Stuttgart viel unterwegs gewesen war, kannte das Gartenschaugelände, von dem aus sich der Transport in Bewegung setzte. Das darunterliegende Wohngebiet war ihm jedoch unbekannt. Sie kamen an einer evangelischen Kirche vorbei, mehr blieb ihm nicht in Erinnerung. Als sie den Stuttgarter Nordbahnhof erreicht hatten, wurde die Kolonne nach einem weiteren Anstehen mit Gebrüll, Flüchen und Schlägen auf mehrere Waggons aufgeteilt, die sich in so schlechtem Zustand befanden, dass sie selbst für Truppentransporte untauglich geworden waren. Den Angehörigen der Familie Winter war es gelungen, beisammenzubleiben. Nun drängten sie sich auf zwei gegenüberliegende Holzbänke. Neben ihnen nahmen rasch andere Platz und noch immer wurden Menschen mit Gummiknüppeln in den Zug geprügelt.

Dann ereignete sich eine Szene, die Jakob aufgrund ihrer Skurrilität und noch weiterer späterer Vorkommnisse zeitlebens in Erinnerung behalten würde. Durch diejenigen, die auf dem Boden saßen, stakste eine Frau in einem engen weinroten Kostüm. Auf dem Kopf trug sie einen jadegrünen Hut, den eine zierliche, geschwungene Feder schmückte. Was unter anderen Umständen nicht weiter aufgefallen wäre, wirkte in diesem Moment und in dieser Lage völlig absurd. Die meisten Frauen trugen mehrere Hosen übereinander und darüber dicke Mäntel. Hier tauchte ein Frauenzimmer in einer Aufmachung auf, als wolle sie einen kleinen Sonntagsausflug in die Ludwigsburger Barockgärten unternehmen, mit kleinem Parkbummel und anschließendem Kaffeetrinken im Schlosscafé. Unentschlossen blieb sie stehen, blickte dann zu Jakob hinüber, der unmittelbar neben dem Fester saß. »Bub, bei dir is no a Platzl«, sagte sie mit einem nicht zu überhörenden österreichischen Einschlag.

Bereits Stunden bevor der Zug ruckelnd anfuhr, saß Jakob eng eingezwängt zwischen diesem merkwürdig aufgetakelten Weibsbild und seiner Schwester Helene.

Sogar die Schaustellerfamilie Schürbel, die eher zu den in sich gekehrten Gegnern der Nationalsozialisten zählte, schien von der neuen Zeit zu profitieren. Als Caroline sich an einem Sonntag mit dem Fahrrad nach Lichtengrün gequält hatte, eröffnete ihr der nun auch schon ergraute Frédéric Schürbel zu ihrer nicht geringen Überraschung, dass man das Geschäftsfeld der Familie zu erweitern gedenke.

»Musch künftig net so weit strampla«, sagte der Alte zu seiner Tochter und lächelte verschmitzt, während diese noch immer atemlos den sperrigen Geppel ihres Mannes an eine Holzbeuge lehnte.

»Wie meinst du das?«, fragte Caroline mit mäßiger Neugierde und hob den Kopf. »Soll ich mich nicht mehr blicken lassen?«

Sie strich sich einige verschwitzte Strähnen aus dem Gesicht, dann schüttelte sie ihr wildes langes Haar und versuchte es dann mit einigen Handgriffen notdürftig zu ordnen.

Frédéric Schürbel lachte. Das Lachen war eine Spur zu laut, aber nicht gekünstelt. Er liebte seine Tochter über alles. Den störrischen Geist hatte sie seiner Einschätzung nach von ihm, worin er auch den Grund sah, weshalb sie immer wieder aufs Heftigste aneinandergerieten. »Nein, Caro, wir kommen zu dir.«

»Da wird der alte Lang aber entschieden was dagegen haben, jetzt, wo der Franz fort ist.«

»Nicht so, wie du denkst«, sagte Vater Schürbel beschwichtigend. »Deine Mutter hat schon einige Zeit Malheur durch das viele Stehen. Sie verträgt es einfach nicht mehr. Sommers wie winters bei jedem Wetter zehn bis zwölf Stunden harte Arbeit im Verkaufswagen hinterlassen ihre Spuren. Des isch net gsund.«

»Und was habt ihr vor?«, fragte die junge Frau, während sie gemächlich neben ihrem Vater hinüber zum Haus schlenderte.

»Wir verschaffen uns ein zweites Standbein. Das kann nie schaden, zumal die Schaustellerei jetzt im Krieg nicht nur weniger einbringt und dauernd neue Reglementierungen kommen. Jeden Tag erfinden sie eine neue Schikane, noch eine neue Genehmigung, die man einholen muss, und noch eine. Und seit dem Frankreichfeldzug wittern sie überall Spione. Die sind vollkommen hysterisch. Da trifft es sich gut, dass man uns in Seelbach eine Wirtschaft angeboten hat.«

»Ihr macht euch aber nicht in der ›Silbernen Leuchte‹ breit, jetzt, wo sie den früheren Eigentümer auch noch weggeschafft haben, irgendwohin in den Osten.«

»Nein, die nicht«, murmelte Frédéric Schürbel sichtlich kleinlaut. Er spürte, dass sein Plan bei seiner Tochter auf wenig Gegenliebe stoßen würde.

»Ja, was dann?«

»Eine frühere Bäckerei mit Ausschank. Da kann deine Mutter den Ausschank übernehmen. Ein Vesper und ein einfaches Tagesgericht kriegt sie schon hin. In der früheren Backstube kann man ohne großen Aufwand eine Wirtshausküche einrichten. Platz ist auf jeden Fall genug vorhanden.«

»Ihr wollt aber nicht die Matzedeie vom Leonberger übernehmen?«

»Doch, genau die.«

»Da hört sich doch alles auf. Vater, ich hätte dich nicht für so charakterlos gehalten.«

»So sprichst du nicht mit mir.« Frédéric Schürbel sagte das leise, doch seine Tochter kannte ihn gut genug, um aus den gezischten Worten den unterdrückten Zorn herauszuhören.

»Lass doch das Kind.« Luise Schürbel war an die Tür getreten und blickte liebevoll auf ihre Tochter, die, ohne sie zu grüßen, empört nachfragte: »Mutter, findest du das gut? Sich ein Anwesen unter den Nagel zu reißen, das man anderen Leuten weggenommen hat?«

Noch ehe die Angesprochene etwas erwidern konnte, antwortete ihr Mann: »Wenn wir's nicht übernehmen, nehmen's andere. Wir pachten das ja nur. Und für deine Mutter ist es genau das Richtige.«

»Jetzt hört mit eurer Streiterei auf.« Die Mutter versuchte zu beschwichtigen. »Kommt erst mal rein. Der Kaffee wird kalt. Caro, stell dir nur vor, wir haben echten Bohnenkaffee. Willi hat den aus Frankreich geschickt. Nein, was für ein Glück. Ich bin so froh, dass der Willi jetzt in Frankreich und nicht im Osten ist.«

Der umtriebige Schürbel hatte die Probleme unterschätzt, die sich aus der Übernahme der in der Seelbacher Metzgergasse gelegenen früheren Matzedeie ergaben. Der Umbau der früheren Backstube zur Küche machte weitaus mehr Probleme, als man bei den ersten Besichtigungen vermutet hatte. Luise Schürbel bereitete die Speisen in einer winzigen Küche zu, die sich seit alters her neben dem Schankraum befand. Hier hatten bis zur erzwungenen Auswanderung der Familie Leonberger vor allem ärmere Juden eine Suppe gegessen und ein Dünnbier oder einen Bronfen getrunken, Arbeiter, Hausierer, gelegentlich mal ein Viehhändler. Die christlichen Seelbacher hatten hier nicht verkehrt und nach der Übernahme des Ausschanks durch die Schürbels verliefen sich nur wenige Gäste in das Etablissement, das Mutter Schürbel nun »Liesels Stübchen« nannte. Eine Rolle spielte hierbei auch der Umstand, dass die Schaustellerfamilie wohl im ganzen Landstrich gut bekannt, aber keineswegs von allen wohlgelitten war.

Caroline Lang hielt sich von nun an seltener bei ihren Eltern auf. Die Mutter bewirtschaftete den Ausschank. Sie blieb auch häufiger über Nacht in Seelbach. Der Vater ging weiter auf Tour, auch wenn er oft darüber klagte, dass die Polizeiverordnungen immer strenger wurden. Auch fand er immer weniger jüngere Mitreisende, da die Jahrgänge, die hierfür in Frage kamen, im Arbeitsdienst oder in der Wehrmacht waren. Den Wagen mit Bratäpfeln, Mandeln, Magenbrot und Zuckerwatte machte von nun an eine Dame aus Österreich namens Lieselotte Huntzinger, die von allen nur »Lizzi« genannt wurde. Angeblich war sie früher Tänzerin gewesen, was Liesel Schürbel bezweifelte, denn alle Etablissements, die sie selbst aus jungen Jahren kannte, waren dieser Person kein Begriff.

Erst nach dem Krieg offenbarten sich zwei bis dahin unbekannte Sachverhalte. Lieselotte Huntzinger hatte einen gefälschten Pass – gute Ware, noch von den Vorkriegsexperten Wiens täuschend echt gefertigt. In Wirklichkeit hieß sie Klara Stern, war Jüdin, die als Schaustellerin den Krieg überlebte. Das wäre für den Schürbel-Clan kein Problem gewesen. Zu heftigen Zerwürfnissen führte ein Gespräch, in dem Lizzi, welche nun wieder Klara Stern genannt werden wollte, woran sich die Schürbels nur schwer gewöhnen konnten, Liesel offenbarte, dass es zwischen ihr und Frédéric gelegentlich »zum Äußersten« gekommen sei.

»Nicht das nehme ich ihm übel«, sagte die Betrogene später verbittert zu ihrer Tochter. »Viel schlimmer ist, dass dein Vater, dieses Schwein, rausgekriegt hat, dass sie Jüdin war, und er ihr mit diesem Wissen den Beischlaf abgepresst hat, der Sauhund.«

Caroline machte sich später Vorwürfe. Denn hin und wieder hatte sie ihren Vater an ihrem alten Arbeitsplatz unterstützt, wenn »Not am Mann« war. Sie kehrte dann an die Schiffschaukel zurück, an der sie vor einigen Jahren ihren

Mann kennen gelernt hatte. Für sie war das immer ein willkommener Anlass, den Zwistigkeiten des Köcherhofes zu entfliehen. Nicht nur der alte Bauer, sondern auch ihre Schwiegermutter begegnete ihr mittlerweile mit finsterem Groll. Gottliebin Lang hatte noch nicht verwunden, dass es ihr nicht gelungen war, aus Caroline eine duld- und arbeitsame Schwiegertochter zu machen.

»Ich helfe euch gerne, wenn ich nicht mit dem Betrieb meines Vaters unterwegs bin«, hatte sie kühl gesagt. »Aber dann fragt mich gefälligst in anständigem Ton. Ich bin nicht eure Dienstmagd. Und dem Franz habe ich auch kein anderes Versprechen gegeben.«

Friedrich Lang trat daraufhin ganz nahe an seine Schwiegertochter heran. Sein mittlerweile ergrauter Schnurrbart zitterte. Die Fäuste hielt er geballt, die Arme durchgestreckt. Nur mit großer Mühe konnte er sich davor zurückhalten, seiner Schwiegertochter einen Schlag ins Gesicht zu versetzen. Sein Sohn war schuld, den diese aufreizende Hur verhext hatte.

Einmal, als sich Caroline bereits kurz nach der Hochzeit renitent verhalten hatte, war der Alte wütend auf seinen Sohn zugegangen und hatte ihn angebrüllt: »Wenn du sie net in den Stiefel neibringsch, dann kriegt se irgendwann eine von mir.«

Franz, dem klar war, dass seine Frau in einem solchen Fall sofort den Hof verlassen würde, war ganz ruhig auf seinen Vater zugegangen und hatte nur gesagt: »Vater, das wirst du nie tun. Wenn sie vom Hof geht, geh ich auch. Und das sage ich auch für den Fall, dass ich einmal längere Zeit nicht da sein werde.«

Später hatte der Köcherhofbauer oft darüber nachgedacht, ob sein Sohn damals bereits etwas vom nahen Kriegsausbruch geahnt oder gewusst hatte.

Caroline wich vor ihrem vor Wut zitternden Schwiegervater nicht zurück.

»Eines Tages«, presste er heftig atmend hervor, »eines Tages wirsch du die Quittung für deine Schamlosigkeiten kriegen.«

Sie ließ ihn stehen, lachte aus einiger Entfernung dreist in seine Richtung und nahm ihr Fahrrad, auf dem sie den Hof verließ.

Friedrich Lang fasste noch am selben Tag einen Entschluss. So konnte das nicht weitergehen. Der Älteste an der Front, die beiden Töchter weg – nie hörte man was von Hermine und Pauline –, der Kleine ein Depp mit zwei linken Händen. Dass der als Bauernbub nicht zum Reichsarbeitsdienst musste, war kein Gewinn. Aus dem würde nie was werden und spätestens in einem halben Jahr kam der ohnehin zur Wehrmacht. Im ersten Krieg hatte man einen, der zu nichts zu gebrauchen war, zu den Schippern gesteckt. Als Caroline ein letztes Mal in der Ferne zu sehen war, ehe sie hinter den Hügeln verschwand, beschloss er, einmal ein energisches Wort an den Ortsgruppenleiter oder den Bürgermeister zu richten. So konnte das nicht weitergehen. Seine Frau schaffte sich immer mehr zuschanden und auch ihm ging die Arbeit nicht mehr so leicht von der Hand wie noch vor ein paar Jahren.

Noch immer stand das Signal auf Rot. Der Zug mit den heruntergekommenen preußischen Abteilwagen blockierte bereits seit Stunden das Gleis auf dem Stuttgarter Nordbahnhof. Mehrmals schon hatte der Heizer Kohlen in die Feuerbüchse geschippt. Niemand wusste, wann endlich die Abfahrt erfolgen würde. Über tausend Menschen, die man weit vor Tagesanbruch vom Killesberg an die Bahntrasse gebracht hatte, harrten dicht gedrängt auf den Holzbänken oder den Seitengängen der Waggons, die man bereits vor mehreren Jahrzehnten als Dritte-Klasse-Wagen in Betrieb genommen hatte. Einen Teil hatte man noch bis vor kurzem im Berliner Umland für die vierte Klasse verwendet. Andere wurden aufgrund ihrer Baufälligkeit nicht einmal mehr für Truppentransporte nach Osten eingesetzt. Die Mehrzahl der unfreiwillig Reisenden saß im Kreis ihrer Familien, Freunde, Bekannten oder Nachbarn. Nur noch vereinzelt irrten Menschen von Abteil zu Abteil, um zum wiederholten Male nach ihren Angehörigen zu suchen. Den Waggon selbst konnten sie nicht mehr verlassen. Als die Türen noch offen standen, hatten einige Verzweifelte versucht, auszusteigen. Unter Schlägen und lautstarken Beschimpfungen wurden sie von den Bewachern daran gehindert. Mittlerweile hatte man die Türen so verbarrikadiert, dass sie von innen nicht mehr geöffnet werden konnten.

Niemand konnte genau sagen, wie viele Stunden vergangen waren, seit man sie weit vor Tagesanbruch aus ihrem unruhigen Schlaf gerissen hatte. Keiner trug eine Uhr. Die Mitnahme von Geld, Wertpapieren, Schmuck, Uhren und teuren Pelzen war untersagt. Und diejenigen, die doch eine Uhr am Leib, in ihrer Kleidung oder im Gepäck verborgen hatten, hüteten sich, diese unter den Augen anderer hervorzuholen. Die anderen Wertgegenstände hatten sie als eine der letzten Handlungen in ihrem früheren Zuhause oder am örtlichen Sammelplatz an Finanzbeamte übergeben, die ihnen dafür korrekt ausgefüllte Empfangsbescheinigungen ausgehändigt hatten.

Obwohl Jakob sich später mit den Uhren Deportierter beschäftigen sollte, erlebte er es niemals, dass einer dieser Unglücklichen in seiner Gegenwart auf eine Uhr schaute. Die meisten hatten Schmuck mitgenommen, den sie in heimlichen Verstecken ihrer Koffer oder eingenäht in Kleidungsstücke transportierten, sofern sie überhaupt noch etwas von Wert besaßen.

Wann immer Jakob später an die Schreckenszeit im Lager dachte, von deren grausamen Facetten er am Morgen des 1. Dezember 1941 noch nicht das Geringste ahnen konnte, beschäftigte ihn die Erinnerung daran, dass im Ghetto verbotenerweise Schmuck, aber recht wenig Armbanduhren kursierten. Vielleicht waren sie zu sperrig, man bevorzugte schmiegsame Ketten, die im Saum eines dicken Wollmantels oder im verstärkten Bund einer Winterhose nicht so ohne weiteres zu ertasten waren. Ob verbotenerweise mitgeführter Schmuck von den Schergen gefunden wurde oder nicht, war eine Frage des Geschicks, des Zufalls und des Glücks. Wie auch das spätere Überleben das Aufeinandertreffen von Geschicklichkeit, glücklichen Fügungen und zufälligen Ereignissen notwendig machte.

Die wenigen, die davonkamen, waren nicht die Allergeschicktesten. Können und Begabung allein reichten nicht. Ohne *Masel* überlebte auch der Geschickteste nicht. Und ohne die Fügungen des Zufalls konnte niemand den Todesmühlen entrinnen. Später trug Jakob immer Armbanduhren, die deutlich hörbar tickten. Dieses Ticken war für ihn ein Geräusch, das in seiner Wahrnehmung mit einem Leben ohne allzu viel Angst in Verbindung stand. Niemand, so sagte er sich später immer wieder, hatte eine Uhr mitgenommen, weil alle befürchteten, dass die Uhr, selbst wenn sie nicht aufgezogen war, gerade dann zu ticken anfangen würde, wenn ein Kontrolleur die mitgeführten Habseligkeiten durchwühlte.

Ein lang anhaltender Pfiff der Lokomotive ließ die Eingepferchten hochschrecken. Nun ertönte der erste Dampfausstoß, dem weitere in hoher Frequenz folgten. Das schwere Aggregat begann die gewaltige Energie in Bewegung umzusetzen, die Kraft der Kolben wurde über die Treibstangen auf die Antriebsräder übertragen. Fauchend und zischend fuhr die Lokomotive an. Nur einmal drehten die Treibräder durch, dann griffen sie. Der Zug begann sich in Bewegung zu setzen. Ruckelnd fuhr er aus dem Bahnhof. In dem Abteil, in dem sich die Winters mit anderen drängten, herrschte bleiernes Schweigen. Niemand machte eine Bemerkung zur begonnenen Reise ins Ungewisse.

Der Vater saß apathisch und mit stierem Blick zwischen seiner Frau und Judith. Die Demütigungen des gestrigen Tages, der endgültige Verlust dessen, was er ›Soldatenehre‹ nannte, hatten ihm den letzten Halt genommen. Es wurde von nun an Rosas Aufgabe, der Familie vorzustehen. Nachdem das Anrollen des Zuges in ein gleichförmiges Rattern übergegangen war, fragte sie leise in die Runde: »Möchte jemand einen Tee?« Es war ihnen gestattet worden, Mundvorrat für ein bis zwei Tage mitzunehmen. »Es ist viel wichtiger, etwas zu trinken zu haben«, hatte sie gesagt und sich sogleich daran gemacht, drei Blechflaschen zu füllen. Zusammen mit den beiden Töchtern hatte sie neben anderen Früchten auch Hagebutten gesammelt. Nach dem Waschen wurden die kleinen Früchte der Heckenrose halbiert, die Kerne und die Juckreiz auslösenden Härchen entfernt und die Hälften getrocknet. Die zerkleinerten Schalen überbrühte sie mit kochendem Wasser und füllte sie am Vortag ihrer Reise ab.

»Essen muss man nicht jeden Tag«, murmelte sie. »Aber wer nicht trinkt, kommt alsbald um.« Alle tranken. Rosas Blechtasse machte die Runde. Die anderen hatten lediglich das mitgenommen, was auf dem Hinweisblatt stand: einen Topf oder einen Teller und einen Löffel. Messer und Gabel durften nicht eingepackt werden. Hatten die Machthaber Angst vor einem Aufstand Verzweifelter, die mit Messern und Gabeln bewaffnet waren? Oder befürchtete man den kollektiven Selbstmord?

Jakob zögerte einen Moment, das Gefäß auch an die dralle Frau weiterzureichen, die sich im letzten Augenblick noch neben ihn auf den Fensterplatz gezwängt hatte. Dann besann er sich elementarer Grundlagen seiner Erziehung und fragte: »Auch Tee?«

Die Frau, sie hieß Maria Kofler, hatte sein Zögern bemerkt, schüttelte nun lächelnd den Kopf und sagte: »Nein, Bub, vielen Dank. Ich habe etwas Wasser dabei und dann noch etwas, das unsere Reise etwas vergnüglicher machen wird.« Sie öffnete ihre monströse, mit Stickereien versehene Reisetasche und zeigte den anderen zu deren Erstaunen den Hals einer Champagnerflasche.

»Hat man Sie nicht durchsucht?«, fragte Helene und beugte sich über Jakob in die Richtung der Frau.

Maria Kofler, deren ungewöhnlicher Aufzug beim Betreten des Abteils Verwunderung ausgelöst hatte, verfiel in ein Lachen. Es geriet zu laut und eine Spur zu schrill. Dann entnahm sie einem Seitenfach ihrer Reisetasche ein seidenes Tüchlein und tupfte sich den Mund ab. Schließlich erwiderte sie: »Nein, mein Kind, ich bin als Ausländerin und als besonders Privilegierte auf diese Reise gegangen.«

»Aber Österreich gehört doch schon seit drei Jahren zum Reich«, widersprach Judith, die bislang geschwiegen hatte.

»Einerlei, mein Liebes, ich fühle mich noch immer als Bürgerin des guten alten Habsburger Reiches, der untergegangenen Donaumonarchie.«

»Schmarrn! Einen rechten Unsinn verzapfen Sie. Die Habsburger Monarchie ist tot, mausetot, tot für immer.« Für einen kurzen Augenblick löste sich Joseph Winter aus der Schockstarre, die ihn umfangen hielt und in die er alsbald wieder verfallen würde. Sein Bruder war mit seiner Einheit den bedrängten Österreichern zu Hilfe gekommen, die unfähig waren, alleine den Serben auf dem Balkan standzuhalten. In dieser Erde lag Arthur schon seit 1916. Vielleicht gab es noch nicht einmal eine bescheidene Soldatengrabstätte für ihn, der eigentlich dafür vorgesehen war, einmal die Geschicke der Winter'schen Spiegelfabrik zu lenken. Erschöpft lehnte Joseph sich zurück. Die Frau erwiderte nichts. Auch alle anderen schwiegen.

Obwohl draußen heller Tag war, sah man in den Abteilen nur wenig. Man hatte nicht nur die Außentüren gesichert, sondern auch Bretter vor die Fenster geschraubt, um eine Flucht unmöglich zu machen. Etwas Licht fiel lediglich durch kleine Oberlichter und die winzigen Spalten zwischen den Brettern, durch die auch Ausschnitte der vorbeiziehenden Landschaft zu erahnen waren.

»Wir fahren durch Heilbronn«, murmelte ein Mann, der gegenüber der Österreicherin auf dem zweiten Fensterplatz saß. Der renommierte Stuttgarter Zahnarzt und Kieferchirurg Dr. Ludwig Katzenstein befand sich ohne Angehörige auf dem Transport. Der Arzt gehörte zu den Besten seiner Profession. Ehe die Nazis per Gesetz jegliche Werbung für ärztliche Leistungen verboten hatten, befand sich an seinem Haus eine Werbetafel, auf der geschrieben stand: »*Willst du Zähne schön und fein – geh zu Dr. Katzenstein*«. Nach dem Pogrom im Jahr 1938 blieb er als Einziger seiner Familie in Stuttgart zurück. Seine beiden Kinder, ein Sohn und eine Tochter, befanden sich unter den Glücklichen, die eine Überfahrt in die Vereinigten Staaten ergattern konnten. Katzensteins jüngerer Bruder, ein begabter und erfolgreicher Cellist, hatte für sie die Bürgschaft übernommen. Obwohl dieser seinen älteren Bruder wiederholt aufgefordert hatte, ebenfalls in die USA auszuwandern, war der Zahnarzt geblieben. Auch nachdem man ihm bereits 1933 die Zulassung zur Behandlung von Kassenpatienten genommen hatte, arbeitete er verbissen weiter und entwickelte ein neues kieferchirurgisches Verfahren. Als man ihm sechs Jahre später die Approbation entzog, behandelte er die wenigen verbliebenen jüdischen Patienten weiter. Katzenstein war in erster Linie wegen seiner Frau in Deutschland geblieben, die mit 49 Jahren eine Hirnblutung erlitten hatte und seit langem pflegebedürftig war. Man musste davon ausgehen, dass sie eine derart lange und beschwerliche Reise nicht überstehen würde. Er harrte aus, bis seine Frau starb. Doch nun war es für ihn zu spät geworden, Deutschland zu verlassen.

Der spindeldürre Mann nahm seine Brille ab und hielt die Augen nahe an der Scheibe, um durch den Spalt zwischen zwei vorgeschraubten Brettern draußen etwas erkennen zu können. Nach einer Weile lehnte er sich zurück und setzte seine Brille wieder auf.

»Ja, es ist Heilbronn, wir fahren durch Heilbronn.«

»Das ist ja logisch«, sagte Elias. »Wir fahren nach Osten. Mal sehen, ob wir über Würzburg oder Nürnberg geleitet werden, beides wäre denkbar.«

Immer wieder fuhr der Zug nur kurze Strecken, blieb längere Zeit stehen, ließ Personen-, Güter- und Militärzüge passieren. Sie befanden sich in einem außerplanmäßigen Transport, der allen anderen, die im Kursbuch der Deutschen Reichsbahn aufgeführt waren, Vorfahrt einräumen musste.

Außer regulären Zügen befanden sich auf dem überlasteten Schienennetz zahlreiche Militärtransporte.

Die Heizung funktionierte nur unzulänglich. Mit einer Schlauchverbindung zur Lokomotive versuchte man die Waggons zu heizen. Während es in den ersten Wagen schon nach einer Stunde viel zu heiß wurde, kam im letzten Wagen, in dem die Familie Winter eingepfercht war, keine Wärme mehr an. Die Verschleppten hatten längst sämtliche wärmenden Kleidungsstücke angezogen und ihre mitgenommenen Decken über sich gelegt. Doch auf Dauer konnten sie sich nicht wirkungsvoll gegen die Kälte schützen, die durch sämtliche Ritzen der heruntergekommenen Waggons kroch.

Am elendsten fror Maria Kofler, die außer dem weinroten Kostüm, das sie am Leib trug, nicht mehr viel Kleidung mit sich führte. Außer ihrer Reisetasche hatte sie noch einen Lederkoffer bei sich gehabt, den man ihr abgenommen hatte, denn er enthielt ihren wertvollsten Pelzmantel und eine Pelzmütze aus Hermelin, Dinge, die als Wertgegenstände galten und nicht mitgenommen werden durften.

»Was soll ich denn anziehen?«, hatte sie denjenigen gefragt, der ihr Gepäck durchsuchte. Der hatte nur gelacht und ihr einen abgewetzten Wollmantel gereicht. Er hatte ihn wahllos von einem großen Kleiderhaufen genommen, der aus Textilien bestand, die man wegen der Überschreitung des zulässigen Höchstgewichts aussortiert hatte. Ohne den zerlumpten Mantel zu nehmen, war sie mit erhobenem Kopf und hörbar vor Wut schnaubend an dem Hilfspolizisten vorbeigerauscht. Dankbar hatte sie von Elias einen Pullover genommen, den sie, so gut es ging, über den Schoß und die Beine legte. Helene hatte verständnislos mit dem Kopf geschüttelt, als ihr Bruder, den sie für zu gutmütig hielt, der Frau das Kleidungsstück reichte. Wie konnte man in einem Kostüm auf eine derartige Reise gehen? Bei der niemand sagen konnte, wohin es ging und wann man ankam.

Rosa Winter kam von der Toilette zurück und setzte sich wieder zwischen ihren Mann und Judith. »Kinder, Kinder«, murmelte sie. »Das wird was werden. Das Klo ist jetzt schon zugefroren und völlig versaut.« Sie blickte zu ihrem Mann hinüber, der sie ernst und schweigend ansah. »Jawohl, Joseph, ich darf das jetzt sagen, nachdem ich die Schweinerei mit eigenen Augen gesehen habe. Der Abort ist vollkommen versaut und es wird noch schlimmer werden. Geht am besten nur aufs Örtchen, wenn der Zug steht.«

Niemand wusste, wie spät es war. Noch war es hell, also konnte es nicht später als vier Uhr nachmittags sein. Dichte graue Wolken deckten das Land ein. Der Stand der Sonne war nicht auszumachen.

Jakob, der eine Zeitlang unruhig geschlafen hatte, schreckte hoch. Suchend sah er sich um. Dann senkte er den Kopf so weit, dass er über den Schoß der neben ihm sitzenden Frau zwischen den vor die Fenster geschraubten Brettern hindurchblicken konnte. Mit einem Mal sprang er auf und drängte sich zwischen den Beinen der Frau und des Stuttgarter Zahnarztes ans Fenster.

»Wir sind zwischen Gaildorf und Hessental. Dort drüben, die Waldkante und da drüben, die Straße mit den beiden Bauernhöfen. Ich bin hier so oft gefahren, ich kenne hier jeden Stein, jeden Grashalm. Wir sind jetzt wieder in der Nähe von Seelbach.«

»Dann fahren wir über Nürnberg«, stellte sein älterer Bruder lapidar fest.

»Und dann?«

Elias, auf den jetzt alle gespannt schauten, zuckte mit den Schultern. »Dresden, Berlin? Beide Richtungen sind möglich. Wir werden auf jeden Fall Deutschland in Richtung Polen verlassen. Wahrscheinlich will man uns in Polen ansiedeln. Oder in der Ukraine.«

»So Gott will«, stöhnte Maria Kofler.

Die dralle Mittvierzigerin hatte zu keinem Zeitpunkt damit gerechnet, Stuttgart einmal auf diesem Wege verlassen zu müssen, obwohl sie Jüdin war. Gleich nach dem Untergang der Donaumonarchie hielt sie es nach Abwägung aller Umstände für das Beste, sich aus dem schönen Wien zumindest eine Zeitlang zu verabschieden. Die aufständische Arbeiterschaft schlug sich mit den monarchistischen und völkischen Kräften. Aufgrund der politischen Ereignisse hatte ihr Chef den Amüsierbetrieb im 2. Wiener Bezirk geschlossen, der ihm bis in die letzten Kriegstage hinein prachtvolle Umsätze beschert hatte. Soldaten der Etappe, aus Lazaretten entlassene, aber noch nicht wieder fronttaugliche Offiziere und eine wachsende Zahl an Schiebern und anderen Glücksrittern hatten den Ort anzüglicher Vergnügungen zu einer wahren Goldgrube werden lassen.

Eine Prostituierte im herkömmlichen Sinne war Maria Kofler nie gewesen. Von frühester Jugend an hatte sie zahllose Verehrer, was es ihr leicht machte, durchgängig mit einem stilvollen Kavalier näher verbunden zu sein. Wichtig war, dass die Herren über die Charaktereigenschaft besonderer Großzügigkeit verfügten.

Ihr überstürzter Aufbruch hing vor allem damit zusammen, dass die revolutionären Kräfte gerade jenen Personenkreis besonders malträtierten, aus dem mehrheitlich ihre Verehrer stammten. Sie fuhr nach München, von wo sie einige Monate später überstürzt abreiste, als die Räterepublik zusammengeschossen wurde. Kurzerhand setzte sie sich in den allerletzten Zug, der noch den Hauptbahnhof verließ, kam über Ulm nach Göppingen, wo ihr das Bleiben nicht auskömmlich erschien. Von ihrem letzten Geld kaufte sie sich eine Fahrkarte nach Stuttgart, wo sie die nächsten Monate ein hartes Leben als Kellnerin verschiedener Bierlokale führte. Klug, wie sie war, arbeitete sie nie als Dirne, denn sie wusste aus ihrer Wiener Zeit, dass es der klassischen Hure so gut wie nie gelang, einen gleichermaßen stilvollen wie spendablen Kavalier zu finden. Das prüde Stuttgart war mit dem überschäumenden Wien der Vorkriegszeit nicht zu vergleichen. Die Kohlrübenwinter zerrten am Gemüt der Stadtbewohner. Aber auch hier gab es, wenngleich in weitaus geringerer Zahl, den Menschenschlag, dessen erste Frage nach dem morgendlichen Erwachen lautete: »Was kostet die Welt?«

Nach und nach fand sie Zugang zu jenen Kreisen, die sich daranmachten, die »Goldenen Zwanziger« auch in Stuttgart angemessen zu zelebrieren. Dies geschah zwar deutlich bescheidener als in Wien oder Berlin. Doch auch in der biederen schwäbischen Hauptstadt öffnete nun das eine oder andere Ballhaus seine Pforten. Ihre wienerische Unerschrockenheit und ihre nun vollkommen aufgeblühte Weiblichkeit machten sie in diesen zu einem begehrten Objekt männlicher Begierde. Nach turbulenten Jahren und einer Fülle gleichermaßen leidenschaftlicher wie auskömmlicher Romanzen wurde sie 1928 die Geliebte eines leitenden Angestellten der Firma BOSCH. Zu ihrem Leidwesen arbeitete sich dieser während seiner Freizeit zu einem führenden Mitglied der Stuttgarter SA empor. Lange verschwieg sie ihm, dass sie Jüdin war, was ihr leichtfiel, denn mit ihren dichten blonden Locken und ihren strahlend blauen Augen entsprach sie nicht dem Klischeebild von einer jüdischen Frau. Noch mehrere Jahre verschwieg sie ihrem Liebhaber, dass sie mosaischer Abkunft war, und tat dies selbst dann noch, als die Nürnberger Rassengesetze bereits in Kraft getreten waren.

1937 beendete sie von sich aus diese langjährige Liaison. Doch sie hatte nicht damit gerechnet, dass ihr Liebhaber damit beginnen würde, mit größter Leidenschaft um sie zu kämpfen.

Er könne nicht ohne sie leben, stand auf einer Karte, die einem Blumengruß beigefügt war.

Auf sein Drängen hin verabredeten sie sich im Herbst 1937 zu einem Spaziergang im Rosensteinpark. Auf ihre Offenbarung, dass sie Jüdin und ihre Beziehung als »Rassenschande« zu bewerten sei, reagierte der Mann erstaunlich gefasst, wenngleich sie ihm ansah, dass an diesem Nachmittag seine Begierde über die Ratio dominierte.

Er werde sie schützen, versprach er. Er habe beste Beziehungen. Und außerdem wisse es niemand und brauche es künftig auch kein Mensch zu erfahren. Sie stamme nicht von hier, habe in Stuttgart keine familiären Bindungen. Die Gefahr, entdeckt zu werden, sei gering.

Der von den Machthabern definierte Makel blieb auch weiterhin unentdeckt, zumal ihre Erscheinung eigentlich nur die Annahme zuließ, sie sei von *arischer* oder *nordischer* Rasse. Erst mit der Pflicht zur Kennzeichnung der Ausweise aller Juden mit einem roten »J« drohte ihr Gefahr. Sie war nicht von sich aus auf dem Amt erschienen. Ihr Pech war, dass dort ein übereifriger Sachbearbeiter tätig war, der gerne Korrespondenzen mit den Behörden ferner Städte führte. Seine Erkundigungen in ihrem Geburtsort Linz förderten zutage, dass sie Jüdin war. Ihr Liebhaber konnte die Verhaftung, die nun eigentlich angestanden hätte, noch abwenden. Aber so geriet sie mehrere Jahre später auf die Liste derer, die zu deportieren waren.

Der Mann, der sie immer noch leidenschaftlich begehrte, schwor ihr während ihrer heimlichen Treffen im Liebesrausch, er wolle sie auch weiterhin schützen. Sie habe doch gesehen, wie die anderen nach seiner Pfeife tanzten. Es sei ihm ein Leichtes, alle Unannehmlichkeiten von ihr fernzuhalten.

Sie glaubte ihm. Es blieb ihr auch gar keine andere Wahl, denn nun war es auch für sie zu spät für die Ausreise.

Als ein Vertreter der jüdischen Kultusgemeinde sie Mitte November 1941 darüber in Kenntnis setzte, dass sie auf der Liste derer stand, die sich nach Erledigung weiterer Formalitäten in ihrer Wohnung für die Abreise fertig machen mussten, wurde sie von ihrem Freund beruhigt. Man würde das »Problemchen« schnell aus der Welt schaffen.

Merkwürdig war nur, dass er in den Tagen nach dem 25. November nicht mehr erreichbar war. Er sei mit seiner Familie zu einer frühen Skiausfahrt in den südlichen Schwarzwald gereist. Mehr wisse sie nicht, sagte die Sekretärin am Telefon, die sich fragte, was diese aufgeregte Weibsperson von ihrem Chef wollte.

Drei Tage später wurde Maria Kofler abgeholt. Sie trug ihr weinrotes Lieblingskostüm. Der Polizist machte ihr Vorhaltungen darüber, dass sie den gelben Stern nicht an der Oberbekleidung angebracht hatte, wie es strenge Vorschrift war. Nachdem sie den farbigen Lappen notdürftig mit einigen Stichen angeheftet hatte, beließ er es bei einer mündlichen Verwarnung. Sie raffte einige Dinge zusammen, die ihr wichtig waren. Der Schmuck und das wenige Bargeld wurden von einem Finanzbeamten in Verwahrung genommen, der den Polizisten begleitet hatte. Die korrekt ausgestellte Quittung legte sie achtlos auf den Küchentisch. »Nehmen Sie das mit«, sagte der Polizist. Es klang nicht einmal unfreundlich.

Als sich die Nacht herabsenkte, stand der Zug mit der Nummer *Da 33* wenige Kilometer hinter Nürnberg auf einem Ausweichgleis. Militärzüge und Truppentransporter kreuzten nun ihre Route und hatten dabei unter allen Umständen und zu jeder Zeit Vorfahrt. Rosa Winter gab runzlige kleine Äpfel aus und ließ eine Brotbüchse aus Aluminium kreisen, in der sie selbst aufgelesene, getrocknete und geschälte Walnüsse mitgenommen hatte. »Nüsse sind Gehirnnahrung«, hatte sie schon früher immer gesagt und wiederholte sie jetzt beim Herumreichen des Gefäßes.

Maria Kofler bewahrte in ihrer bestickten Reisetasche zwei Tafeln bester Schweizer Schokolade auf. Die Süßigkeit war die letzte Erinnerung an ihren doppelt treulosen Liebhaber, der sich, als es darauf ankam, mit seiner arglosen Frau und den beiden Kindern aus dem Staub gemacht hatte und keines der Versprechen hielt, die er ihr noch bei ihrer letzten Begegnung gegeben hatte. Bis zum Schluss hatte sie ihm vertraut und stand nun den sich überschlagenden Ereignissen vollkommen überrascht und ungewohnt hilflos gegenüber. Ihr blieb nichts anderes übrig, als eine der Tafeln hervorzukramen und mit den Menschen zu teilen, die ihr schon den ganzen Tag über bereitwillig von dem Wenigen gegeben hatten, was sie mit sich führten.

Mitten in der Nacht erwachte Jakob frierend. Sein Kopf lag auf Maria Koflers Busen. Obwohl er erschrak, bewegte er sich nicht. Schlief sie oder war sie am Ende wach? Es schien sie nicht zu stören, denn sie hatte eine Hand auf seinen Hinterkopf gelegt. Er bewegte sich leicht. Sie begann mit seinen Haarsträhnen zu spielen. Also war sie wach. »Bleib so, Bub, du wärmst mi a bisserl«, hauchte sie.

Er ließ seinen Kopf ruhig liegen. Seine linke Gesichtshälfte war warm. Er lauschte ihrem Atem, der stoßweise ging. Weinte sie? Das konnte nicht sein, er hätte es gehört. Im Eck gegenüber schnarchte Dr. Katzenstein. Er gab ein hartes, knarrendes Geräusch von sich. Der einzelne Sägeton war laut und hatte ein abruptes Ende, dem kein schleimiges Rasseln folgte. Elias bewegte sich unruhig hin und her. Er fand keine passende Position für seine langen Beine. Von seinen Eltern hörte Jakob nichts.

Mit gleichmäßigem Rattern fuhr der Zug durch die Nacht. Er hatte keine Ahnung, wie lange sie seit dem letzten Aufenthalt ohne Unterbrechung gefahren waren. Vorsichtig hob er den Kopf.

»Bleib so, Bub«, flüsterte die Frau neben ihm.

Helene war wach. Das merkte er daran, dass sie ihn kräftig in seine rechte Hand zwickte. War sie empört darüber, dass er seinen Kopf auf Maria Koflers ausladenden Busen gelegt hatte? Wahrscheinlich.

Bis zum Mittag des zweiten Reisetages fuhr der Zug nur kurze Strecken. Immer wieder wurde er auf Ausweichgleise geleitet. Das Wenige, was während der Fahrt durch die schmalen Sehschlitze zu erkennen war, vermittelte den Eindruck, dass man sie über Nebenstrecken umleitete.

Elias turnte regelmäßig katzengewandt durch den zum Bersten vollen Waggon. Hinter Dr. Katzenstein, der sich missmutig nach vorne beugte, stieg er auf die schmale Kante der hölzernen Rücklehne. Kraftvoll zog er sich noch einige Zentimeter in die Höhe, um einen Blick durch das über ihnen angebrachte Oberlicht werfen zu können. Aber die Öffnung war so ungünstig konstruiert, dass nur ein Blick in den Himmel möglich war. Obwohl Elias groß gewachsen war, bewegte er sich geschmeidig und sicher und stieß bei seinen Klettereien nur selten jemanden an.

Am Nachmittag rollte der Zug mit Schrittgeschwindigkeit in den Bahnhof einer großen Stadt. Dabei gelang es dem mit großer Konzentration nach draußen Starrenden, ein Bahnhofsschild zu entziffern, das offensichtlich ganz frisch gestrichen war.

»Posen«, verkündete Elias. Weiß jemand, wo das liegt?«

»Wir sind schon in Polen«, sagte Dr. Katzenstein leise. »Bis vor kurzem hieß die Stadt noch Posnan.«

»Sie war aber bis 1920 preußisch.« Joseph Winter sagte dies mit scharfer, energischer Stimme, was die anderen nach seinem vielstündigen Schweigen überraschte.

»War das in Ihrem Sinne, dass der Ort jetzt auf militärischem Wege wieder eingedeutscht wurde?«, fragte Dr. Katzenstein bissig.

Der Zug kam zum Halten. Kurz darauf war zu hören, wie Angehörige der Begleitmannschaft mit Eisenstangen gegen die Verblendungen der Fenster schlugen, um deren Unbeschadetheit zu überprüfen.

»Wasser«, riefen plötzlich Menschen aus anderen Abteilen. »Gebt uns Wasser.«

»Wasser, bitte Wasser.«

Offensichtlich verfügten viele andere nicht über Trinkvorräte, wie sie Rosa Winter in kluger Vorsorge bereitgestellt und auf das Gepäck sämtlicher Familienmitglieder verteilt hatte.

Jakobs Mutter kramte in ihrem Gepäck. »Eine Flasche Tee haben wir noch«, sagte sie leise. »Es ist an der Zeit, dass man uns Wasser bringt. Es hieß, man solle Verpflegung für ein bis zwei Tage mitnehmen. Heute ist der zweite Tag. Wo bringt man uns hin?«

Fragend ließ sie ihren Blick von einem zum anderen wandern. Alle schwiegen. Mit beiden Händen krallte sie sich in den Arm ihres Mannes, der gebeugt auf seinem Platz saß.

Joseph Winter blieb stumm wie ein Fisch. Mehrmals zog sie an seinem Arm. »Joseph, sag doch was.«

Das dumpfe Geräusch, das entstand, wenn Metall auf Holz schlug, näherte sich ihrem Wagen.

»Wasser«, schrie Rosa Winter. Judith und Oswald stimmten ein. Sein wohlklingender Tenor legte sich wohltuend auf die hohen, fast schrillen Stimmen der beiden Frauen. »Wasser!«

Dann war die Überprüfung der Waggons abgeschlossen. Die Wachhabenden zogen sich zurück. Bald war nichts mehr von ihnen zu hören. Nach einer halben Stunde war allen klar geworden, dass kein Wasser ausgegeben würde. Wo sollte das enden?

Tief in der Nacht schreckte Jakob aus seinem unruhigen Schlaf. Er lag mit dem Oberkörper auf Maria Koflers Schoß, was sie zuließ, denn die körperliche Nähe erzeugte Wärme. Ein Ende seiner Wolldecke hatte sie sich bis unter die Nase gezogen. Noch immer trug sie ihren Hut, der längst seine Fasson verloren hatte. Katzenstein schnarchte in mittlerweile vertrautem Ton. Aber weder das Schnarchen des Zahnarztes noch die schier unerträgliche Kälte hatten ihn geweckt. Aus einem anderen Abteil ertönten verzweifelte, von Entsetzen ausgelöste Schreie. Er konnte nicht verstehen, was die Ursache dieser Aufregung war. Zu sehr schallten die Stimmen und Rufe durcheinander.

»Ich brauche jemanden, der mir hilft.« Das war die Stimme von Max Goldmann, der sich über den Seitengang zu ihnen vortastete. Jakob hätte den tiefen Bass überall herausgehört.

»Ich bin wach«, flüsterte Jakob halblaut. »Ich bin's, Jakob. Ich komme.« Er war froh, dass sich ihm ein Anlass bot, ein paar Schritte durch die Abteile zu machen. Nachts war kein Durchkommen. Jeder Gang zum Abort war mit Gezeter, Fluchen und der Frage verbunden, ob der Betreffende es nicht länger hätte *verheben* können, wie man im Schwäbischen sagte.

Jakob beeilte sich, um in der Gasse zu bleiben, die sich vor dem Hünen auftat. Obwohl man es seinen Äußerungen nicht entnehmen konnte, war der Arzt verzweifelt. Viele, die in diesem Zug saßen, benötigten Medikamente, etwa gegen Bluthochdruck. Einige waren zuckerkrank. Bei der Durchsuchung in der Halle der Seelbacher Spiegelfabrik hatte man ihm seine Arzttasche mit den Resten seines Medikamentenbestandes abgenommen. Das wenige, was seine Frau Mizzi im Handgepäck verwahren konnte, war längst verteilt worden.

Im vorletzten Abteil war jemand gestorben. Ein etwa sechzigjähriger Mann lag auf dem Boden. Dass er tot war, erkannte Jakob im flüchtigen Licht einzelner angerissener Zündhölzer daran, dass eine Frau neben dem längsgestreckten Körper kniete und bitterlich schrie und weinte. Sie musste immer wieder mit Gewalt daran gehindert werden, sich die Kleider zu zerreißen.

»Wir müssen versuchen, ihn in die Gepäcknetze zu legen«, sagte Max Goldmann zu Jakob.

Zusammen mit einem dritten Mann hoben sie den schmächtigen Körper des Verstorbenen an. Seine Witwe schrie noch lauter. Es war ein lautes, vollkommen entgrenztes Schreien, wie es Jakob noch niemals zuvor gehört hatte. Es war kein Problem, den leichten Körper nach oben zu wuchten. Aber er drohte herunterzufallen.

»Wir brauchen ein Seil«, sagte der Arzt. »Oder mehrere feste Schnüre.«

Niemand regte sich. Offensichtlich war Derartiges weder hier noch in den anderen Abteilen vorhanden.

Da der Leichnam nicht auf dem Boden liegen bleiben konnte, bettete ihn Dr. Goldmann mit Hilfe anderer Männer auf den äußersten Sitzplatz des Abteils. Die Frau des Verstorbenen kauerte sich weinend und klagend neben den Toten. Damit war auch die Frage geklärt, wer neben der Leiche sitzen sollte.

»Legen Sie ihm ein Tuch auf das Gesicht«, sagte der Arzt und an Jakob gewandt fuhr er fort: »Wir können nichts mehr tun. Danke für deine Hilfe.«

Behutsam tasteten sie sich an den Abteilen vorbei. Ehe sie sich trennten, weil Dr. Goldmann seinen Platz erreicht hatte, fragte er noch: »Wie geht es deinem Vater?«

»Nicht gut«, flüsterte Jakob.

Der Arzt holte hörbar Luft. »Ich mache mir große Sorgen um meinen alten Freund. Er ist wie gelähmt. Jakob, behalte deinen Mut und deine Unverzagtheit.«

Jakob konnte in diesen Minuten noch nicht wissen, dass er sich an diese Worte zeitlebens erinnern würde. Noch weniger konnte er ahnen, dass es die letzte an ihn gerichtete Äußerung war, die er von diesem wunderbaren Arzt und Menschenfreund vernehmen sollte.

Als er das Abteil erreicht hatte, in dem seine Familie saß, waren bis auf Dr. Katzenstein alle hellwach. Aus der Dunkelheit ertönte das ihm vertraute sonore Schnarchen.

»Wo bist du gewesen?«, fragte seine Mutter mit belegter Stimme.

»Ich habe Max Goldmann geholfen.«

Ob jemand krank sei, fragte Helene und fügte ein deutlich vernehmbares Gähnen an. Jakob, der den Todesfall nicht erwähnen wollte, gab eine ausweichende Antwort.

Am Morgen des dritten Tages kam der Zug durch die Vororte einer großen Stadt. Jene, die geschlafen hatten, erwachten durch die veränderten Fahrgeräusche. Offensichtlich führte die Strecke durch einen unter der Stadt verlaufenden Tunnel. Schließlich erreichten sie einen Bahnhof.

»Wo sind wir?«, fragte Judith mit krächzender Stimme. Sie hatte sich, wie viele andere auch, erkältet.

Dieses Mal stand Jakob auf und schielte durch einen schmalen Bretterspalt. »Das gibt es doch gar nicht!«, rief er aus. »Leute, wird sind wieder zu Hause. Wir sind auf dem Nordbahnhof. Ich sehe ein Schild.«

»Das kann nicht sein«, schnarrte Dr. Katzenstein.

Elias sprang auf und ging zur rückwärtigen Tür des Wagens.

»Bleib endlich, wo du bist«, hallte es ihm entgegen. »Einen Sitzplatz haben und dann auch noch ständig zwischen denen rumtanzen, die die ganze Fahrt über auf dem Boden hocken.«

Er ließ sich davon nicht aufhalten, tänzelte durch die gedrängt Sitzenden und schaute mit zusammengekniffenen Augen durch die schmalen Ritzen der schlecht schließenden Tür. Sie waren offensichtlich auf dem einzigen Durchgangsgleis in den Bahnhof eingefahren. Andere Gleise endeten vor einem neuen Hauptgebäude.

Er tippelte an seinen Platz zurück. »Wir sind in Königsberg. Da drüben steht auf einer Werbetafel ›Eisenwaren Luttkus – Königsberg‹.« Mit einer energischen Bewegung strich er seinem Bruder über das verklebte Haar und verabreichte ihm anschließend einen Klaps. »Leichte Schläge auf den Hinterkopf erhöhen das Denkvermögen. Brüderchen, das ist der Nordbahnhof Königsberg. Man kann sagen, wir sind vom Nordbahnhof zum Nordbahnhof gereist. Schon witzig, nicht wahr?«

»Für jeden gibt es noch einen winzigen Schluck Tee«, sagte Rosa Winter kaum vernehmbar. Auch sie hatte sich in der letzten Nacht erkältet. Jetzt, da der Tag angebrochen war, sahen sie die stumm bittenden Augen der Kinder an, die auf dem Boden des Seitengangs kauerten. Judith reichte die Blechtasse an ein etwa achtjähriges Mädchen weiter, das dankbar einige Schlucke trank. Dann gab sie das Gefäß mit dem verbliebenen Rest einem kleinen Mädchen, das vermutlich ihre Schwester war.

Draußen war Lärm zu vernehmen. Hunde bellten. Sie hörten, wie die Verriegelungen einer Tür gelöst wurden. Zu ihrer Überraschung schoben zwei Uniformierte mit Wasser gefüllte Holzeimer auf den Gang. Dann machten sie sich wortlos daran, die Tür wieder zu verrammeln.

Dr. Goldmann sprang auf. »Niemand wäscht sich«, rief er mit donnernder Stimme. Er rief zwei Männer zu sich, die mit ihm zusammen das Wasser gleichmäßig an alle verteilten. Einmal mehr erwies sich seine hünenhafte Gestalt als Vorteil.

Rosa Winter verteilte die letzten verschrumpelten Äpfel, wobei sie die meisten den Kindern reichte, die in ihrer Nähe auf dem Boden saßen.

Der Zug stand bereits wieder über zwei Stunden, als nicht identifizierbare Geräusche ertönten.

»Es kommt von hinten«, sagte Elias halblaut und sprang auf. Er schlängelte sich durch die Sitzenden und versuchte durch die Spalten der rückwärtigen Tür zu sehen, was vor sich ging. Da er nichts erkennen konnte, versuchte er die Geräusche zu entschlüsseln, die unverändert von draußen hereindrangen. Einige Minuten später kehrte er an seinen Platz zurück.

»Sie hängen den Gepäckwagen ab«, sagte er leise, damit nur die Nächstsitzenden seine Information vernehmen konnten.

»Was hat das zu bedeuten?«, krächzte Rosa Winter.

»Nichts Gutes, meine Liebe, nichts Gutes«, mischte sich ihr Mann ein. »Darin sind doch all die Sachen verstaut, die wir für die Neuansiedlung mitgenommen haben.«

Dr. Katzenstein richtete sich auf und sah zu Jakobs Vater hinüber. »Seien Sie nicht zu pessimistisch, Herr Winter. Schon oft haben schlimme Ereignisse unvorhergesehene Wendungen genommen. Wer hat damit mehr Erfahrung als wir Juden. Es kann noch immer alles gut werden. Dass unsere Ausrüstung hier stehen bleibt, muss nichts Schlimmes bedeuten. Vielleicht stellt man aus den Gepäckwagen verschiedener Umsiedlungstransporte einen eigenen Zug zusammen, den man vorausschickt. Das wäre doch nur logisch, oder?«

»Ihr Wort in des Schöpfers Ohr«, murmelte Joseph Winter. »Mögen Sie Recht haben.«

Kurze Zeit später ertönten zwei lang anhaltende Pfiffe der Lokomotive. Dann setzte sich der Zug ruckelnd wieder in Bewegung.

Elias ging erneut an das hintere Ende des Abteilwagens und starrte gebannt durch den Türspalt, durch den er bei seinem vorigen Versuch nichts erkennen konnte. Als er in den Kreis seiner Familie zurückkehrte, berichtete er, dass der Gepäckwagen hinter ihnen auf dem Gleis stehen geblieben war. Mit wachsendem Abstand sei das durch den Spalt besser erkennbar gewesen.

Nachdem sie Königsberg hinter sich gelassen hatten, wurde nur wenig gesprochen. Jeder machte sich Gedanken darüber, welche Bewandtnis der abgehängte Gepäckwagen für das haben würde, was vor ihnen lag. Wie sollte eine Ansiedlung an dem bislang noch unbekannten Ort vonstattengehen, wenn die Werkzeuge und Hilfsmittel, die sie eigens dafür mitgenommen hatten, ihr Ziel nicht erreichten? Und wo war eigentlich ihr Ziel? Wohin führte sie diese nun schon endlos währende Reise?

Unermüdlich turnte Elias durch den überfüllten Waggon, mittlerweile sehr zum Unmut derer, die auf dem Boden saßen.

»Jetzt bleib doch endlich mal auf deinem Arsch sitzen«, sagte ein älterer Mann zu ihm, als er wieder einmal an ihm vorbeistrich.

Elias ließ sich dadurch nicht von seinen Erkundungsgängen abhalten. Seitdem der Gepäckwagen abgehängt worden war, hatte er durch die Ritzen der rückwärtigen Tür freie Sicht in die Ferne.

Und wieder stand der Zug in einem unbekannten Bahnhof. Langsam schob sich ein Güterzug an ihnen vorbei, der von zwei Lokomotiven gezogen wurde. Eine schier endlose Kette von mit Panzern beladenen vierachsigen Schwerlastflachwagen schob sich an dem stehenden Zug vorbei. Am Ende des Militärtransports folgten einige Personenwagen mit den Besatzungen. Gesang drang durch einzelne während der langsamen Fahrt geöffnete Fenster zu ihnen herüber. Ob die Panzersoldaten ahnten, was es mit dem heruntergekommenen Zug auf sich hatte, an dem sie soeben vorüberfuhren?

Zum dritten Mal seit ihrer Abfahrt in Stuttgart legte die beginnende Dämmerung ihr blaugraues Licht über die weite Schneelandschaft. Eine Stadt mit zahlreichen niederen Holzhäusern wurde sichtbar. Die Fahrt wurde langsamer. Elias kehrte auf seinen Platz zurück.

»Tauroggen«, sagte er. Wir halten soeben in Tauroggen. Kennt das jemand?«

Er erhielt keine Antwort.

Jakob wurde in der darauf folgenden Nacht unsanft geweckt. Dr. Katzenstein war aufgesprungen und rempelte in der Dunkelheit durch die Sitzreihen. Verzweifelte Rufe und lautes Weinen hallten durch die Nacht. Zwischendurch ertönte Max Goldmanns mächtiger Bass.

»Nein, nein, nein«, schrie eine junge Frau voller Verzweiflung.

»Geben sie es doch her. So kann ich nichts erkennen.« Laut und energisch dröhnte die vertraute Stimme des Seelbacher Arztes. »Verdammt noch mal! Jetzt geben Sie das Kind schon her. Wie soll ich Ihnen denn sonst helfen?«

Jakob spürte an den Bewegungen Helenes, dass auch seine Schwester neben ihm in die Dunkelheit lauschte.

»Hat jemand eine Kerze bei sich?«, rief fragend eine Stimme. Es war Dr. Katzenstein.

Einzelne Streichhölzer wurden angerissen und verlöschten rasch wieder.

Erneut war das Klagen der jungen Frau zu vernehmen. Andere in ihrer Nähe stimmten ein.

Wenige Minuten später kehrte der Stuttgarter Zahnarzt auf seinen Platz zurück.

»Was ist denn los?«, fragte Maria Kofler.

»Ein Säugling ist gestorben, vermutlich dehydriert.«

An den sanften Erschütterungen, die sich von Helenes Hüfte auf ihn übertrugen, konnte Jakob erkennen, dass seine Schwester lautlos weinte.

Er hörte seine Mutter seufzen.

Dort, wo er im Wagen den Ort der Tragödie vermutete, hielt das Stimmengewirr an und mischte sich mit lautem, heftigem Weinen und Klagen.

Erst nach Stunden schlief Jakob ein. Als er erwachte, war es bereits hell. Er hatte keine Erinnerung mehr daran, wann er eingeschlafen war. Er fror. Seine Glieder blieben steif, so sehr er sich auch dehnte und streckte.

Elias saß nicht auf seinem Platz. Wahrscheinlich peilte er bereits wieder die Lage. Sein »Ich muss mal wieder die Lage peilen« war längst zu einem geflügelten Wort in ihren Sitzreihen geworden. Jakob sah ihn kommen. Wie ein Storch stakste er zwischen den Schlafenden hindurch. Aus der Ecke, in der das Kind gestorben war, drang kein Laut mehr zu ihnen herüber. Wahrscheinlich waren die Unglücklichen erschöpft in den Schlaf gesunken.

Jakob dehnte sich ausgiebig. »Was gibt es Neues?«, fragte er seinen Bruder.

»Ich habe das Meer gesehen.« Es klang fast ein bisschen theatralisch. Elias zuckte lässig mit den Schultern. »Es wird wohl die Ostsee sein. Wahrscheinlich stecken wir jetzt irgendwo im Baltikum. ›*Deutschordensland*‹ würde Vater sagen. Kein schlechtes Land, um zu siedeln.«

»Vielleicht macht man uns zu Seefahrern«, kicherte Judith. Das erste Mal, seit sie vom Stuttgarter Nordbahnhof abgefahren waren, vernahm man in dem Waggon ein leises Gelächter. Maria Kofler verbreitete mit ihrem Taschentuch eine Kölnischwasserwolke, die sich unvorteilhaft mit den anderen Gerüchen im Eisenbahnwagen mischte.

Zu spätvormittäglicher Einkaufszeit waren an einem bereits angenehm warmen Frühlingstag zahlreiche Frauen in dem Städtchen unterwegs. Die eine oder andere erinnerte sich möglicherweise mit leichter Irritation an eine Zeit, die schon sehr lange zurückzuliegen schien, obwohl es doch erst wenige Jahre waren. Aus einem geöffneten Fenster des Rathauses schallte ein heftiger, in großer Lautstärke ausgetragener Streit auf den Marktplatz hinunter. Derartiges kannte man nur aus der »Systemzeit«, als die Kommune und die Sozis ihre lautstarken Händel mit den nationalen Kräften austrugen.

An diesem Vormittag brüllten sich Bürgermeister Otterbacher und der Köcherhofbauer in einer Weise an, die man aus Interessenkonflikten zwischen alten Parteigenossen nicht gewohnt war.

Otterbacher saß im aufgerissenen Hemd hinter seinem ausladenden Schreibtisch. Immer wenn er zu einer heftigen Erwiderung ansetzte, erhob er sich aus seinem hölzernen Drehstuhl. »Lang, du kannst dich auf den Kopf stellen und mit den Füßen wackeln, ich kann dir keine Hilfe verschaffen und damit basta!«

Schnaubend stand der Angesprochene vor ihm. »Red net. Erst letzte Woche hat Siebers Luise einen Franzosen gekriegt. Der Mann war in der DDP. Und ich als Weltkriegsveteran und Parteigenosse geh leer aus. Da hört sich doch alles auf. Was bist denn du für ein Bürgermeister! Ein Hampelmann bist du! Nichts als ein liedriger Hampelmann!«

»Pass bloß auf, was du sagst. Ich hab dir schon drei Mal erklärt, dass die qualifizierten Fremdarbeiter vorrangig in der Rüstung beschäftigt werden. Dann kommen die Montanbetriebe, dann der Einsatz an den Rollbahnen und schließlich die großen Güter im Osten. Und hier«, er machte eine winzige Pause, »hier kommen die verbliebenen Kräfte zuerst auf die Höfe, auf denen der Bauer fehlt, weil er selbst eingezogen wurde oder vielleicht schon gefallen ist. Friedrich, du bist da und dein Jüngster auch. Ich kann beim besten Willen nichts für dich tun.«

»Ist das dein letztes Wort?«

»Friedrich, ich würd ja gern, das kannst du mir glauben. Aber ich habe in dieser Sache keinen Entscheidungsspielraum.«

»Ein Schlappschwanz bist du, ein erbärmlicher Schlappschwanz!«, brüllte Lang, ehe er die Tür der Amtsstube des Bürgermeisters donnernd hinter sich zuschlug und grußlos am sichtlich verängstigten Fräulein Hiller vorbeistürmte. So leicht gab sich der Köcherhofbauer nicht geschlagen. Nach mehreren Gesprächen mit dem Kreisleiter und einem Besuch beim in Wolfenbrück lebenden Reichstagsabgeordneten der NSDAP wurden ihm zwei Polen zugeteilt.

Stanislaus Rutkowski, der ältere der beiden, entpuppte sich als brauchbarer Arbeiter. Er kam aus den polnischen Kohlegruben Oberschlesiens, war beinahe ein Volksdeutscher, aber seine Mutter hatte, dem Willen seines polnischen Vaters entsprechend, nach dem Ersten Weltkrieg für Polen optiert. Stanislaus Rutkowski hatte deutliche Ansätze zur Staublunge, galt aber ansonsten als arbeitsfähig. Die Landwirtschaft werde ihm guttun, hatte man ihm gesagt.

Weniger tauglich schien der Jüngere zu sein. Feliks Wiechec, ein 19-jähriger Tunichtgut. Er verfügte offensichtlich über keine Ausbildung. Jedenfalls gab er an, er habe seinem Vater beim Landhandel geholfen. Die karge Kost, der er seit Längerem ausgesetzt war, modellierte die Züge seines schönen Gesichts in einer Weise heraus, die die Weiber ganz scherrig werden ließ.

Friedrich Lang verfluchte den Kerl schon am ersten Tag, an dem er durchs Stubenfenster beobachten konnte, wie der Pole bei jeder sich ihm bietenden Gelegenheit mit Erna, der jungen Magd aus Gottwollshausen, plauderte, statt, wie angewiesen, zügig den Mist auf den Ackerwagen zu laden. Er würde ihn im Auge behalten. Das stand fest.

Der Ärger über das seiner Überzeugung nach dreiste und anmaßende Auftreten seiner polnischen Fremdarbeiter ließ ihn gelegentlich sogar davon abkommen, ganze Tage in stiller, mühsam unterdrückter Wut auf seine Schwiegertochter zu verbringen. Dem Weib stand er mittlerweile ohnmächtig gegenüber. Wann immer ihr danach war, verließ sie den Hof und schloss sich ihrer Sippe an.

Einmal noch hatte es einen Wortwechsel gegeben. »G'schlagen g'hörst du, damit du weißt, was sich g'hört.«

Ganz nah war sie an ihn herangetreten. »Wenn du mich auch nur einmal anrührst, zünd ich dir den Hof an.«

Dann war ihm einmal mehr sein eigener Sohn in den Rücken gefallen. Als er nach über einem Jahr auf einen kurzen Urlaub von der Front heimgekehrt war, hatte er, statt auf dem Hof zu helfen, mit seinem Weib das Weite gesucht und war erst am Vortag seiner Abreise wieder in der elterlichen Stube aufgetaucht.

»Vater«, sagte Franz fast beiläufig, »die Caroline rührst du nicht an. Sie lebt ihr eigenes Leben. Die schuldet dir nichts.« Und dann sagte er noch: »Wenn ich auch nur das Geringste mitkrieg, wird es Folgen für dich haben.«

Der Alte hatte seinen Zorn unterdrückt. Mit hochrotem Kopf hatte er geschwiegen, bebend vor Wut und Hass, die eigentlich herausgeschrien werden mussten.

Der Bub war von der Hur verhext worden. Anders konnte es nicht sein. Und der Krieg tat ein Übriges. Die Söhne verloren Halt und Respekt. Er als Veteran des ersten Krieges hatte am eigenen Leib erfahren, wie das Schlachten die Menschen verändern konnte. Und jetzt war das nicht nur ein Krieg, sondern ein Kampf der Systeme, ein Überlebenskampf, in dem alles erlaubt war.

Manchmal drohte der Köcherhofbauer den Verstand zu verlieren oder am Ende sogar noch trübsinnig zu werden. Mit seiner Frau Gottliebin verband ihn nichts mehr als der Fluch und die Mühsal, das Ganze irgendwie am Laufen halten zu müssen. In letzter Zeit kränkelte sie zusehends. Die Tage häuften sich, an denen sie gar nicht aufstehen konnte. Das Tagwerk blieb liegen, was ihn zornig werden ließ. Die Töchter und der Älteste fort. Gustav, dem er nie etwas zugetraut hatte und den er schon deswegen nicht mochte, weil er in seinen Augen ein Schisser, ein Schwächling war, war nun auch zur Wehrmacht einberufen worden. Als Bauernsohn hatte er keinen Arbeitsdienst ableisten müssen. Doch nun hatte man auch ihn vom Hof geholt. Derzeit stand er mit seiner Nachschubeinheit vor Leningrad. Ein Fuhrmann war er, kein Soldat, dachte der Alte voller Ingrimm.

Und die Schwiegertochter tanzte ihm auf der Nase herum. Das Schlimme war ja nicht, dass sie unbegabt oder faul war. Wenn sie eine Arbeit aufnahm, stand sie den Männern in nichts nach. Sie schirrte die Ochsen, pflügte, drosch, schleppte Getreidesäcke, die Frauen sonst nie anfassten. Von der Stallarbeit ganz zu schweigen. Niemand mistete so ausdauernd aus, molk und fütterte die Kühe. Aber dann teilte sie ihm von heute auf morgen mit, dass sie ein paar Wochen ihrem Vater helfen musste. Der habe es schwer, er sei ja auch nicht mehr der Jüngste und die Schaustellerei in diesen Tagen alles andere als ein Zuckerschlecken.

Manchmal kam ihm in den Sinn, dass sie möglicherweise nur wegging, um fern vom Hof irgendwas mit einem anderen Kerl anzufangen. Sie war eine Hur. Und seinen Ältesten hatte sie verhext. Die trieb es bestimmt noch mit anderen. Die hielt es doch gar nicht aus, längere Zeit ohne einen Kerl zu sein. Beweisen müsste man es können, dann würde sich eine Gelegenheit bieten, sie endlich vom Hof zu jagen. Die Verblendung würde weichen, man könnte in so einem Fall hoffen, dass der Franz nicht mehr auf ihrer Seite stehen würde.

Der Herbst kam. Wieder drangen aus Russland besonders düstere Nachrichten ins Reich. An einem Sonntag kehrte Caroline mit dem Fahrrad auf den Köcherhof zurück. »Bauer«, sagte sie zu ihrem Schwiegervater, ohne ihm dabei ins Gesicht zu sehen, »ich bleib jetzt erst mal hier.«

»Jetzt kommst, jetzt, wo die Frucht geerntet ist. Da hast du dir einen passenden Zeitpunkt ausgesucht. Respekt.«

»Willst, dass ich wieder geh?« Noch immer hielt sie mit beiden Händen das Fahrrad, so, als wolle sie jeden Augenblick wieder aufspringen und losradeln. Dabei sah sie ihn herausfordernd an. »Ich komm schon durch.«

»Kümmer dich ums Vieh«, sagte er laut und ging in Richtung Haus. »Und schau zu, dass die beiden Polen spuren.«

Für einen Moment war Caroline erleichtert. Eigentlich hatte sie erwartet, dass er ihr die Tür weisen würde. Sie kam nicht, wie sonst, aus freien Stücken auf den Hof. Das fortschreitende Kriegsgeschehen ließ die Schaustellerei immer beschwerlicher werden. Aus Angst vor herumreisenden Spionen wurden die Kontrollen verschärft. Immer wieder kam es vor, dass sich ein Deserteur oder ein Verfolgter unter die Fahrenden mischte, hoffend, hier unentdeckt zu bleiben. Im Personal eines Augsburger Kollegen hatte man einen aufgespürt, der sich von seiner in Ulm stationierten Einheit abgesetzt hatte, als das neu aufgestellte Regiment eilends an den Kursker Bogen verlegt werden sollte. In Heilbronn wurde der verstörte Junge von der Feldgendarmerie auf dem Rummelplatz ausfindig gemacht und verhaftet. Einige Tage verhörte man ihn im Heilbronner Gefängnis. Dann überführte man den armen Kerl nach Ulm, wo man ihn nach kurzem Prozess hinrichtete. Das Erschießungskommando war aus Soldaten zusammengestellt worden, die ihn noch von der Grundausbildung kannten. Darunter befand sich auch ein früherer Stubenkamerad, der aufgrund einer Blinddarmoperation vom Abmarsch an die Ostfront zurückgestellt worden war.

Auch der Bombenkrieg trug dazu bei, dass es mit der Schaustellerei bergab ging. In immer mehr zerstörten Städten durfte kein Rummel mehr abgehalten werden. In anderen wurden die Plätze für die Errichtung von Notunterkünften benötigt oder man begann angesichts der schwierigen Versorgungslage damit, darauf Beete anzulegen, um Gemüse und Kartoffeln anzubauen.

Den endgültigen Tiefschlag versetzte die Wehrverwaltung dem Fahrgeschäft Schürbel durch die Beschlagnahmung der vier noch verbliebenen Gäule, die man für die Wehrmacht requirierte. Nachdem man die Zugmaschine bereits zu Kriegsbeginn vom Hof in Lichtengrün weggeholt hatte, waren vom Vater erneut die Deichseln umgebaut und wieder Pferde besorgt worden.

Caroline hatte ihn noch nie so deprimiert gesehen wie in dem Augenblick, als er ihr das akkurat ausgefüllte und abgestempelte Dokument gezeigt hatte. »Rückgabe nach dem Endsieg« hatte man am unteren Rand mit einem Stempeleindruck hinzugefügt und abgezeichnet. »Rückgabe nach dem Endsieg«, murmelte Frédéric Schürbel. »In was für einem Tollhaus befinden wir uns nur?« Ratlos blickte er seine Tochter an.

Nun erwies es sich als Segen, dass man die Seelbacher Matzenbäckerei übernommen hatte. Der Ausschank war unverändert keine Goldgrube. Doch das geschickte Wirtschaften der Mutter hatte nach und nach zu einer höheren Nachfrage und einem bescheidenen Auskommen geführt. Wann immer es ging, verkaufte Luise Schürbel Gerichte, ohne dabei immer peinlich genau auf die Lebensmittelmarken zu schielen. Das war nicht ohne Risiko, doch ein langes Berufsleben hatte sie mit einem so hohen Maß an Menschenkenntnis, Geschick und Intuition ausgestattet, dass es zwar gelegentlich zu kritischen Situationen, jedoch nie zu amtlichen Ermittlungen gegen die Betreiber der Schankwirtschaft kam.

Nun legte der Chef des Unternehmens die Karussells, Buden und Schaustellerwagen still, entließ die wenigen verbliebenen Mitarbeiter bis auf Lizzi Huntzinger, die er als Aushilfe in die Schankwirtschaft mitbrachte. Jetzt, wo die Kundschaft zahlreicher wurde, bekam die Anstellung einer Küchenhilfe Sinn, die auch fürs Reinemachen und für die Wäsche zuständig war.

Bis Luise Schürbel dahinterkam, dass ihr Frédéric mit dieser Person ein Verhältnis hatte, sollten noch einige Jahre vergehen. In diesem zusammengerückten Hausstand, in dem auch noch die beiden jüngsten Geschwister lebten, war für Caroline kein Platz mehr und alleine in Lichtengrün zu hausen, war weder vergnüglich noch wirtschaftlich.

Schweren Herzens radelte sie zum Hof. Nicht die Arbeit und die Wut des Alten fürchtete sie. Sie sah es als Bedrohung an, dass man ihr die Ausweichmöglichkeit und eine bescheidene wirtschaftliche Eigenständigkeit genommen hatte.

Caroline Lang flüchtete sich von nun an in die Arbeit. Ohne dies mit ihrem Mann in den wenigen Briefen, die sich die beiden schrieben, abzustimmen, ließ sie eines Tages den Handkarren von den beiden Polen vor das Haupthaus ziehen. »Bauer«, rief sie dem in der Küche sitzenden Schwiegervater zu, »ich zieh ins Ausding.« Damit war ein kleines Häuschen gemeint, das am anderen Ende des Hofes seit längerem leer stand. Hier hatten bis zuletzt die Eltern des Köcherhofbauern ihren Lebensabend verbracht. Seit dem Tod der Mutter hatten darin verheiratete Knechte oder gelegentliche Gäste gewohnt.

Ohne aufzublicken, knurrte der Alte: »Weiß das der Franz?«

»Ich schreib's ihm. Der Stani und der Feliks helfen mir dabei, ein paar Sachen rüberzubringen.«

Ächzend kam die Altbäuerin die Treppe herunter. Die letzten Worte schien sie gehört zu haben, denn sie fragte: »Du ziehst aus?«

»Bäuerin, ich zieh nicht aus. Ich nutze lediglich das kleine Haus, das ja schon seit Jahren mehr oder weniger leer steht. Es ist besser, jeder lebt in seinem eigenen Bereich.«

Leise vor sich hin jammernd tappte die Alte in die Küche. Ohne ihren Mann anzusprechen öffnete sie mit dem eisernen Haken den Küchenherd, nahm noch zwei weitere Ringe heraus und legte zwei Scheite trockenes Holz nach, das sie einem Schubkasten entnahm, der auf winzigen Rollen unter dem Herd stand. Der Alte kaute langsam und gleichmäßig, ohne den Kopf zu heben. Die junge Frau machte auf dem Absatz kehrt und ging nach oben in die Schlafkammer, die bislang der einzige Raum gewesen war, den sie und ihr Mann für sich alleine hatten. Sie packte das Bettzeug in Kisten aus Weidengeflecht und hieß die beiden Polen das Bett abschlagen.

Außer der Bettstatt nahm sie nur eine Kommode, die Waschschüssel und den großen geblümten Krug mit, in dem sie das Wasser für die morgendliche Wäsche holte. Schränke und andere Möbel gab es im Ausdinghaus reichlich. Auch die Küche war intakt, wenngleich äußerst bescheiden ausgestattet.

»Die Küche müsste gestrichen werden«, sagte sie, als sie den alten Herd anfeuerte, um in dem verkalkten Schiff heißes Wasser zu bereiten.

»Ich kann das machen«, sagte Stanislaus, der zusammen mit Feliks eine Ablage anbrachte, auf der Teller aufbewahrt wurden. »Du musst nur Farbe besorgen.«

»Farben sind noch da«, sagte die junge Frau zögernd. »Ich habe sie im hinteren Stallanbau gefunden. Über dem Spülstein und dem Herd streichst du mit Ölfarbe, den Rest mit Kalk.«

»Ich kann das gut«, sagte Stanislaus zum wiederholten Male. »Aber sag dem Bauer, dass du mich beauftragt hast, sonst bekomme ich Ärger.« Grußlos verließen die beiden Polen die Küche.

»Danke«, rief ihnen Caroline hinterher.

In den darauf folgenden Wochen schuftete die junge Frau doppelt, wobei die Arbeit Tag für Tag zunahm. Sie half mit großem Eifer bei den täglichen Verrichtungen, die auf einem großen Bauernhof anfielen, und baute sich nach und nach einen eigenen Hausstand auf.

Stanislaus Rutkowski hatte sich große Mühe gegeben, die Küche schön zu streichen. Den lindgrünen Ölanstrich über dem Wasserstein und dem Herd grenzte er mit einem hübsch gestalteten Schmuckband zur weiß getünchten Wand ab. Dann hatte er den Treppenaufgang geweißelt und schließlich noch den Flur verschönert. Hier strich er den unteren Teil der Wand ebenfalls mit Ölfarbe. »Hält besser und kann man dann abwaschen.«

Obwohl der Köcherhofbauer das Ausdinghaus seit Carolines Einzug nicht betreten hatte, schien er über den Fortgang der Arbeiten gut informiert zu sein. Denn eines Tages, als die junge Frau wieder einmal die Bauernstube betrat, um den Schwiegereltern die Hälfte eines frisch gebackenen Apfelkuchens zu bringen, maulte der Alte, anstatt ihr zu danken: »Da wird die Farb im Unverstand verbraucht, jetzt in den Zeiten, in denen man nichts mehr bekommt.«

»Mit nix bist du zufrieden, mit gar nix.« Wütend pfefferte Caroline den Plootzdeckel mit dem halben Apfelkuchen auf den Stubentisch, drehte auf dem Absatz um und polterte die ausgetretene Treppe hinunter.

Von nun an verrichtete sie ihre Arbeit noch eigenständiger als zuvor. Das Großvieh hatte sie komplett übernommen, ebenso die Schweine und die zugehörige Stallarbeit. Die Verrichtungen im Haus wurden in wachsendem Maße von der Magd erledigt. Dagegen ging die Belastbarkeit der kränkelnden Bäuerin mehr und mehr zurück. Noch machte sie die Wäsche, beteiligte sich an den Küchenarbeiten und richtete die bäuerliche Schlafstube.

Die beiden Polen suchten Carolines Nähe, ohne aufdringlich zu werden. Stanislaus half ihr oft beim Ausmisten der Ställe, wenn er nicht auf Anordnung des Altbauern auf den Feldern oder im Wald zu schaffen hatte. Feliks, der unverändert gut gelaunt durchs Leben ging, sang gelegentlich bei der Arbeit, was bislang auf dem Köcherhof noch nicht vorgekommen war. Obwohl er kein so ausdauernder Arbeiter war wie der ältere Stanislaus, überraschte er Caroline immer wieder mit unerwarteten Unterstützungsleistungen und kleinen Geschenken, die er mit viel Geschick aus Holz gefertigt hatte. Aus Buchenholz schnitzte er eine kauzige Gestalt, die er an einem angenagelten Bändchen in die Küche hängte.

»Ein polnischer Rübezahl«, sagte er grinsend, »das bringt Glück.«

Ein andermal brachte er ein kleines Heiligenbildchen, fein ausgeschnitten und in einen dunkel abgesetzten hölzernen Rahmen eingefügt. »Der heilige Stanislaus von Krakau. Damit deinem Mann nichts geschieht. Der hat aber nichts mit unserem Stanislaus zu tun.« Er lachte verschmitzt.

Caroline brachte ihre Freude dadurch zum Ausdruck, dass sie dem Burschen, der einige Jahre jünger war als sie, über das kräftige, strohige Haar strich. Vielleicht eine Spur zu lang berührten ihre Finger den struppigen Kopf. Der am Tisch sitzende Feliks blickte versonnen zu ihr hoch.

Im November durfte eine Sau geschlachtet werden. Stanislaus überbrühte das tote Tier mit kochendem Wasser und schabte mit einer kräftigen, scharf geschliffenen Klinge die Borsten ab. Nach dem Aufbrechen des Leibes tropfte das frische Schweineblut in den auch dieses Jahr wieder früh gefallenen Schnee.

Der Köcherhofbauer schnitt bedächtig die Stücke heraus, die er in den Fleischwolf gab, den Feliks bediente. Eigenhändig rührte Friedrich Lang das Wurstbrät und füllte es nach mehrmaligem Abschmecken in die Spritze. Caroline, die zwischenzeitlich die Därme gereinigt hatte, schob die erste Haut über den Füllstutzen und umwickelte sie zur Befestigung straff mit Hanf. Mit geschickten Drehbewegungen portionierte sie den gefüllten Darm in wurstlange Abschnitte.

Stanislaus rührte dem Blut fein geschnittene Fettstücke unter, nachdem der Alte die im Hause üblichen Gewürze und Salz beigemengt hatte.

Caroline setzte währenddessen die Herstellung der Leber- und Fleischwürste fort. Feliks schielte versonnen zu ihr hinüber. Wie sie die abgebundenen Würste bedächtig durch die fetttriefenden Hände gleiten ließ, hatte für ihn etwas Sinnliches, mehr noch, es erotisierte ihn. Er zwang sich, wegzusehen.

Als man Stunden später bei der Metzelsuppe saß, durften die beiden Polen in der Stube essen, was nicht die Regel war. Aber wer beim Schlachten geholfen hatte, dem wurde die Metzelsuppe am Gemeinschaftstisch nicht verweigert. Das war ein alter Brauch, der für jedermann und zu allen Zeiten galt.

Während die anderen bereits kräftig zulangten, kam Caroline vom oberen Stock herunter. Sie hatte der einmal mehr krank daniederliegenden Altbäuerin einen irdenen Hafen mit Suppe nach oben gebracht. Ehe sie nun selbst zu essen begann, nahm sie einen Feldpostbrief aus der Schürze, den der Postbote am frühen Nachmittag gebracht hatte. Seit langem erreichte sie wieder einmal ein Lebenszeichen von Franz, was zu keiner allzu großen Beruhigung beitrug, denn der Brief war Ende Oktober, also vor gut drei Wochen, geschrieben worden. Vieles konnte mittlerweile passiert sein. Ihr Mann bedankte sich für das Paket, das sie ihm im September geschickt hatte. Die Schlackwurst habe im Kameradenkreis und selbstredend auch bei ihm große Freude ausgelöst. Auch die gestrickten Wollsachen seien zum richtigen Zeitpunkt eingetroffen. Es gäbe bereits Frost, was von Vorteil war, da der braune Morast der Rollbahnen zuzufrieren begann. Grüße an sie und die Eltern. Der Mutter wünsche man bessere Gesundheit. Ein Postskriptum war angefügt. Weihnachten könne er nicht mit Urlaub rechnen. Das war alles.

In der Nacht wachte Feliks auf. In der Kammer staute sich die Luft. Im anderen Bett schnarchte Stanislaus leise. Der junge Pole hatte Kopfschmerzen. Möglicherweise hatte er zu viel Most getrunken. Und am Ende hatte es sogar noch einen Schnaps gegeben. Er trat in die mondklare Nacht hinaus und sog gierig die kalte Luft ein. Er fror. Er legte die Arme vor der Brust zusammen. Mit kleinen, geräuschlosen Tippelschritten bewegte er sich auf das Ausdinghaus zu. Carolines Stube war dunkel. Zitternd vor Kälte und voller Sehnsucht nach einem warmen Frauenkörper blieb er auf dem Hof stehen. Er hauchte in seine Handflächen. Plötzlich sauste ein Peitschenhieb über seinen Rücken, dann noch einer und noch einer. »Gehst du in deinen Verschlag zurück!«, brüllte der Köcherhofbauer. »Dir werd ich's geben, verfluchte Polenbrut!«

Die Tage bis Weihnachten verflogen rasch. Caroline hatte viel Arbeit durch die nun schon länger wieder bettlägerige Bäuerin. Misstrauisch und voller Ingrimm belauerte der Alte die beiden Polen. Stanislaus wurde immer mehr zu einer wichtigen Stütze des Hofes. Ruhig und gleichmäßig, dabei mit großer Gewissenhaftigkeit vorgehend, erledigte er die Arbeiten und nahm, ohne darüber ein Wort zu verlieren, Caroline einen Teil der Stallarbeit ab. Feliks arbeitete hastig und verbissen. Nur noch verstohlen sah er zu Caroline hinüber, wenn sie einmal in seine Nähe kam.

Wie zu erwarten war, bekam Franz keinen Urlaub. Und auch Gustav schrieb, dass er über Weihnachten bei seiner Truppe ausharren müsse. Schrecklich kalt sei es geworden. Man müsse den Zugpferden die Hufe in Filzlinge einbinden. Er grüße sie alle herzlich. Auch den Schwestern solle man bei passender Gelegenheit gute Wünsche für Weihnachten und das neue Jahr bestellen.

Hermine und Pauline waren schon lange nicht mehr auf dem Hof gewesen. Auch dieses Mal war nicht damit zu rechnen, dass sie an den Weihnachtstagen oder an Neujahr zu Besuch kommen würden.

Caroline hatte Hermine das letzte Mal getroffen, als sie für ihren Vater auf einem der selten gewordenen Vergnügungsfeste gearbeitet hatte. Hermines Mann war zu Besuch gekommen. Auch er war mittlerweile Soldat geworden. Nun begleitete der schlanke Mann seine Frau in Uniform auf den Rummelplatz, wo sie nach Carolines Schiffschaukel Ausschau hielten und sie auch fanden.

Freudig gerührt umarmte Caroline ihre Schwägerin, drückte auch den stillen Heinz an sich und wandte sich dann wieder Hermine zu, der sie beide Hände auf die Schulter legte.

»Gut schaust du aus, wie eine Dame.«

Sie lachte zu Heinz Schäfer hinüber, der sichtlich verlegen neben den beiden Frauen stand und sein Käppi in den Händen drehte. Er mochte Caroline. Allerdings waren ihm ihre überschwänglichen Gefühlsausbrüche fremd. Er empfand sie als bedrohliche Auswüchse einer Welt, die nicht die seine war.

»Warum lässt du dich so selten sehen?«, fragte Caroline ihre Schwägerin.

»Du weißt doch, der Vater.«

Caroline nickte bedrückt und schaute seitlich an Hermine vorbei. Heinz wippte von einem Fuß auf den anderen. Das Käppi hatte er wieder aufgesetzt. Die Hände vergrub er in den Taschen seiner Uniformjacke. Die Angelegenheiten der Familie Lang waren ihm stets suspekt gewesen. Er hielt sich fern und achtete darauf, dass seine Frau möglichst wenig in das Tollhaus dieser Familie geriet. Mit einer innigen Umarmung verabschiedeten sich die beiden Frauen voneinander. Flüchtig drückte Caroline auch ihren Schwager an sich. Sie sah ihnen nach, bis beide im Gewirr des Rummelplatzes verschwunden waren.

Die Raunächte, wie man bereits seit alters her in den um Seelbach gelegenen Landgemeinden die Zeit zwischen Weihnachten und Dreikönig nannte, verliefen kalt und stürmisch. Klirrender Frost legte sich über den Köcherhof. Täglich musste der Brunnen, der sonst immer offen blieb, vom Eis befreit werden. Stanislaus zerschlug die Eisdecke mit einem meterlangen Stück Eisenbahnschiene, in das ein Loch gebohrt worden war, durch das man ein dickes Seil führte. Diese Arbeit musste zweimal täglich verrichtet werden, sonst wäre das Eis zu dick und nur noch mit großen Anstrengungen zu durchschlagen gewesen. Selbst im Stall war es eiskalt. Man reduzierte sich aufs Notwendigste und blieb ansonsten in der Küche oder vor dem Kachelofen in der Stube.

Einen Tag nach Altenjahrabend, am Neujahrstag also, tobte ein Sturm durchs Tal, der auch nach Stunden nicht abebben wollte. Hin und wieder peitschte der Wind kirschkerngroße Graupelkörner gegen alles, was sich außerhalb des Hauses bewegte.

Als Caroline am frühen Abend das kleine Haus verließ, um das Vieh wenigstens notdürftig zu versorgen, hatte sie Mühe, die Tür hinter sich zu schließen.

Feliks musste sie bemerkt haben, denn er kam ihr in seinem dünnen, mit Flicken übersäten Mantel entgegen und sagte nur: »Ich helfe dir.«

Schweigend und ohne Hast erledigten sie das Notwendige. Den Kühen gaben sie Heu, die Schweine erhielten die Essensreste, wobei Feliks den gefrorenen Brei aus dem Holzeimer klopfen musste.

»Kalt ist es.« Hände reibend ging Feliks auf Caroline Lang zu. Er lachte eine jungenhaftes Lachen, seine Augen strahlten. Unvermittelt nahm er ihren Kopf in beide Hände und küsste sie auf den Mund.

Es war einer der ganz seltenen Momente im Leben der jungen Frau, in denen sie nicht nur vollkommen überrascht war, sondern auch nicht so recht wusste, wie sie auf diese spontane Annäherung reagieren sollte. Später machte sie sich regelmäßig Vorhaltungen. Sie war die Ältere, Lebenserfahrenere gewesen. Sie hätte den erstbesten Gegenstand, einen Melkschemel etwa, nehmen und auf den wilden Jungen einschlagen müssen. Sie war jedoch so perplex gewesen, auch so lange nicht mehr zärtlich berührt worden und monatelang nicht mehr geküsst, sodass sie ein wohliges Gefühl verspürte, als der Junge ungestüm seine Lippen auf die ihren presste. Und zu beider Überraschung ließ sie auch ihre Zunge gewähren, deren schmal geformte Spitze sich vorsichtig in den Mund des Jungen schob. Auch ließ sie zu, dass Feliks ihre wattierte Stalljacke so weit aufknöpfte, dass seine Hand ihre linke Brust umfassen konnte. Als er jedoch unter das grobe Leinenhemd greifen wollte, unter dem sie auch noch einen abgetragenen Unterrock anhatte, presste sie den angewinkelten linken Arm so kraftvoll gegen ihren Leib, dass ihm ein Vordringen auf ihre nackte Haut verwehrt blieb. Aber seine Zunge ließ sie gewähren, die immer wieder schüchterne Ausflüge in ihre Mundhöhle unternahm. Es war ein schöner, doch ob der Umstände und Folgen ein törichter, ein tragischer Moment.

»Hab ich dich Hur mit dem Pollaken erwischt! Hab ich euch endlich erwischt!« Der Köcherhofbauer war seitlich an sie herangetreten, leise, schleichend, in der Finsternis des Stalls nicht erkennbar. Das Kettengerassel der wiederkäuenden Kühe hatte alle anderen Geräusche übertönt. Feliks und Caroline stoben auseinander wie zwei Hunde, über denen man einen Eimer eiskaltes Wasser ausgeschüttet hatte. Im höher gedrehten Licht der Stalllaterne konnte sie ihren Schwiegervater erkennen, der ihnen mit vor Wut verzerrtem Gesicht gegenüberstand.

Erschlagen müsste man ihn, dachte Caroline noch. Doch es war aussichtslos. Der Alte hielt seinen alten Armeerevolver in der Hand.

Feliks stieß einen Schrei aus, den Caroline ihr weiteres Leben nicht mehr vergessen sollte. Es war ein Schrei, der bereits im Wissen um das Kommende, das Unabwendbare ausgestoßen wurde.

»Du gehst jetzt vor mir her«, befahl der Alte dem Polen und machte sich daran, ihn vor sich her zum Stall hinauszutreiben. Flüchtig schwenkte er den Lauf der Mauserpistole in Carolines Richtung.

»Hur, du bleibst mir vom Leib.«

Dann richtete er die Waffe wieder in den Rücken des jungen Burschen, der mit gesenktem Kopf zum Stall hinaustrottete. Fieberhaft suchte Caroline nach einer Lösung. Ob Stanislaus helfen konnte? Aber jetzt, wo man ihn so dringend brauchte, war er nirgends zu sehen.

Der Alte trieb Feliks zum Sommerkeller, ließ ihn die schwere Tür öffnen und stieß ihn so heftig in den Rücken, dass dieser die wenigen Stufen hinuntertaumelte und dann schließlich stürzte. Er schloss die Tür, schob den schweren Riegel vor, den er mit einer Kuhkette sicherte. Dann trieb er Caroline ins Haupthaus, die Treppe hoch, an der entsetzten Bäuerin vorbei, die im Morgenrock mit ungekämmten Haaren am Herd hantierte. Er sperrte sie in die Speisekammer, durch deren winziges Fenster kein Entrinnen möglich war. Dann ging er in den Flur, nahm den Telefonhörer von der Gabel und läutete den Ortsgruppenleiter an.

Schon eine Stunde später fuhr eine Limousine auf den Hof. Die schmalen Lichtstrahlen der abgedunkelten Scheinwerfer huschten wie zwei helle Lanzen über den schneebedeckten Boden und die dunklen Gebäude. Zwei Zivilbeamte der Gestapo entstiegen dem Wagen. Der Fahrer blieb im Auto, ohne den Motor abzustellen. Friedrich Lang führte die Polizisten zum Sommerkeller, öffnete Kette und Riegel und leuchtete mit einer Stalllaterne in die Tiefe. Der junge Zwangsarbeiter hockte regungslos auf dem gestampften Boden und blickte zu den Männern auf, die sofort wortlos auf ihn eindroschen, was sie aber nach wenigen Schlägen abrupt abbrachen. Die Beamten nahmen ihn in ihre Mitte und brachten ihn zum Wagen, wo ihm vor dem Einsteigen Handschellen angelegt wurden.

Während einer der Beamten mit dem Fahrer und dem Gefangenen im Wagen blieb, folgte der andere dem Bauern ins

Haus, um Caroline zu holen. Beide wurden ins Haller Polizeigefängnis gebracht. Am anderen Tag verlegte man Caroline Lang ins Frauenlager nach Rudersberg, während der junge Pole ins Konzentrationslager Welzheim gebracht wurde, wo er gleich nach seiner Ankunft in eine Prügelorgie geriet, mit der ihn ein halbes Dutzend Angehörige des Wachpersonals begrüßte.

Es geschah an einem freundlichen, sonnigen Frühlingstag Ende März. Die Sonne stand hoch, verbreitete endlich wieder spürbare Wärme, die die Menschen so lange herbeigesehnt hatten. Die Tragödie von Stalingrad hatte selbst diejenigen erschüttert, die keine gefallenen oder vermissten Angehörigen zu beklagen hatten. Erstes zartes Grün legte sich über die bereits bestellten Felder und die schneefrei gewordenen Wiesen. Die früh blühenden Bäume schlugen aus. Es war einer der wenigen Tage, an denen der für diese Gegend so typische, gleichmäßig wehende Westwind ausblieb.

In unregelmäßigen Abständen näherten sich dem Köcherhof unterschiedlich große Menschenhaufen. Die meisten gingen zu Fuß. Gelegentlich machten die marschierenden Gruppen einzelnen Pferdefuhrwerken und Radfahrern Platz. Aus der Ferne hatte man den Eindruck, als wandere eine Dorfgemeinschaft zu einem Fest- oder Tanzplatz, um ein Frühlingsfest oder eine Hochzeit zu feiern.

Die ersten Gruppen hatten bereits den Hof erreicht. Sie wurden dort vom Ortsgruppenleiter und Angehörigen des örtlichen SA-Sturms empfangen. Die losen Haufen lösten sich nun auf, um sich neu zu formieren, denn die SA-Männer wiesen den Neuankömmlingen Plätze zu, was nach und nach zur Bildung einer im Halbrund um den großen Innenhof stehenden Menschenmenge führte.

Wer näher kam, konnte sehen, dass immer mehr Kriegsgefangene und Zwangsarbeiter zugeführt wurden, die getrennt von der deutschen Bevölkerung Aufstellung nahmen. Die meisten von ihnen arbeiteten auf den umliegenden Höfen oder in den entlang der Seel so zahlreichen Sägewerken. Anders als die deutschen Schaulustigen waren sie nicht aus freien Stücken, sondern auf Befehl hierhergekommen.

Der stellvertretende Ortsgruppenleiter Otto Maiwald versuchte mittels gebrüllter Befehle noch mehr militärische Ordnung in die angetretenen Formationen zu bringen. Obwohl sich seine Stimme zu überschlagen begann, wollte eine passable militärische Ausrichtung der angetretenen Polen, Russen, Franzosen, Belgier, Holländer, Tschechen und Slowaken nicht so recht gelingen.

Friedrich Jahn hatte nach längerer Vakanz der Stelle die Nachfolge des doch noch zur Wehrmacht einberufenen Oskar Angelbauer übernommen. Man hatte ihn nach Seelbach versetzt, da er aufgrund eines chronischen Nervenleidens für den Kriegsdienst nicht mehr verwendbar war. Nun war er mit der Aufgabe betraut, dafür zu sorgen, dass einzelne Kinder, die sich unter die gaffende, gespannt wartende Menge gesellt hatten und vereinzelt sogar auf dem Gelände herumtollten, sich entweder mit ihren Eltern oder alleine auf den Nachhauseweg machten. »Ab, ab, das hier ist nichts für euch.« Mehrmals wiederholte er diese Aufforderung. Allmählich ging dabei seine Stimme in einen Singsang über.

Der Strom der Neugierigen oder Zwangsverpflichteten versiegte langsam. Nur noch vereinzelt erreichten Fußgänger und Gespanne den Köcherhof. Die Sonne hatte die oberen Gipfel der nahe stehenden Gruppe hoher Bäume erreicht. Ein schwarzer Mercedes erreichte in gemächlicher Fahrt den Hof. Ihm folgten zwei graue Lastwagen und eine weitere Limousine. Alle Fahrzeuge kamen nach einem kurzen Schwenk seitlich der beiden Menschengruppen vor der Längsseite des Stallgebäudes zum Halten. Angehörige der SS und der Schutzpolizei sprangen von der mit einer Plane überspannten Ladefläche des einen Lastwagens. Der andere hatte einen festen Aufbau. Der Beifahrer verließ das Führerhaus, eilte an das Heck des zweiten Lastwagens und öffnete umständlich die Flügeltür. Ein Mann in Häftlingskleidung, offensichtlich ein Gefangener, wurde aus dem Wagen bugsiert. Nach ihm sprangen zwei Uniformierte vom Kasten herunter. Aus der Reihe der angetretenen Kriegsgefangenen und Zwangsarbeiter waren einzelne Rufe zu vernehmen. Sofort setzte das Brüllen der SA-Leute ein.

Hedwig, die junge Magd, die zwischen der angetretenen Bewohnerschaft der umliegenden Gehöfte und Weiler und dem Haupthaus stand, meinte später, sie habe trotz des wütenden Gebrülls der Bewacher deutlich heraushören können, dass aus den angetretenen Reihen der Name Feliks gerufen worden sei. Suchend blickte sie auf die Menge. Lange Zeit konnte sie den Köcherhofbauern nicht ausfindig machen. Schließlich erkannte sie ihn zwischen den SA-Leuten. Er trug heute Uniform, war ja auch Ortsbauernführer.

Vier Angehörige der Schutzpolizei führten den gefesselten Häftling auf die andere Seite hinüber. Gemurmel kam auf. Nicht alle hatten bislang erkennen können, dass man dort einen Galgen aufgerichtet hatte. Einer, der im Mercedes vorgefahren war, ging mit energischen Schritten zur Hinrichtungsstätte. Er trug SS-Uniform und hatte eine dunkelbraune lederne Aktentasche bei sich. Weitere SS-Angehörige und zwei Zivilisten folgten ihm. Das Gemurmel verstummte. Eine spannungsgeladene Ruhe legte sich über den Platz. Vor dem Galgen nahmen zwei Uniformierte Aufstellung. Zwischen ihnen stand der Gefangene, der mit einer viel zu weiten Häftlingsmontur bekleidet war.

Jahn, der jetzt in der Nähe stand, erkannte im langsam abnehmenden Sonnenlicht, dass der Gefangene Holzpantinen trug. Er hatte keine Strümpfe an. Wenn die Sonne untergegangen ist, wird er frieren, dachte der Polizist. Man sollte für einen rascheren Fortgang sorgen. War ja auch eine widerliche Angelegenheit.

Nach schlimmen Monaten in der Haft hatte das Oberlandesgericht Stuttgart sein Urteil über Feliks Wieczek gefällt. Danach wurde er nach Heilbronn gebracht und dort an die Gestapo rücküberstellt.

Das war gestern gewesen. Nach einer im Polizeigefängnis verbrachten Nacht hatte man den jungen Polen abgeholt, der zu diesem Zeitpunkt noch nicht ahnte, wo man ihn hinbringen würde und was man mit ihm vorhatte.

Die Wochen und Monate der Haft hatten ihn abstumpfen lassen, wenngleich er in unregelmäßigen Abständen von Albträumen geplagt aus dem Schlaf schreckte. Am Morgen stand er nach dem Verlassen der Zelle längere Zeit auf dem Innenhof. Ein Schutzpolizist, der sich zur Bewachung in seiner Nähe aufhielt, war zu seiner Verwunderung an ihn herangetreten und hatte ihm eine Zigarette angeboten. Gierig inhalierte er den Rauch, hustete dabei. »Komme ich frei?«, fragte er den Beamten, einen älteren Mann, den eine im ersten Krieg erlittene Gesichtsverletzung entstellte.

»Wahrscheinlich noch nicht«, antwortete dieser und ließ seinen Blick über den Gebäudegürtel streifen, der den Hof hermetisch nach außen abschloss. Nach einer Weile wurden die beiden Flügel eines hohen, mit Stacheldraht bekränzten Eisentores geöffnet, durch das ein grauer Lastwagen hereinfuhr. Er bewegte sich in Schrittgeschwindigkeit auf sie zu und kam wenige Meter vor ihnen zum Halten.

Die Sonne war hinter den Wipfeln der hohen Bäume angelangt. Einzelne Äste legten sich wie unförmige schwarze Finger vor den rot glühenden Ball, der nun das Geschehen in ein intensives, gespenstisches Licht tauchte. Mittlerweile hatte man den Häftling an den Galgen herangeführt. Als er an der zugewiesenen Stelle zwischen zwei Schutzleuten Aufstellung nahm, ertönten aus dem Kreis der angetretenen Kriegsgefangenen und Zwangsarbeiter erneut verzweifelte Rufe, auf die mehrere Polizisten sofort wieder mit Gebrüll und Drohungen reagierten. Der Leiter der Heilbronner Gestapo trat aus dem Kreis der Uniformierten hervor und entnahm seiner Aktentasche ein Schriftstück. Er blickte so lange in das weite Rund, bis völlige Stille eingetreten war. Dann begann er den Inhalt vorzutragen. Worte und Sätze hallten über den Hof, fügten sich zusammen zu einem schrecklichen Urteil über den jungen Polen.

»Wer außerhalb der Volksgemeinschaft steht, kann nicht auf den Schutz durch das Recht hoffen.« Mit diesen Worten leitete der Beamte auf die Schilderung einer sexuellen Beziehung zwischen dem polnischen Zwangsarbeiter Feliks Wieczek und der Deutschen Caroline Lang, geborene Schürbel, über. »Die Verfehlung dieser nichtswürdigen Frau wird noch widerlicher, da sie sich im Rücken ihres Mannes abgespielt hat, der im tapferen Kampf für Führer und Vaterland im Felde steht. Von der Bevölkerung würde nicht verstanden werden, wenn eine derartige Untat nicht aufs Strengste bestraft würde. Die Tat war schamlos und einer deutschen Kriegerfrau unwürdig. Sie hat sich vorsätzlich mit einem nichtarischen Fremdarbeiter in einer das gesunde Volksempfinden verletzenden Weise eingelassen. Hiermit wird verkündet, dass die heute nicht eigens aus der Haftanstalt Gotteszell vorgeführte Caroline Lang, geborene Schürbel, deshalb zu 18 Monaten Zuchthaus und vier Jahren Ehrverlust verurteilt wird.«

Aus dem Kreis der deutschen Landbevölkerung war erneut Gemurmel zu vernehmen, aus dem jedoch nicht hervorging, ob es eher zustimmenden oder ablehnenden Charakter hatte.

Die letzten Lichtstrahlen der rotgoldenen Sonne warfen lange Schatten. Der des Gestapobeamten reichte über den ganzen Hof und sogar noch ein Stück die Stallwand hinauf. Er blätterte in seinen Papieren. »Der Fremdarbeiter Feliks Wieczek, geboren am 14. Oktober 1923 in Rydzewo, hat sich eines schweren Verstoßes gegen § 182 des deutschen Strafgesetzbuches schuldig gemacht. Die Ruchlosigkeit seiner Tat führt ferner zur Anwendung des § 4 der Volksschädlingsverordnung. Der Angeklagte wurde deshalb zum Tod durch den Strang verurteilt. Die Strafe wird sogleich hier am Ort der frevelhaften Handlung vollzogen.«

Obwohl der aufgerichtete Galgen den Versammelten klar gemacht hatte, was mit Feliks Wieczek geschehen sollte, erklangen nochmals verzweifelte Rufe aus dem Kreis der polnischen Kriegsgefangenen und Zwangsarbeiter. Stanislaus Rutkowski brüllte, so laut er konnte, in polnischer Sprache:

»Feliks, am Ende siegt die Gerechtigkeit. Es lebe Polen.« Immer mehr Polen stimmten ein. Die Rufe wurden lauter und lauter, so laut, dass einer der SS-Männer seine Pistole zog und zwei Schüsse in die Luft abgab. »Ruhe!«, brüllte Karl Gauder mit vor Wut bebender Stimme. »Ruhe, ihr Lumpengesindel!«

Wieder kehrte Stille ein. Zwei Schutzpolizisten führten den jungen Polen unter den Galgen. Er drohte umzusinken. Sie mussten ihn an beiden Armen festhalten. Ein schwarz gekleideter Mann trat hinzu. Gemeinsam zerrten sie den schwankenden Körper auf einen meterhohen Schemel. Der Schwarzgekleidete stellte eine Bockleiter auf, stieg nach oben und legte dem Verurteilten die geflochtene Schlinge um den Hals. Einen kurzen Augenblick lang vernahm die still gewordene Menge das leise Weinen des Neunzehnjährigen.

Ansatzlos stieß der Henker den Schemel weg. Schreckensschreie begleiteten das Fallen des schmalen Körpers, der sich streckte und noch mehrfach aufbäumte. Dann verlangsamten sich die Bewegungen. Über der Schlinge fiel der Kopf nach vorne. Sanft schwang der von jeder Anspannung gelöste Leib hin und her. Das Seil begann sich zu drehen. Die Menge sah nun den toten Körper im seitlichen Profil.

»Wegtreten!«, brüllte Gauder.

Die Gestapobeamten stiegen in die schwarze Limousine. Die Angehörigen der SS und der Schutzpolizei verteilten sich auf die beiden Lastwagen und den zweiten PKW.

Der Seelbacher Standesbeamte trug den Tod von Feliks Wieczek in das Sterbebuch der Gemeinde ein. Während die Fahrzeuge den Hof verließen und die Menge sich aufzulösen begann, notierte er penibel als Todesursache: »Hinrichtung durch den Strang.«

Dann blickte er auf seine Armbanduhr, rechnete kurz nach und notierte als Todeszeitpunkt: »26. März 1943, fünf Uhr 45 nachmittags.«

Für Achat Purina war es mittlerweile Alltag geworden, untertauchen zu müssen. Auf Phasen eines engagierten Lebens einer jungen jüdischen Kommunistin folgten immer wieder Ereignisse, in denen das Abtauchen, das unauffällige Verschwinden überlebensnotwendig wurde. In den ersten Junitagen des Jahres 1941 war das System der Sowjetmacht fragil geworden. Unruhe und eine nervöse Hektik lagen in der Luft. Zwar traten die bolschewistischen Statthalter in Lettland dem Gerücht, dass die Deutschen einen Überfall auf die Sowjetunion planten, aufs Heftigste entgegen. Aber innerhalb der verschiedenartigen Milieus der lettischen Gesellschaft wurden die Folgen und Möglichkeiten leidenschaftlich diskutiert. Und jedes Gerücht, und derer gab es in diesen Tagen viele, befeuerte die Spekulationen und die immer offener geführten Debatten, die wiederum Wellen der Gewalt, Verhaftungen und Deportationen nach sich zogen.

Achat Purina hatte während der dreißiger Jahre als Kind in dem in der Nähe von Riga gelegenen zionistischen landwirtschaftlichen Ausbildungslager Vangasi gelebt. Ihre Mutter hatte darauf bestanden, dass sie einen lettischen und keinen hebräischen Namen erhielt. In der Kommune hausten mehrheitlich junge Juden, die sich praktische Fähigkeiten aneignen wollten, von denen sie hofften, dass sie ihnen in einem angestrebten späteren Leben in Eretz Israel nützlich sein würden.

Rachel Purina und ihr späterer Mann Adam hatten sich 1918 als Gardisten der bolschewistischen Gegenregierung von Pteris Sluka kennen gelernt. Sie kämpften sowohl gegen die baltendeutschen Freikorps als auch gegen die nationalistischen Truppen Ulmanis. Nach dem Scheitern der bolschewistischen Revolution waren beide in den Wäldern von Kuldiga untergetaucht. Dort war Adam Purins erstmals dem jüdischen Kommunisten Juri Vater begegnet, der ihn bereits bei dem ersten Zusammentreffen mit einem feinsinnigen Lächeln als Juden enttarnte.

»Wenn ich dir einen Rat geben darf«, sagte dieser gleichermaßen kluge und mutige Mann damals zu Achats Vater, »lege dir ein ›S‹ zu, nimm ein ›S‹.«

Der Vater hatte zuerst nicht begriffen, was dieser schmale Mensch mit dem Philosophengesicht von ihm wollte.

»Ein ›S‹ kann dir eines Tages das Leben retten. Dein Nachname ist gut, sehr verbreitet und typisch lettisch. Aber dein Vorname ist verräterisch.«

Erst da begriff Adam Purins, was Juri Vater meinte. Die Schreibweise seines Vornamens verriet sogleich, dass er Jude war. Adams hingegen war ein sehr gebräuchlicher lettischer Name.

In den Wirren des jungen lettischen Staates ereigneten sich regelmäßig Übergriffe auf die jüdische Bevölkerung. Es kam zu brutalen Überfällen der antisemitischen »Donnerkreuzler«. Aber auch aus den nationalistisch-bäuerlichen Kreisen war mit Gewalt zu rechnen, wenn die Juden als solche erkannt wurden und vermeintlich oder tatsächlich den Sozialdemokraten oder den Kommunisten angehörten.

Achat wurde unehelich geboren, als ihre Eltern in einem Dorf nahe der polnischen Grenze untergetaucht waren. Als Karlis Ulmanis 1934 gegen den Staat putschte, an dessen verfassungsgebender Versammlung er 1922 noch mitgewirkt hatte, brach eine neue Verfolgungswelle los, die Achat bewusst erlebte, obwohl sie noch ein Kind war. Sie lernte dabei, sich zu verstecken. Sie war ein unscheinbares Mädchen, das man leicht übersah, und diese Unauffälligkeit behielt sie bei und verfeinerte sie immer wieder aufs Neue. Sie wurde zu ihrem wichtigsten Mittel zum Überleben.

Der Vater hatte nun, da er ein ›S‹ an seinen Vornamen angehängt hatte, eine Stelle im Planungsbüro einer Rigaer Werft finden können. Sie mieteten eine winzige Wohnung im Stadtteil »Moskauer Vorstadt«. Achat besuchte eine deutsche Schule und stöberte nachmittags in der Ettinger Bibliothek, in der sie sich an einen Fensterplatz zurückzog und verbotene sowjetische Literatur verschlang. Sie kauerte mit untergeschlagenen Füßen auf einem Stuhl und las oftmals so lange, bis sie vom Personal aufgefordert wurde, die Bibliothek zu verlassen. Es sei Zeit zum Schließen.

Beide Eltern gehörten der illegalen kommunistischen Untergrundbewegung an, was dazu führte, dass das Mädchen schon Ende der dreißiger Jahre in den Kreisen des verbotenen Komsomol verkehrte. Sie hatte ein halbes Jahr nach dem Machtwechsel die Aufnahmeprüfung für die 4. Rigaer Oberschule bestanden, einer Schule, die wie eine Insel des Humanismus und der Geistesfreiheit in einem autoritär-nationalistischen Umfeld lag. Auf der Schule waren Kinder unterschiedlicher Nationalitäten. Ihre lange liberale Tradition übte eine magische Anziehungskraft auf junge Menschen aus, die höchst unterschiedlichen liberalen und linken Milieus entstammten.

Wenige Wochen vor Ausbruch des Zweiten Weltkriegs wurde Achat in die illegale Organisation »*Alanik*« aufgenommen. Sie war gerade sechzehn geworden und Juri Vater, der immer wieder überraschend und überfallartig in der elterlichen Wohnung auftauchte, hatte erkannt, dass die verschlossen wirkende Heranwachsende nach theoretischem Wissen lechzte. Im »Alanik-Kreis« diskutierte man die Texte deutscher Philosophen, hörte Referate über Marxismus und politische Ökonomie und las die Werke Romain Rollands.

»Alanik« existierte weiter, als die Rigaer Oberschule Nr. 4 durch das Ulmanis-Regime geschlossen wurde. Damit war seit Langem zu rechnen gewesen, denn zu offensichtlich stand der linksliberale Geist dieser Bildungsanstalt im Widerspruch zu der reaktionären Umgebung, die ihr feindlich gegenübertrat. Im Nachhinein betrachteten es viele ehemalige Schüler als großes Wunder, dass ihr Gymnasium so lange Bestand haben durfte.

Als am 17. Juni 1940 die Rote Armee das Land besetzte und der lettische Staat aufhörte, zu existieren, schien das Leben im Untergrund für viele Linkszionisten ein Ende zu haben. Achats Mutter bekam eine schlecht bezahlte Anstellung bei der Zeitung »*Sarkanais Kareivis*« (»Der Rote Soldat«). Der Vater wurde nun zum Rektor der 1. Rigaer Oberschule ernannt, die vor allem von den Söhnen der reaktionären Elite der Stadt besucht wurde.

Doch der Vater war nicht nur Kommunist, er war auch Zionist, was an sich ein Widerspruch war. Letzteres verleitete den großen Humanisten Adam Purins – er hatte das »S« am Ende seines Vornamens wieder gestrichen –, an seiner Schule Texte und Bücher lesen zu lassen, die von den neu aufgebauten Stellen des NKWD als »zionistischer Antisowjetismus« interpretiert wurden.

In der Nacht vom 2. auf den 3. April 1941 wurde Adam Purins aus der Wohnung in der Moskauer Vorstadt abgeholt, einem gleichermaßen kurzen wie brutalen Verhör unterzogen und dann mit anderen Verhafteten nach Sibirien deportiert. Die Mutter wurde von ihrer Stelle bei der »Sarkanais Kareivis« suspendiert und schlug sich von nun an mit Näharbeiten und kleinen Übersetzungen durch.

Achat mied die elterliche Wohnung. Sie schien gefährlich zu sein. Mehr und mehr wandte sie sich von ihren Freunden im lettischen Komsomol ab und trat der linkszionistischen Organisation »*Hashomer Hatzair*« bei. Der Traum der Mitglieder war die »Alija«, die Auswanderung nach Palästina und die nachfolgende Gründung von Kibbuzim mit sozialistischer Ausrichtung. Von nun an lebte Achat Purina im Untergrund. Die bekannten Mitglieder von »Hashomer Hatzair« standen auf den Suchlisten des NKWD und der lettischen Polizei.

Um zu überleben, nahm sie mit gefälschten Papieren Arbeit in der Schokoladenfabrik »Laima« an. Die Fabrik wurde als kommunistischer Musterbetrieb geführt. Das Mädchen verrichtete still und unauffällig seine Arbeit, stahl genauso unauffällig Schokolade, Zucker und Kakaoersatz, um damit andere Mitglieder der zionistischen Jugend zu unterstützen. Das war nur möglich, weil die Leitung des Werkes in Händen lettischer Kommunisten lag, die idealistisch und unerfahren zugleich waren. Achat sog gierig sämtliche Gerüchte und Nachrichten in sich auf. Mit wachsender Erfahrung gelang es ihr immer besser, in den Phantasiegebilden den Bodensatz harter Realität zu erkennen.

Krieg! Am 22. Juni 1941, einen Tag nach dem Überfall Hitlerdeutschlands auf die Sowjetunion, pfiffen und krachten Bombenhagel aus dem sonnigen Himmel, der Riga strahlend blau überspannte.

Die Arbeiterinnen und die wenigen männlichen Techniker der Schokoladenfabrik verharrten paralysiert an den Produktionsbändern und -tischen. Niemand hatte mit so etwas gerechnet, niemand hatte jemals Anweisungen gegeben, wie in einem solchen Fall zu verfahren sei. Einige warfen sich auf den Boden oder verkrochen sich unter den massiven Tischen, auf denen feine Schokoverzierungen an einer Edelmarke angebracht wurden.

Die deutschen Flugzeuge zogen ab. In der Innenstadt und im Hafen loderten Feuer. Schwarzer Rauch stieg auf, Sirenen heulten. Menschen hasteten durch die Straßen. Schon bald kam es zu Schießereien. Saboteure und Heckenschützen wurden von Patrouillen der kommunistischen Jugend gejagt. Einige Komsomolzen starben durch Schüsse, die vom Turm der alten Kirche St. Gertrud abgegeben wurden.

Schon wenige Tage später befand sich die Rote Armee in einem heil- und planlosen Rückzug. Riga wurde weitgehend aufgegeben, noch ehe deutsche Truppen die Stadt erreichten. Einige Einheiten blieben in der sowjetischen Garnison zurück, die sie aus Angst vor Heckenschützen nicht mehr verließen. Kriegsschiffe fuhren überstürzt aus den lettischen und estnischen Häfen. Versprengte Einheiten der Marineinfanterie hasteten durch die Straßen in die sumpfigen Wälder, da sie nun von ihren Schiffen abgeschnitten waren. Der größte Teil der baltischstämmigen Soldaten lief kurze Zeit später zu den Deutschen über. Manchmal erschossen sie ihre russischen Kommandeure, die sie daran zu hindern suchten.

In den Tagen bevor die deutschen Faschisten die Stadt besetzten, trieben Angehörige des lettischen »Donnerkreuzbundes« alle Juden, derer sie habhaft werden konnten, in die Waldemarstraße 19. Dort wurden Hunderte sadistisch gequält und anschließend ermordet.

Noch ehe die systematische Ausrottung der Juden ihren Lauf nahm, setzten »Donnerkreuzler« die Synagoge auf dem Neuen Friedhof in Brand und zündeten wenige Tage später auch die große Choralsynagoge in der Gogolstraße an.

Von all dem bekam Achat Purina nichts mehr mit. Unauffällig wie sonst auch war sie erneut abgetaucht, nachdem sie Mitgliedern des »Hashomer Hatzair« ermöglicht hatte, einige Zentner Zucker aus dem Depot der Schokoladenfabrik zu entwenden. Ein wenigstens an dieser Stelle gütiges Schicksal verschonte das Mädchen vor der Nachricht, dass ihre Mutter am Vortag ihres Verschwindens in die Räume des 6. lettischen Polizeireviers gezerrt worden war, wo sie kurz vor dem Einmarsch der Deutschen bestialisch gequält, mehrfach vergewaltigt und schließlich im Hinterhof erschossen wurde.

Achat zog sich in die östlich von Riga gelegenen Wälder zurück und schloss sich nach wenigen Tagen des Herumirrens einer im Aufbau befindlichen Partisaneneinheit an. Bei nüchterner Betrachtung waren diese »Partisanen« eine Melange aus armen Mundräubern und zionistischen Widerständlern. Die knapp dreißigköpfige Gruppe, darunter auch ein halbes Dutzend Kinder, hauste in provisorischen Unterkünften in den Wäldern von Riga, war schlecht bewaffnet und militärisch unerfahren. Ihr Anführer war Janis Caunis, ein vierschrötiger Viehhändler, dessen Familie erst vor kurzem gewaltsam aus ihrem Heimatdorf vertrieben worden war. Caunis glich seine mangelnde militärische Erfahrung mit einer präzisen Ortskenntnis und einem unglaublichen Organisationstalent aus. Er sah in der Gruppe weniger eine Partisaneneinheit, sondern eine Gemeinschaft, die das Überleben Einzelner eher ermöglichte. Warum kämpfen, wenn Kampf hoffnungslos ist, pflegte er in den turbulenten ersten Tagen den Jüngeren zu sagen, die gelegentlich gegen ihn aufzubegehren versuchten.

Achat war mit Skepsis aufgenommen worden. Man wusste um sie und ihre Familie.

»Wir sind keine Kommunisten und auch keine Zionisten«, knurrte Valdis Bukks, ein dürrer, grauhaariger Mann, der eine unglaubliche Kunstfertigkeit in der Herstellung und Anwendung von Sprengstoffen besaß.

Je näher die Deutschen vorrückten, desto größer wurde die Gruppe. Der überstürzte Abzug sowjetischer Funktionsträger führte in vielen Dörfern dazu, dass der aufgepeitschte und enthemmte Mob alles erschlug, was auch nur im Entferntesten jüdisch wirkte oder als Parteigänger der Sowjetmacht denunziert wurde.

Jeden Tag stießen nun verzweifelte Männer und Frauen, die durch rechtzeitige Flucht oder einfach nur durch Zufall den Gräueln entkommen waren, zu der Gruppe. Rasch wuchs die Zahl der Menschen, die Zuflucht suchten und auch versorgt werden mussten, auf über 100 an. Janis Caunis rief einen Führungskreis ins Leben, der aus drei Männern bestand: ihm selbst, Valdis Bukks, dem Sprengstoffexperten, und dem früheren Rigaer Kaufmann Andris Feigel, einem schweigsam gewordenen Getreidehändler, der in den aufflackernden Pogromen der letzten Wochen seine beiden Söhne verloren hatte. In seinem tiefen Leid dankte er dem Allmächtigen dafür, dass seine vor zwei Jahren an Krebs verstorbene Frau dies nicht mehr hatte erleben müssen. Er selbst hatte überlebt, weil er zum Zeitpunkt der Judenhatz geschäftlich unterwegs gewesen war und ein Aufrechter ihm weitab vom Dorf heimlich aufgelauert hatte, um ihn zu warnen.

An einem Nachmittag, die Gruppe hatte mittlerweile 20 Kilometer östlich von Riga ein neues Lager aufgeschlagen, trat Janis Caunis vor die erschöpften Flüchtlinge. Bukks und Feigel begleiteten ihn, blieben aber ein, zwei Schritte hinter ihm.

»Alle mal herhören.« Caunis sprach mit voller, tiefer Stimme, aber nicht laut, fast flüsterte er. Das Leben im Wald musste sehr leise vor sich gehen. Leise und unsichtbar. Niemals Rauch, keine nächtlichen Feuer. Jede Begegnung mit Fremden musste sofort gemeldet werden. Wer dagegen verstieß, musste umgehend die Gruppe verlassen.

Der Anführer blickte in angespannte, aufmerksame Gesichter. Mütter hielten ihre Kinder fest. Jede war dafür verantwortlich, dass ihr Kind leise war, nicht laut vor Hunger weinte, nicht lärmend durch den Wald tollte.

»Die Führung hat heute zwei wichtige Grundsätze beschlossen. Erstens werden wir uns hier so lange einrichten, bis dieser Ort nicht mehr sicher ist. Hier sind wir geschützt, hier haben wir genügend Wasser.«

»Aber nichts zu essen«, sagte ein hohlwangiger Älterer. Die Einfärbungen seiner Aussprache verrieten seine dörfliche Herkunft.

»Es spielt keine Rolle, wo wir uns aufhalten«, setzte Caunis seine Ansprache fort. »Essen wird immer knapp sein. Jetzt, wo der Sommer kommt, wird uns der Wald vieles geben. Bruder Feigel wird sich um die Organisation der Nahrungsmittelbeschaffung kümmern.«

Der Angesprochene hob kurz den Blick, ohne das Wort zu ergreifen oder den Anführer anzusehen.

»Zweiter Grundsatz«, fuhr dieser fort, »wir können nicht mehr Menschen ernähren und gefahrlos verstecken. Deshalb werden wir ab sofort keine weiteren Flüchtlinge in unsere Gruppe aufnehmen.«

Ein Gemurmel setzte ein. Leisen und einigen lauten Wortfetzen war Unmut zu entnehmen. Viele hatten darauf gehofft, dass Angehörige, über deren Verbleib man nichts wusste, den Weg in den Wald und am Ende zu ihrer Gruppe finden würden. Diese Hoffnung war für viele die Kraftquelle, die sie durchhalten ließ.

Caunis musterte mit finsterer Miene die Menschen vor ihm. Die meisten hatten auf Kisten, Felsbrocken und den Stämmen umgestürzter Bäume Platz genommen oder lagen ausgestreckt auf dem warmen, trockenen Waldboden. Nur wenige standen.

Der massige Anführer steckte die linke Hand in die Hosentasche und hob die rechte so lange, bis wieder Ruhe eingekehrt war.

Achat Purina schloss die Augen. Für wenige Augenblicke war nichts anderes zu vernehmen als die Geräusche des Waldes. Nach wenigen Sekunden Stille setzte Caunis seine Ansprache fort.

»Von dieser Bestimmung werden all jene ausgenommen, die bewaffnet zu uns stoßen, sowie solche, die sich auf absehbare Zeit selbst ernähren können.«

Erneut brandete Gemurmel auf, das allerdings rasch endete, als Caunis lauter als bislang sagte: »Jeder, dem diese Bestimmungen zuwider sind, jeder, der meint, sie nicht einhalten zu können, kann die Gruppe verlassen. Diejenigen, die weg wollen, haben sich bei mir abzumelden. Das ist ab sofort Gesetz. Wer es unterlässt, wird als Feind behandelt. Das ist für heute alles.«

Nach der Rede des Anführers kam Bewegung in den kleinen Menschenhaufen. Man hatte damit begonnen, das bislang provisorische Lager auszubauen. Der Standort war geschickt gewählt worden. Er lag am Ende einer bewaldeten Schlucht, deren steile Böschungen sich nach und nach so verengten, dass zumindest die letzten drei Kilometer nicht mit Fahrzeugen zu passieren waren. Ein klarer Bach, der die Enge in die Weite des Tales verließ, versorgte die Flüchtlinge mit genügend Wasser. Von großer strategischer Bedeutung war der Umstand, dass die höher gelegenen Windungen des Bachbettes einen möglichen Fluchtweg aus dem kleinen Kessel darstellten.

Die nächsten Dörfer lagen etliche Kilometer weit entfernt. Andris Feigel hatte die Kommandos, die in die Dörfer gingen, um Mehl oder auch mal eine Ziege zu kaufen, streng angewiesen, die jeweiligen Ortschaften zu umgehen und sich diesen grundsätzlich aus den gegenüberliegenden Wäldern zu nähern. Auch hatten sie diese, obwohl das mit Mühen verbunden war, auch stets in die Richtung zu verlassen, die weg vom Lager führte.

Noch waren die Deutschen nicht da. Doch in Riga geschah bereits Entsetzliches. Ein Komsomolze, der sich zu ihnen durchgeschlagen hatte, berichtete von bestialischen Übergriffen des lettischen Mobs auf die jüdische Bevölkerung und alle, die Kommunisten waren oder auch nur im Verdacht standen, solche zu sein. Joshua Malcovich war bereits im Mai in den Untergrund gegangen, nachdem mehrere Lehrer seiner Schule verhaftet worden waren. Gestern hatte ihn eine der nun aus Sicherheitsgründen eingesetzten Patrouillen des Lagers aufgegriffen, mit der es beinahe zu einer Schießerei gekommen wäre. Der Junge brachte zwei Pistolen und 80 Schuss Munition mit. Zweifel an seiner Geschichte widerlegte sein kräftiger junger Penis, der vorhautlos die drei Patrouillierenden davon überzeugte, dass er ein Jude war. Während die Erwachsenen damit begannen, Laub- und Erdhütten zu errichten, und die alte Jolanta, deren Nachnamen niemand kannte, mehrere junge Frauen darin unterwies, ein Feuer zu machen, von dem kein sichtbarer Rauch aufstieg, rief Caunis Achat Purina zu sich. Er saß auf dem Stamm eines umgestürzten Baumriesen, dessen Äste man bereits für die Feuerung abgesägt hatte. Als sie kam, wies er ihr mit einer Geste, die keinen Widerspruch zuließ, neben sich einen Platz zu. Schweigend saßen sie einige Zeit nebeneinander. Erwartungsvoll sah das Mädchen den Chef der Gruppe an, bei der nicht so recht klar war, ob es Partisanen, Banditen oder heimatlose Flüchtlinge waren. Wahrscheinlich waren sie mal das eine, mal das andere und was die Zukunft bringen würde, konnte ohnehin niemand vorhersagen. Zurzeit waren sie eher Flüchtlinge, die in einer höchst feindseligen Umgebung den Kampf ums Überleben aufgenommen hatten, der für die Allerwenigsten erfolgreich ausgehen würde.

Achat musterte den kräftigen Hals des Älteren, der in einen massigen Nacken überging. Obwohl Caunis bereits die Fünfzig überschritten hatte, wurden ihm unbändige Kräfte nachgesagt. Man erzählte davon, dass es dem Viehhändler ein Leichtes gewesen sei, eine ausgewachsene Kuh niederzuwerfen.

Den Hals müsste er sich mal wieder waschen, dachte das Mädchen. Als habe er geahnt, dass sie soeben über etwas nachdachte, was ihn betraf, rutschte Caunis ein Stück zur Seite und sah Achat Purina aus den schmalen Schlitzen zweier fast vollständig zusammengekniffenen Augen an. »Ich habe dich aus zwei Gründen kommen lassen«, sagte er nach einer Weile. »Du hast großes Talent darin, dich unauffällig zu bewegen. Hier nennen dich bereits einige ›Die Unsichtbare‹. Das ist gut, das ist eine wunderbare Gabe. Und außerdem bist du sehr mutig.« Er sah sie scharf an.

»Ich bin nicht mutiger als andere«, erwiderte sie.

»Doch, du bist mutig. Du bist abwägend. Du machst nichts übereilt. Aber vor allem anderen bist du mutig. Ich habe dich genau beobachtet, seit du bei uns bist.«

Achat Purina war sich nicht sicher, ob sie Letzteres glauben sollte. Denn sie hatte nichts dergleichen wahrgenommen. Aber vielleicht lag eine der Fähigkeiten von Janis Caunis in der Gabe zur unauffälligen Beobachtung. Vielleicht machte dies ihn noch mehr zum Führer als die Brutalität, die man ihm nachsagte, und die Körperkraft, die er schon ab und an unter Beweis gestellt hatte.

»Jolanta sagt das auch«, fuhr er fort.

Achat Purina hatte noch nie gesehen, dass der Anführer überhaupt mit dem alten Weib sprach. Hatte er hier ein unsichtbares Netzwerk mit Vertrauten aufgebaut? Möglich war das.

»Außerdem kennst du Juri Vater.«

»Du bist Juri Vater begegnet?«, fragte das Mädchen erstaunt.

»Natürlich kenne ich Juri Vater.«

»Wo hält er sich auf? Lebt er noch?«

»Ich weiß nichts über sein Schicksal.« Der Alte blickte finster in Richtung der kleinen Gruppen, die die aufgetragenen Arbeiten verrichteten.

»Du weißt was über ihn.« Sie legte ihm, einer plötzlichen Regung folgend, die Hand auf den speckigen Ärmel seiner Lederjacke.

»Manchmal ist es besser, wenn man nicht über alles Bescheid weiß.«

»Sag mir, was du weißt.«

»Hör jetzt auf mit deinem Geschnatter. Ich habe dich kommen lassen, weil Valdis, Adris und ich der Meinung sind, dass du am besten geeignet bist, um die Wege nach Riga zu erkunden. Du bist mutig, pfeilschnell, klein und kannst dich leicht unsichtbar machen.«

»Was soll das heißen: ›unsichtbar machen‹? Ich bin doch nicht unsichtbar.«

»Wenn du eine Arbeit nicht machen willst, wirst du unsichtbar, sagt Jolanta.« Dröhnend begann der Alte zu lachen.

Bis die Deutschen Riga erreicht hatten, wurde ein loses Netz zwischen den Caunisleuten, anderen zionistischen Partisanengruppen und dem jüdischen Untergrund in Riga aufgebaut. Die Donnerkreuzler brachten, unterstützt von anderen antisemitischen Kreisen, unverändert Juden um, überfielen diejenigen, die nicht geflüchtet waren, in ihren Wohnungen, raubten sie aus, quälten sie, töteten sie.

Vor allen anderen gingen die Jungen in den Untergrund, bildeten kleine, schlecht bewaffnete Widerstandsnester. Die Lage wurde von Tag zu Tag unsicherer und unübersichtlicher.

Achat Purina hatte bei ihren Erkundungsgängen längst Routinen entwickelt, ein loses Netz aufgebaut, war Tauschbeziehungen eingegangen.

Gerüchte schossen wie Blitze durch die Stadt. Die noch besetzte sowjetische Garnison befand sich in ständiger Alarmbereitschaft. Vereinzelt waren Kontakte zu jüdischen Soldaten der Roten Armee aufgebaut worden. Ein jüdischer Major versorgte die Caunis-Gruppe, wie sie sich jetzt nannten, mit einem Funkgerät, einigen Karabinern und einem leichten Maschinengewehr.

Als die Wehrmacht weniger als 100 Kilometer vor Riga stand, befand sich Achat Purina gerade auf dem Rückmarsch. Sie hatte einen Kontaktmann am östlichen Stadtrand getroffen, von dem sie zwei Pistolen gekauft hatte. Eigentlich war die Rede davon gewesen, dass man eine Maschinenpistole erhalten würde. Der Mann hatte nur mit den Schultern gezuckt. »Entweder du nimmst sie oder ich verkaufe sie woanders.«

Nach kurzem Zögern übernahm sie die beiden russischen Pistolen. Wahrscheinlich tauschten die hungrigen Rotarmisten trotz der Gefahr, die damit verbunden war, ihre Waffen gegen Nahrungsmittel ein und die Hehler verkauften sie teuer weiter, wobei es für sie gewöhnlich keine Rolle spielte, an wen sie verkauften. Waffen wurden überall gebraucht. Die Donnerkreuzler rüsteten weiter auf und ihre Opfer, Juden und Kommunisten, begannen sich zur Wehr zu setzen.

Als sie den Eingang zur Schlucht erreichte, gab sie das vereinbarte Erkennungszeichen. Joshua Malcovich tauchte vor ihr auf, man hatte ihn zum Wachdienst eingeteilt. Achat erschrak. Bis zuletzt war er nicht sichtbar gewesen.

»Gott sei Dank, du lebst«, murmelte der Junge. »Janis ist schon ganz aufgeregt. Niemand wusste, wo du steckst und ob du durchkommen würdest.« Sie gingen mit schnellen Schritten über den trockenen Waldboden. »Du gehst sofort zu Janis, verstanden?«

»Seit wann hast du mir Anweisungen zu geben?« Lachend schlug sie Joshua auf die Schulter. Der Anführer kam ihnen entgegen. Trotz der Sommerhitze trug er einen Militärmantel und hatte die sowjetische MP umgehängt. Es war die einzige, die sie hatten. »Was ist denn los?«, fragte das Mädchen, »ihr seid ja ganz aufgeregt.«

»Aufgeregt, aufgeregt. Wer wäre da nicht aufgeregt!«

»Was regt ihr euch so auf? Jetzt tut nicht so geheimnisvoll.«

»Sag bloß, du hast von allem nichts mitbekommen. Eine feine Kundschafterin bist du, das muss man schon sagen.«

»Ich bin seit gestern Nachmittag unterwegs, bin große Umwege gegangen und habe seither keinen einzigen Menschen getroffen.«

»Die Deutschen werden bald hier sein«, knurrte Caunis. »Sie haben die Verteidigungslinie westlich von Riga durchbrochen. Es wird nicht mehr lange dauern, bis sie die Stadt eingenommen haben.«

Mit dieser Einschätzung sollte ihr Anführer Recht behalten. Die Vorausverbände der Wehrmacht tauchten bereits in den letzten Julitagen vor Riga auf. Die Reste der Sowjettruppen, die bislang noch in der Garnison ausgeharrt hatten, zogen sich überstürzt zurück. Die verbliebenen lettischen Kommunisten, allen voran die Komsomolzen, gingen in den Untergrund. Noch mehr als die Deutschen fürchteten sie den nationalistischen Pöbel, der Jagd auf alle machte, die im Verdacht standen, Parteigänger der vertriebenen Sowjetmacht gewesen zu sein. Einigen der Komsomolzen gelang es, sich in den sowjetischen Depots mit Waffen auszustatten. Auch mehrere linkszionistische Gruppen verfügten nun über Gewehre.

In diesen Tagen war Achat Purina ständig unterwegs. Oftmals kam sie völlig erschöpft in das Lager zurück, mal brachte sie Waffen oder Munition, dann wieder gar nichts. Doch jedes Mal war sie die Überbringerin bedrückender Nachrichten.

Die deutschen Besatzer hatten damit begonnen, die Moskauer Vorstadt einzuzäunen, in der bis dahin bereits die Mehrzahl der Rigaer Juden gelebt hatte. Nun wurden auch die Juden anderer Stadtteile und der Umgebung zusammengetrieben und im neu entstandenen Ghetto eingesperrt, in dem nach wenigen Tagen eine erdrückende Enge herrschte. Die Zustände wurden rasch unhaltbar. Es mangelte an allem.

Für Achat Purina wurde es nun erheblich schwieriger, die bislang geknüpften und mühsam gepflegten Kontakte aufrechtzuerhalten. Manche ihrer Gewährsleute waren ins Ghetto verschleppt worden. Andere tauchten unter, waren unter den bislang bekannten Adressen nicht mehr erreichbar. Und jene, die im Ghetto lebten, wurden registriert. Viele ihrer Bekannten konnte sie schon deshalb nicht mehr erreichen, weil sie Arbeitskommandos zugeführt wurden.

Mittlerweile hatte man den ganzen Stadtteil, der im Volksmund schon seit Generationen aufgrund seines hohen Anteils zugezogener Russen »Moskauer Vorstadt« genannt wurde, von der nichtjüdischen Bevölkerung geräumt. Nachdem die Umzäunung fertiggestellt war, wurde das Gebiet auch offiziell zum geschlossenen Judenghetto erklärt. In den wenigen Straßenzügen drängten sich nach wenigen Wochen 30 000 Menschen.

Am 30. November 1941 unternahm Achat Purina einen weiteren Versuch, abgebrochene Kontakte wieder zu aktivieren. Ihr war eine Adresse genannt worden, unter der sie einen Mann zu treffen hoffte, der ihr bereits zweimal sowjetische Pistolen verkauft hatte.

In den vergangenen Tagen war es bitterkalt gewesen. Die dünne Schneedecke wurde alsbald von einem heftigen Sturm verwirbelt. Der Boden war längst knochenhart gefroren. Ein geringer Temperaturanstieg hatte zur Folge, dass das erste Mal seit gut einer Woche wieder leichter Schneefall eingesetzt hatte. Die junge Frau nahm als Ausgangspunkt für ihre Stadterkundungen stets ein leerstehendes Haus am Stadtrand, dem sie sich relativ ungesehen nähern konnte. Von hier aus sondierte sie sehr sorgfältig die Lage. War sie erst einmal im Stadtinnern, konnte sie sich weitaus unauffälliger bewegen. Durch die zerbrochenen Fenster des Erdgeschosses betrachtete sie noch aufmerksamer als sonst die einzelnen Straßen und Häuser. Intensiv hielt sie nach deutschen Patrouillen, Einheiten der lettischen Polizei und faschistischen Freischärlern Ausschau. Während sie sich auf die Eindrücke von den Rändern der Stadt konzentrierte, meinte sie in der Ferne ein gleichförmiges Rauschen zu hören. Anfangs konnte sie sich das Geräusch, das keine akustische Täuschung war, nicht erklären. Sie wartete bis zum Einbruch der Dunkelheit. Es schneite nun stärker, was ihr recht war. Das monotone Geräusch setzte nun manchmal aus, um dann in kurzen Sequenzen erneut aufzuleben. Sie hatte Derartiges noch nie gehört. Es entstand wohl in größerer Entfernung. Nach einer Weile hörte es ganz auf. War es für die ausgeübte Tätigkeit zu dunkel geworden?

Wie immer ging sie nicht auf direktem Wege zur Kontaktwohnung, sondern nahm mehrere Umwege. Heute begegneten ihr nur wenige Menschen. Als ein Militärfahrzeug langsam die Straße entlangfuhr, betrat sie rasch ein Haus.

Erst nachdem das Motorengeräusch verstummt war, huschte sie hinaus und hastete weiter. Ehe sie die Wohnungsklingel betätigte, sah sie unauffällig das Treppenhaus hinunter. Niemand schien Notiz von ihr zu nehmen. Sie klingelte, wie sie es vereinbart hatten. Einmal lang, dreimal kurz, dann noch einmal lang. Niemand rührte sich. Noch einmal drückte sie das vereinbarte Klingelzeichen. Geräuschlos wurde die schwere, weiß gestrichene Wohnungstür einen winzigen Spalt geöffnet. Sie erkannte Antonija, die Frau ihres Kontaktmannes Karlis Latvietis. »Ist Karlis da?«, hauchte Achat Purina.

Die Frau schüttelte den Kopf.

Als unten die Haustür mit einem schleifenden Geräusch geöffnet wurde, fragte das Mädchen leise: »Können wir uns drinnen weiter unterhalten?«

Antonija Latviete zögerte kurz, zog sie dann aber energisch am Arm in die Wohnung und schloss leise die Tür. Sie gingen in eine armselige Küche, in der außer einem Dutzend Zwiebeln und einigen verstreut herumliegenden Knoblauchzehen nichts Essbares zu sehen war. Immerhin wummerte in einem gemauerten Herd ein kräftiges Holzfeuer, das den Raum notdürftig beheizte. »Karlis ist unterwegs. Er wird nicht so schnell wieder auftauchen.«

»Was ist heute in der Stadt los?«, fragte Achat Purina. »Man sieht kaum jemanden auf der Straße.«

»Heute wurde die Moskauer Vorstadt geräumt. Man hat die Leute in Richtung der Wälder von Rumbula getrieben. Karlis ist draußen und versucht, Näheres in Erfahrung zu bringen. Ich habe ihm gesagt, er soll zu Hause bleiben. Aber er hört ja nicht auf mich.«

»Lohnt es sich, dass ich auf ihn warte? Er wollte mir bis heute eine russische Maschinenpistole beschaffen.«

»Karlis redet mit mir über solche Dinge nicht. Das ist auch besser so. Bleib heute hier. Ich habe noch etwas Tee. Soll ich uns einen Tee kochen?«

Es dauerte noch mehr als zwei Stunden, bis Karlis Latvietis nach Hause kam. Achat Purina konnte hören, dass auch er das Klingelzeichen gab. Einmal lang, dreimal kurz, einmal lang. Er sah erschöpft aus, nickte dem Gast zu, schenkte sich wortlos einen Rest kalten Tees in einen Keramikbecher. »Sie haben sie alle abgeführt«, sagte er, nachdem er sich auf einen Stuhl gesetzt und einige Schlucke getrunken hatte. »Man hat die Moskauer Vorstadt geräumt. Ein Gewährsmann behauptet, man habe die meisten erschossen.«

Achat Purina erblasste. Seit Monaten hatte sie nichts von ihrer Mutter gehört. Inbrünstig hoffte sie, dass sie nicht mehr in Riga wäre. »Am Nachmittag habe ich in der Ferne ein konstantes Rauschen gehört.«

»Das können sehr wohl Salven gewesen sein.«

»Sind sie alle umgebracht worden?«, fragte das Mädchen mit bebender Stimme. Als sie einen Schluck Tee zu sich nehmen wollte, schlugen ihre Zähne klappernd gegen den Becherrand.

Wortlos zuckte Karlis Latvietis mit den Schultern.

»Ich traue es ihnen zu«, sagte seine Frau. »Erinnerst du dich an den 4. Juli, als sie alle Synagogen Rigas angezündet haben? In der großen Choralsynagoge haben sie Menschen verbrannt, die sie wahllos aus Arbeitskommandos herausgegriffen hatten.«

»Du bleibst heute Nacht hier«, sagte der Mann. »Ich nehme an, dass sie nach dieser Aktion den Streifendienst verstärken und Suchtrupps nach Geflüchteten aussenden.«

»Hast du Waffen?«, fragte das Mädchen. »Du wolltest uns eine Maschinenpistole besorgen.«

»Was kannst du bieten?«

»Wir haben den verbliebenen Schmuck eingesammelt.« Achat Purina nestelte einen Brustbeutel aus ihrer Kleidung hervor und reichte ihn dem Mann.

»Das ist nicht viel«, sagte dieser, als er einen flüchtigen Blick auf den Inhalt geworfen hatte.

»Mehr haben wir nicht. Ich will die Maschinenpistole.« Und dann fügte sie entschlossen dazu: »Und zwei weitere Pistolen. Wir werden sie jetzt brauchen.«

Antonija Latviete weckte das Mädchen am anderen Morgen noch weit vor Sonnenaufgang. In der Küche dampfte eine Milchsuppe mit Haferflocken.

»Iss«, sagte die Frau.

»Wo ist dein Mann?«

»Der ist schon seit sechs Uhr unterwegs. Du sollst warten, bis er zurück ist. Er will dich auf sicherem Wege aus der Stadt führen.«

Als Karlis Latvietis geräuschlos die Wohnung betrat, brachte er ein Bündel Holz mit, das er neben dem gemauerten Herd auf den Boden fallen ließ.

»Merk dir eines. Wenn du unterwegs bist, musst du immer den Eindruck erwecken, dass du was Alltägliches zu erledigen hast.«

Er drehte sich weg, ohne eine Antwort abzuwarten, nahm einen Topf heißen Wassers vom Herd und schenkte sich eine Blechtasse voll ein. Dann stand er auf, ging zum Fenster, blies in die heiße Flüssigkeit und trank winzige Schlucke.

»Was ist gestern passiert?«, fragte das Mädchen.

»Man weiß es nicht genau.«

»Du warst doch heute Morgen unterwegs, um dich zu erkundigen. Ich sorge mich um meine Mutter.«

»Ich war im Morgengrauen bei einem Verbindungsmann in der Innenstadt. Sein Schwager ist jetzt in der lettischen SS. Der sei spät nachts sturzbesoffen nach Hause gekommen. Wenn es stimmt, was er im Suff dahergeredet hat, dann wurde etwa die Hälfte der Ghettobewohner in die Wälder von Rumbula getrieben und erschossen. Er selbst habe geschossen, bis der Gewehrlauf heiß geworden sei. Ungefähr 12 000, viele davon werden noch als Arbeitskräfte gebraucht, sind noch in der Moskauer Vorstadt und im ›kleinen Ghetto‹. Angeblich hat gestern ein Zug mit deutschen Juden den Bahnhof Skirotava erreicht. Weil man nicht wusste, was man mit ihnen machen sollte, seien alle gleich weitertransportiert und ebenfalls erschossen worden. Aber das ist noch nicht überprüft.«

»Mein Gott«, schluchzte das Mädchen. »Bring mich ins Ghetto. Ich muss meine Mutter suchen.« Sie sprang auf und griff verzweifelt nach dem Arm von Karlis Latvietis.

Erst jetzt drehte er sich vom Fenster weg, löste sanft den Griff des Mädchens und sah ihr ins Gesicht.

»Dort werden wir auf keinen Fall hingehen. Das Lager ist hermetisch abgeriegelt. Niemand kommt rein. Niemand kommt heraus. Nicht einmal die Arbeitskommandos sind heute Morgen ausgerückt. Ich bringe dich jetzt aus der Stadt. Komm frühestens in einer Woche wieder. Bis dahin weiß ich mehr.«

»Aber ich muss meine Mutter finden.«

»Du kannst nichts tun. Niemand hat etwas davon, wenn du dich sinnlos in Gefahr bringst. Am wenigsten deine Mutter.«

Am Abend erreichte sie erschöpft das Lager. Latvietis hatte sie auf sicheren Wegen, von denen sie viele noch nicht kannte, aus der Stadt geführt. Mehrmals verharrten sie längere Zeit in Hinterhöfen und Hausfluren. Als sie sich trennten, gab er ihr den abgewetzten Koffer aus Presspappe, den er die ganze Zeit bei sich gehabt hatte. »Mach ihn erst im Lager auf. Und lass dich auf keinen Fall damit von irgendjemandem erwischen. Bring ihn zu Caunis.«

Ihre Lage war verzweifelt. Die Sorge um ihre Mutter quälte sie. Erst als alte Frau würde sie in den Jahren nach der Auflösung des Warschauer Paktes und den damit verbundenen neuen Zugangsmöglichkeiten zu Akten davon erfahren, dass sie zum Zeitpunkt der großen Massaker schon nicht mehr am Leben gewesen war.

Sie hielt sich streng an die Sicherheitsbestimmungen, die die Lagerleitung für die Kuriere aufgestellt hatte. Sie ging die langen Umwege, obwohl es bitterkalt war und sie mit ihren klammen Händen den Koffer kaum mehr tragen konnte. Es hatte aufgehört zu schneien, was nicht von Vorteil war, da man ihre Spuren sehen konnte. Sie hoffte, dass die peitschenden Küstenwinde den feinen Schnee nach und nach verwirbeln würden.

Sie wäre am liebsten direkt zur Kochstelle gegangen, wo Jolanta immer einen Topf mit heißem Wasser bereithielt, dem sie mit einigen getrockneten Pflanzenteilen eine winzige Spur Geschmack zugesetzt hatte. Aber sie disziplinierte sich und ging zügig zur Unterkunft von Janis Caunis. Zu ihrer großen Überraschung traf sie dort nicht nur auf Caunis, Bukks und Feigel. Auf mehreren provisorischen Schemeln und Holzklötzen saßen und hockten vier junge Männer und eine Frau, die bei ihrem Aufbruch noch nicht im Lager gewesen waren. Stammten sie aus dem Ghetto? Hatten sie gar aus dem Kreis derer flüchten können, die erschossen werden sollten? Vielleicht wusste einer sogar etwas über das Schicksal ihrer Mutter?

Noch ehe sie eine Frage stellen konnte, herrschte Caunis sie an: »Komm später, hier können wir dich im Moment nicht brauchen.«

»Karlis hat mir das für dich mitgegeben.« Sie hob den schäbigen Koffer in die Höhe.

»Lass den Koffer stehen, iss etwas und komm später wieder«, antwortete er in einem Tonfall, der keinen Widerspruch duldete.

Auf dem Weg zur Kochstelle traf sie den siebzehnjährigen Joshua Malcovich.

»Gut, dass du zurück bist«, sagte er statt einer Begrüßung. »In der Stadt ist die Hölle los. Sie bringen alle Juden um.« Der sonst zu jedem nur erdenklichen Schabernack aufgelegte Junge fing an zu weinen. »In der Moskauer Vorstadt lebt doch meine ganze Familie. Ich wollte sofort los. Aber Caunis, dieses Tier, drohte mir, ich würde umgehend wegen Fahnenflucht erschossen, wenn ich mich ohne Auftrag vom Lager entferne.« Er schniefte in den Ärmel seiner löchrigen Militärjacke, die ihm viel zu weit war, obwohl er sie über mehreren Kleidungsstücken trug.

»Wer ist da bei unseren Kommandierenden?«

»Das sind Flüchtlinge, die behaupten, sie seien dem Morden entkommen. Sie verhören sie jetzt. Wollen sichergehen, dass kein Spitzel darunter ist. Die Jungen haben schon ihre Schwänzchen gezeigt. Zumindest untenrum stimmt alles.« Der Junge lachte bereits wieder, obwohl noch Tränen auf seinen Wangen standen.

»Ekelhaft, wieso sagst du so was?«

»Weil es halt mal so ist.«

Achat Purina überlegte, ob sie noch weitere Fragen stellen sollte. Sie entschied sich jedoch anders und sagte: »Ich gehe zu Jolanta. Vielleicht hat sie für mich noch einen Bissen Warmes.«

Die Alte hatte ihr wortlos einen Teller Grütze aus einem verrußten Topf gekratzt. Sie aß die klebrige Masse trotz ihres Heißhungers langsam und bedächtig. Nachdem sie den Holzteller und den Blechlöffel im Bach gespült hatte, dessen Ränder mit einer glasigen Eisschicht überzogen waren, ging sie erneut zum Kommandeursunterstand. Jetzt traf sie lediglich Janis Caunis und Valdis Bukks an. Andris Feigel und die fünf jungen Leute waren verschwunden. Der geöffnete Koffer stand vor ihnen. Sie besichtigten soeben die in ölige Lappen geschlagenen Teile einer nagelneuen sowjetischen Maschinenpistole.

»Ein gutes Teil«, sagte Bukks.

»Aber wir haben zu wenig Munition dafür.«

»Wir werden aus den zurückgelassenen Beständen der abziehenden Roten nicht mehr viel kriegen«, sagte Caunis. »Die haben längst die Deutschen oder sie sind bereits in andere Hände gelangt.«

»Vielleicht in die Hände von Freunden«, sagte Bukks und spie einen zerkauten Holzspan aus.

»So viele Freunde haben wir nicht«, entgegnete Caunis mit ernstem Blick.

»Wer waren die fünf?«, fragte das Mädchen.

»Angeblich sind sie den Erschießungen entkommen. Sie berichten unisono, dass man gestern mehr als die Hälfte der

Ghettobewohner umgebracht hat. Sie seien auf unterschiedlichen Wegen entkommen. Die vier Männer hätten angeblich verschiedenen Arbeitskommandos angehört, die man nicht an die Gruben geführt hat. Die Frau behauptet, sie habe sich in der Jauchegrube versteckt. Nach Einbruch der Dunkelheit wäre sie in den Wald geflüchtet, wo die Männer sie völlig erschöpft und halb erfroren gefunden hätten.«

»Kann ich mit ihnen reden?«, fragte Achat Purina. »Ihr wisst, dass meine Mutter im Ghetto sein muss.« Sie sah eindringlich vom einen zum anderen.

»Warte bis morgen. Sie sind vollkommen am Ende. Wir haben ihnen ja auch noch ganz ordentlich auf den Zahn gefühlt.«

In der Nacht herrschte große Unruhe im Lager. Einmal wurde sogar ein Schuss abgefeuert.

Weitere Versprengte fanden zu ihnen. Manche hatten einen Hinweis auf die Existenz der Gruppe erhalten. Andere gelangten rein zufällig in die Nähe des Camps und wurden von den Wachen aufgegriffen. Wieder andere waren zuvor auf lettische Partisanen gestoßen, die ihnen mit Erschießung drohten, als klar war, dass sie Juden waren.

Wie Achat bei der Morgensuppe erfuhr, hatte sich nachts ein tragischer Vorfall ereignet. Einer der Flüchtlinge war außerhalb des Lagers auf einen Wachposten losgegangen, als dieser ihn angerufen hatte. Er war der Meinung gewesen, dass er auf eine Streife lettischer Freiwilliger gestoßen war, die Jagd auf geflüchtete Juden machte. Der Posten sah sich genötigt, einen Schuss abzugeben, der den Flüchtling so unglücklich getroffen hatte, dass er nach einer Stunde starb, nicht ohne auch noch zu erfahren, welch großes Missverständnis seine persönliche Tragödie vollendet hatte.

Unter denen, die ihre dünne Morgensuppe in dem mittlerweile errichteten Küchenunterstand einnahmen, erkannte Achat Purina die junge Frau wieder, die sie gestern Abend das erste Mal bei Caunis gesehen hatte. Das Mädchen kauerte eingemummt auf dem Boden und hatte ihre Fäustlinge während des Essens nicht abgelegt. Mit wenigen Schritten hatte sie den Neuankömmling erreicht.

»Hallo, ich bin Achat. Ich gehöre zu den ersten jungen Frauen, die zu dieser Bande gestoßen sind.« Sie reichte der vor ihr Hockenden die Hand, die diese einen flüchtigen Moment lang ergriff.

»Ich heiße Lea. Wieso sprichst du von einer Bande? Wir dachten, das ist eine zionistische Partisanengruppe.«

»Das sind wir. Aber vieles andere auch. Hier findest du orthodoxe Juden, sozialistische Zionisten, Kommunisten, ungläubige Juden und Goijim. Alles Übriggebliebene, hin- und hergeworfen wie Schaumflöckchen auf den Wellen des Ozeans, die eines Tages irgendwo an einen Strand gespült werden. Hast du Nachrichten aus dem Ghetto? Meine Mutter muss sich dort aufgehalten haben. Rachel Purina. Zuletzt hat sie angeblich Kinder unterrichtet.«

»Kenne ich nicht«, murmelte Lea und nahm ein paar Löffel der heißen Flüssigkeit zu sich, die hier als Morgensuppe gereicht wurde.

»Was ist gestern passiert?«

»Sie haben mehr als die Hälfte der Ghettobewohner in die Wälder gebracht und erschossen. Hauptsächlich die Alten und die Kinder, aber auch viele Mütter. Ich habe im hinteren Winkel des Dachbodens alte Möbel zu Brennholz zerschlagen, als sie ins Haus kamen. Ich konnte mich in einem stillgelegten Kamin verstecken. Später kletterte ich in eine Abwassergrube. Sie haben alle Hausbewohner weggetrieben, auch die Arbeitsfähigen. Die Männer, die du gesehen hast, sind die Überlebenden des Ausbruchsversuchs eines Arbeitskommandos, das außerhalb der ›Moskauvorstadt‹ im Arbeitseinsatz war. Angeblich haben sie einen Wachmann getötet. Alle anderen wurden noch an Ort und Stelle erschossen. Wir haben uns zufällig im Morgengrauen getroffen. Sie haben mich zuerst entdeckt, mir aufgelauert, als ich das Ufer entlangschlich. Dann wurde ich verhört. Einer hat mich sogar geschlagen. Schau mal.« Sie zog ihre aufgeplatzte

Unterlippe nach vorn und entblößte eine tiefe Wunde, die sich quer über die rosige Schleimhaut zog.

Innerhalb weniger Tage verdoppelte sich die Zahl der Köpfe im Lager. Nach heftigen Debatten setzte die Leitung durch, dass erst einmal alle hierzubleiben hatten. Dem standen viele entgegen, die fürchteten, dass über kurz oder lang die Nahrungsmittelvorräte aufgebraucht sein würden.

Andris Feigel, der für die Beschaffung und Verteilung der Verpflegung zuständig war, hatte lautstark dafür plädiert, die Neuankömmlinge fortzuschicken. Sollten sie doch eine eigene Gruppe bilden.

Letztendlich hatten sich Caunis und Bukks durchgesetzt. Die Gefahr, dass ihr Standort aufflog, sei riesengroß, wenn man die Flüchtlinge fortschickte. Wenn auch nur einer den lettischen Suchtrupps oder den Deutschen in die Hände fiel, und das sei mehr als wahrscheinlich, würden diese rasch alle gewünschten Informationen aus den Aufgegriffenen herausprügeln. Und außerdem seien die Neuankömmlinge jung und hätten Mut gezeigt. Gute Voraussetzungen dafür, aus ihnen brauchbare Kämpfer machen zu können.

»Wir müssen nur aufpassen, dass sie ihre Wut zügeln – immerhin haben sie die meisten ihrer Familienmitglieder verloren«, sagte Bukks, der sich mehr und mehr als nüchterner Stratege neben dem oftmals zu impulsiven Caunis profilierte.

Achat Purina suchte in den unruhigen Folgetagen des Öfteren die Gesellschaft von Lea Kahn. Sie war die Tochter eines jüdischen Apothekers und einer russischstämmigen Ärztin, die man nach dem überstürzten Abzug der Roten Armee, wie andere Russen auch, verhaftet, verhört und misshandelt hatte. Lea wusste nichts über den Verbleib ihrer Eltern und ihrer jüngeren Schwester, was sie jedoch mit nach außen gekehrter Beherrschung zu tragen schien. Sie klammerte sich an die Hoffnung: »Ärzte und Pharmazeuten werden schließlich gebraucht.«

So wie es mit Karlis Latvietis verabredet war, machte sich Achat Purina eine Woche nach dem letzten Kontakt wieder auf den Weg in die Stadt. Zuvor wurde sie von Bukks sorgfältig instruiert. Für den Tag der geplanten Rückkehr und für die beiden darauf folgenden Tage – für den Fall, dass etwas dazwischenkam – teilte er ihr die Parole mit, die sie auf den Anruf der Lagerwachen erwidern musste. Dann gab er ihr einen weißen Tarnanzug der Roten Armee.

»Den ziehst du aus, wenn du die Nähe der Stadt erreicht hast. Du darfst dich darin auf keinen Fall von den Streifen erwischen lassen. Die unterstellen dir sofort, dass du eine russische Spionin bist.«

Als sie, ohne zuvor eine Menschenseele getroffen zu haben, gegen Mittag des 8. Dezember eine Waldlichtung erreichte, von der aus sie auf verschiedenen Wegen in das Rigaer Stadtgebiet gelangen konnte, ertönte ein heftiges Geknatter. Deutlicher als beim letzten Mal erkannte sie, dass es sich um heftiges Gewehrfeuer handeln musste. Wurden heute wieder Menschen erschossen? Ein Teil der Ghettobewohner war ja nach dem 30. November noch am Leben gewesen.

Ihrer Einschätzung nach war der Ort, an dem geschossen wurde, höchstens einen Kilometer von ihrem jetzigen Standort entfernt. Vielleicht geringfügig mehr. Der Wald und der Wind, der in Küstennähe immer wieder zu heftigen Böen anhob, machte eine genaue Bestimmung der Richtung und der Entfernung unmöglich.

Sie bog auf den Weg ein, der ihrer Vermutung nach am weitesten von dem Ort des Geschehens wegführte.

In der Nähe eines stillgelegten Sägewerks erreichte sie dieses Mal den Stadtrand. Es war bereits später als geplant. Als sie nach zwei weiteren Stunden mit dem vereinbarten Klingelzeichen Einlass begehrte, war es längst dunkel geworden. Leichter Schneefall setzte ein. Es war nicht mehr so bitterkalt wie an den Tagen zuvor.

Mit den Worten »Gut, dass du kommst« wurde sie von Karlis Latvietis an der Wohnungstür begrüßt. Seine Frau hantierte wortlos in der Küche, nickte ihr kurz zu und reichte ihr eine Tasse mit einem teeähnlichen Getränk. »Du hast doch in der Schule Deutsch gelernt.«

Achat nickte. »Das ist schon einige Zeit her, aber ich spreche die Sprache der Verbrecher ganz gut.«

»Wärm dich zehn Minuten auf, dann müssen wir fort.«

»Wohin denn?«, wollte das Mädchen wissen.

»Das kriegst du schon noch rechtzeitig mit. Sag Janis auf jeden Fall, dass er dich in nächster Zeit nicht zu schicken braucht. Wir müssen unsere Verbindung erst einmal kappen. Das Haus hier ist nicht mehr sicher. In der Stadt herrscht durchgängig Alarm und an Waffen kommen wir auch nicht mehr ran. Und sag ihm, dass wir versuchen werden, eine Verbindung über das Meer aufzubauen. Wobei über Leningrad nicht geliefert werden kann. Leningrad ist eingekesselt. Man muss Strukturen aufbauen, die weit nach Osten führen. Das kann dauern.«

Er blickte auf seine Armbanduhr und sagte dann: »Es ist Zeit. Wir müssen los.«

Antonija nickte schweigend erst dem Mädchen, dann ihrem Mann zu und öffnete geräuschlos die Wohnungstür. Nachdem sie sich vergewissert hatte, dass niemand im Treppenhaus war, sah sie beide nochmals wortlos an und schloss hinter ihnen die Tür.

Unendlich lange verharrte Karlis in den wechselnden Hausfluren aus, bis er das Zeichen zum Weitergehen gab.

»Man braucht jetzt Passierscheine und ich konnte so schnell keinen für dich auftreiben. Künftig wäre es besser, du hättest einen Ausweis mit Rigaer Adresse. Sag das Janis. Er hat doch gute Fälscher unter seinen Leuten.«

»Uns fehlen die Tinten. Für die neuen Papiere, die jetzt überall auftauchen, brauchst du schnell zehn verschiedene Tinten oder sogar noch mehr.«

Nach gut einer Stunde erreichten sie über ein Gewirr an Nebenstraßen, Hinterhöfen und Gartenwegen ein Gebäude, in dem offensichtlich eine Bauflaschnerei untergebracht war.

Wir sind neugierig ...

... was Sie von dem Buch halten, dem Sie diese Karte entnommen haben.

Titel des Buchs

Wie wurden Sie auf das Buch aufmerksam?

Bitte schreiben Sie uns ganz offen Ihre Meinung. Sie ist wichtig für unsere weitere Verlagsarbeit.

Der Silberburg-Verlag hat sich auf Baden-Württemberg spezialisiert. Haben Sie Ideen oder Vorschläge zu Buchthemen?

... Sie auch?

Tragen Sie einfach umseitig Ihre Anschrift ein. Gerne senden wir Ihnen dann Informationen zu unseren Neuerscheinungen.

Im Silberburg-Verlag erscheint »**Schönes Schwaben**« – die farbige Monatszeitschrift zu Kultur, Geschichte, Landeskunde. Informativ und unterhaltsam, aktuell und zeitlos. Mit traumhaft schönen Fotos und interessanten Artikeln von kompetenten Autoren. Sollen wir Ihnen einmalig ein kostenloses Probeheft senden?

☐ Ja ☐ Nein

Absender (bitte gut lesbar schreiben):

Name

Straße

PLZ Ort

E-Mail

Beruf Alter

Für Silberburg-Bücher interessiert sich auch:

Bitte als
Postkarte
frankieren

Deutsche Post
ANTWORT

Silberburg-Verlag GmbH
Schönbuchstraße 48
D-72074 Tübingen

»Wir gehen jetzt ins Allerheiligste«, sagte Latvietis. »Hier ist unsere Zentrale.«

Nachdem er auch hier in einer zuvor verabredeten Weise geklingelt hatte, öffnete ihm ein schlanker Mann, der eine hellbraune Schiebermütze trug. Als er Latvietis erkannte, steckte er seinen Revolver weg, nickte erst dem Mann, dann auch Achat Purina wortlos zu und schloss hinter ihnen die Tür, nachdem er zuvor noch einen Blick über den an das Haus angrenzenden kleinen Platz geworfen hatte.

Sie befanden sich in einer Art Verkaufsraum. Überall standen neue und gebrauchte Sanitärartikel herum, Waschbecken aller Art, Guss- und Bleirohre in verschiedenen Stärken, ineinandergestapelte Zinkbadewannen, jede Menge Zubehör. Hinter dem Verkaufstresen erhob sich ein fast drei Meter hohes Schubfächersystem, das vermuten ließ, dass hier eine Vielzahl höchst unterschiedlicher Kleinteile eingelagert wurde.

Der Mann stellte eine Leiter vor die Einbauwand, kletterte hinauf und klappte auf der vorletzten und der drittletzten Ebene die Verblendungen von vier Schubfächern nach links und nach rechts. Nun wurde ein schmaler Durchlass sichtbar. Er stieg die Leiter hinab und ließ Latvietis an sich vorbei. Der kletterte nach oben, hatte einige Mühe, in den Durchlass zu steigen, verschwand dann aber.

»Jetzt du«, sagte der Unbekannte zu Achat Purina. »Ich warte hier.«

Das Mädchen stieg mühelos in den Durchlass. Durch einen leicht ansteigenden, gemauerten Schacht erreichten sie in gebückter Haltung einen knapp mannshohen, unbeheizten Raum, in dem sich zwei Personen befanden.

Latvietis stellte einen weiteren Letten als »Iwan« vor, was sicherlich nicht sein richtiger Name war. Auf einer schmalen Pritsche saß ein junger Bursche, der eine Pferdedecke über Kopf und Schultern gezogen hatte. Auf dem Fußboden standen ein leerer Teller und eine noch zur Hälfte mit Wasser gefüllte grüne Flasche.

»Der Junge behauptet, einem Transport entflohen zu sein, mit dem gestern deutsche Juden nach Riga kamen. Wir wissen nichts über einen derartigen Transport. Frag ihn, wie er heißt, von wo er kommt und wie sich die Sache zugetragen hat. Jude könnte er sein, denn er ist beschnitten.«

»Das scheint euch immer ganz besonders zu interessieren.«

Der Mann, den Latvietis Iwan nannte, grinste. »Immerhin ist das ja ein deutliches Zeichen für eine mögliche Religionszugehörigkeit.«

»Es könnte aber auch ein Mohammedaner sein«, entgegnete Achat Purina.

»Ich habe ja gesagt: ein mögliches Zeichen.«

»Hört mit dem Quatsch auf«, knurrte Latvietis. »Stell ihm jetzt die Fragen und übersetze mir sofort seine Antworten. Satz für Satz. Hast du mich verstanden?«

Der Junge gab an, David Bernfeld zu heißen. Man habe ihn mitsamt seiner vierzehnköpfigen Familie Ende November nach Stuttgart gebracht. Von dort aus seien sie auf eine grauenhafte Fahrt in einem völlig überfüllten Zug geschickt worden. Am 4. Dezember seien sie auf dem Güterbahnhof angekommen. Mehrere Dutzend Menschen, meist Alte und Kranke, seien auf der Fahrt verstorben. Da er kräftig sei, habe man ihn mit Schlägen dazu gezwungen, zusammen mit anderen die Toten auf mehrere hölzerne Karren zu stapeln. Diejenigen, die noch laufen konnten, seien mit Gebrüll und Schlägen von lettischen Hilfsmannschaften aus den Waggons getrieben worden.

»Wo hat man euch hingebracht?«, fragte das Mädchen.

Erstmals blickte der Junge zu ihr auf. Dann hob und senkte er mehrfach die Schultern. »Ich weiß es nicht«, fuhr er fort. »Man trieb uns über vereiste Straßen. Wer hinfiel und nicht mehr aufstehen konnte, wurde sofort erschossen. Ich bekam furchtbare Angst. Ich ahnte jetzt, dass man uns in den Tod treiben wollte, obwohl man uns in Deutschland gesagt hatte, wir würden als Neusiedler in den Osten gebracht.«

»Und wie konntest du entkommen?«

»Unser Elendszug hielt auf dem Gelände eines größeren Gebäudekomplexes. Ich glaube, dass es sich um eine stillgelegte Ziegelei handelte.«

»Ich weiß, was er meint«, sagte derjenige, der Iwan genannt wurde, als Achat Purina mit ihrer Übersetzung fertig war. »Auf der Strecke vom Güterbahnhof zu dem Gelände, das die Deutschen jetzt ›Jungfernhof‹ nennen, liegt eine Ziegelei. Mir ist aber nicht bekannt, dass die stillgelegt ist.«

»Erzähl weiter«, sagte das Mädchen auf Deutsch.

»Wir mussten an der Außenmauer eines langgestreckten Backsteingebäudes stehen bleiben. Schüsse fielen. Wahrscheinlich wurden die Leute am Ende der Kolonne erschossen, die keine Kraft mehr zum Stehen hatten. Ich saß mit dem Rücken zur Mauer auf dem eiskalten Boden. Direkt neben mir war eine schmale Luke, die einige Zentimeter über der Erde in das Innere des Gebäudes führte. Wahrscheinlich benutzte man sie dafür, Rohstoffe in einen Bunker zu schütten. Der davor angebrachte Holzladen ließ sich öffnen. Einer spontanen Eingebung folgend verschwand ich im Inneren und verriegelte den Laden. Allerdings saß ich nun in der Falle, denn die Eisentür an der gegenüberliegenden Wand war verschlossen. Also wartete ich in dem eiskalten und dreckigen Verlies, bis es draußen vollkommen dunkel war. Dass mich eure Leute aufgegriffen haben und nicht die SS, ist reiner Zufall.«

»Ein Zufall, an den wir nicht so recht glauben«, sagte Karlis Latvietis auf Lettisch. »Die Wahrscheinlichkeit liegt nämlich bei eins zu tausend, was sage ich, eher bei eins zu zehntausend. Viel wahrscheinlicher ist er ein Spion. Einer, der in die Untergrundbewegung eingeschleust werden soll.«

»Dazu ist er zu jung«, sagte der Mann, der Iwan genannt wurde.

»Woran erkennt man einen Juden, außer an seinem beschnittenen Schwanz?«, fragte Latvietis. »Vielleicht hat man ihm dieses Hautstück abgeschnitten, weil er als Kind eine Vorhautverengung hatte. Wie mein Schulkamerad, den haben wir deswegen immer gehänselt. Er war kein Jude.«

Achat Purina mischte sich in den Disput der beiden Männer, den sie albern fand. »Er soll das jüdische Totengebet sprechen. Jeder Jude seines Alters kennt das Gebet. Es spielt keine Rolle, aus welchem Winkel der Erde er stammt.«

»Ist das so?«, fragte Latvietis, der mit den jüdischen Bräuchen als lettischer Kommunist nicht besonders vertraut war.

Das Mädchen nickte.

»Dann sag ihm, er soll es aufsagen.«

Der Junge, der möglicherweise David Bernfeld hieß, blickte nach dieser Aufforderung einen Moment lang in höchstem Maße irritiert von einem zum anderen. Erst nach einer nochmaligen Aufforderung begann er stockend vorzutragen: »Jisgadal vejitkadasch sch'mei raboh. B'ollmo di vro chir'usei v'jamlich malchusei.«

Er brach ab und sah zu Latvietis hinüber. Der blickte fragend zu Achat Purina. Sie nickte und sagte auf Deutsch: »Noch ein Stück.«

Der Junge sprach weiter, er wirkte nun sicherer: »Bchajeichaon, uv'jomeichaon, uv'chaje dechol bes Jisroel, ba'agodol u'vizman koriv, v'imru. Omein.«

»Gut, gut.« Latvietis hob die Arme. »Das reicht. Aber er kann das auswendig gelernt haben, ohne etwas davon zu verstehen. Stell ihm weitere Fragen.«

Achat Purina nickte erneut und fragte: »Wer spricht normalerweise das Kaddisch-Gebet?«

»Männliche Verwandte, meistens der Sohn, wenn er schon das entsprechende Alter hat.«

»Was muss man noch beachten?«

»Es darf nur in Gegenwart eines Minjan gesprochen werden. Es müssen zehn Männer anwesend sein.«

Als Achat Purina die Antworten übersetzt hatte, nickte Karlis Latvietis. »Wir wollen ihm glauben. Du nimmst ihn mit zu deinen Leuten. Aber behaltet ihn erst einmal im Auge.«

»Mal langsam«, sagte der andere Mann. »Das will sorgfältig abgewogen sein. Wenn seine Geschichte stimmt, nimmst du ihn mit. Wenn daran auch nur der geringste Zweifel besteht, ersteche ich ihn. Er hat uns gesehen, er kennt dieses Versteck.«

»Ich glaube ihm«, entgegnete Achat Purina. Und auf Deutsch sagte sie zu dem Flüchtling: »Wenn du überleben willst, begleitest du mich in die Wälder. Anders kommst du hier nicht heraus. Unter uns sind lettische Juden, einige Zigeuner und einige nichtjüdische Kommunisten. Wir sind vor den lettischen Donnerkreuzlern und den Deutschen geflüchtet. Komm mit, alles andere wird für dich schwierig werden. Also, was ist?«

Der junge Deutsche machte einen ratlosen und verzweifelten Eindruck. Er hockte unverändert auf der Pritsche und sah mit wirrem Blick auf die gegenüberliegende Wand.

Der Mann, der Iwan genannt wurde, blickte nervös auf seine Uhr, blies die Backen auf und schüttelte in unregelmäßigen Abständen den Kopf. Offensichtlich glaubte er dem Jungen nicht. Achat Purina spürte, dass es auf seine Entscheidung ankam, denn Karlis Latvietis hielt sich zurück, schließlich war er ein Goi.

»Wisst ihr was«, sagte sie, einer plötzlichen Eingebung folgend, »wir haben einen Verbindungsmann bei der Staatsbahn LVD. Heute Abend gehe ich los und suche nach ihm. Wenn einer weiß, ob die Geschichte stimmt oder nicht, dann er.«

»Das bedeutet weitere Gefahren für dich, aber es ist der richtige Weg«, sagte der Mann, den sie Iwan nannten.

Am christlichen Nikolaustag, der in diesem Jahr auf einen Sonntag fiel, kam Achat Purina mit der Nachricht zurück, dass tatsächlich am vergangenen Freitag ein großer Transport deutscher Juden angekommen sei. Sie hatte ihren Verbindungsmann getroffen, ein Mitglied der illegalen kommunistischen Partei, der jetzt unter falschem Namen als Rangierer arbeitete. Seine Papiere hatten schon etliche Überprüfungen überstanden, was die kommunistischen Widerstandszellen als Hinweis darauf registrierten, dass ihre Fachleute nunmehr die gewünschte Qualität bei der Herstellung gefälschter Dokumente erzielten. Das hatte auch damit zu tun, dass ihnen bei einem Einbruch in das Rathaus der Kleinstadt Sigulda zwei Dutzend Passrohlinge und einige Stempel in die Hände gefallen waren. Zudem beherrschten sie mittlerweile Techniken, mit denen sie die nagelneuen Fälschungen zu Papieren machten, die abgegriffen und vielfach gebraucht aussahen. Besonders bewährt hatte sich ein Verfahren, bei dem sie den Pass zwischen den Mahlsteinen einer Obstmühle durchführten. Dann wurden die Kanten und Ecken vorsichtig an einem Schleifstein gewetzt und kleine Verschmutzungen mittels zuvor eingeweichter Streifen von Tabakblättern angebracht. Einer der Fälscher hatte ein besonderes Vergnügen daran, den Eindruck der Echtheit dadurch zu erhöhen, dass er zwischen den Seiten eine Fliege zerquetschte.

Als sie aus dem Versteck herausgeklettert waren, holte Karlis Latvietis einen löchrigen Mantel aus einer Truhe und reichte ihn dem Jungen, der ihn dankbar überstreifte.

»Du musst jetzt noch vorsichtiger sein«, mahnte der Mann mit der Schiebermütze, der bei beiden Besuchen im Eingangsbereich zurückgeblieben war. »Es werden jetzt überall Trupps unterwegs sein, die nach entflohenen Juden suchen. Der da ist bestimmt nicht der Einzige, der sich aus dem Staub machen konnte. Ich nehme an, dass in nächster Zeit weitere Transporte aus Deutschland kommen. Vielleicht könnt ihr den Jungen als Verbindungsmann zwischen dem Lager und den Widerstandsgruppen einsetzen. Aber zuerst musst du ihn ausbilden.«

Mit einem Klaps auf die Schulter schob der Mann sie zur geöffneten Tür hinaus. David Bernfeld folgte ihr wortlos. Bereits nach wenigen durchhasteten Straßenfluchten bemerkte die routinierte Kundschafterin, dass heute vieles anders war als sonst. An Straßenkreuzungen waren Kontrollposten eingerichtet, die mit deutscher Polizei, Wehrmachtsangehörigen oder lettischen Hilfspolizisten besetzt waren. Vereinzelt peitschten Schüsse durch die Nacht. Sie kamen nur langsam voran. Der Junge fror schrecklich in seinem zerschlissenen

Mantel. Erst nach mehreren Stunden hatten sie den Birkenwald am östlichen Stadtrand erreicht.

Obwohl es bereits wieder dunkel geworden und sie zum Umfallen müde war, wurde Achat Purina sofort nach ihrem Eintreffen im Lager zu einer eilends einberufenen Besprechung mit der Leitung gerufen, die unverändert aus den erfahrenen Führern Caunis, Bukks und Feigel bestand.

Ausführlich berichtete sie, was sich in den letzten Tagen ereignet und worüber sie in erster Linie von dem Rangierer erfahren hatte. Am vergangenen Freitag, es war der 4. Dezember, sei ein aus Deutschland kommender Zug im Güterbahnhof Skirotava eingefahren. Lettische Freiwillige hätten unter Aufsicht der SS und deutscher Polizei die Waggons geöffnet und hunderte erschöpfter Menschen, darunter zahlreiche Frauen und Kinder, aus dem Zug getrieben. Aus dem Inneren des Zuges seien zahlreiche Tote herausgeschleppt worden. Eine unbestimmte Zahl völlig erschöpfter oder kranker Menschen habe man unmittelbar neben den Gleisen erschossen. Der größere Teil der Neuankömmlinge sei durch den tiefen Schnee in das 13 Kilometer entfernte Lager *Salaspils* getrieben worden. Es ging das Gerücht um, dass auch dabei weitere Menschen erschossen worden seien. Einige jüngere Männer, vielleicht die mit den gefragtesten Qualifikationen, hätte man wohl in das Rigaer Ghetto gebracht, dessen lettische Bewohner vor wenigen Tagen bis auf einige wenige erschossen worden waren. Andere junge und kräftige Männer seien bereits vorher unter lettischer Bewachung in Richtung des Lagers *Jumpravmuiza* losmarschiert. Auch bei diesen habe man die Vermutung, dass sie ein dort bereits bestehendes Arbeitskommando verstärken sollten, das erst jetzt mit den dringend notwendigen Ausbauten begonnen hätte.

»In Jumpravmuiza werden die nicht lange zu leben haben«, murmelte Bukks. »Ich kenne die Gegend von früher. Es ist ein provisorisches, viel zu kleines Lager, das die Deutschen jetzt ›*Jungfernhof*‹ nennen. Es liegt eigentlich im gleichnamigen Dorf an der Daugava. Man hat dort auf einem verfallenen

Gutshof im Eilverfahren Unterkünfte gebaut, die nicht winterfest sind. Das wurde bereits vor einigen Wochen festgestellt. Man ging damals davon aus, dass dort lettische Juden untergebracht werden sollten. Es gibt keine Heizungen. Die Gebäude haben teilweise gar keine Dächer mehr. Die werden dort sterben wie die Fliegen.«

»Drei, vier zuverlässige Deutsche können wir schon noch brauchen«, sagte Caunis, »sofern es Juden sind und sie keine ansteckenden Krankheiten haben.«

»Auch ein Arzt wäre nicht schlecht«, sagte Feigel.

»Wünsche hast du! Warum nicht Angehörige eines Orchesters? Oder Schauspieler und Komiker, damit wir hier draußen noch etwas Unterhaltung haben?«

»Hört auf, dummes Zeug zu quatschen«, sagte Caunis und wandte sich an Achat Purina: »Kann man den Deutschen schon einsetzen?«

»Da würde ich noch warten«, erwiderte die Angesprochene. »Er kennt sich doch überhaupt nicht aus. Wir müssen uns für ihn eine Vita ausdenken, die zu ihm passt, und ihn gut einarbeiten, sonst geht der schneller hoch, als ihm und uns lieb ist.«

Zwei Tage zuvor wurde Jakob Winter durch eine plötzlich aufkommende Unruhe geweckt, die sich in dem überfüllten Eisenbahnwagen breitmachte. Sein Kopf lag wieder im Schoß von Maria Kofler, was diese einmal mehr zugelassen hatte. Er spürte, wie sie ihm sanft durch das verklebte Haar strich. Seine Schwester schien sein Erwachen nicht bemerkt zu haben oder sie strafte ihn mit Missachtung. Das nun schon den vierten Tag anhaltende Schreckensszenario eröffnete sich ihm erneut. Die Menschen froren, hatten Hunger, vor allem aber schrecklichen Durst. Trotz der Kälte stank es fürchterlich. Der Zug ruckelte in langsamer Geschwindigkeit, kam fast zum

Stehen. Jakob schlug die Wolldecke über den Kopf. Seine Füße spürte er nicht, die Hände waren eiskalt. Er vermied es, den Blick auf den Gang zu richten. Dort hatte man einen Toten abgelegt. Andere lagen außerhalb seines Blickfeldes. Er hörte leises Weinen, mancher Husten hatte sich verschlimmert.

Der Zug fuhr noch einige Minuten in Schrittgeschwindigkeit, dann kam er gänzlich zum Stehen. Unmittelbar danach wurden die Verriegelungen entfernt und sämtliche Türen aufgerissen. Ein kalter Hauch wirbelte durch den überfüllten Waggon. Laute, hektische Rufe und Hundegebell erklangen. Ein Uniformierter brüllte in fremder Sprache durch die geöffnete Wagentür. Dann schlug er mit einer kurzen Reitpeitsche auf die Menschen ein, die unmittelbar vor ihm auf dem Seitengang kauerten. Die ersten beiden riss er an Armen und Beinen nach draußen. Offensichtlich war man am Ziel angelangt, sollte aussteigen. Jakob beschlich der Eindruck, als wäre hier selbst das abstoßende Gebell der Hunde von einer besonderen Aggressivität und Kälte. Das war nicht mehr nur das wütende Gebell, wie er es zuletzt bei ihrer Ankunft auf dem Stuttgarter Killesberg vernommen hatte. In seinem Inneren formte sich ein Wort, das es nicht gab und das er folglich auch noch nie gehört oder gar selbst ausgesprochen hatte: *Hundsgeschrei*. Ein schreckliches, wildes, blutrünstiges *Geschrei* von Hunden, die darauf abgerichtet waren, Menschen zu töten.

Jakob und Maria Kofler waren am Ende der Menschenmenge, die aus dem überfüllen Eisenbahnwagen nach draußen drängte. Immer wieder stockte der Ausstieg. Mittlerweile hatte man einige Männer dazu angehalten, die Toten mit nach draußen zu nehmen und zu den anderen zu legen, die man bereits aus anderen Waggons in Freie gebracht hatte. Einige Schritte vor ihm stand Dr. Katzenstein auf dem Gang und wartete geduldig mit den anderen darauf, aussteigen zu können.

»Dr. Katzenstein«, rief Jakob.

Der alte Zahnarzt drehte sich um und erkannte sofort, wer nach ihm gerufen hatte. Er blieb stehen und ertrug, dass er von denen, die an ihm vorbei nach draußen drängten, beschimpft und gestoßen wurde. Energisch stemmte sich der hagere alte Mann gegen die Menge. Erst als Jakob neben ihn gerückt war, tippelte er mit kleinen Schritten wieder in Richtung Ausstieg. Er neigte seinen Habichtskopf an Jakobs Ohr und flüsterte: »Wenn wir draußen sind, werden sie fragen, wer eine Berufsausbildung hat. Oder sie machen es dann, wenn wir an einem anderen Ort antreten müssen. Das war schon in den Kriegsgefangenenlagern im letzten Weltkrieg so. Gib unbedingt einen Beruf an, der besondere Kenntnisse verlangt.«

»Ich habe doch gar keinen Beruf«, sagte Jakob so leise, dass es die Umstehenden nicht hören konnten.

»Du hast doch in Stuttgart bei einem Goldschmied gearbeitet, dem Kriegskameraden deines Vaters«, erwiderte Dr. Katzenstein mit einem heiseren Flüstern.

Jakob roch seinen schlechten Atem, aber er traute sich nicht, seinen Kopf wegzudrehen.

»Sag ihnen, du wärst Goldschmied«, fuhr der alte Mann fort. »Ich nehme an, sie werden alle gründlich durchsuchen und dabei kommt noch das eine oder andere Schmuckstück zutage, das hätte abgeliefert werden sollen. Vielleicht braucht man dann Experten wie dich.«

Sie hatten die Wagentür erreicht. Als Dr. Katzenstein mit Mühe über die eisverkrusteten Metalltritte hinabstieg, rutschte er ab und fiel in den Schnee. Sofort sprang ein Mann in fremdartiger Uniform herbei und schlug mit dem Pistolenknauf auf den Liegenden ein.

Auf die Gefahr hin, auch geschlagen zu werden, sprang Jakob behände hinunter und zerrte den alten Mann hoch, der Gott sei Dank nur leicht an Gewicht war, schirmte ihn mit seinem Körper gegen den Aufseher ab und führte ihn in die Reihe hinüber, die sich parallel zum Zug aufgestellt hatte. Dabei passierte er einen deutschen SS-Mann, der in lässiger Haltung das Treiben beobachtete. Jakob wandte sich ihm zu und fragte: »Wo sind wir hier?«

Der Angesprochene trat auf ihn zu und schlug ihn zweimal in schneller Folge mit der flachen Hand ins Gesicht. Da

Jakob noch immer den Zahnarzt stützte, konnte er sich nicht schützen.

»Du sprichst nur, wenn du gefragt wirst«, sagte der SS-Untersturmführer. Er brüllte nicht, er sprach leise, fast höflich. Der Mann sah gepflegt aus, wie jemand aus besseren Kreisen.

Dr. Katzenstein sollte Recht behalten. Nachdem sie über eine Stunde in der klirrenden Kälte gestanden hatten, was dazu führte, dass weitere Geschwächte zu Boden sanken, wurde die Reihe entlang auf Deutsch der Befehl gegeben, dass diejenigen Männer vortreten sollten, die über einen Berufsabschluss verfügten.

Mehr als die Hälfte der Männer trat zwei Schritte nach vorne. Die lückenhafte Reihe wurde nun vom Ende des Zuges her von mehreren SS-Angehörigen abgeschritten. Dabei sprachen sie jeden einzeln an. Manche wurden aufgefordert, weiter nach vorne zu treten. Die Mehrzahl schickten sie auf ihre alten Plätze zurück. Jakob konnte nicht hören, was diejenigen geantwortet hatten, die man nach vorne holte.

Ein SS-Hauptsturmführer näherte sich ihm mit federnden Schritten. Das Knarren seiner glänzenden schwarzen Stiefel mischte sich mit dem Knirschen des Schnees. Mit einem kurzen Stöckchen dirigierte er die Angesprochenen entweder nach vorne oder nach hinten. Es sah richtig elegant aus.

Jakob konnte nun hören, wie ein Mann angesprochen wurde, der gut zwei Meter links von Dr. Katzenstein stand.

»Beruf?«

»Oberstudienrat für die Fächer Deutsch, Griechisch und Latein.«

Der Offizier schob ihn mit einer winzigen Bewegung seines Stöckchens in die Masse der Wartenden zurück.

»Beruf?«

»Zahnarzt und Kieferchirurg.«

»Wie alt?«

»Neunundfünfzig.«

»Er sieht älter aus. Wehe, er lügt mich an.«

»Wollen Sie meine Papiere sehen?«

Der Uniformierte schlug den Arzt mit dem Stöckchen ins Gesicht. »Jud, du sprichst nur, wenn du gefragt wirst. Hast du mich verstanden?«

Er verharrte einen Moment regungslos. Dann schritt er auf Jakob zu und winkte wie beiläufig Dr. Katzenstein mit seinem Stöckchen nach vorne.

»Beruf?«

»Goldschmied.«

»So jung?«

»Ich bin neunzehn.«

Im Vorbeigehen dirigierte ihn der SS-Mann nach vorne. Jakob wunderte sich über die Altersangabe von Dr. Katzenstein. Er glaubte sicher zu wissen, dass er wesentlich älter war. Hatte er nur geblufft? Oder besaß er gefälschte Dokumente?

Man hatte schließlich mehrere Dutzend Männer aussortiert. Sie mussten eine Marschkolonne bilden und setzten sich vor allen anderen in Bewegung. Erst jetzt kam dem erschöpften Jungen in den Sinn, dass man soeben im Begriff war, ihn von seiner Familie zu trennen. Verzweifelt blickte er die hinter ihm stehende Reihe entlang. Die vermummten Gestalten, deren Gesichter er eben noch erkennen konnte, waren ihm alle fremd.

Nach einem halbstündigen Marsch erreichten sie bewohntes Gebiet. Schweigend trottete die Kolonne zwischen der losen Kette lettischer Wachleute auf der leeren Fahrbahn. Hin und wieder glitt einer auf der schneeglatten Fläche aus. Sofort sprang der nächststehende Wachmann herbei und trieb die gestürzte Kreatur mit dem Gewehrlauf oder mit Kolbenhieben wieder in die Marschkolonne zurück. Nach fast zwei Stunden, die Jakob wie eine halbe Ewigkeit vorkamen, erreichten sie eine Absperrung. Ein mit Stacheldraht umspannter Schlagbaum wurde geöffnet. Begleitet vom Gebrüll der Posten und der Begleitmannschaft überschritten sie eine Linie, von der Jakob noch nicht wusste, dass sie die Demarkationslinie zwischen dem Ghetto und dem restlichen Stadtgebiet darstellte. Lettische Freiwillige trieben sie in ein heruntergekommenes

Haus. Türen, Treppengeländer und Teile der Fußböden hatte man schon längst in primitiven Öfen verheizt. Erst hier erfuhr Jakob, wo er sich befand. Er war nun im jüdischen Ghetto von Riga angekommen, in einem Gebiet, das man »Moskauer Vorstadt« nannte.

Mit anderen drängte man ihn in ein winziges Zimmer, das bereits überfüllt war. Feindselige Blicke trafen die Neuankömmlinge, denn ihr Kommen bedeutete eine noch größere Enge, mehr Gestank, noch mehr Läuse und anderes Ungeziefer, noch gewaltigere Anstrengungen, um zu überleben, einen Kampf, den die meisten im Lauf der kommenden Wochen, Monate oder Jahre verlieren sollten.

Diejenigen, die bereits in den Räumen hausten, waren in der Mehrzahl Kölner und Wiener Juden, deren Odyssee bereits vor einigen Tagen hier ihr vorläufiges Ende gefunden hatte. Man hatte sie in diese Räume gepfercht, die nur Stunden zuvor frei geworden waren. Die früheren Bewohner, Juden aus Riga und der näheren Umgebung, waren bis auf wenige Angehörige von Arbeitskommandos in den Wald von Rumbula gebracht und erschossen worden. Aber das sollten die Deportierten aus Württemberg erst später erfahren. Spätestens hier offenbarte sich die geweckte Hoffnung auf eine Neuansiedlung im Osten als perfide Täuschung. Und wenn diese Erfahrung überhaupt etwas Gutes hatte, dann war es die eindeutige und zugleich bittere Erkenntnis, dass es von nun an immer um Leben und Tod ging.

Abends mussten sie noch einmal antreten. Danach gab es eine wässrige Suppe, in der einige Kartoffelschalen und andere Gemüseabfälle schwammen, und einen Kanten altes Brot.

Trotz vollkommener Erschöpfung lag Jakob in der Nacht noch lange wach. Seine Gedanken kreisten um das Schicksal seiner Angehörigen. Nachdem er vorgetreten war, hatte er nicht sehen können, wo die anderen standen. Er hoffte, dass Elias angegeben hatte, Schreiner zu sein. Als Abiturient ohne Berufsausbildung hätte man ihn bestimmt zurücktreten lassen.

Am anderen Tag hieß es wieder antreten. Nochmals mussten der Name und die berufliche Qualifikation genannt werden. Wieder wurden sie ausschließlich von lettischen Hilfstruppen bewacht. Die Erfassung des Namens und der Profession erledigte ein deutscher SS-Offizier, den ein Schreiber begleitete, der alle Angaben notierte.

Nach gut einer Stunde wurden sie unter Brüllen und Schlägen verschiedenen Arbeitskommandos zugeteilt, die in unterschiedlich großen Trupps abmarschierten. Jakob wurde zusammen mit einem hageren, schwarzhaarigen Mann, der ihm bislang noch nicht aufgefallen war, von einem SS-Unterscharführer aufgefordert, ihm zu folgen.

»Ohne Tritt, marsch.«

Er ging hinter ihnen her und brüllte ihnen gelegentlich zu, welche Richtung sie einschlagen sollten. Ihr Weg führte sie zu einem flachen Gebäude, vor dessen Eingang ein bewaffneter lettischer Hilfspolizist stand, der den SS-Mann militärisch grüßte. Sie klopften den Schnee von den Füßen und betraten einen kahlen Raum, der immerhin beheizt war. In seiner Mitte standen zwei aneinandergeschobene Tische, vor den Wänden befanden sich Schränke und zwei Werkbänke, wie man sie in Schlossereien verwendete. Verschiedene Werkzeuge lagen auf dem Tisch und hingen an den Wänden, die ansonsten völlig kahl und verschmutzt waren.

»Hier ist euer Arbeitsplatz. Seht her!«

Mit diesen Worten trat der SS-Mann, dessen Namen, Leo Wanner, sie später erfahren sollten, an die beiden großen Tische heran und öffnete mehrere gleichartige Kartons. Sie waren voller Schmuck, Uhren und Brillen aller Art. Offensichtlich hatte man sie denjenigen abgenommen, die man hierher verschleppt hatte. Später würde beiden klar werden, dass alles noch von den Menschen stammte, die man vor wenigen Tagen weggetrieben hatte, um sie im Wald von Rumbula zu erschießen. Und sie würden auch bald erfahren, dass noch sehr viel mehr Goldschmiede und Uhrmacher in benachbarten Werkstätten mit der Sichtung und Wiederverwertung der geraubten Wertgegenstände beschäftigt waren. Sie arbeiteten hier deshalb nur zu zweit, weil man ihnen als Neuankömmlingen eine besondere Verwendung zugedacht hatte.

»Passt auf, was ich euch sage. Ihr seht diese Schmuckstücke. Diejenigen, die unbeschädigt sind, packt ihr in kleine Kisten, die euch nachher zusammen mit einigen Vordrucken gebracht werden. Mit diesen fertigt ihr für jede Kiste ein Inhaltsverzeichnis an. Dasselbe macht ihr mit den Uhren und Brillen. Die kaputten Uhren und Schmuckstücke versucht ihr zu reparieren. Bei beschädigten Brillen trennt ihr die brauchbaren Gläser heraus. Unbeschädigte Gestelle werden gesammelt, beschädigte werft ihr ins Altmetall. Verstanden?«

»Mit welchem Werkzeug sollen wir arbeiten?«, fragte der dunkelhaarige Mitgefangene.

Der SS-Mann stieß ihn vor die Brust und brüllte: »Du hast nur dann zu antworten, wenn du gefragt wirst. Kapiert?«

»Ich bitte eine Meldung machen zu dürfen«, sagte Jakob. Seine Stimme drohte vor Angst und Aufregung zu versagen.

Der SS-Mann trat auf ihn zu. »Damit das klar ist, ich lasse mich von euch nicht zum Hanswurst machen.«

»Mein Herr, mit den Werkzeugen, die ich hier sehe, kann man die gewünschten Arbeiten nicht erledigen.«

»Ihr habt mich künftig mit ›Herr Unterscharführer‹ anzureden. Verstanden?« Der Mann klang jetzt einen Deut weniger aggressiv.

»Herr Unterscharführer, ich habe einen Vorschlag zu machen«, meldete sich der Ältere.

»Nun?«

»Ich schlage vor, wir sortieren zuerst die unbeschädigten Stücke aus. Dann erstelle ich Ihnen eine Liste der Feinwerkzeuge, die für die verlangten Arbeiten gebraucht werden.«

»Wir sind hier nicht auf dem Krämermarkt.«

In diesem Augenblick betraten zwei weitere Häftlinge die Werkstatt. Als sie den SS-Mann bemerkten, stellten sie mehrere Körbe, die mit Schachteln gefüllt waren, vor sich auf den Boden und nahmen Haltung an. »Transportkommando der

Schreinerei beim Erledigen der zugewiesenen Beschaffungsaufgaben«, vermeldete der ältere der beiden zackig.

»Das sind die Schachteln, in die ihr die unbeschädigten Teile sortiert. Was das Werkzeug anbelangt, so will ich bis heute Nachmittag eine Liste vorgelegt kriegen. Habt ihr verstanden?« Der Unterscharführer stampfte ins Freie hinaus, gab dem Wachposten noch einige Anweisungen und verschwand dann in Richtung des langgestreckten Gebäudekomplexes einer ehemaligen Schule, in dem sich jetzt die Unterkünfte der Wachmannschaften und einzelner spezialisierter Sonderbeauftragter der SS befanden.

Die beiden Träger nahmen die Körbe wieder auf und verstauten sie unter den Tischen. Der Ältere, der soeben Meldung gemacht hatte, gab zuerst dem Dunkelhaarigen, dann Jakob die Hand. Er stellte sich als Fritz Lindlar vor, er stamme aus Köln. Auch der jüngere, ein hellgesichtiger Mensch mit fröhlichen Augen, war Kölner. Er hieß Louis Strauss. Beide hatten vorgegeben, Schreiner zu sein, wobei beide in diesem Beruf über Handlangerarbeiten nicht hinausgekommen waren.

»Ich habe eine Zeitlang im Kölner Stadttheater bei der Herstellung von Kulissen geholfen, da lernt man so allerhand«, sagte Lindlar. »Und ihr seid hoffentlich die Uhrmacher, die so dringend benötigt wurden.«

Der Dunkelhaarige sagte, er heiße Aron Bärland. Er sei tatsächlich Goldschmied und beherrsche als früherer Betreiber eines kleinen Geschäfts in Esslingen in der Tat alles, was an konventionellen Uhren zu machen sei. »Ich hoffe, du kannst auch was.« Mit dieser Bemerkung wandte er sich Jakob zu, der den Umstehenden seinen Namen und seine Herkunft nannte.

»Bist du ein Abkömmling des Spiegelfabrikanten?«, fragte Bärland.

Jakob nickte und fügte hinzu: »Ich habe zwei Jahre ein Praktikum bei Brenner in Stuttgart gemacht, der ein Kriegskamerad meines Vaters war. Ich habe dort viel gelernt.«

»Soso, beim Brenner warst du. Aber einen Gesellenbrief hast du nicht.«

»Es durfte ja kein offizielles Lehrverhältnis sein.«

»Dann wollen wir hoffen, dass es reicht«, sagte der Schwarzhaarige.

Ehe sie sich der zugewiesenen Arbeit zuwandten, ließen sie sich von den Kölnern, die bereits einige Tage vor ihnen eingetroffen waren, über die Verhältnisse berichten. Deren Schilderungen entwarfen ein düsteres Bild vom Lager und den hier herrschenden Bedingungen.

»Das ist ein Todeslager«, flüsterte Lindlar. »Das meiste von dem, was ihr in den Kisten findet, stammt von Toten.«

Ob bei den Schreinern ein gewisser Elias Winter aufgetaucht sei, wollte Jakob wissen. Die beiden verneinten.

In den folgenden Tagen begann sich für die schwäbischen Neuankömmlinge das Leben im Lager, das sich als unübersichtliche, von Gewalt und Todesdrohungen durchzogene Schreckenswelt darstellte, deutlicher zu konturieren. Die Ungewissheit um den Verbleib der Familienangehörigen verwob sich mit der Sorge um das eigene Schicksal. Immer deutlicher wurde, dass hier ein Ort war, an dem der Tod über das Leben triumphierte. In der Unterkunft gab es kaum Heizmaterial. Das elende Essen stoppte zu keinem Zeitpunkt das nagende, pochende Hungergefühl. Wer nicht unter der schweren Arbeit oder aus Erschöpfung zusammenbrach, wurde von Krankheiten dahingerafft. Hinzu kamen jeden Tag willkürliche Erschießungen durch SS-Angehörige und die lettischen Hilfsmannschaften, unter denen einige besonders grausame Bestien sich Späße daraus machten, Deutsche quälen zu dürfen, die als Juden nicht zu jenen Herrenmenschen gehörten, die jetzt das lettische Volk unterdrückten.

Jakob begriff rasch, dass er und Bärland zu den besonders Privilegierten gehörten. Schon nach wenigen Tagen konnten sie ohne Bewachung von ihrer Unterkunft zur Werkstatt gehen. Ihre Arbeit war körperlich nicht anstrengend und sie hatten es wenigstens tagsüber leidlich warm, während diejenigen, die in Außenkommandos arbeiteten, oftmals bei 30 Grad

Frost unmenschliche Torturen ertragen mussten. Es galt die Regel, dass die Außenkommandos an keinem Abend in der Kopfstärke wieder zurückkamen, mit der sie am Morgen ausgerückt waren.

Der SS-Mann, der regelmäßig ihre Arbeit kontrollierte, war mit den gezeigten Fertigkeiten zufrieden. Bärland war ein Künstler und ein Meister der Improvisation. Nach drei Tagen hatten sie brauchbares Werkzeug erhalten. Nicht alles, was auf der Liste stand, war geliefert worden, aber sie konnten nahezu alle anfallenden Reparaturen erledigen. Bis ihnen Gasbrenner und Lötkolben geliefert wurden, dauerte es noch ein paar weitere Tage. Doch damit waren sie hinreichend ausgestattet.

In der Mittagszeit eines darauf folgenden Tages betrat Leo Wanner die Werkstatt mit einer bislang nicht gezeigten Freundlichkeit. Er steckte beiden ein breites Stück Brot und einige Zentimeter von einer Schlackwurst zu und bot darüber hinaus sogar noch Zigaretten an. Diese Geste erwies sich als ein Angebot, das aus Wanners Absicht resultierte, künftig vermehrt Schmuckstücke umarbeiten zu lassen. Diese wurden dann nicht in Schachteln, sondern in kleine weiße Tütchen verpackt. Die beiden begriffen schnell, dass Wanner diese Stücke unterschlug, wobei bis zum Schluss unklar blieb, ob Wanner die Stücke für sich selbst abzweigte oder damit Handel trieb.

In den Tagen vor Weihnachten wurde es in ihrer Werkstatt richtig hektisch. Wanner kam nun mehrmals am Tag, befahl ihnen regelmäßig, ihre begonnenen Arbeiten zu unterbrechen, um Sonderbestellungen abzuarbeiten. Zweimal tauchten in seinem Gefolge andere SS-Männer auf. Allerdings durften Jakob und Aron Bärland nicht zugegen sein, wenn die Uniformierten über den geöffneten Kisten schacherten. Man hatte sie vorübergehend ins Freie geschickt, wo sie bereits nach wenigen Minuten vollkommen durchgefroren waren. Auch der lettische Posten fror, obwohl man ihm ein kleines Wachhäuschen gezimmert hatte, mit einem Fenster darin und ausgestattet mit einem Tisch, einem Stuhl und einem Kanonenofen, dessen Rohr man einfach durch ein ausgesägtes

Loch in der Wand gelegt hatte. Mittels eines der Länge nach halbierten Tonrohres, das man zwischen das Holz und das glühende Rohr geklemmt hatte, versuchte man das Abbrennen dieser Bude zu verhindern, durch deren Ritzen die Hitze rasch wieder entwich.

Als die anderen SS-Angehörigen die Werkstatt verlassen hatten, durften die beiden Häftlinge den Raum wieder betreten. Bärland wollte sich zuerst am Ofen aufwärmen, in den er einige dicke Scheite nachgelegt hatte.

»Kommt her«, befahl Wanner, »wir haben keine Zeit.«

Anhand mehrerer Schmuckstücke, die man den Kisten entnommen hatte, erläuterte er verschiedene Sonderwünsche, die möglichst rasch umgesetzt werden sollten. Offensichtlich beruhten diese auf den Vorstellungen, die von den anderen SS-Männern geäußert worden waren. Vereinzelt hatten sie sogar Skizzen auf Papier gekritzelt.

Als Wanner gegangen war, machten sie sich zügig an die Arbeit. Wie wichtig dem Unterscharführer die rechtzeitige Erledigung dieser Aufträge war, zeigte sich daran, dass er ihnen Sonderrationen in Aussicht stellte.

»Weil Weihnachten ist«, hatte er gesagt, aber der Zusammenhang mit den Umarbeitungen an den Schmuckstücken war allzu offensichtlich.

»Die feinen Herren zweigen hier Weihnachtsgeschenke für ihre Lieben ab«, murmelte Bärland und setzte ein schiefes Grinsen auf.

»Dafür ist es zu spät«, entgegnete Jakob.

»Stücke wie diese nehmen die treusorgenden Ehefrauen, die Verlobten und die heimlichen Liebschaften auch noch mit der Feldpost nach Neujahr gerne entgegen.«

»Das können die doch nicht so ohne Weiteres mit der Post verschicken. Das ist doch viel zu riskant.«

»Wo du Recht hast, hast du Recht. Man wird die Sachen wohl zuverlässigen Kameraden mitgeben, die Heimaturlaub erhalten.«

»Möglich.«

In den nächsten Tagen stieg die Zahl der »Sonderbestellungen« weiter an. Im Gefolge von Leo Wanner tauchten immer mehr mittlere und höhere Funktionsträger der SS, aber auch Polizei- und Wehrmachtsoffiziere auf, die Schmuckstücke umarbeiten ließen. Häufiger als in den Tagen zuvor hielt sich nun auch Wanners Vorgesetzter, SS-Hauptsturmführer Franz Baumgärtner, in der Werkstatt auf. Offensichtlich war er über die Schmuckgeschäfte Wanners informiert, vermutlich sogar einbezogen. Fritz Lindlar zitierte ein frühes Brecht-Gedicht:

»Pfingsten
sind die Geschenke am geringsten
während Geburtstag, Ostern und Weihnachten
immer etwas einbrachten.«

Die Temperatur war weiter gefallen. Eine Kältewelle legte sich über das Land. Im Lager Jungfernhof erfroren jeden Tag mehr als ein Dutzend Menschen. Im Vergleich dazu waren die Bedingungen in der Moskauer Vorstadt besser, da man hier in den Häusern wenigstens leidlich heizen konnte, sofern es gelang, Brennmaterial zu organisieren. Allerdings starben jetzt vermehrt Angehörige der Arbeitskommandos, die im Freien eingesetzt wurden. Die lettischen Wachmannschaften wurden als Folge der grimmigen Kälte noch brutaler. Gewalttaten und Erschießungen häuften sich.

Jakob war immer wieder erstaunt darüber, wie viel hochwertiger Schmuck sich bei ihnen einfand. Uhren und Brillen waren zu erwarten gewesen, weshalb Aron Bärland eines Morgens nach Arbeitsbeginn sagte: »Jede Uhr bedeutet einen Toten. Wir hätten die Uhren von Anfang an zählen müssen.«

Jakob fragte sichtlich erschrocken: »Was hättest du davon? Die meisten, die hier umkommen, haben doch gar keine Uhr bei sich. Die Mitnahme war doch verboten.«

»Man hätte Gewissheit und einen Hinweis für die Überlebenden.«

»Meinst du, wir kommen hier jemals wieder heraus?« Als er diese Frage gestellt hatte, füllten sich Jakobs Augen so rasch mit Tränen, dass er die begonnene Feinarbeit beiseitelegen musste. Erst jetzt wurde ihm bewusst, dass sie beide Zeugen eines gewaltigen Enteignungsprozesses waren. Zeugen, die niemand am Leben ließ, wenn die von dem erfahrenen Goldschmied geäußerte Vermutung zutraf.

Von Lindlar, der – wie auch Strauss – aufgrund seiner besonderen Tätigkeit an vielen Orten des Lagers Einsicht hatte, erfuhren sie, dass laufend neue Züge eintrafen. »Sie bringen sie aus ganz Deutschland«, sagte der Kölner voller Resignation. »Wir werden alle sterben müssen.«

Nach und nach entschlüsselten sie die Gesetzmäßigkeiten, die zu unterschiedlichen Liefermengen führten. Wenn mehr Kisten gebracht wurden, waren neue Transporte angekommen. Die Toten wurden aus den Waggons geladen und ebenso ausgeplündert wie die Gepäckstücke, von denen die Unglücklichen meinten, dass sie ihnen nach der Ankunft wieder ausgehändigt würden. Längst hatte sich Routine beim Aufspüren der Verstecke in Koffern, Schuhen und Kleidern entwickelt. Kamen keine Züge an, versiegte der Strom, wurde nur noch das in die Werkstatt gebracht, was man Getöteten und Verstorbenen abnehmen konnte. Strauss berichtete von einem wachsenden Netz an Verarbeitungsstätten. Nicht nur Schmuck, Uhren und Brillen wurden gesammelt, auch Koffer, Ledertaschen, Rucksäcke, Mäntel, brauchbare Oberbekleidung, Schuhe und Gehhilfen. Ja selbst die Gebisse älterer Verstorbener wurden der Verwertung zugeführt.

Ende Januar ereigneten sich, rasch aufeinanderfolgend, zwei Vorgänge, die nichts miteinander zu tun hatten, die aber für das weitere Schicksal von Jakob entscheidende Bedeutung bekamen, obwohl sie ihn vordergründig gar nicht persönlich betrafen.

An einem späten Vormittag legte Jakob Winter Holz in den bullernden Kanonenofen nach. Dabei konnte er das Außengelände überblicken. Der Posten saß in seinem notdürftig beheizten Wachhäuschen. In dem Augenblick, als der Junge sich wieder seiner Arbeit zuwenden wollte, trat der lettische Wachmann vor die Tür und nahm stramme militärische Haltung an. Sekunden später sah er Leo Wanner auftauchen, den ein Häftling begleitete, der eine Kiste schleppte. Sie musste schwer sein, denn der Gefangene hatte sichtlich Mühe, sie zu tragen.

»Achtung, Wanner kommt«, sagte Jakob, ohne sich zu Bärland umzudrehen. Er schaute weiter zum Fenster hinaus, hatte aber einen Besen in die Hand genommen, um beim Eintreten des SS-Mannes Geschäftigkeit an den Tag zu legen. Jetzt konnte er erkennen, dass der Häftling, der sich mit der Kiste abmühte, der Zahnarzt Dr. Katzenstein war, den er seit dem Ankunftstag nicht mehr zu Gesicht bekommen hatte.

Die Tür ging auf. Bärland machte Meldung. Wanner schien gut gelaunt zu sein, denn er unterbrach mit einer flüchtigen Handbewegung das förmliche Melderitual.

»Bärland, Winter, aufgepasst. Neue Aufgaben kommen auf euch zu. Ich bringe euch jetzt die reife Ernte dieses Herrn da.« Er nickte in Richtung des alten Zahnarztes, der immer noch die schwere Kiste hielt. »Stell doch das Zeug ab. Auf was wartest du?«

Sichtlich erleichtert stellte der Angesprochene die Kiste auf einen der in der Mitte des Raumes befindlichen Tische.

»Aufmachen«, befahl ihm Wanner.

Der Arzt öffnete den Deckel und den beiden Goldschmieden wurde mit einem Mal klar, weshalb die Kiste ein so großes Gewicht hatte. Sie war gut zur Hälfte mit kleinen Goldklümpchen gefüllt, denen unschwer anzusehen war, dass es sich um ausgebrochenes Zahngold handelte.

»Das hat der Zahnklempner alles geerntet«, witzelte Wanner. »Heute Nachmittag erhaltet ihr Formen. Eure Aufgabe wird sein, das Material in diese Formen zu gießen. Die Rohlinge werden dann in die Scheideanstalt geschickt, wo man das Gold von den Beimengungen trennt. Habt ihr verstanden?«

»Für eine derartige Arbeit benötigen wir stärkere Brenner und ein Abzug muss installiert werden«, sagte Bärland in einer Weise, als handle es sich um eine alltägliche geschäftliche Besprechung.

Wanner überlegte kurz, blieb aber ruhig. »Stärkere Brenner können wir besorgen. Aber einen Abzug wird es nicht geben. Seid lieber froh, dass ihr euch hier drin den Arsch wärmen könnt. Da haben andere wesentlich mehr auszuhalten. Stimmt's, Herr Zahnarzt?«

Dr. Katzenstein nickte mit einem Gesichtsausdruck, der Verbitterung und eine unendliche Traurigkeit zum Ausdruck brachte.

Bärland, der Jakob Winter die Gelegenheit verschaffen wollte, ein paar Worte mit dem Zahnarzt wechseln zu können, fuhr fort: »Melde gehorsamst, Herr Unterscharführer, ich habe einen Vorschlag zu machen, der leicht umsetzbar ist. Können wir das Gebäude mal von draußen inspizieren?«

»Ihr bleibt hier und regt euch nicht«, wandte sich Wanner an Dr. Katzenstein und Jakob. Dann verließ er zusammen mit Bärland die Werkstatt.

»Jakob, wir werden alle umkommen«, flüsterte Dr. Katzenstein, als Bärland die Tür von außen geschlossen hatte. »Das hier«, er wies mit der Hand auf die geöffnete Kiste, »das sind die Plomben von vielen hundert Menschen, die an Hunger, Kälte, Krankheit oder völliger Entkräftung gestorben sind, wenn man sie nicht totgeschlagen oder wegen kleinster Vergehen aufgehängt hat. Ich habe die Zahnheilkunde erlernt und verfeinert. Jetzt besteht meine Arbeit darin, den Toten die plombierten Zähne zu ziehen und das Gold aus den Zähnen zu schlagen.«

»Haben Sie etwas von meiner Familie gehört oder jemanden getroffen?«

Der Arzt schüttelte den Kopf, meinte dann aber, er habe möglicherweise von weitem eine der beiden Schwestern gesehen. »Ich glaube, es war die Jüngere, aber das ist schon lange her.«

Die draußen erklingende laute Stimme von Aron Bärland signalisierte die Rückkehr der beiden.

»Junge«, flüsterte Dr. Katzenstein, »nimm dir von dem Gold und sieh zu, dass du verschwindest.«

»Ich muss mich um meine Familie kümmern. Ich muss sie finden.«

»Kümmere dich um dich selbst. Davon hat deine Familie mehr.«

Er brach ab, denn die Tür ging auf. Wanner ging zu dem Kanonenofen und rieb sich die Hände.

»Bärland, schlag dir das aus dem Kopf. Hier wird kein Abzug eingebaut. Das ist schließlich kein Sanatorium. Außerdem kommt jetzt das Frühjahr. Dann könnt ihr beim Schmelzen die Fenster öffnen, so oft ihr Lust habt, ihr Frischluftfanatiker.«

Er lachte, als handle es sich bei seiner letzten Bemerkung um einen gelungenen Witz.

»Und?«, fragte Bärland, als Wanner mit Dr. Katzenstein im Gefolge gegangen war.

»Diese verdammte Kiste sagt doch alles. Sie sterben wie die Fliegen. Der Alte meint, dass wir alle umgebracht werden. Er rät uns, abzuhauen.«

»Hat er auch gesagt, wie man das anstellen soll?«, fragte der Goldschmied mit einem diabolischen Grinsen. »Wenn Wanner und Baumgärtner versetzt werden, liquidiert man uns beide, so viel steht fest. Wahrscheinlich auch Fritz und Louis. Die lassen niemanden zurück, der von ihren Nebengeschäften Kenntnis hat.« Bärland nestelte an dem Riemen, mit dem er seine Hose umgürtet hatte.

»Das ist gut möglich«, sagte der Junge.

Die nächsten Tage waren sie mit dem Einschmelzen des Zahngoldes beschäftigt. Sie wurden abends noch strenger durchsucht. Größere Mengen Schmuck wurden nur noch angeliefert, wenn Züge aus dem Westen kamen. Diejenigen, die in den Lagern wenigstens eine Zeitlang überlebt hatten, besaßen kaum noch Wertgegenstände. Wenn sie einzelne Stücke verbotenerweise mit auf den Transport genommen hatten, waren diese längst zu elenden Konditionen gegen irgendetwas Essbares oder gegen dringend benötigte Medikamente eingetauscht worden. Wer die Wahl hatte, einen Teil des Familienschmucks gegen drei Brote einzutauschen, zögerte nicht, dieses schlechte Geschäft zu machen.

In der Nacht zum 2. Februar 1942 hatte es so heftig geschneit, dass Aron Bärland und Jakob Winter am Vormittag kaum beschäftigt waren. Sie hatten kein Material auf Vorrat und wegen des hohen Schnees hatte man sie heute noch nicht beliefert.

»Schau mal raus und pass auf, ob da jemand kommt«, wies Bärland Jakob an, der sich so am Ofen platzierte, dass er freie Sicht auf das Wachhaus und den verschneiten Weg hatte.

Der Goldschmied ging zu dem massiven Holzschrank, in dem auf mehreren Einlegeböden die mittlerweile umfangreiche Werkzeugsammlung lag. Wann immer Bärland einen Bedarf an Werkzeugen angezeigt hatte, waren diese geliefert worden. Am fehlenden Werkzeug sollte die rasche Abwicklung der Geschäfte offensichtlich nicht scheitern.

Zum Erstaunen des Jüngeren öffnete der Esslinger ein geheimes Fach, das er so perfekt in die massive Abdeckplatte eingearbeitet hatte, dass es einem Unkundigen nicht auffiel. Der Feinwerker Bärland konnte offensichtlich mit dem Werkstoff Holz genauso filigran umgehen wie mit Unruhen, Zifferblättern, Uhrzeigern, Kettenverschlüssen und Edelsteinfassungen. Er entnahm dem flachen Versteck zwei Leinenbeutel.

»Jakob, das ist unser Zehrgeld, wenn wir uns eines Tages aus dem Staub machen«, raunte er.

Der Junge sah angespannt zum Fenster hinaus. »Hast du das unterschlagen? Weißt du, was du riskierst?«

»Hier kannst du auf so viele Arten und aus so unendlich vielen Anlässen sterben, dass das hier eher zu den kleineren Risiken zählt. Das sind einige ausgesuchte Schmuckstücke und eingeschmolzenes Gold. Das meiste stammt aus den Abfällen, die bei den Umarbeiten entstanden sind.«

»Die hätten das bemerken können.«

»Ist dir nicht aufgefallen, dass weder Baumgärtner noch Wanner eine Ahnung von diesem Handwerk haben? Außerdem sind die beiden blind vor Gier.«

»Wir kommen hier nicht raus.«

»Jakob, wir müssen. Mit unserem Wissen lassen die uns nicht am Leben. Zwei Juden als Zeugen von Unterschlagungen durch Angehörige der Herrenrasse. Das wird es nicht geben. Wir stehen ganz oben auf der Liste. Wanner führt dich ins Freie, lässt dich drei Schritte vorgehen, bleibt stehen, lässt dich drei weitere Schritte gehen und erschießt dich. ›Bei einem Fluchtversuch erschossen‹ wird es heißen. Ich werde in Bälde den Versuch machen. Die Frage ist, ob du mitgehst.«

Jakob zuckte wortlos mit den Schultern.

»Ich habe bereits einige Möglichkeiten ausgekundschaftet. Aber man muss den Frühling abwarten. Jetzt sieht man jede Spur im Schnee. Und wenn du eine Nacht im Wald verbringst, ohne ein Feuer machen zu können, bist du anderntags tot, erfroren.«

Die nächsten Tage verliefen recht eintönig. Jakob war unentschlossen, was er machen würde. Sich Aron Bärland anschließen oder hierbleiben und die Nachforschungen nach seiner Familie intensivieren? Bislang hatte er noch keinen Weg gefunden, zuverlässige Nachrichten aus dem Lager Jungfernhof zu erhalten.

Als Jakob am frühen Morgen des 6. Februar 1942 den Kanonenofen einheizte, hatte er noch immer keine Entscheidung getroffen. Während er bedächtig weitere mächtige Scheite in das lodernde Feuer warf, konnte er nicht ahnen, dass dieser Tag schwerwiegende Ereignisse mit sich bringen sollte.

Als es hell geworden war, brachten Lindlar und Strauss weitere Transportkisten. Wenig später tauchte Wanner in Begleitung eines anderen Häftlings auf, der in einem Pappkarton etliche Schmuckstücke brachte, die offensichtlich von Toten stammten, denn Wanner kommentierte die Übergabe mit den Worten: »So mancher wurde in diesen Tagen durch die bittere Kälte dahingerafft.«

Man sah es aber auch daran, dass ihnen vom Kistenboden zahlreiche Eheringe entgegenblinkten.

Als sie wieder alleine in der Werkstatt waren, machte sich Jakob weiter an dem kleinen Schmelztiegel zu schaffen, während der Goldschmied damit begann, die besseren Schmuckstücke der neuen Lieferung auszusortieren.

Der Ofen brannte mit sanftem Dröhnen, vor ihm zischte und blubberte es in dem ovalen Tiegel, weshalb Jakob das leise Weinen des Älteren überhaupt nicht wahrnahm. Erst als Aron Bärland einmal laut aufschluchzte, drehte sich der Junge erschrocken um und sah den sonst so beherrschten Esslinger von Krämpfen geschüttelt auf einem Stuhl sitzen. Die linke Hand hielt er zu einer Faust geschlossen vor den Mund gepresst.

Ratlos ging der Jüngere zu seinem Kollegen hinüber und umfasste mit beiden Händen von hinten seine Schultern. Dann bemerkte er, dass Aron Bärland eines der frisch ausgepackten Schmuckstücke in der anderen Hand hielt. Eine plötzliche Ahnung überkam ihn. Er fragte leise: »Aron, was ist los? Kann ich dir helfen?«

Bärland schüttelte den Kopf, beugte sich nach vorne, legte das Schmuckstück vor sich hin und stützte sich mit geballten Fäusten auf die Tischplatte. Dabei wurde er von einem heftigen Weinkrampf geschüttelt. Langsam rannen Tränen über sein Gesicht, verloren den Halt und tropften auf das zerkratzte Holz. Er schloss die Augen und nahm das Schmuckstück wieder in die Hand. Dann öffnete er die Augen wieder, blickte zu Jakob und hielt diesem die Kette entgegen, in deren Anhänger mehrere unterschiedlich große Bernsteinstücke in fein durchflochtene Fassungen eingelegt waren.

»Das hier«, sagte er und stockte einen Moment lang, ehe er fortfuhr, »das gehörte meiner Frau. Die ganze Zeit über hat sie es heimlich bei sich getragen. Man hat sie umgebracht.«

»Bist du ganz sicher?«, versuchte Jakob zu beschwichtigen, obwohl er selbst von einer tiefen Bestürzung ergriffen wurde. »Vielleicht verwechselst du es mit einem anderen Stück. Viele Schmuckstücke sind ja keine Unikate.«

»Das schon«, flüsterte Bärland fast unhörbar und fuhr dann lauter fort: »Das habe ich meiner Frau zum 30. Geburtstag geschenkt. Den Anhänger habe ich selbst gefertigt.«

Erneut schüttelte ihn ein heftiger Weinkrampf. Jakob, der nicht wusste, wie er mit dieser Situation umgehen sollte, trat wortlos zurück, stellte sich neben den Ofen und sah aus dem Fenster. Der Tag schien wärmer zu sein als die zurückliegenden. Hin und wieder verließ der lettische Wachposten sein Häuschen und nahm vorschriftsmäßig Aufstellung.

So verharrten sie längere Zeit. Bärland saß tief gebeugt über dem Werktisch und hielt die Kette seiner Frau in der Hand. Jakob starrte unentwegt zum Fenster hinaus. Hin und wieder legte er ein Holzscheit in den Ofen, der mittlerweile eine gewaltige Hitze entwickelte. Am Ende des schmalen Weges, der zu ihrer Werkstatt führte, tauchte ein Mann in SS-Uniform auf, der sich gemächlichen Schrittes näherte.

»Wanner kommt«, sagte der Junge. Seine Stimme klang belegt.

Aron Bärland löste sich aus seiner Erstarrung.

»Wenn er reinkommt, machst du Meldung und verwickelst ihn in ein Gespräch. Lenk ihn von mir ab.«

»Über was soll ich denn mit ihm reden?«

»Egal, erkläre ihm, dass der große Brenner nicht richtig funktioniert.«

Als Leo Wanner sich den Schnee von seinem Uniformmantel klopfte, machte Jakob vorschriftsmäßig Meldung und bat den Herrn Unterscharführer, mitteilen zu dürfen, dass der Schlauch an dem großen Brenner porös sei. Außerdem sollte nochmals über einen verbesserten Abzug der Dämpfe nachgedacht werden, die beim Schmelzen entstünden.

Leo Wanner fing sofort an zu brüllen: »Ich habe euch doch schon mal gesagt, das ist kein Sanatorium. Wenn es den feinen Herrn nicht passt, könnt ihr in einem Abbruchkommando arbeiten. Da ist die Luft frischer.«

Während sich Wanner echauffierte, war Aron Bärland von den beiden anderen unbemerkt an den massiven Schrank herangetreten. Auf der gegenüberliegenden Seite des von ihm so filigran angelegten Schmuckverstecks hatte er unbemerkt von Jakob mit Meisterhand eine zweite flache Aushöhlung angebracht, in der ein selbst gefertigter kurzer Krummdolch versteckt war. Er hatte hierfür das gebogene Teil eines schmiedeeisernen Beschlages verwendet, den er heimlich von einem Fensterladen abmontiert hatte. Der Dolch war auf beiden Seiten scharf geschliffen, lediglich die Griffschalen fehlten. Als Soldat hatte er im ersten Krieg einen derartigen Dolch besessen. Die marokkanischen Soldaten des französischen Heeres trugen sie vorschriftswidrig. Er hatte einem toten Marokkaner einen solchen Dolch abgenommen und immer dann bei sich getragen, wenn er zum Führer eines Spähtrupps aufgerufen wurde. In seiner Einheit wurden die wenigen Juden viel öfter für ein Spähtruppunternehmen eingeteilt als ihre Kameraden. Aron Bärland hatte dies mit stoischer Ruhe über sich ergehen lassen und das erreicht, was er sich vorgenommen hatte. Er überlebte mehr als ein Dutzend Spähtruppeinsätze.

Der Goldschmied aus Esslingen huschte von hinten an Leo Wanner heran, presste ihm mit der linken Hand einen Putzlappen auf den Mund und schnitt ihm mit der scharfen Klinge die Kehle durch. Wanners Augen quollen hervor. Aus der Wunde drang ein schreckliches Gurgeln. Der Sterbende versuchte, mit ausgestreckten Armen nach dem sprachlosen Jungen zu greifen. Dann brach er zusammen. Jakob sprang vor Schreck einen Schritt zurück, als der Körper zwischen ihm und seinem Mithäftling auf den Boden fiel.

»Hilf mir«, sagte Bärland ganz ruhig und warf einen Blick aus dem Fenster. »Wir werden fliehen. Es ist höchste Zeit. Ich ziehe die Uniform an. In einer Stunde ist draußen Wachablösung. Dann nehme ich dich als SS-Mann in Gewahrsam.«

Mit vereinten Kräften entkleideten sie den Toten und verfrachteten den Leichnam in das Unterteil des massiven Schrankes, worin die beiden ihn in sitzender Stellung gegen die Seitenwand lehnten. Der Ältere verschloss die beiden Türen und warf den Schlüssel in eine mit Kleinteilen gefüllte

Schachtel. Dann nahm er aus einem Tiegel ein Metallschäufelchen und füllte es mit der Asche des heißen Ofens, in der noch einzelne Glutstückchen schwelten. Er streute die Asche auf die Blutlache, die sich auf dem Boden gebildet hatte, trat die glühende Holzkohle aus und kehrte das Gemisch vorsichtig zusammen. Auf dem Boden war jetzt nur noch ein aschgrauer Fleck zu erkennen. Zum Schluss reinigten sie die Uniformbrust so weit, dass das in den Stoff eingedrungene Blut nicht auf Anhieb erkennbar war.

»Wir warten, bis sich draußen die Wachablösung vollzogen hat, dann ziehe ich die Uniform an.« Bedächtig durchwühlte er die Taschen der Uniformjacke, entnahm der Brusttasche das Zigarettenetui, das er gesucht hatte, und zündete sich mit Hilfe eines Fidibus eine Zigarette an. Genüsslich inhalierte er den Rauch. »Auch eine?«

Jakob schüttelte den Kopf. Er war aufs Äußerste angespannt. War das der Zeitpunkt, auf den er gewartet hatte? Flucht oder Tod. Klarer konnte eine Entscheidungsmöglichkeit nicht strukturiert sein. Nur entweder oder. Ein Zwischendrin, einen dritten Weg gab es nicht mehr. Aber selbst wenn ihnen das Entkommen aus dem kleinen Lager glückte, wohin sollte die weitere Flucht gehen? Draußen kannten sie keinen Menschen. Und die Letten, das wusste er mittlerweile, waren ihnen mehrheitlich nicht gewogen.

»Es ist Zeit«, sagte Aron Bärland mit leiser, aber fester Stimme. »Die haben gewechselt.«

Er zog die schwarze Uniform an, die ihm leidlich passte. Da die Jacke an den Schultern zu weit war, stopfte er sie mit zusammengeknüllter Holzwolle aus. Als er die Mütze vorschriftsmäßig aufgesetzt hatte, stand er vor Jakob stramm und sagte: »Eine Uniform macht aus einem Häftling wieder einen respektablen Menschen.«

Er nahm die beiden Säckchen mit Schmuck aus dem Versteck und steckte sie in die linke Seitentasche des Uniformrocks. Dann entsicherte er die Pistole und steckte sie in das Futteral, das er nicht verschloss. Anschließend nahm er Jakob am Arm, öffnete die Tür und befahl lautstark: »Jud, du gehst jetzt immer einen Meter vor mir. Ich erschieß dich sofort, wenn du nicht spurst.«

Die Wachablösung salutierte vorschriftsmäßig. Bärland deutete einen flüchtigen Gruß an. Dann stieß er Jakob so kräftig in den Rücken, dass es diesem wehtat. »Wirst du wohl zügig laufen, wir machen keinen Osterspaziergang.«

Der lettische Wachposten lachte.

Problemlos kamen sie durch die fast menschenleeren Straßen des kleinen Ghettos. Einmal wurden sie von einem Personenwagen überholt. Die Insassen, alles Angehörige eines deutschen Polizeibataillons, betrachteten gleichgültig die beiden ungleichen Fußgänger. Als sie sich dem Lagertor näherten, sagte Aron Bärland: »Ich werde dich da hinausführen. Wir haben einen Sonderauftrag. Wenn es Probleme gibt, rennst du so schnell du kannst davon.«

Am Tor hielt ein deutscher Polizist Wache, der einen Wehrmachtshelm trug und mit einem Karabiner ausgestattet war.

»Unterscharführer Kaiser mit einem Häftling auf dem Weg zu einem zeitlich begrenzten Sondereinsatz außerhalb des kleinen Lagers.« Bärland blickte mit einer ausladenden Bewegung auf seine Armbanduhr. Dann fuhr er fort: »Rückkehr gegen 16 Uhr.«

»Nicht so förmlich«, sagte der Polizist. Der Sprachklang verriet, dass er wohl Hamburger war. »Kannst passieren.«

Alles schien gutzugehen. Jakob atmete tief durch. Plötzlich hörte er hinter sich eine zweite Stimme. Unwillkürlich blickte er sich um. Ein Revier-Leutnant war aus dem flachen Wachgebäude herausgetreten und brüllte den Wachhabenden an: »Körting, Sie lernen es nie. Ich habe nicht sehen können, dass Sie sich den Wisch haben zeigen lassen.« Und den beiden Männern, die einfach weitergingen, rief er nach: »He Sie, sofort zurückkommen. Sie haben uns Ihren Marschbefehl nicht vorgelegt!«

»Nicht anhalten!«, flüsterte Bärland.

»Hören Sie schlecht? Kommen Sie sofort zurück!«, brüllte der Polizeioffizier. »Haben Sie Dreck in den Ohren?«

Die beiden gingen langsam, aber stetig weiter.

»Ich warne Sie!« Der Offizier rannte nervös ein paar Schritte in Richtung der Flüchtenden. Dann öffnete er seine Pistolentasche und schoss einmal in die Luft.

»Lauf auf den Schutthaufen zu, der da vorne liegt«, keuchte Bärland. Er zog den Revolver, gab zwei Schüsse ab und begann ebenfalls zu rennen. Er hatte Jakob beinahe erreicht, der zwischen dem Schutthaufen und der Giebelwand eines ehemaligen Fabrikgebäudes kauerte, als ihn ein Schuss am Oberschenkel traf. Der Wachhabende war mit dem Karabiner im Vorteil. Mit einem Schrei konnte sich der Verletzte noch neben den Schutthaufen werfen. Schüsse peitschten über ihn hinweg. Jakob zerrte ihn an den ausgestreckten Armen in Sicherheit.

»Nimm die Waffe, Junge.«

Stöhnend öffnete Bärland trotz der Kälte die Uniformjacke und riss einen großen Streifen aus dem Uniformhemd, was nicht auf Anhieb gelang. Mit Hilfe eines Taschenmessers, das Wanner in der Hosentasche getragen hatte, trennte er die Uniformhose über der Wunde auf und versuchte, sich selbst einen provisorischen Verband anzulegen.

Jakob sah, wie auf der anderen Seite mehrere Angehörige einer Polizeieinheit in Stellung gingen. Er gab zwei Schüsse ab, die niemanden trafen. Heftiges Gewehrfeuer war die Antwort. Staub wirbelte auf, Putz platzte von der Giebelwand. Hinter ihnen zersprang ein Fenster.

»Gib mir die Waffe wieder«, sagte Bärland. »Und hör genau zu, was ich dir sage. Mit dem Bein komme ich nicht weit. Du springst durch das kaputte Fenster. Ich versuche sie noch etwas aufzuhalten. Irgendwie wirst du auf der anderen Seite ein Schlupfloch finden. Dann musst du sehen, wie du weiterkommst. Spätestens in drei Stunden wird es dunkel.«

»Ich lass dich nicht allein«, sagte Jakob.

»Junge, du machst, was ich dir sage. Und denk daran: Kol od ba Lewaw p'nimah, nefesh jehudi homi'ah. Od lo avdah Tikvatejnu. Solange im Herzen noch eine jüdische Seele wohnt, solange ist unsere Hoffnung nicht verloren.« Während Bärland diese Zeilen aus dem wichtigsten Lied der zionistischen Bewegung zitierte, das bereits in wenigen Jahren die Nationalhymne des Staates Israel werden sollte, presste er energisch Jakobs Unterarm. »Es geht jetzt nur noch darum, ob du davonkommst oder gar keiner. Nimm das hier.« Er zerrte die beiden Säckchen mit dem Schmuck aus der Jackentasche. Dann entschied er sich anders und knöpfte die Uniformjacke vollends auf. »Zieh die Jacke an und nimm den Schmuck. Vielleicht hilft dir das weiter. Mach schon«, schnauzte er den Jungen an, der ihn regungs- und fassungslos anstarrte.

Das Gewehrfeuer nahm zu. Auf der anderen Seite war Bewegung zu erkennen.

»Wenn du dich nicht beeilst, schneiden sie dir den Weg ab.«

Jakob löste sich aus seiner Erstarrung, schlüpfte in die Uniformjacke und nahm im Liegen einen zerbrochenen Ziegelstein, mit dem er die Glasreste aus dem hinter ihm liegenden Fensterrahmen schlug.

Bärland lud nach und feuerte das komplette Magazin ab. »Ich glaube, ich habe einen getroffen.« Er lachte.

Jakob schnellte hoch und hechtete durch das Fenster. Mit den Beinen blieb er einen kurzen Augenblick im Rahmen hängen. Es gelang ihm jedoch, sich unverletzt auf den Boden des dahinterliegenden Raumes zu hangeln.

Draußen hielt das Gewehrfeuer an. Er kroch über den Boden, um nicht durch das niedrige Fenster getroffen zu werden, und erreichte eine Tür, die er öffnen konnte. Im gegenüberliegenden Raum entriegelte er ein Fenster und kletterte hinaus. Nach kurzem Zögern rannte er in eine schmale Gasse hinein, die in einen von einer Mauer umschlossenen Hof mündete. Ein Mann trat aus einem Haus und sprach ihn auf Lettisch an. Ohne zu antworten nahm er Anlauf, rannte auf die Mauer zu, zog sich an der Mauerkrone hoch und ließ sich auf die andere Seite fallen. Mit Unrat vermischte Schneereste dämpften seinen Sturz. Er rappelte sich auf und rannte die vor ihm liegende Straße hinunter.

Zur Bundestagswahl 1953 hatte Jakob Winter keine Wahlbenachrichtigung erhalten, was schlüssig war, denn die Stadtverwaltung des Ortes Munzlingen konnte damit argumentieren, dass er kein Deutscher im Sinne des Grundgesetzes sei. Was er gewählt hätte? Vermutlich die KPD, obwohl einige seiner lettischen Weggefährten Opfer des stalinistischen Terrors geworden waren. Achat Purina hatte ihm im letzten Jahr mit einigen Fotos der Kinder einen langen Brief aus Israel geschickt. Nach ausführlichen Schilderungen ihres entbehrungsreichen und immer noch komplizierten Lebens hatte sie auch erwähnt, dass man den ihm gut bekannten Partisanenführer Janis Caunis, der entgegen seinen Vermutungen den Krieg überlebt hatte, trotz seiner großen Tapferkeit im Kampf gegen die deutschen Okkupanten nach Sibirien verschleppt hatte. Er war Lette und Jude, das setzte ihn zwangsläufig dem Verdacht aus, ein unzuverlässiges Element, ein Feind der Sowjetmacht zu sein. Auch schrieb sie von einer Cousine, die sie während ihrer Ehe niemals erwähnt hatte. Diese sei aus der KP der Sozialistischen Sowjetrepublik Lettland ausgeschlossen und zu zwei Jahren Gefängnis verurteilt worden.

Er hätte die KPD ohne große Überzeugung gewählt, Leonore und ihrem Vater zuliebe, und weil ihm vor einem halben Jahr der Betriebsratsvorsitzende der Textilmaschinenfabrik Munzlingen eine passable Stellung verschafft hatte. Dieser war Mitglied in der kleinen, aber sehr aktiven Ortsgruppe der Partei. Nach den Monaten der stets unsicheren Beschäftigung als Sprengmeister war es höchste Zeit für die Erlangung einer abgesicherten Stellung gewesen. Leonore war im fünften Monat schwanger und der Zeitpunkt, ab dem sie die Arbeit bei der ARWA in Unterrot aufgeben musste, war absehbar.

Walter Schmidt, so hieß der Betriebsratsvorsitzende, hatte sich für ihn verwendet, obwohl sich Jakob Winter vor kurzem einmal mehr in die Nesseln gesetzt hatte. Seit zwei Jahren tobte in Deutschland ein heftiger Konflikt über den Kinofilm »Die Sünderin«. Geistliche beider Konfessionen hatten Mahnwachen und Blockaden organisiert, um die Aufführung des angeblichen Skandalfilms zu verhindern. Vor machen Großstadtkinos hatten sich Befürworter und Gegner handfeste Schlägereien geliefert. Und das aus dem banalen Grund, weil man für einen winzigen Moment den weichgezeichneten nackten Leib der jungen Knef zu sehen bekam, viel zu kurz übrigens, um einen nachhaltigen sinnlichen Eindruck erlangen zu können.

Der Betreiber der Munzlinger »Sonnen-Lichtspiele« erwog die Aufführung des Films, nachdem das Bundesverwaltungsgericht verschiedene örtliche Aufführungsverbote in letzter Instanz als rechtswidrig eingeschätzt und aufgehoben hatte. Schon die Absichtserklärung führte zu Protesten, die sich zu einer Provinzposse auswuchsen. Stadträte, Pfarrer und andere Personen des öffentlichen Lebens intervenierten in einer Weise, die dazu führte, dass der eingeschüchterte Kinobesitzer den Film »Die Sünderin« von seinem Spielplan nahm. Dies hatte Jakob Winter dazu bewogen, das erste Mal in seinem Leben einen Leserbrief zu verfassen, der nach seinem Erscheinen im »Munzlinger Anzeiger« heftige Reaktionen auslöste. Er hatte nämlich geschrieben, dass die flüchtig zu sehende Nacktheit der jungen Knef im Nachkriegsdeutschland deutlich mehr Empörung ausgelöst habe als die Nacktheit Hunderttausender, die sich in Barbij Jar, Minsk, Riga und an zahlreichen anderen Orten vor ihrer Erschießung vollständig zu entkleiden hatten.

Mehrmals schlug ihm nun wieder, mal gebrüllt, mal nur gezischt, das altbekannte »Judensau« entgegen. In Leserbriefrepliken wurde er mehr oder weniger freundlich aufgefordert, doch künftig da zu leben, wo es ihm besser gefalle. Es gebe jetzt doch diesen neuen Judenstaat. Als er eines Abends den Briefkasten öffnete und diesem ein dickes graues Kuvert entnahm, war es mit Hundescheiße gefüllt.

»Menschlicher Kot riecht nicht so penetrant«, sagte Leonore.

Es hatte nach diesem Vorfall gleichermaßen mutiger wie energischer Interventionen des kantigen Betriebsratsvorsitzenden bedurft, damit er die freie Stelle in der Munzlinger Textilmaschinenfabrik erhielt. Sein feinhandwerkliches Geschick alleine hätte unter diesen Umständen nicht zum Erfolg geführt.

Die Angelegenheit, wie er den Konflikt um die Wiedererlangung der deutschen Staatsbürgerschaft zu nennen pflegte, war nicht vorangekommen. Vor einem halben Jahr hatte ihm die Stadt Seelbach in Person des Oberamtmanns Holderied mitgeteilt, man habe den Vorgang mitsamt den mittlerweile eingegangenen Unterlagen an die Stadtverwaltung Munzlingen weitergeleitet, da diese aufgrund seines in dieser Stadt begründeten Erstwohnsitzes zuständig sei. Lange geschah nichts. Nachfragen führten zu der Auskunft, man müsse sich in die gleichermaßen komplexe wie ungewöhnliche Angelegenheit erst umfassend einarbeiten. Man bitte hierfür um Verständnis. Man werde sich zu gegebener Zeit wieder bei ihm melden.

Mitten in die durch seinen Leserbrief ausgelösten Aufgeregtheiten hinein hatte er einen förmlichen Bescheid erhalten, in dem ihm in knapper Form mitgeteilt wurde, dass sich die Verwaltung außerstande sehe, seinem Begehr zu entsprechen. Dies ergebe sich bereits durch den Sachverhalt, dass er Staatsbürger eines anderen Landes sei. Welche Rechtsqualität die mittlerweile vorliegenden Dokumente und Erklärungen besäßen, die seine deutsche Abstammung belegen sollten, müsse allein schon aufgrund des Vorliegens einer anderen Staatsbürgerschaft ungeprüft bleiben. Am Ende hatte man ihn auf den Rechtsweg verwiesen, worauf er der Kommunalaufsicht fristgerecht seinen Einspruch zukommen ließ.

Nach dem Abklingen der durch seinen Leserbrief ausgelösten Anfeindungen begann für das Paar ein vergleichsweise ruhiger und hoffnungsfroher Lebensabschnitt. Jakob kam im Betrieb schnell voran. Vorgesetzte und Kollegen schätzten ihn gleichermaßen, wenngleich aus völlig unterschiedlichen Gründen. Innerhalb kürzester Zeit hatte er mit großem Geschick Probleme gelöst, an denen Ingenieure erfolglos gearbeitet hatten. Die Verbesserung an der Aufhängung einer neuartigen Strickmaschine hatte ihm sogar 250 Mark Sonderprämie eingebracht. Die Kollegen schätzten ihn eher aufgrund seines hintergründigen Humors und seines mutigen Auftretens gegenüber Vorgesetzten. Natürlich gab es in der Firma zahlreiche Antisemiten. Doch der charismatische Walter Schmidt und Firmendirektor Eckert, der sein Werk unter abenteuerlichen Umständen aus dem schlesischen Hirschberg nach Munzlingen verlagert hatte, waren sich trotz sonst äußerst konträrer Auffassungen darüber einig, dass judenfeindliche Bekundungen im Betrieb nicht zu dulden waren. Man munkelte sogar, dass Eckert aus einer Mischehe stamme, wofür es freilich keine Beweise gab.

Obwohl man Leonore mittlerweile ansehen konnte, dass sie guter Hoffnung war, wie man hier zu sagen pflegte, tat dies ihrer Libido keinen Abbruch. Es war eher Jakob, der nach einem langen Arbeitstag erschöpft nach Hause kam und Leonores ungestümes Fordern hin und wieder zurückwies. Als ahne sie, dass ihr Sexualleben nach der Geburt erst einmal durch die Wünsche und Bedürfnisse des neuen Erdenbürgers Einschränkungen erfahren würde, empfing sie ihren Mann häufiger als früher mit wilder, fordernder Zärtlichkeit. Und noch wenige Tage vor der Entbindung schliefen sie miteinander, wobei sie sich mit beiden Händen an den Lehnen eines Sessels abstützte, während Jakob sie vorsichtiger als sonst von hinten umfasste. Die Geburt ging am 3. Februar 1954 ohne Komplikationen vonstatten. Als Jakob nach Schichtende seine Frau im Munzlinger Krankenhaus besuchte, das direkt auf dem Weg vom Betrieb zu ihrer Wohnung lag, war sie bereits damit beschäftigt, einen kraftvollen Jungen zu stillen.

»Der ist eher nach euch Schimmelpfennigs geraten«, sagte er später, als er den Säugling auf dem Arm hielt und eingehend inspizierte. »Bist du damit einverstanden, dass wir ihm den Namen Aron geben?«, fragte er nach einer Weile.

»Warum ausgerechnet Aron?« Leonore schob sich eine verschwitzte Haarsträhne aus der Stirn.

»Ich habe dir doch von meiner Flucht aus dem kleinen Lager in Riga erzählt. Und davon, dass Aron Bärland hinter einem Schutthaufen so lange aushielt, bis ich durch den Lagerraum eines dahinterliegenden Fabrikgebäudes fliehen konnte. Aron Bärland hat mich gerettet. Ich möchte meinem Sohn seinen Namen geben.«

»Meinst du nicht, dass er damit Schwierigkeiten bekommen wird?«

»Was denn für Schwierigkeiten?«

»Mit dem hier nicht gebräuchlichen Namen.«

»Habe ich eine heimliche Antisemitin geheiratet?« Der Tonfall, in dem er diese Frage stellte, zeugte davon, dass es ihm nicht ernst damit war. »Liebes, wir leben endlich in einer Zeit, in der man sich derartigen Problemen offen entgegenstellen kann. Noch vor ein paar Jahren wären wir froh gewesen, wenn das unsere größten Schwierigkeiten gewesen wären.«

Das Kind begann leise zu meckern. Jakob reichte es der Mutter, die ihm erneut die Brust gab.

»Einverstanden«, sagte sie, während das Kind angestrengt nuckelte. »Er soll Aron heißen.«

Nach wenigen Tagen konnte Leonore die Entbindungsstation des Krankenhauses verlassen. Das Leben schien seinen gewohnten Gang zu gehen. Selbst in diesen kleinen Ort kam gelegentlich ein Spätheimkehrer zurück. Erst einen Tag zuvor war im »Munzlinger Anzeiger« ausführlich über einen Mann namens Karl Werner berichtet worden, der 1942 in russische Gefangenschaft geraten und erst jetzt heimgekehrt war. Auch wenn das Foto im Druck Unschärfen aufwies, war doch zu erkennen, dass es sich um einen vollkommen abgemagerten, stark vorgealterten Mann handelte.

Leonore hatte von einer Freundin aus der »ARWA-Truppe« erfahren, dass seine Frau seit Jahren mit einem anderen Partner lebte und nun die Scheidung einreichen wolle.

»Wenn er das erfährt«, sagte Leonore mitfühlend, »ist er ein gebrochener Mann, der nicht mehr so schnell auf die Beine kommen wird.«

Gelegentlich kam Leonores Vater zu Besuch, der nach dem frühen Tod ihrer Mutter von Seelbach weggezogen war und nun ganz frisch berentet in Stuttgart in einer winzigen Einzimmerwohnung lebte, die ihm ein Genosse besorgt hatte.

»In der Großstadt hat man wenigstens das Gefühl, dass wir noch viele sind. Auf dem Lande sind wir Kommunisten ja schon fast wieder Freiwild«, stellte er resigniert fest und erinnerte daran, dass im letzten Jahr der Bundestagskandidat des hiesigen Wahlkreises mehr als einmal in brenzlige Situationen geraten sei. »Auf den Bergen sind sie mit Mistgabeln hinter ihm her. Einmal konnte er gerade noch mit dem Motorrad abhauen. Das muss man sich mal vorstellen. So weit sind wir schon wieder.«

Seit Leonore das Kind hatte, zog sie sich mehr und mehr aus der aktiven Politik zurück. Früher hatte sie am Arbeitsplatz und in der Nachbarschaft, so gut sie konnte, die Sache der Kommunisten vertreten. Jetzt nahm sie nicht mehr an Debatten teil und flüchtete in eine geschäftige Häuslichkeit. Es machte den Eindruck, als wolle sie wenigstens für kurze Zeit ein Leben führen, in dem einmal nicht der Überlebenskampf und die Arbeit für die Partei im Mittelpunkt standen. Hinzu kam, dass sich die Munzlinger Ortsgruppe der KPD, wenn man einmal von Walter Schmidt und einigen anderen absah, mehrheitlich aus Individuen zusammensetzte, die nicht über den besten Ruf verfügten und deren Gegenwart Leonore nur ertrug, weil sie an die Sache des Kommunismus glaubte. Der Ortsvorsitzende, ein vierschrötiger Mann namens Kübler, der seine Frau mehr als einmal im Suff grün und blau geschlagen hatte, wurde im Volksmund nur »Achttagschreiner« genannt. Damit war er als jemand klassifiziert, dessen Arbeitsverhältnisse regelmäßig nach sehr kurzer Zeit endeten. Natürlich gab es andere. Ihr Idol war Willi Bleicher, der Gewerkschaftsmann. Auch den Stuttgarter Bohn schätzte sie als klugen Kopf und scharfzüngigen Veranstaltungsredner. Sie verstand ihren Vater gut, der die Partei nur in ihrer großstädtischen Ausformung ertrug.

Jakob konnte sich nicht entschließen, der KPD oder einer anderen Partei beizutreten. Erst auf Schmidts hartnäckiges Drängen war er in die Metallgewerkschaft eingetreten, ohne darin eine aktive Rolle zu spielen.

»Wir sind zu 100 Prozent organisiert«, hatte dieser gepoltert. »Und das muss so bleiben.«

Um etwas Abwechslung in sein Leben zu bringen, hatte er sich dem neu gegründeten Schachclub angeschlossen. Diesen nannte man auch den »Verein der Versprengten«, denn ihm waren etliche Heimatvertriebene und auch mehrere Osteuropäer beigetreten, die nach dem Krieg in Deutschland geblieben waren, darunter ehemalige Kriegsgefangene, aber auch osteuropäische Freiwillige, die in deutschen Verbänden gekämpft hatten. Jeder hatte seine Geschichte und allen war gemein, dass sie nicht in ihre Heimatländer zurück konnten und gerne Schach spielten. Schach zu spielen war eine Tätigkeit, bei der kein Redebedarf bestand. Es ging nicht ums »Warum? – Woher? – Wohin?«, bestenfalls um einen falschen oder genialen Schachzug. Schach war auch das Spiel der Gefangenenlager gewesen. Manchmal wurde es dort mit Figuren gespielt, die man sich aus abgespartem und angefeuchtetem Brot geknetet hatte. Wahre Schachspieler hungerten lieber, als dass sie auf ihr Spiel verzichtet hätten.

Deutschland war Weltmeister. »… müsste Rahn schießen …«

Jakob Winter interessierte sich nicht für Fußball und war erst recht kein Freund nationalistisch eingefärbter Begeisterung. 14 Tage nach dem Ereignis, das später viele zur »eigentlichen Gründung der Bundesrepublik« verklärten, erhielt er einen Einschreibebrief des Landratsamtes Backnang. Sein Einspruch gegen den Bescheid der Stadt Munzlingen war verworfen worden. Eine Rechtsmittelbelehrung war angefügt. Noch stand ihm der Klageweg offen.

Jakob wusste, dass international tätige jüdische Organisationen deutschen Juden bei der Durchsetzung ihrer Rechtsansprüche Unterstützung zukommen ließen. Man verwies ihn an den Stuttgarter Rechtsanwalt Dr. Beck, der ihm riet, gegen die Bescheide der Stadt Munzlingen und des Kreises Backnang Klage vor dem Verwaltungsgericht einzureichen.

Jakob, der auch die Kostenfrage in seine Überlegungen einbezog, fragte den Rechtsanwalt nach den Erfolgsaussichten. Der kahlköpfige Mann ruckelte schweigend an seiner Brille, blickte sinnierend zur getäfelten Decke seiner Kanzlei und antwortete: »Die Erfolgsaussichten liegen höher als 50 Prozent. Aber noch immer gilt das Prinzip: ›Vor Gericht und auf hoher See liegt alles in Gottes Hand‹.« Er räusperte sich und fügte hinzu: »Ich an Ihrer Stelle würde den Rechtsweg weiter beschreiten.«

Die restlichen Wochen des Jahres verliefen in einer Gleichförmigkeit, die Jakob seit seiner frühen Schulzeit nicht mehr erlebt hatte. Er ging zur Arbeit, kam nach Hause, wo Leonore immer mehr in die Rolle der klassischen Hausfrau und Mutter schlüpfte. Gelegentlich ging er zu Schachabenden, entwickelte auch zu einigen seiner Mitspieler flüchtige Freundschaften. Nur noch selten besuchte er politische Versammlungen. Die Spannungen zwischen Ost und West nahmen zu, erlangten in den expandierenden kriegerischen Auseinandersetzungen in Korea einen neuen Höhepunkt. Die Franzosen gerieten in ihrer Kolonie Vietnam im Kampf gegen kommunistische Aufständische ins Hintertreffen. Beide Kriege wurden mit einer bedrückenden Brutalität geführt.

Zu Hause litt Jakob zunehmend darunter, dass Leonore seit Arons Geburt ihre wilde, beinahe animalische Sexualität verloren zu haben schien. Jedenfalls begegnete sie ihm vorwiegend als inbrünstig behütende Mutter ihres kleinen Jungen. Das erinnerte ihn in grotesker Weise an seine erste Ehe mit Achat Purina. Die mit ihr erlebte Sexualität war anfangs die verzweifelte Erotik des Untergrunds gewesen, ein körperlicher Austausch von hoher Intensität, ausgelebt in dem Bewusstsein, dass jeder Tag der letzte sein konnte, dass sie von ihren Häschern und Gegnern aufgespürt und niedergemacht werden konnten. Dieses Gefühl trug von den sumpfigen Wäldern um Riga über die Ostsee, half als Fetzen Erinnerung in den Jahren der Trennung und entfaltete sich auf wunderbare Weise neu in den späteren Kämpfen um die Gründung des Staates Israel. Es begann verlorenzugehen, als seine älteste Tochter Dina geboren wurde, und versiegte weitgehend, als ein Jahr später Judith zur Welt kam, der sie diesen Namen in Erinnerung an seine Schwester gaben, deren Spur sich im Konzentrationslager Jungfernhof bei Riga für immer verloren hatte.

Wenige Wochen vor Weihnachten eröffnete ihm Leonore, dass sie ein zweites Mal schwanger war. Kurz darauf, am 18. Dezember 1954, wurde ihm in seiner Angelegenheit das Urteil des Verwaltungsgerichts Stuttgart zugestellt. Die Kernsätze des mehrseitigen Urteils lauteten, die Stadt Munzlingen und der Landkreis Backnang hätten zu Recht entschieden, dass Artikel 116 Absatz 2 Grundgesetz in seinem Fall nicht anwendbar sei. Er habe die deutsche Staatsbürgerschaft nach § 2 der Elften Verordnung zum Reichsbürgergesetz vom 25. November 1941 verloren. Hinzu trete der Sachverhalt, dass er mit der Gründung des Staates Israel die ihm angebotene israelische Staatsbürgerschaft angenommen habe, was durch mehrere Dokumente zweifelsfrei belegt werde und im Übrigen von ihm auch niemals bestritten worden sei.

An diesem Abend kam Jakob Winter das erste Mal betrunken nach Hause. Vor Ladenschluss war er in das Fahrradgeschäft Holubek gegangen, dessen gleichnamiger Inhaber

Telefon besaß. Dr. Beck, den er noch in der Kanzlei erreichte, hatte das Urteil bereits vorliegen und riet zum Gang vor das Oberverwaltungsgericht. In dem Moment, als er den schweren Hörer in die Gabel legte, kam Jan Dalberg atemlos in den Laden gestürzt. Er brauchte noch ganz dringend einen neuen Fahrradschlauch. Eigentlich hieß der Mann Janis Dalbergs und war lettischer Herkunft. Er und Jakob kannten sich vom Schachclub, und da der Lette kurz vor Weihnachten von seiner Baufirma entlassen worden war, zog er Jakob mit auf seinen bereits begonnenen Zug durch die Munzlinger Spelunken und Schankwirtschaften, den beide schwer betrunken beendeten. Irgendwann in dieser Nacht brabbelte Dalberg davon, dass man sich damals ›in jener dunklen Zeit‹ unter anderen Umständen hätte begegnen können. Aber Jakob achtete nicht weiter darauf. Er war viel zu betrunken, um aus diesen Andeutungen irgendwelche Schlüsse zu ziehen.

Erstmals nach der Neugründung der Munzlinger Textilmaschinenfabrik hatte sich die Firmenleitung aufgrund der immer besser werdenden Jahresumsätze dazu entschlossen, zwei Tage vor Heiligabend eine Betriebsweihnachtsfeier auszurichten. Es gab Schnitzel mit Kartoffelsalat. Auf den Tischen standen Körbchen mit Weihnachtsgebäck. Auch die ganze Palette alkoholischer und alkoholfreier Getränke wurde kostenlos gereicht. Nach dem Essen trat ein Zauberkünstler auf, der Jungfrauen schweben ließ.

»Betrug«, brüllte einer, »die Ernie ist doch gar keine Jungfrau mehr.«

Später spielte eine Zweimannkapelle gängige Tanzmusik. Gerti Schneeweiß, die im Vorzimmer des Chefs arbeitete, hatte nach der Abgabe ihres Tellers geschickt einen kleinen Umweg zu dem Tisch gewählt, an dem Jakob saß.

Sie legte ihm die Spitzen ihrer rechten Hand auf die Schulter. »Na, mein Lieber, wie wär's mit einem kleinen Tänzchen?«

Jakob lachte verlegen. Nie hatte er Tanzen gelernt. »Nein, Gerti, lieber nicht.«

»Ach komm.«

»Nein, heute nicht.«

Schmollend zog die Sekretärin weiter, mit der er bislang nur einige Worte in der einen oder anderen Pause gewechselt hatte.

Zum zweiten Mal innerhalb weniger Tage war Jakob schon lange vor Mitternacht betrunken, was vor allem darauf zurückzuführen war, dass er nichts vertragen konnte und infolgedessen klugerweise nur äußerst selten trank. Während an allen Tischen die Stimmung überschäumte, saß er nun schweigend vor seinem Glas und stierte vor sich hin. Als sich die Ersten in kleinen Gruppen auf den Nachhauseweg machten, wurde er mit einem Mal von hinten von einer leicht angetrunkenen Frau umhalst. Gertrud Schneeweiß drückte ihn und sagte: »Jakob, von dir hat man den ganzen Abend nichts gehört. Komm, wir gehen nach Hause, bevor hier die Lichter ausgemacht werden.«

Sie zog den Angetrunkenen mit sich zur Garderobe. Es dauerte eine Zeitlang, bis Jakob seinen Mantel gefunden hatte. Das Paar trat in die laue Nacht hinaus. Gertrud hakte sich bei ihm unter. »Damit du mir nicht ins Schleudern kommst.«

Sie gingen keine zehn Minuten, bis sie die Lindengasse erreicht hatten.

»Hier wohne ich«, sagte die Frau und kramte einen klobigen Schlüsselbund aus ihrer Handtasche. Jakob lehnte sich mit dem Kopf an die Tür.

»Ach Männeken, ach Männeken.« Gertrud Schneeweiß war in ihren Berliner Dialekt verfallen. »Ik globe, ik muss dir erstmal ein bisken frischmachen.«

Irgendwann, tief in der Nacht, erwachte Jakob aus einem traumlosen Schlaf. Kopfschmerzen plagten ihn, sein Mund war ausgetrocknet. Er wusste überhaupt nicht, wo er sich befand. Es war stockdunkel und alles um ihn herum war ihm fremd. Dann erinnerte ihn das leise Schnarchen einer Frau daran, dass er mit in Gertis Wohnung hochgegangen war. Jetzt lag er mit Schmerzen in ihrem Bett, während sie fest schlief.

Erschrocken sprang er auf, prallte im Dunkeln gegen einen Kleiderschrank und tastete sich dorthin, wo er neben der Zimmertür den Lichtschalter vermutete. Seine Geräusche und das Licht weckten die Frau, die sich mit geschlossenen Augen ausgiebig dehnte und streckte.

»Ich muss sofort nach Hause.«

»Bleib doch noch. Es war so schön mit dir.«

»Das geht nicht.« Er fand seine Armbanduhr zwischen abgelegten Schmuckstücken auf der schmalen Ablage eines Friseurspiegels. Es war halb vier.

»Unten ist offen. Zieh die Tür hinter dir zu«, sagte Gerti und drehte sich im Bett wieder um.

Zu Hause versuchte er, sich lautlos ins Schlafzimmer zu schleichen, was misslang.

»Weißt du, wie spät es ist?«, fragte Leonore.

»Wir haben gefeiert«, presste Jakob hervor und drehte in der Dunkelheit seiner Frau den Rücken zu.

Immer deutlicher spürte Jakob, dass er den gleichmäßigen Fluss seines jetzigen Lebens nicht mehr lange ertragen würde. Für das Aufkommen dieses Gefühls konnte er weder einen genauen Zeitpunkt festlegen noch ein spezielles Ereignis verantwortlich machen. Die Geburt seiner Tochter war problemlos verlaufen. Neben Dina und Judith, den Kindern, die er zusammen mit Achat hatte, war dieses Neugeborene nun seine dritte Tochter. Er drängte darauf, dass man ihr in Erinnerung an seine jüngere Schwester den Namen Helene gab. Leonore war anfangs dagegen gewesen, denn Helene hatte ihr damals die Freundschaft aufgekündigt, nachdem sie nicht bereit gewesen war, die Beziehung mit ihm zu beenden.

Achat, die unverändert ihren alten Nachnamen behalten hatte, schrieb ihm nur noch sporadisch. Den nun kürzer ausfallenden Briefen legte sie Fotos der beiden Mädchen bei, die schmal und ernst in die Kamera blickten. Kurz nach der Geburt seines vierten Kindes hatte ihm Achat in einem Brief, der länger als sonst ausgefallen war, mitgeteilt, dass sie einen neuen Partner hatte. Er sei ein französischer Einwanderer, man wisse noch nicht, ob man heiraten werde. Ein Satz in dem ansonsten sehr sachlich gehaltenen Brief versetzte ihm einen Stich. »Ich habe nicht geglaubt«, schrieb sie, »dass ich mich in diesem Leben nochmal so verlieben könnte.«

Jakob deutete den Satz auf seine Verhältnisse um. Ihm wurde mit einem Mal vor Augen geführt, dass er niemals mehr zu Achat zurückkehren würde. Hatte diese Überlegung einen Platz in seinem Unterbewusstsein, in seinen verdrängten Wünschen eingenommen? Oder war sie nichts anderes als eine nie laut ausgesprochene heimliche Option, eine Fluchtmöglichkeit für den Fall gewesen, dass ihm ein Leben in Deutschland und das Zusammensein mit Leonore unerträglich würden? Achat und er hatten sich aneinandergeklammert wie zwei einsam auf dem Meer treibende Ertrinkende, denen der Tod erträglicher erschien, wenn er zu einem Zeitpunkt eintrat, in dem sie sich in einer engen Umschlingung befanden.

Als er im Februar 1942 nach seiner Flucht aus dem kleinen Ghetto durch die Straßen und Hinterhöfe Rigas hastete, war er von einer unendlichen Gleichgültigkeit erfasst worden. Er hatte kein Ziel und keinen ausgeprägten Überlebenswillen. Ohne etwas von seiner Familie gehört zu haben, war ihm klar, dass sie alle dem Tod geweiht waren. Die Verhältnisse im Lager Jungfernhof waren noch bestialischer als im großen und im kleinen Ghetto. Männer, die von dort zu Arbeitskommandos in der Stadt abkommandiert worden waren, berichteten von grauenhaften Zuständen, von willkürlichen Erschießungen durch die SS und die lettischen Faschisten. Viele derer, die die Märsche vom Rangierbahnhof zum Jungfernhof überlebt hatten, wurden in Stallungen untergebracht, über denen die Dächer eingestürzt waren. Eng aneinandergeklammert unter ihren dünnen Decken liegend blickten die Neuankömmlinge in den frostklaren Sternenhimmel, der sich über ihnen wölbte. Viele hatten schreckliche Angst, einzuschlafen, da sie befürchteten, nie mehr aufzuwachen.

Ob die Gleichgültigkeit, die Jakob erfasst hatte, aus dem Wissen um das damals vielleicht schon eingetretene, auf jeden Fall zu erwartende Schicksal seiner Familie resultierte oder aus der tiefen Erschöpfung und dem ständig nagenden Hunger, war letztendlich ohne Bedeutung. Aber möglicherweise half ihm diese Gleichgültigkeit beim Überleben. Er wurde nie unvorsichtig, bewegte sich eher mechanisch, vor allem aber kalten Blutes. Er hatte keine Angst mehr, das schärfte seinen Verstand.

Langsam erweiterte Jakob seinen Bewegungsradius in Richtung Hafengebiet. Das war nicht ungefährlich, denn hier wimmelte es vor Wachen, Streifen und allen möglichen Kommandos. Andererseits vergrößerten sich dadurch seine Optionen. Die Deutschen hatten den Hafen wieder in Betrieb genommen, um ihn als Drehscheibe für den Nachschub zu nutzen, der dringend für die Einheiten erforderlich war, die im Begriff waren, den Belagerungsring um Leningrad vollständig zu schließen. An den Kais und hinter den Lagerhäusern fand er Essensreste in Mülltonnen und Kübeln, die er nachts geräuschlos durchwühlte. Ohne Achat Purina bis zu diesem Zeitpunkt schon einmal begegnet zu sein, entwickelte er dieselbe Fähigkeit wie sie, sich unsichtbar zu machen. Der hektisch Flüchtende begab sich in Lebensgefahr, nicht ein gänzlich Unbeweglicher, der in seiner dunklen Kleidung vor den rauch- und rußgeschwärzten Mauerresten unsichtbar verharrte. Langsam begann sich Jakob im Hafengebiet einzunisten. Tagsüber blieb er unsichtbar, kauerte in einem leeren Kohlenkeller einer ehemaligen Hafenkneipe unter den löchrigen Fetzen, die er nach und nach zusammengetragen hatte. Das Haus über ihm verfiel, das Dach war an manchen Stellen offen, Beschuss hatte Durchbrüche in die Giebelwand geschlagen. Jedes offene Feuer hätte ihn verraten. Nachts durchstreifte er die Straßen und Wege, die ihm von Mal zu Mal vertrauter wurden. Heimlich stieg er in die Keller bewohnter Häuser, um aus den Absperrventilen der Zuleitungen Wasser zu trinken und seine Flasche, die er glücklicherweise schon anfangs gefunden hatte, zu füllen, denn in der Ruine, in der er jetzt hauste, hatte man nicht nur das Wasser abgestellt, sondern auch die bleihaltigen Zuleitungsrohre grob herausgerissen. Ein großartiges Ereignis war für ihn der Fund eines großen Gurkenglases, das man in einem der Keller zurückgelassen hatte, da unter dem Deckel dicker bläulichweißer Schimmel waberte. Er hatte es geöffnet, den Schimmel mit einem Holzlöffel abgeschöpft und es mit eiserner Disziplin geschafft, jeden Tag nur eine der matschigen Gurken zu essen. Der Rest seiner Tagesration waren Kartoffelschalen aus Mülltonnen, Kanten schimmeligen Brotes, winzige Reste ranzig gewordener Margarine und hin und wieder angefaulte Kohlstrünke. Ganz selten fand er in der Nähe des Fischereihafens einen kleinen Fisch, der beim Umladen aus einer der nun wieder angelieferten Fangkisten auf die Straße geglitten war. Er konkurrierte darum mit den zahlreichen halbwilden Katzen, die im Hafengebiet streunten.

Im Verlauf seiner Erkundigungen stieß er auf eine Hafenarbeiterunterkunft, in der die Stauer und andere im Hafen Beschäftigte sich aufwärmten und ihre restlichen Essensrationen verwahrten, um sie in den kurzen Pausen, die man ihnen gewährte, hastig hinunterzuschlingen.

Jakob beobachtete aus sicherer Entfernung zwei Nächte hindurch die Abläufe, versuchte mit Hilfe seiner Uhr, deren Zifferblatt nicht beleuchtet war, die Zeiteinteilung der Arbeitsnächte auszumachen. In der dritten Nacht traute er sich an die Eingangstür heran, die jedoch verschlossen war. In der darauf folgenden Nacht öffnete er ohne Mühe mit einem selbst gefertigten Metalldietrich das einfache Kastenschloss. Ohne das Licht anzumachen tastete er sich durch den Raum. Das Mondlicht leitete ihn zu den Spinden der Stauer und Hafenarbeiter. Und hier fand er Brot, Reste von groben Würsten,

Zwiebeln und Gurken. Er nahm von allem etwas und verließ die Baracke, freilich ohne den Raum wieder abschließen zu können. Aus diesem Grund mied er den Ort während der nächsten Tage.

Drei Nächte später trieb ihn der Hunger erneut hierher. Er ließ sich nicht von der Gier übermannen, blieb vorsichtig, bewegte sich ohne Hast und beobachtete den flachen Bau etliche Minuten, ehe er sich vorsichtig der Tür näherte, die er erneut abgeschlossen vorfand. Mit seinem in der Schmuck- und Uhrmacherwerkstatt erworbenen Geschick öffnete er trotz der Dunkelheit schnell und mühelos das Schloss. Nach dem Betreten des kargen Raumes tastete er sich zum Tisch, halbierte ein in eine Papiertüte eingewickeltes Brot, tastete sich an Regalen entlang zu den Spinden, in denen er die Essensrationen entdeckt hatte. Er fand ein weiteres Stück Brot und eine Metallbüchse. Beides nahm er an sich und verschwand so unauffällig, wie er gekommen war. Er ließ über eine Woche verstreichen, bis er sich ein weiteres Mal diesem für ihn so magisch gewordenen Ort näherte. Mehr als die Hälfte des Tages verbrachte er unter seinen Lumpen. Hin und wieder machte er jetzt nachts ein Feuer. Da ihm ein Ofen fehlte, erweiterte er ein Loch im Kamin, verklemmte geschickt ein passend zurechtgebogenes Blech und schichtete darauf Kleinholz auf, das er in dem verfallenen Gebäude zusammentrug. Der Raum, in dem er sich zu diesem Zweck aufhielt, hatte lediglich ein Fenster zum Hinterhof, das er mit Brettern, Papierresten und zerschlissenen Vorhängen vollständig verdunkelte. Um sicherzugehen, dass kein Feuerschein nach draußen drang, schlich er sich in den rückwärtigen Hof und inspizierte lange das Fenster, während drinnen ein kleines Feuer im Kaminloch brannte. Alles blieb dunkel, was ihn beruhigte. Den Tag verbrachte er hauptsächlich auf seiner Bettstatt. Nur einmal verließ er bei Tageslicht die Ruine, um sich im Keller eines benachbarten Hauses Wasser zu besorgen. Dabei begegnete ihm auf der Kellertreppe ein alter Mann, der ihn sofort in unfreundlichem Ton auf Lettisch ansprach. Ohne ihn zu verstehen, nickte er freundlich, drängte sich rasch an ihm vorbei, winkte ihm zu und verließ das Haus.

Tagsüber getraute er sich nicht zu heizen, da es gefährlich gewesen wäre, wenn man Rauch aus dem Schornstein eines verfallenen Hauses hätte aufsteigen sehen. Obwohl er oftmals bitter fror, hatte er doch großes Glück, dass die grimmige Kälte der zurückliegenden Monate gebrochen war. Dennoch war ihm hin und wieder so kalt, dass er von warmen Stuben, heißen Suppen und lodernden Feuern in offenen Kaminen träumte. Aber es bestand zumindest nicht mehr die Gefahr, dass er in seinem Kellerloch erfror.

Nach einigen Tagen gingen seine Vorräte zur Neige. Der Hunger plagte ihn erneut. Am Morgen hatte er die letzte matschige Gurke verspeist. Die Reste des geraubten Vorrats hatte er bereits am Vorabend aufgebraucht, obwohl er die Büchse, in der sich eine Art Sülze befand, und die beiden Kanten Brot in winzige Tagesrationen eingeteilt hatte.

In der Nacht schlich er wieder in den Hafen. Er bewegte sich langsam und beobachtete lange jeden Straßenabschnitt, ehe er in die nächste Nische huschte, die ihm ein leidliches Maß an Sicherheit bot. Wieder fand er die Aufenthaltsbaracke verschlossen vor und erneut gelang es ihm, einzudringen und etwas Essbares zu ertasten. Er wollte eben wieder den Raum verlassen, als das Licht einer Handlampe aufflammte. Er hatte niemanden kommen hören. Die barsche Stimme eines Mannes war zu hören, die ihn auf Lettisch anfuhr. Gegen das grelle Licht konnte Jakob kein Gesicht erkennen. Der Mann näherte sich ihm und packte ihn mit einem kraftvollen Griff am Kragen seiner zerschlissenen Jacke. Es folgten ein paar russische Brocken, aber als dies ebenfalls zu keiner Antwort führte, verfiel der Mann in ein englisches Kauderwelsch, das wohl in allen Häfen der Welt unter Beimengung von Einsprengseln der jeweiligen Landessprache der Verständigung dient. Jakob, der zwar einige Jahre Latein und Griechisch, aber nur ein Jahr Englisch auf dem Haller Knabengymnasium gelernt hatte, kratzte seine wenigen Kenntnisse zusammen. »German«, presste er hervor. »I'm a German.«

»Vâcu?«, fragte der Mann erstaunt und verächtlich zugleich.

»Jewish. I'm a Jewish German.«

»Jewish?«

»Hebrew, hebräisch.«

»Ebrejs?«, fragte der Mann auf Lettisch. Dann murmelte er leise etwas in seiner Sprache und löste die Hand vom Kragen des Jungen. Mit einem Stoß deutete er an, dass er den Aufenthaltsraum verlassen sollte. Er schloss die Tür ab und trieb Jakob auf die dunkle Schlucht einer Straße zu, die am Ende des Hafenvorplatzes ihren Ausgang nahm.

Jannis Lipke wollte ganz sicher sein, dass der Junge wirklich Jude war. Damit nicht die Gefahr bestand, dass der Kerl plötzlich davonrannte, hatte er ihm mehrmals versichert: »I will help you«, aber sein Schützling hatte keine Reaktion gezeigt.

Jakob konnte nicht wissen, wer dieser Mann war, und somit wusste er auch nicht, dass der Werftarbeiter Jannis Lipke schon mehr als einem Dutzend Juden das Leben gerettet hatte und er auch nicht der letzte sein würde, dem er half. Viele Jahrzehnte später würde in Riga eine Gedenktafel an ihn erinnern und in Yad Vashem pflanzte man für ihn als einem »Gerechten unter den Völkern« einen Baum.

Sie hatten mittlerweile ein System entwickelt, wie sie geflüchteten Juden und Kommunisten halfen. Jakob wurde von Lipke in einen Keller gebracht, den sie »Atslêga« nannten, was »Schleuse« bedeutete. Hier gab man den Flüchtlingen Kleidung und Essen und sicherte sich so gut wie nur möglich dagegen ab, dass sich ein Spitzel oder Verräter einschlich. Männer, die vorgaben, Juden zu sein, mussten das Ritual einer Schwanzkontrolle über sich ergehen lassen. Wer behauptete, Kommunist zu sein, wurde streng verhört, bei Letten wurde punktgenau abgefragt, wann sie sich in der Vergangenheit an welchem Ort bei welcher Grundeinheit befunden hatten. Drei

Tage und drei Nächte verbrachte Jakob in dem fensterlosen Raum, den er mit einer Kerze erhellen durfte. Meist ruhte er auf einer durchgelegenen Matratze. Seine Notdurft verrichtete er in einen Holzkübel, den er mit einem Brett abdeckte, was nicht verhindern konnte, dass sich ein übler Gestank in dem Verlies ausbreitete. Er wunderte sich darüber, dass sie seine zerschlissenen Kleider nicht durchsucht hatten. So war er noch immer im Besitz der beiden Leinensäckchen mit dem Schmuck.

In der dritten Nacht wurde er von einem Mann geweckt, den er bislang noch nicht gesehen hatte. Draußen stand ein zweiter Wache, der ihm ebenfalls fremd war. Dass Lipke nicht gekommen war, irritierte ihn. Jakob konnte nicht wissen, dass er diesen mutigen Helfer niemals wiedersehen würde. Das Funktionieren ihres Hilfssystems beruhte darauf, dass ab der »Schleuse« die Zuständigkeit wechselte. Derjenige, der Flüchtlinge in den Keller geführt hatte, wusste zu keinem Zeitpunkt, wohin man sie von dort aus brachte und wer dies tat.

So lautlos wie möglich schlichen die drei durch die vollkommen verdunkelten Straßenzüge. Noch immer bestand nachts Ausgangssperre. Falls sie in die Hände von lettischen oder deutschen Streifen gerieten, konnten sie erschossen werden. Vor allem die Angehörigen der lettischen Freiwilligenverbände schossen sofort, getragen von einer Mischung aus Fanatismus, Angst und Unterwürfigkeit.

Derjenige, der schweigend am Eingang gewacht hatte, ging etliche Meter vor Jakob und dem zweiten Mann, beobachtete Kreuzungen, Einmündungen und Straßenschluchten. Dann ging er bis zum nächsten, vermeintlich sicheren Ort. Wenn innerhalb der nächsten halben Minute nicht das vereinbarte Signal ertönte, schlossen sie zu ihm auf. Sein zweiter unbekannter Begleiter, der stets bei ihm blieb, erschien ihm als ein Zwitterwesen. Halb war er sein Beschützer, halb war er sein Bewacher.

Mit dieser Art der Fortbewegung dauerte es lange, bis sie die Wohnung von Karlis und Antonija Latvietis erreichten.

Während die Frau dem Deutschen wortlos eine dünne Suppe und ein Stück Brot reichte und ihm unaufgefordert auch einen heißen Tee einschenkte, unterhielten sich die drei Männer auf Lettisch. Jakob verstand nur winzige Bruchstücke, die den Schluss zuließen, dass sie nichts besprachen, was für ihn gefährlich werden konnte. Ihre Stimmen blieben leise und ihr Gespräch hatte den Charakter des Beiläufigen.

Nachdem er gegessen hatte, brachten sie ihn in das als Sanitärhandel getarnte Geheimversteck, das offensichtlich schon von etlichen Menschen vor ihm benutzt worden war. Wie lange er sich darin aufhalten musste, konnte er später nicht mehr sagen. Eine merkwürdige Ruhe erfasste ihn, vielleicht auch als Folge von Hunger und Erschöpfung. Seltener als zuvor dachte er an seine Angehörigen, was ihn später mit der Frage konfrontierte, ob er begonnen hatte, die Möglichkeit zu akzeptieren, dass sie tot waren. Meist wurde ihm sein Essen gebracht, nur zweimal wurde er aufgefordert, in die Wohnküche zu kommen, wo er sich waschen und seine Mahlzeiten einnehmen durfte. Er hatte keine Vorstellung davon, was passieren würde, aber die Menschen schienen ihm wirklich helfen zu wollen, wobei er sich oftmals fragte, was der Grund dafür war.

Eines Nachts wurde er geweckt. Zu seiner Überraschung brachte man ihn wieder in die Wohnung von Antonija und Karlis. Als er die Küche betrat, flackerte im Herd ein munteres Feuer. Eine Frau stand mit abgewandtem Gesicht davor und hielt die Hände über die glühend heißen Eisenplatten. Sie schien eben erst angekommen zu sein, denn sie trug noch einen groben Mantel und auffallend klobige Stiefel. Trotz der unförmigen Umhüllung erahnte Jakob ihre schlanke, fast zarte Figur. Sie schien noch sehr jung zu sein. Als sie sich bedächtig umdrehte, sahen ihn zwei ruhige, dunkle Augen an, von denen er seinen Blick kaum lösen konnte. Er zwang sich dazu, auf den Herd zu schauen, durch dessen Ritzen die flackernden Flammen Lichtflecken auf die Wand und an die Decke warfen.

Ohne sich vorzustellen oder ihn zu begrüßen, fragte sie auf Deutsch: »Du bist Jude? Sag mir, wo du herkommst und wann du nach Riga gekommen bist.«

»Wieso fragst du? Bist du Deutsche?«

»Ich stelle die Fragen. Also?«

Stockend begann er zu erzählen. Er schilderte das Sammellager auf dem Stuttgarter Killesberg, die viertägige Fahrt, auf der schon so viele von ihnen gestorben waren und andere den Verstand verloren hatten.

Ausgiebig fragte sie nach, als er die Flucht aus dem kleinen Ghetto beschrieb. Einen winzigen Augenblick lang war er geneigt, ihr die beiden Leinenbeutel mit dem eingenähten Schmuck zu zeigen, unterließ es jedoch, weil er befürchtete, dass man ihm diesen sofort abnehmen würde. Nachdem er geendet hatte, sprach sie in ihrer für ihn unverständlichen Sprache mit dem Ehepaar. Vermutlich gab sie seine Schilderungen wieder. Er konnte sie dabei von der Seite ansehen. Sie musste in seinem Alter sein, hatte ein schmales, hübsches Gesicht, das von diesen großen, dunklen Augen dominiert wurde. Ihr kurzes, struppiges Haar gab ihr etwas Jungenhaftes.

»Was kannst du?«, fragte die junge Frau ihn auf Deutsch. »Was hast du gelernt?«

»Ich bin Uhrmacher«, log Jakob. Er wusste inzwischen, dass sich niemand für einen Mann interessieren würde, der über nichts anderes als sein Schulwissen verfügte. »Und ich bin Boxer«, sagte er noch in Erinnerung an die gemeinsamen Trainingsabende in der »Fichte«-Turnhalle, damals mit Alfi und den anderen.

»So, so, ein Boxer bist du«, sagte die Fremde und musterte ihn von oben bis unten. Er hatte den Eindruck, als blieben dieses Mal ihre Augen einen Moment zu lang an seinen haften, einen winzigen Augenblick nur, aber das erfüllte ihn mit Wärme.

»Ich kann dich von hier wegbringen«, sagte sie. »Wir sind eine Partisaneneinheit, die in der Mehrzahl aus lettischen Juden und einer zunehmenden Zahl deutscher und österreichischer Flüchtlinge besteht.«

»Viele Deutsche?«, fragte er.

Sie zögerte und antwortete dann: »Einige.«

Jakob, der weder über einen Plan noch über eine Idee darüber verfügte, wie sein Leben weitergehen könnte, überlegte nur kurz. Was war denn die Alternative zu diesem Vorschlag? Eigentlich konnte er nur hier in der Stadt bleiben, was gefährlich genug war. Oder er begab sich alleine auf die Flucht in die Wälder. Aber wohin sollte diese ihn führen? »Ich komme mit«, sagte er. »Ich verstehe was von Feinwerktechnik. Schon mein Vater war im ersten Krieg ein hervorragender Bombenbauer.«

»Du solltest es dir gut überlegen«, sagte die junge Frau und sah ihn dabei ernst und eindringlich an. »Wenn du erst einmal bei uns bist, kannst du nicht mehr so ohne weiteres weg. Die Regel ist wie beim Militär. Wer sich unerlaubt entfernt, wird erschossen, denn er gefährdet die gesamte Gruppe.«

»Ich komme mit«, sagte Jakob nochmals, dieses Mal mit noch größerer Bestimmtheit.

Die junge Frau nickte Karlis Latvietis zu, der unmerklich den Blick senkte.

Jakob Winter begann sich dafür zu verachten, dass er nicht von den gelegentlichen Begegnungen mit Gerti Schneeweiß lassen konnte. Es war wie ein schleichendes Gift, das in sein Leben drang. Er trank nun regelmäßig und registrierte in einer Mischung aus Erstaunen, Erleichterung und Sorge, dass er mehr vertragen konnte als früher.

Einige Monate lang war er an mehreren Abenden in der Woche mit Jan Dalberg herumgezogen. In den Wirtshäusern, in denen ein Schachbrett vorhanden war, spielten sie zähe Partien und tranken dazu Bier und Schnaps. Gesprochen wurde wenig. Manches Spiel musste unvollendet abgebrochen werden, da der Wirt oder eine übermüdete Bedienung schließen wollten.

Walter Schmidt, der Betriebsratsvorsitzende der MUNTEX, wie man neuerdings die Munzlinger Textilmaschinenfabrik auch offiziell nannte, hatte ihn schon zweimal morgens angesprochen. »Jakob, so geht das nicht. Wenn du so weitersäufst, verlierst du irgendwann mal deine Arbeit. Möglicherweise sogar recht bald. Denk doch an Leonore und die Kinder.«

An Leonore dachte er in letzter Zeit recht oft, allerdings eher in der verzweifelten Einsicht, dass seine Ehe mit ihr wohl nicht zu retten war. Seit Helene geboren war, legte seine Frau solch eine überbordende Mütterlichkeit an den Tag, dass für ihn kein Raum mehr blieb. In dem halben Jahr, in dem sie stillte, schliefen sie kaum miteinander. Und obwohl er sich wegen seiner Schwäche zu hassen begann, schlich er immer wieder zu Gerti Schneeweiß. Die Chefsekretärin des Firmeninhabers war im Grunde genommen die ideale Geliebte. Die Berlinerin hatte schon am alten Standort für die Firma gearbeitet, als sie noch »Niederschlesische Textilmaschinenfabrik« hieß. Ehe- und kinderlos geblieben, war es ihr ein Leichtes, in Munzlingen einen Neuanfang zu wagen. Das Verhältnis zu dem verheirateten Mann entsprach ihren aktuellen Bedürfnissen. Ihr Wunsch nach gelegentlichem Sex wurde so ohne die Verpflichtung zu weiteren Verbindlichkeiten und Rücksichtnahmen erfüllt. Wer die beiden im Betrieb miteinander sah, wäre niemals auf die Idee gekommen, dass sie ein Verhältnis hatten. Ein günstiger Umstand war auch, dass außer ihr nur die fast taube Vermieterin in dem winzigen Haus in der Lindengasse wohnte. Auf der anderen Seite der abschüssigen Gasse lag nichts als der riesige Garten eines alten Arztes, weshalb Jakobs heimliche nächtliche Besuche von niemandem bemerkt wurden. Hinzu kam seiner Ansicht nach als Ironie des Schicksals, dass seine in Todesgefahr erlangte Perfektion, unentdeckt zu bleiben, sich auch lange nach dem Krieg in dieser Situation als hilfreich erwies. Auf dem Weg nach Hause nahm er meist einen Schluck aus dem Flachmann. Wenn er nach Alkohol roch, sagte Leonore meist nur: »Du hast wieder getrunken« und drehte sich von ihm weg.

Einmal nahm ihn Walter Schmidt auf eine Gewerkschaftskonferenz der KPD mit nach Stuttgart. Die Partei war im Niedergang. 1953 hatte sie den Wiedereinzug in den Bundestag verfehlt. Jetzt, in der Hochphase des Kalten Krieges, mehrten sich die Hinweise auf ein Parteiverbot. Die Gewerkschaftsfunktionäre mit KPD-Parteibuch standen am meisten unter Druck. Der große Willi Bleicher war von der IG Metall aufgefordert worden, entweder aus der KPD auszutreten oder den Landesvorsitz der Gewerkschaft niederzulegen. Auch Walter Schmidt war sich unschlüssig. Noch stand die Belegschaft, für die er viel erreicht hatte, hinter ihm. Aber SPD-nahe Gewerkschaftskreise machten gegen ihn mobil. Auf dem Weg nach Stuttgart erfuhren sie, dass der Gewerkschaftsbund, wohl auf Druck der Stuttgarter Sozialdemokraten, die Durchführung der Veranstaltung im Gewerkschaftshaus kurzfristig untersagt hatte. In großer Eile war eine Sporthalle in Untertürkheim angemietet worden. Sie verließen in Bad Cannstatt den Eilzug und nahmen die Straßenbahn. Vorkriegswagen holperten über provisorisch hergerichtete Gleise. Das Neckartal hinunter waren die Schäden des Krieges noch deutlich sichtbar. Wie faule Zahnstummel ragten Ruinen empor, während auf anderen Grundstücken emsig gebaut wurde. Ganz Stuttgart war eine einzige große Baustelle. Das stark beschädigte Neue Schloss löste Bedrückung aus.

Der Stuttgarter Stadtrat Willi Bohn eröffnete die Versammlung, er tue dies in Vertretung des Landtagsabgeordneten Wilhelm Bechtle, der als führender Kopf im Hauptausschuss zur Volksbefragung gegen die Wiederbewaffnung der Bundesrepublik Deutschland zu einer Gefängnisstrafe – wegen »Hochverrates und Staatsgefährdung« – verurteilt worden war. Die Veranstaltung schloss mit der Verabschiedung einer Resolution, in der die Aufhebung dieses Schandurteils gefordert und an den Gewerkschaftsbund appelliert wurde, seine Kampagne gegen kommunistische Gewerkschaftsfunktionäre einzustellen.

Obwohl Jakob Winter den Umgang der Justiz mit den Aktivisten der Volksbefragung als skandalös empfand – nicht wenige von ihnen hatten bereits während des Faschismus in Gefängnissen und Lagern gesessen –, konnte er sich nicht dazu durchringen, sich politisch zu betätigen. Auch Leonore hatte ihr Engagement, das schon seit längerem rückläufig gewesen war, vollkommen eingestellt. Sie entwickelte in dieser Phase exzessiv ausgelebter Mütterlichkeit Kontakte zu Frauen, die sich im Wirtschaftswunderland vollständig der Rolle als Hausfrau und Mutter hingaben.

Trotz der leidlich guten Kontakte zu seinen Arbeitskollegen begann Jakob zusehends zu vereinsamen. Nur noch sporadisch besuchte er in Munzlingen oder in Backnang politische und kulturelle Veranstaltungen. Und seit ihm Jan Dalberg eines Nachts im Suff anvertraut hatte, dass er nie mehr in die jetzige Sozialistische Sowjetrepublik Lettland zurückkehren könne, da er als lettischer Freiwilliger in einer SS-Division gedient habe, hatte er mit ihm gebrochen und war seither auch nicht mehr zu den Spielabenden des Schachclubs gegangen. Spät noch hatten sie im »Hirsch« gesessen. Der kahlköpfige, einbeinige Wirt, der jedem, der es hören wollte oder nicht, erzählte, die Reste seines anderen Beins steckten irgendwo in russischer Erde, werkelte noch in der Küche herum, um mit dem Aufräumen fertig zu sein, ehe er die beiden Saufkumpane mit der Frage »Habt ihr denn kein Zuhause?« wie schon so oft vor die Tür setzen würde.

Jan Dalberg hatte sich mit dem Oberkörper flach über den Wirtshaustisch gebeugt und Jakob aus seinen rot geäderten Augen von unten angesehen. »Jakob, du alter Abkömmling einer Judenbrut, wir wären damals Feinde gewesen, wenn wir uns über den Weg gelaufen wären, weißt du das eigentlich? Jetzt hilft uns beiden nur noch der Schnaps. Der Mensch muss nämlich auch vergessen können, sonst geht er ein.« Er rülpste mehrmals übelriechend und fragte lallend: »Verstehst du das?«

Jakob, der bereits seine Zeche beglichen hatte, war wortlos aufgestanden und auf direktem Weg nach Hause gegangen. Wie immer hatte ihn Leonore mit der Bemerkung »Du stinkst nach Alkohol« empfangen. Vielleicht war die Sache mit Dalberg seine Rettung gewesen. Eine der vielen Rettungen, die es in seinem Leben bereits gegeben hatte. Seine Ome Bertha hatte den unglücklichen oder unguten Ausgang einer Angelegenheit regelmäßig mit der Bemerkung kommentiert: »Vielleicht hat es auch sein Gutes.« In dem Maße, wie er von nun an Dalberg mied, trank er weniger. Der Nachteil hiervon war freilich, dass ihn seine Gefühle unbetäubt quälen konnten, die tief empfundene Heimatlosigkeit, die erkaltende Liebe zu seiner Frau, die mangelnde Zuneigung zu seinen Kindern, die er sich lange nicht eingestehen konnte, und die peinigende Scham, die er empfand, wenn er sich am Wasserstein in Gertis winziger Küche den Geruch nach dem Sex abzuwaschen versuchte.

Es dauerte lange, bis er begriff, dass die Liebe zu Leonore genauso erloschen war, wie es vor einigen Jahren mit der zu Achat geschehen war. War das der Tribut, den die Hölle von ihm für sein bisheriges Überleben forderte, der Preis für das oftmals unvorstellbare Glück, das er in scheinbar ausweglosen Situationen gehabt hatte? Die beiden Liebesbeziehungen hatten sich überkreuzt und sie waren beide nicht von Bestand. Waren sie so fragil, weil ihre Existenz lange Zeit mit einer ständigen Todesdrohung verbunden war?

Das Bild der ernsten, dunklen, leicht schräg stehenden Augen, die ihn das erste Mal in der Wohnung von Karlis Latvietis und Antonija Latviete ausgiebig gemustert hatten, war Jakob neben dem Andenken an seine toten Familienangehörigen am tiefsten in die Erinnerung eingebrannt. Achat Purina hatte ihn damals, im März 1942, in den Wald geführt. Bereits auf dem Weg dorthin konnte er unendlich viel lernen. Auch er hatte sich in den letzten Wochen unsichtbar zu machen versucht. Aber neben der jungen Lettin wirkte er wie ein Tölpel. Sie schien jeden Eingang, jeden Schacht, jeden Vorsprung genauestens zu kennen. In der Dämmerung huschten sie durch die östlichen Vororte von Riga und gelangten mit dem Einbruch der Nacht in den Wald. Sie gingen noch gut eine Stunde, dann gab sie ihm ein Zeichen stehenzubleiben. Ihr Blick tastete das vor ihnen liegende Gelände ab, soweit es die im Wald verstreut liegenden Schneereste, die ein wenig ihre Umgebung erhellten, zuließen.

Dann drückte sie kurz seinen Arm. »Bleib hier«, flüsterte sie und verschwand im Dunkel. Er fror. Nach einer Viertelstunde kehrte sie zurück und führte ihn zu einem Bach, an dessen Uferbewuchs noch Eisreste hingen. Trotz der nächtlichen Minusgrade streifte sie ihre Fellstiefel ab.

»Zieh deine Schuhe aus«, sagte sie, was er verständnislos befolgte. Erst als sie am anderen Ufer in einem Gestrüpp verschwanden, verstand er den Sinn dieser Prozedur. Um möglichst keine Spuren zu hinterlassen, hatte man den Zugang zu einem Erdversteck so angelegt, dass man hundert Meter durch das eiskalte Wasser waten musste, um den Eingang des Erdbunkers zu erreichen, der hinter einem ganzjährig dichten Gebüsch verborgen war.

Sie reichte ihm einen Lappen. Mit einem anderen trocknete und massierte sie ihre Füße. Dann entnahm sie einer Holzkiste zwei grobe Decken und reichte ihm wortlos eine davon. In dem nasskalten, völlig dunklen Loch erriet er an den Geräuschen, dass sie sich in die Decke hüllte und dann auf dem Boden einrollte. Er tat es ihr gleich. Obwohl er fürchterlich fror, traute er sich nicht, seinen Bauch an ihren gekrümmten Rücken zu schmiegen.

Als sie ihn mit einem leichten Stoß weckte, war es noch vollkommen dunkel. Er fühlte sich, als sei er soeben erst eingeschlafen. Etwa hundert Meter entfernt betraten sie wieder das andere Ufer. Sie reichte ihm erneut einen Lappen. »Eines musst du dir merken«, sagte sie. »Wenn du in dieser Kälte heil davonkommen willst, musst du auf deine Füße achten. Du musst sie trocken halten, pflegen, massieren und eincremen – und wenn du dazu Rindertalg oder Wagenschmiere nehmen musst.« Sie gab ihm aus ihrem Umhängebeutel ein gerade mal daumengroßes Stück Brot. »Vorsicht, das ist steinhart. Iss es langsam und vorsichtig. Wenn es hell ist, zeige ich dir Moose, die man essen kann. Nimm etwas zu den Brotstückchen. Mehr gibt es bis heute Abend nicht.«

Erst kurz vor Einbruch der Dunkelheit erreichten sie das Lager. Für das letzte, eigentlich nicht sehr lange Stück Weges hatten sie zwei Stunden gebraucht. Sie waren mehrere Umwege gegangen. Immer wieder blieb Achat stehen und gab ihm mit Zeichen zu verstehen, zu schweigen. Sie lauschte in die Stille hinein und beobachtete das Gelände durch ein winziges Fernglas, das Bukks für sie organisiert hatte. Erst als sie den Eindruck gewonnen hatte, dass alles wie immer war, gingen sie das letzte Stück zügiger.

Ein mit einem Gewehr bewaffneter Mann trat hinter einer Baumgruppe hervor und sprach das Mädchen auf Lettisch an. Sie antwortete mit einem einzigen Wort. Offensichtlich hatte sie ihm den vereinbarten Code genannt. Der Posten blieb hinter ihnen zurück. Vor Jakob öffnete sich ein Lager, in dem ein emsiger, gleichwohl fast lautloser Betrieb herrschte. In der Mitte hatte ein altes Weib offensichtlich das Kommando über mehrere Feuerstellen, denn sie wies mehrere Frauen an, die Flammen ohne stärkere Rauchentwicklung zu löschen, wohl damit man sie bei Nacht nicht aus der Ferne sehen konnte.

Als Achat Purina mit Jakob im Gefolge auf die Alte zutrat, wurde sie von dieser herzlich begrüßt. Wortlos schöpfte sie zwei Portionen eines grauen Breis auf zwei Blechteller, reichte einen der jungen Frau. Den anderen gab sie Jakob, der gierig die fade, lauwarm gewordene Masse in sich hineinlöffelte. Vom Geschmack her handelte es sich um eine Art Bohnenmus. Der offensichtlich daruntergemischte, langsam erkaltende Rindertalg machte den Brei zäh und unappetitlich.

Nach und nach sammelten sich einige Lagerbewohner um die erloschenen Feuerstellen. Mit Interesse betrachteten sie den Neuankömmling und richteten Fragen an Achat Purina, die diese knapp beantwortete, während sie mit großer Ernsthaftigkeit ihren Teller leerte. Als sie damit fertig war, sagte sie zu Jakob: »Jetzt folgt die Inquisition. Unsere Lagerleitung will dich sprechen.«

In einem geräumigen Erdbunker, in dem ein kleines Feuer und mehrere Petroleumlampen für genügend Helligkeit sorgten, wurde Jakob Winter über zwei Stunden hinweg einem strengen Verhör unterzogen. Die drei Männer, die abwechselnd ihre Fragen stellten, waren Janis Caunis, der Chef der mittlerweile auf über 200 Köpfe angewachsenen jüdisch-lettischen Partisaneneinheit, der Kommunist und Sprengstoffexperte Valdis Bukks und Andris Feigel, der an der Aufgabe, immer mehr Lebensmittel besorgen zu müssen, schier verzweifelte.

Obwohl das Feuer nur mäßig wärmte, stand Jakob schon nach kurzer Zeit der Schweiß auf der Stirn. Sie verhörten ihn peinlich genau. Im Vergleich zu Gestapomethoden oder denen des russischen Geheimdienstes fehlte allerdings die Anwendung von Gewalt. Dass er Jude war, glaubten sie ihm. Aber von seiner Flucht aus dem kleinen Lager und über die Wochen danach wollten sie jedes Detail wissen. Zu groß schien die Gefahr zu sein, dass sich ihnen ein Spitzel anschloss, der sie gegen Geld oder Sachwerte an die Deutschen oder deren lettische Kollaborateure verriet. Erst vor wenigen Wochen war eine Gruppe jüdischer Partisanen von Angehörigen einer nationalistischen Partisaneneinheit erschossen worden. Ähnliche Vorkommnisse hatten sich bereits in Polen und der Ukraine ereignet. Man konnte niemandem trauen.

Achat Purina übersetzte die Fragen, die gestellt wurden, und die Antworten, die Jakob darauf gab.

»Warum reiten sie immer wieder auf den Umständen meiner Flucht aus dem Lager herum?«, fragte er sie nach einer Weile ungeduldig.

»Der Untergrund hat einen Fluchtversuch für den von dir genannten Zeitpunkt bestätigt«, sagte die junge Frau.

»Na also. Warum dann das Ganze?«

»Nach den Erkenntnissen, die unseren Leuten vorliegen, konnte dabei niemand lebend entkommen.«

Schließlich zog Jakob die beiden Leinensäckchen mit dem Schmuck aus der Tasche, öffnete sie und schüttete die Schmuckstücke auf die leicht gewölbte Sitzfläche eines freien Stuhls. Während er zu Achat Purina hinübersah, fragte er: »Würde ein Spitzel solche Wertsachen mit sich herumschleppen?«

Auf ihre Übersetzung antwortete derjenige, der hier offensichtlich der Anführer war.

»Was hat er gesagt?«, fragte Jakob.

»Es könnte sich um eine neue Variante handeln, uns in die Irre zu führen.«

»Glaubst du mir wenigstens?«

»Was ich glaube, spielt keine Rolle.«

Nach über zwei Stunden ließen sie von ihm ab. Darüber, zu welchem Schluss sie gekommen waren, blieb er weiter im Unklaren.

Am anderen Morgen wurde er von einem jungen Mann geweckt, der akzentfrei deutsch sprach.

»Du bist Deutscher«, sagte Jakob sofort.

»Ich heiße seit einigen Monaten Lauris Samitis. Sag Lauris zu mir. Aber du hast Recht, ich bin auch ein Überlebender.«

Der schon Anfang Dezember zu der Gruppe gestoßene schwäbische Jude David Bernfeld hatte sich als äußerst gelehrig erwiesen und sich insbesondere von Achat Purina die Fähigkeit angeeignet, sich unauffällig zu bewegen. Auf Betreiben von Janis Caunis erhielt er einen lettischen Pass, der auf den Namen Lauris Samitis ausgestellt war. Alle im Lager wurden dazu angehalten, den Jungen nur noch Lauris zu nennen. Das Problem seiner mangelnden Sprachkenntnis wurde mittels eines auf das Jahr 1938 datierten Schreibens kaschiert, in dem der Leiter eines Heims und ein Arzt bescheinigten, dass Lauris Samitis taubstumm sei. Das schon stark abgegriffene Papier war mit echten Stempeln eines Hals-Nasen-Ohren-Arztes und eines nach dem Einmarsch der Roten Armee im Jahre 1940 geschlossenen Heims versehen.

David Bernfeld alias Lauris Samitis hatte sich trotz seines jugendlichen Alters zu einem fanatischen Kämpfer entwickelt, der schnell die Lehre verinnerlicht hatte, die Valdis Bukks ihm eindringlich vermittelt hatte: »Mut und Leidenschaft sind gut, aber deine Rachegelüste dürfen nicht die Oberhand über deinen Verstand gewinnen. Nur wenn man kalten Blutes nüchterne Entscheidungen treffen kann, hat man überhaupt eine Chance, zu überleben. Der größte Triumph, den wir Todgeweihten überhaupt erzielen können, ist das Überleben. Das musst du dir stets vor Augen halten.«

Offensichtlich hatte man entschieden, Jakob aufzunehmen, denn David Bernfeld bekam den Auftrag, ihn in der Herstellung von Sprengsätzen zu schulen.

»Wenn er wirklich Goldschmied und Uhrmacher ist«, hatte Janis Caunis gesagt, »dann hat er dafür die richtigen Fingerchen.«

Nach einigen Tagen fragte Jakob Achat Purina, weshalb die Lagerleitung ihm zuletzt doch geglaubt hatte.

»Letztendlich entscheidet das Janis mehr oder weniger aus dem Bauch heraus.«

»Und wenn man mir nicht geglaubt hätte?«

Achat Purina zögerte kurz, ehe sie sagte: »Dann hätte man dich getötet.«

»Und du hättest nichts dagegen unternommen?« Er schluckte bestürzt.

Sie sah ihn an. Ihre Augen verformten sich zu zwei schmalen, leicht gebogenen Schlitzen. »Warum hätte ich etwas dagegen tun sollen?«

An einem kalten Februarmorgen des Jahres 1956 traf Jakob vor Schichtbeginn auf eine Gruppe Arbeiter, die vor dem Schwarzen Brett des MUNTEX-Betriebsrats heftig diskutierte. »Was gibt's denn?«, fragte er hinter dem Rücken dessen, der dabei das Wort führte.

Ein anderer, der seine Frage gehört hatte, drehte sich zu ihm um und sagte: »Hier hängt eine Erklärung von Walter Schmidt. Er ist aus der KPD ausgetreten. Damit sind die auch hier in Munzlingen am Ende.«

Obwohl Jakob nur gelegentlich Veranstaltungen der Kommunisten besucht und eher verhalten das Volksbegehren gegen die Wiederbewaffnung unterstützt hatte, erschreckte ihn diese Nachricht. Die alten Mächte bekamen wieder Oberwasser in der Bundesrepublik. Im weiter eskalierenden *»Kalten Krieg«* hatten sie durch geschicktes Lavieren zu wichtigen Partnern der Amerikaner werden können. Diejenigen, die für einen radikalen Bruch mit den alten Kräften und ihre dauerhafte Isolierung gestanden hatten, befanden sich inzwischen in einer aussichtslosen Lage. Ein Verbot der KPD wurde immer wahrscheinlicher. Den wichtigsten Köpfen des Hauptausschusses zur Volksbefragung war längst der Prozess gemacht worden. Sie saßen jetzt entweder im Gefängnis oder lebten in der Illegalität, was einige bereits aus der NS-Zeit kannten. Der große Willi Bleicher war aus der Partei ausgetreten, um seine Funktion als Vorsitzender der Metallarbeitergewerkschaft behalten zu können. Jetzt hielt selbst Walter Schmidt dem Druck nicht mehr stand, ein Mann, den nichts aus dem Gleichgewicht zu bringen schien, der ihn noch vor nicht allzu langer Zeit aufgefordert hatte, in die Partei einzutreten. Leonore hatte sich ja vollkommen aus der aktiven Parteiarbeit zurückgezogen. Ihr Vater ließ wenig von sich hören, seit er nach Stuttgart gezogen war. Wie sollte das hier weitergehen?

Jakob Winter fand nur noch in seiner Arbeit Befriedigung. Seit er mit Jan Dalberg gebrochen hatte, trank er kaum noch, was seine Vorgesetzten aufmerksam registrierten. Man stellte ihm eine Beförderung zum Schichtführer in Aussicht. Seine

Ehe dagegen war und blieb zerrüttet. Leonore und er schliefen nur noch selten miteinander. Immerhin, man arrangierte sich, kaum einmal kam es zu offenem Streit, zumal sie wohlwollend bemerkte, dass er weniger trank.

Seit Dreikönig hatte er die Besuche bei Gerti Schneeweiß eingestellt. Anfang Januar hatten sie nach der Jahresfeier des Turnvereins ein letztes Mal miteinander geschlafen. Danach hatte er sich besonders gründlich am Wasserstein gewaschen. Im Unterschied zu sonst kehrte er nochmals ins Schlafzimmer zurück und sagte in das Dunkel hinein: »Gerti, ich komme nicht mehr. Lass uns Freunde bleiben.« Aus dem nachtschwarzen Raum erfolgte keine Regung. Ihre nachfolgenden Begegnungen im Betrieb waren kühl, aber unspektakulär. Erleichtert nahm er vier Wochen später das Gerücht zur Kenntnis, dass »die Schneeweiß« offensichtlich etwas mit einem neuen Abteilungsleiter habe, der zum Jahresbeginn seine Tätigkeit im Werk aufgenommen hatte.

Kurz nachdem die Faschingszeit zu Ende gegangen war, erreichten ihn innerhalb weniger Tage drei Briefe, die allesamt maßgeblich die Entscheidungen über sein weiteres Leben beeinflussen sollten, obwohl sie sich auf gänzlich unterschiedliche Sachverhalte bezogen.

Sein Anwalt Dr. Beck ließ ihm einen mehrseitigen Schriftsatz zukommen, aus dem hervorging, dass eine Wiedererlangung der deutschen Staatsbürgerschaft nicht möglich sei, solange er seine israelische aufrechterhalten würde. Er rate wegen der geringen Erfolgsaussichten vom Gang vor den Verwaltungsgerichtshof ab, zumal sich hier auch die Kostenfrage stelle.

Diesem eher kurzen Passus folgten längere Ausführungen zum Stand der Rückübereignung der früheren Winter'schen Spiegelwerke an seinen Mandanten Jakob Winter. Die in Auftrag gegebene Einholung entsprechender Auskünfte, für die in Anlage die Kostenrechnung beigefügt sei, lasse komplizierte Rechtsverhältnisse zutage treten. Nachdem die nach heutiger Rechtsauffassung problematische Enteignung im

Jahr 1939 vollzogen worden und eine Eigentumsübertragung an ein Konsortium erfolgt sei, habe man bekanntlich den früheren Prokuristen Bertram Jänke und den Angestellten Gottfried Metzig als Direktoren für die Verwaltung und die Produktion bestellt. Beide seien wiederum mit Anteilen an dem nunmehr arisierten Betrieb beteiligt gewesen. Metzig habe 1942 einen böhmischen Glasbetrieb gekauft und über diesen binnen zweier Jahre die Mehrheit an den Seelbacher Spiegelwerken erworben. Möglich wurde ihm dies über günstige Kredite, die es zu jener Zeit für Investoren im Protektorat gab. Zum Zeitpunkt, als Gottfried Metzig in den Kämpfen um Breslau gefallen sei, habe er in der Summe seiner Anteile am Konsortium und die Ankäufe durch den böhmischen Glasbetrieb rund 85 Prozent der Seelbacher Spiegelwerke besessen.

Nach dem Krieg seien die Erben des böhmischen Werkes in der nun im sowjetischen Machtbereich liegenden Tschechoslowakei entschädigungslos enteignet worden. Unberührt hiervon blieben nach bundesrepublikanischem Recht die Eigentumsanteile der Seelbacher Spiegelwerke. Dies sei 1951 gerichtlich letztinstanzlich festgestellt worden. Einlassungen der Alteigentümer, in diesem Fall der Familie Winter, seien zu diesem Zeitpunkt nicht vorgetragen worden. Ein Jahr später hätten die Erben des zwischenzeitlich verstorbenen Bertram Jänke ihren Anteil von knapp 15 Prozent an einen Schweizer Investor verkauft. Hierzu gehöre allerdings nicht das frühere Wohngebäude der Familie Winter. Dieses habe Metzig 1942 erworben. Seine Witwe bewohne die Villa nach einer grundlegenden Sanierung nun mit ihrem zweiten Mann, der Schweizer Staatsbürger und zudem auch die Person sei, die den Anteil der Familie Jänke erstanden habe. Nach Lage der Dinge gestalte sich eine Rückübereignung des Betriebes und des Wohnhauses äußerst schwierig, sei vielleicht sogar unmöglich.

Der Anwalt schloss seinen Brief mit dem Rat, mit den jetzigen Inhabern einen Vergleich anzustreben. Mehr als eine Entschädigung, die bei der heutigen Sachlage nur maßvoll sein könne, sei kaum durchzusetzen. Er warte auf seine diesbezügliche Entscheidung und Antwort.

»Schlechte Nachrichten?«, fragte Leonore, die Jakob am Küchentisch gegenübersaß und mit sanfter Gewalt den Jungen fütterte, der sich weigerte, seine Kartoffeln aufzuessen.

»Du hast Recht gehabt«, antwortete er.

»Ich habe meistens Recht.« Sie lachte und fragte: »Bei was hatte ich jetzt schon wieder Recht?«

Jakob legte die linke Hand auf den mehrseitigen Brief, den er soeben zu Ende gelesen hatte. »Dr. Beck schreibt mir, dass kaum Aussicht besteht, an mein Eigentum heranzukommen. Er rät mir zu einem schlechten Vergleich.«

»Was wirst du jetzt tun?«, fragte Leonore.

»Ich weiß es noch nicht. Vielleicht wende ich mich an eine jüdische Vereinigung, die Erfahrungen mit solchen Prozessen hat. Alleine kann ich nichts erreichen. Dazu fehlt uns auch das Geld.«

Nur zwei Tage später hielt er einen Brief aus Israel in den Händen. Er war nicht überrascht, hatten doch Achat und er sich regelmäßig geschrieben. Dieses Mal enthielt der Umschlag eine hastig geschriebene Karte und ein kleines Schwarzweißfoto, das eine Hochzeitsgesellschaft zeigte. Das Bild war offensichtlich in einem provisorischen Fest- oder Veranstaltungssaal aufgenommen worden, wahrscheinlich im Kibbuz Negba, in dem Achat nach wie vor lebte und arbeitete. Es musste ein neueres Gebäude sein, denn er kannte es nicht. In wenigen Worten teilte ihm seine erste Frau mit, dass sie und »ihr Claude« nun geheiratet hätten. Sie sei sehr glücklich, zumal sich ihr neuer Partner wie ein leiblicher Vater um die Erziehung der beiden Töchter Dina und Judith kümmere. Sie wünsche ihm, Jakob, alles Gute. Dann kündigte sie an, er werde im Verlauf des Jahres Unterlagen erhalten. Für die Kinder sei es das Beste, wenn Claude sie adoptieren würde. Sie hoffe auf sein Einverständnis und bitte schon jetzt um seine spätere Einwilligung.

Die kühle Logik dieses Schreibens ließ ihn in eine abgrundtiefe Traurigkeit verfallen, wie so manches andere auch, was mit einer unverrückbaren Endgültigkeit in sein Leben getreten war. Natürlich würde er zustimmen. Welches Recht hatte er, Achats Glück im Weg zu stehen? Keines. Er hatte sich um die beiden Mädchen noch weniger gekümmert als um Aron und die kleine Helene, die er nur ganz selten auf den Arm nahm, so als fürchte er geradezu das Entstehen einer innigen Bindung. Mit Aron beschäftigte er sich zwar hin und wieder, aber mit einer auf das Spielen reduzierten Oberflächlichkeit, wie sie viele Vater-Sohn-Beziehungen der ausgehenden Nachkriegszeit kennzeichnete.

Tags darauf brachte er nach Feierabend eine Glückwunschkarte zur Post. Er freue sich über ihr neu gefundenes Glück, schrieb er. Und was die Kinder angehe, so werde er ihren Wünschen und Absichten nicht im Wege stehen.

Der Schalterbeamte, der die Karte entgegennahm und nach Durchsicht eines Dienstbüchleins über das Auslandsporto die entsprechenden Marken aufgeklebt hatte, fragte ihn: »Gell, Sie waren heute noch nicht zu Hause?« Als Jakob verneinte, fuhr er fort: »In Ihrem Postkasten liegt eine Benachrichtigung. Ein Einschreibebrief konnte nicht zugestellt werden. Sie können ihn mitnehmen, wenn Sie mir hier quittieren.« Jakob wunderte sich darüber, dass Leonore nicht zu Hause gewesen war, unterschrieb kommentarlos und erhielt den Brief von dem Beamten mit einer Geste steifer Feierlichkeit ausgehändigt.

Carl hatte ihm dieses Einschreiben geschickt, wohl um sicherzugehen, dass der Brief ankam, der an sich nichts Wertvolles enthielt. Carl Goldman, der früher einmal Karl Goldmann geheißen hatte, schrieb in nüchternen Zeilen über sein Leben in den USA und über die erfolgreiche Ausweitung seines Betriebes. Er sei in das noch junge Feld der Produktion von Maschinen zur Datenverarbeitung eingestiegen. Später würde Jakob Winter bei verschiedenen Gelegenheiten feststellen, dass es sich mit dieser Sachverhaltsschilderung um eine Form schier unglaublichen Understatements handelte. Carl hatte eine geniale Erfindung gemacht, die er später an IBM verkaufte. Das in der Datenverarbeitung immer noch verwendete Lochkartensystem war überholt, weil zu langsam und unpraktisch. Der Sohn seines Taufpaten Max Goldmann entwickelte ein Verfahren, das es möglich machte, Einsen und Nullen unsichtbar auf einem Magnetband zu speichern. Die Informationen einer Lochkarte passten nun auf ein winziges Stück dieses neuen Trägermaterials. Jetzt produzierte und forschte seine Firma in den Vereinigten Staaten bereits an sieben Standorten.

Carl schrieb, das Erreichen dieser für einen Juden symbolträchtigen Zahl an Produktionsstätten sowie der ständig wachsende Bedarf an guten Mitarbeitern habe ihm den letzten Überlebenden des Hauses Winter in Erinnerung gerufen. Kurzum, er biete Jakob an, ihm bei der Einwanderung in die USA behilflich zu sein. Sein in der US-Armee abgeleisteter Dienst und die Anforderung durch »CGI«, die »*Carl Goldman Industries*«, würden dies möglich machen. Er gebe ihm einen Monat Zeit, eine Entscheidung zu treffen. Er könne mit oder ohne Familie kommen, Carl rate ihm aber, zuerst alleine einzureisen, um dann vielleicht nach einem halben Jahr, in dem er sich in den neuen Verhältnissen leidlich einrichten konnte, die restliche Familie nachzuholen.

Eines Sonntags, es war ein warmer Frühsommertag, saßen Leonore und Jakob Winter nach dem Essen und dem gleich anschließend erledigten Geschirrspülen im Wohnzimmer und hörten Radio. Beide Kinder schliefen. In einer nachmittäglichen Jazzsendung wurde das Werk von Django Reinhardt vorgestellt und erläutert. Dessen Schallplatten hatte Jakob erstmals kurz nach Kriegsende in den Clubs gehört, die nun überall als Treffpunkte der amerikanischen Soldaten wie Pilze aus dem Boden schossen. In Schwäbisch Hall wurden sogar zwei Lokale eröffnet, in denen Live-Konzerte stattfanden.

»Komm, wir tanzen«, sagte Jakob und griff nach Leonores Händen. Wie ausgelassene Jugendliche hotteten sie los und ließen sich vom Rhythmus der Musik mitreißen. Ohne darüber ein Wort verlieren zu müssen, erinnerten sich beide bei der Musik von Django Reinhardt an die spektakulären Umstände ihres Wiedersehens im Frühling 1946. Bis auf einen unerlaubten Husarenritt in seinen Heimatort hatte Jakob aufgrund seiner dienstlichen Verpflichtungen zunächst keine Gelegenheit gehabt, Seelbach zu besuchen und Nachforschungen über den Verbleib seiner Familie, von Freunden und Bekannten anzustellen. Auch von Leonore fehlte damals jede Spur. Ihren Vater hatte er bei mehreren Besuchen nicht angetroffen, die Mutter war verstorben; zumindest hatte man ihm das in der Nachbarschaft gesagt.

Die NS-Funktionäre, die den amerikanischen Streitkräften zu dieser Zeit in die Hände fielen, brachte man in ein Sonderlager nach Ludwigsburg. Jakob Winter wurde dort als Dolmetscher eingesetzt. Anders als an der Front führte er die Verhöre nicht selbst. Die Befragungen wurden von Militärstaatsanwälten und eigens ausgebildeten Offizieren vorgenommen.

Ein Jahr zuvor, es war spät in der Nacht des 20. April 1945, raste ein amerikanischer Jeep von Schwäbisch Hall aus über holprige Landstraßen und Feldwege in Richtung Seelbach. Schwäbisch Hall hatten sie vor drei Tagen erreicht.

»Schneller, Kamelle, fahr schneller! Ich will auf dem Seelbacher Marktplatz stehen, bevor es Mitternacht schlägt.«

»Herschel, es geht nicht schneller«, schimpfte der Fahrer. »Außerdem wirst du um Mitternacht kein Glockengeläut hören. Die Krauts haben doch längst ihre Glocken eingeschmolzen.« Lässig schob er einen erkalteten Zigarettenstummel von einem Mundwinkel in den anderen. Er hätte während dieser Höllenfahrt gerne geraucht, aber die Glut einer Zigarette hatte schon manchen Scharfschützen herausgefordert, genau auf den roten Lichtpunkt zu zielen.

Seit sich die beiden vor einem Dreivierteljahr in Marseille kennen gelernt hatten, wurde der Fahrer von seinem Begleiter nur »Kamelle« genannt. In Wirklichkeit hieß er Carmelo Cesari und war der Sohn italienischer Einwanderer. Er hatte eine wilde Kindheit und Jugend hinter sich, die ihn in allerlei prekäre Situationen bei Auseinandersetzungen verschiedener Gangs in Chicago geführt hatte. Cesari war ein tapferer Soldat, dem allerlei Disziplinlosigkeiten in schöner Regelmäßigkeit die jeweils anstehende Beförderung verhagelt hatten. Seit ihrem Zusammentreffen in Marseille, das am 28. August 1944 befreit worden war, fungierte er als Fahrer seines neuen Vorgesetzten, der im Hinterland der Front zu den Verhören der nunmehr zahlreicher werdenden gefangenen deutschen Offiziere herangezogen wurde.

Der Verhörexperte, der manchmal auch einfache Dolmetschertätigkeiten erledigte, war ein deutscher Jude. Zusammen mit einigen anderen hatten ihn die Briten nach Einsätzen in Nordafrika zu den amerikanischen Streitkräften überstellt, da die Amerikaner im Hinblick auf die geplante Landung auf Sizilien dringend deutschsprachige Helfer suchten, um die vorhersehbar riesige Zahl an Vernehmungen von Kriegsgefangenen und überführten Kriegsverbrechern auch nur ansatzweise bewältigen zu können. Nach der Befreiung von Florenz hatte man ihn zu Einheiten der 6. US-Heeresgruppe abkommandiert, die in Marseille nach der erfolgreichen Landung zwischen Cannes und St. Tropez neu formiert wurden und nun zügig nach Norden vorrücken sollten. Er wurde den Spezialisten der Headquarters Company zugewiesen.

Carmelo Cesari, der bislang mit jedem seiner Vorgesetzten respektlos umgegangen war, was ihm regelmäßig Disziplinarverfahren eingebracht hatte, schloss seinen neuen Chef gleich in den ersten Tagen ihrer Zusammenarbeit ins Herz. Obwohl der Mann eher von zierlicher Gestalt war, sprang er ihm mutig bei, als sich der Heißsporn in einer Bar in Marseille gleich mit mehreren Marinesoldaten anlegte, von denen er sich als italienischstämmiger Amerikaner beleidigt fühlte. Betrunken hatte er in die Runde gerufen: »Hört mal zu, ihr Pisser, hier auf dem heiligen Kontinent meiner Vorfahren habt ihr mit mir respektvoll umzugehen.«

Sein neuer Vorgesetzter hatte sich couragiert zwischen die anstürmenden Soldaten und den schon am Boden liegenden Italiener gestürzt. Unter Inkaufnahme einiger Schläge gelang es ihm, seinen schon ziemlich übel zugerichteten Fahrer aus dem Getümmel zu ziehen. Der hatte mehrmals blutigen Schleim auf den Steinboden gerotzt, ehe er besoffen vor sich hinbrabbelte: »Mutig, mutig. Das habe ich dir gar nicht zugetraut. Du hast was gut bei mir.«

Im Verlauf des weiteren Vormarsches war zwischen diesem ungleichen Paar eine enge Freundschaft entstanden, die ihre Kraft aus der Dynamik ihrer völlig unterschiedlichen Herkunft und Erfahrungswelt bezog.

Einige Tage nach dem Vorfall in Marseille plapperte Carmelo Cesari in seiner ungestümen Art drauflos: »Weißt du was? Ich hab bislang nur einen Juden gekannt, vor dem ich Respekt hatte. Wir haben uns mit seiner Bande geprügelt, nachdem wir vorher gemeinsam gegen die Iren marschiert sind. Jetzt war die Frage, wer den Kiez regieren würde. Wir Italiener oder die jüdische Gang. Die hatten den Vorteil, dass sie gute Kontakte zur jüdischen Mafia hatten. Die kontrollierte bei uns den ganzen Alkoholhandel. Nur die cleversten und mutigsten von den jüdischen Boys wurden vom jüdischen Syndikat angeheuert. In den Streetgangs, die waren praktisch ihr *farmteam*, konnten sie zeigen, was sie draufhatten. Und der skrupellose Boss von dieser Gang hieß Herschel Tannenbaum. Seine Eltern waren irgendwoher aus Osteuropa. Sie waren brave, fleißige Leute. Doch er wollte nicht so werden wie sie, obwohl sie ihn – arm, wie sie waren – sogar auf die höhere Schule geschickt haben. Irgendwann ist er nicht mehr zur Schule gegangen. Ein Jahr später war er der Boss der jüdischen Clique. Als es gegen die Iren ging, habe ich mit ihm verhandelt.«

»Du warst also der Chef einer kriminellen italienischen Lotterblase.«

»Was redest du da! Jedenfalls war er ein Drecksack, aber ein mutiger. Sobald die Iren abgeräumt waren, gingen die Juden auf uns los. Einmal hatten ihn sechs meiner Leute eingekesselt. Stell dir mal vor, sechs gegen einen! Er hat zwei davon schwer verletzt und ist abgehauen. Ein total tougher Typ. Ich werde dich in Erinnerung an ihn Herschel nennen.«

»Das ist wenig schmeichelhaft für mich. Ich verbiete dir das.«

»Du kannst mir das nicht verbieten.«

»Dann heißt du ab sofort Kamelle.«

So kam es, dass die beiden sich, allerdings nur unter vier Augen, mit diesen Spitznamen ansprachen.

Der Willys MB rumpelte durch ein Waldstück zwischen Schwäbisch Hall und Seelbach. »Herschel«, jammerte der Fahrer, »das ist der größte Blödsinn, auf den ich mich jemals in meinem Leben eingelassen habe. Und ich hab schon viel Scheiße gebaut.«

»Das glaube ich nicht. Du wirst in deinem verkorksten Leben noch ganz anderen Mist gemacht haben.«

»Wir können hier jeden Augenblick auf eine Verteidigungslinie der Deutschen stoßen. Dann blasen die uns mit ihren blöden Ofenrohren in die Luft. Wieso kannst du nicht warten, bis unsere Jungs die Sache in Hessental abgeschlossen haben?«

»Die haben den Flugplatz doch schon. Und hier ist alles sicher. Die Aufklärung hat doch festgestellt, dass die Deutschen abgezogen sind. Sie nehmen die Front zurück.«

»Der Schwachsinn, den die Aufklärer verzapfen, hat schon vielen guten Jungs das Leben gekostet.«

»Die sind weg.«

»Und wer garantiert uns, dass da nicht noch ein paar fanatische Kids hinter der nächsten Erhebung lauern und uns die Rübe runterballern?«

»Quatsch nicht.«

»Mensch, Herschel, ich könnt mich in den Arsch beißen, dass ich mich auf diesen Blödsinn eingelassen hab. Rasen hier ohne Fahrbefehl durch die Nacht. Wenn uns die Deutschen nicht erledigen, kommen wir vor ein Kriegsgericht.«

»Hör mit dem Gequatsche auf«, sagte der Mann auf dem Beifahrersitz. »Ich muss mich konzentrieren. Demnächst kommt die Abzweigung nach Seelbach. Der Weg wird garantiert nicht verteidigt. Du musst keine Angst haben, dass dir ein paar fanatische Hitlerjungen noch deine dämliche Rübe abschießen.«

Er starrte angestrengt auf den Weg. Durch die schmalen Schlitze der Scheinwerferabdeckungen drang nur schwaches Licht, was es ihm schier unmöglich machte, bekannte Orientierungspunkte zu erkennen. Erschwerend kam hinzu, dass er einige Jahre nicht mehr hier gewesen war. Doch sie fanden die Abzweigung, die sie auf einem unbefestigten Weg aus dem Wald heraus in ein Wiesental führte, das sich nach und nach verbreiterte.

Nach einigen Minuten, in denen die beiden Männer schweigend und voll innerer Anspannung in die Nacht starrten, tauchten vor ihnen die dunklen Umrisse mehrerer Gebäude auf. Nirgends brannte Licht.

»Siehst du, Kamelle, wir Juden haben einfach einen ausgezeichneten Spürsinn. Der Allmächtige hat uns über die ganze Welt verstreut. Wir sind dazu verdammt, an vielen Orten den richtigen Weg zu finden.«

»Herschel, du gehst mir auf die Nerven. Sollen wir hier anhalten?«

»Fahr bis zu dem großen Gebäude da drüben. Ich will sehen, ob jemand da ist.«

Carmelo Cesari lenkte den Jeep auf eine freie Fläche zwischen den Wohn- und den Stallgebäuden. Als er den Motor abstellte und das schwache Scheinwerferlicht erlosch, lag das gesamte Anwesen im Dunkeln. Ein Geräusch von scheuerndem Metall ließ den Italoamerikaner zusammenzucken. Mit katzenhafter Gewandtheit rollte er sich vom Fahrersitz auf den Boden. »Da drüben sind welche!«

Sein Begleiter lachte leise. »Kamelle, ich verspreche dir angesichts unserer jetzt schon so lange währenden Freundschaft, dass ich diese Geschichte niemandem erzählen werde. Da drüben ist ein Stall, in dem offensichtlich noch Kühe stehen. Eine hat mit der Kette gerasselt. Dann wird also jemand zu Hause sein. Wir holen uns dort später einen Schluck frische Milch.« Er stieg aus und näherte sich zielstrebig einem Gebäude, das offensichtlich ein Wohnhaus war. Die schwere Haustür war abgeschlossen. Er tastete sie mit dem dünnen Lichtstrahl seiner Taschenlampe ab. Dann klopfte er heftig mit der Faust gegen die Tür und rief auf Deutsch: »Aufmachen!«

Er klopfte weiter und rief ein zweites Mal: »Aufmachen. Sofort aufmachen!«

Es dauerte einige Zeit, bis sie hinter der Tür leise Schritte auf einer Treppe vernahmen. Als die Tür vorsichtig geöffnet wurde, gingen die beiden amerikanischen Soldaten links und rechts neben den Türpfosten in Deckung. Cesari sprang mit gezücktem Colt als Erster aus seiner Deckung hervor, was einen kurzen, schrillen Schreckensschrei auslöste. Im Licht der Taschenlampe tauchte eine junge Frau auf, die mit erhobenen Händen im gespenstisch erleuchteten Hausflur verharrte und ihnen dabei zurief: »Nix schießen. Nix Hitler, Polska.«

»Wie viele Männer sind im Haus?«, fragte der Soldat, den sein Fahrer immer nur Herschel nannte.

»Nur ein alter Mann und drei Frauen.«

»Geh voran.«

Die junge Frau, wohl eine polnische Zwangsarbeiterin, ging vor ihnen die Treppe hinauf und führte sie in die Stube, in der im schwachen Licht einiger Kerzen mehrere Personen sichtbar wurden. An sämtlichen Fenstern waren die Verdunkelungen heruntergelassen, die bis zum Boden reichten, was dem Raum die Wirkung einer Aussegnungshalle gab. Im ausladenden Kachelofen knisterte ein wärmendes Feuer. An einem großen Tisch saßen ein älterer Mann und eine schmalgesichtige, blasse Frau. Es waren der Bauer und die Bäuerin. Vor einer massiven Kommode standen zwei jüngere Frauen. Der Kleidung nach konnten es Mägde oder Fremdarbeiterinnen sein.

Als die beiden Uniformierten in die Reichweite des Kerzenlichts traten, stierte der Alte einen der ungebetenen Gäste an und presste offensichtlich fassungslos hervor: »Mein Gott, der Jud isch z'rück.«

Derjenige, dem diese ängstliche und zugleich aggressive Äußerung galt, zündete seelenruhig eine weitere Kerze an. »Damit Sie mich besser sehen können, Lang. Damit haben Sie nicht gerechnet, was?«

»Mein Gott«, wimmerte die Bäuerin, »des isch ja 's Jaköble. Dass du no lebsch!«

Sein Blick fiel auf ein Foto von Franz, das mit einem Trauerflor versehen auf der Kommode stand. Franz in Uniform, das Haar stramm gescheitelt, den Blick energisch nach rechts gerichtet. Also hatten sie von seinem Tod bereits erfahren. »Haben Sie was von Gustav gehört?« Mit dieser Frage hatte er bereits entschieden, ihnen von den Umständen von Franz' Tod und ihrer letzten Begegnung nichts zu erzählen.

»Die letzte Nachricht kam aus Heilbronn. Er war dort längere Zeit im Lazarett.« Der Bauer schien die Fassung bereits wiedererlangt zu haben.

»Möge der Himmel ihn schützen«, wimmerte die Bäuerin.

»Der kommt schon durch.«

»Weil er ein Schisser ist«, sagte der Bauer mit unverhohlener Wut.

»Was ist jetzt?«, mischte sich Carmelo Cesari ein. »Ich denke, wir wollen in dieses Seelbach.«

»Bauer«, wandte sich der Zurückgekehrte an den Alten. »Wird Seelbach noch verteidigt?«

»Nicht mehr.«

»Was heißt das?«

»Der Ortsgruppenleiter ließ den Volkssturm antreten. Aber nachdem der Kerl sich abgesetzt hatte, löste sich die Seelbacher Einheit auf. Die Leute gingen nach Hause.«

»Sie auch?«

»Ich auch.«

»War Gauder immer noch Ortsgruppenleiter?«

»Jawohl, der Gauder, der Maulheld. Jahrelang hat er bei jedem Anlass Durchhalteparolen gepredigt und dann setzt er sich ab, die feige Sau.«

»Lang, Sie werden mich nach Seelbach begleiten. Zu unserer Sicherheit. Ich habe so vieles überlebt. Es wäre ein ganz schlechter Witz, jetzt noch zwischen dem Köcherhof und Seelbach ins Gras zu beißen.« Er wandte sich an die deutsche Magd: »Bringen Sie einen langen Strick.« Und als das Mädchen heftig erschrak, fügte er hinzu: »Keine Angst, hier wird niemand aufgehängt. Wenn sich alle klug verhalten, kommen auch alle unversehrt über die letzten Tage. Es ist bald vorbei. Wie sagt man bei euch schon seit einiger Zeit? ›Bleib übrig.‹ Ein besseres Motto kann es derzeit nicht geben.«

Cesari und Winter nahmen den Köcherhofbauern in die Mitte und führten ihn zum Jeep. »Lang, wir binden Sie jetzt auf die Kühlerhaube, nur für den Fall, dass Sie uns nicht die ganze Wahrheit gesagt haben.«

»Ihr seid keine Befreier. Ihr seid Drecksäcke.« In dem Alten begann es zu brodeln.

Carmelo Cesari beendete kurzerhand seinen Protest. Er zog das Seil unter der Motorhaube durch. »Come on, guy.« Nun bugsierte er Friedrich Lang auf den Kühler und band ihn mit mehreren Umschlingungen so fest, dass er nicht verrutschen konnte. Sie stiegen ein und fuhren in Schrittgeschwindigkeit vom Hof. Hinter ihnen war das klagende Gejammer der Altbäuerin zu vernehmen. Die anderen Frauen hatten sich ins Haus zurückgezogen.

Sie fuhren den Weg entlang, den Jakob während seiner Kindheit oftmals gegangen war. Ohne einer Menschenseele zu begegnen, kamen sie bei den ersten Häusern von Seelbach an. Alles lag in völliger Dunkelheit. Mit einigen knappen Weisungen dirigierte Jakob Winter seinen Fahrer auf den Marktplatz. Cesari fuhr einen Einhundertachtziggradbogen und stellte den Motor ab. Außer dem röchelnden Atem des Altbauern war kein Laut zu vernehmen.

Jakob Winter blickte auf die Ziffern seiner Armbanduhr. Es war wenige Minuten nach halb zwölf. Sein Wunsch hatte sich erfüllt. Noch bevor sein 23. Geburtstag zu Ende ging, stand er auf dem Marktplatz seiner Heimatstadt. Er wunderte sich darüber, wie wenig ihm dies in diesem Augenblick bedeutete. Er verspürte nicht einmal Trauer. Zu lange schon verursachte ihm das ungewisse Schicksal seiner Familie tiefes Leid und er hatte auch nicht die Illusion, hier in absehbarer Zeit irgendetwas über den Verbleib seiner Eltern und der Geschwister erfahren zu können. Er entfernte sich wenige Schritte vom Jeep, sah zum Rathaus hinüber und brüllte, so laut er konnte: »Seelbacher, hört ihr mich? Einer eurer Juden ist zurück!« Nichts regte sich hinter den schwarzen Fensterhöhlen. Er ging zum Wagen und machte sich schweigend daran, Lang loszubinden, der wortlos und hasserfüllt an ihm vorbeisah. Einer plötzlichen Eingebung folgend fragte er ihn: »Wissen Sie, wo man meine Großmutter hingebracht hat?«

Der Alte schüttelte den Kopf und sagte: »Sie soll in den Osten gekommen sein, ein halbes Jahr nach eurem Abtransport. Mehr weiß ich nicht.«

»Du kannst jetzt nach Hause gehen.« Unwillkürlich duzte Jakob den Bauern.

»Ich soll laufen?«

»Dir wird nichts anderes übrig bleiben. Auf dem Rückweg zu unserer Einheit nehmen wir eine andere Strecke.«

Während Lang über den dunklen Marktplatz schlurfte, schloss Jakob die Augen. Er war zurück, aber es berührte ihn kaum. Es kamen keine Bilder auf, keine Erinnerungen. Er lauschte so lange mit geschlossenen Augen, bis das Schlurfen verklungen war. Er öffnete die Augen, stieg aus, nahm die Maschinenpistole aus dem Wagen, entsicherte sie und schoss eine kurze Salve in die Luft. »Abfahrt«, rief er Cesari zu, der sich soeben im Windfang des nächstgelegenen Hauses eine Zigarette angezündet hatte und sein Tun mit Kopfschütteln kommentierte. »Wir machen aber noch einen winzigen Umweg.« In Schrittgeschwindigkeit fuhren sie vor das Hauptportal der

»Weißen Villa«. Jakob kam in den Sinn, dass er als Kind diesen Eingang nur selten benutzt hatte. Wenn er über die 123 Stufen oben angekommen war, ging er erst einmal durch den Lieferanteneingang in die Küche. Oder er schlenderte links am Haus vorbei, bis er zur Veranda kam, deren Tür im Sommer tagsüber offen stand.

»Und jetzt?« Unsanft riss ihn der Fahrer aus den aufkommenden Erinnerungen.

»Kamelle, hier war ich mal zu Hause.«

»Not so bad, guy, not bad.« Er nickte anerkennend, ohne ein Wort über den nun ganz offensichtlich gewordenen Herkunftsunterschied zu verlieren.

Jakob ging zur Tür. Sie war verschlossen, was er vermutet hatte. Er klingelte. Das Geräusch erschreckte ihn. Es war noch derselbe Ton, wie früher, wenn Lieferanten kamen, der alte Weiß zum Beispiel.

»Buddy, lass uns abfahren. Vielleicht haben wir Glück und kommen ungeschoren ins Camp.«

»O. k. Ich will nur noch rasch ums Haus gehen.«

Jakob konnte nicht sehen, wie Cesari mehrmals verärgert über diese neue Verzögerung mit der flachen Hand auf den Lenker schlug. Er umrundete das Gebäude, dessen jetzige Bewohner sich offensichtlich an einem besser geschützten Ort aufhielten. Dort, wo welche vorhanden waren, hatte man die schweren Holzrollläden heruntergelassen. Vor den anderen Fenstern und Türen des Erdgeschosses hatte man zum Schutz vor unliebsamen Eindringlingen massive Holzläden angebracht, die von innen verriegelt waren. Als er das Portal wieder erreicht hatte, fiel sein Blick auf das im Dunkeln vor ihm liegende Firmengelände. Offensichtlich hatte man die Produktion eingestellt. Später sollte er erfahren, dass man die als kriegswichtig deklarierten Teile der Produktion im letzten Moment noch auf die Schwäbische Alb ausgelagert hatte, wo man sie aber bis zur Kapitulation nicht mehr hatte in Gang bringen können. Die Realisierung seiner oftmals gehegten und zutiefst genossenen Phantasie würde er verschieben müssen: einfach das Chefbüro zu betreten, die Abwehr der Sekretärin zu ignorieren und den dort Anwesenden mitzuteilen: »Meine Herren, bis sich mein Vater wieder einfindet, werde ich ab sofort die Leitung der Firma übernehmen.«

Carmelo Cesari riss ihn aus seinen Gedanken. Wortlos startete er den Motor und fuhr an ihn heran. »Jetzt steig schon ein. Du wirst deinen Thron noch früh genug zurückerobern.«

Jahre später sollte deutlich werden, welch großer Fehler es gewesen war, die Vermögensangelegenheiten nicht sofort geregelt zu haben. Aber die Begegnung mit dem leeren Haus lähmte Jakob. Die Befreiung der wenigen Überlebenden der Konzentrationslager führte ihm in aller Deutlichkeit vor Augen, welches Schicksal seine Angehörigen ereilt hatte.

Zudem war er ein viel beschäftigter Angehöriger der US-Armee, die seinen Einsatz nun auf neue Weise forderte. In Ludwigsburg wurde pausenlos verhört. Noch war man von dem Gedanken geleitet, die Naziverbrecher zur Rechenschaft zu ziehen. Nach der Kapitulation schwoll die Zahl der Vernehmungen weiter an. Jakob kam kaum zur Ruhe, hatte nur selten einen freien Tag. Die Arbeit erschöpfte ihn sowohl körperlich als auch psychisch. Er hatte nicht die Kraft, sich um die Eigentums- und Vermögensangelegenheiten der Winters zu kümmern. Und die noch verbleibende Energie setzte er für immer wieder neue Nachforschungen nach seiner Familie ein, auch wenn mit jedem Tag die Gewissheit wuchs, dass keiner von ihnen mehr am Leben sein konnte. Aus den Konzentrationslagern kehrten einzelne Überlebende zurück, selbst aus Auschwitz. Aber er hatte noch von niemandem gehört, der Riga überlebt hatte. Und die Russen begannen sich abzuschotten. Seine auf dem Dienstweg und über das Internationale Rote Kreuz gemachten Eingaben an sowjetische Stellen blieben unbeantwortet.

Erst an einem Sonntag im Juni kam er wieder in seine Heimatstadt. Er konnte einen Jeep nehmen, mit dem er von Ludwigsburg über Marbach und Backnang nach Seelbach fuhr. Er kam durch Dörfer, die bei flüchtiger Betrachtung den Anschein erweckten, der Krieg habe sie nicht gestreift. Die Bauern bestellten die Felder zwischen Marbach und Rielingshausen und in der Backnanger Bucht. Erst beim genaueren Hinsehen wurde deutlich, dass der Krieg auch hier seine Spuren hinterlassen hatte. Die Straßen waren katastrophal. An manchen Stellen hatte man Panzergräben provisorisch zugeschüttet. Andere Abschnitte waren von den durchfahrenden Panzerkolonnen regelrecht zerbröselt worden. Vielen Häusern fehlte ein frischer Anstrich, Dächer waren nur notdürftig geflickt. Die Menschen machten bereits von weitem einen bedrückten Eindruck. Die Mangelernährung modellierte schmale, graue Gesichter. Lediglich die Kinder waren unternehmungslustig, sprangen auf jeden durchfahrenden Jeep zu, winkten und forderten den Fahrer auf, ihnen Kaugummis oder Schokolade zuzuwerfen.

Zwischen Oppenweiler und Sulzbach nahm er einen Mann mit, der offensichtlich aufgrund einer Beinverletzung vorzeitig aus der Kriegsgefangenschaft entlassen worden war. Er winkte am Wegesrand mit seiner altmodischen Krücke, die er sich beim Gehen unter die Achsel klemmte. Jakob Winter stoppte den Jeep und ließ den Mann einsteigen. Mit beiden Händen hob der Kriegsversehrte das lädierte Bein in den Wagen.

»Wohin des Weges?«

»Nach Murrhardt.«

»Dann kann ich Sie bis Sulzbach mitnehmen.«

»Sie sprechen sehr gut Deutsch.«

»Ja, ich habe es intensiv gelernt«, erwiderte Jakob Winter und richtete von nun an den Blick starr auf die holprige Piste. Gelegentlich kurvten sie um ein Ochsengespann herum. Die Deutschen waren nicht mehr motorisiert. Nur noch handverlesene Kreise besaßen einen PKW und hatten dazu noch das Privileg oder die Verbindungen, um Bezugsscheine für Treibstoffe zu ergattern. Winter wusste, dass das meiste Benzin, das in deutsche Hände kam, auf dem Schwarzmarkt gehandelt wurde. Viele GIs beteiligten sich daran. Jeder arrangierte sich auf seine Weise mit den neuen Verhältnissen.

Im Wald zwischen Großerlach und Mainhardt begegnete er einer Flüchtlingskolonne. Mühsam zogen Frauen und alte Männer Leiterwagen über den brüchigen Asphalt. Kinder trugen Rucksäcke. Die größeren hatten ihre kleinen Geschwister an der Hand. Mit gehörigem Abstand fuhr er an den wie gespenstische Silhouetten wirkenden Gestalten vorbei, den Blick starr auf die Straße gerichtet. Als die ersten Dächer von Seelbach zwischen dem Grün der Obstbäume auftauchten, beschlich ihn eine merkwürdige Beklemmung, die anhielt, als er sich über die Hauptstraße dem Marktplatz näherte. Eher beiläufig nahm er wahr, dass man der zwischenzeitlich nach Adolf Hitler benannten Straße wieder ihren Vorkriegsnamen gegeben hatte. Er war noch nie am Steuer eines Wagens durch seine Heimatstadt gefahren. Die heimlichen Fahrversuche im väterlichen Auto, die Franz Fischer ihm gestattet hatte, hatten ausschließlich auf abgelegenen Wegen stattgefunden.

Was wohl aus Fischer geworden war? Nach dem verordneten Umzug in Spighels Bruchbude in der Metzgergasse hatte Fischer sie noch mehrfach heimlich aufgesucht und sie mit Eiern, Milch und Brot versorgt. Bis er eines Tages weggeblieben war.

Jakob stellte den Jeep auf dem Marktplatz ab. Voller Elan betrat er das Seelbacher Rathaus. Im Erdgeschoss herrschte reges Treiben. Schmale, verhärmte Gesichter starrten ihn an. An mehreren Türen hatte man akkurat aus Karton gefertigte Hinweisschilder an dünnen Schnüren aufgehängt. Hier wurden Lebensmittelkarten ausgegeben. Dort drüben stand man für Bezugsscheine für Brennstoffe an. Ein weiterer Raum war als Meldestelle für zugewanderte Flüchtlinge ausgewiesen. Er fragte einen der zahlreichen Wartenden nach dem Bürgermeister. Wortlos wies dieser mit ausgestrecktem Arm die Treppe hinauf. Auf dem Flur im ersten Stock saßen Bittsteller auf zwei langen Bänken, die man links und rechts vor den freien Wänden aufgestellt hatte. Jakob Winter ignorierte sie und betrat unaufgefordert das Vorzimmer des Bürgermeisters. Ihm sah ein bekanntes Gesicht entgegen. Fräulein Hiller wirkte sichtlich gealtert, war aber offensichtlich noch immer als Sekretärin des Bürgermeisters tätig.

Überwältigt von seinem völlig unerwarteten Anblick schlug sie die Hand vor den Mund, schüttelte mehrmals ungläubig den Kopf und stammelte: »Sie sind doch einer von den Winter-Buben. Sie leben. Welch ein Glück!«

Jakob grüßte das erste Mal seit fünf Jahren mit »Grüß Gott«. Dann erkundigte er sich nach dem Bürgermeister. »Ist Otterbacher noch im Amt?«

»Nein, der ist abgesetzt worden. Die Geschäfte werden jetzt von einem Amtsverweser geführt, den der neue Landrat mit Erlaubnis der Amerikaner eingesetzt hat. Im Augenblick ist jemand bei ihm.«

Mit den Worten »Ich kann aber nicht warten« klopfte Jakob Winter an die Zwischentür und trat, ohne eine Aufforderung zum Eintreten abzuwarten, in das Amtszimmer. Zu seiner nicht geringen Überraschung blickte hinter dem ihm noch bekannten ausladenden Eichenschreibtisch ein blutjunger Kerl hervor, der kaum älter als 20 Jahre sein konnte. Vor dem Schreibtisch saß ein älterer Mann, der Kleidung nach zu urteilen war es ein Bauer.

Der junge Mann stand auf, sagte knapp zu dem vor ihm Sitzenden: »Wir reden später weiter«, und wandte sich dem Uniformierten zu. »Do you speak German?«, fragte er in unsicherem Schulenglisch.

Winter nickte.

Ein Lächeln huschte über das Gesicht des jungen Mannes, ehe er mit sichtlicher Erleichterung fortfuhr: »Gestatten, Meier. Was kann ich für Sie tun? Ich nehme hier vorübergehend die Stelle des Bürgermeisters ein. Ich wurde dazu verpflichtet, weil ich im Warthegau eine Ausbildung im höheren Verwaltungsdienst absolviert habe, ehe man mich im letzten Augenblick noch eingezogen hat. Aufgrund meines Alters gelte ich als unbelastet.« Er lachte und fragte noch einmal: »Was kann ich für Sie tun?«

Jakob Winter ergriff die dargebotene Hand und setzte sich auf den frei gewordenen Stuhl. »Wo ist Otterbacher?«, wollte er wissen, ohne auf die Fragen des jungen Mannes einzugehen.

»Man hat ihn verhaftet. Anschließend wurde er von den amerikanischen Streitkräften drei Wochen in Heilbronn festgehalten. Sein weiterer Verbleib ist mir unbekannt«, erklärte Meier in einem diensteifrig vorgetragenen Beamtenjargon, der nicht so recht zu seinem jugendlichen Alter passen wollte.

»So, Sie haben also keine Ahnung. Das kenne ich allmählich. Vor den Augen aller Deutschen wurden Millionen von Juden verschleppt und umgebracht, aber jetzt will keiner was gewusst haben – und keiner will es gewesen sein. Ich habe es so satt!«

»Sie müssen entschuldigen, aber ich bin erst seit wenigen Tagen im Amt. Die Verhältnisse sind chaotisch. Außer dem Landratsamt und der hiesigen Polizeidienststelle kann ich niemanden telefonisch erreichen.«

»Ist Angelbauer noch im Dienst?«

»Welcher Angelbauer?«

»Der Leiter des hiesigen Polizeipostens.«

»Ich kenne keinen Herrn Angelbauer. Herr Jahn ist jetzt Leiter der Ortspolizei. Er gilt als unbelastet.«

»Was wissen Sie über den Verbleib der Seelbacher Juden?«

Ludwig Meier faltete verlegen die Hände. »Sie müssen entschuldigen, Herr …«

»Winter«, ergänzte Jakob. »Sorry, ich habe mich nicht vorgestellt.«

»Winter? Der Name kommt mir bekannt vor.«

»Samuel und Joseph Winter, das waren die rechtmäßigen Eigentümer der hiesigen Spiegelwerke. Haben Sie davon schon einmal was gehört?«

Meier schüttelte den Kopf. »Sie müssen entschuldigen …«

»Millionen Menschen sind umgebracht worden und jetzt auf einmal bitten alle um Entschuldigung und wollen von nichts gewusst haben!« Jakob Winter sprang erregt auf und fuhr fort: »Wissen Sie etwas über den Verbleib dieser Familie?«

Der Angesprochene schüttelte erneut den Kopf.

»Vielleicht ist Ihnen etwas über eine alte Frau zu Ohren gekommen. Bertha Winter, meine Großmutter, blieb hier alleine zurück, als der Rest der Familie nach Riga deportiert wurde.«

»Gehören Sie zu dieser Familie?«

»Ja, ich bin einer dieser Winters. Jakob Winter, das jüngste Kind des letzten rechtmäßigen Firmeninhabers Joseph Winter.«

»Warum tragen Sie dann eine amerikanische Uniform?«

»Wäre es Ihnen lieber, wenn ich hier in gestreifter Konzentrationslagerkluft vor Ihnen sitzen würde?«

Meier schwieg einen Moment. »Es tut mir leid …«

»Was tut Ihnen denn jetzt schon wieder leid?«, fragte Jakob Winter mit einer Mischung aus Zorn und Zynismus.

»Ich weiß nichts über Ihre Angehörigen, auch nicht über das Schicksal Ihrer Großmutter.«

»Haben Sie etwas darüber gehört, was mit den anderen Seelbacher Juden geschehen ist?«

»Nein.«

Jakob Winter stand auf. »Ich werde wiederkommen«, sagte er, ehe er grußlos den Raum verließ. Er beschloss, den Willis MB auf dem Marktplatz stehen zu lassen. Ehe er den Gang durch die Stadt fortsetzte, öffnete er mit dem Schlüssel im Inneren des Wagens ein Fach, dem er seine lederne Aktentasche, einige Tafeln und Riegel Schokolade, mehrere Päckchen Lucky Strike, drei Büchsen Instant-Kaffee und zwei Dosen Kondensmilch entnahm. Neugierige, begehrliche Blicke richteten sich auf ihn, als er das Fach wieder sorgfältig verschloss. »Keiner nähert sich dem Wagen!«, rief er den Kindern zu, die um den Jeep herumstrichen. Wenige Minuten später hatte er das Haus in der Metzgergasse erreicht, in dem sie die letzten beiden

Seelbacher Jahre verbracht hatten. Im Flur roch es wie damals. Fäulnisgestank mischte sich mit dem penetranten Geruch von auf dem Herd garenden Kohlstrünken und Steckrüben. Aus den Wohnungen drang Lärm. Die Klingel an der Tür der Wohnung, die sie sich zuletzt mit den Spighels geteilt hatten, funktionierte nicht mehr. Oder es gab mal wieder keinen Strom.

Nachdem er mehrmals heftig gegen die Holzfassung der Glastür gepocht hatte, hörte er im Inneren der Wohnung ein Schlurfen. Eine kleine dunkelhaarige Frau öffnete ihm, die, nachdem sie ihn erblickt hatte, deutliche Anzeichen heftigen Erschreckens zeigte.

»Grüß Gott. Können Sie mir sagen, ob in diesem Haus Angehörige der Familien Spighel oder Winter wohnen?«

Die Frau schüttelte verneinend den Kopf, wobei ihr eine Haarsträhne ins Gesicht rutschte. »Hier wohnen nur Flüchtlinge wie wir, die hier gestrandet sind. Wir kommen aus Pommern.«

»Ausnahmslos Flüchtlinge?«

Die Angesprochene nickte, froh darüber, dass es sich um keine für sie ernstere Angelegenheit handelte.

Jakob Winter entnahm seiner Aktentasche einen Riegel *Hershey's Tropical Bar*, den die Frau mit einem strahlenden Lächeln entgegennahm.

Zügig rannte er die knarrende Treppe hinunter. Er sah auf seine Uhr. Noch war genügend Zeit, weitere Erkundigungen einzuholen. Sein nächster Weg führte ihn auf vertrauten Pfaden zum Haus der Familie Angelbauer. Auch hier schlug die elektrische Türklingel nicht an. Er wusste jedoch aus seiner Kindheit, dass es einen Hintereingang gab, der in der Regel nicht abgeschlossen war. Er ging ums Haus, fand die hintere Tür unverschlossen vor und rief laut nach oben: »Hallo, Frau Angelbauer! Ist jemand da? Hallo!«

Erst nach einer Weile wurde im ersten Stock eine Tür geöffnet. Eine weißhaarige Frau trat vor die Tür. Jakob Winter erschrak. So hatte er Alfis Mutter nicht in Erinnerung. »Frau Angelbauer?«

»Mein Gott«, brach es aus der Frau hervor. »Du bist ja am Leben.« Sie machte eine winzige Pause, ehe sie fortfuhr: »Du lebst und mein Alfi ist tot.«

»Alfi ist tot?«, fragte Jakob Winter. Seine Stimme, die den ganzen Tag über so mächtig geklungen hatte, drohte nun zu versagen. »Darf ich hochkommen?« Er brachte nur noch einen Flüsterton heraus.

Die Frau sagte nichts, drehte sich um und ging zurück in ihre Wohnung. Die offen gelassene Glastür deutete er als Aufforderung, ihr zu folgen. In der Helligkeit der Wohnstube war noch besser zu erkennen, dass Alfis Mutter über die Schicksalsschläge, die sie wohl erlitten haben musste, stark gealtert war. Alfi sei 1943 als Angehöriger einer Panzerdivision im Osten gefallen, erzählte sie. Ihren Mann habe man trotz seines hohen Alters noch eingezogen. Er sei nun auch schon bald zwei Jahre tot. Über die näheren Umstände äußerte sie sich nicht. Über Jakobs Familienangehörige konnte sie ihm ebenfalls nichts sagen. Vielleicht wisse der alte Huter etwas, der habe wohl auch einmal seine Großmutter besucht. »Du weißt, wo er wohnt?«

Jakob nickte. »Wer kennt den alten Huter nicht.« Er händigte der Frau zwei Tafeln Schokolade, eine Büchse Kondensmilch und eine Büchse *Maxwell House Coffee* aus. Sie dankte ihm wortlos mit einem Händedruck.

Er trat auf die Straße hinaus. Das grelle Sonnenlicht blendete ihn. Alfi war tot. Niemals hatte er diese Möglichkeit in Erwägung gezogen. Er zündete sich eine Zigarette an. In den Kämpfen bei Anzio hatte er sich das Rauchen angewöhnt. Jetzt rauchte er nur noch, wenn er unter starker Anspannung stand.

Ursprünglich hatte er vorgehabt, den Polizeiposten aufzusuchen. Aber nun wusste er, dass auch Oskar Angelbauer nicht mehr lebte. Dessen Nachfolger, genau genommen war es bereits sein Nach-Nachfolger, würde ihm auch nicht helfen können. Als er den Marktplatz erreichte, tummelte sich eine große Schar Kinder um seinen Jeep. Als sie ihn kommen sahen, kam

Bewegung in die Meute. Große Augen sahen ihn bittend und bettelnd an. Er verteilte nun an Kaugummis und Schokolade alles, was er bei sich hatte. Dann startete er seinen Wagen und fuhr langsam durch die sich vor ihm öffnende Gasse.

Den alten Huter kannte er bereits seit frühester Kindheit. Sein von einem großen Garten umgebenes Haus stand an dem schmalen Durchgang, durch den er täglich alleine oder mit anderen Kindern auf dem Weg zur Schule oder auf dem Rückweg in die Frommbergstraße getrottet war. Manchmal hatte er ihnen hinterhergewettert, wenn sie sich mal wieder an seinen Kirschen und Birnen vergriffen hatten.

Jakob Winter fand den alten Mann in seinem Garten. Sein langjähriges Leiden ließ ihn noch gebückter daherkommen als bei ihrer letzten Begegnung. Dennoch arbeitete er unverdrossen in seinen Beeten. Weder die Anstrengung noch die Schmerzen konnten ihn von seiner täglichen Gartenarbeit abhalten, die derzeit auch eine wichtige Ergänzung zum kargen Speisezettel abwarf. Als das Fahrzeug in der Gasse hielt, sah der Alte auf. Sein Oberkörper blieb abgewinkelt. Um besser erkennen zu können, wer da seine Gartentür öffnete, hielt er die flache Hand über die Augen, deren Sehkraft nachgelassen hatte.

»Bisch du's?«, fragte er und fuhr, nachdem er den Besucher ganz offensichtlich erkannt hatte, fort: »Mein Gott, der Judenlümmel.« Er hielt inne, da er sich wohl seiner unangemessenen Wortwahl bewusst wurde.

»Ist schon gut«, beschwichtigte ihn Jakob. Der alte Mann berichtete ihm vom Abtransport seiner Großmutter in das provisorische Altersheim, das man für alte und pflegebedürftige Juden im Schloss Eschenau eingerichtet hatte. Zweimal hatten er und die frühere Hebamme Charlotte Bühler die alte Frau besucht. Die Großmutter habe im Unterschied zu anderen einen gelassenen, beinahe kraftvollen Eindruck auf sie gemacht. Im Sommer 1942 sei die Einrichtung aufgelöst worden. Danach habe man von den Insassen nichts mehr gehört.

»Vermutlich sind alle im Osten umgekommen«, endete der alte Mann und blickte Jakob traurig von unten an.

»Danke dafür, dass Sie meine Ome dort besucht haben«, sagte der sichtlich gerührt. Er händigte dem sich zunächst Sträubenden die letzten Büchsen Kaffee und drei Schachteln Zigaretten aus, die dieser am Ende dann doch erfreut entgegennahm.

»Ich rauche zwar nicht«, sagte er mit einem verschmitzten Lächeln, »aber in diesen Tagen sind amerikanische Aktive eine harte Währung.«

Jakob Winter hatte das Anwesen bereits verlassen, als ihm noch etwas einfiel. Er blieb am geöffneten Gartentor stehen und fragte: »Herr Huter, wissen Sie, was aus der Familie Schimmelpfennig geworden ist?«

»Die Frau ist gestorben, der Mann war ja ein Geächteter, ehemaliger Kommunist, ständig überwacht. Ich weiß nicht, was er jetzt macht.«

»Und die Tochter?«

»Das weiß ich nicht. Ich habe sie lange nicht mehr in der Stadt gesehen. Aber das will nichts heißen. Ich bin nicht mehr viel unterwegs.«

Er traf Leonores Vater nicht in seiner Wohnung an. Eine Frau, die im selben Haus wohnte, gab ihm den Rat, es doch einmal in der »Eiche« zu versuchen. Dort hielt sich der Gesuchte hin und wieder bereits am frühen Abend auf. »Die Frau ist tot und Arbeit hat er noch keine gefunden. Zuletzt war er in der Spiegelfabrik, aber die haben jetzt erst wieder mit einer ganz kleinen Belegschaft angefangen. Kriegen wohl keine Rohstoffe.«

Er erkannte Leonores Vater in der verqualmten Gaststube sofort wieder. Mehrere Männer mittleren Alters saßen vor dünnem Bier. Wie zuvor schon einige andere verlieh Schimmelpfennig seiner Überraschung mit den Worten Ausdruck: »Mein Gott, der Jakob.« Und er fügte noch hinzu: »Dass du das überlebt hast, ein Wunder. Komm, setz dich einen Moment zu uns her.«

Jakob ergriff den einzigen freien Stuhl. Aus seiner aufgerissenen Packung *Lucky Strike* bot er Zigaretten an, die von allen, die am Tisch saßen, gierig angenommen wurden. Andere Kneipenbesucher sahen mit missmutiger Enttäuschung herüber, wagten aber nicht, an den Tisch zu kommen. Die meisten von denen, die eine Zigarette ergattern konnten, rauchten sie sofort. Einer steckte sie sich jedoch hinters Ohr. »Feinste Tauschware«, sagte er nur.

Als Jakob nach Leonore fragte, wich ihm Christian Schimmelpfennig mehrfach aus, blieb unpräzise, gebrauchte Ausflüchte. Doch der Heimgekehrte ließ nicht locker. »Du weißt, wo sie ist. Komm, sag schon. Wir gehören beide zu den Davongekommenen, da müssen wir einander doch vertrauen können.«

»Ach, Jakob.«

»Spann mich nicht länger auf die Folter. Deine Tochter war meine erste große Liebe.«

»Das ist doch das Problem!«

»Was soll daran problematisch sein? Was meinst du damit?«

»Sie hat einen anderen. Einen von euch.«

»Einen Juden?«

»Nein, einen Ami.«

Die Nachricht versetzte Jakob einen Stich. Natürlich hatte er nicht damit rechnen können, dass ihn Leonore nach fast vierjähriger Abwesenheit als geduldig Wartende empfangen würde, die gegen alle Wahrscheinlichkeit auf die Rückkehr ihrer großen Liebe vertraut hatte. Zumal jeder, den er bisher getroffen hatte, von seinem Überleben und seiner Rückkehr so offensichtlich überrascht war. Seine Briefe waren wohl nie angekommen. »Und wo hält sie sich auf?«

»Sie wohnt jetzt in Munzlingen, in der Oberen Römerstraße. Arbeit hat sie derzeit keine. Aber der Kerl hält sie aus.«

»Du kennst ihn?«

Leonores Vater schüttelte den Kopf. »Ich habe ihn nur einmal von weitem gesehen, als er in einem Jeep saß und auf Leonore wartete, die sich noch zurechtmachen musste.«

»Hast du die genaue Adresse?«

»Du solltest dort nicht vorbeigehen. Das führt zu nichts.«

»Na, sag schon.«

»Ich glaube, sie sagte mal was von der Oberen Römerstraße 26.«

Obwohl Jakob in den vergangenen Jahren eigentlich nie an Leonore gedacht hatte, traf ihn die Nachricht nun überraschend schwer. Es schien so, als würde gerade die Aussichtslosigkeit, das Fehlen einer Chance auf eine Wiederbelebung dieser Beziehung seine Erinnerung und seine Gefühle für Leonore schärfen und neu beleben.

Es dauerte schließlich noch bis Ende Februar, bis er sich dazu durchringen konnte, sich auf die Suche nach seiner früheren Geliebten zu machen. Begünstigt wurde dies auch durch den Umstand, dass er seit Jahresbeginn vermehrt in Backnang zu tun bekam. Er wurde in Ludwigsburg nicht mehr in dem Umfang wie in den ersten Monaten nach Kriegsende als Dolmetscher gebraucht. Die Zahl der Verhöre nahm ab. Die schwer belasteten NS-Täter kamen nach Dachau. Auch trug die Eskalation des kalten Krieges dazu bei, dass die amerikanische Besatzungsmacht immer weniger Wert darauf legte, kleine und mittlere Funktionäre drakonisch zu bestrafen. Man brauchte die Deutschen als Bollwerk gegen die Sowjets. Im Vergleich mit den Verfolgten des Nazi-Regimes boten die alten Funktionsträger größere Gewähr, ein zuverlässiger Gegner der auf Expansion ausgerichteten Kommunisten zu sein. Immer öfter musste Jakob mit ansehen, wie Verfahren eingestellt und offensichtliche Stützen des NS-Staates als minder belastet eingestuft wurden. Gelegentlich ermahnte ihn sein Vorgesetzter, Colonel Clark, die Verhöre nicht so verbissen antideutsch zu führen. Es seien bereits Beschwerden über ihn eingegangen.

Einige Tage nach Ostern bestellte Clark ihn zu sich. Er empfing ihn mit den Worten: »Winter, ich habe eine interessante Aufgabe für Sie, die zudem von einer gewissen Dringlichkeit ist. Dafür brauchen wir jemanden, der mit den hiesigen Verhältnissen vertraut ist.«

Winter machte vorschriftsmäßig Meldung und fragte dann: »Sie ziehen mich also von den Verhören ab?«

»Unsinn. Die Fallzahlen nehmen ab, es gibt einfach nicht mehr so viel in diesem Bereich zu tun.«

»Weil Sie die alten Nazis laufen lassen.«

»Winter, das zu beurteilen überschreitet Ihre Kompetenz und fällt nicht in Ihren Zuständigkeitsbereich. Außerdem sollten Sie einmal darüber nachdenken, ob es angemessen ist, sich immer nur von alttestamentarischen Rachegelüsten leiten zu lassen.«

»Sir, dieses Regime hat meine komplette Familie ausgelöscht.«

»Ich weiß, ich biete Ihnen deshalb eine Aufgabe an, bei der Sie für Ihre Glaubensbrüder etwas Gutes bewirken können.«

Bei dieser Aufgabe handelte es sich um die Betreuung des vor kurzem eingerichteten DP-Lagers in Backnang. Dort hatte seit 1934 in den Räumen eines ehemaligen Lehrerseminars eine Eliteschule bestanden, eine NAPOLA, eine Nationalpolitische Erziehungsanstalt. Im Sommer war damit begonnen worden, diejenigen in Lagern unterzubringen, die orientierungs- und heimatlos als *Displaced Persons* im zerstörten Deutschland gestrandet waren. Dabei hatte man schnell erkannt, dass man die unterschiedlichen Gruppen getrennt voneinander unterbringen musste. Den entkräfteten und traumatisierten Überlebenden der Konzentrationslager war es nicht zuzumuten, mit Russen, Jugoslawen, Balten und Ukrainern unter einem Dach zu leben, die während des Krieges freiwillig für die Deutschen gearbeitet oder gar in der SS gedient hatten. Im Backnanger DP-Lager lebten im Frühjahr 1946 etwas mehr als 500 Holocaust-Überlebende. Bei den meisten handelte es sich um ungarische und polnische Juden, von denen die Mehrzahl darauf hoffte, nach Palästina oder in die USA auswandern zu können. Rund 200 nichtjüdische Osteuropäer wurden nach und nach in andere Lager gebracht.

»Ihr Job«, sagte Colonel Clark, »wird nicht die Leitung dieses Lagers sein. Ihre Aufgabe besteht in der Zusammenarbeit mit den deutschen Stellen und den Vertretern der UNRRA, der *United Nations Relief and Rehabilitation Administration,* der wir im letzten November die Verwaltung aller DP-Lager in unserer Zone übergeben haben.« Jovial klopfte er Jakob Winter auf die Schulter. »Machen Sie was draus, mein Junge.«

Weihnachten 1942 war das erste Kriegsweihnachten gewesen, das nicht von Blitzkrieg-Euphorie und Siegeszuversicht geprägt war. Daran änderten auch die Sonderzuteilungen nichts, wenngleich Teile der Bevölkerung mit Freude und Genugtuung registrierten, dass es dem Führer gelang, schönere Kriegsweihnachten zu organisieren, als es der Kaiser im ersten Krieg hinbekommen hatte. Auch wenn die Propaganda den Eindruck zu vermitteln versuchte, dass die Einnahme Stalingrads unmittelbar bevorstünde, war den meisten Menschen bewusst, dass es dort kritisch wurde. Die Zahl der Gefallenen stieg sprunghaft an. Man munkelte, dass der Roten Armee die vollständige Einschließung der deutschen Truppen gelungen sei. Denjenigen, die heimlich Feindsender hörten, war dies bereits mehrfach zu Ohren gekommen. Die Kriegslage hatte dazu geführt, dass nur wenige Soldaten über Weihnachten Urlaub bekommen hatten. Die meisten Familien feierten das Fest in diesem Jahr in kleinerem Kreis als sonst. Wenn sie nicht um gefallene Brüder oder Söhne trauerten, so bangten doch fast alle um ihre Lieben, die jetzt in bitterer Kälte in ihren Erdlöchern und Unterständen oder in zusammengeschossenen Ruinen hausen mussten.

Das erste Mal in ihrer langen Ehe feierten Friedrich und Gottliebin Lang das Fest nur zu zweit. Beide Töchter blieben weg. Hermine hatte wenigstens einen schriftlichen Gruß geschickt. Sie feierte mit ihrem Mann und dessen betagter Mutter. Heinz war unverändert in kriegswichtiger Funktion bei Daimler tätig. Er rechnete jedoch damit, aufgrund des kritischen Kriegsverlaufes im Osten und in Afrika spätestens im nächsten Jahr eingezogen zu werden. Pauline hatte nichts von sich hören lassen. Franz war mit seiner Einheit zur Partisanenbekämpfung auf den Balkan abkommandiert worden, denn in der zerklüfteten Landschaft Jugoslawiens hatte eine rege Partisanentätigkeit eingesetzt.

Weniger Sorgen mussten sie sich um Gustav machen, der beim Nachschub war. Voller Stolz hatte er im Herbst berichtet, dass er jetzt nicht mehr mit dem Pferdefuhrwerk hantiere, sondern einen LKW fahre. Derzeit transportiere man fortlaufend Baustoffe, die von der *Organisation Todt* in den Küstenbefestigungen des Atlantikwalls verbaut würden.

Der jungen Magd hatte man drei Tage frei gegeben und Stanislaus war ohnehin nach der Hinrichtung von Feliks und der Verhaftung von Caroline auf einen anderen Hof versetzt worden. Der Köcherhofbauer traute ihm nicht und befand, es sei besser so.

Anders als sonst hatte man in der Stube keinen Christbaum aufgestellt. Einige Zweige mit angeklemmten Kerzen und das mit weihnachtlichen Motiven bestickte Tischtuch waren alles, was darauf hinwies, dass das Christfest gefeiert wurde. Die Bäuerin hätte unter diesen Umständen gerne die Christmette besucht, getraute sich aber nicht, diesen Wunsch gegenüber ihrem cholerischen Mann zu äußern, der immer noch Ortsbauernführer war.

Wortkarg saßen sie sich am Heiligabend zu früher Stunde in der Stube gegenüber. Die Hausfrau hatte wie jedes Jahr Saitenwürstchen und Kartoffelsalat zubereitet. Am nächsten Tag würde es die traditionelle Gans geben. Für den zweiten Weihnachtsfeiertag würde dieses Mal noch genügend davon übrig bleiben. Schweigend verzehrten der Bauer und die Bäuerin ihr traditionelles Mahl. Im Unterschied zu sonst gab es Bier statt Most; keinen Wein, der wurde nur zu Geburtstagen ausgeschenkt und wenn an Sonntagen Besuch kam, der sich mit Malzkaffee und frischem Brunnenwasser nicht zufrieden gab.

Auch wenn von den Kindern keine weiteren Weihnachtsgrüße eingingen, so stellte sich die Lage der Familie Lang zum Weihnachtsfest 1942 noch ausgesprochen glücklich dar, zumindest dann, wenn man Vergleiche zu anderen Seelbacher Familien zog. Alle vier Lang-Kinder waren am Leben, niemand musste darben.

Christian Schimmelpfennig befand sich stets in Gefahr, verhaftet zu werden. Seine Frau war im vergangenen Sommer an Krebs gestorben. Leonore hatte man als Fotolaborantin nach Holland abkommandiert, wo sie mit der Entwicklung von Luftbildern betraut war, die von den deutschen Aufklärern unter immer gefahrvolleren Umständen über der Nordsee und vor der englischen Küste gemacht wurden. Während ihre Kolleginnen ein fröhliches, manchmal geradezu pompöses und frivoles Leben im Kreis der Luftwaffenoffiziere führten, erledigte Leonore ihre Arbeit gewissenhaft, blieb aber in ihrer Freizeit trotz zahlreich ausgesprochener Einladungen allen Vergnügungen fern.

Caroline saß noch immer in Gotteszell. Zur Überraschung aller hatte es eine massive Einmischung ihres Mannes gegeben, der sich nicht von ihr abgewandt hatte. Nun hatte er einen Anwalt damit betraut, sich der Sache anzunehmen. Er selbst, als Angehöriger der Waffen-SS der Elite des Führers zugehörig, war von ihrer Unschuld überzeugt. In einem Brief hatte er seinen Vater aufgefordert, sich den entsprechenden Stellen gegenüber nochmals dahingehend zu erklären, dass er den Vollzug eines Geschlechtsaktes nicht gesehen habe, somit auch nicht bestätigen könne. Er schloss den Brief mit dem Hinweis, er gebe dem Vater bis Neujahr Zeit. Im Weigerungsfalle müsse dieser die Konsequenzen ausbaden. Ihm, Franz, falle diesbezüglich jede Menge ein.

Agathe Angelbauer verbrachte Heiligabend vollkommen alleine zu Hause. Sie wollte auch niemanden sehen. Nachdem sie ihren Mann denunziert hatte, wurde sie von vielen im Ort gemieden. Um Brennholz und Briketts zu sparen, ging sie bald ins Bett. Die dramatischen Ereignisse, die ihr den Mann und den Sohn nehmen würden, lagen noch mehr als ein halbes Jahr in der Zukunft.

Vom Schicksal der meisten Angehörigen der einstmals großen jüdischen Gemeinde Seelbachs war zu Weihnachten 1942 offiziell nicht allzu viel bekannt. Von denen, die frühzeitig ausgewandert waren, hörte man wenig. Die Kontakte zwischen Juden und Christen, sofern sie jemals bestanden hatten, waren abgerissen. Von den vielen, die vor einem Jahr in den Osten deportiert worden waren, drang keine einzige Nachricht in die Kleinstadt. Im Sommer 1942 wurden auch ältere Juden und die zurückgestellten jüdischen Frontkämpfer des ersten Weltkriegs in den Osten transportiert. Erst weit nach Kriegsende würde bekannt werden, dass die meisten dieser zuletzt Deportierten sofort nach Ankunft in den Konzentrationslagern einer *Sonderbehandlung* zugeführt wurden, wie es im offiziellen Sprachgebrauch hieß, wenn unzählige Menschen im Rassenwahn ermordet wurden.

Niemand in Seelbach konnte an Weihnachten 1942 wissen, dass von der Familie Winter zu diesem Zeitpunkt nur noch Jakob und Elias lebten. Jakob war nach seiner abenteuerlichen Flucht nach Palästina mittlerweile in Diensten der Engländer. Elias kam beim Überlebenskampf im Lager der Umstand zugute, dass er bei dem Niederngrüner Schreiner Oesterle in einem Umfang Fachkenntnisse und Können erworben hatte, der seine Behauptung, er habe das Schreinerhandwerk gelernt, glaubwürdig erscheinen ließ. Die groben Arbeiten, die bei der ständigen Erweiterung des Lagers Jungfernhof anfielen, beherrschte er mühelos. Anders als sein Bruder hatte Elias dort auf verschlungenen Pfaden die Nachricht erhalten, dass sein Vater und seine Mutter bei ihrer Ankunft als nicht arbeitstauglich eingestuft worden waren. Einen älteren Unternehmer und seine Frau konnte man für die Arbeitskommandos nicht brauchen. Mit vielen anderen hatte man sie auf Lastwagen geprügelt, die sie zur Erschießung in den Wald brachten. Vom Schicksal der beiden Schwestern hatte auch Elias nie etwas in Erfahrung bringen können, wobei in diesem Fall Ahnungslosigkeit die bessere Alternative darstellte.

Helene, die vorübergehend in einer Uniformschneiderei gearbeitet hatte, wurde eines Abends von betrunkenen Angehörigen der lettischen Legion vergewaltigt und dann, um mögliche Folgen auszuschließen, bei einem vorgetäuschten Fluchtversuch umgebracht. Man hatte sie hinter das Gebäude geschleppt, in dem zuvor die Vergewaltigung stattgefunden hatte, und dort auf dem Boden liegend in den Rücken geschossen.

Judith fiel wenige Tage vor Weihnachten einer eigentlich harmlosen Lungenentzündung zum Opfer. Aber Kälte, Hunger, mangelnde Hygiene und fehlende Medikamente ließen der jungen Frau keine Chance. Sie starb lautlos auf der Krankenstation. Erst am anderen Tag bemerkte jemand, dass sie bereits in der Nacht verstorben war.

Elias, der von seiner Absicht, nach Palästina auszuwandern, vor allem aus Zuneigung zu Judith und Helene Abstand genommen hatte, blieb das Wissen über die traurigen Umstände beim Tod seiner Schwestern bis an sein eigenes Lebensende erspart.

Max Goldmann war das Opfer seiner Unbeugsamkeit geworden. Als ihn ein Wachhabender beim Antreten ohne Hemmungen anbrüllte, war er, wie es nun mal seine Art war, aus der Haut gefahren und hatte ihm fatalerweise gedroht: »Bube, gnade dir Gott, wenn ich dich eines Tages unter anderen Umständen zu fassen kriege.«

Sie hatten ihn aus der Reihe geprügelt und vor dem angetretenen Block totgeschlagen. Mizzi verlor nach dem Tod ihres Mannes rasch den Lebenswillen und starb ein halbes Jahr später an Unterernährung und Auszehrung.

Keinerlei Überlebenschance hatte das mittlerweile gebrechliche Ehepaar Spighel. Beide wurden nach der Ankunft in Riga ausgesondert und im selben Konvoi zur Erschießung gebracht, in dem auch der Lastwagen fuhr, auf dessen Ladefläche Joseph und Rosa Winter sich voller Zärtlichkeit schweigend aneinanderklammerten. Ihre so höchst unterschiedlich verlaufenen Lebenslinien endeten gemeinsam in einem der zahllosen Massengräber in den Wäldern um Riga.

Zur selben Zeit prosperierte die Winter'sche Spiegelfabrik, die jetzt »Seelbacher Glas- und Spiegelwerke« hieß, auch unter der neuen Leitung. 1939 hatte ein fünfköpfiges Konsortium, dem auch Jänke und Metzig angehörten, das zwangsenteignete Werk übernommen. Trotz der kriegsbedingt positiven Entwicklung aller Geschäftsbereiche verlief die Zusammenarbeit der neuen Eigner nicht reibungslos. Die Auseinandersetzungen fanden ihre Zuspitzung in den stetigen Konflikten zwischen dem erfahrenen früheren Prokuristen Bertram Jänke und dem gleichermaßen ungestüm wie skrupellos agierenden, dreißig Jahre jüngeren Gottfried Metzig. Dieser engagierte sich zielgerichtet in den süddeutschen Wirtschaftsverbänden, pflegte strategisch kluge Kontakte zu allen relevanten NS-Stellen auf Gau- und auf Reichsebene und legte ein Auftreten an den Tag, das den Eindruck erweckte, er sei der alleinige Eigentümer der Firma.

In einem ersten kühnen Streich hatte er sich nach dem erzwungenen Auszug der Familie Winter die »Weiße Villa« angeeignet, was er mit der formal korrekten juristischen Einschätzung begründet hatte: »Das Wohngebäude ist nicht Bestandteil der Firma.«

Wenige Monate nach dem Einmarsch in die noch unbesetzten Gebiete der Tschechoslowakei wurde das geistige und kulturelle Zentrum des südmährischen Judentums zerschlagen. Im jetzigen Nikolsburg, dem vormaligen Mikulov, waren im Lauf der wechselvollen Geschichte des Ortes bis zu 50 Prozent der Bevölkerung jüdischen Glaubens gewesen. Ihre Zahl hatte bereits vor dem Einmarsch der Wehrmacht kontinuierlich abgenommen, aber nun war das Schicksal der noch verbliebenen Juden besiegelt. Diejenigen, die nicht vorher geflüchtet waren, meist alte und kranke Menschen, wurden alsbald über Theresienstadt in die Vernichtungslager verschleppt.

Im Sommer 1940 besichtigte der wegen seiner kriegswichtigen Funktion vom Wehrdienst bislang freigestellte Gottfried Metzig in dem schön gelegenen Ort eine der größten mährischen Glasfabriken. Der Betrieb war bis vor kurzem im Besitz einer alteingesessenen jüdischen Familie gewesen und bedurfte nach einem wenig erfolgreichen Intermezzo neuer Impulse. Das südländische Klima, der an den Hängen rund um die Stadt wachsende Wein und die kleinen Cafés am Marktplatz mit seinen Barockfassaden wirkten inspirierend auf Metzig und förderten seinen Entschluss, die heruntergekommene, aber entwicklungsfähige Glasfabrik zu kaufen.

Hier machte er nur wenig später die Bekanntschaft des Exzentrikers Georg Haas, der sich nach der dubiosen, mit sehr viel Geld herbeigeführten Verleihung eines Adelstitels Georg Haas von Hasenfels nannte. Er hielt Hof auf Bítow, das neuerdings Burg Völtau hieß. Dort beherbergte er einen ganzen Zoo, darunter sogar eine in die Jahre gekommene Löwin. Im Städtchen munkelte man, dass der Verrückte sogar gelegentlich im Saal der Burg gemeinsam mit der Raubkatze diniere. Dieser dem prallen Leben zugewandte Bonvivant imponierte dem prüden schwäbischen Emporkömmling, zumal der Porzellanfabrikant Haas von Hasenfels nicht nur den Tieren, sondern auch den vielen Schönen aus den umliegenden Dörfern zugeneigt war, mit denen er rasch wechselnde Liebschaften pflegte.

Gottfried Metzig sah an diesem Ort die Chance auf wirtschaftlichen Erfolg sowie gelegentliche Liebesabenteuer, die sich weitab seiner sonstigen Geschäftsbeziehungen und seines unverändert kleinbürgerlichen Familienlebens abspielen konnten. Nach dem Überfall auf die Sowjetunion wuchs die Auftragsmenge im Nikolsburger Werk erheblich und die Gewinne explodierten aufgrund der in großer Zahl beschäftigten Zwangsarbeiter in einer Weise, die es ihm ermöglichte, nach und nach drei der vier weiteren Miteigentümer der Seelbacher Glas- und Spiegelwerke mit lukrativen Angeboten auszubezahlen. Lediglich Bertram Jänke, der mehr und mehr in eine wortkarg ausgelebte Bitterkeit verfiel, weigerte sich, den ihm verbliebenen Anteil zu verkaufen.

Das hierdurch nach Ansicht von Metzig weiter bestehende kleine Problem wurde jedoch im Verlauf des Jahres 1942 gelöst, als der schon seit längerem herzkranke Jänke im Sommer im Alter von 71 Jahren verstarb und schon im Herbst die Erbengemeinschaft bereit war, ihren Anteil an der Firma sogar zu einem Gebot zu verkaufen, das unter dem lag, was Metzig den anderen vormaligen Miteigentümern bezahlt hatte. Als international tätiger Unternehmer machte er sich stets Gedanken darüber, wie es später einmal um das zwangsenteignete jüdische Eigentum bestellt sein würde, etwa dann, wenn der angestrebte Siegfrieden hergestellt war. Natürlich musste nicht mit Forderungen auf Rückübereignung gerechnet werden. Aber aus Gründen marktstabilisierender Opportunität war die nachträgliche Leistung eines dann festzusetzenden Kaufpreises oder einer Entschädigung nie völlig ausgeschlossen. Da er die neu entstandenen Eigentums- und Besitzverhältnisse im Reichsprotektorat Böhmen und Mähren stabiler einschätzte, verkaufte er die Seelbacher Glas- und Spiegelwerke an die Nikolsburger Glasfabrik, somit an sich selbst. Das Ganze brachte ihm nach einigen Spitzengesprächen mit dem Protektor sowie dortigen Größen der Wirtschaftsverwaltung und der Wehrwirtschaft steuerliche Vorteile und Zuschüsse für die Ausweitung der als kriegswichtig angesehenen Produktionslinien ein.

Am ersten Weihnachtsfeiertag des Jahres 1942 speiste Gottfried Metzig höchst zufrieden im erweiterten Familienkreis. Zur Gans wurde ein besonderer Jahrgang des *Veltlinske zelené* gereicht, ein wunderbarer Wein, der in den rund um Nikolsburg gelegenen Dörfern kultiviert wurde. Der Emporkömmling war mit Hilfe seiner Nazifreunde mittlerweile nicht nur Nachfolger der Winters als reichster Seelbacher Bürger, sondern zudem auch ein höchst erfolgreicher Akteur in den dem Reich neu einverleibten Gebieten. Nun musste nur noch der Krieg zu Ende gehen. Das Konzept für eine geänderte Produktpalette für Friedenszeiten hatte er bereits erstellt.

Einen kleinen Unsicherheitsfaktor sah er lediglich in der festgefahrenen Situation in Stalingrad. Seiner Meinung nach wäre es das Beste, sich auf die Ostgrenze der Ukraine zurückzuziehen und mit den Russen Frieden zu schließen. Das böte unglaubliches wirtschaftliches Entwicklungspotenzial. Er hob sein Glas, prostete den Anwesenden zu und sagte, während er dabei von seiner Frau zu den beiden Kindern blickte: »Euch allen ein frohes Weihnachtsfest.«

In den ersten Wochen nach der Ermordung der lettischen und der deutschen Juden in den Wäldern um Riga wuchs Caunis' Brigade, wie sie sich trotz immer noch schwacher militärischer Bewaffnung jetzt nannte, Tag für Tag durch Versprengte und Geflüchtete an. Das widersprach völlig den ursprünglichen Absichten. Die Miene von Valdis Bukks verfinsterte sich mehr und mehr. Er sah die Sicherheit der Gruppe durch die seiner Ansicht nach unkontrollierten Neuzugänge gefährdet. »Irgendwann«, schimpfte er während einer der zahlreichen Besprechungen, »irgendwann nehmen wir einen Spitzel bei uns auf und ein paar Tage später sind wir alle tot.«

Auch Andris Feigel war ein entschiedener Gegner weiterer Zugänge. Er sah vor allem die wachsenden Schwierigkeiten, die Menschen angemessen zu ernähren.

Seit April besaßen sie ein weiteres Funkgerät, das zusammen mit einigen Kisten voll Waffen und Munition aus einem russischen Flugzeug für sie abgeworfen worden war. Weitere Lieferungen blieben aus, denn die Rote Armee war so weit zurückgedrängt worden, dass jeder Versorgungsflug ein Himmelfahrtskommando darstellte. Und bei Licht betrachtet war ihre Einheit eine der unbedeutendsten in den rückwärtigen baltischen Wäldern und Sümpfen. Der Aufbau einer stabilen Kommunikation zwischen Armee und Partisaneneinheiten stand erst am Anfang. Zahlreiche Verbindungsleute wurden verraten, von Streifen gestellt oder enttarnten sich selbst durch unvorsichtiges Auftreten. Manche verloren in kritischen Momenten die Nerven.

Zu Letzteren gehörte Achat Purina nicht. Kalten Blutes und mit einer immer weiter verfeinerten Kunstfertigkeit, nirgends aufzufallen, hielt sie die Verbindung der Gruppe zu den Rigaer Gewährsleuten, allen voran Karlis und Antonija Latvietis. Während der Aprilwochen sahen sich Achat und Jakob nur ganz selten. Sie war ständig unterwegs und er war seit neuestem Valdis Bukks unterstellt, der ihn und einige andere, die man anhand ihrer feinmechanischen Vorkenntnisse ausgesucht hatte, im Umgang mit Sprengstoff und Zündern schulte. Dabei fehlte es an allem. Vieles konnte lediglich theoretisch erklärt, anderes musste improvisiert werden. Und die Sicherheitslage verbot die praktische Durchführung von Sprengungen. Ohne dies jemals angestrebt zu haben, erwies sich Jakob als überaus begabter Sohn seines Vaters. »Das Uhrmacherlein hat sehr geschickte Fingerchen«, lobte Bukks, wenn es dem jungen Deutschen wieder einmal gelungen war, aus einem Sammelsurium an Kleinteilen einen einigermaßen tauglichen Zünder zu fertigen.

Darüber hinaus erhielt Jakob zusammen mit anderen Neuankömmlingen einfache militärische Schulungen, die Joshua Malcovich durchführte. Obwohl der ehemalige Komsomolze fast noch ein Kind war, gab es keinen, der sich so gut im unübersichtlichen Gelände der näheren Umgebung auskannte. In diesen Wochen freundete sich Jakob mit David Bernfeld an, dem es gelungen war, gleich nach Ankunft des ersten aus Stuttgart kommenden Transportes zu fliehen. Für den jungen Deutschen hatte man noch bessere Papiere organisiert, die ebenfalls auf den Namen Lauris Samitis ausgestellt waren. Damit er nicht aufgrund der fehlenden Sprachkenntnis aufflog, hatte man ihm ein gefälschtes Papier der Rigaer Gesundheitsverwaltung beschafft, aus dem hervorging, dass besagter Lauris Samitis taubstumm war. Jolanta hatte ihn unter großem Gelächter der umstehenden Frauen und Kinder darin zu schulen versucht, wie er sich im Falle einer Kontrolle zu verhalten hatte.

Ende April absolvierte Jakob Winter seinen ersten Einsatz. Die Bedingungen für einen Anschlag auf einen Fuhrpark mit angrenzendem Treibstoffdepot schienen gut. Man hatte das Verhalten der deutschen Soldaten und den Rhythmus der Wachablösungen erkundet. Der Anschlag sollte mit vier Sprengsätzen durchgeführt werden. Das Kommando wurde von Valdis Bukks geleitet. Außer David Bernfeld alias Lauris Samitis und Jakob Winter gehörten auch Joshua Malcovich und Achat Purina zur Gruppe. Man hatte die junge Frau mitgenommen, um Verständigungsprobleme zwischen den Deutschen und Letten möglichst gering zu halten.

Es gelang ihnen problemlos, die mit Zeitzündern versehenen Sprengsätze an den ausgesuchten Stellen zu installieren. Ihr Rückzug führte durch sumpfiges Gelände, das sich nach der Schneeschmelze weitläufig hinter den Dünen erstreckte und nur mühsam zu passieren war. Nach einer halben Stunde hörten sie die erste von drei aufeinander folgenden Detonationen. Währens Jakob und David sich freuten wie kleine Kinder, schauten die beiden anderen finster drein. Bukks unterdrückte einen Fluch.

»Was ist denn los?«, fragte Jakob, »freut ihr euch denn nicht?«

»Es sind nur drei Ladungen hochgegangen.«

»Das ist doch ein Erfolg.«

Joshua Malcovich zischte beim Durchwaten eines gefüllten Wassergrabens einige lettische Kraftausdrücke und schalt den Deutschen einen naiven Kindskopf.

»Was sagt er?« Fragend wandte sich Jakob an Achat Purina.

Um Streit zu vermeiden, sagte sie: »Er meint, wir dürfen uns nicht damit zufriedengeben.« Und sie fügte hinzu: »Wir müssen noch sorgfältiger arbeiten.«

Nach einigen Stunden erreichten sie das Gebiet ihres Lagers. Der Posten trat mit angelegtem Gewehr auf sie zu und fragte nach der Parole.

»Rachel«, antwortete Achat Purina. Sie hatten den Namen ihrer Mutter als Losungswort vereinbart.

Nach diesem ersten Anschlag blieb die Gruppe auf Weisung ihres Anführers zehn Tage »in Deckung«, wie er es nannte. Bukks verwendete dafür den Begriff »Ruhestellung«. Diejenigen, die nun als Angehörige des Sprengkommandos galten, mussten unter den strengen Augen von Valdis Bukks ihr Können verfeinern.

Janis Caunis führte eine kleine Gruppe an, die die wenigen Maschinenpistolen, die man hatte organisieren können, mit sich führte. Von dieser Gruppe wurden in den nächsten Wochen kleinere Überfälle auf lettische Faschisten und andere Kollaborateure verübt. Einmal gab es einen Schusswechsel mit einer lettischen Partisaneneinheit, die in ihrem Gebiet die Operationen einer jüdisch dominierten Gruppe nicht dulden wollte. Dieser Vorfall machte klar, dass sie als Juden von den meisten Letten als Gegner betrachtet wurden, sogar von einem erheblichen Teil der lettischen Untergrundkämpfer.

In der einsatzfreien Zeit versuchte Jakob, seinen lettischen Wortschatz zu erweitern. Zu diesem Zweck gesellte er sich nun öfters zu Lea Kahn, einem siebzehnjährigen Mädchen, das zu den wenigen gehörte, die dem Pogrom am 30. November 1941 entkommen waren. Sie sprach nicht so gut Deutsch wie Achat Purina, aber gut genug, um Jakob ein paar gängige Begriffe und Sätze beizubringen. Sein mangelndes Geschick, die neu erlernten Wörter auf Anhieb richtig auszusprechen, brachte das sonst so stille Mädchen nach langer Zeit wieder zum Lachen. Jakob ahnte, dass dieser Sprachunterricht ihr half, wenigstens für kurze Zeit nicht an das Schicksal ihrer

Familie denken zu müssen. Im schlimmsten Fall konnten bis zu 27 ihrer Angehörigen den Massenerschießungen zum Opfer gefallen sein. Je mehr Lea und Jakob miteinander lachten, umso mehr verfinsterte sich die Miene von Achat Purina.

Erst im Mai kam das Sprengkommando zu seinem zweiten wichtigen Einsatz. Über Funk war der Befehl eingegangen, einen Anschlag auf die Bahnstrecke Riga-Dünaburg zu verüben. Hier rollten die deutschen Transporte unbehelligt. Die Rote Armee hatte zu diesem Zeitpunkt keine Mittel, um die Strecke aus der Luft zu zerstören. Bukks beauftragte Jakob Winter und Achat Purina, die einige Kilometer von ihrem Lager entfernt verlaufende Strecke zu inspizieren.

»Von Achat kannst du noch viel lernen«, sagte Bukks zu dem Deutschen. »Und denkt daran: Drei Dinge sind wichtig. Erstens suchen wir eine Steigung, wo der Zug langsamer fährt.«

»Wir sprengen einen Zug? Nicht nur die Gleise?«

»Der Schaden ist größer«, sagte Bukks und kniff die Augen zusammen. »Zweitens«, fuhr er fort, »in der Nähe muss eine sichere Tarnung für die Einsatzgruppe möglich sein. Und drittens sollten wir einen gesicherten Rückzugsweg haben. Hier, nimm das mit.« Mit diesen Worten reichte er ihm ein Fernglas, dessen matte Graulackierung bereits an manchen Stellen durchgescheuert war. »Seid vorsichtig. Wenn ihr euch dem Bahndamm nähert, schaut ihr euch ganz genau danach um, ob euch jemand dabei beobachten kann. Grundsätzlich gilt, wenn euch jemand sieht, muss er glauben, dass da ein frisch verliebtes Paar durch die Landschaft streift.«

Schweigend marschierten sie mehrere Stunden durch die sonnendurchfluteten lichten Wälder. Das helle Grün der frischen Triebe entschädigte sie dafür, dass der Untergrund an vielen Stellen noch sumpfig war. Immer wieder mussten sie ihre Richtung ändern, weil ein Stück Weges nicht passierbar war. Trotz des milden Frühlingswetters kam Jakob gewaltig ins Schwitzen. Immerhin, die Stechmücken waren noch nicht geschlüpft. In einigen Wochen würde man hier von Stechmückenschwärmen drangsaliert werden.

Sie erledigten ihren Auftrag ohne Komplikationen. Nachdem sie die Bahnlinie erreicht hatten, stießen sie nach drei Kilometern auf einen sanft ansteigenden Streckenabschnitt, der zudem in einer Rechtskurve verlief. Das in den letzten Wochen stark gewachsene, nunmehr mannshohe Buschwerk entlang des Bahndamms würde es ihnen ermöglichen, ungesehen bis an die Gleise heranzukommen, und das angrenzende Waldgebiet, aus dem sie gekommen waren, war ideal für einen gefahrlosen Rückzug.

Als sie mehr als die Hälfte des Rückwegs bewältigt hatten, kam ihnen auf einem ausgefahrenen Waldweg ein Gespann entgegen. Sie blieben auf dem Weg, ein Ausweichen wäre verdächtig gewesen. Achat grüßte den Bauern, der wortlos nickte.

»Wir hätten uns doch wie ein Liebespaar verhalten sollen, hat Valdis gesagt«, scherzte Jakob.

»Das machst du besser mit Lea, in die bist du doch verliebt.«

»Quatsch doch nicht so einen Blödsinn.«

»Ihr Herzchen steckt doch den ganzen Tag zusammen.«

»Sie bringt mir nur ein paar Brocken Lettisch bei.«

»Sie himmelt dich an. Das sieht ja ein Blinder. Alle tuscheln schon über euch.«

»Ach Unsinn. Wenn ich in jemand verliebt wäre, dann höchstens in dich.«

»Du hast kein Recht, dich über mich lustig zu machen«, schnaubte das Mädchen.

Jakob stellte sich ihr in den Weg, hielt ihre Hände fest und küsste sie. Sie befreite den rechten Arm aus seiner Umklammerung und schlug nach ihm. Der Schlag fiel jedoch ziemlich verhalten aus, was ihn ermunterte, sie nochmals zu küssen. Zu seiner Überraschung ließ sie das zu, und auch, dass sie danach eine Weile Hand in Hand gingen. Ehe sie den Wachposten erreichten, löste sie ihre Finger von den seinen. »Im Lager braucht das keiner zu wissen«, zischte sie. Dann erklang auch schon der Ruf nach der Parole.

Drei Tage nur gaben die Umstände den beiden Zeit, die ihre Liebe in den unsicheren Zeiten dieses Vernichtungskrieges entdeckt hatten. Wie zwei Ertrinkende klammerten sie sich aneinander. Das sinnliche Erleben der aufschäumenden Sexualität ließ für winzige Augenblicke den Kummer über das ungeklärte Schicksal ihrer nächsten Angehörigen und die Sorge um das eigene Überleben in den Hintergrund treten. Wenn es der Dienst erlaubte, gingen sie in den lichten Wald. Dort, wo sie auf einen Flecken warmen Waldboden stießen, ließen sie sich nieder. Achat Purina streifte ihren Kittel ab und bestieg ihn ohne weiteres Vorspiel. Sie war keine Jungfrau mehr. Jakob hatte sich die Frage nach ihren früheren sexuellen Erlebnissen verkniffen. Auch Achat stellte keine Fragen. Er streichelte ihre kleinen Brüste, während sie ihn energisch ritt. Es war das Erwachen einer stürmischen Liebe. Sie war eine Botschaft. Es gibt noch mehr als den Tod, sagten ihre Berührungen, sangen ihre Höhepunkte. Aber Achat bestand darauf, dass sie im Lager getrennt schliefen, was Jakob schwerfiel. »Mach es wie ich«, flüsterte sie. »Träum von einem warmen Nachmittag im lichten Eichenwäldchen. Träum davon, dass wir eine Zukunft haben.«

Schon kurze Zeit nach der Rückkehr von ihrem Spähauftrag sammelte Janis Caunis eine kleine Gruppe um sich: Valdis Bukks, Achat Purina, Joshua Malcovich und Jakob Winter. Sie besprachen den Einsatz, der am nächsten Morgen erfolgen sollte. Neben den Sprengutensilien erhielten sie zwei Karabiner und zwei Maschinenpistolen ausgehändigt. Die Rückkehr ins Lager sollte, egal wie die Sache auch ausging, über ein in der Gegenrichtung gelegenes, verlassenes Gehöft erfolgen. »Aber passt auf. Es könnte sich dort jemand eingenistet haben.«

Sie marschierten nur nachts. Zu groß war die Gefahr, durch eine der kleinen Maschinen der deutschen Luftaufklärung entdeckt zu werden.

Als sich Jakob dem Mädchen an einem ihrer Lagerplätze nähern wollte, wies Achat ihn ohne Worte ab, auch noch ein zweites und ein drittes Mal.

Bukks erwies sich einmal mehr als umsichtiger Kommandant, der sie nachts sicher durch das schier undurchdringliche Netz sumpfiger Tümpel führte, das sich hinter der Dünenlandschaft zwischen ausgedehnten Eichenforsten erstreckte. Nach zwei Nachtmärschen erreichten sie die Bahnstrecke am vorgesehenen Korridor. Die Schwierigkeit bestand darin, dass sie die Vorbereitungen nur nachts machen konnten und dann noch warten mussten, bis es Tag geworden war, denn nachts fuhren auf dieser Strecke keine deutschen Transportzüge.

Bukks inspizierte zusammen mit Jakob die Stellen, an denen sie die Sprengladungen anbringen wollten. Dann zogen sie sich in den Wald zurück, wo die anderen auf sie gewartet hatten. »Wir müssen die Sprengladungen vollständig tarnen, denn es ist durchaus möglich, dass vor dem Einsatz der ersten Züge bei Tagesanbruch noch Kontrollen kommen. Zum Beispiel eine Lok mit gepanzertem Niederbordwagen und einem Maschinengewehraufbau.«

In der darauf folgenden Nacht arbeiteten alle vier mehrere Stunden daran, die Sprengladungen an den vorgesehenen Stellen anzubringen und so miteinander zu verbinden, dass sie im Idealfall gleichzeitig detonierten. Sie lösten den Schotter aus dem Gleisbett und bedeckten mit äußerster Vorsicht die explosive Ladung. Bukks trieb sie so lange an, bis auch die Zündkabel vom Bahndamm aus nicht mehr sichtbar waren.

Die nächsten Stunden verharrten sie schweigend in ihrem Versteck. Die Sonne stand schon hoch, als Achat Purina aus ihrer starren Versunkenheit hochschreckte. »Der Zug«, sagte sie. »Ich höre einen Zug.«

»Verdammte Scheiße«, knurrte Malcovich und zeigte nach Nordosten. »Seht mal.«

In der Ferne tauchte ein Pferdefuhrwerk auf, das langsam in Richtung des Bahndamms ruckelte.

»Was machen wir jetzt?«, fragte Jakob. »Wir können die doch nicht mit in die Luft sprengen.«

Bukks antwortete nicht. Er blickte mit zusammengekniffenen Augen durch das Fernglas. Ein dürrer Klepper zog einen

Leiterwagen, auf dessen Kutschbock ein älterer Mann saß. Er war wie ein Bauer gekleidet und schien es nicht eilig zu haben. Nun tauchte die Lokomotive im Westen auf. Zuerst war nur eine dunkle Rauchfahne zu erkennen. Nach und nach wurde der ganze Zug sichtbar. Es war kein Wagen mit Bewaffneten vorgespannt.

Bukks spuckte eine zerkaute Kiefernnadel aus. »Wir sprengen. Macht euch bereit. Sofort nach der Detonation ziehen wir uns so rasch wie möglich zurück.«

»Das kannst du nicht tun«, jammerte Jakob und schaute zu den anderen.

»Geh auf deinen Posten«, befahl Bukks.

»Geh schon.« Achat Purina war unbemerkt an ihn herangetreten und gab ihm einen leichten Stoß.

»Der Wagen ist stehen geblieben«, flüsterte Malcovich, der unverändert das Geschehen beobachtete.

»Die Sprengung vorbereiten«, knurrte Bukks. »Wir sprengen, sobald die Lok auf der Höhe der dritten Sprengladung angekommen ist.«

Malcovich entsicherte fachgerecht die Zündvorrichtungen. Langsam schob sich der Versorgungszug die leichte Steigung hinauf, die von Westen her in das Hinterland des Dünengürtels führte. Jakob hatte das Gefühl, die Zeit bliebe stehen. Er blickte in das geräuschlose Zittern der Pappeln, die einen nicht ganz geschlossenen Blättervorhang zum Vorland des Bahndamms bildeten. Noch immer stand das Gespann auf der von Militärfahrzeugen durchpflügten Piste. Hatte es vielleicht einen Naben- oder Achsbruch?

»Jetzt«, befahl Bukks mit schnarrendem Ton und senkte mit einem Ruck den Arm, den er zuletzt in Feldherrenpose ausgestreckt in die Höhe gehalten hatte.

Ein winziger Augenblick verging, dann ertönten zeitgleich drei Detonationen und Sekundenbruchteile später eine vierte. Durch die schwarze Lokomotive ging eine gewaltige Erschütterung, dann blieb sie, wie von einer riesigen Hand angehalten, urplötzlich stehen und neigte sich zur Seite. Die nachfolgenden, schwer beladenen Güterwagen verkeilten sich, der eine oder andere entgleiste.

»Geschafft«, jubelte Malcovich.

Jakob sah zu Achat Purina hinüber. Sie lächelte mit strahlenden Augen und einem böse verkniffenen Mund.

»Die Patina der Zivilisiertheit ist dünn«. Auch später erinnerte sich Jakob immer wieder an diesen Moment, in dem sich ihm der Satz förmlich aufgedrängt hatte, den er in den Jahren, in denen sein Onkel Oswald bei ihnen im Haushalt lebte, zu unterschiedlichsten Anlässen zu hören bekommen hatte.

»Los, wir müssen weg«, raunte Bukks. »Nehmt alles mit. Nichts wird zurückgelassen.«

Jakob konnte beobachten, wie einige Uniformierte hektisch in beiden Richtungen den Bahndamm entlangliefen. Von der Begleitmannschaft des Zuges schienen etliche überlebt zu haben. Das Letzte, was er sah, ehe sie in dem morastigen Eichenwäldchen verschwanden, war der hoch aufsteigende schwarze Rauch der Lokomotive, der sich gelegentlich mit einem helleren Dampfwölkchen vermischte.

Erst vier Stunden später machten sie die erste Rast. Bukks hatte sie zu einem Eilmarsch angetrieben. Jakob ließ sich erschöpft ins Gras fallen, das an den lichten Stellen des Waldes höher stand. Schweiß lief ihm über den gesamten Körper. Seine zerschlissene Kleidung klebte auf der Haut. Achat Purina mied seine Nähe. Bukks hatte Wasser aus einem Bach geholt. Er reichte allen die Blechflasche, die er noch ein zweites Mal füllte.

Wie vereinbart begaben sie sich zuerst in ein Gebiet, das weiter vom Lager entfernt lag. Nach ihrem ersten Gewaltmarsch verharrten sie bis zum Einbruch der Dunkelheit im Biwak. Erst in der dritten Nacht erreichten sie eine Gegend, die Jakob bekannt vorkam. Als habe er seine Gedanken erahnt, sagte Bukks: »Es ist nicht mehr weit.« Sie gelangten an den Eingang des Tales. In einer Stunde würden sie das Camp erreicht haben. Jakob sehnte sich danach, von Jolanta etwas Warmes zu essen zu bekommen. Sie würde mit Sicherheit noch irgendetwas für sie bereithalten. Dann würde er sich gründlich waschen und anschließend nur noch schlafen, schlafen, schlafen.

Plötzlich spürte Jakob eine Hand vor seiner Brust, die ihn zum Halten zwang. Still und regungslos stand das Kommando im dunklen Wald.

»Was ist los?«, flüsterte Joshua Malcovich.

Es dauerte eine Weile, bis Bukks antwortete: »Der Posten. Hier steht keine Wache.«

»Vielleicht steht er heute woanders«, raunte Jakob.

»Ruhe«, befahl Bukks.

Zu viert lauschten sie schweigend in die Nacht. Nichts außer dem gelegentlichen Rascheln einer Maus und dem erstickenden Schrei eines Vogels war zu vernehmen.

»Joshi«, Bukks wandte sich an Malcovich, »du schleichst dich abseits vom Weg an das Lager heran. Wir warten hier.«

Der Angesprochene legte seinen Beutel und seine Maschinenpistole ab und verschwand in der Richtung, in der sich das Lager befand. Achat und Jakob hockten sich müde in das feuchte Gras. Nur Bukks blieb stehen, witterte wie ein Spürhund in die Richtung, in die der Junge verschwunden war. Es dauerte fast eine Stunde, bis sie die leisen Schritte eines Menschen vernahmen, eine Zeit, die Jakob endlos vorkam.

Bukks entsicherte seine Waffe. »Wer da?«

»Ich bin's, Joshi.«

Bukks senkte seine Maschinenpistole, der Junge taumelte atemlos auf sie zu. »Tot«, stammelte er. »Sie sind alle tot.«

»Wer ist tot?«, fragte Jakob.

»Unsere Leute, alle tot.«

»Hast du noch was erkennen können? Deutsche?« Bukks zerrte am Arm des weinenden Jungen, der wortlos den gesenkten Kopf schüttelte.

Wie gelähmt verharrten alle vier, wo sie gerade waren. Der nasskalte Boden ließ Jakob frösteln. Achat stand abgewandt vor einer hohen Fichte und schlug mit der Stirn gegen die trockene, rissige Rinde.

»Los, kommt.« Bukks versuchte beherrscht zu klingen, was ihm nicht richtig gelang. In einer losen Kette schlichen sie ins Lager. Vor ihnen herrschte völlige Dunkelheit. Jakob stolperte über etwas Weiches. Es war ein Toter. Ihn schauderte. Erst als sie die Mitte des Camps erreicht hatten, drehte ihr Führer seine Handlampe an, was er während ihrer Nachtmärsche kein einziges Mal getan hatte. Im zitternden Lichtstrahl waren mehrere Leichen zu erkennen: Männer, Frauen, Kinder. Über der erloschenen Feuerstelle lag die alte Jolanta. Ihre Kleider waren verkohlt. Offensichtlich hatte man auf sie geschossen und sie war tot oder sterbend ins Feuer gefallen, woraus geschlossen werden konnte, dass der Überfall tagsüber verübt worden war.

»Schaut in den Wohnhöhlen nach. Jakob, du bleibst bei mir, du folgst mir mit entsicherter Waffe.« Die Stimme von Bukks klang heiser. Er hatte nun sichtlich Mühe, die ruhige Sachlichkeit beizubehalten, die ihn bislang charakterisiert und ausgezeichnet hatte.

Sie schlichen zu dem Erdloch, in dem Janis Caunis gehaust hatte. Es war leer.

»Sie haben die Waffen mitgenommen«, stellte Bukks fest.

»Deutsche?«, fragte Jakob.

»Kann sein, es können aber auch andere gewesen sein.«

Am Rande des Geländes stießen sie auf einen Toten, bei dem sie dachten, dass es ihr Anführer sei. Er lag mit dem Gesicht nach unten. Sein Leib und sein Kopf wiesen zahlreiche Einschüsse auf.

»Das ist nicht Janis«, murmelte Bukks, nachdem er den Leichnam auf den Rücken gedreht hatte.

Nur ein paar Minuten später fanden sie Andris Feigel und seine Frau. Insgesamt zählten sie 72 Tote. Die Umstände wiesen darauf hin, dass im Lager heftig gekämpft worden war.

»Wo sind die anderen?«, fragte Achat Purina.

Valdis Bukks zuckte mit den Schultern. »Vielleicht konnten sie flüchten. Vielleicht hat man sie weggebracht.«

Joshua Malcovich rannte aufgeregt auf sie zu. »Schaut mal, was ich gefunden habe. Diese Schweine!« Er hielt ein braunes Käppi hoch.

»Dann waren es wahrscheinlich Letten«, sagte Bukks.

»Diese faschistischen Schweine«, heulte Malcovich.

»Das müssen keine ›Donnerkreuzler‹ gewesen sein. Nach dem, was in letzter Zeit passiert ist, können das auch lettische Partisanen angerichtet haben. Für die sind wir genauso Feinde wie die Deutschen.«

»Was sollen wir jetzt tun?«, fragte Jakob mit zitternder Stimme.

Bukks schaute ihn im flackernden Licht einer Harzfackel lange an, ehe er antwortete. »Nichts«, sagte er. »Hier können wir nichts mehr tun.«

Uldis Pedars hatte niemals der Sache der Kommunisten nahegestanden. Auch damals nicht, als sein Sohn Juris nach dem Einmarsch der Roten Armee die Fischereigenossenschaft gegründet hatte. Es bedurfte großer Anstrengungen, um den Widerstand der skeptischen Küstenfischer zu überwinden, aber nach und nach wurden die Vorteile sichtbar. Es schien gewinnbringender zu sein, gemeinsam zu wirtschaften, zumal ihr Fang eine begehrte Ware darstellte.

Juris war ein glühender Kommunist gewesen, der reden konnte wie kein anderer. Der alte Fischer war erstaunt über seinen Sohn und erstmals in seinem langen Leben hatte er Stolz empfunden. Denn von ihm hatte er diese Gabe nicht. In seiner Familie war nie viel geredet worden. Und öffentlich schon gar nicht. Als die Sowjets abzogen, hatten sie ihn geholt, noch ehe die Deutschen kamen. Faschistische Milizen jagten in diesen Tagen alle, die im Verdacht standen, Kommunisten zu sein oder Sympathien für die Sowjetmacht entwickelt zu haben. Sie erschossen ihn in den Dünen. Ganz in der Nähe der Stelle, wo befreundete Fischer ihn gefunden hatten, befand sich jetzt sein Grab. Uldis Pedars hatte seinen Sohn in den Dünen beerdigt, weil der Pfarrer ihm, dem Kirchenfeind, ein Begräbnis auf dem örtlichen Friedhof verweigert hatte.

Mitten in der Nacht klopfte es mehrmals an die Tür seiner altersschiefen Kate. Pedars hörte es sofort, denn er lag, wie so oft in letzter Zeit, noch wach im Bett. Seit sie Juris umgebracht hatten, schlief er schlecht. Und er fürchtete die Träume, in denen sein Sohn immer wieder aufs Neue erschossen wurde oder blutend im Sand lag. Auch wurde der Schlaf mit zunehmendem Alter nicht besser. Der geschundene Rücken schmerzte und das kalte Wasser der Ostsee und der steife Wind hatten das Rheuma von Jahr zu Jahr schlimmer werden lassen.

Es klopfte erneut, leise und energisch zugleich. Ächzend wuchtete sich der alte Mann aus dem Bett. Die Sprungfedern quietschten, das trockene Holz seiner Bettlade knarrte. Das Knarren hörte sich so ähnlich an wie die tiefen Tonlagen des Schnurrens seines Katers, des letzten Hausgenossen, der ihm geblieben war. Bis er an der Tür angelangt war, klopfte es erneut. »Ja doch, ich komme«, brummte der Alte. Als er den klobigen Riegel umgelegt und die Tür endlich geöffnet hatte, blickte er in ein bekanntes Gesicht.

»Guten Abend, Antonija«, grüßte er die Frau von Karlis Latvietis. »Wen bringst du denn da mitten in der Nacht?« Er blickte in die blassen Gesichter der beiden Gestalten, die hinter Antonija Latviete standen. Sie waren jung, trugen gesteppte Jacken und hatten Rucksäcke bei sich.

»Können wir reinkommen?«, fragte die Frau.

Wortlos schlurfte der Alte in den Wohnraum zurück. Er drehte die einzige brennende Petroleumlampe etwas höher und zündete mit einem Streichholz eine zweite an, die er auf den fast quadratischen Tisch stellte. »Ich kann euch einen Tee machen.«

»Ja, Uldis, mach uns einen Tee«, sagte die Frau aufmunternd.

Als der einfache Samowar zischte und blubberte, nahm der Fischer aus einem Hängeschränkchen drei Gläser und füllte sie mit den Worten: »Leider hab ich keinen Zucker.«

»Das macht nichts«, sagte die Frau, »ein heißer Tee tut auch so gut.«

»Und ihr habt nichts zu sagen?« Uldis Pedars musterte fragend die beiden jungen Leute, die schweigend am Tisch saßen.

»Die beiden haben viel durchgemacht«, sagte Antonija Latviete.

»Wer hat das nicht«, erwiderte Pedars.

»Das sind Achat Purina und Jakob Winter.« Sie erzählte in knapp gehaltenen Sätzen, wer die beiden waren und was sie in den letzten Monaten erlebt und erlitten hatten. Nach der Katastrophe im Lager waren sie noch einen halben Tag zusammen in Richtung Riga marschiert. Bukks und Malcovich wollten sich auf die Suche nach einer Partisaneneinheit machen, die sich um versprengte sowjetische Marinesoldaten gebildet hatte. Jakob und Achat könnten mitkommen, hatten sie gemeint. Man würde sie sicher aufnehmen. »Ich bürge für euch«, sagte Bukks.

Achat schaute Jakob an. Der schwieg. Da ergriff sie die Initiative. »Nein, Valdis, unsere Wege trennen sich. Für uns Juden ist hier kein Platz.«

»Ich bin doch auch Jude«, protestierte Joshua.

»Du bist in erster Linie ein kleiner mutiger Komsomolze.« Achat lächelte ihn versonnen an.

Jakob Winter war überrascht über die plötzliche Wendung. Er kam sich vor wie ein Staubkorn, das der aufkommende Wind in eine neue, gänzlich unbekannte Gegend wehte. Zahllose Gedanken schossen ihm durch den Kopf. Wohin sich wenden? Was war mit seiner Familie? Sie vor allem hoffte er hier zu finden. Was hatte Achat vor? Und weshalb maßte sie sich an, über ihn zu bestimmen?

Sie musterte ihn und fragte: »Hast du schon mal von ›Hashomer Hatzair‹ gehört?«

Jakob nickte. Er hatte in den Kreisen seines Bruders schon Etliches über diese Fluchthilfeorganisation gehört, die weltweit mit dem Ziel agierte, junge Juden illegal nach Palästina zu bringen.

»Wenn wir es nach Schweden schaffen, helfen uns die dortigen Aktivisten weiter, falls es überhaupt welche in Schweden gibt.« Und an Bukks gewandt fuhr sie fort: »Wir gehen erst einmal zu Karlis und Antonija. Die kennen bestimmt Leute, die uns nach Schweden übersetzen.«

Valdis Bukks sah sie traurig an. Dann umarmte er zuerst Achat, danach Jakob, dem er auf die Schulter klopfte. »Einen wie dich könnten wir immer brauchen. Janis Caunis hat dich richtig eingeschätzt. Du bist einer mit ganz geschickten Fingerchen.«

Nachdem sie sich unter Tränen von Joshua verabschiedet hatten, trennten sie sich auf einem Waldweg. Achat Purina und Jakob Winter gingen in Richtung Riga. Valdis Bukks und Joshua Malcovich machten sich auf, um in den Sümpfen zwischen der Düna und der kurländischen Aa die Partisaneneinheit zu finden, der sie sich anschließen wollten.

Wieder führte Achat Purina ihren Begleiter durch die menschenleeren Straßen von Riga. Beide ahnten nicht, dass sie das letzte Mal durch die ihnen mittlerweile gut vertrauten Quartiere schleichen würden. Sie huschten das rechte Ufer der Düna entlang, vorbei an der vollständig aus Holz erbauten Jesuskirche, an der sie eine Zeitlang verharrten, ehe sie den schwierigsten Teil des Weges in Angriff nahmen, der sie zum Zentralmarkt führte. An der Südspitze der Moskauer Vorstadt, ganz in der Nähe des Ghettozaunes, wies ihnen der Geruch verbrannten Holzes den Weg zu den Ruinen des Bet- und des Totenhauses, die von berserkerhaft wütenden Einsatzgruppen niedergebrannt worden waren.

Als sie auf Umwegen ihr Ziel erreicht hatten, öffnete Antonija Latviete die Tür. »Karlis ist krank«, sagte sie statt einer Begrüßung. »Kommt rein.« Sie wusste, was zu tun war. »Wir werden heute Nacht einen Mann aufsuchen, der euch wahrscheinlich helfen kann«, sagte sie.

Weil Karlis mit hohem Fieber im Bett schlotterte, hatte Antonija eine Vertraute gebeten, bei ihrem Mann zu bleiben.

»Karlis übernimmt sich«, sagte sie, als Achat auf dem Weg aus der Stadt nach der Ursache seiner Erkrankung fragte.

»Soll ich noch einen Tee machen?« Uldis Pedras sah in die müden Gesichter, nachdem Antonija Latviete ihren Bericht beendet und das Anliegen der beiden jungen Leute vorgetragen hatte.

»Nicht nötig«, sagte sie und die beiden Jüngeren schüttelten die Köpfe. »Vielen Dank«, murmelte Jakob.

»Ah, du kannst doch reden. Ich dachte schon, du wärst stumm.«

In sich versunken verharrten alle vier einige Augenblicke schweigend am Tisch. Der Wind war stärker geworden. Er ließ die alte Kate knarren und ächzen. Draußen klapperte etwas, das lose geworden war. Der alte Fischer stand auf und kramte in seinem Schrank, holte eine Stummelpfeife und einen abgegriffenen Lederbeutel hervor, dem er bröseligen Tabak entnahm und bedächtig in die Pfeife stopfte. Er saugte ein paar Mal an der kalten Pfeife, wohl um den Zug zu prüfen, dann setzte er den Tabak in Brand. Der aufsteigende Rauch muffelte, Kriegsware eben. Er lehnte sich zurück und fragte, wobei er sich an Jakob wandte: »Habt ihr denn überhaupt Geld?«

Jakob zögerte. Ehe sie vom Lagerplatz, der nun ein Ort des Schreckens war, aufgebrochen waren, war er noch zu seinem Versteck geeilt. Zwischen zwei Steinen hatte er einen Hohlraum erweitern können, den er geschickt mit einem kleineren Stein, Lehm und Blättern verschlossen hatte. Die Leinensäckchen mit dem Schmuck, die ihm Aron Bärland bei ihrem Ausbruch aus der Moskauer Vorstadt zugesteckt hatte, waren noch an ihrem Ort. Die Mordbrenner hatten im Lager grausam gewütet und alles auf den Kopf gestellt. Sein Versteck hatten sie nicht gefunden. Eingedenk der vielen Toten, die um ihn her lagen, nahm Jakob die Säckchen mit schlechtem Gewissen an sich.

»Es geht nicht darum, mir etwas zu geben«, fuhr Pedars fort und saugte bedächtig an seiner Stummelpfeife. »Diejenigen, die überhaupt bereit sind, nach Schweden überzusetzen, machen das nur gegen Geld.«

Vier Nächte später saßen Achat und Jakob im Boot eines Fischers, der sie nicht nach ihren Namen fragte und auch seinen nicht nannte. Der Preis war hoch gewesen. Der Mann hatte die Hälfte des Schmucks verlangt, den Jakob bei sich trug.

Am Vorabend hatte Uldis Pedars sie in einen Schuppen gebracht und ihnen eingeschärft, so lange still unter einem Berg stinkender Netze zu verharren, bis man sie holen würde. »Nicht bewegen, nicht weggehen«, mahnte er noch. »Wenn die rechte Zeit gekommen ist, werdet ihr geholt.«

Mitten in der Nacht wurden sie unsanft aus dem Schlaf gerissen. Ein junger Mann, der der Sohn des Fischers sein konnte, riss die über ihnen liegenden Netze beiseite und weckte sie mit einem unfreundlichen »Hopp, hopp!«

Sie folgten ihm den Kai entlang durch die Dunkelheit. Der Junge ging so schnell, dass sie Mühe hatten, mit ihm Schritt zu halten. An einer Stelle, an der eine Eisenleiter hinab zum Wasser führte, wartete er auf sie und wies sie mit stummer Geste an, keinen Lärm zu machen. Nacheinander stiegen sie zu einem Ruderboot hinab. Der Mann löste die Leine und nahm dann auf der Ruderbank Platz.

Jakob fragte sich, wohin das führen sollte. Wollte man sie am Ende mit dem Ruderboot nach Schweden bringen? Alsbald schalt er sich einen Narren, denn nach einer weiteren Viertelstunde erahnte er am dunklen Horizont die unbeleuchteten Konturen eines kleinen Küstenseglers, der mit einem Hilfsmotor ausgestattet war.

Über eine Strickleiter erreichten sie das winzige Deck des Schiffes, auf dem sie der Fischer in Empfang nahm. In lettischer Sprache befahl er ihnen, unter Deck zu gehen. Dort sollten sie die ganze Fahrt über bleiben. Sollten sie von einem deutschen Schiff aufgebracht werden, würde man sie als blinde Passagiere ausliefern, die sich heimlich an Bord geschlichen hätten. Achat unterließ es, die letzte Bemerkung des Fischers zu übersetzen.

Erst viel später brachte Jakob in Erfahrung, dass der riskantere Teil der Reise gleich am Anfang lag. Im Unterschied zur gegenüberliegenden felsigen Westküste Finnlands, vor der unzählige Inseln und Schären zwar die Seefahrt erschwerten, dafür aber leidlich sicheren Schutz boten, war die lettische Küste flach und leicht einzusehen. Ein Vorteil war allerdings, dass große Kriegsschiffe die Bucht nicht befahren konnten und sie lediglich mit einer möglichen Verfolgung durch kleinere Patrouillenboote rechnen mussten.

Der Bootseigner lenkte sie sicher über den Unterwasserrücken in die flache Rigaer Bucht. Als sie die Insel Ruhnu passierten, zog eine Kaltfront auf. Der Wind schlug um auf Nordost, weshalb sie gut vorankamen. Als der Morgen graute, hatten sie die Rigaer Bucht hinter sich gelassen und befanden sich auf hoher See.

Auf Höhe der am äußersten südlichen Zipfel Finnlands gelegenen Stadt Hangö änderte der Kapitän den Kurs und segelte von nun an in Richtung Westen an der finnischen Küste entlang.

Während der mehrtägigen Fahrt gestattete die Crew den beiden Flüchtlingen nur zweimal am Tag einen kurzen Aufenthalt auf Deck sowie die Benutzung des völlig verdreckten engen Aborts, in dem sie sich an einem winzigen gusseisernen Waschbecken notdürftig waschen konnten. Manchmal spritzte Salzwasser durch den Abfluss. Wenigstens war die Verpflegung genießbar. Sie erhielten Tee, Brot, Fisch und Wurstbrät in Dosen. Die Mahlzeiten hatten sie unter Deck einzunehmen. Nach einiger Zeit konnte Jakob die Zahl der Tage nicht mehr bestimmen, die sie bereits auf See waren. Als sie an einem Morgen in aller Frühe von dem jüngeren Crewmitglied an Deck gebracht wurden, regnete es. Ein stürmischer Wind ließ die beiden Passagiere schaudern, denn ihre Kleidung war keineswegs seetauglich.

Jakob meinte in der Ferne Land ausmachen zu können. »Was ist das da drüben?«, fragte er den Kapitän, der sich in ihre Nähe begeben hatte, und zeigte dabei auf den dunklen Strich, der sich aus dem Wasser erhob.

»Aland«, knurrte der Fischer.

»Ist das schon Schweden?«

Der Mann grunzte etwas Unverständliches. Jakob meinte jedoch, ein bejahendes Nicken erkannt zu haben. Nur ein einziges Mal redete der Fischer mit ihnen mehr als nur ein paar Worte. Er machte Achat Purina klar, dass man sie nicht auf die günstig gelegene Insel Fejan bringen könne. Dorthin seien mehrere Tausend Letten und Esten geflüchtet, die dort in einem Durchgangslager hausten. Mittlerweile würde die Insel streng bewacht.

Vom offenen Meer her zog Nebel auf. Vor der schwedischen Küste warf der Fischer des Öfteren den Dieselmotor an. Mit sechs Knoten in der Stunde fuhren sie eine Zeitlang an der Küste Yxlans entlang in nordwestlicher Richtung, ehe der Kapitän auf Südsüdwest steuerte. Mitten in der Nacht wurden sie geweckt. Sie sollten nach oben kommen.

Der Segler ankerte nur wenige Meter vor der felsigen Küste in einer winzigen Bucht. Der Schiffsführer kannte die Einfahrt offensichtlich gut, sonst wäre ein Anlanden in diesem von zahllosen Schären durchzogenen Gewässer nicht möglich gewesen.

»Wo sind wir hier?«, fragte Achat Purina und schüttelte dabei die nachtsteifen Glieder.

»Siarö«, antwortete der Fischer und spuckte wie zur Bestätigung den Saft seines Priems über die niedere Reling. »Schweden. Eure Reise ist zu Ende.«

»Sind wir auf dem Festland?« Jakob blickte auffordernd zu Achat, die seine Frage übersetzte.

»Es ist eine große Insel. Das Festland ist nicht mehr weit. Nehmt euer Gepäck. Ihr könnt durch das flache Wasser waten. Dort vorne ist ein schmaler Strand, von dem ihr leicht nach oben kommt. Alles Weitere ist eure Angelegenheit.«

Jakob überlegte kurz, ob sie wirklich aussteigen sollten. Vereinbart war, dass der Fischer sie nach Stockholm bringen sollte. Als habe dieser seine Gedanken erraten, sagte er zu Achat Purina: »Von hier ist es nicht weit nach Stockholm.

Euch zum Festland zu bringen, wäre für ein ausländisches Schiff zu gefährlich. Ihr müsst auf der Insel einen Schweden finden, der euch nach Vaxholm oder direkt nach Stockholm bringt. Geht jetzt.«

Vorsichtig stiegen sie das kurze Fallreep hinunter in das Ruderboot. Bereits nach wenigen Metern sprangen sie in das flache Wasser und griffen eilig ihre Rucksäcke, in denen ihre geringe Habe verstaut war. »Danke«, rief Achat dem jüngeren Fischer zu, der schweigend sein Boot wendete.

Problemlos erreichten sie das Ufer. Wesentlich mühevoller war es, an der steil aufragenden Felsküste einen Aufstieg zu finden, der sie in den urbar gemachten Bereich der Insel führte. Oben angekommen, machten sie nach einem Kilometer an einem Bach Halt, wuschen sich und aßen einen Teil des Proviants, den sie hatten von Bord mitnehmen dürfen.

»Was machen wir jetzt?«, fragte Jakob und streckte sich im Gras aus. Die Sonne ging milchig über dem Meer auf. In der Ferne standen Rinder auf der Weide.

»Ich weiß es auch nicht. Wir müssen auf jeden Fall nach Stockholm.« Achat öffnete die beiden Lederriemchen der linken Seitentasche ihres Rucksacks und nahm ein schmales Buch heraus, in dem ein Zettel lag, den ihr der fieberkranke Karlis Latvietis gegeben hatte. Eine Stockholmer Adresse stand darauf. Ein Schwede lettischer Herkunft sollte dort wohnen, ein Genosse, wie Latvietis sagte, der ihnen weiterhelfen würde. Ob es in Schweden eine Sektion des Hashomer Hatzair gab, wusste ihr selbstloser Helfer nicht. Das müssten sie selbst herausfinden, was nicht so schwer sein konnte, denn in Stockholm und auch überall sonst in Schweden lebten Juden sicher, frei und unbehelligt.

Der Vormarsch der Alliierten war ins Stocken geraten. Verwöhnt von der zügigen Besetzung Siziliens hatten viele nicht mehr damit gerechnet, dass die Deutschen so zäh um das italienische Festland kämpfen würden. Sizilien hatte auch deshalb so rasch erobert werden können, weil sich ein Teil der italienischen Verteidiger so verhielt, wie es sonst für neutrale Streitkräfte üblich ist: Sie ließen die Deutschen abziehen und beteiligten sich nicht mehr an Kämpfen gegen die nachrückende 7. US-Armee.

Auf dem Festland war alles durcheinandergeraten. Statt sie bequem über das weite Lirital nach Rom marschieren zu lassen, das zur »offenen Stadt« erklärt worden war, spuckten ihnen die Krauts in die Suppe. Ihre massiv ausgebaute »Gustav-Stellung« erstreckte sich vom Tyrrhenischen Meer bis zur Mündung des Sangro in die Adria. Dieser Sperrriegel war nicht so leicht zu knacken. Die gesamte Linie war mit Minenfeldern, Bunkern und massiven Unterständen übersät.

Um diesen Verteidigungsgürtel, der um das Kloster Monte Cassino gebildet worden war, zu umgehen, unternahmen amerikanische Truppen am 22. Januar 1944 eine Überraschungslandung in der Nähe des 45 Kilometer südlich von Rom gelegenen Ortes Anzio.

Zwei Wochen später rauschte im Morgengrauen ein einzelnes Landungsboot auf die Küste zu. Obwohl es fast noch dunkel war, hörte man bereits auf hoher See Kampflärm. Ab und zu stiegen im Wasser kleine Gischtfontänen auf. War es Zufall oder wurde das Boot gezielt beschossen?

Captain Corn schlug den Mantelkragen hoch, um sich vor dem aufkommenden Eisregen zu schützen. Seine dicken Brillengläser waren bereits wieder angelaufen, obwohl er sie erst vor wenigen Minuten geputzt hatte. Es war ein vergebliches Unterfangen, aber Corn ließ davon nicht ab, denn ohne Brille war er blind wie ein Maulwurf. Mit zusammengekniffenen Augen schaute er zu den wenigen Männern hinüber, die sich im Innenraum des riesigen Landungsbootes verloren, auf dem sonst fast 200 Soldaten zusammengedrängt standen, ehe sie durch die geöffnete Klappe in das Inferno an der Küste gespuckt wurden. Eigentlich hätte die kleine Einheit bereits vor zehn Tagen landen sollen. Aber die Männer, die keine Rangabzeichen trugen, konnten ihrem Auftrag, gefangen genommene deutsche Offiziere und SS-Angehörige zu verhören, bisher nicht nachkommen. Denn in den ersten Tagen waren vor Anzio überhaupt keine Gefangenen gemacht worden. Was als schneller Vormarsch geplant war, geriet mehr und mehr zu einem Desaster. Die zehn Männer, die sich außer der Besatzung auf dem Boot befanden, suchten nun Schutz an der linken Außenwand, wo sie sich zusammenfanden und einen Kreis bildeten, ohne dass sich die einzelnen berührten. »Das ist dieselbe Scheiße wie letzte Woche«, brüllte ein kleiner Soldat zu Corn hinüber, der einmal mehr versuchte, seine Brille zu trocknen.

»Abwarten, Jack. Wenn keine Gefangenen gemacht worden wären, würde man uns nicht übersetzen.«

Der Mann, den Captain Corn Jack genannt hatte, war Jakob Winter, der zwei mehr als abenteuerliche Jahre hinter sich gebracht hatte. Jetzt gehörte er zu einer amerikanischen Spezialeinheit, die fast ausschließlich aus gebürtigen Deutschen bestand. Die Gruppe, die kurz nach Tagesanbruch am Strand von Anzio an Land gehen sollte, bestand mit Ausnahme der beiden Fahrer nur aus Juden. Jakob Winter war unter ihnen der Einzige, der der Hölle der Vernichtungslager im Osten entkommen war. Captain Corn, der Älteste, der auch ihr Vorgesetzter war, hatte Deutschland bereits 1932 verlassen. Der junge Sozialwissenschaftler fand rasch eine Anstellung im Forschungsteam von Kurt Lewin und war Mitarbeiter seiner grundlegenden gruppenpädagogischen Experimente und Forschungen. Als 1938 in den USA die Pogrome gegen deutsche Juden bekannt wurden, änderte er seinen Nachnamen. Aus »Korn« wurde »Corn«.

Auch sein Stellvertreter Larry Silver hatte einmal einen anderen Namen getragen. Ehe er 1936 als Jugendlicher über England in die USA emigrieren konnte, hieß das in Göttingen geborene und aufgewachsene Sprachgenie Ludwig Silberstein. Er hatte ebenfalls längere Zeit mit Lewin gearbeitet. Die kleine Spezialeinheit wurde durch Harry Greenfield, vormals Harald Grünfeld, und Jakob Winter komplettiert. Begleitet wurden sie von vier erfahrenen Soldaten, die, soweit das überhaupt möglich war, für ihre Sicherheit zu sorgen hatten, sowie den beiden Fahrern Ted Lennon und Chick Hunter.

Lennons Eltern waren mit dem kleinen Ted kurz vor dem irischen Aufstand nach Amerika ausgewandert. Im Unterschied zu ihnen, die wohl bei jeder möglichen Gelegenheit von der grünen Insel schwärmten, hatte Lennon Junior an das Land seiner Geburt keinerlei Erinnerung mehr.

Chick Hunter war der einzige Schwarze ihrer Crew. Der stets lustige, etwas rundliche Mechaniker stammte aus Mobile in Alabama und erzählte bei jeder möglichen Gelegenheit, dass er ein guter Freund von Cootie Williams sei, der ebenfalls in Mobile aufgewachsen war.

Jakob Winter hatte den Fehler gemacht, zuzugeben, dass er diesen Herrn Williams nicht kannte, was dazu führte, dass Hunter ihm die komplette Lebensgeschichte des Jazzmusikers erzählte, der wohl einige Jahre Trompeter in der Band von Duke Ellington gewesen war. »Als ich das letzte Mal in den Staaten gewesen bin«, sagte Hunter weltmännisch, »habe ich ihn mit einer Studioformation spielen sehen, ›*Cootie Williams and his Rug Cutters*‹. Sie spielten Swing vom Feinsten.«

Jakob Winter hatte sich rasch mit Chick angefreundet und redete gerne mit ihm, auch weil die Juden dieser Spezialeinheit meist Deutsch miteinander sprachen. Sie folgten damit einer Anordnung Corns. Sie sollten lernen, wieder bis ins letzte Detail mit ihrer Muttersprache vertraut zu werden, die sie nach ihrer Flucht nur noch selten verwendet hatten.

Dies galt weniger für Jakob Winter. Er hatte in den letzten Jahren überwiegend Deutsch gesprochen, auch wenn es immer wieder Situationen gegeben hatte, in denen er sich mit ein paar Brocken Lettisch, Englisch oder Französisch verständigen musste.

Als der schwedische Fischer, dessen Namen er nie erfahren hatte, Achat und ihn in der Nähe von Vaxholm an Land gehen ließ, hatten sie Glück gehabt. In der Hauptstadt des Schärengartens lebten einige jüdische Familien. Der Arzt David Lagerström beherbergte sie einige Tage in seinem Haus. Man gab ihnen Kleider und verwöhnte sie mit kulinarischen Köstlichkeiten, die Achat und Jakob noch nie oder zumindest bereits seit Jahren nicht mehr genossen hatten.

Doch dieses heitere Intermezzo nahm ein rasches Ende. Eines Morgens stellte Lagerström ihnen einen schmallippigen jungen Mann vor. »Erik wird euch nach Stockholm bringen, man wird euch neue Papiere geben.« Und mit einer abwehrenden Geste fügte er hinzu: »Ich will von diesen Dingen nichts wissen.« Beim Abschied drückte er Achat einen Umschlag in die Hand und wünschte beiden viel Glück. Darin befanden sich dreihundert Kronen, die ihnen in den nächsten Tagen eine wichtige Hilfe waren.

Erik war ein Verbindungsmann des Hashomer Hatzair. Nach einem Zwischenaufenthalt auf Lidingö, einer Insel, auf der die Häuser noch größer und prächtiger waren als in dem freundlichen Städtchen Vaxholm, setzten sie mit einer Fähre nach Stockholm über. Erik brachte sie dort in eine Wohnung, die all jenen als Anlaufpunkt diente, die nach Palästina wollten. Dann verschwand auch er aus ihrem Leben. Während der Wochen, die sie in Stockholm verbrachten, wurden sie von engagierten jungen Leuten der zionistischen Jugendbewegung betreut, die nach und nach sämtliche Hindernisse ausräumten, die einer Weiterreise im Weg standen.

An einem Sonntag kam ein junges Paar in die Wohnung, die sie gemeinsam mit zwei jungen polnischen Juden bewohnten. Die Frau, die ihren Namen nicht nannte, eröffnete ihnen, dass die Möglichkeit bestünde, mit einem Dampfer nach Spanien zu gelangen.

»Dort müsst ihr euch nach Gibraltar durchschlagen«, ergänzte der Mann. »Die Engländer werben dort Freiwillige an, die sie in Nordafrika gegen die Deutschen einsetzen. Einen gelernten Bombenleger können die bestimmt brauchen. Du hättest dann zumindest die Chance, nach Palästina zu gelangen, wo die Engländer jüdische Einheiten für Sondereinsätze trainieren.«

Während Jakob darüber nachdachte, woher der Unbekannte so genau über ihn Bescheid wissen konnte, fragte Achat: »Wie komme ich als Frau dorthin?«

Der Fremde zuckte mit den Schultern. »Vielleicht suchen sie Krankenschwestern. Kannst du so was?«

»Und wenn das nicht klappt?«

»Dann bleibst du in Spanien oder in Gibraltar. Ich gebe euch eine Adresse von dortigen Hashomer-Leuten.«

Um auf den schwedischen Frachter zu kommen, musste Jakob den restlichen Schmuck verkaufen. Da er sich Zeit lassen konnte, erzielte er bei einem Stockholmer Juwelier einen passablen Preis. Sie würden noch etwas Geld in Spanien zur Verfügung haben.

Einige Tage später wurden sie zu einem Frachter gebracht, der hochwertigen Stahl und Kugellager geladen hatte, die für Vigo bestimmt waren. Man brachte sie an Bord, nachdem der schwedische Zoll das Schiff verlassen hatte. Der Kapitän nahm den vereinbarten Preis entgegen und wies sie an, während der Fahrt in ihrer Kabine zu bleiben. Das Klo und eine Waschgelegenheit seien auf dem Gang, das Essen würde ihnen gebracht.

Sie kamen problemlos nach Vigo, wo man den Stahl und die wertvollen Erzeugnisse der *Svenskan Kullagerfabriken* löschte. Ein Teil davon würde später über Zwischenhändler an deutsche Stellen in Südfrankreich verkauft werden, die dieses kriegswichtige Produkt in die Waffenschmieden im besetzten Frankreich weiterleiteten.

Mit dem Zug erreichten sie problemlos Algeciras, obwohl sie mehrfach von misstrauischen Zivilpolizisten kontrolliert wurden, die die Züge durchstreiften. Spanien war ein faschistischer Staat. Dennoch empfanden Jakob und Achat eine lange nicht mehr erlebte Leichtigkeit. Hier waren sie vor Verfolgung einigermaßen sicher und hatten das erste Mal so etwas wie verschiedene Lebensperspektiven.

Obwohl der Herbst gekommen war, lag noch eine große Hitze über Spanien. In Algeciras wohnten sie ein paar Tage in einem winzigen Hotel. Ihr erstes Bad im Mittelmeer hatte beinahe rituellen Charakter. Achat Purina stand im Wasser und wies zum Horizont. »Dieses Wasser verbindet uns jetzt mit Eretz Israel. Ich bin überzeugt davon, dass alles gut wird, sonst hätte uns der Schöpfer nicht so weit kommen lassen.«

Lachend fragte Jakob: »Seit wann glaubst du an den Ewigen?«

»Manchmal brauchen auch Atheisten einen Gott.«

Ihr gesamtes Leben lang würde Achat Purina keine gläubige Jüdin werden, auch später in Israel nicht. Aber an Jom Kippur ging sie immer in die Synagoge und zündete in Erinnerung an ihre Eltern eine Kerze an.

In einer milden Oktobernacht wurden sie auf alten Schmugglerpfaden über die stark gesicherte Grenze zwischen Spanien und Gibraltar gebracht. Die englische Besitzung war zu einer Felsenfestung ausgebaut worden, deren Kalksteininneres kilometerweit mit Gängen und hallengroßen Höhlen durchzogen war. Unter der Erde lagen Büros, Läden, Kasernen und ein komplett eingerichtetes Hospital.

Jakob und Achat wurden einige Tage getrennt interniert und strengen Verhören unterzogen, die häufig unter Mitwirkung deutscher Emigranten durchgeführt wurden, die jetzt in der britischen Armee dienten. Einer der Verhörenden war ein Augsburger Jude, der dafür sorgte, dass Achat einer Ausbildungseinheit für Rotkreuzschwestern zugewiesen wurde und Jakob in ein Spezialkommando kam, in dem deutschsprachige Verhörspezialisten arbeiteten.

Wenige Tage nachdem die Alliierten im Rahmen der »Operation Torch« in Französisch-Nordafrika landeten, kam Jakob mit einem Lufttransport nach Tunesien. Von nun an verhörte er Gefangene des Afrika-Corps. Mehr als einmal hatte er einen schwäbischen Landsmann vor sich. Die Männer, die an seiner Aussprache seine süddeutsche Herkunft erkannten, brachten ihm meist eine finstere Ablehnung entgegen. In ihren Augen war er ein Verräter, der dem Vaterland in den Rücken gefallen war. Erst allmählich immunisierte sich Jakob gegen das herablassende Herrenmenschentum der Besiegten. Noch war der zweite Weltkrieg nicht entschieden. Viele Gefangene gingen davon aus, dass sie über kurz oder lang von den Engländern gegen britische Kriegsgefangene ausgetauscht würden. Es gab also keinen Anlass, diesem in englischen Diensten stehenden Verräter irgendetwas zu berichten.

Nach und nach entwickelte Jakob Winter subtile Verhörtechniken, die er immer weiter verfeinerte. Einem aus Stuttgart stammenden Leutnant legte er wortlos Luftbilder seiner Heimatstadt vor. Auf die Frage, was das zu bedeuten habe, stellte er die Gegenfrage, ob die Familie des Leutnants noch in Stuttgart lebe. Der bejahte dies mit einem wortlosen Kopfnicken. Winter schwieg lange. Dann stand er auf, ging auf den Gefangenen zu und sah ihm in die Augen. »Wissen Sie, zu welchem Zweck diese Fotos gefertigt wurden?« Als der Gefangene schwieg, fuhr er fort: »Diese Bilder dienen der Vorbereitung von Luftangriffen. Ihre Familie ist in großer Gefahr.« Mit diesen Worten knallte er Aufnahmen von den ersten Zerstörungen deutscher Städte auf den Tisch. In die wachsende Erregung des Leutnants hinein stellte er Fragen, auf die er nun Antworten bekam. Schon bald fiel Winter seinen Vorgesetzten mit seinen grenzwertigen, aber höchst erfolgreichen Verhörmethoden auf.

Ein Jahr später, die Amerikaner rechneten nach dem »Spaziergang über Sizilien« fälschlicherweise mit einem raschen Zusammenbruch der italienischen Front auf dem Festland und folglich auch mit einer großen Anzahl deutscher Kriegsgefangener, wurden deutschsprachige Dolmetscher von den Commonwealth-Truppen abgezogen und in den Dienst amerikanischer Verbände überstellt. Ohne gefragt zu werden, wurde auch Jakob Winter diesem Kontingent zugeschlagen. Sein englischer Vorgesetzter hatte lange auf die Gelegenheit gewartet, diesen »teuflischen Ausfrager«, wie er ihn im Kreis der anderen Offiziere nannte, wieder loszuwerden.

Es war schon beinahe hell, als es dem Schiffsführer gelang, das Boot mit Corns Leuten an einer Stelle an Land zu bringen, die außerhalb des deutschen Geschützfeuers lag. Angehörige eines Küstenkommandos wiesen sie hektisch an, nur ja rasch den Strand zu verlassen. Man liege auch hier in Reichweite deutscher Artillerie. Winter sprang in den Jeep, der von Hunter gefahren wurde. Sie jagten die provisorische Piste hinauf, die sie vom Strand wegführte. Was sie sahen, machte ihnen klar, dass hier noch lange gekämpft werden würde. Sie passierten eine zerstörte Villa, hinter der sich verbrannte Olivenhaine über einen sanft ansteigenden Hügel erstreckten. Der Beschuss wurde stärker. Zu bizarren Gebilden zerschossene Alleebäume säumten ihren Weg. Nach einer halben Stunde kamen sie nicht weiter. Military Police stoppte sie vor einer von den Deutschen gesprengten Brücke. Auf der gegenüberliegenden Seite wühlten sich Sanitätswagen neben der vollkommen zerstörten und von Fahrzeugen blockierten Piste durch den Matsch. »Hier geht gar nichts«, brüllte der Militärpolizist.

»Wir müssen nach Cisterna.«

»Na dann viel Spaß, Kameraden.« Der Posten lachte sarkastisch. »Da sitzen jetzt wieder die Krauts. Unsere Durchbruchsversuche sind gescheitert. Die Jungs da vorne stehen schutzlos unter Dauerbeschuss. Seit Tagen haben wir horrible Verluste. Der Landungskopf wurde zum Totenkopf. So sieht's aus, guys.«

Jakob hatte in seinem Leben nun wirklich schon viel mitmachen müssen, aber die folgenden Tage sollten alles bisher Erlebte an Dramatik noch übertreffen. Nachdem sie acht Kilometer südöstlich über eine Behelfsbrücke an das andere Ufer des Flusses gelangt waren, irrten sie durch die winterliche Sumpflandschaft, ohne auf ihre zugewiesene Einheit zu treffen. Überforderte Offiziere und Funker schickten sie mal hierhin, mal dorthin, immer vorbei an zerstörten Häusern, Bauernhöfen und kleinen Weilern. Vor den Trümmern ihrer beschädigten Behausungen standen ganze Familien, Frauen hielten ihre Kleinsten auf dem Arm. Nicht weit vom Ufer des Rapido taumelten ihnen stark dezimierte und vollkommen erschöpfte Einheiten entgegen, darunter auch die Überreste einer Kompanie, deren Männer sich aus unerfindlichen Gründen allesamt einen Irokesenschnitt hatten schneiden lassen.

Da die Deutschen in den nächsten Wochen dominierten, wurden kaum Gefangene gemacht, die Jakob und seine Kollegen verhören konnten. Wochenlang lagen sie in schwacher Deckung unter dem Beschuss der deutschen Artillerie. Jakob Winter erlebte nun selbst, wovon sein Vater aus dem ersten Krieg berichtet hatte. Um ihn herum wurde gestorben, stöhnten Verletzte, die man geborgen hatte und nun provisorisch hinter niedrigen Steinmauern versorgte. Viele verloren den Verstand. Diejenigen, die in vorderster Linie in den Sümpfen lagen, erlitten Erfrierungen.

Ende März wurde das Verhörkommando in ein Seitental verlegt, in dem der Beschuss bislang noch keine Opfer gefordert hatte. Sie quartierten sich in einem Bauernhof ein, dessen Bewohner nicht geflüchtet waren. Die zehn Angehörigen der Spezialeinheit lebten mit der elfköpfigen Familie unter einem Dach. Die Menschen waren freundlich zu ihnen, boten immer wieder von dem wenigen, was sie noch besaßen, an, freuten sich ihrerseits über Dosen aus der amerikanischen Armeeverpflegung und Zigaretten. Die Kinder erhielten so viel Schokolade, wie sie wollten, sodass eines Tages die Mutter auftauchte und Captain Corn darum bat, man möge ihren Kindern nicht so viel Schokolade schenken, sie würden nämlich gar nichts anderes mehr essen.

Mitte Mai kam Bewegung in den Abschnitt. Offensichtlich stand ein erneuter Durchbruchsversuch bevor. Eines Nachts hörten sie unmittelbar über sich den Lärm zahlreicher Flugzeuge, in den sich blindes Flakfeuer der deutschen Batterien mischte. Im Schutz der Dunkelheit wurde eine große Zahl Fallschirmjäger abgesetzt. Corns Leute und die Erwachsenen der Bauernfamilie standen in der Dunkelheit vor dem Haus. Wenn Fallschirme in ihrer Nähe niedergingen, war ein leises Rauschen zu hören. Jakob und die meisten anderen lernten in dieser Nacht noch ein weiteres Geräusch und dessen grausige Bedeutung kennen. Denn zweimal reagierte der einsatzerfahrene Larry Silver darauf mit dem entsetzten Ausruf: »Oh, mein Gott!«, und gleich anschließend, als ihm einfiel, dass er ja auf amerikanischer Seite stand, noch einmal: »Oh my God!« Was alle, die es in dieser Nacht mit anhören mussten, von ihm lernen konnten, war, dass es, wenn sich ein Fallschirm nicht öffnete, klang, als würden reife Kürbisse aus dem zweiten Stock eines Hauses auf den Asphalt geworfen.

Nach dem 25. Mai griff das VI. US-Korps westlich der Albaner Berge an. Die Einnahme Roms wurde mit weiteren Verstärkungen der Landetruppen bei Anzio und Nettuno vorbereitet. Das Kommando von Captain Corn operierte nun im Einzugsgebiet der 36. Infanteriedivision. Völlig überraschend zogen sich die SS- und Wehrmachtseinheiten in der Nacht vom 2. auf den 3. Juni aus ihrem »Caesar-Linie« genannten Befestigungsgürtel in Auffangstellungen im Norden Roms zurück.

In dieser Nacht hatten sich Corns Leute in einem zum Teil zerstörten Gutshof einquartiert. Sie hatten noch etwas Wein getrunken und einige Hühner verspeist. Sie waren gerade im Begriff, sich noch ein paar Stunden hinzulegen, als der Innenhof des malerischen Gebäudes durch drei vorfahrende Militärfahrzeuge schwach erleuchtet wurde. Man brachte ihnen deutsche Kriegsgefangene, die man in amerikanischen Uniformen hinter den alliierten Linien aufgegriffen hatte. Kommandos hallten durch die Nacht. Corn kam in das Zimmer, in dem sich Harry Greenfield und Jakob Winter ankleideten. »Es gibt Arbeit, guys. Jakob, du kriegst einen Landsmann. Er hat sich mit einer amerikanischen Uniform kostümiert. Sieh zu, dass du noch was aus ihm herausbekommst. Sie sagen nicht einmal ihre Personenkennziffer. Er verrät uns nicht, wo er herkommt, aber wir vermuten, dass er SS-Angehöriger ist.«

»Dann wird er hingerichtet«, murmelte Winter.

»Wahrscheinlich, und er wird es wissen. Aber er bekommt im Unterschied zur Praxis der Deutschen wenigstens eine ordentliche Verhandlung.«

Jakob Winter kannte das Procedere auf der anderen Seite. Nach ihrer Flucht über Schweden, Spanien und Gibraltar lebte er über ein Jahr getrennt von Achat Purina, die im palästinensischen Mandatsgebiet kurz in einem Lazarett arbeitete und später als Dolmetscherin zum Stab der »Polnischen Armee West« stieß. Allein unter den polnischen Freiwilligen, die in den englischen Armeestützpunkten ihre abschließende Ausbildung erhielten, waren über 4000 Juden. Viele von ihnen hatten Palästina auf abenteuerlichen Wegen über den Iran und Syrien erreicht. Einige dieser Juden hatten sich als Polen ausgegeben, waren aber Balten, Weißrussen oder Ukrainer, was die Verständigung erschwerte.

Jakob hatte sich in Gibraltar als Sprengstoffspezialist registrieren lassen, weshalb man ihn drängte, den *Special Air Services* (SAS) beizutreten. In dieser verdeckt operierenden Einheit traf er mehrere Dutzend deutscher Juden, von denen die allermeisten über die Jugend-Alija nach Palästina gekommen waren. Alle trugen deutsche Uniformen und waren mit deutschen Soldbüchern und Marschbefehlen ausgestattet. Ihr Auftrag war die Zerstörung von Depots, Flugzeugen und Motorfahrzeugen des Afrika-Corps.

Die meisten seiner damaligen Kameraden waren längst tot, sie waren entweder gefallen oder sie wurden als Gefangene bestialisch gefoltert und hingerichtet. Er hatte überlebt. Einmal mehr überlebt. Wie lange würde das noch gutgehen? Damals, im Frühjahr 1943, hatten er und vier andere sich in unzähligen Nachtmärschen zu den englischen Linien durchschlagen können.

Jetzt, in der Nacht vom 2. auf den 3. Juni 1944, kam es zu einer Begegnung, die Jakob Winter, solange er lebte, niemals wieder vergessen würde. Im Erdgeschoss des unzerstörten Flügels des Gutshofes hatten sie ihre Büros eingerichtet. Dass sie die Gefangenen unmittelbar in der Nacht verhören mussten, war ein Hinweis darauf, dass die Sache von höchster Dringlichkeit war. Jakob ging in den provisorischen Vernehmungsraum, den er erst am Abend zuvor in einem der kleineren Zimmer eingerichtet hatte. Larry Silver saß bereits am Tisch. Ihm gegenüber, mit dem Rücken zur Tür, saß ein Gefangener. Hinter diesem hatte ein Angehöriger der Militärpolizei mit seiner in Anschlag gebrachten MP Aufstellung genommen.

Der Mann, der vor ihnen saß, trug eine Uniform der US-Armee mit den Rangabzeichen eines Leutnants. Er hatte eine kleine Gruppe erfahrener Männer angeführt, die nach dem Rückzug der Deutschen hinter den amerikanischen Linien operierten. Man hatte sie in der Nähe von Cisterna gefasst. Sie waren einer Militärstreife aufgefallen, da sie Papiere einer Einheit bei sich trugen, die bereits in die Albaner Berge abgerückt war.

Winter umrundete den ausladenden Holztisch und setzte sich neben Silver, der bereits einige Notizen angefertigt hatte. Im flackernden Licht der Petroleumlampe starrten ihn aus tiefen Höhlen zwei markante Augen an. Trotz der Kühle der Nacht lief dem Mann Schweiß über die Schläfen und Wangen. Winter musterte den Gefangenen. Konnte das sein? War das, was er im Schein der blakenden Funzel zu erkennen glaubte, Wirklichkeit oder doch eine irrwitzige Täuschung?

»Er behauptet, ein polnischer Freiwilliger in der US-Armee zu sein. Sie hätten in den schnellen Vormarschbewegungen nach einer Rast den Anschluss an ihre Einheit verloren. Keiner aus der Gruppe ist Amerikaner, so viel steht fest.«

Jakob Winter reagierte trotz der Absurdität dieses Augenblicks vollkommen beherrscht. »Ich kenne ihn«, sagte er auf Amerikanisch. Und auf Deutsch fügte er hinzu: »Zieh deine Uniformjacke aus.«

Dem anderen wurde nun durch den Klang der Stimme eine bereits aufkommende Ahnung zur Gewissheit. Aber er schwieg. Er tat so, als verstehe er die Aufforderung nicht.

Jakob wandte sich an den Militärpolizisten: »Ziehen Sie ihm die Uniformbluse aus. Aber passen Sie auf Ihre Waffe auf.«

Nur widerstrebend ließ sich der Gefangene anfassen. Am Ende stand er auf und machte den Oberkörper frei.

»Jetzt den Arm hoch«, befahl Winter und stand auf. »Er hat die Tätowierung seiner Blutgruppe unter der Achsel. Ich kenne den Mann von früher. Es handelt sich um den Angehörigen der Waffen-SS Franz Lang.«

Grotesker konnte die Situation nicht sein. Zwei junge Hohenloher, die sich seit ihrer Kindheit kannten, saßen sich als Feinde in amerikanischen Uniformen in einem halb zerstörten Gutshof in Mittelitalien gegenüber.

»Willst du jetzt was sagen?«, fragte Jakob.

Der Gefangene ignorierte die Frage. Franz Lang, der schon mehrmals auf dem Balkan und in Italien an Sondereinsätzen hinter den Linien teilgenommen hatte, wusste, dass es aussichtslos war. Man würde ihn erschießen. Die Wahl seiner Tarnung war ein klarer Verstoß gegen die Haager Landkriegsordnung.

»Ich kann nichts für dich tun«, sagte Winter. »Ich habe hier keine Entscheidungskompetenz.«

Lang beugte sich vor. Sein hageres Gesicht glänzte im flackernden Licht der Lampe. »Von dir«, polterte er los, »von dir, Jud, würd ich auch keine Hilfe annehmen.«

»Ihr habt meinem Vater geholfen, als er in Seelbach zusammengeschlagen wurde, damals, '39.«

»Das war eine Sache zwischen deinem Alten und meinem Alten. Das hat mit uns nichts zu tun.«

»Wollen Sie sich zur Sache äußern?«, fragte Silver.

»Ich habe nichts zu sagen«, schnarrte Lang.

»Bringt ihn weg«, ordnete Silver daraufhin an.

»Kann ich noch was für dich tun?«, fragte Jakob Winter, als sich der Gefangene bereits erhoben hatte.

Ein zweiter Militärpolizist hatte den Raum betreten und legte ihm Handschellen an. »Tu mir einen Gefallen«, sagte Lang, ohne sich umzudrehen. Man konnte den Hass heraushören, der ihn in diesem Moment erfüllte. »Wenn du überlebst, Jud, dann untersteh dich, meiner Familie zu berichten, wie es mich erwischt hat. Das müssen sie nicht von einem wie dir erfahren.«

»Noch ist nicht sicher, wie deine Sache ausgeht.«

»Arschloch«, sagte Franz Lang und schlurfte in Richtung Tür.

»Einen Moment noch«, rief Silver. Er stand hastig auf und ging über den Flur in den gegenüberliegenden Raum, in dem Corn und Greenfield einen weiteren Gefangenen verhörten.

»Hat er was gesagt?«, fragte Silver so leise wie möglich durch die geöffnete Tür. Greenfield schüttelte den Kopf. Silver kehrte in den anderen Raum zurück und wies den Gefangenen an, nochmals Platz zu nehmen. Er zündete sich eine Zigarette an und forderte Lang auf, sich auch eine zu nehmen. Der ignorierte das aufgerissene Päckchen.

»Mister Lang, Ihr Kamerad hat eine umfassende Aussage gemacht. Er behauptet, nur aufgrund massiven Drucks durch Sie und andere Vorgesetzte an diesem Kommandounternehmen teilgenommen zu haben. Was sagen Sie dazu?«

Lang beugte sich nach vorne, schwieg einen Augenblick und zischte dann: »Mann, hör bloß mit deinen Groschenheftmethoden auf. Das ist ja widerlich.«

Silver stieß übertrieben genüsslich den Rauch seiner Zigarette aus und sah den Schwaden nach, die in den Ausdünstungen der Petroleumlampe verwirbelten. »Also gut«, sagte er leise und erhob sich erneut.

Franz Lang war erst im Frühjahr 1943 wieder nach Seelbach und auf den Köcherhof gekommen. Zwei Monate zuvor war er in der Nähe von Skopje bei einem Einsatz gegen Partisanen durch eine Sprengfalle erheblich verletzt worden. Nach Lazarettaufenthalten in Skopje und Wien gelang es ihm, sich nach Bad Wimpfen verlegen zu lassen. Von hier aus betrieb er weiter das Gnadengesuch für seine Frau. Er traute Caroline vieles zu. Aber er war sich auch sicher, dass sie mit dem jungen Polen weder geschlafen hatte noch eine wie auch immer geartete Liebesbeziehung eingegangen war. Ein bisschen die Wange tätscheln, einem solchen Kerl mal übers Haar streichen, vielleicht auch mal ein Küsschen, das war typisch für Caroline. Aber mehr war nicht gewesen, davon war er überzeugt.

Zweimal schon hatte er seinem Vater geschrieben. Das war unüblich in ihrer Familie. Der Alte hatte auf seine Forderung, seine Aussage in Teilen zu widerrufen, nicht reagiert.

Am 14. Mai 1943 erhielt er von Bad Wimpfen aus 14 Tage Genesungsurlaub. Mit einem Lastwagen kam er nach Heilbronn. Dort nahm er den Zug nach Schwäbisch Hall, von wo aus ihn der Waldhornwirt auf seinem Fuhrwerk mit nach Seelbach nahm. Dessen Angebot, ihn noch bis zum Köcherhof zu bringen, lehnte er ab, was er bald bereute. Das verletzte Bein begann alsbald zu schmerzen. Aber er hatte sich in den Kopf gesetzt, den elterlichen Hof, wie früher so häufig, zu Fuß zu erreichen. Grußlos hatte er die Stube betreten, in der sich außer dem Vater niemand aufhielt. Der Alte knabberte an einem Sauschwänzle und trank Most dazu.

»Wo ist die Mutter?«, fragte der Ankömmling und schloss die Stubentür.

»Sie liegt oben. Es geht ihr nicht gut«, grunzte schmatzend sein Vater und nagte weiter an dem Sauschwanz.

»Du wirst, solange ich noch hier bin, einen Brief schreiben, in dem du erklärst, dass es dir nicht möglich war, mit letzter Sicherheit zu erkennen, ob es zwischen Caroline und dem Polen tatsächlich zum Verkehr gekommen ist.«

»Wie komme ich dazu?«

»Weil ich sonst der Mutter und allen anderen sagen werde, dass du dich vor einigen Jahren im Suff an der Pauline vergehen wolltest.«

»Lump, du.« Der Köcherhofbauer war aufgesprungen. Zitternd vor Wut näherte er sich seinem Sohn.

»Der Lump bist du, Vater.« Franz sagte dies betont ruhig. Er wusste, dass der Alte es nicht wagen würde, ihn anzugreifen. »Pauline hat das nach jahrelangem Schweigen Hermine gebeichtet. Und die glaubt ihr. Und ich glaube ihr auch.«

»Teufelsbrut.«

»Also, du wirst das Schreiben aufsetzen, so wie ich es dir sage. Du kannst ja hinzufügen, dass an der eindeutigen Absicht des Polen weiterhin kein Zweifel angebracht ist.«

Franz Lang ging es nicht in erster Linie um die Ehre seiner Frau, auch nicht um die Wahrheit. Er war einfach immer noch versessen auf Caroline. Der Krieg hatte ihn an viele Orte geführt und er war zahlreichen Frauen begegnet. Aber er hatte nirgends etwas gefunden, was dem mit dieser Frau Erlebten gleichkam.

Er hatte vieles bedacht und manches bereits in die Wege geleitet. Selbstverständlich konnte man nicht annehmen, dass die NS-Justiz jemanden aufgrund des Briefes eines alten Bauern freilassen oder vorzeitig begnadigen würde. Franz Lang war inzwischen in der Lage, seine Beziehungen spielen zu lassen. Seit 1942 hatte er mehreren Sonderkommandos angehört, die Spezial- und Geheimaufträge ausgeführt hatten. Er gehörte jetzt zur kämpfenden Elite des Dritten Reiches, kannte wichtige Akteure und machte wichtige Bekanntschaften. Sein Vorgesetzter war Jurist, hatte Beziehungen zur württembergischen Gerichtsbarkeit. Während der Einsätze in Serbien und Kroatien kam er regelmäßig mit einem aus Ludwigsburg stammenden Kriegsgerichtsrat zusammen. Auch der hatte erklärt, sich seiner Sache annehmen zu wollen. Franz bestand darauf, dass sein Vater seine damalige Aussage zwar nicht zurückziehen, aber bis zu einem gewissen Grad relativieren solle. Sein Bekannter hatte ihm angeboten, während seines nächsten Heimaturlaubs einige Hintergrundgespräche für ihn in dieser Angelegenheit zu führen. Vor allem, riet er, durften keinerlei Unbedachtheiten geschehen, die die Sonderjustiz in irgendeiner Weise brüskieren könnten. Dann nämlich sei das Unterfangen zum Scheitern verurteilt.

Lang war längst wieder bei seiner Einheit, die in den Bergen Kroatiens gegen die stärker werdenden Partisanenverbände operierte, als Caroline Anfang Dezember aus der Haft entlassen wurde. Offiziell bezeichnete man diesen Vorgang als vorzeitige Entlassung auf Bewährung. Sie kehrte nicht mehr auf den Köcherhof zurück, sondern brachte ihre wenigen Habseligkeiten ins elterliche Anwesen nach Lichtengrün. Schon einige Tage später begann sie ihrer Mutter im Seelbacher Ausschank zur Hand zu gehen, wenngleich sie Mühe hatte, die neugierigen und abfälligen Blicke, die offenen oder verschleierten Fragen an den Tischen und am Tresen wortlos zu ertragen. Aber ihr Instinkt sagte ihr, dass sie sich so früh wie möglich der Gemengelage aus übler Nachrede, heuchlerischer Anteilnahme und bloßer Sensationsgier aussetzen musste, um irgendwann einmal wieder ein leidlich normales Leben führen zu können.

Nur noch einmal kamen Franz und Caroline zusammen, und dies auch nur für kurze Zeit. Schon im November war er bereits wieder verwundet worden. Nach Lazarettaufenthalten in Zagreb und Klagenfurt wurde er auf sein eigenes Betreiben hin in das Reservelazarett Heilbronn verlegt, in dem ein Jahr später auch sein kleiner Bruder seine Verletzungen auskurieren würde.

Caroline und Franz hatten sich ein paar Mal geschrieben. Sie hatte sich bei ihm dafür bedankt, dass er an sie geglaubt hatte. Einen Tag nach Dreikönig klopfte er in Lichtengrün an die Tür des Schürbel'schen Anwesens, so wie schon vor einigen Jahren, als er die Tochter des Schaustellers für sich zu gewinnen hoffte. Sie machte ihm selbst auf, sagte nichts. Er küsste sie flüchtig. Sie zog ihn an der Hand in ihre Kammer.

Wortlos half sie ihm beim Ausziehen der Oberbekleidung. Ein Brustdurchschuss, der fast tödlich gewesen wäre, bereitete ihm noch immer große Schmerzen. Das war auch der Grund dafür, dass sie nicht, wie früher so oft, stürmisch übereinander herfielen. Mit langsamen, zärtlichen Bewegungen schliefen sie miteinander, das erste Mal nach fast zwei Jahren.

Ob bereits bei diesem ersten Liebesakt ihr Sohn gezeugt wurde, der am 9. Oktober 1944 geboren werden sollte, oder in den folgenden Tagen, hatte sich Caroline später mehr als einmal gefragt. Der Vater würde jedenfalls die Geburt seines ersten und einzigen Kindes nicht mehr erleben.

Kaum genesen, hatte er sich in Ellwangen zu melden, wo er fünf Wochen als Ausbilder tätig war. Ende Februar wurde er an die italienische Front abkommandiert. Die Frontleitstelle Bologna teilte ihn der Division Hermann Göring zu. Er führte Freiwilligenkommandos, die Sondereinsätze in der Pontinischen Ebene unternahmen. Schließlich befehligte er in der Nähe von Nettuno mehrere Spähtruppunternehmen, von denen einzelne in amerikanischen Uniformen durchgeführt wurden. Alle hatten ihre deutschen Uniformen im Gepäck oder trugen sie unter der amerikanischen, um sich im Falle einer drohenden Gefangennahme der US-Uniformen entledigen zu können. Ihr Pech war, dass es in der Nacht vom 2. auf den 3. Juni zu einer schicksalhaften Begegnung mit einem Kommando amerikanischer Military Police kam, dessen Angehörige allesamt für den Guerillakampf ausgebildet waren. Als man ihr Vorrücken in der sternenklaren Nacht entdeckt hatte, wurden sie so lautlos eingekreist, dass die meisten von ihnen keine Zeit mehr fanden, die amerikanischen Uniformen loszuwerden.

Nach ihrer Gefangennahme blieben sie von Beginn an von den anderen deutschen Kriegsgefangenen abgesondert und wurden nach ergebnislosen Verhören nach Salerno in ein US-Militärgefängnis gebracht. Im Juli kam es vor einem Militärtribunal zum Prozess. Tags darauf, gleich nach Tagesanbruch, wurden alle im Gefängnishof füsiliert.

Caroline Lang erhielt im April und im Mai 1944 nochmal Post von ihrem Mann. Im letzten Brief schrieb er, dass er wieder vollkommen gesund sei und sich auf das Wiedersehen mit ihr freue. Sie solle sich keine Sorgen machen, einer wie er komme immer durch, auch wenn hin und wieder ein paar Schrammen anfielen.

Als sie dieses Schreiben in Händen hielt, wusste sie bereits, dass sie schwanger war. Sie war darüber nicht sonderlich glücklich. Sie war der Ansicht, in derartigen Zeiten sollten keine Kinder in die Welt gesetzt werden. Sie gehörte auch nicht zu denen, die das Bedürfnis hatten, dem Führer ein Kind zu schenken.

Wie sie vermutet und gehofft hatte, ließen Neugierde und Häme über ihre Haft in Gotteszell und die vermeintlichen oder tatsächlichen Umstände, die dazu geführt hatten, in dem Maße nach, wie es ihr gelang, während der Arbeit in der Schankwirtschaft zumindest nach außen hin jene Selbstsicherheit an den Tag zu legen, die man von ihr aus der Vergangenheit kannte. Im Unterschied zu früher reagierte sie äußerst barsch auf kleine Anzüglichkeiten und werbende Schmeicheleien der Männer, die in ihr unverändert ein gleichermaßen attraktives wie leicht zu eroberndes Objekt ihrer Begierde sahen.

Als einmal ein vorlauter Bursche, der auf Urlaub zu Hause war, meinte, sie solle sich nicht so zieren, ihr Mann sei in Italien sicherlich nicht als Kostverächter unterwegs, gab sie ihm ohne zu zögern eine so heftige Ohrfeige, dass sich die Umrisse ihrer Finger hell auf der glühend roten Wange abzeichneten.

An manchen freien Tagen fuhr sie mit dem Fahrrad nach Lichtengrün, wo ihr Vater ein zunehmend unzufriedenes Leben führte. Frédéric Schürbel litt mehr, als er zugab, darunter, dass der Schaustellerbetrieb 1944 vollständig zum Erliegen gekommen war. Die einstmals voller Stolz angeschaffte Zugmaschine hatte man ihm genommen. Auch die Pferde, die er sich daraufhin unter Einsatz sämtlicher verfügbarer Tauschmittel beschafft hatte, wurden kurz nach Ostern beschlagnahmt.

Erschwerend kam hinzu, dass die Stadtverwaltungen und die lokalen Nazigrößen es nicht als schicklich ansahen, in dieser schweren Zeit, »*in der das gesamte deutsche Volk in heroischem Abwehrkampf steht*«, profane Vergnügungen wie einen Rummel zu genehmigen. Griesgrämig werkelte deshalb der Alte auf seinem Anwesen, und wären da nicht allerlei Tauschgeschäfte zu organisieren gewesen, für die er seit jeher eine besondere Gabe besaß, wäre er vollends trübsinnig geworden.

Ein guter Tag war für ihn, wenn es ihm gelang, in einem der umliegenden Malergeschäfte doch noch einen Eimer Farbe zu ergattern. Dann machte er sich sofort daran, an seinen Wagen, am Karussell und an der Schiffschaukel herumzupinseln. Wenn der Tag kam, an dem er wieder auf Tournee gehen durfte, sollte alles piekfein und voll funktionsfähig sein. Er war froh darüber, dass Caroline seiner Frau in Seelbach zur Hand ging. Die gute Alte brauchte zunehmend Unterstützung, auch wenn sie es nicht zugab und niemals darum bat. Und überdies war Caroline auf diese Weise ein bisschen besser unter Kontrolle. So war er wenigstens von einer Last befreit. Denn Sorgen hatte er unverändert genug. In Frankreich, wo sein Sohn Leopold ein recht auskömmliches Leben als Besatzungssoldat geführt hatte, waren die Alliierten gelandet. Man wusste nicht, wie es um den Jungen stand. Und ob der jetzt 16-jährige Willi ungeschoren davonkäme, war nicht abzusehen. Wenn der Krieg noch lange tobte, würden sie auch den Kleinen noch holen. Leopolds Zwillingsschwester Franziska war in einem Heilbronner Metallbetrieb kriegsverpflichtet und Heiderose arbeitete als Hilfskrankenschwester in Stuttgart, wo es jetzt auch immer gefährlicher wurde. Sorgen gab es also in Hülle und Fülle. Dass Caroline jetzt schwanger war, freute ihn mehr, als dass es ihm Kummer bereitete. Es war keine gute Zeit dafür, aber in seiner Familie waren so viele Kinder in schlechter oder unpassender Zeit im Schaustellerkarren geboren worden, dass man mit dieser neuen, überraschenden Nachricht gelassen umging. Wenigstens war Caroline verheiratet, wenn ihr Mann zurückkam, würde es sicher besser werden. Und einen

Esser mehr würde man bis dahin schon durchfüttern können. So etwas war bei Schürbels über viele Generationen hinweg nie ein Thema gewesen, mit dem man sich lange befasst hatte. Wer dazugehörte, bekam sein Essen und hatte ein Dach über dem Kopf, musste aber auch von klein auf mithelfen.

Weniger gelassen ging Friedrich Lang mit dieser Nachricht um. Er hatte vom Kaminfeger davon erfahren. Der berichtete regelmäßig davon, was er unterwegs in den Häusern aufschnappte. So brachte er allerlei Unbekanntes auf die entlegenen Höfe. In diesem Fall hatte er den Alten dreist dazu beglückwünscht, dass nun doch ein Enkel geboren würde. Der Köcherhofbauer hatte sich keine Blöße gegeben, den Zorn und die Überraschung unterdrückt. Sonst machte der Kerl ihn auf den anderen Höfen noch zum Gespött. Aber nachdem der Schwarzgekleidete mit seinem Pferdekarren weitergezogen war, ließ er seiner aufgestauten Aggression freien Lauf, warf ein Holzscheit nach der Stubenkatze, das diese nur knapp verfehlte, und brüllte: »Die Hur setzt einen Bankert in die Welt, von dem man noch nicht einmal weiß, ob mein Sohn wirklich der Vater ist.«

Schon seit Monaten lebte Friedrich Lang in einer ihm bislang nicht gekannten Befindlichkeit. Er hatte das Gefühl, dass ihm alles zerrann, dass er auf niemanden mehr Einfluss hatte, außer auf sein krankes Weib und das wechselnde Gesinde. Ausgerechnet sein Ältester, der Sohn, von dem er immer am meisten gehalten hatte, peinigte ihn nun bis aufs Blut, demütigte ihn, stellte ihn vor allen Leuten bloß, ohne dass er etwas dagegen unternehmen konnte. Er hatte den erzwungenen Brief aufgesetzt und schon dabei die Ahnung gehabt, dass seine Autorität in sich zusammenbrechen würde. Er hätte gern gewusst, was in Seelbach und den umliegenden Dörfern und Weilern darüber bekannt geworden war. Der Bürgermeister würde auf jeden Fall etwas mitbekommen haben, auch die Ortspolizei. Das Weib hatte nach ihrer Freilassung Meldeauflagen zu erfüllen. Sie würde schlecht über ihn reden. Und sein eigener Sohn gab ihm keinen Rückhalt. Die Töchter, so viel war klar, würden ihn immer meiden, die Frau lag danieder und der Jüngste war nun in Frankreich mitten im Krieg. Mehrmals schon hatte er in seinem Lastwagen Luftangriffe über sich ergehen lassen müssen und diese manchmal nur knapp überlebt.

Das Schlimmste aber war für ihn, dass der Hof verkam, schleichend zwar, aber sichtbar. Man hatte ihm keinen männlichen Fremdarbeiter mehr zugeteilt. Und eine Magd hatte er schon ein halbes Jahr nicht mehr gehabt. Deutsche Arbeitskräfte wurden knapp. Er musste sich dringend um eine Polin kümmern, die im Haus und im Stall arbeiten konnte. Und er hoffte darauf, dass im Juli und im August wieder BDM-Maiden zum Ernteeinsatz kamen. Die konnten zwar nicht viel, aber dafür traten die immer gleich im Rudel an.

Unmittelbar vor dem dramatischen und verhängnisvollen Zusammentreffen von Jakob Winter und Franz Lang wurde Cisterna eingenommen. An diesem Tag starben 995 Mann der Division. Nachdem der Widerstand der Deutschen endlich gebrochen war, dauerte es nur noch wenige Tage, bis die Befreier durch Rom marschieren konnten. Corns Gruppe erreichte die Ewige Stadt im Gefolge der 5. Armee am 4. Juni 1944. Die Einwohner befanden sich in einer euphorisierten und zugleich fanatisierten, blutrünstigen Stimmungslage. Noch am selben Tag wurden zahlreiche Menschen getötet, die im Verdacht standen, Faschisten zu sein und es nur zum Teil auch wirklich waren.

Jakob würde sich sein weiteres Leben lang in besonderer Weise an diesen Tag erinnern. Sie kamen aus der zerstörten, umkämpften Wüstenei nach Rom, der offenen Stadt, die vollkommen unzerstört geblieben war. In den Vorgärten blühte der Flieder. Überall herrschte Jubel. US-Soldaten italienischer

Abstammung sangen und grölten in der Sprache ihrer Väter und Mütter. Die Menschen stürmten auf die einmarschierenden Soldaten zu, reichten ihnen Wein und Kuchen. Für Jakob, wie für viele andere auch, wurde es ein Tag, an dem er so oft geküsst wurde wie noch nie zuvor und auch später niemals wieder in seinem ganzen Leben.

Corns Gruppe war bis zur Einnahme von Florenz in Italien im Einsatz. Als sie nach Marseille verschifft wurden, blieb die Begleitmannschaft zurück. Jakob trennte sich ungern von Chick Hunter und hatte etliche Mühe, sich an den neuen Fahrer Carmelo Cesari zu gewöhnen, der in bizarrer Regelmäßigkeit in Schwierigkeiten geriet. Obwohl sie hinter der kämpfenden Truppe operierten, wurden sie tagtäglich mit dem Albtraum des Krieges konfrontiert. Je näher sie der Reichsgrenze kamen, desto heftiger wurde die Gegenwehr. Die Deutschen proklamierten den Endkampf. Bittere Essenz des Krieges war für Jakob Winter der tägliche Anblick von zerrissenen und abgeschlachteten Soldaten. Corns Einheit folgte der »Texas Division«, die bereits in Italien große Verluste erlitten hatte. Sie stießen bis zu den Vogesen vor. Die Nächte hindurch verhörten sie gefangen genommene deutsche Soldaten. In der Nähe des kleinen Ortes La Bruyère stießen sie auf besonders hartnäckigen Widerstand. Es kam zu grauenhaften Kämpfen um einzelne Gebäude, Straßen und Waldstücke. Zwischen den Baumwipfeln über ihren Unterständen explodierten pausenlos Granaten. Bis Ende Oktober kämpften sie sich im dichten Nebel von Baum zu Baum. Die I-Kompanie war mit 145 Mann in den Wald aufgebrochen. Am fünften Tag waren die meisten gefallen, ganze acht blieben unverletzt. In der Nacht zum 8. November verhörten sie erstmals SS-Angehörige, die unter dem Befehl von Klaus Barbie gestanden hatten. Erst viel später würde Jakob Winter erfahren, dass dieser Mann weltweit als der »Schlächter von Lyon« gesucht wurde. Und erst dreißig Jahre nach Ende des Krieges spürte man ihn in Bolivien auf, etwa zu der Zeit, als Jakob das letzte Mal in seinem Leben den

Versuch unternahm, doch wieder in Deutschland sesshaft zu werden.

Am Abend des 10. November rückten sie auf einem bewaldeten Hügel vor. Am Rand der gestampften Piste stieß Winter auf zwei tote deutsche Soldaten, die so jung waren, dass er es kaum fassen konnte. Der eine hatte mitten in der Stirn einen Kopfschuss und das Gehirn quoll bläulichrot aus seinen Nasenlöchern. Auch amerikanische Soldaten starben auf grausame Weise. Die Deutschen setzten in diesem Krieg sogenannte S-Minen ein, die die heimtückische Eigenschaft besaßen, in Hüfthöhe zu explodieren. Die GIs nannten sie sarkastisch »bouncing Bettys«, »hüpfende Bettys«. Während des Vormarsches beschlich Jakob Winter immer häufiger das Gefühl, Ort, Zeit und alles Erlebte lösten sich auf, verlören ihre Konturen.

Das Weihnachtsfest verbrachte er im Kreis jüdischer US-Soldaten auf einem verlassenen Bauernhof in der Nähe der kleinen belgischen Stadt Bastogne. Obwohl keiner von ihnen Christ war, hatte Larry Silver einen kleinen Weihnachtsbaum auf ein umgestülptes Krautfass montiert. Zu der Gruppe, die Samuel Corn befehligte, hatten sich noch drei weitere deutsche Juden gesellt, die mit ihnen darauf warteten, in den nächsten Tagen die Grenze zu dem Land zu überqueren, das sie alle auf höchst unterschiedliche, doch meist dramatische Weise verlassen hatten. Ape White, der früher Alfred Weißmann hieß, berichtete Jakob von der Flucht seiner Familie nach Frankreich. Die meisten seiner Angehörigen waren nach dem deutschen Einmarsch verhaftet und nach Auschwitz deportiert worden. White hatte nichts mehr von ihnen gehört. Er selbst war 1937 mit Hilfe eines Onkels in die USA gelangt. Dort nahm er 1942 die amerikanische Staatsbürgerschaft an und entledigte sich bei dieser Gelegenheit gleich seines deutschen Namens.

Je mehr sie an diesem Abend tranken, desto heftiger debattierten sie darüber, was es ihnen bedeutete, das Land als Sieger wieder zu betreten, welches ihnen und ihren Familien so unendliches Leid angetan hatte. Auch wenn in den Äußerungen der Männer ganz unterschiedliche Standpunkte deutlich wurden, einte sie alle eine merkwürdige Ambivalenz, ein Hin- und Hergerissensein zwischen einer Vielzahl sich widersprechender Wahrnehmungen und Empfindungen.

Jakob Hirschfeld, ein in Würzburg geborener Jude, hatte bereits vom Tod etlicher seiner Familienangehörigen erfahren. An diesem Abend brachen mehrmals abgrundtiefer Hass und schwer kontrollierbare Rachegelüste aus ihm hervor. Er dürstete danach, auf Täter zu treffen, möglichst solche, die in derselben Gegend gelebt hatten wie er.

Ganz anders äußerte sich Larry Silver. Der hatte bei seiner gruppenpsychologischen Forschungsarbeit einen tiefen Einblick in menschliches Verhalten gewonnen. Er hatte eine klare Vorstellung davon, wie sich eine autoritäre oder gar faschistische Persönlichkeit entwickeln konnte. »Das Einzige, was diesem Land helfen könnte«, argumentierte er, während er nachdenklich dem Rauch seiner Zigarette nachsah, »wäre eine völlige Entmachtung der Alten und eine intensive demokratische Umerziehung der Jungen.« Und leicht resigniert fügte er hinzu: »Ich glaube nicht, dass die Politik so viel Geduld aufbringen wird, dem besiegten Deutschland die Zeit und auch die Freiheit zu geben, die für die Entwicklung eines demokratischen Staates nötig wären.«

Hirschfeld schüttelte den Kopf. »Silver, du bist schon zu lange aus diesem Land raus. Diese Bastarde werden in den nächsten Jahrzehnten immer eine harte Hand brauchen, die ihnen zeigt, wo es langgeht. Und es ist besser, wenn die Hand, die sie am Nacken packt, unsere ist.«

Längst hatten sie ihre Weihnachtsrationen aufgegessen, auch die Flasche Bourbon war geleert, weshalb sie französischen Rotwein tranken, der ihnen in den Dörfern von freudetrunkenen Franzosen überreicht worden war. Das Kaminfeuer knisterte, die fast heruntergebrannten Kerzen des kleinen Christbaumes spendeten nur schwaches Licht. Bislang hatte der dritte ihrer Runde, der nicht zu Corns Kommando gehörte, schweigend in das Feuer gestarrt, das Harry Greenfield im

Kamin des im altbelgischen Stil gehaltenen Bauernhauses immer weiter mit Brennholz versorgte.

Ari Felsenbaum war einer der jüngsten von denen gewesen, die den D-Day miterlebt hatten. Das wusste allerdings nur er allein, denn er hatte, um überhaupt in die US-Streitkräfte aufgenommen zu werden, sein Geburtsjahr zwei Jahre vorverlegt. Noch immer starrte der hagere Mann, der beinahe noch ein Junge war, in das Feuer. »Freunde«, sagte er mit weicher Stimme. »Machen wir uns nichts vor. Die Deutschen haben uns Juden ausgespien. Und die von uns, die sie kriegen konnten, haben sie alle auf grausamste Weise massakriert. Wenn wir ihnen jetzt begegnen, dann am besten immer mit der Waffe in der Hand.«

Corn nickte dem Jungen zu. »Guys, wir haben noch einiges vor uns. Bei all dem, was sie in der Welt angerichtet haben, geben die auch noch nicht auf, wenn wir über der Grenze sind.«

»Und denkt immer daran«, sagte Greenfield mit lauter, klarer Stimme, während er erneut bedächtig Holz in den Kamin beugte, »sie werden uns bis zum Schluss nicht wie x-beliebige feindliche Soldaten behandeln. Für sie sind und bleiben wir Juden. Sollte einer von euch das Pech haben, auf dem weiteren Vormarsch noch in Gefangenschaft zu geraten, werft eure Erkennungsmarke weg. Das ›H‹, das für ›Hebrew‹ steht, verrät euch als Juden. Und sie werden dann nicht viel Federlesens machen.«

»Federlesens«, murmelte Jakob Winter, »den Ausdruck habe ich schon lange nicht mehr gehört.«

Am 22. März überquerte er auf einem Militärlastwagen die belgisch-deutsche Grenze und befand sich wieder in dem Land, das er vor mehr als tausend Tagen im Zug nach Riga verlassen hatte. Am Abend erreichten sie Pirmasens, wo sie in einer Ausbildungskaserne für Offiziersanwärter der Wehrmacht untergebracht wurden. Dass die letzten Kadetten hektisch aufgebrochen waren, sah man an der vollkommenen Unordnung. Uniformteile lagen überall verstreut, Papiere wirbelten über den Hof. In der Kantine stapelten sich ungespülte

Töpfe und verdreckte Kochgeschirre – die Überreste der möglicherweise letzten Mahlzeit jugendlicher Offiziersanwärter, die man jetzt irgendwo sinnlos verheizte.

Seit zehn Tagen wurde ihre Truppe von Larry Silver geführt. Corn war noch an demselben Tag gefallen, an dem sie aus ihrer letzten Ruhestellung aufgebrochen waren, um in Deutschland einzumarschieren. Auf der Suche nach einem neuen Unterstand für ihre Verhörzentrale war er wenige Kilometer vor der Grenze auf eine deutsche Panzermine gefahren. Winter war befördert worden und nun Silvers Stellvertreter, was ihm in seinem Schmerz völlig gleichgültig war. Corn war kein klassischer Vorgesetzter gewesen. Er besaß eine natürliche Autorität, dabei durchaus gelegentlich an sich selbst zweifelnd, aber nie ohne Antwort auf die Fragen, die ihm von seinen Leuten gestellt wurden.

Nur schlecht konnte Jakob sich daran gewöhnen, wieder deutschen Boden unter den Füßen zu haben. In den Orten, durch die sie kamen, drängten sich graugesichtige Menschen an den Fenstern oder am Straßenrand und gafften apathisch auf die Soldaten. Nur selten zeigte jemand offen seine Freude darüber, dass das »*Tausendjährige Reich*« in diesem Abschnitt sein vorzeitiges Ende gefunden hatte.

Außerhalb der Ortschaften türmten sich an den Straßenrändern zerstörte, aber auch intakte Fahrzeuge, für die kein Treibstoff mehr vorhanden war. Wenngleich der Vormarsch nun zügiger vorankam, ging das Sterben weiter. An den Straßenrändern lagen zahlreiche tote Wehrmachtsangehörige, die noch nicht geborgen werden konnten. Es geschah immer wieder, dass vorrückende Panzer und Lastwagen Leichenteile tiefer in die schlammigen Pisten malmten.

Auf deutschem Boden wurde Jakob, wie die anderen der Gruppe auch, vermehrt als Dolmetscher bei der Requirierung von Häusern und Wohnungen eingesetzt. In Begleitung zweier Bewaffneter hatte er den entsetzten Bewohnern von geeigneten, also bewohnbaren und gut ausgestatteten Anwesen mitzuteilen, dass sie eine halbe, manchmal sogar nur eine Viertelstunde Zeit hätten, diese unter Mitnahme einiger persönlicher Habseligkeiten zu räumen. Es war nie sicher, wie lange sie die beschlagnahmten Häuser und Wohnungen tatsächlich benötigten. Manchmal blieben die Unterkünfte monatelang in amerikanischer Hand, manchmal nur Tage oder sogar nur wenige Stunden, bis ein plötzlich eingehender Befehl die eben erst Einquartierten an ein neues Ziel hetzte. Da Jakob akzentfrei Deutsch sprach, schlug ihm immer wieder unverhohlener, wenngleich unausgesprochener Hass entgegen. Instinktiv spürten diejenigen, die sich bis vor kurzem einer »*Herrenrasse*« zugehörig fühlen durften, dass ihnen jetzt jemand Anordnungen erteilen konnte, der noch vor wenigen Tagen vogelfrei gewesen wäre.

Über das völlig zerstörte Mannheim kam Jakob Winter am 5. April 1945 bis in die ländlichen Vororte von Heilbronn. Nur wenige Kilometer von seiner Heimatstadt entfernt tobte ein wilder, über eine Woche anhaltender Kampf. Um den offensichtlich seit längerer Zeit im klinischen Sinne wahnsinnig gewordenen Heilbronner Kreisleiter Drauz und eine Gruppe junger, fanatischer SS-Offiziere hatte sich eine hartnäckigen Widerstand leistende Gemeinschaft des Untergangs gebildet.

Am 18. April erreichte Winters Einheit die Löwensteiner Berge, die am Vortag von amerikanischen Panzerspitzen besetzt worden waren. Nach Seelbach waren es nur noch wenige Kilometer. Aber der amerikanische Vormarsch bewegte sich südwärts. Für Persönliches war keine Zeit. Wie seine Kameraden auch war Jakob nahezu pausenlos im Einsatz. Er dolmetschte bei der Beschlagnahmung von Unterkünften und Funktionsräumen, führte täglich Hunderte kurzer Verhöre von Kriegsgefangenen durch, in denen es nur noch um die Frage ging, ob es sich um Volkssturmmänner, Wehrmachtsangehörige oder Mitglieder der SS handelte. Eine eilige Befragung, ein Blick auf die innere Seite des Oberarms, dann kam bereits der Nächste an die Reihe.

Bis zum Januar 1946 gelang es Jakob Winter, die nichtjüdischen Osteuropäer aus dem Backnanger DP-Lager an andere Orte zu verlegen. Nach der Befreiung wurde hier, wie überall im zerstörten Deutschland und in Österreich, ein buntes Gemisch von Menschen verschiedenster Nationalitäten, Religionen und Gesinnungen notdürftig versorgt. Allen Lagerinsassen war gemein, dass sie zumindest im Augenblick keine Aussicht hatten, an einem anderen Ort eine neue Heimat finden zu können. Während die Mehrzahl der Holocaust-Überlebenden darauf hoffte, eines nicht allzu fernen Tages nach Palästina ausreisen zu können, blieb den osteuropäischen Freiwilligen der Wehrmacht und der SS, denen es gelungen war, sich der Kriegsgefangenschaft zu entziehen, die Rückkehr in ihre Heimatländer ebenso versagt wie Deserteuren der Roten Armee. Es kam immer wieder vor, dass Überlebende der Konzentrationslager in den DP-Lagern auf Täter stießen. Lautstarke Auseinandersetzungen und gelegentliche Handgreiflichkeiten waren die Folge. Vor allem die jüngeren Juden knöpften sich gerne Ukrainer und Balten vor, da bei diesen am ehesten eine wie auch immer geartete Zusammenarbeit mit der deutschen Besatzungsmacht vermutet werden konnte.

Ein gutes halbes Jahr nach Kriegsende hatten sich im Backnanger Lager bereits relativ stabile Strukturen herausgebildet. Das religiöse Leben hatte sich einigermaßen normalisiert, ebenso wie der Schulunterricht für Kinder und Jugendliche. Im Kreis derer, die auf eine Auswanderung nach Palästina setzten, wurden nun vermehrt handwerkliche Kurse angeboten. Auch sportliche und kulturelle Aktivitäten kamen in Gang. Eine aus Spielern vieler Nationen zusammengesetzte Fußballmannschaft bestritt erfolgreich Spiele gegen Teams anderer Lager und gegen Auswahlmannschaften der US-Streitkräfte.

Die meisten Lagerinsassen harrten der Dinge, die vielleicht einmal kommen würden, viele waren mutlos, traumatisiert und ohne rechten Plan für ihr zukünftiges Leben. Und neben den Rechtschaffenen, Verzweifelten und Hoffnungsvollen gab es, wie überall, eine kleine Gruppe Gauner und Geschäftemacher. Es waren meist diejenigen, die bereits früher unter noch extremeren Bedingungen gelernt hatten, sich auf windige Weise durchzuschlagen. Die zu Beginn des Jahres 1946 einsetzende allgemeine Verschlechterung der Versorgung förderte das Entstehen eines aufgeblähten Schwarzmarkts. Einige der Backnanger DPs spielten im regionalen Grauzonenhandel wichtige Rollen als Aufkäufer, Vermittler und Hehler. Produkte der Backnanger und Murrhardter Lederfabriken waren wertvolles Gut, auch wenn die Rangfolge der gängigen Zahlungs- und Tauschmittel dadurch nicht aufgehoben wurde. Dollars, Gold, gediegener Schmuck und amerikanische Zigaretten waren die »härtesten« Währungen. Andere Wertgegenstände wie Ferngläser, Fotoapparate, Pelze und seidene Damenunterwäsche waren brauchbare Tauschobjekte, aber ihr Kurs war schwankend, abhängig von Angebot und Nachfrage.

Die meisten, die sich in ihrer Verzweiflung auf den Schwarzmarkt begaben, taten dies aus Hunger. Das, was es auf Lebensmittelmarken gab, reichte bei Weitem nicht aus und oftmals bekam man nicht einmal das, wofür man mit seinen Marken stundenlang angestanden hatte. Am schlechtesten gestellt waren die Flüchtlinge, die kaum noch Dinge von Wert besaßen. Das Wenige, was sie aus Ostpreußen, Pommern oder Schlesien hatten retten können, wurde bald zum ungünstigen Kurs gegen Kartoffeln, Brot, etwas Butter, Milch oder ein winziges Stückchen Speck eingetauscht.

Zwei, die unter den Backnanger Schwarzhändlern der ersten Stunde herausragten, waren Joshele Zylberman und Fischel Olmert. Beide stammten aus uralten galizischen Judengeschlechtern und sie einte weiterhin, dass sie bis zu ihrer Verhaftung im Juli 1941 sogar noch unter den erschwerten Bedingungen der sowjetischen Besatzung ihre früheren Geschäftstätigkeiten fortgesetzt und entsprechend den neuen Bedingungen modifiziert hatten. Die beiden Holocaust-Überlebenden bewegten sich schon kurze Zeit nach ihrer Ankunft im Backnanger Lager in einem feinmaschig gewobenen Netz aus Zwischenhändlern, deutschen und amerikanischen Lieferanten und denen, die Zylberman in der traditionellen Ausdrucksweise des Kaufmanns als »*Endverbraucher*« bezeichnete. Waren sie anfangs noch unter denjenigen zu finden gewesen, die in Hauseingängen und vor dem Barackenlager der hinteren Backnanger Bleichwiese flüsternd ihre Waren zum Tausch oder zum Verkauf anboten, hatten beide sich recht bald von den anderen durch höchst erfolgreiche Spezialisierung abgehoben. Zylberman stützte sich in erster Linie auf den Zigarettenhandel, um für *cash flow* zu sorgen. Mittlerweile kostete eine amerikanische Zigarette bis zu 15 Reichsmark, eine deutsche immerhin noch acht bis zehn, ein Päckchen Tabak wechselte für 150 bis 200 Reichsmark den Besitzer. Daneben handelte er mit amerikanischem Speiseöl und Spirituosen und begann mit dem systematischen Aufbau eines Kundennetzes unter den Wirten der schwäbischen Landgasthäuser, die wiederum in intensiven Tauschbeziehungen mit den örtlichen Landwirten standen.

Fischel Olmert hatte sich auf »*Qualitätsware*« spezialisiert, was bedeutete, dass er als Hehler hochwertige Uhren und Schmuckstücke erstand. Aus seinem reichhaltigen Fundus verkaufte er ausgesuchte Stücke gegen die härteste aller Währungen an Offiziere der amerikanischen Besatzungsmacht weiter, nämlich gegen US-Dollars. Und er war weitsichtig und geschickt genug, niemals mit Dollarscheinen in der Tasche in eine Razzia oder eine sonstige Kontrolle zu geraten. Fischel Olmert erhielt darüber hinaus als Erster schon im Herbst 1945 die Lizenz, im Backnanger Lederviertel ein Vergnügungslokal zu eröffnen, in dem recht schnell ein illustres Publikum verkehrte: einfache GIs, Offiziere in mittleren Rängen, junge Schwäbinnen, die aus der Not heraus oder aus Abenteuerlust Kontakte suchten, von denen sie sich außer Liebe auch Damenstrümpfe, Waren aus dem PX-Laden und höherwertige Lebensmittel versprachen. Unter den Besuchern waren auch einige jüngere DPs und natürlich die Crème de la Crème der einheimischen Schwarzhändler und Speckjäger. Der rege und keineswegs leise Barbetrieb zog rasch den Unmut der deutschen Bevölkerung auf sich. Die einen wurden in ihrer Nachtruhe gestört, andere haderten voller Neid damit, dass der Jude Lizenzen erhielt, von denen Deutsche in diesen Tagen nicht einmal zu träumen wagten. Am lautesten aber meldeten sich die Moralisten zu Wort, die hier allergrößte Gefahren für Sitte und Anstand vermuteten.

Das Treiben einiger Bewohner des Backnanger DP-Lagers bereitete auch Jakob Winter erhebliches Kopfzerbrechen. Auf der einen Seite war er darum bemüht, dass Überlebende des Holocaust nicht schon wenige Monate nach ihrer Befreiung neuer Schikane ausgesetzt würden. Andererseits störte ihn manches unseriöse Geschäftsgebaren gewaltig, wozu auch beitrug, dass er schon als Kind so oft Zeuge des stets korrekten Handelns seines Vaters wie auch seines Großvaters gewesen war.

Nachdem man ihn mit der Aufgabe betraut hatte, sich als Verbindungsmann um die Belange der Backnanger Lagerbewohner zu kümmern, bezog er eine beschlagnahmte Wohnung in der Aspacher Straße. Sein neuer Mitarbeiter war nun Ryan Miller, ein immer fröhlicher Kaufmannsgehilfe aus Detroit, der die Zeit nach dem Kriegsende sichtlich genoss. »Guy«, sagte er immer wieder, »wir haben diesen *Bullshit* überlebt, man hat uns keine wichtigen Teile weggeschossen und wir sind noch blutjung. Außerdem werden wir prima verpflegt, haben Dollars und kriegen die knackigen ›*Froileins*‹ – was willst du mehr?«

Trotz seines losen Mundwerks war Miller ein zuverlässiger Mitarbeiter und fungierte meist auch als sein Fahrer. Einmal in der Woche fuhr Jakob Winter nach Ludwigsburg, um bei den vorgesetzten Stellen Bericht zu erstatten und neue Instruktionen entgegenzunehmen. Kaum wieder in Backnang angekommen, zitierte er regelmäßig Olmert und Zylberman zu sich und erörterte mit ihnen die Beschwerden, die über die Lagerleitung, das Landratsamt oder die deutsche Polizei bei ihm, vor allem aber bei seinen Vorgesetzten eingegangen waren. Die sich im Wiederaufbau befindlichen deutschen Behörden taten sich schwer damit, dass es der deutschen Polizei immer wieder untersagt wurde, selbst Razzien und Ermittlungen in den DP-Lagern vorzunehmen. Das sollte sich erst 1948 ändern.

Fischel Olmerts Lokal wurde zu einem wichtigen Dreh- und Angelpunkt für Geschäfte aller Art. Dem gewitzten Galizier gelang es zudem, praktisch aus dem Nichts ein attraktives Ambiente zu zaubern, mit einer Ausstattung, die an amerikanische Nachtclubs erinnerte. Passend zur neuen Noblesse kam auch ein neuer Name. Aus »Fischel's Bar« wurde im April 1946 ein Qualität und Seriosität suggerierendes »Olmert's«.

Als Jakob am Abend seines 24. Geburtstags das Lokal betrat, um mit Miller und einigen anderen zu feiern, erlebte er gleich mehrere Überraschungen. Olmert, der wusste, dass er Geburtstag hatte, empfing ihn mit einem Tischfeuerwerk. Die anderen Gäste standen auf, und während er noch vollkommen überwältigt am Eingang stand, begannen sie gemeinsam zu singen: »Happy birthday to you …«

Der Barbesitzer kam hinter seinem Tresen hervor und drückte ihm ein Glas in die Hand. Es war echter Champagner! Wo er den nur wieder herhatte?

»Alles Gute zum Geburtstag, mein gestrenger Vertreter der Besatzungsmacht.«

»Olmert, ich danke dir. Aber lass dir gesagt sein, ohne uns wären die Deutschen euch schon längst wieder auf die Pelle gerückt und dir hätten sie die Bude zusammengeschlagen.«

Olmerts fröhliches Lachen wich für einen winzigen Augenblick der ihm gleichfalls stets eigenen Traurigkeit. »Da hast du recht«, sagte er nur. Nach einer Weile schlug er Jakob aufmunternd auf die Schulter, hob sein Glas und sagte: »Jacky, heute ist kein Tag für *Narrischkeiten* und *Schmonzes*, also: *Lechajim*, aufs Leben.« Er hob nochmals sein Glas, stieß mit

Jakob an und kehrte hinter den Tresen zurück. Dort wies er seine Mitarbeiter an, im weiteren Verlauf des Abends einige Platten von Django Reinhardt zu spielen, denn er wusste, dass Jakob dessen Musik besonders mochte.

Während Winter, Miller, Zylberman und einige andere an der Bar lachten und tranken, ging plötzlich die Tür auf. Mit großem Hallo stürmten Larry Silver und Harry Greenfield, mit denen er seit den Vorbereitungen auf die Landung in Anzio zusammen gewesen war, in das Lokal, jeder mit einer Flasche Cognac winkend. »Da staunst du, was, alter Schwabe!« Silver hatte seine Uniformmütze keck in den Nacken geschoben und grinste über beide Ohren. Greenfield gab Jakob eine freundschaftliche Kopfnuss. »Du hast doch nicht geglaubt, dass du deinen zweiten Geburtstag im befreiten Land ohne uns feiern kannst.«

»Das ist echt eine Überraschung«, lachte der froh. »Setzt euch, guys.«

»Wir wollten dich unbedingt nochmal sehen«, sagte Greenfield und ließ sich von Olmerts Barkeeper erst einmal einen doppelten Whisky einschenken. »Larry hat seine 85 Points zusammen. Er kann zurück in die Staaten. Wie viele hast du denn?«

US-Soldaten erhielten nach einem festgelegten Bewertungsverfahren für die verschiedenartigsten dienstlichen Erledigungen Punkte. Wer nach Kriegsende 85 erreicht hatte, konnte seinen Dienst quittieren. Jakob zuckte mit den Schultern, denn er hatte wohl von dieser Systematik gehört, sich aber nie damit beschäftigt.

Sie redeten und tranken. Die Stimmung kam in Fahrt, wogte immer höher und war bereits in eine lang anhaltende Welle der Ausgelassenheit übergegangen, als plötzlich auch noch sein früherer Fahrer Carmelo Cesari auftauchte. Den hatte er seit der Übernahme der Sonderaufgaben für das Backnanger Lager nicht mehr gesehen. Cesari war mit der 100. Division bis nach Ulm vorgerückt. Den Neckar entlang und später an der Donau hatten sie Kraftwerke, Funkmasten und strategisch wichtige Brücken bewacht und die von den Deutschen verlassenen Waffen- und Munitionsdepots gesichert.

»Buddy«, rief Cesari im Windfang stehend und eilte dann in Richtung Theke. »Du glaubst doch nicht wirklich, dass du nach dem Affenzirkus im letzten Jahr deinen Geburtstag ohne mich feiern kannst!« Unter dem Gelächter und Gejohle der anderen berichtete er von ihren Erlebnissen am 20. April 1945, Jakobs privatem Vorstoß nach Seelbach. »Und dann hat er noch einen Bauern, den er nicht leiden konnte, als Kugelfang auf den Jeep gebunden. Das war ein glasklares Kriegsverbrechen, ein Verstoß gegen die Haager Landkriegsordnung und gegen die Genfer Konvention.« Die Umstehenden lachten brüllend.

Jakob hingegen wurde plötzlich ernst. »Er hat schon recht, das war nicht o.k.«

»Trinken wir darauf, dass heute nur noch Jacks Geburtstag gefeiert wird«, rief Silver in die Runde und hob erneut sein Glas. »Nur noch Winters Wiegenfest, nie mehr Führers Geburtstag.«

Carmelo Cesari umschlang Jakobs Schultern. Mit sichtlicher Freude und einem gehörigen Maß an Zuneigung drückte er ihn mehrmals an sich.

»Du bist der verrückteste Vogel gewesen, den ich jemals gefahren habe. Aber auch der fairste. Hast mich nie verpfiffen oder sonstwie in die Scheiße geritten. Wenn du eines Tages in die Staaten kommst, kannst du immer auf die alte ›Kamelle‹ zählen.«

»Sag bloß, du gehst auch zurück?«

»In zwei Wochen, Buddy. Noch ein paar wilde Nächte und möglichst ruhige Tage, dann bin ich weg.«

»Dir hat man doch bestimmt schon öfters Punkte abgezogen.«

Cesari lachte und ließ dabei seine perlweißen Zähne im Licht der bunten Lampen glitzern. »Jeijeijei! Die haben mir jede Menge Punkte abgezogen. Aber irgendwann darf auch das wildeste Huhn über den Teich. Wird auch Zeit, dass ich nach Hause komme.«

Nicht jeder hat ein Zuhause, dachte Jakob und nahm einen Schluck.

Olmert hatte jetzt *AFN Frankfurt* angestellt. Aus dem Radio plärrte ein alter amerikanischer Schlager. »*Alone*« von Tommy Dorsey, ein Hit aus der Vorkriegszeit.

Jeder hat ein Zuhause. Hat wirklich jeder ein Zuhause? Jakob kauerte in sich gekehrt auf dem Barhocker, während um ihn herum die Jungs wild und ausgelassen feierten. Obwohl er jetzt den Orten seiner Kindheit wieder ganz nahe sein konnte, hatte er nicht das Gefühl, sein Zuhause wiedergefunden zu haben. War es am Ende für immer verloren gegangen? Lagen Bruchstücke davon in den Wäldern von Riga oder am Fuß der judäischen Berge?

In seiner Backnanger Unterkunft lagen noch zwei Briefe von Achat Purina. Er hatte beide noch nicht geöffnet, wofür es keinen bestimmten Grund gab. Er glaubte zu wissen, was darin stand. Sie forderte von ihm eine Entscheidung, wollte wissen, ob sie nach Jahren der erzwungenen Trennung noch eine gemeinsame Zukunft hätten. Er spürte, dass sie in den Briefen forderte, er solle jetzt endlich nach Palästina kommen. Vermutlich würde sie argumentieren, dass man ihn dort dringend brauchte.

Larry Silver riss ihn aus seinen Gedanken, indem er ihn leise fragte: »Jakob, an was denkst du?«

»Wo bist du zuhause, Larry?«

»Pittsburgh, Pennsylvania.«

»Wirklich?«

»Ich habe mir angewöhnt, das als mein Zuhause zu betrachten. Auch deshalb hat Ludwig Silberstein den Namen Larry Silver angenommen. Aber mach dir heute nicht zu viele Gedanken. In einer Viertelstunde ist Mitternacht, dann ist dein Geburtstag bereits wieder Geschichte.« Der Soldatensender, den Olmert im Radio eingestellt hatte, spielte in diesem Augenblick »*As Time Goes By*«. »Siehst du, alter Junge.«

Unbemerkt von der freudig lärmenden und trinkenden Runde hatte eine Frau den kleinen Club betreten. Wie um sich zu orientieren, blieb sie im offenen Windfang einen Moment lang stehen und musterte die Gäste. Dann steuerte sie schnurstracks auf den Tresen zu. Olmert erkannte sie, lächelte und zwinkerte mit dem linken Auge. Von hinten trat sie an Jakob heran, küsste ihn unverzüglich auf die frisch rasierte Stelle unter seinem rechten Ohr und raunte mit kehliger Stimme: »Es ist höchste Zeit, dir noch zum Geburtstag zu gratulieren, mein Lieber.«

Noch ehe der Verdutzte erkennen konnte, wer da so spät und gleichsam distanzlos gratulierte, roch er ein dezentes, wohl teures französisches Parfüm. Und dann wusste er einige Sekunden lang nicht, was er sagen sollte. Leonore Schimmelpfennig sah umwerfend aus. Sie trug ein schwarzes Kleid mit dünnen Trägern, das gut zu ihren dunklen Locken passte, die sie jetzt länger trug als bei ihren letzten Begegnungen. Über vier Jahre hatte er sie nicht mehr gesehen. Vier Jahre, vier Monate und 16 Tage. Noch ehe er ein Wort hervorbrachte, fiel ihm wieder ein, dass sie damals im November 1941 nicht ein letztes Mal mit ihm schlafen wollte. Sie hatte ihn abgewehrt.

»Überrascht?«, fragte sie in sein Schweigen hinein.

Er nickte unmerklich. »Sehr«, murmelte er leise und räusperte sich.

Carmelo Cesari boxte ihn in die Seite. »Mann, Junge, was ist los mit dir. Da kommt ein so wunderbares *Froilein* von ganz alleine zu dir und du gibst hier den Schüchternen!« Sein meckerndes Lachen ließ darauf schließen, dass er nicht mehr ganz nüchtern war. Silver zerrte ihn weg. »Private Cesari, die beiden brauchen dich jetzt nicht.«

»Und?«, fragte Leonore und musterte ihn.

»Was, und?«

»Ist das eine positive oder eine negative Überraschung?«

»Welche Art von Überraschung hast du bezweckt?«

»Na hör mal, du Blödmann. Bist seit einem Jahr in Deutschland und meldest dich nicht. Ich könnte heulen vor Zorn.«

»Du bist gebunden.«

»Wer sagt das?«

»Dein Vater hat es ziemlich klar zum Ausdruck gebracht. Es ist ja wohl einer von uns, ein Ami. Deinem Vater war das peinlich.«

»Ich habe erst vor ein paar Wochen erfahren, dass du da bist. Ich habe nicht einmal gewusst, dass du überhaupt noch lebst. Kannst du dir vorstellen, was es bedeutet, ständig davon ausgehen zu müssen, dass du wie alle anderen tot bist?«

»Ich habe dir Briefe geschickt, aus dem Konzentrationslager, aus Gibraltar, mehrere aus Nordafrika.«

»Bei mir ist kein einziger angekommen.«

»Bist du noch mit ihm zusammen?«

»Mit wem?«

»Na, mit deinem amerikanischen Beschützer.«

»Jakob, du hast kein Recht, so mit mir zu reden.« Ihre Augen blitzten.

»Seid ihr noch zusammen?«

»Geht dich das was an?«

»Das bestimme ich nicht alleine.«

»Wir haben die Beziehung gelockert. Wir sehen uns nur noch gelegentlich.«

»Und du meinst, zwischen den Lücken eurer gelegentlichen Treffs ist noch Platz?«

»Ach, denk doch, was du willst. Ich wollte dir das erste Mal nach so vielen Jahren zum Geburtstag gratulieren. Hab mich beeilt, damit ich noch rechtzeitig da bin. Und jetzt muss ich mir so einen Mist anhören.«

»Hat er dich erst so spät gehen lassen?«

»Ich würde dir jetzt am liebsten eine scheuern.« Zornig baute sie sich vor ihm auf. »So nicht, Jakob Winter, so nicht. Ich habe bis zehn Uhr nachts gearbeitet. Ich arbeite stundenweise bei einem Fotografen und schlage mich ansonsten als Aushilfskellnerin durch. Und heute ist schließlich Ostersamstag. Umgezogen habe ich mich in der muffligen Speisekammer. Es reichte gerade noch auf den letzten Zug. Und jetzt so was. Das muss ich mir nicht bieten lassen.« Sie zupfte einen

Träger ihres Kleides zurecht, der ihr über die Schulter gerutscht war und stampfte mit energischen Schritten aus dem Lokal. An der Tür angekommen, drehte sie sich nochmals um und rief so laut sie konnte: »Frohe Ostern.«

»Hoppla, Junge«, raunte Silver. »Du warst aber nicht gerade diplomatisch. Sie hat es nett gemeint.«

Carmelo Cesari hängte sich bei ihm ein und rülpste ihm ins Ohr. Jakob spürte dabei, dass sein früherer Fahrer nicht mehr ganz sicher stand.

»Herschel«, krähte Cesari, »lass die Weiber doch rennen. Wir trinken jetzt noch einen.«

AFN sendete das Zeitzeichen. Es war Mitternacht. Dann folgten Nachrichten. Einen Augenblick lang hörten alle im Lokal konzentriert zu. In der sowjetischen Besatzungszone sollte am heutigen Tag die Vereinigung von SPD und KPD zur SED vollzogen werden. Mae Busch war gestorben, eine amerikanische Schauspielerin, die häufig in den Filmen von Stan Laurel und Oliver Hardy zu sehen gewesen war. Am meisten elektrisierte die Anwesenden die Nachricht, dass das *Anglo-American Committee of Inquiry* Empfehlungen zur Zukunft Palästinas vorgelegt hatte. Darin war von der Möglichkeit die Rede, dass bis zu 100 000 jüdische Flüchtlinge aus Europa im Mandatsgebiet angesiedelt werden könnten. Die Gründung eines selbstständigen jüdischen Staates fand keine Erwähnung, was dann noch eine gleichermaßen leidenschaftlich geführte wie alkoholgeschwängerte Debatte auslöste.

»Warum hast du damals, als ich dir sagte, dass wir verschickt werden, nicht mit mir geschlafen?«, fragte er und zündete sich im Liegen eine Zigarette an. Sie richtete sich auf und beugte sich über ihn. Ihr rechter Busen berührte seine Haut. Er spürte deutlich, dass ihre Brustwarze noch hart war, was bei ihm aufs Neue eine leichte Erregung auslöste.

Sie sah ihn eine Weile wortlos an. Er versuchte, den Zigarettenrauch so auszustoßen, dass er ihr nicht direkt ins Gesicht zog. »Ich habe dich viel zu sehr geliebt und war so voller

Traurigkeit und Verzweiflung. Es wäre nicht gegangen. Uns wäre eine ungute Erinnerung geblieben.«

Seit einigen Wochen trafen sie sich regelmäßig, eigentlich immer dann, wenn es ihre Arbeits- und seine Dienstzeit erlaubten. Sie trafen sich meistens bei ihr, misstrauisch und neidvoll beäugt von ihrer Vermieterin, Hausbewohnern und Nachbarn.

»Amiflittchen«, tuschelten die einen hinter vorgehaltener Hand. »Schon wieder ein anderer Kerl, stellen Sie sich das mal vor!« Und: »Er soll Jude sein«, kolportierten hämisch die anderen.

Leonore war schon in ihrer Jugend durch eine so harte Schule gegangen, dass sie die Abneigung ihrer Umgebung zu ignorieren gelernt hatte. Sie war niemandem Rechenschaft schuldig. Jakob hatte sich da verändert. Im Gegensatz zu früher ließ er sich leicht provozieren, wurde zynisch, ausfällig, häufig sogar beleidigend. Sie fürchteten ihn, wenn er in lupenreinem Deutsch einen Zeitgenossen anfuhr: »Bis eben bist du noch ein kleiner Mitläufer gewesen und jetzt willst du bereits wieder eine dicke Lippe riskieren.« Und sie hassten ihn dafür, weil sie nun auf einmal so machtlos waren wie er noch vor kurzer Zeit.

Obwohl sie immer wieder miteinander schliefen und auch sonst Zeit miteinander verbrachten, waren Leonore und Jakob in dieser Phase ihres Lebens kein richtiges Paar. Jeder achtete darauf, seine Unabhängigkeit zu wahren, und Leonore spürte, dass Jakob trotz ihrer leidenschaftlichen Begegnungen nicht bereit oder nicht in der Lage war, seine Liebe zu der Frau aufzugeben, mit der er aus der Hölle des Lagers entkommen war.

Wenn er sie am Wochenende in ihrer winzigen Munzlinger Wohnung besuchte, las er ihr gelegentlich sogar aus Briefen vor, die ihm Achat schrieb. Ihm fiel es so leichter, sie zu öffnen. Immer eindringlicher forderte sie ihn auf, Deutschland zu verlassen. Seine Tätigkeit für die US-Armee oder die amerikanische Militärverwaltung sei doch ohnehin nur von begrenzter Dauer. Er werde unter den schwierigen Verhältnissen, die jetzt im Mandatsgebiet herrschten, dort dringender gebraucht als an jedem anderen Ort dieser Welt. Da er Angehöriger der US-Streitkräfte sei, könne seine Einreise doch nicht so schwierig sein. Im Vergleich zu den Hunderttausenden, die in den europäischen Lagern darauf hofften, endlich einen Platz in den knappen Kontingenten zu erhalten, denen die Briten die Einreise nach Palästina gestatteten, könnte er dies sicher problemlos bewerkstelligen.

Diese Einschätzung Achats las Jakob Leonore an einem schönen Sonntag im Juni 1946 laut aus der Wohnstube vor, während sie in der winzigen Küche Kartoffeln, Gemüse und das Stück Rindfleisch zubereitete, das er aus der Versorgung für US-Soldaten erhalten hatte, die außerhalb der Kaserne wohnten.

»Du solltest nicht länger warten«, rief ihm Leonore aus der Küche zu. Dem Klang ihrer Stimme war nicht zu entnehmen, ob sie ihn nur provozieren wollte, ob sie in diesem Augenblick das Gefühl verspürte, ihrer Beziehung fehle Tiefe und Kraft, oder ob es ihr am Ende wirklich gleichgültig war.

»Ich weiß nicht …«, antwortete Jakob und steckte sich eine Lucky Strike in den Mund, ohne sie anzuzünden. »Ich werde erst einmal so lange warten, bis ich meine 85 Points zusammen habe und einen ehrenvollen Abschied nehmen kann. Im Augenblick habe ich schon über 70.«

Jakob vermied in den folgenden Wochen, Leonore zu fragen, ob es ihr etwas ausmachen würde, wenn er ginge. Sie blieb immer ein Stück auf Distanz, so als fürchte sie, enttäuscht zu werden. Er fand die Frau, in die er sich bereits als Jugendlicher verliebt hatte, unverändert faszinierend. Sie war eine Persönlichkeit, hatte Stil und war nicht prüde. Noch immer kam es vor, dass sie völlig ungehemmt einen Abend lang zügellos ihre wilde, ungestüme Sexualität auslebten. Leonore war klug und im Unterschied zu vielen anderen Frauen nicht bereit, sich männlichen Diktaten zu unterwerfen, auch seinem nicht, das wusste er noch aus der Zeit ihrer verbotenen und deshalb so gefährlichen Jugendliebe.

Achat Purina war, wenn man Aussehen und Auftreten zum Maßstab machte, sicherlich die weniger attraktive Frau.

Aber ihre Liebe zueinander hatte sich unter aberwitzigen Bedingungen und ständiger Todesgefahr entfaltet und behauptet. Das ging weit über das hinaus, was Mann und Frau üblicherweise miteinander teilten und was sie verband. Dennoch war Jakob in dieser Phase seines Lebens unentschlossen. Als er und Leonore in den fünfziger Jahren doch noch ein Paar wurden, behauptete er immer wieder, dass er damals, 1947, geblieben wäre. Sie hätte ihn nur vor die Wahl stellen müssen, sich entweder dauerhaft für sie zu entscheiden oder die Beziehung zu beenden.

Dass Jakob die US-Streitkräfte verließ, ohne jene ominösen 85 Punkte erreicht zu haben, die es ihm als einem Staatenlosen erlaubt hätten, nach dem Ende seiner Dienstzeit in die USA einzureisen, hatte mit Ereignissen zu tun, die sich an jenem schönen Sonntag im Juni noch nicht abzeichneten. Eine seiner schwierigsten Aufgaben war die Entwicklung eines vernünftigen Procedere im Umgang mit den Schwarzmarktgeschäften, die immer offensichtlicher von einer kleinen Gruppe DPs des Backnanger Lagers betrieben wurden.

Nach einem Vorfall im Stuttgarter DP-Lager in der Oberen Reinsburgstraße lagen die Nerven blank. Dort hatten am 29. März 180 deutsche Polizisten und zehn amerikanische Militärpolizisten eine Razzia durchgeführt. Als die Lagerbewohner versuchten, die deutsche Polizei aus dem Lager zu drängen, fielen Schüsse. Ein Holocaust-Überlebender, der erst vor wenigen Tagen seine Familie wiedergefunden hatte, starb. Nach diesem Vorfall verbot die amerikanische Militärregierung den deutschen Stellen erneut, deutsche Polizei in die DP-Lager zu entsenden. Wie überall in der amerikanischen Zone waren auch in Backnang nun innerhalb des Camps jüdische DP-Polizisten zuständig, denen sogar das Recht zugestanden wurde, Durchsuchungen der Unterkünfte vorzunehmen. Vergehen wurden durch ein Lagergericht sanktioniert. Das änderte freilich nur wenig am Fortbestehen eines regen Handels auf dem Schwarzmarkt. Die Versorgungslage in der amerikanischen Besatzungszone blieb unverändert angespannt, weshalb nahezu alle, die nicht durch Alter, Krankheit oder Verletzung daran gehindert wurden, im Tausch- und Schwarzhandel mehr oder weniger talentiert und erfolgreich tätig waren. Aus den Lederfabriken des Murrtals gelangten größere Mengen Schuhleder in Umlauf. Auch Angehörige der US-Streitkräfte waren immer unverblümter involviert. Gegen drei Büchsen Corned Beef eine Armbanduhr einzutauschen war äußerst verlockend. So gesehen waren die Tauschgeschäfte der Backnanger Lagerbewohner bislang wenig spektakulär gewesen. Aber sie fielen auf und förderten die tief sitzenden Ressentiments, wenn auf der Bleichwiese orthodoxe, Schläfenlocken und Kaftan tragende osteuropäische Juden flüsternd ihre Waren feilboten.

Obwohl Jakob Winter nur eine Vermittlungsfunktion ausübte und keinerlei formal abgesicherte Gestaltungsmacht besaß, wurde ihm sowohl von den deutschen Stellen als auch von den Vertretern der Militärverwaltung nun häufiger der Vorwurf gemacht, er würde nicht energisch genug durchgreifen, weil er selbst Jude sei. Insbesondere die Zusammenarbeit mit der deutschen Polizei und den Einheiten der Military Police lasse zu wünschen übrig.

Im August tauchte in Backnang ein Mann auf, dessen Frohnatur sich deutlich von der hier vorherrschenden Trübsal abhob. Auch sein Lebensstil war für die damaligen Verhältnisse ungewöhnlich. Zu einem Zeitpunkt, zu dem erst wenige der beschlagnahmten Kraftwagen und Motorräder wieder von Deutschen benutzt werden durften und selbst Landärzte ihre Hausbesuche noch mit dem Fahrrad oder dem Einspänner machten, fuhr Gisbert Schütz im frisch überholten dunkelroten Mercedes 170 V vor. Als er am Bahnhof parkte, um in der überfüllten Bahnhofsgaststätte eine warme Mahlzeit einzunehmen, zückte er auf die Frage, ob er die richtigen Abschnitte der entsprechenden Lebensmittelkarten besitze, unter den neidischen Blicken Umstehender ein Bündel Dollarnoten.

Gisbert Schütz war mit dem Wagen aus Köln angereist. Das war ungewöhnlich, erklärte sich aber daraus, dass ihm dort der Boden unter den Füßen zu heiß geworden war. Schütz war kein gebürtiger Kölner, hatte allerdings bereits vor dem Krieg einige Jahre dort gelebt und zog sich dorthin zurück, als er als Wehrmachtsdeserteur im Sommer 1944 dringend ein Versteck benötigte. Schon bald schloss er sich dem in Köln zahlenmäßig starken Untergrund an, der sich aus jugendlichen *Edelweißpiraten*, Deserteuren, geflohenen Kriegsgefangenen, untergetauchten KZ-Häftlingen und einigen Juden zusammensetzte, die während des Krieges in der Illegalität überlebt hatten. In den mit grellen Bändern abgesperrten und weitläufig geräumten innerstädtischen Quartieren, die bereits nahezu flächendeckend dem Bombenkrieg zum Opfer gefallen waren, hausten sie in einsturzgefährdeten Kellern und Gartenlauben. Sie waren in alle nur denkbaren Geschäfte verwickelt, überfielen sogar Wehrmachtsdepots und lieferten sich ein halbes Jahr vor Kriegsende ein mehrstündiges Gefecht mit Polizeieinheiten und der SS, dem sogar der Kölner Polizeipräsident zum Opfer fiel.

Im Unterschied zu den meisten anderen konnte Schütz rechtzeitig abtauchen. Als der ungleiche Kampf verloren war, überlebte er als Schieber die letzten Kriegswochen. Gisbert Schütz war bereits bestens für den Schwarzmarkt der Nachkriegszeit gerüstet, als andere sich noch gar nicht mit derartigen Möglichkeiten befassten. Der schlanke, knapp dreißigjährige Mann, der sein volles, dunkles Haar deutlich länger trug, als es zur damaligen Zeit üblich war, hatte zudem noch zwei weitere Vorteile, die ihn schnell zu einem der Schwarzmarktkönige des Rheinlandes aufsteigen ließen. Er hatte im Krieg unter Lebensgefahr gestohlene Waren in Umlauf gebracht. Aufgrund dieser Erfahrung reagierte er mit eiskalter Gelassenheit auf die im Vergleich dazu harmlosen Strafandrohungen der britischen Besatzungsmacht. Vor allem aber war Schütz jemand, den man ein halbes Jahrhundert später als brillanten Netzwerker bezeichnet hätte. Er kannte alle relevanten Akteure, plauderte charmant mit diesem und jenem, bot großzügig, aber stets unaufdringlich, schon mal zehn Paar Seidenstrümpfe »mit Grüßen an die verehrte Frau Gemahlin« oder eine Flasche französischen Cognacs an, ohne sofort Gegenleistungen einzufordern. Schon zu Weihnachten 1945 feierte er mit Freunden an einer Tafel, die sich unter allem bog, was es seit Vorkriegszeiten nicht mehr im Handel gegeben hatte. Dazu gab es noch jede Menge französische, englische und amerikanische Köstlichkeiten.

Schütz hatte rasch begriffen, dass er sich, um zu den Großen zu gehören, aus den Geschäften zurückziehen musste, bei denen man wegen ein Paar Stangen Zigaretten Kopf und Kragen riskierte. Es war somit nur konsequent, dass er sich mit der Frage beschäftigte, was denn noch knapper als Nahrung und begehrter als vernünftige Zigaretten war. Seine Überlegungen, die man wenige Jahre später »Marktanalyse« genannt hätte, führten zu der richtigen Erkenntnis, dass Benzin und lebensrettende Medikamente oftmals wichtiger waren als Zigaretten. Schon bald stellte er sich bei entsprechenden Gelegenheiten mit einem verschmitzten Lächeln und der Floskel vor: »I'm gambling with gasoline and insulin.«

Das war pures Understatement, denn er galt schon nach kurzer Zeit als die Nummer eins der Benzinschieber im Rheinland und war noch vor dem neuen Oberbürgermeister Hermann Pünder motorisiert, obwohl er vor und während dem Krieg niemals den Führerschein gemacht hatte. Er besaß ein hervorragendes Gespür dafür, mit welchen englischen Nachschuboffizieren eine Zusammenarbeit möglich war und wem man mit derartigen Anliegen besser nicht unter die Augen kam. Rasch war er in den Besitz mehrerer Sondergenehmigungen gelangt. Jederzeit war ihm der Übertritt von einer der drei Westzonen in eine andere möglich. Es gelang ihm in verschiedenen Städten Besatzungsoffiziere ausfindig zu machen, die zur Bestechlichkeit neigten, und er fand meist schnell heraus, für was sie ganz besonders empfänglich waren.

Aber zuletzt hatte er sich gefährlich verschätzt, als er einem französischen Colonel, der sich dienstlich in Köln aufhielt, die Liebschaft ausspannte. Da der Offizier sich außerhalb des französischen Sektors aufhielt, hatte Schütz angenommen, dass sein Konkurrent in der britischen Zone keine besonderen Befugnisse besäße. Er konnte freilich nicht wissen, dass es sich bei dem Mann um einen Verbindungsoffizier des *Service de Sécurité Militaire* handelte, der die Zusammenarbeit des neu gegründeten französischen militärischen Nachrichtendienstes mit dem britischen Geheimdienst für das Rheinland koordinierte. Als aufflog, dass er einen ranghohen Mitarbeiter des militärischen Nachrichtendienstes zum *cocu*, zu einem »Gehörnten« gemacht hatte, war es für Schütz dringend geboten, die Stadt, in der bereits alles so vorteilhaft für ihn arrangiert gewesen war, Hals über Kopf zu verlassen. Denn der Colonel fühlte sich auf ganz altmodische Weise in seiner Ehre verletzt und hatte deshalb bereits begonnen, alles in die Wege zu leiten, um ihn wegen seiner nicht unbekannt gebliebenen Schwarzmarktgeschäfte ins Gefängnis zu bringen.

So landete Gisbert Schütz in der schwäbischen Provinz, gewillt, erst einmal zur Ruhe zu kommen und dann bei passender Gelegenheit die lokalen Gegebenheiten zu sondieren. Er hätte einige Zeit untätig den Dingen ihren Lauf lassen können, denn neben einem für die damalige Zeit beachtlichen Dollarvermögen konnte er auch einige handliche Holzkoffer voll Penizillin und Insulin retten, die ihm für mehrere Monate, vielleicht sogar für ein ganzes Jahr, ein sorgenfreies Leben ermöglicht hätten. Doch bereits beim Verzehr seines Mittagsmahls bemerkte er mit geschultem Blick, dass auch in diesem kleinen Ort zahlreiche Speckjäger, Hamsterer und Schwarzhändler umtriebig waren, die sich, wie in vielen anderen Städten, bevorzugt an einem Ort in der Nähe des Bahnhofs trafen. Noch ehe er sich, vorerst nur für einige Tage, im nahe gelegenen Bahnhofshotel einquartierte, hatte er bereits

Joshele Zylberman und einen gewissen Franz Doderer kennen gelernt. Letzterer hatte seinen Geschäftsbereich zwischen den örtlichen Lederfabrikanten und der tauschbereiten Landbevölkerung abgesteckt.

Die amerikanische Besatzungsmacht hatte verfügt, dass Firmeninhaber, die Funktionen im NS-Staat innegehabt hatten, zwei Jahre von der Leitung ihrer Unternehmen ausgeschlossen wurden. Anfangs durften sie die Fabriken nicht einmal betreten, was später weniger streng gehandhabt wurde. Damit schlug die Stunde des Murrhardter Kaufmanns Franz Doderer, der mit Einwilligung der Fabrikanten Schuhleder und mechanische Waagen im Tausch gegen größere Mengen Lebensmittel anbot. Die Produkte wurden heimlich aus den Lagerhallen transportiert. Klug achtete der gewiefte Kaufmann darauf, dass alle Beteiligten zufriedengestellt wurden. Die Firmeninhaber machten ihren Schnitt, erhielten reichlich Fleisch und andere höherwertige Nahrungsmittel, die Bauern waren vor allem über das Schuhleder beglückt, dem sie eine weitaus höhere Wertschätzung entgegenbrachten als den üblichen Tauschmitteln der hungernden Städter. Das schlug sich wiederum in der Menge der eingetauschten Nahrungsmittel nieder, wodurch nicht zuletzt der Vermittler eine glänzende wirtschaftliche Blütezeit erlebte, mit der es allerdings nach der Währungsreform auch schon wieder vorbei war.

Doderer und Zylberman, der unverändert mit amerikanischem Alkohol und Zigaretten handelte, waren in den Augen von Gisbert Schütz nur kleine Rädchen in dem großen Spiel, kleiner auf jeden Fall als er selbst. Aber er versprach sich vor allem über Zylberman schnelle Kontakte zu amerikanischen Nachschuboffizieren, die sich aufgeschlossen für weitergehende geschäftliche Verbindungen erweisen konnten. Er änderte seine Pläne und gedachte nun, seine Erholungsphase in der schwäbischen Provinz für einige gezielte Sondierungen zu nutzen. Jakob Winter wurde auf Schütz aufmerksam, als dieser am darauf folgenden Wochenende zu später Stunde in Zylbermans Begleitung ins »Olmert's« kam. Als er eines seiner größten Sorgenkinder mit dem Fremden auftauchen sah, drehte er sich am Tresen unmerklich so weit weg, dass Zylberman ihn nicht sofort ansprechen würde. Da die wenigen Tische um diese Zeit alle besetzt waren, nahmen die beiden ebenfalls auf den Barhockern Platz. Zwischen Jakob und den neuen Gästen saßen zwei *Staff Sergeants* und debattierten lautstark darüber, ob ihre Frauen ihnen in den Staaten wohl immer die Treue hielten. Obwohl die beiden die Unterhaltung zwischen Zylberman und dem Fremden fast übertönten, konnte Jakob einige Bemerkungen des Mannes aufschnappen, der seinem Sprachklang nach offensichtlich Rheinländer war. Er sprach deutlich lauter als Zylberman. Vermutlich ging er davon aus, dass die Amerikaner ihn nicht verstehen konnten, da sie in ihrer Arroganz bis auf wenige Anmachfloskeln so gut wie nichts von der Sprache der Besiegten gelernt hatten.

Als der Rheinländer einmal deutlich vernehmbar nach »Leuten am Benzinhahn« fragte, konnte Winter sich, ohne hinzusehen, gut vorstellen, wie Zylberman dem anderen verzweifelt Zeichen gab, die signalisieren sollten, dass da einer am Tresen saß, der sie bestens verstehen konnte. Von nun an war nämlich nur noch die immer larmoyanter werdende Unterhaltung der beiden Sergeants zu vernehmen. Der eine äußerte mittlerweile erhebliche Zweifel daran, dass ihm seine Ehefrau über die ganze lange Zeit der Trennung treu geblieben war. Jakob bestellte bei Olmert, der heute wieder selbst hinter dem Tresen stand, noch ein Sodawasser, worüber dieser sich ein Grinsen nicht verkneifen konnte. Dann grüßte er Zylberman mit einer flüchtigen Handbewegung.

Betont laut sagte dieser: »'n Abend, Jacky«, wohl um seinem Begleiter überdeutlich zu signalisieren, dass der amerikanische Soldat, dessen stummen Gruß er soeben erwidert hatte, sehr wohl des Deutschen mächtig war.

Schütz blieb nur kurze Zeit in Backnang. Nach zwei Wochen verlagerte er sein Quartier vom Backnanger Bahnhofshotel in die Murrhardter »Sonne-Post«. Schon bald hatte er erste Kontakte zu Offizieren, die in Ludwigsburg und Schwäbisch Hall stationiert und dort für die Kontingentierung von Treibstoffen zuständig waren. Sein sicheres Gespür führte ihn nach einigen weiteren Wochen zu einem Mann in Hessental, der bereits enorme Geldsummen beim Pokern verspielt hatte. Schütz wusste, dass es meist nicht zum Erfolg führte, jemanden direkt und plump bestechen zu wollen. Man musste denjenigen, der etwas liefern konnte, was man haben wollte, wie einen Freund behandeln, ohne ihm dabei zu nahe zu kommen, und sich als ein hilfreicher Partner erweisen.

Drei Monate nach seiner überstürzten Abreise aus Köln war Schütz auch in seinem neuen Wirkungskreis wieder in der »Benzinklasse« angekommen. Dies geschah zu einem äußerst günstigen Zeitpunkt. Immer mehr Menschen machten sich daran, ihre früheren Geschäfte wieder aufzunehmen oder neue Unternehmen zu gründen. Benzin und Diesel waren hierbei im doppelten Sinne des Wortes wichtige Treibstoffe. Bald war Schütz im Kreis Backnang genauso bekannt wie zuvor in Köln. Der einzige Unterschied für ihn lag darin, dass Vergnügungen der Art, wie sie ihm in Köln geboten worden waren, in der prüden schwäbischen Provinz nur sehr spärlich vorkamen. Lästig erschien ihm auch der Umstand, dass Zylberman, der ihm bei der Herstellung einzelner Kontakte hilfreich gewesen war, jetzt meinte, ebenfalls in das Benzingeschäft einsteigen zu können. Es solle nicht zum Schaden von Schütz sein, es gebe doch genügend Orte, die noch nicht von ihm beackert würden. Überall werde jetzt mehr Benzin gebraucht, als über legale Bezugsscheine zu erstehen war. Auch gebe es etliche Landwirte im Kreis, die schon Traktoren hatten. Manche hatten auf Holzvergaser umgerüstet, andere pflügten wieder, wie einst ihre Altvorderen, mit Ochsen.

Aber Zylberman war zu unvorsichtig. Er geriet ins Visier der deutschen Polizei, die sich in besonderer Weise darum bemühte, gerade im Backnanger DP-Lager gegen Schwarzhändler vorgehen zu können. Da er aufgrund der immer noch unzulänglichen Verkehrsverbindungen nicht in der Lage war, all seine Kunden in den verstreut im Kreis liegenden Dörfern und Weilern selbst beliefern zu können, bediente er sich weiterer Geschäftspartner, die er aus dem DP-Lager rekrutierte. Zylberman setzte diese »Mitarbeiter« als Kuriere ein, die Benzinkanister oder -fässer entweder direkt zu den Kunden brachten oder auf diese an vereinbarten Treffpunkten warteten. Das Geschäft wurde in der Regel als Tauschhandel vollzogen. Benzin wurde gegen Fleisch, Butter, Eier und Mehl eingetauscht. Weniger gerne wurden Kartoffeln und Milch genommen. Milch verdarb schnell und die Kartoffelmengen, die gegen Benzin eingetauscht wurden, hatten ein erhebliches Gewicht.

Im Herbst 1946 spitzte sich der Konflikt zu. Die deutsche Polizei trat wieder souveräner auf als unmittelbar nach den Stuttgarter Vorfällen. Zudem betrieben etliche der von Zylberman rekrutierten Kuriere ihre Geschäfte äußerst dilettantisch. Jakob Winter wusste zwar von diesen Vorgängen, aber er brachte es nicht übers Herz, Menschen, die der Hölle nur knapp entronnen waren, wegen ihrer Schwarzmarktgeschäfte ans Messer zu liefern. Man warnte ihn von verschiedenen Seiten. Olmert, der ein kluger Beobachter war, wies ihn nicht ganz ohne Eigennutz darauf hin, dass es etliche der Lagerbewohner zu bunt trieben. Hinzu kam, dass die tatsächlichen oder auch nur vermeintlichen Freiheiten, die die DPs hatten, bei der deutschen Bevölkerung Unmut auslösten.

Auch Leonore warnte ihn. Sie hatte eine Stelle im *Detachement* erhalten, wo sie für zwei Offiziere den Haushalt führte. Seit Kriegsende hatte sie sich durch ihre Kontakte zu Amerikanern und diszipliniertes Selbststudium mehr Englisch beigebracht, als es ihre Arbeitgeber vermuteten. Sie schnappte mehrfach Gesprächsfetzen auf, aus denen klipp und klar hervorging, dass beim Auffliegen von Schwarzmarkt-Deals zuerst die Köpfe der beteiligten DPs und dann die der für das Lager verantwortlichen Angestellten der Militäradministration rollen würden. Hinzu kam, dass etliche hochrangige Offiziere dieses Abschnitts Juden nicht sonderlich mochten und allen Aktivitäten mit Misstrauen und Ablehnung begegneten, die den Eindruck erweckten, man mache zu viel Aufhebens um ein paar »*Jewish affairs*«.

Weihnachten 1946 verbrachten Jakob und Leonore zusammen. Leonores Vater ließ sich nicht dazu bewegen, das Fest mit ihnen gemeinsam zu feiern. Er verzieh es seiner Tochter immer noch nicht, dass sie sich »wie eine Schokoladenhure« gleich nach Kriegsende mit »den Amis« eingelassen hatte. Leonore konnte Jakob dazu überreden, am zweiten Weihnachtsfeiertag einen Besuch bei Caroline Lang zu machen, die derzeit wieder im elterlichen Haus in Lichtengrün lebte. Jakob hatte nur zögernd eingewilligt. Bislang hatte er über die genauen Umstände des Todes von Franz Lang noch mit keinem Menschen in Deutschland gesprochen. Nicht mit Leonore und auch nicht mit Franz' jüngerem Bruder Gustav, seinem einzigen noch lebenden Freund aus Kindertagen.

Jakob hatte Gustav zufällig im letzten August in Munzlingen getroffen, wo dieser bei einem Landmaschinenmechaniker Ersatzteile für einen Heuwender zu bekommen hoffte. Das jüngste der Lang-Kinder war im April 1945 in Heilbronn zusammen mit drei Kameraden desertiert und hatte sich wenige Tage später auf der Schwäbischen Alb in amerikanische Gefangenschaft begeben. Zu seinem Leidwesen wurde er als Bauernsohn früher als andere nach Hause geschickt. Zu gerne wäre er dem schroffen Regiment seines Vaters noch eine Weile ferngeblieben. Blass und schmal war er vor seinem alten Freund gestanden, noch wortkarger als früher. Sie blieben auf Distanz zueinander, die alte freundschaftliche Vertrautheit kam nach dieser flüchtigen Begegnung nicht wieder auf. Er sei sich nicht sicher, ob er auf dem Hof bleiben wolle, sagte er noch. Mehr Persönliches gab er nicht preis. Jakob sah die Umstände dieses Wiedersehens als ungeeignet an, Gustav davon zu berichten, wie er die letzten Tage seines älteren Bruders erlebt hatte.

Jakob und Leonore sprachen wenig, als sie über die verschneiten Wege nach Lichtengrün fuhren. Trotz der sorgfältig befestigten Winterverkleidung war es im Jeep eiskalt. Während sie in langsamer Fahrt in die Stichstraße zum Schürbel'schen Anwesen einbogen, fasste Jakob den Entschluss, mit niemandem über die Umstände des Todes von Franz Lang zu sprechen, auch mit Caroline nicht. Er fand, es hätte keinen Sinn, da es nun mal nicht mehr zu ändern war, und obwohl er damals keinerlei Einfluss auf die Entscheidung gehabt hatte, die zur Hinrichtung von Carolines Mann führte, konnten das die Menschen hier vielleicht anders sehen. Alle wussten nämlich, dass Franz den jüdischen Kindern Seelbachs und ganz speziell auch Jakob immer wieder zugesetzt hatte. Der Gedanke an einen furchtbaren Racheakt lag nahe.

Jakob war erstaunt über die starke Ausstrahlung, die von Caroline Lang ausging. Er hatte erwartet, einen gebrochenen, verhärmten Menschen anzutreffen. Stattdessen stand ihm im verschneiten Hof eine äußerst vitale Frau gegenüber, die ihn voller Wiedersehensfreude anlachte. Entgegen der aktuellen Mode trug Caroline ihr langes Haar offen. Sie strahlte eine natürliche Weiblichkeit aus, die so gar nicht zu den von Jakob vermuteten Lebensumständen zu passen schien.

Nach ihrer Entlassung aus dem Frauengefängnis Gotteszell war sie nicht mehr auf den Köcherhof zurückgekehrt. Ihre wenigen Habseligkeiten konnte ihr Vater noch abholen, ehe man ihm die letzten Pferde beschlagnahmte. In Zeiten des »*totalen Krieges*« interessierte es keinen mehr, ob ein Schausteller ausfahren konnte oder nicht. Am 9. Oktober 1944 brachte Caroline in der Schankwirtschaft ihrer Mutter ihr erstes Kind zur Welt. Da die alte Hebamme Charlotte Bühler nach kurzer Krankheit im Sommer verstorben war, hatte sie bei der Geburt nur ihre Mutter und zwei Nachbarsfrauen an ihrer Seite. Das Kind war bereits da, als der Arzt aus Schwäbisch Hall endlich eintraf. Als Caroline ihren Sohn schließlich glücklich in den Armen hielt, konnte sie noch nicht wissen, dass sein Vater schon nicht mehr am Leben war.

Franz hatte erstaunlicherweise immer zu ihr gehalten, alles für ihre vorzeitige Entlassung getan, sich hinter sie und gegen den eigenen Vater gestellt. Gerne hätte sie den Jungen nach ihrem Vater benannt. Allein, Friedrich war auch der Vorname des verhassten Köcherhofbauern und der Name Frédéric kam für sie nicht in Frage. So wurde der kräftige Junge nur wenige Wochen später auf den Namen Ludwig getauft. Gleich nach der Geburt unternahm Friedrich Lang erste Anstrengungen, damit das Kind auf dem Köcherhof aufwuchs. Seine Interventionen fanden Gehör beim Jugendamt. Die wegen der »sittlichen Verfehlungen« der Mutter in Erwägung gezogene Übertragung der Erziehungsgewalt auf die Großeltern wurde aber aufgrund der sich nun häufenden Aufgaben durch Flüchtlingskinder und Halbwaisen bis zum Kriegsende nicht mehr vollzogen. In den sich später anschließenden Auseinandersetzungen wurde noch Jahre nach dem Ende des Nazi-Regimes mehrfach der Frage nachgegangen, ob eine derartige Entscheidung der Jugendbehörde rein rechtlich gesehen zwar zustande gekommen war, aber nicht mehr umgesetzt werden konnte, oder ob ein förmlicher Beschluss dazu niemals gefasst wurde.

Wenige Wochen nach dem Zusammenbruch des Dritten Reiches begegnete Caroline dem Sergeanten Arturo Rodriguez, einem GI, dessen Vater kurz vor dem Ersten Weltkrieg illegal aus Mexiko in die USA eingewandert war. Ohne sonstige Aussicht auf ein Bleiberecht hatte er sich 1917 kühn freiwillig zum Kriegsdienst gemeldet. Er wurde genommen, überlebte den Krieg und wurde danach mit einer privilegierten Einbürgerung belohnt. So konnte es nicht ausbleiben, dass sich sein Sohn Arturo 25 Jahre später ebenfalls freiwillig meldete und am Ende zu denen gehörte, die den D-Day und den weiteren Vormarsch unbeschadet überlebten. Arturo verliebte sich sofort über beide Ohren in die Schaustellertochter, die so ganz anders war als die Mädchen, die er in den Staaten kannte, und die *Froileins*, denen er bislang in Deutschland begegnet war. Das Ansehen der jungen Frau, der man nach der Nachricht vom Tode ihres Ehemannes den Status *Kriegerwitwe* zugewiesen hatte, wurde durch diese Beziehung nicht besser. Man sah dem Sergeanten seine fremdländische Herkunft deutlich an. Und dessen Liebe kühlte merklich ab, als Caroline ihm im Oktober 1945 eröffnete, dass sie mit hoher Wahrscheinlichkeit erneut schwanger war. Sie trafen sich noch ein paar Mal, dann tauchte Rodriguez nicht mehr auf. Seine Dienststelle hatte ihn, als sich das »Malheur« nicht mehr verheimlichen ließ, nach Wiesbaden versetzt. Von dort aus kehrte er noch vor der Geburt des Kindes in die Vereinigten Staaten zurück. Carolines Nachforschungen, die sich in einigen Gesprächen mit ehemaligen Kameraden des Verschwundenen erschöpften, verliefen im Sande.

Rodriguez war gerissen genug gewesen, auch seinen Kameraden gegenüber falsche Spuren zu legen. Ehe er nach Wiesbaden abkommandiert wurde, hatte er immer wieder behauptet, er habe bald seine 85 Punkte beisammen, die ihn zur Rückkehr in die USA berechtigen würden. An seine rauschende Abschiedsparty, die im Schwäbisch Haller *Recreation Center* erst weit nach Anbruch des folgenden Tages ihr Ende fand, erinnerte man sich im Kreis derer, die daran teilgenommen hatten, noch lange Zeit. Als einer von Rodriguez' früheren Kameraden der werdenden Mutter verriet, dass der Vater ihres zweiten Kindes keineswegs schon in den USA, sondern noch in Deutschland sei, setzte sie alle Hebel in Bewegung, um nach Wiesbaden zu gelangen, nur um am Ende zu erfahren, dass der charakterlose Mensch gerade vor wenigen Tagen aus der Armee entlassen worden war. Bis weit in die sechziger Jahre war es so gut wie unmöglich, als deutsche Mutter eines Besatzerkindes in den USA Unterhaltsansprüche gegen den Vater durchzusetzen.

Da der Name ihres zweiten Kindes Caroline an niemanden erinnern sollte, nannte sie den Jungen ganz unprätentiös Hans. Vielleicht ist er ein »Hans im Glück«, dachte sie und wurde darin durch den Umstand bestärkt, dass der kleine Hans im Säuglings- und Kleinkindalter ein äußerst fröhliches

Kind war. Im Verlauf seiner weiteren Kindheit und Jugend würde diese arglose Fröhlichkeit noch auf zahllose, zum Teil äußerst harte Proben gestellt werden.

Als Leonore und Jakob am zweiten Weihnachtsfeiertag des Jahres 1946 aus dem Willys MB stiegen, kam ihnen Caroline Lang frohgelaunt ein Stück entgegen. An der linken Hand führte sie den kleinen Ludwig, der mit großen Augen und einer gehörigen Portion Respekt das Fahrzeug anstarrte. Den Kleinen hatte sie in einer altertümlichen Wiege in der beheizten Stube gelassen.

Jakob hob die sorgsam gepackte Kiste vom Rücksitz, die alles enthielt, was seiner Meinung nach hier am dringendsten gebraucht würde: Kondensmilch, Haferflocken, Zucker, Instantkaffee, Corned Beef, Maisbrot und einige Packungen Kindernahrung, die es merkwürdigerweise seit Mitte des Jahres im Ludwigsburger PX-Laden zu kaufen gab. Ob die amerikanische Armeeführung damit auf den Umstand reagierte, dass die Zahl der neugeborenen Besatzerkinder deutlich angestiegen war?

Caroline ließ den Kleinen los und nahm die schwere Kiste entgegen, fragte aber zu Jakobs Verwunderung: »Lieb von euch. Sind denn auch Zigaretten dabei?«

»Du rauchst?«

»Na, wenigstens ein Laster muss einem doch vergönnt sein. Mit den beiden Schreihälsen habe ich ja sonst keine Chance, mir was zu gönnen.«

Jakob kramte die halbe Stange aus dem Jeep, die er noch besaß. Es wurde ein netter Nachmittag. Caroline plauderte mit den beiden Besuchern, als seien sie alte Freunde. Sie hatte einen Nusskuchen gebacken, der vortrefflich mundete, und machte mit dem kochenden Wasser aus dem Schiff des Herdes Kaffee, nachdem sie eine der beiden mitgebrachten Kaffeedosen zuerst prüfend betrachtet und dann geöffnet hatte. Seit einem Jahr wusste sie vom Tod ihres Mannes, ohne von den amtlichen Stellen jemals etwas über die genaueren Umstände erfahren zu haben. Jakob hütete sich, Bemerkungen zu machen, die zu der Vermutung führen konnten, er sei Franz im Krieg irgendwann einmal begegnet. Sie blieben, bis es dunkel wurde. »Es wäre schön, euch bald wieder mal zu sehen«, rief Caroline ihnen nach, als sie in den Jeep stiegen.

In der Silvesternacht schliefen Leonore und Jakob für lange Zeit das letzte Mal miteinander. Und es war zugleich das erste Mal, dass Leonore ihrer Lust besonders lautstark Ausdruck verlieh, während das Glockengeläut und das Feuerwerk sich zu einem undurchdringlichen Lärmteppich verwoben, der ihre Schreie übertönte.

Weit nach Mitternacht lagen beide auf dem Rücken und rauchten. Jakob hatte die freie Hand auf die Stirn gelegt und starrte ins Dunkel, in das hin und wieder ein schwacher, in den Farben wechselnder Lichtschein drang, der von verspätet abgeschossenen Silvesterraketen ausging. Er konnte aus der nachlassenden Ballerei das Geräusch abgeschossener Signalpistolen heraushören, die verbotswidrig von ausgelassen feiernden Besatzungssoldaten verwendet wurden. »Leonore, ich werde nicht bleiben«, sagte er in das Dunkel hinein.

Die Frau schwieg ein paar Sekunden. Sie starrte an die Decke, unter der sich schwach die Umrisse der Lampe abzeichneten. »Ich habe immer damit gerechnet«, sagte sie nach einer Weile. »Achat Purina steht zwischen uns. Du bist nie von ihr losgekommen. Und von dem letzten Brief, den sie dir geschickt hat, hast du mir nicht mal was erzählt.«

»Du weißt von dem Brief?«

Leonore lachte in das Dunkel hinein und tätschelte den erhobenen Arm, den sie anhand der schwach glimmenden Glut ausmachen konnte. »Ich bin doch nicht blöd.«

»Nein«, sagte Jakob gedankenverloren, »blöd bist du nicht.«

Vor Weihnachten hatten sich die Ereignisse überschlagen. Die Benzin-Deals waren aufgeflogen. Als Erster war Joshele Zylberman in Gewahrsam genommen worden. Der Militärstaatsanwalt hatte unmittelbar darauf die Verhaftung mehrerer Versorgungsoffiziere verfügt. Der Leiter des Backnanger DP-Lagers wurde zwangsversetzt, obwohl ihm keine unmittelbare Mitschuld unterstellt wurde. Schütz hatte sich rechtzeitig in die französische Zone abgesetzt. Jakob wurde zu mehreren Krisensitzungen nach Ludwigsburg zitiert. Man machte ihm keine schwerwiegenden Vorwürfe. Seine Vorgesetzten stellten aber deutlich heraus, dass man in dieser Sache eine ordnende und entschieden durchgreifende Hand vermisst habe.

In den darauf folgenden Wochen ließ er sich treiben, erledigte seinen Dienst nur lustlos, wenn auch gewissenhaft, machte aber keine Anstalten, seine in der Neujahrsnacht verkündete Absicht zügig in die Tat umzusetzen. Hin und wieder traf er Leonore im »Olmert's«.

»Du bist ja immer noch hier«, bemerkte sie jedes Mal spitz. »Was ist los mit dir? Du bist ja wie ein schwankendes Rohr, so kenne ich dich gar nicht.«

Er hatte sich meist wortlos eine Zigarette angezündet und verlegen mit den Schultern gezuckt. Er fühlte, dass sie Recht hatte, und das ärgerte und deprimierte ihn. Am 27. Februar wurde Jakob zu Colonel Clark nach Ludwigsburg befohlen, der ihm ohne längere Vorrede eröffnete, dass man nach längeren Überlegungen zu dem Schluss gekommen sei, ihn von seiner Verbindungsfunktion zwischen dem DP-Lager und den verschiedenen deutschen und amerikanischen Stellen abzulösen. »Sie haben nichts falsch gemacht, Winter«, sagte Clark aufmunternd, »aber Sie sind zu weich. Die Burschen brauchen eine harte Hand. Hinzu kommt, dass der neue Leiter einen seiner Leute auf diese Stelle setzen möchte.«

Trotz dieses Tiefschlages machte Jakob immer noch keine Anstalten, seine Abreise voranzutreiben. Mit Achat Purina stand er weiterhin in regem Briefkontakt. Ihre Briefe, in denen sie vieles von dem, was sie erlebte, nur andeutete, endeten stets mit dem Vermerk, sie warte auf ihn, man brauche ihn. Und unverändert liebe sie ihn.

Nach der Ablösung von seiner Backnanger Stelle ließ man Jakob einige freie Tage und zog ihn dann zu subalternen Verwaltungstätigkeiten des für Wirtschaftsfragen zuständigen Detachement-Offiziers heran. Es langweilte und demütigte ihn, ohne Entscheidungskompetenzen banale Vorgänge bearbeiten zu müssen. Im Mai quittierte er den Dienst, obwohl er seine 85 Punkte noch nicht erreicht hatte. Da er unverändert ein Staatenloser war und nicht beabsichtigte, in die USA einzureisen, teilte man ihm mit, man werde seine Papiere fertig machen und ihn ziehen lassen. Rasch musste er erkennen, dass er die wirtschaftlichen Folgen dieses Schrittes unterschätzt hatte. Seine Dollarreserven würden voraussichtlich bis Ende September aufgebraucht sein. Ein deutsches Einkommen hatte er nicht und würde so schnell wohl auch daran nichts ändern können. Seine Kalkulationen ergaben, dass er die nun anfallende Miete längstenfalls bis Oktober mit den letzten amerikanischen Kaffeegläsern begleichen konnte, die er noch besaß.

Geradezu elektrisiert verfolgten die noch in den DP-Lagern verbliebenen Juden in den folgenden Wochen und Monaten die internationalen Auseinandersetzungen um die Zukunft Palästinas. Es gab Tage, an denen die Gründung eines Judenstaates ganz nahe schien. Schon tags darauf kursierten neue Gerüchte, die die gewachsenen Hoffnungen zunichte zu machen schienen. Selbst unter denen, die im Nachkriegsdeutschland ein passables Auskommen gefunden hatten, sahen die meisten ihre persönliche Zukunft in der Auswanderung. Auch Fischel Olmert und Joshele Zylberman sprachen immer öfter davon, dass sie eines nicht mehr fernen Tages ihre Zelte abbrechen würden. Trotz ihrer gut laufenden Geschäfte wollten beide so bald als möglich nach Palästina. Bei Zylberman hatte Jakob immer vermutet, dass er deshalb so viel riskierte, weil er seine Zukunft nicht in Deutschland sah. Er war eine Zockernatur, ihm ging es um das Hier und Jetzt, nicht um den Aufbau einer privaten und geschäftlichen Zukunft im Kreis Backnang. Die gleiche Haltung bei Olmert, die er jetzt immer deutlicher zum Ausdruck brachte, überraschte ihn dagegen. Der Barbetreiber war ein bedächtiger Geschäftsmann, dem er zugetraut hätte, auch im zukünftigen Deutschland auf legale Weise leben und wirtschaften zu können.

Jakob konnte sich in diesen Tagen immer noch nicht dazu durchringen, eine beschleunigte Ausreise nach Palästina in die Wege zu leiten. Als ehemaligem Angehörigen der amerikanischen Streitkräfte hätte er es sicher wesentlich leichter als mancher andere gehabt, ein Einreisezertifikat zu erhalten, zumal er zuvor in der jüdischen Legion der Briten ausgebildet und zu Kommandounternehmen herangezogen worden war. Seine Zurückhaltung und sein Zögern hatten allerdings gerade damit zu tun, dass er in den Jahren 1943 und 1944 bereits in Nordafrika gewesen war. Er hatte dort nicht sein *Kanaan* gefunden, von dem so viele der Überlebenden träumten. Obwohl sie in den Trainingscamps der jüdischen Legion nur wenig persönliche Kontakte zu den deutschen Flüchtlingen herstellen konnten, die nun in Jaffa, Haifa und den nördlichen Gebieten lebten, wurde ihm klar, dass viele sich schwer damit taten, in Palästina Fuß zu fassen. Er sah und hörte viel über die Verzweiflung der Menschen, ihr Scheitern, ihre Trauer um das Verlorene. Manche, die in Deutschland und Österreich erfolgreich und aktiv ihr Leben gestaltet hatten, wurden in der ungewohnten Umgebung völlig apathisch, zumal dann, wenn ihnen endgültig klar wurde, dass man ihre Fähigkeiten und Kenntnisse hier gar nicht benötigte. Regelmäßig wurde von Selbstmorden unter den Neuankömmlingen berichtet. Und jene, die aus zionistischem Sendungsbewusstsein bereits seit 1900 eingewandert waren, nahmen die, die mit knapper Not aus Deutschland entkommen konnten, keineswegs mit offenen Armen auf. Man unterstellte ihnen, dass sie nicht um des Landes und des Aufbaus eines neuen Gemeinwesens willen hierhergekommen seien, sondern einzig und allein, um der Verfolgung zu entgehen, was auch auf viele zutraf.

Für Jakob war die steinerne Wüstenei nicht das gelobte Land, zumal seine ohnehin nicht sehr ausgeprägten religiösen Bindungen seit den furchtbaren Erlebnissen in Lettland noch brüchiger geworden waren. Zwar ging er zu Jom Kippur in den provisorischen Gebetsraum des DP-Lagers und zündete im Andenken an seine verstorbenen und ermordeten Angehörigen Kerzen an. Gelegentlich nahm er auch an Sabbatfeiern teil. Dies geschah meist dann, wenn man ihn am Vorabend des Sabbats aus dem kleinen Kreis jüdischer Freunde zum Sabbatmahl einlud. Aber falls er doch eines Tages nach Palästina gehen würde, hätte dies seinen tieferen Grund in der noch immer bestehenden Seelenverwandtschaft mit Achat Purina, die nicht nur in ihrer Liebe, wie bei gewöhnlichen Paaren, sondern auch in ihrer in den Wäldern von Riga begründeten Schicksalsgemeinschaft wurzelte.

Auf der anderen Seite spürte er deutlich, dass für ihn ein Leben im Nachkriegsdeutschland keine Zukunft haben konnte. Bis vor kurzem machte ihn sein Status als Angehöriger der US-Armee unangreifbar. Aber es war leicht zu erkennen, wie die im Backnanger Lager hausenden Überlebenden auf immer unverhohlenere Ablehnung stießen, die gelegentlich sogar in offenen Hass umschlug, der künftig auch ihn treffen konnte. Die alten Vorurteile über Juden existierten weiter und eigneten sich gut dafür, die eigene oder die kollektive Schuld der Deutschen geringer erscheinen zu lassen. Jedes noch so kleine Privileg der Davongekommenen stieß auf Missgunst. Voller Neid schaute man auf die Lastwagen, die hin und wieder im Auftrag des *American Jewish Joint Distribution Committee* auf dem Gelände des früheren Lehrerseminars vorfuhren, um Nahrungsmittel, Medikamente und Kleiderspenden an die Lagerinsassen zu verteilen. Aus der bescheidenen Unterstützung erwuchs in der Gerüchteküche die Lieferung unglaublicher Mengen an Nahrungs- und Genussmitteln, die es den Faulenzern erlaubte, ohne eigene Anstrengung in Saus und Braus zu leben. Wenn er in Kürze die Uniform auszog, so viel war klar, würde ihm im Alltag ein rauerer Wind entgegenschlagen.

Wenige Tage bevor er die Räumung seines Büros in der Aspacher Straße abschloss, erreichte ihn am späten Vormittag ein verwirrender Anruf. Als er nach mehrmaligem Klingeln den Hörer abnahm, sagte ihm die Vermittlung auf Englisch, dass eine Person aus dem britischen Mandatsgebiet mit ihm zu sprechen wünsche. Er solle das Gespräch zügig führen, denn die Verbindung könne schon rasch wieder unterbrochen werden. Anschließend hörte er einige Zeit nur ein Rauschen, das von einem unregelmäßigen kurzen Knacken überlagert wurde. Er fragte sich bereits, wer ihn an einem seiner letzten Arbeitstage im Dienste der US-Armee auf so plumpe Weise zum Narren halten wollte, als eine kurze, englischsprachige Ansage ertönte. Nach einigen weiteren Sekunden Stille hörte er überraschend klar eine vertraute Stimme.

»Wie geht es dir?«, fragte Achat Purina, ohne auch nur ihren Namen zu nennen.

Völlig überrascht murmelte Jakob nur: »Gut.«

»Mir geht es auch gut. Aber du fehlst mir. Wann kommst du?«

»Ich weiß es noch nicht. Ich habe hier noch einige Dinge zu erledigen«, schwindelte er. Eine Zeitlang schwiegen beide. Dann sagte er: »In wenigen Tagen verlasse ich die amerikanischen Streitkräfte. Ich habe um meine Entlassung gebeten. Und da ich ein Staatenloser bin, haben sie mich gehen lassen.«

»Ich muss jetzt Schluss machen«, sagte Achat. »Es war schön, deine Stimme zu hören. Weißbrod wird sich bei dir melden. Merk dir den Namen. Weißbrod, hast du verstanden?«

»Wer ist dieser Weißbrod? Und was will er von mir?«

»Das wird man dir früh genug sagen. Aber du kannst seinen Anweisungen blind Folge leisten.«

»Ich folge niemandem blind.«

»Tu, was ich dir sage, Jakob. Bis bald.«

Zwei Tage nachdem er im kleinen Kreis im »Olmert's« seinen Abschied aus der Army gefeiert hatte, klingelte es an seiner Wohnungstür. Er saß beim Frühstück und war noch nicht vollständig angekleidet. Als er notdürftig hergerichtet aus der Küche in den Flur hinausging, bemerkte er auf dem Boden einen Brief, den man offensichtlich unter der Tür hindurchgeschoben hatte. Er hob ihn auf und öffnete die Tür. Niemand stand davor. Er ging zum nächsten Treppenabsatz, und als er dort niemanden erblickte, ging er hinunter und öffnete die Haustür. Außer einigen Hausfrauen mittleren Alters, die das Wenige nach Hause trugen, was sie am Morgen nach stundenlangem Anstehen ergattert hatten, war niemand zu sehen. Ihm fiel bei diesem Anblick ein, dass er sich nun um so profane Dinge wie Lebensmittelkarten kümmern musste. Auch einen Sonderausweis musste er sich so rasch wie möglich besorgen. Er hatte als jemand, der aus rassischen, politischen und religiösen Gründen verfolgt worden war, Anspruch auf einige Zusatzleistungen. Er sah nochmals in beide Richtungen die Straße entlang. Dann schloss er die knarrende Haustür. Ehe er in der Küche mit einem spitzen Messer den Umschlag öffnete, schenkte er noch eine halbe Tasse Kaffee nach. Das Kuvert wies keinen Absender auf und enthielt lediglich das abgerissene Blatt eines karierten Schreibblocks. Darauf stand: »Am 26. September treffen Sie Fritz Weißbrod am Fornsbacher Waldsee. Warten Sie ab 14 Uhr in der Nähe des Bootsverleihs.«

Mehr stand nicht in dem Brief, kein Absender, keine Unterschrift. Er hatte nicht die geringste Ahnung, was sich dahinter verbarg. Für einen kurzen Augenblick überlegte er, ob es sich um bloßen Unfug handeln könnte, den sich jemand mit ihm zu treiben erlaubte. Irritierend war lediglich, dass auch Achat Purina den Namen erwähnt hatte. Derartige Späße waren nicht typisch für sie. Doch schließlich überwog die Neugier, herauszufinden, was sich hinter der Sache verbarg.

Der 26. September war ein für die Jahreszeit viel zu heißer Tag. Jakob Winter ließ Hut und Jackett zuhause und trug ein kariertes kurzärmeliges Sommerhemd, weshalb sich seine

Hosentaschen beulten, in die er Geldbeutel, Schlüsselbund und anderen Kleinkram gestopft hatte. Als er mit einem von Backnang nach Hessental fahrenden Zug den Fornsbacher Bahnhof erreicht hatte, blieb ihm noch reichlich Zeit. Er erkundigte sich bei einem Einheimischen nach dem Weg. Um sein Ziel zu erreichen, würde er weniger als eine halbe Stunde benötigen. Er überquerte ohne besondere Eile eine Landstraße, auf der um diese Zeit fast nur bäuerliche Gespanne fuhren. Nur ganz vereinzelt dröhnte ein Truck der US-Armee an ihm vorbei. Zum See hin ging es leicht bergauf. Auf den Wiesen wurde nochmals das spärliche Gras geschnitten. Die meisten der hier wirtschaftenden Kleinbauern taten dies unverändert auf hergebrachte Art mit der Sense.

Ehe er das Ufer erreichte, passierte er ein Gasthaus, das ab dem ersten Stockwerk in Holzbauweise errichtet war. Auf der dahinterliegenden, von der Sonne beschienenen Terrasse saßen nur wenige Gäste vor Limonadengetränken, Most oder Dünnbier. Einzelne verzehrten mitgebrachte Brote. Alsbald hatte er den Bootsverleih erreicht. Trotz des schönen Wetters war, soweit er sehen konnte, nur ein einziges Ruderboot auf dem Wasser. Eine mürrische Alte hockte gelangweilt in einem hölzernen Kiosk, von dem der einstmals lindgrüne Anstrich weitgehend abgeblättert war. Dagegen hatte man die Lackierung der am Steg liegenden Ruderboote erneuert. Sie waren erst vor kurzem außen rot und innen weiß gestrichen worden. Offensichtlich war es dem Betreiber gelungen, in ausreichender Menge Farbe auf dem Schwarzmarkt einzutauschen.

Jakob entfernte sich einige Schritte vom Kiosk und setzte sich auf eine Bank am Seeufer. Ein Blick auf die Uhr sagte ihm, dass noch immer Zeit war. Die Sonne brannte unbarmherzig auf ihn nieder. Er ärgerte sich darüber, dass er seinen neuen Sommerhut zu Hause gelassen hatte. Er war nun Zivilist, also hatte er sich vor einigen Tagen zwei Hüte gekauft, obwohl sein Bargeld in rasender Geschwindigkeit zur Neige ging. In diesen Tagen war es noch üblich, eine Kopfbedeckung zu tragen. Und nun wäre der Hut auch ein guter Sonnenschutz gewesen.

Während er versonnen den Blick über die glatte Wasseroberfläche streifen ließ, war ein Mann unhörbar an ihn herangetreten, der ihn mit der Frage aufschreckte: »Sorry, sind Sie Herr Winter?«

Obwohl der Fremde die Floskel »Sorry« verwendet hatte, vermutete der Angesprochene, dass es sich um einen Deutschen handelte, denn er sprach vollkommen akzentfrei. Trotz der großen Hitze trug der Mann einen hellen Sommermantel und einen beigen Hut. Sein glatt rasiertes, scharfkantiges Gesicht wirkte energisch, ohne dass eine zu große Strenge darauf lag. Jakob erhob sich und musterte nun seinerseits den Ankömmling, der ihm zur Begrüßung die Hand entgegenstreckte.

Er ergriff die ausgestreckte Rechte und fragte: »Sind Sie Weißbrod?«

Der andere schüttelte verneinend den Kopf. »Weißbrod schickt mich. Er ist kurzfristig verhindert. Was halten Sie davon, wenn wir uns für eine halbe Stunde ein Boot mieten?«

Jakob, der ahnte, dass der Mann ungestört mit ihm sprechen wollte, nickte zustimmend. Der Unbekannte drückte der missmutigen Alten die geforderten drei Groschen in die schwammige Hand und nahm auf der Ruderbank Platz. Ob sie nicht gleich eine ganze Stunde rudern wollten, das sei günstiger, koste nur 50 Pfennige. Der Fremde verneinte mit einer energischen Geste. Die Frau löste ächzend mit bedächtigen Bewegungen die kurze Kette, warf sie ins Bootsinnere und stieß den Kahn mit einem Haken von der Anlegestelle ab.

Jakob kniff die Augen zusammen. Die Wasseroberfläche kräuselte sich leicht. Dabei flirrte und glitzerte sie, als wären Hunderte von Glasperlenketten in sie eingewoben, die das Sonnenlicht brachen und in alle Richtungen reflektierten. »Was wollen Sie von mir?«, fragte er, nachdem er sich eine seiner letzten amerikanischen Zigaretten angezündet hatte. In Kürze wäre sein Vorrat zu Ende und er müsste, wie die große Mehrzahl der deutschen Hungerleider, auf Selbstgedrehte umsteigen.

»Wie gesagt, Weißbrod ist verhindert.« Einen kurzen Augenblick stellte er das Rudern ein, hob die Blätter aus dem Wasser und beugte sich leicht nach vorne, um seinem Gegenüber näher zu sein. »Achat Purina hält Sie für vertrauenswürdig. Wir brauchen Ihre Hilfe.«

»Wo haben Sie sie getroffen?«

Der Fremde zögerte und sagte dann hastig: »Wir haben mit ihr telefoniert.«

»Was wollen Sie?«

Der Mann ließ die beiden Ruder wieder ins Wasser gleiten und richtete sich auf. »Sie verfolgen sicherlich den Schicksalskampf um Eretz Israel?«

Der Unbekannte war Jude, das war jetzt klar, denn die Gojim sprachen nicht von »Eretz-Israel«. Als Jakob keine Antwort gab, fuhr er fort: »Man bereitet die Gründung einer jüdischen Luftwaffeneinheit vor. Freiwillige gibt es genug. Es fehlen nur die Flugzeuge.«

Unwillkürlich musste Jakob lachen. »Eine tolle Luftwaffe ist das. Die bislang einzige der Welt, die über keine Flugzeuge verfügt. Aber ich kann Ihnen nicht helfen. Ich habe keine.«

»Herr Winter«, erwiderte der andere ernst. »Das ist keine Angelegenheit, die launige Späße verträgt. Es ist uns gelungen, Kontakte zu tschechoslowakischen Stellen herzustellen. Man ist bereit, uns einige Avia S-199 zu verkaufen. Dieses tschechoslowakische Flugzeug ist im Grunde genommen ein Nachbau des deutschen Jagdflugzeugs Messerschmitt Bf 109. Man hat diesen Vogel während des Krieges auch im besetzten Prag hergestellt. Jetzt setzen die Avia-Flugzeugwerke die nahezu identische Fabrikation unter dem neuen Namen fort. Allerdings fehlen Motoren. Die Me 109 waren mit Motoren von Daimler-Benz ausgestattet.«

»Und? Ich kann Ihnen keine besorgen.«

»Aber Sie können uns dabei helfen.«

»Wer seid ihr?« Der andere ruderte schweigend in Richtung des Zuflusses zu dem kleinen Stausee. »Also? Wer sagt mir, dass Sie nicht für einen Geheimdienst arbeiten, der mich reinlegen will?«

Der Unbekannte musterte ihn. Ein Lächeln umspielte seinen Mund. »Nichts für ungut, Herr Winter, aber was, glauben Sie, könnte Sie so bedeutend machen, dass ein Geheimdienst Ihnen eine Falle stellen möchte? Außerdem hat Ihnen Achat Purina mitgeteilt, dass wir uns mit Ihnen in Verbindung setzen.«

»Sie sind nicht Weißbrod. Das haben Sie selbst gesagt. Vielleicht hat man Weißbrod längst verhaftet.«

Mit ruhigen Schlägen wendete der Ruderer das leichte Boot. Enten folgten im leichten Wellengang, wohl in der Hoffnung, dass etwas für sie abfiele. »Also gut, Sie sollen mehr erfahren. Sowohl Achat als auch ich sind Mitglieder des *Palmach*. Schon mal davon gehört?«

Jakob nickte, während er sein Erstaunen zu verbergen suchte. Achat war ohne sein Wissen Mitglied einer paramilitärischen Untergrundorganisation geworden. Sie war immer gut für Überraschungen gewesen.

»In Kürze, vielleicht schon in wenigen Wochen, wird es Krieg geben. Die Frage, ob es einen eigenständigen Staat Israel geben wird oder nicht, wird militärisch vor Ort entschieden werden, unabhängig davon, wie die Staatengemeinschaft sich dazu verhält. Die Araber sind uns zahlenmäßig weit überlegen. Wenn es uns nicht gelingt, so schnell wie möglich eine Luftwaffe aufzubauen, machen sie ihre Drohung wahr: Sie treiben uns ins Meer. Die Tschechoslowaken sind bereit, uns die Maschinen zu verkaufen. Aber es fehlen Motoren. Und dort, wo Sie wohnen, wurde genau der Typ produziert, den wir so bringend brauchen.«

»In Backnang?«, fragte Jakob überrascht.

»Genau dort. Gegen Ende des Krieges hat man Teile der Produktion von Flugzeugmotoren von Sindelfingen nach Backnang verlagert.«

»Jetzt wird mir einiges klar«, sagte Jakob. »Auf der Backnanger Bleichwiese stehen Baracken, in denen für die Firma

Daimler-Benz produziert wurde. Aber ich hatte keine Ahnung, dass es sich dabei um Flugzeugmotoren handelte. Aber selbst, wenn dies zutreffen sollte, wird man dort nichts mehr finden. Schon über zwei Jahre hausen Flüchtlinge in diesen primitiven Unterkünften.«

»Forschen Sie bitte nach, ob vielleicht einige der Motoren noch irgendwo zu finden sind. Kurz vor Kriegsende haben die Deutschen schließlich alles mögliche Zeug durch die Gegend gefahren, um es in Sicherheit zu bringen. Laufend entdeckt man sogenannte ›kriegswichtige Güter‹ in stillgelegten Stollen, Bergwerken, Kellern, Ruinen oder auch ganz normalen Lagerhallen. Arbeiten Sie für uns. Sie haben ja jetzt Zeit.«

»Woher wollen Sie das wissen?«

»Das gehört zum Handwerk«, sagte der Fremde. »Nun?«

»Wie kann ich Sie erreichen?«

»Wir kommen auf Sie zu.«

Der Erste, mit dem Jakob über diese Sache sprach, war Fischel Olmert. Der hatte mehrfach davon gehört, dass man in Backnang Flugzeugmotoren gebaut hatte. »Die meisten, die dort gearbeitet haben, werden fort sein«, sagte er. »Es waren in der Mehrzahl Zwangsarbeiter.«

»Vielleicht sind noch welche im hiesigen DP-Lager?«

»Kaum. Juden hat man dort nicht beschäftigt. Das waren vorwiegend osteuropäische Facharbeiter. Ich höre mich mal um. Vielleicht war einer der Vorarbeiter, Ingenieure oder Meister aus Backnang.«

Bereits wenige Tage später hatte der gleichermaßen gerissene wie umtriebige alte Fuchs einen Mann ausfindig gemacht, der jetzt auf dem Gelände der Backnanger Firma Kaelble an der Entwicklung eines neuen Traktorentyps der Marke Allgaier mitarbeitete. Der Mann war nicht dazu zu bewegen gewesen, sich mit Jakob Winter im »Olmert's« zu treffen, das bei der einheimischen Bevölkerung nicht den allerbesten Ruf genoss. Gegen eine Stange Chesterfield war er aber bereit, sich mit ihm für den Sonntag in einem Lokal auf der Maubacher

Höhe zu verabreden. Jakob kannte die Gegend gut, denn viele der besseren Wohnungen dieses Gebiets waren lange Zeit für Angehörige der amerikanischen Streitkräfte beschlagnahmt gewesen.

Der Mann öffnete zuerst misstrauisch mehrere Zigarettenpäckchen, um zu überprüfen, dass sie nicht mit minderwertiger Ware gefüllt waren. »Man kann nie wissen«, brummte er. »Immer öfter wird man jetzt reingelegt und die angeblichen Markenzigaretten sind gar keine. Den Packungen sieht man das nicht an, die sind wie neu. Aber statt Lucky Strike kriegst du dann Zigarettenhüllen, die man fein säuberlich mit Opas Knaster gefüllt hat.«

Nachdem der Gastwirt die beiden bestellten Biere gebracht hatte, begann der Mechanikermeister zu erzählen. Ein Teil der in Backnang produzierten Motoren sei während der letzten Kriegstage in Kisten verpackt und dann auf Güterwagen verladen worden. Man hätte sie zum Schutz gegen Angriffe aus der Luft in Eisenbahntunnels geschleppt. »Im April 1945«, berichtete der Mann und nahm genüsslich einen Schluck, »standen geschlossene Güterwagen auf dem Bahnhof in Fornsbach. Gleich in der Nähe ist ein Tunnel. Mehrfach wurde der Bahnhof aus der Luft angegriffen. Angeblich wurde ein Waggon mit Flugzeugmotoren des Typs DB 605 vollständig vernichtet. Das Merkwürdige dabei war, dass diejenigen, die sich um die Sache kümmern mussten, später keinerlei Überreste gefunden haben. Das ganze Zeug blieb verschwunden. Trotz des Beschusses mit Bordkanonen hätte man nach der Beendigung des Angriffs noch einzelne unbeschädigte Motoren finden müssen. Aber in dem allgemeinen Tohuwabohu hat sich dann meines Wissens niemand mehr darum gekümmert. Jeder sah zu, wo er blieb. Ich war schließlich der Letzte, der in den Produktionsbaracken das Licht ausgemacht hat.«

Einige Tage nach diesem Treffen reiste Jakob Winter erneut nach Fornsbach. Ihn interessierte der zwischen dem kleinen Ort und der Nachbargemeinde Fichtenberg gelegene

Eisenbahntunnel. Er kannte ihn von zahlreichen Fahrten nach Schwäbisch Hall. Hatte man darin ebenfalls kriegswichtige Güter gegen Luftangriffe zu schützen versucht? Die Ortsmitte, die er bei seinem letzten Besuch nicht betreten hatte, wies noch deutliche Spuren von Zerstörung auf. Offensichtlich hatten seine Kameraden hier ordentlich reingehalten. Hatten hier womöglich einige Idioten auf deutscher Seite noch versucht, den Helden zu spielen?

Er hatte keine genaue Vorstellung davon, wie er am besten vorgehen sollte. Wer war damals im Dorf gewesen? Natürlich vor allem die Alten und die Kinder. Die Männer waren an der Front gewesen und viele von den jüngeren Frauen hatte man zu kriegswichtigen Arbeiten herangezogen. Die Alten würden einem Fremden, der Fragen stellte, mit Misstrauen begegnen. Er nahm sich vor, erst einmal auf einige Jugendliche zugehen. Die streunten in der Gegend herum und waren geschwätzig, wenn man es richtig anstellte. Zu diesem Zweck hatte er aus seinen stark geschrumpften Beständen drei Päckchen *Wrigley's* und eine Tafel *Hershey's Sweet Milk Chocolate* abgezweigt. Er betrachtete das Ganze als ein Geschäft. Wer erfolgreich sein wollte, durfte Investitionen nicht scheuen. Schon bald stieß er auf einige gesprächsbereite junge Burschen, die auf dem Sportplatz unterhalb des ihm bereits bekannten Waldsees Fußball spielten oder im Gras herumlümmelten. Obwohl es jetzt bereits merkwürdig kühler geworden war, trugen alle noch kurze Hosen. Die meisten waren barfuß.

Er erkundigte sich nicht direkt nach den Waggons mit Flugzeugmotoren, sondern fragte die Jungen, die arglos ihre Erlebnisse vom Kriegsende erzählten, ob bei den Luftangriffen auch im Bahnhof stehende Güterzüge getroffen worden seien. Die Burschen versuchten sich mit den Schilderungen verschiedener Räuberpistolen gegenseitig zu übertrumpfen. Erst vor kurzem hatte sich im Dorf wohl eine Tragödie ereignet. Mehrere Kinder waren beim Hantieren mit Maschinengewehrmunition umgekommen, die sie im Wald gefunden hatten. Immerhin erzählten zwei Jungen, dass man den Tunnel zwischen Fornsbach und Fichtenberg gelegentlich als Unterstand für Güterzüge und Truppentransporte verwendet hatte, wenn die Luftangriffe rechtzeitig angekündigt worden waren. Nach einer Weile hatte Jakob Winter genug gehört. Er gab eine letzte Runde *chewing gum* aus und machte sich auf den Weg in Richtung Bahnhof.

Eine Woche später erfuhr er von einem Murrhardter Bahnbeamten, zu welchen Nachtstunden auf der Strecke keine Güterzüge verkehrten. »Warum wollen Sie das unbedingt wissen?«, fragte der Eisenbahner misstrauisch.

»Ich habe eine Wohnung in der Almsiedlung in Aussicht«, log Jakob. »Da das Haus direkt am Bahngleis liegt, will ich wissen, wie es um meinen Nachtschlaf bestellt sein wird.«

Olmert hatte sich vor kurzem einen gebrauchten Opel P 4 angeschafft. Er erklärte sich bereit, Jakob Winter in einer der nächsten Nächte zu dem Tunnel zu bringen. »Rein musst du aber allein. Mich bringen keine zehn Pferde in einen Tunnel. Ich warte im Wagen, leere eine Thermoskanne Kaffee und esse dazu ein paar Stullen.«

Die nächtliche Erkundung verlief enttäuschend. Als der letzte planmäßige Güterzug mit abschwellendem Geratter im Murrtal verschwand, machte sich Jakob auf, den Tunnel zu erkunden. Zur Sicherheit nahm er zwei Taschenlampen mit. Die kurze Röhre durchschritt er in zehn Minuten. An einigen Stellen stieß er auf kleinere Einbuchtungen, die wohl früher den Streckengängern Schutz gewährt hatten. Vergeblich suchte er nach abzweigenden Stollen. Auf dem Rückweg inspizierte er im Lichtkegel der Taschenlampe systematisch die grob gehauenen Wände nach den Spuren frischer Maurerarbeiten. Doch er fand nichts dergleichen. Wenn es tatsächlich noch intakte Flugzeugmotoren gab, so blieben sie unauffindbar. Als er den Opel erreichte, schlief Olmert trotz der beißenden Kälte, die mittlerweile auch in das Wageninnere gedrungen war. Das Zuschlagen der Beifahrertür weckte ihn. »Und?«, fragte er noch mit geschlossenen Augen.

»Nichts.«

»Das habe ich mir gedacht«, sagte Olmert mit einem lang anhaltenden Gähnen. So gut es ging, räkelte und streckte er sich auf dem Fahrersitz.

Die ersten Novembernächte verbrachte Jakob bei Leonore auf der Couch. Nach ihrer Trennung hatte es kein Zerwürfnis ergeben, aber beide achteten darauf, dass sie sich nicht zu nahe kamen. Er hatte, wie man so sagte, mit Rosinen gepokert, das hieß, er hatte aufs falsche Pferd gesetzt und befand sich inzwischen in einer finanziell sehr angespannten Situation. Auch deshalb schenkte er einem winzigen Vermerk in einem Brief Beachtung, den er bereits vor drei Wochen von Achat Purina erhalten hatte. Ihren knappen Schilderungen des harten und nicht ungefährlichen Lebens im Kibbuz Negba hatte sie ein Postskriptum angefügt, in dem sie ihm ohne weitere Erklärungen mitteilte, Fritz Weißbrod werde sich persönlich mit ihm in Verbindung setzen.

Die Zeile hatte ihn verwirrt, denn unverändert kannte er weder einen Mann dieses Namens noch konnte er sich einen Reim darauf machen, was dieser erneute Hinweis bedeuten sollte. Es war aber derselbe Name, den sie ohne weitere Erklärungen bei ihrem einzigen Telefonat erwähnt hatte.

Eines Morgens erwachte er durch das schnarrende Klingeln der Wohnungstür. Leonore war bereits zur Arbeit gegangen, ohne ihn zu wecken. Zu seiner Verwunderung stand Fischel Olmert vor der Tür. Als ahnte er die miese wirtschaftliche Lage Winters, brachte er Bohnenkaffee, Kondensmilch, ein halbes Brot, Wurst und Käse mit. »Hier steckst du also«, sagte Olmert an Stelle einer Begrüßung und setzte unaufgefordert einen Topf auf den angefeuerten Küchenherd, um kochendes Wasser für den Kaffee zu bereiten. Sie sprachen über allerlei belangloses Zeug. In Olmerts Lokal fanden regelmäßig

Razzien statt, was er mit der Bemerkung »Sie mögen uns Juden nicht« kommentierte.

Zylberman war aus der Untersuchungshaft entlassen worden und plante, über Frankreich nach Palästina auszuwandern. Von Gisbert Schütz hatte man nie wieder etwas gehört. Niemand wusste, ob er noch im französischen Sektor war und ob er dort seine Geschäfte wieder aufgenommen hatte. Die meisten vermuteten, dass er längst wieder oben schwamm.

Als sie ihr Frühstück beendet hatten, entnahm Olmert seiner ledernen Aktentasche eine Stange Lucky Strike und legte sie auf den Tisch.

»Ich muss los«, sagte er und stand auf. Als sie sich bereits voneinander verabschiedet und Jakob sich für die großzügigen Mitbringsel bedankt hatte, drehte er sich nochmals um und händigte ihm einen verschlossenen Briefumschlag aus, den er der Brusttasche seines Ledermantels entnahm.

»Was ist das?«

»Das soll ich dir bringen.« Und mit einer ausladenden Geste fügte der gewitzte Schieber hinzu: »Frag mich nicht, ich weiß gar nichts.«

Jakob ging in die Küche zurück, übergoss den erkalteten Kaffeesatz mit kochendem Wasser und drückte in das dünne Gebräu, das daraus entstand, noch ein paar Spritzer Kondensmilch. Als er den Brief öffnete, fiel ihm als Erstes eine gültige Fahrkarte für die Strecke Backnang-Kassel entgegen. In einem kurzen Schreiben bat man ihn, sich an einem bestimmten Tag in Kassel einzufinden. Fritz Weißbrod erwarte ihn gegen fünf Uhr abends im Wartesaal des Kasseler Hauptbahnhofs.

Verärgert ließ er die flache Hand auf die Tischplatte knallen. Was wollte man jetzt schon wieder von ihm? Und welche Rolle spielte Achat Purina? Oder wollte ihn jemand einfach nur veräppeln? Aber dafür würde niemand eine teure Fahrkarte kaufen. Oder doch? Für Leute wie Zylberman oder Olmert wäre ein derartiger Betrag ein Klacks. War es am Ende gar eine Falle?

Am 26. November 1947 betrat Jakob Winter den weitläufigen Wartesaal des Kasseler Hauptbahnhofs. Das Zentrum der Stadt wies immer noch große Zerstörungen auf und auch am Bahnhof waren viele Mauern nur notdürftig geflickt oder abgestützt worden. Trotz der kalten Jahreszeit wurden die Wiederaufbauarbeiten überall im Gebäude weitergeführt, was den Reisenden die Fußwege beschwerlich machte. Der Wartesaal für Reisende der dritten Klasse war überfüllt. Frierende und erschöpfte Menschen umlagerten den glühenden Koksofen, der mitten im Raum vor Hitze dröhnte. Winter wäre gerne näher herangetreten, denn er hatte die halbtägige Fahrt von Backnang hierher in mehreren kaum beheizten Zugabteilen verbracht. Doch er hatte keine Lust, sich unter die Wärmesuchenden zu mischen. Derzeit grassierten Läuse. Die Leute wuschen sich aufgrund der Kälte noch weniger als im Sommer.

Suchend sah er sich um. Er war mit einem Mann verabredet, den er nicht kannte. Seinem Zigarettenetui entnahm er eine *Machorka*, wie sie jetzt überall die Selbstgedrehten nannten, eine Zigarette aus schlechtem Tabak, den die Deutschen allerorts anpflanzten, um überhaupt etwas zum Rauchen zu haben. Die Stange Lucky Strike, die Olmert ihm gebracht hatte, benötigte er zum Tauschen.

Immer noch mehr Frierende drängten in den Raum und versuchten, in die Nähe des vor Hitze vibrierenden Ofens zu gelangen. Er hatte bereits über eine halbe Stunde gewartet, als ein gut gekleideter Mann durch die rechte Schwingtür trat. Er erregte Jakobs Aufmerksamkeit, denn seine Erscheinung passte nicht in einen Wartesaal dritter Klasse. Der Mann war kleiner als Jakob, trug einen neuen Kamelhaarmantel und darunter einen gut geschnittenen braunen Anzug. Sein dichtes schwarzes Haar war etwas länger als üblich, wirkte jedoch gepflegt. Im Gegensatz zu nahezu allen anderen Männern trug er keinen Hut und auch keine Mütze. Der gutgekleidete Unbekannte schien ihn erkannt zu haben, denn er kam zielsicher auf den Wartenden zu, reichte ihm sofort die Hand und sagte: »Entschuldigen Sie bitte, dass ich mich verspätet habe. Aber in der Trümmerlandschaft um den Bahnhof herum findet man nur ganz schlecht einen geschützten Parkplatz.« Er machte eine winzige Pause und fügte dann hinzu: »Ich soll Sie ganz herzlich von Achat Purina grüßen.«

»Haben Sie sie gesehen? Wo steckt sie denn?«, fragte Jakob, der sich wunderte, dass der Mann so ohne Umschweife auf ihn zugesteuert war. Wahrscheinlich hatte man ihm ein Foto gezeigt.

»Es ist schon länger her.« Der Mann zögerte. »Zuletzt hat sie mir ein Telegramm geschickt.«

Jakob Winter hatte das Gefühl, dass der Fremde log. »Sind Sie Fritz Weißbrod?«, fragte er.

Der andere nickte. »Kommen Sie, ich erkläre Ihnen alles unterwegs.«

Jakob war froh, als sie ins Freie kamen und er die kalte Luft einatmen konnte. Als ob es für die Menschen nicht schon hart genug gewesen wäre, war der Winter dieses Jahr wieder sehr früh gekommen. Viele fürchteten, einen ähnlichen Hungerwinter durchstehen zu müssen wie im Vorjahr.

Sie schlängelten sich durch die Trümmer, die man außerhalb des Bahnhofs zu großen Halden zusammengeschoben hatte. In einer Nische zwischen zwei Trümmerbergen stand ein stahlgrauer viertüriger Opel Kapitän, der noch aus der Vorkriegsproduktion stammte. Der Wagen wurde offensichtlich von einem Mann bewacht. Denn als Winter und sein Begleiter sich dem Fahrzeug näherten, nickten sich die beiden zu und derjenige, der mit tief in den Manteltaschen vergrabenen Händen neben dem Fahrzeug gestanden hatte, verschwand in Richtung Bahnhofshalle.

Da die Unterbringungsmöglichkeiten in Kassel noch sehr begrenzt waren, überquerten sie mit Passierscheinen, die Weißbrod für sie beide vorlegte, problemlos die nahegelegene amerikanisch-englische Zonengrenze. Sie fuhren noch die kurze Strecke nach Benterode, wo sie in einer Pension übernachteten, die hauptsächlich als Unterkunft für britische Offiziere diente.

Am anderen Morgen reichte der Mann Jakob Winter im Wagen kommentarlos einen Pass, der ihn als Mitarbeiter der britischen Mandatsverwaltung in Palästina auswies.

»Was soll das denn?«, fragte Jakob verwundert.

»Den werden Sie brauchen«, bekam er zur Antwort.

»Könnten Sie mir freundlicherweise etwas klarere Auskünfte geben? Ich komme mir vor, als hätten Sie mich gerade auf dem Sklavenmarkt ersteigert!«

»Niemand zwingt Sie zu irgendetwas. Aber welche Alternativen hätten Sie denn derzeit?«

»Keine.«

»Sehen Sie. Betrachten Sie es einfach als eine glückliche Fügung des Schicksals, dass ich mich um Sie kümmere.«

»Welche Rolle hat eigentlich Frau Purina dabei gespielt?«

Der Mann am Steuer löste für einen Moment seinen Blick von der Straße und blickte kurz zu Jakob hinüber. »Eine erhebliche.« Er lachte das erste Mal, seit sie sich am Vorabend begegnet waren.

»Sagen Sie mir wenigstens, was wir machen und wo es hingehen soll?«

Weißbrod überholte zuerst in einem gewagten Manöver einen Lastwagen, dann sagte er: »Wir beide dürfen unseren Leuten in einer äußerst wichtigen Angelegenheit helfen. Dazu begeben wir uns in die Sowjetzone – was mit unseren Papieren kein Problem sein wird. Ich will heute noch bis nach Dresden kommen. Morgen fahren wir die restliche Strecke bis nach České Budějovice.«

»Wo liegt das?«

»In der Tschechoslowakei.« Mehr war ihm auch während der langen Fahrt nicht zu entlocken.

Am Abend des darauf folgenden Tages erreichten sie ein Barackenlager in unmittelbarer Nähe des auf der Gemarkung des Dorfes Planá liegenden Flugplatzes České Budějovice. An der Grenze, einmal unterwegs während der Fahrt und ein drittes Mal an einem Zugang zu dem als Sperrgebiet ausgewiesenen Flugplatz wurden sie von sowjetischen Sicherheitskräften kontrolliert. Man ließ sie aber jedes Mal nach akribischer Prüfung der Papiere ohne weitere Komplikationen passieren. Zweimal erhielten sie sogar Benzin aus den Beständen der Roten Armee. Jakob fand das merkwürdig.

Als sie nach Einbruch der Dunkelheit die ihnen zugewiesene Baracke betraten, trafen sie zu Winters Erstaunen auf ein gutes Dutzend Juden, darunter auch solche, die bereits in Palästina gelebt hatten. Einige waren Piloten der polnischen Verbände in der Royal Air Force gewesen. Ein gewisser Miller hatte in der amerikanischen Luftwaffe gedient. Das Groteske der Situation wurde noch durch den Umstand gesteigert, dass manche der Anwesenden deutsche Fliegermonturen aus dem Zweiten Weltkrieg trugen. Jakob erfuhr nun, dass die Führung der *Hagana* zusammen mit den Verantwortlichen der Militärorganisation *Tzahal* angesichts der sich zuspitzenden Lage im Mandatsgebiet zurzeit im Begriff war, die Idee des Aufbaus einer eigenen Luftwaffe in die Tat umzusetzen, um die zahlenmäßig weit überlegenen arabischen Kämpfer mit Luftschlägen zurückzudrängen. Keiner der westlichen Staaten war geneigt, Flugzeuge in das Krisengebiet zu liefern. Ausgerechnet die Tschechoslowakei hatte sich nach Rückversicherung bei den Sowjets bereit erklärt, den Israelis Jagdflugzeuge zu verkaufen. Bestandteil der Abmachung war auch die Schulung von Freiwilligen auf dem Fluggelände von České Budějovice. In möglichst kurzer Zeit sollten sie zu Piloten ausgebildet werden. Verwundert sah Jakob zu Weißbrod, dann zu den anderen. »Aber ihr erwartet von mir nicht, dass ich fliege?«

Brüllendes Gelächter war die Folge. Einer sagte in akzentfreiem Deutsch: »Du kannst es dir aber noch überlegen. Die meisten von uns können auch nicht fliegen, sollen es aber in 14 Tagen lernen.«

Am 14. Mai 1948 stand Jakob Winter kurz nach 16 Uhr inmitten einer erhitzten, jubelnden Menge auf einem winzigen Platz im Jerusalemer Viertel Yemin Moshe. Auch in den umliegenden Gassen wurde ausgelassen gefeiert. Im Rundfunk, der über Lautsprecher ins Freie übertragen wurde, hatte soeben David Ben Gurion die Unabhängigkeit und die Gründung des neuen Staates Israel erklärt. Jakob war in diesem Moment vermutlich der Einzige in der tobenden Masse, der keine unbeschwerte Freude empfinden konnte.

Jahre später würde ihm durch Zufall ein Zeitungsfoto in die Hände fallen, das ihn inmitten der ausgelassenen Menschenmenge zeigte. Er blickte ernst in die Ferne, die linke Hand am Kinn, die rechte, nicht wie die Arme der anderen, in die Höhe gereckt, sondern schlaff am Körper baumelnd. Am Vortag war er mit anderen Kämpfern des Palmach nur knapp einem Vorstoß der Arabischen Legion entronnen, deren Soldaten auf dem Vormarsch von Hebron nach Jerusalem in der jüdischen Siedlung Kfar Etzion ein Massaker angerichtet hatten, dem über 150 Bewohner zum Opfer gefallen waren. Sie hatten sie nicht schützen können, sie waren zu schwach gewesen. Er war erschöpft und zutiefst deprimiert über die Orgien der Gewalt, die um ihn herum stattfanden.

Bereits einen Tag nach der am 29. November 1947 erfolgten Verkündung der Resolution 181 der Generalversammlung der Vereinten Nationen, die die Teilung des von Großbritannien verwalteten Mandatsgebiets in einen israelischen und einen palästinensischen Staat vorsah, begann der jüdisch-arabische Bürgerkrieg. Die arabischen Palästinenser wurden von den arabischen Staaten unterstützt. Die Lage der jüdischen Bevölkerung erschien aussichtslos. Die Hagana sowie die beiden kleinen paramilitärischen Organisationen *Irgun* und *Lechi* konnten nur jeden dritten Kämpfer bewaffnen.

In dieser Phase bekamen die von Weißbrod geleiteten und von Winter unterstützten Aktivitäten eine wichtige strategische Bedeutung. Neben der Flugzeugbeschaffung gelang es ihnen nach weiteren Verhandlungen, die Zustimmung sowjetischer Stellen in Prag einzuholen, die es der Tschechoslowakei erlaubte, 10 000 Gewehre, 5000 Maschinengewehre und drei Millionen Schuss Munition an die jüdischen Verbände zu liefern. Noch wichtiger aber war der Erwerb der Flugzeuge vom Typ Avia S 199. Als Jakob zusammen mit Fritz Weißbrod das Avia-Werk in Prag-Vysočany aufsuchte und die Maschinen sah, musste er lachen. Die Avia S 199 war tatsächlich nichts anderes als der Nachbau der Me 109, die man während der Besatzungszeit auch an diesem Standort produziert hatte. »Hätte man hierfür die Flugzeugmotoren aus Backnang gebraucht?«

Weißbrod nickte grinsend. »Das waren Motoren des Typs DB 605. Genau die fehlen uns jetzt. Weil man nichts anderes hat, werden Junkers-Motoren eingebaut. Damit sind die Kisten aber schwer zu manövrieren. Das ist Gift für die unerfahrenen Piloten.«

Im Februar wurde die Schnellausbildung der jüdischen Piloten eilends abgeschlossen. Jakob überwachte den Transport der Flugzeuge nach Palästina. Dort tobten erbitterte Kämpfe zwischen Juden und Arabern. Beide Seiten machten keine Gefangenen und verübten Massaker an der Zivilbevölkerung.

Trotz allem hätte Jakob Winter am 14. Mai 1948 wenigstens aus einem Grund Freude empfinden können. Die Stärkung der israelischen Luftwaffe durch die Zukäufe der tschechischen Maschinen und die illegale Beschaffung von drei amerikanischen B-17-Bombern hatten bewirkt, dass die zahlenmäßig deutlich überlegenen arabischen Kräfte gestoppt und am Ende sogar weit zurückgedrängt werden konnten. Aber die Trauer und das Gefühl der Schwäche und des Versagens vor Kfar Etzion überlagerten alles und mischten sich zudem mit der Ungewissheit über das Schicksal von Achat Purina. Seit seiner Ankunft in Palästina hatte sich noch keine Gelegenheit ergeben, sie zu treffen, und es sollte noch einige Zeit dauern, bis sie sich in der steinigen Wüstenei zwischen Mittelmeer und judäischem Bergland wiederfanden.

Noch in der Nacht vom 14. auf den 15. Mai fielen reguläre Streitkräfte Transjordaniens, Ägyptens, Syriens und des Irak in das ehemalige Mandatsgebiet ein. Auch libanesische Einheiten setzten sich in Marsch. Überstürzt wurden die die britischen Truppen abgezogen, denn weder Juden noch Araber wünschten deren weiteren Verbleib.

Der Kibbuz Negba, in dem Achat Purina seit Ende des Zweiten Weltkrieges mit Unterbrechungen gelebt hatte, wurde Anfang Juli von ägyptischen Truppen eingeschlossen, die in die Küstenebene vorrückten. Die meisten Siedler flüchteten. Zurück blieben 100 israelische Soldaten und zwei Dutzend Milizionäre, zu denen Achat Purina gehörte. Bis in den November harrte das Häuflein gegen einen zahlenmäßig hoffnungslos überlegenen Feind aus.

Jakob Winter wurde nach der unter strengster Geheimhaltung vollzogenen Übergabe der Flugzeuge als ausgewiesener Sprengstoffexperte gegen den syrischen und den ägyptischen Nachschub eingesetzt. Ende Oktober meldete er sich freiwillig zu einem Himmelfahrtskommando, dessen aberwitzige Aufgabe darin bestand, genau die Abschnitte der Küstenebene zu erobern, in denen auch der Kibbuz Negba lag. Er wusste nicht, ob Achat Purina überhaupt noch am Leben war. Die Eingeschlossenen wurden aus der Luft versorgt. Der verschlüsselte Funkverkehr beschränkte sich auf militärische Notwendigkeiten, Telefonverbindungen existierten nicht mehr, private Erkundigungen waren unmöglich.

Im Morgengrauen des 9. November führte Jakob Winter ein mehrheitlich aus kampferprobten deutschen und polnischen Juden bestehendes Kommando an, welches mit einem Überfall auf die 27 Kilometer nordöstlich der Stadt Gaza gelegene Polizeistation Irak-Suweidan das Tor zur Befreiung des Kibbuz weit öffnete. Die Ägypter zogen sich überstürzt zurück, reguläre israelische Truppen konnten ungehindert durch die Ebene auf das Gelände von Negba vorrücken. Auf ihrem Vormarsch stießen sie auf ein zerstörtes Halbkettenfahrzeug des ägyptischen Heeres. Der gepanzerte Wagen war in Brand geschossen worden. Sie inspizierten ihn. Im Inneren des auf der Seite liegenden Fahrzeugs fanden sie drei verkohlte Leichen. Man hatte die Besatzung im Inneren des Wagens angekettet. Sie hatten keine Chance gehabt, das brennende Gefährt zu verlassen. Während sie weiter vorrückten, sprach keiner ein Wort.

Als der von zahlreichen Geschosstreffern durchsiebte Wasserturm der Siedlung sichtbar wurde, brachen zwei der aus Polen stammenden Kämpfer in Tränen aus. Sie hatten zu der Gruppe des Hashomer Hatzair gehört, die wenige Wochen vor dem deutschen Überfall auf Polen damit begonnen hatte, zwischen den arabischen Städten Kiryat Malachi und Ashkelon eine befestigte Palisadensiedlung zu errichten, die sie Negba nannten. Der Name ging auf die Genesis zurück und bedeutete *»gen Süden«* oder *»südwärts«*.

Vollkommen erschöpft ließ sich Jakob Winter auf einer Steinumrandung am Fuße des unbrauchbar gewordenen Wasserturms nieder und sah aus der Ferne zu, wie die Überlebenden aus ihren Bunkern und Unterständen krochen, um ihre Befreier zu begrüßen. Er erkannte Achat, noch ehe sie ihn erblickte. Sie trug einen olivgrünen Overall und umarmte stürmisch alle Kämpfer, die zu Fuß auf das Gelände marschierten.

Jakob erhob sich, trat die eben erst entzündete ägyptische Zigarette aus und näherte sich von hinten der von einer Mischung aus Lachen und Weinen geschüttelten kleinen Frau. Während sie weiter voller Anmut durch die Reihen der ihr entgegenkommenden Soldaten schritt, pirschte er in einem passenden Moment an sie heran und fragte in deutscher Sprache: »Und wer küsst mich?«

Sie drehte sich so abrupt um, dass ein Soldat, auf den sie soeben zugegangen war, ins Stolpern geriet. Jakob nahm seine Mütze ab und lachte sie an. Mit einer geradezu affenartigen Gewandtheit sprang sie an ihm hoch, umklammerte seinen Hals und verhakte ihre winzigen Füße hinter seinem Rücken. Sie küsste ihn nicht, sie biss ihn so heftig ins linke Ohr und in den Hals, dass es schmerzte. Völlig außer Atem keuchte sie: »Du lebst, Jakob, mein Gott, du lebst! Jetzt wird alles gut.«

Bis Chanukka kehrten die meisten früheren Bewohner in den Kibbuz zurück und machten sich umgehend mit denen, die in den Trümmern ausgeharrt hatten, daran, die fast völlig zerstörte Siedlung wieder aufzubauen.

Achat hatte nach dem Ende des Zweiten Weltkriegs noch einige Wochen im Dienst der britischen Mandatsverwaltung gearbeitet. Man verhaftete sie, als aufflog, dass sie der zionistischen Untergrundbewegung Informationen über die Stärke und die Bewaffnung der im Hoheitsgebiet der Engländer gelegenen Polizeiposten zugespielt hatte. Nach ihrer Freilassung hatte sie sich einigen aus Polen stammenden Frauen angeschlossen, die als Holocaust-Überlebende hofften, in dem von zahlreichen Polen bewohnten Kibbuz Negba noch lebende Angehörige zu finden.

Man hatte bereits vor einigen Jahren damit begonnen, in der öden Wüstenei eine Landwirtschaft aufzubauen. Der Anbau von Orangen und traditionell in Europa heimischen Obstsorten hatte vielversprechende Ergebnisse erbracht. Nach der Beendigung der Kämpfe fanden die Siedler viele Pflanzungen völlig zerstört vor. Auch die Hühner- und die Rinderzucht hatten die monatelange Belagerung nicht überstanden.

Einige Tage nach der Befreiung gingen Achat und Jakob eines Abends im Schutz der stehengebliebenen Palisaden spazieren. Überall lagen Trümmer, leere Munitionskisten, Geschosshülsen, Benzin- und Wasserkanister.

»Wir werden hier monatelang zu tun haben, bis das Nötigste wieder intakt ist«, sagte Achat und hob, als gelte es, auch noch in der Nacht weiterzuarbeiten, einen zerbeulten Blecheimer auf, in den sie herumliegende Kleinteile aus Metall sammelte.

»Willst du hierbleiben?«, fragte Jakob und kickte eine leere Ananasbüchse zur Seite.

Achat Purina richtete sich auf und nickte. »Wo sollte ich sonst hingehen?«

»Na, zurück nach Riga.«

»Du bist doch auch nicht in Deutschland geblieben.«

»Deutschland ist das Land der Mörder.«

»Auch in Lettland wurden Juden gejagt und ermordet. Meine Eltern wurden von Letten umgebracht.«

»Ich wusste nicht, dass sie nicht mehr am Leben sind.«

»Meine Mutter war bereits tot, als wir zusammen in den Wäldern waren. Von meinem Vater habe ich niemals wieder etwas gehört.«

»Mein Vater und meine Mutter sind bereits kurz nach unserer Ankunft im Lager umgekommen. Wann genau und wie es geschehen ist, konnte ich bis heute nicht in Erfahrung bringen. Wahrscheinlich sind auch Judith und Helene tot. Von Elias habe ich nie mehr etwas gehört. Er war immer klug und vorsichtig. Darauf baut meine Hoffnung, dass er noch lebt.«

»Dann bleib hier.« Sie krallte die Nägel ihrer rechten Hand so heftig in seinen Unterarm, dass es schmerzte. »Wir haben uns wiedergefunden, das muss eine Bedeutung haben. Wir müssen lediglich erkennen, welche.«

»Ich bin aber kein Bauer.«

»Niemand von denen, die heute hier leben, war vorher in der Landwirtschaft tätig. Du kannst doch vieles. Solche Leute werden gebraucht.«

Jakob lachte und erwiderte dann: »Es gibt zwei Berufe, die braucht hier kein Mensch. In Israel wimmelt es nur so von Medizinern und Goldschmieden.«

Jetzt lachte sie auch. »Es gibt auch jede Menge Wissenschaftler aller Fachrichtungen, Professoren, Musiker und Kaufleute. Israel wird einmal ein Staatswesen mit hoher Kultur und großem wirtschaftlichen Erfolg werden.«

In der Nacht lagen sie lange wach. Sie hielten sich unter ihren Wolldecken an den Händen, ohne weitere Zärtlichkeiten auszutauschen. »Weißt du, Jakob, ich hab immer davon geträumt, wieder mit dir zu schlafen«, flüsterte sie, »aber jetzt geht es einfach nicht. Es tut mir leid, aber ich bin zu erschöpft und durcheinander. Ich brauche erst einmal wieder festen Boden unter den Füßen. Gib mir Zeit.«

»Die Hauptsache ist, dass wir wieder beisammen sind, dass wir uns gefunden haben. Wir mussten beide sehr lange in der Düsternis ausharren. Zu viel Licht auf einen Schlag könnten wir wohl gar nicht verkraften, oder?«

Es erwies sich als kluge Strategie Jakobs, Achat nicht zu bedrängen. Schon eine Woche später waren sie wieder ein Paar. Nachdem sie das erste Mal wieder miteinander geschlafen hatten, fragte sie ihn noch ganz außer Atem: »Du bleibst?«

»Ich bleibe.«

Als das Chanukkafest gefeiert wurde, kamen das erste Mal wieder fast alle Kibbuzniks zusammen. Obwohl die meisten nicht besonders gläubig waren, wurde vereinbart, der Toten zu gedenken. Während der Kämpfe hatte man die Gefallenen auf dem am Rande der Siedlung neu angelegten zweiten Friedhof bestattet. Man würde ihn später Militärfriedhof nennen. Lediglich einige Atheisten blieben der Feier fern, deren religiöser Teil zur großen Überraschung Jakobs von einem Mann gestaltet wurde, den er das letzte Mal irgendwann in der ersten Hälfte des Jahres 1938 gesehen hatte. Der frühere Seelbacher Rabbiner Ariel Judin hatte dem Kontingent deutscher Juden angehört, dem es damals von den Engländern gestattet worden war, in Palästina einzureisen. Seinen raschen und von den meisten unbemerkt vollzogenen Abschied aus Seelbach hatten ihm dort viele übel genommen. Aber die überstürzte Ausreise hatte ihm wahrscheinlich das Leben gerettet. Seit 1947 wirkte er als jüdischer Feldgeistlicher im Süden des Gebietes, das der Teilungsplan der Vereinten Nationen für den jüdischen Bevölkerungsteil Palästinas vorgesehen hatte. In dieser Eigenschaft hatte man ihn zur Ausrichtung der Totenfeier eingeladen, die man üblicherweise nicht mit dem Chanukkafest verband. Aber die Gemeinschaft hatte sich dafür entschieden, weil ihr das Gedenken an die Gefallenen wichtiger war als dessen Separierung von dem acht Tage währenden Weihefest. Es würde dennoch reichlich Gelegenheit zur Durchführung der alten Bräuche geben, wie etwa das Herausbacken der *Latkes*, der kleinen Kartoffelpuffer, die auf die polnischen Juden zurückgingen, oder das Hören der uralten Geschichten, die man sich üblicherweise an Chanukka erzählte.

Ehe sich die Bewohner von Negba in kleinen Gruppen in ihre Unterkünfte zurückzogen, nutzte Jakob die Gelegenheit zu einem kurzen Gespräch mit Ariel Judin. Der frühere Seelbacher Rabbi verhielt sich die ganze Zeit über auf merkwürdige Weise reserviert. Jakob dachte über eine mögliche Erklärung nach. Er deutete sein Verhalten so, dass dem Geistlichen diese Begegnung vielleicht peinlich war, da er noch rechtzeitig vor dem Novemberpogrom in einer Nacht- und Nebelaktion seinen Wirkungskreis im Hohenlohischen verlassen hatte. Judin wusste so gut wie nichts über das Schicksal der Seelbacher Juden. Das hing auch damit zusammen, dass er erst als Erwachsener in den Ort gekommen war und dort keine Angehörigen hatte. Er lehnte Jakobs Einladung zum Abendessen mit der Bemerkung ab, er müsse dringend in den Norden. Gleich nach Ende des Gespräches stieg er in seinen betagten Peugeot 202 und macht sich auf den Weg nach Ashdod.

Die Freude und die Dankbarkeit über die erfolgreiche Verteidigung Negbas und die Vertreibung seiner Belagerer wichen in den darauf folgenden Wochen den Sorgen und Nöten einer Gemeinschaft, deren Mitglieder in der neuen Heimat und in Europa viele Opfer zu betrauern hatten. Auch denen, die schon 1939 am Aufbau der Siedlung beteiligt waren, hatte der Krieg nichts von dem gelassen, was sie sich in diesen Jahren mühsam geschaffen hatten.

Ein Großteil der Zurückgekehrten und der Neusiedler lebte jetzt in Zelten und provisorischen Baracken. Die meisten Unterkünfte waren zerstört, das Vieh getötet oder geschlachtet, die Felder lagen brach oder waren verwahrlost, die Obstplantagen und große Teile der Bewässerung durch den Geschosshagel vernichtet. Nachdem die Armeeeinheiten nach Süden abgerückt waren, um die neue Demarkationslinie zu sichern, hatte der Kibbuz mehrere Wochen noch nicht einmal Transportfahrzeuge.

Achat Purina war eine derjenigen, die besonders ausdauernd am Wiederaufbau mitarbeiteten. Zuerst trieb sie mehrere Pferde und Maultiere auf, die als Zugtiere eingesetzt wurden. Im Februar 1949 hatte sie durch ihr hartnäckiges Vorsprechen die neu eingesetzte Distriktverwaltung dazu gebracht, ihnen einen erbeuteten ägyptischen Armeelastwagen zu überlassen.

Die Bewohner arbeiteten tagsüber bis zur Erschöpfung. Abends hielten sie Versammlungen ab, in denen sie leidenschaftlich über die Art und Weise ihres künftigen Zusammenlebens diskutierten. Obwohl die Gemeinschaft mehrheitlich aus Linkszionisten bestand, kam es Abend für Abend zu heftigen Debatten. Mancher erinnerte sich an die uralte selbstironische Erkenntnis: »Wo drei Juden debattieren, hört man fünf Meinungen und gibt es sieben Zeitungen.«

Achat Purina setzte mit der Mehrzahl der anderen Frauen durch, dass die Kinder außerhalb ihrer Familien in Kinderhäusern leben sollten. Nachdem dieser Grundsatz beschlossen worden war, kam es zu heftigen Auseinandersetzungen darüber, ab welchem Lebensjahr die Kinder in diesen Gemeinschaftshäusern leben sollten. Die radikalen Kräfte plädierten für die *Überwindung der patriarchalen Kleinfamilie*. Diese könne nur gelingen, wenn die Kinder bereits nach der Geburt, spätestens nach der Stillphase in die Kinderhäuser kämen, deren einzelne Gruppen jeweils von einer *Metapelet*, einer Erzieherin, betreut würden. In der freien Zeit der Eltern sollten die Kinder das Wochenende und jeweils zwei Stunden an den anderen Tagen bei ihren Familien verbringen. »Wir Frauen wollen im Kibbuz nicht wieder in die überkommene private Mutterrolle gedrängt werden«, war der Tenor.

Als mit deutlicher Mehrheit entsprechende Beschlüsse gefasst wurden, brachen in den darauf folgenden Wochen mehrere Familien auf. Sie verließen Negba, weil sie die hier praktizierten Lebensformen und die Gemeinschaftserziehung für sich nicht akzeptieren wollten. Bis zum Sommer herrschte ein reges Kommen und Gehen. Das hörte nie ganz auf, denn nach und nach kamen weitere Zuwanderer aus Europa und vermehrt sephardische Juden aus den arabischen Staaten. Die mit Abstand größte Gruppe stammte aus dem Irak, von wo sie vor einer Welle der Gewalt, Enteignungen und den Folgen antijüdischer Gesetze flüchtete, die mit denen des Zweiten Weltkrieges vergleichbar waren. Allerdings zogen die Sephardim in der Mehrzahl rasch weiter, da sie in ihren nordafrikanischen Gemeinden ein deutlich konträres Verständnis des Judentums und der jüdischen Lebensweise entwickelt hatten. Die sexuelle Libertinage der jungen Kibbuzniks und das Aufbrechen tradierter Familienformen waren fremd und verstörend für sie.

An den wenigen Abenden, an denen keine Versammlungen durchgeführt wurden, fanden Malkurse statt und es bildeten sich Gruppen, die gemeinsam musizierten. Achat gehörte einem Kreis an, der die Schriften von Karl Marx, Theodor Herzl, Samuel Agnon und Chaim Bialik las, vortrug und diskutierte. Vergeblich forderte sie Jakob auf, daran teilzunehmen, da es ihm helfen würde, schneller Hebräisch zu lernen. Im neuen Staatsgebiet entstanden neben den meist sozialistisch oder linkszionistisch ausgerichteten Kibbuzim aus den Zeiten der Mandatsverwaltung weitere Gemeinschaftssiedlungen, auch weil dies die Verteidigung gegen arabische Überfälle vereinfachte. Das Turm- und Palisadenmodell von Negba hatte sich bewährt und wurde von vielen anderen übernommen.

Es war wiederum Achat Purina, die bereits während der Regenzeit des Winters 1948/49 darauf drängte, dass ein neuer Wasserturm und eine Reihe neuer Zisternen errichtet wurden. Negba befand sich in einer Übergangszone zwischen dem Mittelmeerraum und dem Negev. Mehr als 90 Prozent der Jahresniederschlagsmenge fiel zwischen November und März. Ihrer Weitsicht war es zu verdanken, dass im trockenen Sommer 1949 ausreichend Wasserreserven zur Verfügung standen. Zur Bewässerung der neu angelegten Gemüsefelder und -beete hatte man Schwenkberegner installiert, um deren

Optimierung sich ein deutscher und ein ungarischer Ingenieur erfolgreich stritten und bemühten. Schon nach acht Wochen konnten die ersten Ernten eingebracht werden. Einzelne Fädchen eines neuen Glücks woben sich in die Lebensläufe der psychisch belasteten und erschöpften Kibbuz-Bewohner. Fast alle hatten den Tod mehrerer Angehöriger zu verkraften oder litten noch daran, dass sie über das Schicksal ihrer Eltern, Großeltern und Geschwister bislang noch nichts in Erfahrung gebracht hatten.

Im Unterschied zu vielen anderen Entscheidungen fand der Vorschlag einiger polnischer Siedler der ersten Stunde einmütige Zustimmung, den mit Einschusslöchern durchsiebten alten Wasserturm als Denkmal zu erhalten, das an die erfolgreiche Verteidigung des Kibbuz erinnern sollte. Umso heftiger wurde über den Vorschlag gestritten, einen eroberten ägyptischen Panzer ins Zentrum der Siedlung zu ziehen, um mit ihm ebenfalls an die Kämpfe des Jahres 1948 zu erinnern. »Falken« und »Tauben« standen sich scheinbar unversöhnlich gegenüber, bis Jakob Winter, der im Gegensatz zu Achat Purina nur wenig Verständnis für die raumgreifenden Debatten aufbrachte, vorschlug, den Panzer in die Siedlung zu bringen, ihn aber stets fahrbereit zu halten, um ihn notfalls für die Verteidigung gegen Überfälle einsetzen zu können. Diese Idee geriet freilich bald in Vergessenheit, und als nach zwei Jahren der einzige algerienfranzösische Jude fortgezogen war, der den von den Amerikanern an die Ägypter gelieferten M22 Locust fahren konnte, wurde das Ungetüm schließlich zum reinen Ausstellungsstück, als man zum Schutz der Kinder den Deckel des Turms zuschweißte.

Bis zum Beginn der Regenzeit im Herbst 1949 waren die zerstörten Plantagen wieder neu bepflanzt. Man hatte die Anbaufläche noch weiter vergrößert. Jakob hatte sich an den Arbeiten engagiert beteiligt, wenngleich er es nur schwer ertrug, dass Achat nun seine Vorgesetzte war. Obwohl alle dasselbe Mitspracherecht hatten, bildeten sich doch Hierarchien heraus, die auf den Prinzipen Erfahrung und Dauer der Zugehörigkeit zum Kibbuz beruhten, und mal nur versteckt, dann wieder ganz offen zutage traten.

Jom Kippur war in diesem Jahr recht spät, fiel nach europäischer Zeitrechnung auf den 3. Oktober. Obwohl Achat und Jakob nicht gläubig waren, gingen sie zum Abendgottesdienst in die kleine Synagoge, über deren Errichtung es abermals heftige Debatten gegeben hatte. Die Mehrzahl der Bewohner war nicht sonderlich religiös, allerdings konnte sich am Ende die orthodoxe Minderheit durchsetzen, die darauf bestand, nicht diskriminiert zu werden. Vor Beginn des Gottesdienstes zündeten die beiden in Erinnerung an ihre Familienangehörigen Kerzen an, die sie zu denen stellten, die den Raum bereits notdürftig erhellten. Als sie wieder ins Freie traten, nieselte es. »Der Regen kommt früh in diesem Jahr, das ist gut«, sagte Jakob.

Sie nickte versonnen und entgegnete plötzlich: »Ich bin schwanger.«

Er blieb stehen, umarmte sie zärtlich und küsste sie lange. »Hast du deshalb so leidenschaftlich für das Kinderhaus gekämpft?«, fragte er lachend.

Sie lachte nun ebenfalls und klammerte sich an ihn. Plötzlich schossen ihr Tränen in die Augen. »Du willst es also haben?«, schluchzte sie.

Ihr plötzlicher Stimmungsumschwung überraschte ihn. Beruhigend entgegnete er: »Aber natürlich!«

Eng aneinandergeschmiegt gingen sie in Richtung ihrer winzigen Unterkunft. Mittlerweile hatten sie zwei kleine Zimmer für sich. Weitere Wohnräume, die Küche und eine Waschküche teilten sie sich mit anderen Kibbuzniks. Der Regen nahm zu. Es störte sie nicht, im Gegenteil, sie freuten sich darüber. »Jeder einzelne Tropfen ist willkommen«, jubelte sie und tänzelte wie ein kleines Kind zwischen den Pfützen hindurch, die sich rasch auf dem verdichteten Boden bildeten.

Wie Jakob vermutet hatte, blieb ihm die Ausübung von Tätigkeiten, für die er leidlich qualifiziert war, verwehrt. Hier brauchten sie keine Goldschmiede, und Sprengungen mussten lediglich in Ausnahmefällen durchgeführt werden, etwa bei der Beseitigung von Trümmern oder der Anlage neuer Straßen. Beim Straßenbau hätte er Arbeit finden können, denn im neuen Staatsgebiet wurden jetzt überall neue Trassen gebraucht, für die an vielen Stellen Sprengungen nötig waren. Aber das hätte ihn unter unwirtlichen Bedingungen kreuz und quer durch das ganze Land geführt und war auch nicht ungefährlich. Immer wieder wurden Straßenbautrupps beschossen oder gerieten in einen Hinterhalt. So blieb ihm im Kibbuz nur die Arbeit in der Landwirtschaft, die ihn weder interessierte noch intellektuell auslastete. Dafür waren die körperlichen Anstrengungen immens und einen regulären Lohn gab es auch nicht. Die Regeln des Gemeinschaftslebens sahen vor, dass in eine gemeinsame Kasse gewirtschaftet wurde und jeder nur dann Bargeld erhielt, wenn sein entsprechender Antrag befürwortet worden war. Dafür kam der Kibbuz für Kleidung, Unterkunft, Verpflegung, Schulbesuch und Studium auf und übernahm auch die Kosten für die Krankenbehandlung, wenn die Krankheit aufgrund ihrer Schwere nicht im Gesundheitszentrum von Negba behandelt werden konnte.

Jakob und Achat hatten formlos geheiratet, was bedeutete, dass sie auf die traditionellen jüdischen Riten nahezu vollkommen verzichtet hatten. Am Ende der behördlichen Eintragung ihrer Eheschließung zerbrachen sie ihre Weingläser, mit denen sie angestoßen hatten, und wünschten sich gegenseitig viel Glück. Achat hatte ihren Nachnamen beibehalten, was noch sehr ungewöhnlich, aber im Distrikt möglich war. »Es muss doch jemanden geben, der den Namen Purins beziehungsweise Purina weiterträgt«, sagte sie, während ihr Tränen in die Augen stiegen.

Trotz der Hochzeit und Achats Schwangerschaft plagten Jakob immer häufiger Zweifel daran, an diesem Fleck der Erde jemals so starke Wurzeln schlagen zu können, dass er von Heimat sprechen konnte. Er hatte zu den überwiegend aus Polen und Ungarn stammenden Menschen nur wenig

Kontakt, hatte kein Verständnis für die seiner Meinung nach zu komplizierten Regeln der Selbstverwaltung und war uninteressiert an vielen Themen, die innerhalb der Gemeinschaft heftig diskutiert wurden, wie etwa die Frage, ob die religiöse Erziehung Bestandteil der pädagogischen Arbeit in den Kinderhäusern sein sollte oder nicht.

Auch zwischen Jakob und Achat gab es erste Konflikte. Noch immer wurde ihre Beziehung vom Zauber des Erlebens einer Liebe im Untergrund getragen. Aber im Gegensatz zu ihm war sie geradezu fasziniert von den Experimenten, die in dieser Lebensgemeinschaft zum Alltag gehörten. Ein erstes Zerwürfnis resultierte auch aus der Verpflichtung, das Kind schon früh in das Kinderhaus zu geben, was Jakob strikt ablehnte.

Wenn sie sich abends endlich in ihren Privaträumen trafen, berichtete Achat mit großer Begeisterung von den Fortschritten, die sie am Tage sah, auch wenn sie noch so klein waren. Jakob, der mittlerweile beim Wiederaufbau der Geflügelzucht eingesetzt wurde, kam erschöpft von der harten Arbeit nach Hause, war unzufrieden mit der seiner Meinung nach primitiven Handarbeit und hatte kein Ohr und kein Verständnis für den Enthusiasmus seiner Frau. Sie widmete sich noch am Tag vor ihrer Niederkunft den vielfältigen Aufgaben, die in der neuen Avocadozucht anfielen. Ihre Mitstreiter schmunzelten über ihre Anweisung, dass die anderen die Arbeiten übernehmen sollten, zu denen man sich bücken oder in die Hocke gehen musste, während sie vorwiegend Tätigkeiten verrichtete, die sie im Stehen erledigen konnte.

Das Kind war ein Mädchen. Obwohl Jakob sich freute, fühlte er sich zu dem kleinen Wesen nicht in dem Maße hingezogen, wie es wohl üblich war und er es sich auch gewünscht hatte. Hinzu kam, dass Achat geradezu von dem Impuls besessen war, nur ja alles richtig zu machen. So wurde Jakob für die Pflege des Neugeborenen kaum gebraucht und er drängte sich auch nicht danach, etwas an diesem Zustand zu ändern, bevor der abgestillte Säugling ins Kinderhaus gegeben wurde.

Als die nächste Regenperiode aufzog, konnte der Kibbuz weitere Erfolge in seiner landwirtschaftlichen Entwicklung verzeichnen. Sie hatten einen hohen Grad an Selbstversorgung erreicht und belieferten sogar die Märkte der umliegenden Städte. Dabei profitierten sie davon, dass ein Großteil der früheren arabischen Produzenten und Anbieter geflohen war.

Wo war er zu Hause? Diese eine große Frage legte sich wie Mehltau auf Jakobs Gemüt. Sie lähmte ihn. Er hatte an der Befreiung von Negba mitgewirkt, aber das Stück Land, das die Siedler unter großen Mühen, Widrigkeiten und Gefahren in gerade mal zehn Jahren der Wüste abgerungen hatten, bedeutete ihm nichts. Auch die Menschen waren ihm nicht sonderlich nahe, obwohl sie eines einte: Sie waren Überlebende. Überlebende des Holocaust, Überlebende der Pogrome, die sich noch nach dem Zweiten Weltkrieg in Polen und in anderen Ländern ereignet hatten, Überlebende der gewaltsamen Vertreibungen aus den arabischen Staaten. Aber alleine der Tatbestand, Überlebender zu sein, trug nicht zur Entstehung von Nähe und Vertrautheit bei, zumindest nicht im Empfinden des deutschen Juden Jakob Winter, der immer Jude war und Jude blieb, obwohl er sich seit frühester Jugend vom religiösen Judentum entfernt hatte.

Zweimal in der Woche besuchte er nun einen Hebräischkurs. Er tat sich beim Erlernen der Schrift äußerst schwer, im Gegensatz zu den polnischen Juden, die zumindest die Grundzüge der hebräischen Schrift bereits im Land ihrer Geburt erlernt hatten. Einige Male ging er abends zusätzlich zu einem Zirkel, der zur weiteren praktischen Einübung der Sprache angeboten wurde. Aber die galizischen und auch die westpolnischen Juden sprachen wenigstens die Hälfte des Abends das Gemisch aus Jiddisch und Hebräisch, das sie noch im *Cheder*, der in Osteuropa beheimateten jüdischen Kinderschule, gelernt hatten. Die meisten Kibbuzniks unterhielten sich bei der Arbeit noch lange Zeit auf Polnisch oder einem Ungarisch, das ebenfalls mit Fragmenten des Jiddischen durchsetzt war. Sie mussten energisch angewiesen werden, Hebräisch zu sprechen, das nun die Sprache des neuen Staates war. Auch darüber wurde im ganzen Land und auch in Negba heftig diskutiert. Es mehrten sich die Stimmen, die dafür plädierten, dass Jiddisch die Landessprache sein sollte. Diese Sprache wurde in der Gesamtbevölkerung zum Zeitpunkt der Staatsgründung von weitaus mehr Menschen beherrscht als Hebräisch. Außer von Rabbinern und Gelehrten wurde die neue Landessprache lediglich von einem Teil derer einigermaßen fließend gesprochen, die bereits in den ersten drei Jahrzehnten des 20. Jahrhunderts nach Palästina eingewandert waren.

Hebräisch war für Jakob einfach nicht die Sprache, in der er ausdrücken konnte, was ihn bewegte und was ihm wichtig erschien. Auf Deutsch konnte er sich nur mit Achat verständigen, die ihn zu seinem Leidwesen neuerdings immer wieder ermunterte, auch die Unterhaltungen und Gespräche mit ihr auf Hebräisch zu führen, um so die Sprache schneller zu lernen.

Als der Regen einsetzte, war Dina ein halbes Jahr alt. Sie lebte nun bis auf wenige Stunden unter der Woche und am Wochenende im Kinderhaus. Das störte Jakob nicht mehr, denn so stellte sich nicht die Frage, ob er sich genügend um seine Tochter kümmerte. Wenn er die enge Unterkunft verließ, stiefelte er durch den Schlamm und war noch mehr von dem Gefühl bestimmt, dass er eigentlich nicht hierhergehörte. Dass er den Kibbuz nicht verließ, lag einzig und allein an Achat, die er nach den langen Jahren der Trennung nicht noch einmal verlassen wollte. Das Kind blieb ihm merkwürdig fremd, weshalb ihn Verzweiflung und ein noch nie gekanntes Gefühl der Verlorenheit erfassten, als ihm seine Frau gegen Ende der Regenzeit eröffnete, dass sie schon wieder schwanger war.

Achat spürte den Widerwillen ihres Mannes deutlich. Sie sprach ihn aber nicht darauf an. Stattdessen engagierte sie sich noch mehr als bislang für den Aufbau des Kibbuz. Die erste kleine Avocado-Ernte hatte man vollständig zu anständigen Preisen verkaufen können, auch weil man dem Verzehr dieser

Frucht allerlei heilsame Wirkungen zuschrieb. Er helfe gegen Frauenleiden, hieß es, und manche behaupteten sogar ernsthaft, bereits bei den Azteken sei die aphrodisierende Wirkung von Kern und Fruchtfleisch bekannt gewesen.

Die Übergangszone, in der Negba lag, war eigentlich für den Anbau dieser Frucht nicht sonderlich geeignet. Die Jahresniederschlagsmenge überstieg nur selten 500 Millimeter. Die jungen Schösslinge vertrugen aber keine Trockenheit. Ideal wäre eine Regenmenge gewesen, die über das ganze Jahr verteilt dreimal so hoch ausfiel wie an diesem Standort. Durch die starken und trockenen Winde des Negev bestand zusätzlich die Gefahr, dass die Blüten verdorrten.

Wenn Achat nicht in den Plantagen arbeitete, unterstützte sie die Einrichtung und die konzeptionelle und bauliche Weiterentwicklung der Kinderhäuser und war eine der Aktivistinnen der Selbstverwaltung des Kibbuz. Neben ihr hatte Jakob seit geraumer Zeit immer häufiger das Gefühl, er würde in dieser Wüstenei mit der Zeit verdorren. Wenn er hin und wieder das mit Palisaden umzäunte Land verließ, umgab ihn alsbald eine karstige Wüstenlandschaft, die im Westen fast bis zur Küste und im Osten bis an die Berge reichte.

Mittlerweile hatte ihn die Nachricht vom Tod seiner Geschwister erreicht. Auch die Familie seines Onkels Oswald war in Auschwitz und Sobibor umgekommen. Lange hatte er darauf gehofft, dass wenigstens Elias noch lebte. Sechs Jahre nach Ende des Krieges wurde er nun mit der endgültigen und bitteren Erkenntnis konfrontiert, dass er sich etwas vorgemacht hatte, als er die Tatsache, nie mehr etwas von seinem Bruder gehört zu haben, mit immer neuen Vermutungen verklärte. Elias war noch auf einem der letzten Todesmärsche im März oder möglicherweise sogar erst im April 1945 ums Leben gekommen.

Mit finsterer Verdrossenheit ging er im Kibbuz seinen Pflichten nach. Die Arbeit in der Geflügelzucht war anstrengend und stumpfsinnig. Außerdem hatte er das Gefühl, dass sich der Gestank des Geflügelkots jeden Tag etwas mehr in seiner Kleidung, aber auch in seinem Haar und auf der Haut festsetzte. Achat verneinte seine entsprechenden Nachfragen entschieden. Er begann misstrauisch darüber zu grübeln, ob sie ihm nicht bewusst die Unwahrheit sagte, um ihn nicht zu kränken. Denn für sie war alles von großer Wichtigkeit, was ihrer Meinung nach dem Fortschritt und der Weiterentwicklung der Gemeinschaft diente.

Ein freudiger Höhepunkt seines freudlosen Schaffens war die Planung und der Bau einer Anlage, mit deren Hilfe die Fütterung der mittlerweile über 4000 Hühner rationeller vonstattenging und weitaus weniger körperliche Anstrengung notwendig machte. Eine Zeitlang überlegte er, ob er derartige Anlagen in Kleinserie produzieren sollte, verwarf diesen Gedanken jedoch, als ihm der Rat der Gemeinschaft signalisierte, dass man ihm nicht die notwendigen Mittel zur Verfügung stellen könne.

Ein geringes Maß an freundschaftlicher Zuwendung und Vertrautheit entstand für ihn im Lauf der Zeit innerhalb des Kreises, der das organisatorische Gerüst der Lagermiliz bildete. Da die Konflikte mit den arabischen Palästinensern und den Nachbarstaaten eine fortdauernde Bedrohung für den jungen Staat darstellten, verfügte jede neue Siedlung über eine bewaffnete Miliz, in die im Konfliktfall sämtliche wehrfähigen Erwachsenen eingegliedert wurden. Jakob Winter unterwies eine ausgewählte Gruppe junger Männer und Frauen in Guerillataktiken sowie im Umgang mit Minen, Sprengfallen und Mörsern. Die anderen Ausbilder waren Veteranen der polnischen Armee, die, wie er auch, im Untergrund aktiv gewesen waren. Mit diesen Männern verband ihn eine merkwürdige Vertrautheit, obwohl er sie zuvor nicht gekannt hatte. Erst viel später, als er bereits wieder in Deutschland lebte, erinnerte er sich gelegentlich an jene Augenblicke und dabei wurde ihm mit einem Mal klar, dass diese Nähe daraus resultierte, dass zwischen ihnen vieles nicht ausgesprochen werden musste. Wer so lange wie sie im Untergrund gekämpft und Verfolgung und Todesgefahren überlebt hatte, war mit allem vertraut, wozu Menschen fähig waren. Sie verfügten über einen gemeinsamen Erfahrungsschatz und besaßen ein gemeinsames Handlungswissen. Sie lebten in ihrer eigenen Welt, die nur Menschen verstanden, die Vergleichbares durchgemacht hatten. Jeder von ihnen hatte unendlich viel Glück gehabt und hatte Taten begangen, die ihn in den Augen anderer als Helden auszeichneten, die aber mit dem Tod und dem Leiden anderer Menschen und nicht selten mit grauenhaften, immer wiederkehrenden Bildern verknüpft waren.

An einem Februarabend kam Achat vom Regen völlig durchnässt, aber dennoch voller Glück über einen erfolgreich verlaufenen Arbeitstag nach Hause. Ihr grüner Overall klebte am Körper. Dabei fiel ihm das erste Mal auf, dass sich ihr Bauch schon leicht wölbte. In diesem Moment bewunderte er sie und zugleich war sie ihm fremd. Das irritierte ihn. In diesem Augenblick fand er endlich ein Bild, das seine Frau zutreffend charakterisierte: Sie war eine Siedlerin geworden. Die Entwicklung des Gemeinschaftslebens stand für sie über allem, auch über ihrer Beziehung zu ihm und selbst über ihrer Liebe zu ihren Kindern. In den ersten Lebenswochen gab sie, die überzeugte Siedlermutter, ihnen die Liebe und Pflege, die sie brauchten, aber weniger um ihrer selbst willen, sondern im Bewusstsein, dass sie die Generation waren, auf der die Zukunftshoffnungen der Gemeinschaft ruhten.

Als ihre zweite Tochter am 7. Juni 1951 zur Welt kam, lag Negba unter einer Hitzeglocke, die sich wochenlang nicht auflöste. Während des Tages wurde es glühend heiß und auch die Nächte brachten kaum Abkühlung, was in dieser Gegend sehr ungewöhnlich war. Jakob schlief nur wenig. Oft stand er noch spät in der Nacht wieder auf, verließ auf Zehenspitzen die enge Unterkunft und schlenderte über die frisch angelegten Wege und Schotterpisten. Sein Lieblingsplatz war das niedere Mäuerchen am Fuße des alten Wasserturms, auf dem er damals gesessen hatte, als er Achat zwischen den einmarschierenden Soldaten erblickte. Hier verbrachte er während der heißen Nächte viele Stunden, rauchte und grübelte. Manchmal stand er auf, um ein paar Worte mit einem der Wachposten zu wechseln, die auf alles zu achten hatten, was sich außerhalb der Palisadenumzäunung tat. Wenn er im Morgengrauen nach Hause zurückkehrte, hörte er oft bereits von weitem das Geschrei des Neugeborenen, dem sie in Erinnerung an Jakobs ältere Schwester den Namen Judith gegeben hatten. Die Kleine war ein Schreikind. Wenn Dina an den Wochenenden bei ihnen schlief, wurde auch sie oftmals wach und fing dann ebenfalls an zu weinen. Im Gegensatz zu Jakob schien Achat von all dem unbeeindruckt zu bleiben. Obwohl auch sie nur wenig schlief, ging sie weiterhin stundenweise ihrer Arbeit nach und strahlte eine Schaffenskraft aus, um die ihr Mann sie beneidete.

An einem Abend wenige Tage vor Jom Kippur stellte Jakob verblüfft fest, dass er nicht mehr an den Ewigen glaubte. Die Erkenntnis traf ihn wie aus heiterem Himmel. Es gab hierfür keinen konkreten Anlass und er hatte sich darüber in den zurückliegenden Monaten auch niemals Gedanken gemacht. Religion hatte in seinem Leben nie eine große Rolle gespielt. Dies unterschied ihn von den meisten anderen Juden. Auf den vollkommenen Verlust seines Glaubens wurde er dadurch aufmerksam, dass vermehrt orthodoxe Juden zu der durch und durch säkularen Gemeinschaft Negbas stießen. Es waren vor allem Neuankömmlinge aus Osteuropa. Unter diesen befanden sich Einzelne, die nach vielen Jahren erfolgloser Suche noch lebende Verwandte im Kibbuz ausfindig gemacht hatten. In der Mehrzahl waren dies Holocaust-Überlebende. Sie suchten die Nähe zu denen, die sie wiedergefunden hatten, und weniger den Anschluss an eine basisdemokratische linkszionistische Gemeinschaft, deren Mitglieder nicht oder kaum religiös waren.

Die Neusiedler, wie sie genannt wurden, setzten einige Monate nach Judiths Geburt den Bau einer größeren Synagoge durch. Zuvor hatten sie mit Hilfe der Netzwerke des orthodoxen Judentums relativ schnell die notwendigen finanziellen

Mittel organisiert. Daraus entbrannte ein heftiger Streit. Die Begründer des Kibbuz verwiesen darauf, wie schwierig es in der Vergangenheit gewesen war, selbst das zum Überleben dringend Notwendige zu finanzieren. Auch verstieß diese Art der Finanzwirtschaft gegen das Prinzip, wonach die großen Ausgaben zuvor kollektiv beschlossen werden mussten. Die Altgläubigen plädierten für Toleranz und das Recht auf ungehinderte Religionsausübung. Das erwies sich im Nachhinein als kluger Schachzug, mit dem sie sich durchsetzten.

Auch wenn Jakob das Vorgehen der Orthodoxen nicht billigte, nahm er an diesen Auseinandersetzungen kaum Anteil. Die Sache ließ ihn weitgehend gleichgültig, wie vieles andere, was hier um ihn her und draußen in der Welt geschah. Er war lediglich erstaunt über die plötzliche Erkenntnis, dass er nicht einmal mehr winzige Reste an Glauben besaß. Aber auch das beschäftigte ihn nicht lange. Dagegen stellte sich ihm auf quälende Weise immer wieder die alte Frage neu: Wo bin ich zuhause? War dieser unter großen Mühen kultivierte Steinhaufen das gelobte Land, *Eretz Israel*? Immer öfter zweifelte er daran. Die Existenz war gesichert, aber es war ein Leben in Kargheit, von der Hand in den Mund, ohne Rücklagen bilden zu können. Ihm wurde auf einen Schlag bewusst, dass er nun schon längere Zeit in einer mehr oder weniger selbst gewählten Armut lebte, während andere, die seiner Meinung nach gar nicht dazu berechtigt waren, über den Besitz seiner Familie verfügten und den Nutzen daraus zogen, während er hier materiell darbte und seelisch verkümmerte.

Zurzeit bekam er wenig mit von dem, was in Deutschland vor sich ging. Es gab nun zwei deutsche Staaten, die ein Jahr nach dem Staat Israel gegründet worden waren, wenngleich sie von ihren jeweiligen Besatzungsmächten noch an der kurzen Leine gehalten wurden. Die offiziellen Meldungen blendeten vieles aus und er kannte niemanden in seiner Umgebung, der aus seiner Heimat stammte und von dort Nachrichten erhielt. In den Eigentums- und Vermögensangelegenheiten seiner Familie hatte er mehrere Briefe an deutsche Stellen geschrieben.

Die Antworten ließen lange auf sich warten, und wenn sie eintrafen, waren sie wenig hilfreich und meist mit dem Hinweis versehen, die Klärung der entsprechenden Angelegenheit mache die Vorlage verschiedener weiterer Dokumente notwendig.

Achat hatte mit ihrer früheren Heimat vollkommen abgeschlossen. Nachdem der Tod ihrer Eltern unzweifelhaft feststand, hatte sie keine weiteren Versuche unternommen, etwas aus Lettland in Erfahrung zu bringen. Das Land war jetzt eine sozialistische Sowjetrepublik und Teil der UdSSR. Gelegentlich hatte sie sich mit der Frage beschäftigt, was wohl aus ihrem früheren Idol Juri Vater geworden war. Aber der daraus entstehende Impuls war nicht stark genug, um sie zu weiteren Nachforschungen zu bewegen. Vergangenes sollte vergangen bleiben. Was zählte, waren die Zukunft Israels und die ihres Gemeinwesens. Sie hatte damit begonnen, zusammen mit anderen Mitarbeitern ihrer Gruppe eine neue Avocadosorte zu kultivieren. Die nach ihrem Entdecker *Rudolph Hass* benannte Sorte erwies sich in ersten Anbauversuchen als ertragreicher und war für die klimatischen Verhältnisse Israels auch besser geeignet als die weit verbreitete »Duke« und die guatemaltekisch-mexikanische »Fuerte«, deren Früchte in den trockenen Ebenen nur schlecht gediehen.

Es war ein regnerischer Nachmittag, als Jakob erstmals die Reinigung des Hühnerstalls nicht wie vorgesehen zu Ende führte. Er stellte Besen und Schaufel im Gang ab und trat auf den frisch aus Muschelkalksplitt angelegten Weg hinaus, der hinüber zu der Baracke führte, in der seine Frau mit großer Hingabe ihre Keim- und Kreuzungsversuche mit Avocadokernen und jungen Pflanzen durchführte. Das Engagement von Achat für den Bau eines neuen Wasserturms und die rasche Wiederherstellung der in den Kämpfen zerstörten Bewässerungsanlagen hatten sich als segensreich erwiesen. Mittlerweile war man mit der Verfeinerung der Bewässerungstechnik so weit vorangekommen, dass sichere Ernten eingebracht werden konnten. Als Jakob die Baracke betrat, kniete seine

Frau auf dem Boden und steckte gehäutete trockene Kerne in vor ihr aufgereihte schmale Büchsen, die man eigens für diesen Zweck gefertigt hatte. Noch immer wurden für deren Herstellung auch die leeren Hülsen großkalibriger Geschosse verwendet. Sie hörte ihn kommen und drehte sich um, ohne aufzustehen. Ein zufriedenes Lächeln lag auf ihrem Gesicht. »Es klappt, Jakob. Das mit der neuen Sorte wird klappen.«

»Schon wieder eine neue Sorte? Ihr habt doch erst auf den Anbau der Hass-Avocado umgestellt.«

»Die *Ettinger-Avocado* ist eine Sorte, die sich für unser Klima noch besser eignet. Wir werden vermutlich weniger Wasser benötigen. Das heißt, wir können die Anbaufläche vergrößern.«

»Wenn ihr noch mehr in Richtung Küste geht, wird der Salzgehalt im Boden zu groß.«

»Wir erweitern nach Osten.«

»In Richtung der Berge? Das ist doch idiotisch.«

»Die Hänge haben höhere Niederschläge.«

»Aber der Weg ist nicht sicher.«

»Wir werden das hinkriegen.« Ein energischer Zug legte sich um ihren schmalen Mund.

Sie schwiegen. Achat arbeitete weiter. Sie fixierte Kern für Kern mit der Spitze nach oben in den schmalen Behältnissen. Dann füllte sie mit einer Gießkanne aus Zinkblech vorsichtig so lange Wasser ein, bis der Kern zur Hälfte umspült wurde. In einigen Wochen würde die Wurzelbildung so weit vorangeschritten sein, dass der Trieb in die Erde gebracht werden konnte. Wenn es an der Zeit war, würden an der Spitze des Kerns erste zarte Blätter sprießen. Jakob sah seiner Frau eine Weile schweigend dabei zu, wie sie mit eleganten, gleichmäßigen Bewegungen weitere Kerne in neu aufgestellte Behältnisse setzte. »Achat, ich muss dir was sagen«, sprach er in die Stille und räusperte sich. Sie neigte ihren Kopf leicht zur Seite und hielt mit ihrer Arbeit inne. »Achat, ich liebe dich, aber ich werde weggehen.«

»Du magst die Kinder nicht.«

»Das stimmt nicht. Ich bin oft distanziert, aber ich liebe die Kinder.«

»Das merkt man nicht.«

»Ich liebe sie auf meine Weise.«

»Es ist eine Weise, die niemandem guttut, den Kindern nicht, mir nicht und dir selbst auch nicht.«

»Achat, es ist nicht wegen der Kinder. Aber mir ist klar geworden, dass ich nicht hierhergehöre. Ich bin kein Israeli und ich bin kein bäuerlicher Siedler. Ich lebe hier unzufriedener als jeder Straßenköter, dem man Steine nachwirft.«

Sie sagte nichts und nahm ihre Tätigkeit wieder auf. Ihre Bewegungen wurden hektischer. Zweimal fielen die aufgestellten Kerne in den zylindrischen Gefäßen wieder um. Als sie das bemerkte, unterbrach sie die Arbeit, ging in die Hocke und stand auf. Nachdem sie ihren Overall an den Knien und Beinen abgeklopft hatte, trat sie an ihren Mann heran und bemühte sich, ihm fest in die Augen zu sehen. »Sag mir, Jakob, für was haben wir gekämpft? Für was haben wir so gelitten? War das alles ohne Sinn?«

Verlegen versuchte er ihrem Blick auszuweichen. Er hatte es schon als Kind nicht gemocht, wenn ihn sein Vater bei Auseinandersetzungen scharf fixierte. »Nichts war umsonst. Wir haben um unser Leben gekämpft und dafür, dass das Hitler-Regime in sich zusammenbricht. Da war nichts Sinnloses.«

»Aber der Mensch braucht doch eine Zukunft. Oder wenigstens eine Hoffnung.« Tränen liefen ihr über das schmale Gesicht.

Jakob erschrak. Seit dem Abschied von Joshua Malcovich mitten im Waldgebiet bei Riga hatte er Achat nicht mehr weinen sehen. Dann fiel ihm ein, dass sie auch am Tag der Befreiung von Negba geweint hatte. Aber das waren Freudentränen gewesen, die sich mit ihrem Lachen vermischt hatten.

»Du liebst mich nicht mehr«, schluchzte sie.

»Das ist doch Unsinn. Aber hier bin ich unglücklich. Ich bin kein Bauer, ich bin kein Kibbuznik und ich bin im Grunde meines Herzens auch kein Israeli.«

»Aber du hast die Staatsbürgerschaft angenommen.«

»Alle Juden, die zum Zeitpunkt der Staatsgründung im Land waren, haben sie automatisch erhalten.«

»Du hättest sie ausschlagen können.«

»Und was dann? Hier als Staatenloser leben?«

Wie beiläufig wischte sie über ihre tränennassen Wangen. Der Tränenfluss hatte zarte Linien in den feinen Staub gezogen, der ihre Haut bedeckte. Er bemerkte es und lächelte.

»Was willst du tun?«, fragte sie.

»Gehst du mit mir nach Deutschland? Vor zwei Jahren haben sie im Westen einen demokratischen Staat gegründet.«

»Das kannst du nicht von mir verlangen. In diesem Land der Täter wäre ich gleich auf vierfache Weise fremd: als Jüdin, als in Lettland Geborene, als Israelin und als Linkszionistin. Ich würde zeitlebens eine Außenseiterin bleiben.«

»Hier jedenfalls halte ich es nicht mehr aus. Ich beherrsche die Sprache nicht, habe kaum Freunde und kann keinen Beruf ausüben, der meinen Fähigkeiten entspricht.«

»Du hast dich nie ernsthaft darum bemüht.«

»Ich werde hier, unter den Juden aus Osteuropa mit ihren ganz anderen Traditionen, immer ein *Jeckes* bleiben.« Er atmete schwer.

»Ein Jeckes?«

»So nennen sie uns deutsche Einwanderer. Noch nie gehört? Man unterstellt uns, dass wir trotz der Shoa immer Deutsche bleiben werden und hier in Israel unsere vermeintlich so typischen Eigenschaften und Verhaltensweisen nie abstreifen können.«

»Gerade jetzt versuchst du mir doch klarzumachen, dass genau das auf dich zutrifft. Du wirst zum *Nawinad*.«

»Zum Nawinad? Was soll das sein?«

»So haben die Ostjuden früher das Klischee genannt, das die Gojim über uns verbreitet haben. Nawinad, der getriebene, heimatlose, umherwandernde Jude.«

»Und das soll ich sein?«

Sie gab keine Antwort auf seine Frage. Ihre Finger umspielten gedankenverloren einen glatten, gleichmäßig geformten Avocadokern. Dann schüttelte sie sanft den Kopf und sagte leise: »Du hast dich nie bemüht.«

»Das stimmt nicht, Achat. Ich gehe zurück nach Deutschland, kämpfe dort um meinen Besitz.«

»Und von was willst du leben?«

»Ich weiß es nicht, aber irgendetwas wird sich finden.«

»Wir könnten in den Norden ziehen, Richtung libanesische Grenze. Dort leben sehr viele Deutsche. Oder nach Haifa.«

Jakob schüttelte mehrmals den Kopf, ehe er antwortete: »Es ist zu spät, Achat. Ich habe mich entschieden.«

Fünf Jahre, nachdem Jakob Winter aus Israel nach Deutschland zurückgekehrt war, verließ er an einem sommerlichen Sonntagmorgen zusammen mit Leonore und den beiden Kindern die kleine Munzlinger Wohnung. Die kurze Strecke bis zur Bushaltestelle am Krankenhaus gingen sie zu Fuß. Der dreijährige Aron rannte seinen Eltern voraus und trieb dabei einen aufgeblasenen NIVEA-Wasserball vor sich her. Seine jüngere Schwester Helene hatte vor wenigen Tagen ihren zweiten Geburtstag gefeiert. Das kleine Mädchen, das von allen »Hela« gerufen wurde, ging folgsam an der Hand ihrer Mutter. Jakob trug einen Rucksack aus grünem Segeltuch, der vollgestopft mit Badekleidung, Handtüchern und einigen Dosen, Tüten und Flaschen war, in die Leonore die Tagesverpflegung der Familie eingepackt und abgefüllt hatte.

An der Haltestelle warteten bereits einige andere Ausflügler. Ihr gemeinsames Ziel war der Ebnisee, der mittlerweile zu einem gut besuchten Ort sonntäglicher Tagestouren geworden war. Kurze Zeit später schimpften und murrten die Wartenden unisono über den Postbus, der nicht kommen wollte. Mit etlicher Verspätung ruckelte das langschnäuzige, gelbe Ungetüm um die Ecke. Der Unmut über die viertelstündige Verspätung legte sich rasch. Still und zufrieden genossen die meisten Reisenden die halbstündige Fahrt und das herrliche warme Wetter, das ihnen einen erholsamen freien Tag versprach. Die meisten Fahrgäste verließen den Bus an der Ebniseekreuzung und wanderten in weit sich dahinziehenden Serpentinen durch den Wald hinunter auf den Schotterweg, der rund um den See führte. Unten angekommen, wandten sich die einen nach links, die anderen nach rechts, um die Plätze zu erreichen, die sie meist schon seit Jahren favorisierten.

Auch Jakob und Leonore hatten seit geraumer Zeit einen Lieblingsplatz. Er lag an einer Stelle, an der einzelne hohe Bäume und das dazwischen wuchernde Buschwerk eine kleine Liegefläche zum Weg und zum See hin abschirmten. Von dort aus war es nicht weit zum flachen Teil des Gewässers, in das die Eltern die kleinen Kinder mitnehmen konnten. Aron planschte in dem aufgeblasenen ausrangierten Schlauch eines Motorrollerreifens quiekend seinem Wasserball hinterher. Unter Geschrei und Gezeter weigerte sich die kleine Helene, den Arm des Vaters oder der Mutter zu verlassen, und klammerte sich in Panik, so fest sie konnte, an den Hals des jeweiligen Elternteils. Jakob ging später noch einige Male allein ins Wasser, das sich im Lauf der nächsten Stunden mit zahlreichen Schwimmern und Booten füllte.

Zur Mittagszeit packte Leonore das mitgebrachte Essen aus. Zu den mit Streichwurst und Scheibenkäse belegten Broten gab es für jeden ein hart gekochtes Ei, saure Gurken, die man eigens in Butterbrotpapier eingewickelt hatte, und kleine Kohlrabistücke. In braunen Flaschen hatte man sich gesüßten und mit Zitronensaft abgeschmeckten Pfefferminztee mitgebracht, der auch kalt ganz ordentlich schmeckte.

Nachdem das Picknick beendet war, tollte Aron mit anderen Kindern auf der Wiese herum, die sanft in Richtung des kleinen Weilers Ebni anstieg, der dem See seinen Namen gegeben hatte. Helene war schon während des Essens im Schatten eines Baumes unter ihrem Handtuch eingeschlafen.

Jakob streckte sich in der Sonne aus, verschränkte die Arme unter dem Kopf und schloss die Augen. Obwohl ihn Schwärme von Fliegen belästigten, war auch er nach kurzer Zeit eingenickt. In den Sümpfen der lettischen Wälder hatte er gelernt, die kleinen Plagegeister zu ignorieren, und auch in Israel hatten sie während der Regenzeit mit einer Stechmückenplage zu kämpfen gehabt. Ein gleichmäßiges, rasch lauter werdendes Geräusch mischte sich in seinen behaglichen Traum, begann ihn zu irritieren und weckte ihn schließlich.

Aufgeregt kam Aron herbeigerannt. Er schwenkte mit schnellen Kreisbewegungen ein Handtuch über seinem Kopf und rief, dabei gänzlich außer Atem geratend: »Mami, Papi, ein Hubhubhub.« Es war der Lärm eines Hubschraubers, der ihn aus dem Schlaf gerissen hatte. Es kam immer wieder vor, dass in Hessental oder in Schwäbisch Gmünd stationierte Besatzungen auf einer flachen Anhöhe über dem See landeten, obwohl es ihre Vorschriften streng untersagten. Sollte die Besatzung der soeben gelandeten Maschine die Absicht gehabt haben, rasch ein kühles Bad zu nehmen, so wurde das durch die zahlreichen Kinder unmöglich, die aufgeregt johlend und schreiend zu dem Landeplatz hinaufrannten, um das olivgrüne Ungetüm aus der Nähe zu betrachten. Voller Ehrfurcht starrten sie in das Cockpit, auf den großen und den kleinen Rotor und vergaßen dabei sogar das unverändert gebräuchliche *»chewing gum«*.

Aron rannte zu seinem immer noch auf dem Boden liegenden Vater, ergriff mit beiden Händen dessen rechten Arm und zerrte so kräftig daran, wie es ein Dreijähriger vermochte. »Papi, Papi«, bettelte er, »geh mit mir da hoch.«

»Du kannst doch alleine hochgehen. Die tun dir nichts«, erwiderte Jakob und machte keine Anstalten, sich zu erheben.

»Du musst mit.«

»Ich muss doch da nicht mit.«

»Doch, da sind so viele große Kinder. Die lassen mich nicht durch.«

Am Ende hatte Jakob ein Einsehen, stand auf und schritt mit dem Kleinen an der Hand durch das hohe Gras. Vor ihnen stapften und rannten noch immer zahlreiche Kinder und auch etliche Jugendliche in Richtung des Landeplatzes. Auch vom Dorf kamen jetzt einige, darunter einzelne Erwachsene, zumeist ehemalige Weltkriegssoldaten, die sich nicht entgehen lassen wollten, dieses noch recht neue Kriegsgerät aus der Nähe zu inspizieren. Als Jakob und Aron oben ankamen, war der Hubschrauber von weit über hundert, vielleicht sogar zweihundert Menschen umringt. Der Pilot hockte lässig in der geöffneten Kanzel und rauchte. Zwei weitere Besatzungsmitglieder scherzten währenddessen mit einigen älteren Jugendlichen. Jakob hatte seinen Sohn auf den Arm genommen und drängte sich durch die gaffende Menge. Als er Blickkontakt mit dem Piloten hatte, rief er diesem zu: »He, guy! Please let the son of an Uncle Sam's veteran take a seat in your helicopter.«

Der Angesprochene blickte verwundert auf und fragte: »You did your service in the US-Army?«

Als Jakob ihm erklärt hatte, dass er einer der deutschen Freiwilligen gewesen war, die Kriegsgefangene verhörten, ließ sich der Pilot aus der Kanzel gleiten, trat seine Kippe aus und führte den sichtlich erschrockenen Jungen an beiden Händen zu dem geöffneten Hubschrauber. Dann hob er das Kind auf den Pilotensitz, wobei er streng darauf achtete, dass der Kleine nichts anfasste. Strahlend und voll kindlicher Glückseligkeit saß Aron im Hubschrauber und blickte durch die Glasscheiben der Kanzel in den tiefblauen Himmel über sich. Jakob plauderte auf eine Zigarette mit den Soldaten, die in großer Sorge waren, nach Vietnam zu müssen. Vor zwei Jahren hatten die Vereinigten Staaten Frankreich als Schutzmacht Südvietnams abgelöst. Die südvietnamesischen Vietcongs hatten damit begonnen, Guerillaaktionen gegen das südvietnamesische Regime und deren amerikanische Beschützer durchzuführen. Unter den in Deutschland stationierten Hubschrauberbesatzungen grassierte jetzt die Befürchtung, zur Verstärkung der Schutztruppen nach Südostasien verlegt zu werden.

Als Vater und Sohn wieder an ihrem Liegeplatz am Fuße der sanft ansteigenden Wiese angelangt waren, richtete sich Leonore auf und fing mit geöffneten Armen den Jungen ein, der jauchzend die letzten Meter auf sie zustürmte.

»Na, war's schön?«

Arons Gesicht glühte vor Freude und Aufregung über das Erlebte. »Mutti, Mutti, ich war der Flieger von dem Hubhubhub.«

Jakob erklärte lachend: »Aron durfte in der Kanzel auf dem Platz des Piloten sitzen.« Er beugte sich über Leonore, die zurückgelehnt auf beiden Ellenbogen ruhte. Gut sah sie aus in ihrem geblümten Bikini, wirklich gut.

»Wollen wir zur Feier des Tages noch ein Eis essen?«, fragte sie.

Jakob nickte.

Der letzte Bus, der sie nach Munzlingen zurückbrachte, fuhr nicht an der Ebniseekreuzung ab, sondern startete direkt am Parkplatz an der Stirnseite des Sees. Gemütlich schlenderten sie das Ufer entlang, kauften den Kindern Schokoladeneis am Stiel und sich selbst kleine Becher mit Vanille- und Erdbeereis. Als der Bus mit kurzer Verspätung abfuhr, war er überfüllt. Etliche erschöpfte Ausflügler mussten während der Heimfahrt stehen. Kurz vor sieben hatten sie wieder ihr Zuhause erreicht. Unverzüglich brachte Jakob die schrecklich müden Kinder ins Bett. Leonore kochte währenddessen Tee. Zum Abendbrot aßen sie die übrig gebliebenen Reste ihres Picknicks auf, zu denen sie noch eine Dose portugiesische Ölsardinen öffneten, die es jetzt günstig im Konsum zu kaufen gab. Zur letzten halben Tasse Tee zündete sich Jakob eine *Overstolz* an. »Willst du auch eine?«, fragte er.

Leonore schüttelte den Kopf. »Du weißt doch, dass ich keine Filterlosen rauche.«

Er machte das Radio an. Es kam eine deutsche Schlagersendung, die er unter anderen Umständen nicht gehört hätte.

Dieses Mal ließ er die Sendereinstellung unverändert. Er stieß den Rauch in Richtung des gekippten Küchenfensters aus und sah seine Frau an. »Leonore, du weißt, dass ich Carl noch keine Antwort gegeben habe.«

»Eine Antwort? Worauf?«

»Ich habe dir doch von Carls Brief erzählt, den er mir vor einiger Zeit geschickt hat. Das Einschreiben, das man mir auf dem Postamt ausgehändigt hat. Ich sollte ihm innerhalb von vier Wochen antworten. Er hat mir einen Job in den Staaten angeboten.«

»Das hat sich doch längst erledigt. Oder?«

Jakob erhob sich und holte seine abgewetzte braune Aktentasche, die an der winzigen Garderobe im Flur hing, öffnete die beiden Schlösser und entnahm ihr einen Luftpostbrief. »Carl hat mir ein zweites Mal geschrieben. Er hat sein Angebot erneuert. Warum er das tut, weiß ich nicht. Damals in Seelbach waren wir keine besonders guten Freunde.«

»Vielleicht hängt er an dir, weil ihr beide die Einzigen aus euren Familien seid, die überlebt haben.«

»Das kann schon sein. Aber seine Anhänglichkeit überrascht mich trotzdem. Er weiß ja auch gar nicht, was ich kann und ob ich seinen Anforderungen gerecht werden könnte.«

»Und? Du hast dich doch längst entschieden, hierzubleiben.«

»Leonore, ich nehme das Angebot an. Es ist eine Riesenchance für mich. Er will mich als Techniker beschäftigen, obwohl ich keinerlei einschlägige Ausbildung vorzuweisen habe. Das ist in den USA möglich, hier nicht. Carl bürgt für mich. Ich werde problemlos einreisen können.«

»Und was wird aus uns? Den Kindern und mir?«

Jakob schwieg eine Weile. Eine fette Fliege lärmte am bunten Schirm der kleinen Küchenlampe, die ihm von Anfang an nicht gefallen hatte. Aber er hatte Leonore, die sie schön fand, ihren Willen gelassen. Er drückte die Zigarette aus und betätigte den nagelneuen Aschenbecher. Durch Druck öffnete sich der Auffangboden. Asche und Zigarettenstummel wurden mittels Rotation in den tiefer liegenden Behälter geschleudert. Der Fortschritt machte sich an allen Ecken und Enden bemerkbar.

»In spätestens einem Jahr kann ich euch nachkommen lassen. Wenn alles klappt, habe ich dann eine passende Wohnung und die notwendigen Papiere. Carl wird mir mit Sicherheit behilflich sein.«

Leonore kniff leicht die Augen zusammen und spitzte mehrmals den Mund, ehe sie zu einer Antwort fand: »Jakob, du willst uns verlassen. Ist es das? Dann sag es gleich jetzt klipp und klar.«

»Leonore, ich kann in diesem Land nicht leben. Du weißt das. Ich liebe dich und die Kinder. Das ist die Wahrheit. Wir werden einen Weg finden, ich verspreche es dir.«

Epilog

Nachdem Jakob über zwei Jahre keine Anstalten gemacht hatte, seine Familie in die USA nachzuholen, erklärte Leonore in einem Brief, den er im Dezember 1959 erhielt, dass sie die Scheidung wünsche. In der Zwischenzeit hatte sie auch schon mehrfach die regelmäßige und pünktliche Überweisung seiner Unterhaltsleistungen angemahnt. Sie schrieb ihm, dass sie jetzt wieder halbtags bei der ARWA in Unterrot arbeite. Was sie da verdiene, reiche vorne und hinten nicht. Zwei Monate später erhielt sie zu beiden Anliegen Jakobs Einverständnis. Er bot an, die Scheidung in den USA durchzuführen. Dies gestalte sich weniger aufwendig und verursache geringere Kosten. Es dauerte dennoch weit über ein Jahr, bis sämtliche Formalitäten erledigt waren. Im Juni 1961, wenige Wochen vor dem Bau der Berliner Mauer, erhielt Leonore Winter, geborene Schimmelpfennig, die Zustellung der Scheidungsurkunde, bis zu deren Anerkennung in Deutschland ein weiteres umständliches Procedere folgte.

Jakob Winter nahm 1965 die amerikanische Staatsbürgerschaft an und heiratete ein Jahr später in Pittsburgh die Holocaust-Überlebende Jennifer Leibowitz. Als sie sich kennen lernten, erregte der Umstand, dass ihr ursprünglicher Vorname Jolanta lautete, seine besondere Aufmerksamkeit. Ungefähr zur selben Zeit erhielt er von den Eigentümern der Seelbacher Spiegelwerke das Angebot auf eine Einmalzahlung von 150 000 DM, wenn er im Gegenzug zur Abgabe der Erklärung bereit war, künftig keine weiteren Forderungen an die Firmeninhaber heranzutragen. Dieses Angebot sei als Akt der Aussöhnung und nicht als Hinweis darauf zu verstehen, dass es an der Rechtmäßigkeit der jetzigen Eigentumsverhältnisse Zweifel gäbe. Nach einigen Monaten rang sich Jakob Winter dazu durch, diesen Vorschlag anzunehmen. Er behielt nur ein Drittel des Betrages für sich. Jeweils 50 000 DM ließ er Achat Purina und Leonore Winter zukommen, um damit später die Ausbildung der Kinder Dina, Judith, Aron und Helene zu finanzieren. Aus der Ehe mit Jennifer Leibowitz gingen 1968 und 1970 zwei Söhne hervor. Diese erhielten in Erinnerung an Jakobs Vater und seinen Großvater die Vornamen Joseph und Salomon.

Obwohl Jakob nie studiert, ja nicht einmal eine förmliche Ausbildung abgeschlossen hatte, stieg er in Carl Goldmans Firma zu einem leitenden Mitarbeiter auf. 1971 verkaufte dieser sein erfolgreich arbeitendes Unternehmen an IBM. Er selbst wechselte in die Direktion des Weltmarktführers. Auf seine Empfehlung hin erhielt Jakob den Posten eines leitenden Entwicklungsingenieurs. In dieser Eigenschaft kehrte er 1977 nach Deutschland zurück und arbeitete bis zu seiner Pensionierung im Jahr 1986 in der Böblinger Niederlassung. Niemals wieder machte er Anstalten, seine deutsche Staatsbürgerschaft aufleben zu lassen, obwohl der Zweite Senat des Bundesverfassungsgerichts der Bundesrepublik Deutschland am 14. Februar 1968 entschieden hatte:

»In der elften Verordnung zum Reichsbürgergesetz vom 25. November 1941 hat der Widerspruch zur Gerechtigkeit ein so unerträgliches Maß erreicht, daß sie von Anfang an als nichtig erachtet werden muß.

Verfolgte, denen zwischen dem 30. Januar 1933 und dem 8. Mai 1945 die deutsche Staatsangehörigkeit aus politischen, rassischen oder religiösen Gründen entzogen worden ist, haben dadurch die deutsche Staatsangehörigkeit nicht verloren, soweit sie nicht zu erkennen geben, daß sie die deutsche Staatsangehörigkeit nicht besitzen wollen.

Auch wenn die Verfolgten eine fremde Staatsangehörigkeit erworben haben, können sie durch die Begründung eines Wohnsitzes in Deutschland oder durch einen Antrag nach

GG Art. 116 Absatz 2 Satz 1 die deutsche Staatsangehörigkeit wiedererlangen.«

Bis zu seinem Tod im Jahr 2001 weigerte sich Jakob Winter strikt, seine Heimatstadt Seelbach wieder zu betreten. Er lehnte auch sämtliche freundlichen Einladungen von offizieller Seite ab, als es üblich wurde, die furchtbaren Ereignisse zwischen 1933 und 1945 auch auf kommunaler Ebene aufzuarbeiten und zu diesem Zweck noch lebende Zeitzeugen einzuladen. Nach seiner Rückkehr nach Deutschland traf er sich hin und wieder mit seiner zweiten Frau Leonore. Achat Purina hat er niemals wiedergesehen. Gleiches gilt für seine beiden Töchter Dina und Judith.